Schriften zum Strafvollzug, Jugendstrafrecht und zur Kriminologie

Herausgegeben von Prof. Dr. Frieder Dünkel
Lehrstuhl für Kriminologie an der
Ernst-Moritz-Arndt-Universität Greifswald

Band 45

I0593050

Stefanie Schollbach

Personalentwicklung, Arbeitsqualität und betriebliche Gesundheitsförderung im Justizvollzug in Mecklenburg-Vorpommern

MG 2013
Forum Verlag Godesberg

Bibliographische Information der Deutschen Nationalbibliothek

Die Deutsche Nationalbibliothek verzeichnet diese Publikation
in der Deutschen Nationalbibliografie; detaillierte bibliografische
Daten sind im Internet über http://dnb.d-nb.de abrufbar.

© Forum Verlag Godesberg GmbH, Mönchengladbach
Alle Rechte vorbehalten.
Mönchengladbach 2013
DTP-Satz, Layout, Tabellen: Kornelia Hohn
Institutslogo: Bernd Geng, M.A., Lehrstuhl für Kriminologie
Gesamtherstellung: BoD - Books on Demand, Norderstedt
Printed in Germany

ISBN 978-3-942865-14-2
ISSN 0949-8354

Inhaltsübersicht

Vorwort

Der „Arbeitsplatz Justizvollzug" gehört zu den schwierigsten Berufsfeldern und sieht sich großen Herausforderungen und gesellschaftlichen Anforderungen ausgesetzt. Vollzugsbedienstete sollen einerseits das verfassungsmäßig vorgegebene Resozialisierungsziel erreichen helfen, andererseits aber auch gesellschaftlichen Forderungen eines sicheren, weitere Straftaten während der Inhaftierungszeit verhindernden Vollzugs gerecht werden. Die vielbeschriebenen Rollenkonflikte und alltäglichen Stresssituationen können auch zu gesundheitlichen Beeinträchtigungen führen. Die Feststellung eines teilweise erheblichen Krankenstands bei den Bediensteten im Strafvollzug von Mecklenburg-Vorpommern war Anlass zur vorliegenden empirischen Studie von *Stefanie Schollbach*. Gesundheitsprävention ist damit auch im Strafvollzug zu einem herausragenden Thema geworden.

In der *Einleitung* nimmt die Verf. eine allgemeine Äußerung der Bundesregierung zur Bedeutung der Gesundheitsprävention zum Ausgangspunkt und hebt deren Bedeutung im schwierigen Arbeitsfeld Strafvollzug hervor. „Ein gut ausgebildetes, motiviertes, gesundes und optimal ausgestattetes Vollzugspersonal" ist Voraussetzung für die Erreichung des Vollzugsziels (S. 2). Gerade im Strafvollzug treten allerdings Phänomene im Bereich des Personals auf wie „überdurchschnittlich hoher Krankenstand und steigende Frühverrentung bei den Mitarbeitern im Justizvollzug aller Bundesländer" (S. 4), die das Erreichen des Vollzugsziels gefährden. Die Verf. belegt die besondere Problembelastung Bediensteter anhand der Vorkommnisse in der JVA Aachen im Jahr 2009, die erhebliche negative Auswirkungen hinsichtlich der Gesundheitslage der Bediensteten offenbaren. Bereits hier wird deutlich, dass gesundheitliche Probleme der Vollzugsbediensteten viel mit Führungsstil und Anstaltsklima zu tun haben und dass Gesundheitsprävention auch organisationspsychologische Fragestellungen berücksichtigen muss. Ziel der vorliegenden Arbeit ist eine Analyse der Entwicklung des Vollzugspersonals und seiner Aufgaben, wobei im Vordergrund die „gesundheitlichen und psychischen Belastungen des Vollzugspersonals" in Mecklenburg-Vorpommern (S. 8) stehen.

Im *zweiten Kapitel* geht die Verf. auf die Entwicklung des Vollzugspersonals in Deutschland ein. Die historischen Ausführungen zeigen, dass die Reformgeschichte des Strafvollzugs immer mit Personalproblemen und deren Bewältigung zusammenhing. Interessant im Hinblick auf die jüngere Geschichte ist, dass die Verf. auch die Situation des Strafvollzugs in der DDR einbezieht, wobei die grundlegend andersartige Gestaltung hervorzuheben ist. Vollzugsbedienstete unterlagen einem strikten Überwachungssystem, das Angst und Unsicherheit erzeugte. Leider scheint es keine validen Daten zur Verstrickung der Vollzugsbediensteten in das System der Staatssicherheit zu geben, wenngleich es immerhin Hinweise in Berichten aus den 1990er Jahren zur Übernahme von Vollzugsbediensteten in die neuen Strukturen gibt (z. B. *Flügge* 1991; 37 ff.; *Dünkel* 1993, S. 37 ff.). Obwohl sich die Personalausstattung seit den 1970er Jahren deutlich verbessert hat bemerkt die Verf. immer noch Defizite, insbesondere in Zeiten steigender Gefangenenraten. Andererseits sind – wie aktuell am Beispiel des Jugendstrafvollzugs deutlich geworden ist – bei sinkenden Gefangenenzahlen erhebliche Verbesserungen zu verzeichnen (vgl. aktuell *Dünkel/ Geng* 2011; 2012).

Im Abschnitt über die gesetzlichen Vorgaben und internationale Vorgaben wird deutlich, dass nirgendwo konkrete Vorgaben gemacht werden, was der für einen effektiven Resozialisierungsvollzug vorzuhaltende Mindeststandard ist. Dass die Ländergesetze z. T. noch hinter dem StVollzG zurückbleiben, spricht die Verf. hinsichtlich des gemeinsamen Mustergesetzentwurfs von 10 Bundesländern und der Strafvollzugsgesetze von Baden-Württemberg, Hamburg, Hessen und Niedersachsen an. Ausführlicher geht die Verf. auch auf die internationalen Vorgaben ein (S. 36 ff.). Sie gibt hier die einschlägigen Vorschriften der Europäischen Strafvollzugsgrundsätze (EPR) von 2006 und der European Rules for Juvenile Offenders Subject to Sanctions or Measures (ERJOSSM) von 2008 wieder, die als gegenüber den nationalen gesetzlichen Regelungen detaillierter charakterisiert werden.

Im *Abschnitt 2.4* entwickelt die Verf. „typische" Berufsbilder für die einzelnen Berufsgruppen, insbesondere den Allgemeinen Vollzugsdienst (AVD), der im Mittelpunkt der vorliegenden empirischen Erhebung steht. Dass die Anforderungen an das Berufsprofil des AVD mit der Zeit vielfältiger und z. T. zwischen Sicherung und Resozialisierung auch widersprüchlicher wurden, ist schon seit den 1970er Jahren immer wieder hervorgehoben worden. Die Verf. zeigt anhand von Statistiken auf, dass es gelegentlich auch zu Tätlichkeiten gegen Beamte kommen kann. Dass Suizide von Gefangenen – zumal in einem bezogen auf den Strafvollzug kleinen Bundesland – ausgesprochen selten vorkommen, liegt ebenfalls auf der Hand. In jedem Fall wird klar, dass die tägliche Interaktion mit häufig schwierigen Menschen den Vollzugsbediensteten „ein hohes Maß an Professionalität und eine psychische Belastbarkeit abverlangt" (S. 53). Bei den sog. Fachdiensten der Sozialarbeiter und Psychologen verweist die Verf. zu Recht darauf, dass das traditionelle Berufsbild des wirklich Sozialarbeit leistenden Sozialpädagogen oder des hauptsächlich mit therapeutischen Interventionen oder psychologischer Beratung befassten Psychologen zunehmend von einem multifunktionellen Aufgabenbereich verdrängt wird, der mit dem Aufstieg in Führungspositionen zusammenhängt. Sozialarbeiter/Psychologen sind vielfach (Teil-)Anstaltsleiter/Abteilungsleiter etc. und damit vermehrt mit Leitungs- und Verwaltungsaufgaben befasst (insbesondere im Jugendstrafvollzug). Die vielfältigen Probleme der Vollzugsbediensteten scheinen heute nicht viel anders als in früheren Jahren, wie die Verf. in ihrem „Fazit" in *Kapitel 2.5* deutlich macht. „Charakteristisch für den Arbeitsplatz im Justizvollzug sind ein hoher Krankenstand, zahlreiche Überstunden und ein zunehmender Unmut über die Erkenntnis, dass die Erwartungen an die Beamten als Resozialisierungshelfer unter den jetzigen Vollzugsbedingungen nicht umzusetzen sind" (S. 58). Allerdings ist einschränkend hinzuzufügen, dass einige der angeführten Problemanzeigen in Zeiten (z. T. starker) Überbelegung entstanden, während sich heute in weiten Bereichen insoweit jedenfalls eine Entspannung ergeben hat. Trotzdem bleibt natürlich der Gesamtbefund einer großen psychischen Belastung der Mitarbeiter des Strafvollzugs, insbesondere des AVD richtig.

Im *dritten Kapitel* wird der Forschungs- und Entwicklungsstand zur Gesundheitsprävention dargestellt. Hohe Krankenstände sind kein Alleinstellungsmerkmal des Strafvollzugs und deshalb sind es vor allem andere Branchen der Wirtschaft und Bereiche der öffentlichen Verwaltung, die Konzepte der betrieblichen Gesundheitsförderung entwickelt haben. Dass ein positives Arbeitsklima, kooperativer Führungsstil und erweiterte Partizipationsmöglichkeiten für Mitarbeiter sowohl die Arbeitszufriedenheit wie auch die Leistungsbereitschaft steigern und den Krankenstand senken, erscheint plausibel. Dabei stellt die Verf. fest, dass die Gesundheitsforschung sich von dem auf körperliche Belastungen konzentrierten Arbeitsschutz zur vermehrten Beachtung von psychischen Stressfaktoren (Burnout etc.) hin entwickelt hat (S. 64).

Im nachfolgenden *Abschnitt 3.2* widmet sich die Verf. der Gesundheitsfürsorge im Strafvollzug. Auch hier gibt es bereits erste Studien zur gesundheitlichen Belastung von Mitarbeitern, wenngleich der Gesundheitszustand von Gefangenen traditionell im Vordergrund der Strafvollzugsforschung steht (S. 66). Hinsichtlich des deutschen Strafvollzugs liegen aus dem Zeitraum nach 1990 einige wiederholte Bestandsaufnahmen zum Gesundheitsbefinden von Mitarbeitern vor (vgl. *Kapitel 3.3.3*). Zu Recht gelangt die Verf. zum Schluss, dass die verschiedenen Studien sich fast ausschließlich auf die alten Bundesländer beziehen, und dass Mecklenburg-Vorpommern zudem noch Besonderheiten des Vollzugs und seiner Arbeitsbedingungen aufweist, sodass sich eine empirische Forschung zum Gesundheitsbefinden von Mitarbeitern geradezu aufdrängt.

Bevor die Verf. den eigenen Forschungsansatz in *Kapitel 5* begründet, erfolgt im *vierten Kapitel* eine quantitative Bestandsaufnahme des Justizvollzugs in Mecklenburg-Vorpommern. Zunächst erscheint bemerkenswert, dass die Gefangenenrate in Mecklenburg-Vorpommern seit 2005 von 100 pro 100.000 der Wohnbevölkerung auf 73 im Jahr 2009 zurückgegangen ist (-27%) (S. 83). Dadurch hat sich sicherlich auch die Arbeitsbelastung des AVD etwas entspannt, worauf die Verf. hinweist. Auch der Mangel an Einzelhafträumen, den die Verf. erwähnt (S. 85, Fn. 404) hat sich stark relativiert. Anhand der Statistiken zur Deliktsstruktur im Ländervergleich wird deutlich, dass in Mecklenburg-Vorpommern jeweils einer der höchsten Anteile von wegen eines Gewaltdelikts Verurteilten vorzufinden ist (im Jugendstrafvollzug mehr als 60% der Stichtagsbelegung, vgl. S. 89). Dieser befund ist auch mit Blick auf die psychische Belastung der Mitarbeiter bedeutsam.

Der Personalbestand hat sich in Mecklenburg-Vorpommern stark verändert (vgl. *Kapitel 4.2*). Bis 2006 gab es einen deutlichen Stellenzuwachs, der in etwa dem Belegungsanstieg entsprach. Danach gab es insgesamt einen Personalabbau, insbesondere beim AVD, während die Fachdienste (Psychologen, Sozialpädagogen/-arbeiter) erhebliche Zuwächse zu verzeichnen hatten. Dazu haben der Aufbau sozialtherapeutischer Abteilungen in den Anstalten Waldeck (Erwachsene) und Neustrelitz (Jugendstrafvollzug) wesentlich mit beigetragen. Der Personalschlüssel hat sich zwischen 2003 und 2010 insgesamt gesehen nicht verschlechtert, sondern sogar leicht verbessert.

Der Krankenstand wird im *Abschnitt 4.2.2* für 2002 und 2010 mit 7,5% bzw. 8,0% angegeben, wobei er 2005-2007 bei ca. 12-13% deutlich überhöht war. Soweit (vergleichbare) bundesweite Zahlen zugänglich waren, scheint der Krankenstand in Mecklenburg-Vorpommern unterdurchschnittlich hoch zu sein (vgl. S. 101 f.). Das ändert aber nichts an der Tatsache, dass Krankenstände zwischen 8% und 14% (2010) erhebliche Belastungen für die Belegschaft mit sich bringen und u. U. dazu führen, dass Bedienstete aus dem Urlaub zurückgerufen werden müssen oder zahlreiche Überstunden anfallen (vgl. dazu S. 98). Im *Abschnitt 4.3* werden die Anstalten in Mecklenburg-Vorpommern im Einzelnen hinsichtlich Gebäudestruktur und Zweckbestimmung beschrieben.

Im *5. Kapitel* geht die Verf. auf die Konzeptualisierung und Ergebnisse der eigenen empirischen Untersuchung ein. Die Untersuchung wurde 2009 auf Ersuchen der JVA Bützow geplant, deren Leitung über den damals deutlich erhöhten Krankenstand besorgt war. Die Befragung der Bediensteten zu ihren Gesundheits- und Arbeitsbedingungen wurde 2010 schließlich landesweit in allen Anstalten in Mecklenburg-Vorpommern durchgeführt. Befragt wurden zwar alle Berufsgruppen, jedoch mussten wegen der z. T. geringen Fallzahlen, z. B. bei den Fachdiensten, diese zu einer Kategorie zusammengefasst werden. Der Rücklauf von insgesamt 36% ist zufriedenstellend, wenngleich die Repräsentativität der Ergebnisse in Frage gestellt werden könnte. Offensichtlich war die Akzeptanz der Studie unterschiedlich, die Rücklaufquote war mit 58,3% bzw. 45,8% in Wismar und Waldeck am höchsten, in Neubrandenburg und Stralsund mit 26,4% bzw. 27% am niedrigsten. Allerdings ergab die Auswertung einiger sozio-demographischer und anderer Faktoren, dass die in der Befragung erreichten Mitarbeiter nicht wesentlich von der Gesamtbelegschaft abweichen, z. B. hinsichtlich der Altersstruktur). Der Frauenanteil der erreichten Mitarbeiter lag mit knapp 40% über dem Anteil der Gesamtbelegschaft von ca. 30%. Allein im Hinblick auf die Anzahl der Krankheitstage gibt es signifikante Abweichungen, indem die besonders belasteten Mitarbeiter unterrepräsentiert sind. Damit könnten Gesundheitsprobleme in der Untersuchungsgruppe möglicherweise untererfasst sein, während Fragen des Anstaltsklimas, der Arbeitszufriedenheit etc. repräsentativ erfasst sein dürften (vgl. S. 133).

Im *6. Kapitel* werden die Befunde zur gesundheitlichen Situation der Mitarbeiter dargestellt. Interessant erscheint dabei der Vergleich zu Krankenausfalldaten der Allgemeinbevölkerung in Mecklenburg-Vorpommern, wie sie von der DAK in ihrem Gesundheitsreport veröffentlicht wurden. Auch wenn ein solcher Vergleich methodisch problematisch ist, ist doch festzustellen, „dass sich die die auftretenden Symptome ähneln" (S. 136). Im Vergleich zu einer früheren Gefängnisstudie des Greifswalder Lehrstuhls für Kriminologie anfangs der 2000er Jahre (sog. Mare-Balticum-Prison-Survey, vgl. hierzu *Dünkel* 2007; 2009), zeigte sich, „dass sich die Hauptbeschwerden nicht verändert haben" (S. 135). Mitarbeiter des Strafvollzugs leiden vor allem an Verspannungen im Nacken- und Schulterbereich, Kreuzschmerzen, Schlafstörungen, Kopfschmerzen und Angespanntheit/Nervosität/Unruhe (vgl. *Abbildung 8*, S. 134). Nicht immer handelt es sich dabei um im Strafvollzug besonders akzentuiert auftretende Phänomene, jedoch sollte berücksichtigt werden, dass möglicherweise deutlichere Unterschiede aufgrund der positiven „Selbstselektion" der Teilnehmer an der Untersuchung (s. o.) nicht erkennbar wurden. Bemerkenswert – wenngleich wegen der geringen Fallzahlen nur vorsichtig interpretierbar – erscheint, dass die Mitarbeiter der Fachdienste im Bereich psychischer Belastungen (Nervosität, Angespanntheit, Traurigkeit, Bedrückung), aber auch körperlicher Verspannungen die höchsten Werte zeigten, während die Mitarbeiter des AVD und vor allem des Werkdienstes deutlich günstigere Gesundheitswerte aufwiesen (vgl. *Tabelle 23* und S. 137 ff.).

In der Selbsteinschätzung bezeichneten allerdings die meisten Mitarbeiter ihren Gesundheitszustand als gut (51%), sehr gut (30%) oder ausgezeichnet (3%), nur 16% als weniger gut oder schlecht (S. 139). Die Plausibilität der Ergebnisse insgesamt ergibt sich aus dem eindeutigen Zusammenhang vermehrter Fehlzeiten mit einem als schlecht eingeschätzten Gesundheitszustand (*Tabellen 24* und *25*).

Die Analyse der Krankheitstage zeigt nochmals die Verzerrungen in der erfassten Teilnehmergruppe der Mitarbeiter auf, da die Verf. auf die Statistiken des Krankenstandes der Justizvollzugsanstalten zurückgreifen konnte. Danach lagen die durchschnittlichen Fehlzeiten in der Gesamtbelegung 2-3-fach über den von den Teilnehmern angegebenen Fehlzeiten (vgl. *Tabelle 26*, S. 143). Dies verdeutlicht die im Hinblick auf den Gesundheitszustand der Mitarbeiter im Strafvollzug nur sehr bedingt möglichen Aussagen, schmälert jedoch – wie die Verf. zu Recht anmerkt – nicht die Aussagemöglichkeiten zur Gesundheitsprävention bzw. gesundheits- und motivationsfördernden Maßnahmen (S. 143). Dass Frauen mehr Fehlzeiten als Männer und Ältere mehr als Jüngere aufweisen, entspricht einem allgemeinen Erfahrungssatz (vgl. S. 144 ff.). Interessant erscheint, dass über 90% der Mitarbeiter trotz „sich krank Fühlens" in den rückwärtigen 12 Monaten zur Arbeit gingen (*Abbildung 12*), 21% sogar an mehr als 20 Tagen. Das deutet auf einen großen Gruppendruck und ein hohes Verantwortungsbewusstsein (insoweit vor allem bei Mitarbeitern mit Leitungsfunktionen, vgl. *Abbildung 13*) hin, weil ja im Falle des krankheitsbedingten Ausfalls die Kollegen Überstunden leisten müssen.

Im Abschnitt über Arbeits- und Gesundheitsschutz wurden die persönlich getroffenen Vorsorgemaßnahmen erfragt. Die Angst vor Ansteckungen scheint ziemlich ausgeprägt zu sein, auch die Unsicherheit, inwiefern Gefangene an ansteckenden Krankheiten (einschl. HIV) leiden, scheint ein verbreitetes Problem der Mitarbeiter zu sein (S. 150 ff.). Relativ hoch erscheint der Anteil von Mitarbeitern, die mindestens einen Arbeitsunfall erlitten haben (37%, zwei Drittel davon innerhalb der Anstalt), ein Phänomen, das für alle Berufsgruppen, aber vor allem natürlich den Werkdienst relevant ist (*Tabelle 32*, S. 152). Besonders belastet waren hier die Mitarbeiter der Anstalt Bützow (vgl. *Tabelle 33*), was Fragen bzgl. des seinerzeit schlechten baulichen Zustands der Anstalt aufwirft (so die Verf., vgl. S. 153).

Nur etwas mehr als die Hälfte der Befragten konnte sich vorstellen, die jetzige Tätigkeit bis zum Renteneintritt ausüben zu können. Vor allem die Mitarbeiter des AVD und der Fachdienste antizipieren Einschränkungen ihrer Arbeitsfähigkeit, wobei in etwa gleichverteilt Modelle der Altersteilzeit, des vorzeitigen Ruhestands und der Reduzierung der Wochenarbeitszeit präferiert werden (*Tabelle 35*, S. 155; was man als klaren Hinweis für gewerkschaftliche u. a. Forderungen zugunsten einer Vielfalt von Wahlmöglichkeiten bzw. einer Flexibilisierung in diesem Bereich werten könnte).

Im *7. Kapitel* wird die Analyse der Belastungen am „Arbeitsplatz Justizvollzug" weiter vertieft. Hinsichtlich des Belastungserlebens im Umgang mit den Gefangenen wird deutlich, dass Mitarbeiter bestimmte Probleme sehr unterschiedlich bewerten bzw. erleben. So erlebten 20% Aggressionen von Gefangenen als extrem belastend, nahezu die Hälfte der Mitarbeiter allerdings allenfalls mäßig belastend. Bemerkenswert ist, dass fast niemand angibt, die in *Abbildung 14* aufgelisteten Probleme kämen nicht vor (S. 158), was z. T. – wie die Verf. zu Recht anmerkt – für Mitarbeiter der Verwaltung vermehrt zutrifft, da sie mit den Gefangenen seltener direkten Kontakt haben. Gut nachvollziehbar ist in diesem Zusammenhang, dass die Insassenstruktur mit langstrafigen (vorwiegend Gewalt-)Tätern in Waldeck zu einem besonders ausgeprägten Belastunserleben bzgl. der Gewalt von Gefangenen führt (S. 159). Dementsprechend ging die Verf. dem unterschiedlichen Belastungserleben der einzelnen Berufsgruppen nach (*Kapitel 7.1.2*). Abgesehen von der geringeren Belastung bei Mitarbeitern des Werkdienstes werden insgesamt die Probleme ähnlich gesehen. Interessant erscheinen jedoch Unterschiede zum niedersächsischen Strafvollzug, wo eine ähnliche Untersuchung (*Lehmann/Greve* 2006; *Lehmann* 2009) zu einer anderen Gewichtung vorrangiger Problemwahrnehmungen kam (wenig überraschend angesichts des höheren Ausländeranteils sind dort die Sprach- bzw. Verständigungsprobleme vorrangig, vgl. S. 162 f.). Beim Vergleich der Berufsgruppen fanden in Mecklenburg-Vorpommern AVD und Werkdienst Aggressionen von Gefangenen besonders belastend. Mangelnde Zeit für Gespräche standen bei den Fachdiensten im Vordergrund, wobei dieser Faktor auch vom AVD an zweiter, vom Werkdienst an dritter Stelle genannt wurde. Die fehlende Supervision wurde von allen Berufsgruppen moniert und eine deutliche Mehrheit auch der Mitarbeiter des AVD wünschten sich eine solche (S. 165 f.).

Das Leben im Vollzug ist für die Bediensteten von Sorgen und Ängsten geprägt. Mehr als die Hälfte gab an, Angst vor gesundheitlichen Beeinträchtigungen zu haben, mehr als 40% vor Konflikten mit Kollegen und/oder der Anstaltsleitung, 36% vor Mobbing. Dagegen wurde Angst vor neuen Herausforderungen nur vereinzelt als Problem genannt, was man als Aufgeschlossenheit für Reformen deuten könnte und möglicherweise positives Ergebnis des schon seit Mitte der 1990er Jahre eingeleiteten Organisationsentwicklungsprozesses.

Bedrohungen und verbale Beleidigungen durch Gefangene gehören (erwartbar) zum Vollzugsalltag, leider scheinen allerdings auch Demütigungen durch andere weit verbreitet (36%, davon 70% durch Kollegen, vgl. *Tabelle 43*, S. 170). Mitarbeiter, die Angst vor Mobbing äußerten, wiesen erhöhte Belastungen bzgl. Schlafstörungen und depressiver Symptome auf. Zu Recht verweist die Verf. mit Blick auf gesundheitsfördernde Prävention bereits hier auf die Notwendigkeit, für eine kollegiale Kommunikation und gegenseitige Rücksichtnahme zu sorgen (S. 171).

Ein weiterer wichtiger Bereich sind organisatorisch bedingte Belastungen (*Kapitel 7.2*). Die Globale Zufriedenheit war in allen Berufsgruppen hoch, besonders ausgeprägt beim Werkdienst und bei der Anstaltsleitung. Die konkrete Arbeitsplatzzufriedenheit fällt zwar weniger hoch aus, war aber immer noch deutlich im positiven Bereich. Die teilweise hohen Standardabweichungen verdeutlichen allerdings, dass es doch etliche eher Unzufriedene gibt, beim AVD immerhin etwa ein Drittel, bei den Fachdiensten ca. jeder Fünfte (vgl. *Abbildung 16*, S. 174).

Als konkrete Belastungen am Arbeitsplatz wurden vorrangig die Personalführung (64%) und Arbeitsorganisation (Zeitdruck, Hektik, häufige Störungen u. ä., 49%) genannt. Diese Ergebnisse decken sich mit den angegebenen Wahrnehmungen zur Anstaltsatmosphäre und zum Vertrauensverhältnis zur Anstaltsleitung (s. u.). Auch hier gab es differenzielle, berufsgruppenbezogene Effekte, indem drei Viertel der Mitarbeiter des AVD Personalführungsprobleme, die Fachdienste zu mehr als 60% Arbeitsorganisationsprobleme (Zeitdruck, Hektik etc.) beklagten (vgl. i. E. *Tabelle 47*, S. 178). Weitere Einzelfaktoren der Arbeitsanalyse wurden nach Stressoren (Belastungen) und Ressourcen unterteilt. Zwar deutet sich bei den Ressourcen überwiegend ein Klima mit sozialer Rückendeckung und positiver Zusammenarbeit an, jedoch gibt es auch ein Viertel bis ein Drittel der Mitarbeiter, die hier negative Werte angaben (*Abbildung 18*, S. 180). Im Bereich des AVD scheint es hier größere Probleme zu geben als beim Werkdienst und der Leitungsebene. Umgekehrt äußerten auf der Ebene der Stressoren die Fachdienste neben den Anstaltsleitern die höchste (quantitative) Arbeitsbelastung, während die Umgebungsbelastungen vom AVD und Werkdienst am schwersten empfunden wurden (*Abbildung 21*, S. 182). Umgebungsbelastungen haben auch etwas mit der baulichen Situation zu tun, weshalb die Mitarbeiter in Bützow hier auf die höchsten Belastungswerte kamen (S. 183). Wie sich aus dem umfangreichen Tabellenwerk entnehmen lässt (*Tabelle 48*), sind die Belastungen vielfältig und werden unterschiedlich erlebt. Für Mitarbeiter des AVD sind mangelnde Beteiligungsmöglichkeiten, die gelegentlich nicht verlässliche Dienstplangestaltung, fehlende Aufstiegschancen und Unterstützung durch die Leitungsebene von Bedeutung. Weitere Arbeitsplatzfaktoren wie Rollenkonflikte, geistige Unterforderung oder fehlende vs. ausreichende Handlungsspielräume sind insgesamt nicht besonders ausgeprägt, beim AVD zumeist am geringsten. Dennoch wird insgesamt der Zusammenhang von psychischen Belastungen mit gesundheitlichem Wohlbefinden eindeutig bestätigt.

Die Bedeutung des Anstaltsklimas für einen erfolgreichen Resozialisierungsvollzug gehört zu den Standardthemen der Strafvollzugsforschung. In *Kapitel 7.3* wird das Thema unter dem Aspekt der Belastungen für die Mitarbeiter untersucht. Zunächst wird deutlich, dass das Anstaltsklima von etwa drei Viertel der Befragten als mindestens eher „angespannt" bezeichnet wird, von 23% sogar als ohne Einschränkungen „angespannt" (vgl. *Abbildung 24*, S. 192). Ebenso bedenklich erscheint, dass 42% die Atmosphäre als eher bedrohlich bis bedrohlich erleben. Auffällige Parallelen ergeben sich zu Studien des Greifswalder Lehrstuhls anfangs der 2000er Jahre im Männererwachsenenvollzug (Mare-Balticum-Prison-Survey, s. o.), während die internationale Studie zum Frauenstrafvollzug (vgl. *Zolondek* 2007) dazu kontrastiert. Dort scheint in Deutschland, aber auch international ein erheblich entspannteres Klima zu herrschen (vgl. S. 193 f.). Übereinstimmend ist allerdings der Befund, dass ein als angespannt oder als bedrohlich empfundenes Anstaltsklima stark mit bestimmten gesundheitlichen Beschwerden korreliert (vgl. S. 194 f.). Im Anstaltsvergleich ragt die Anstalt Waldeck mit besonders negativen Werten des Anstaltsklimas heraus (*Tabelle 49*). In multivariaten Analysen stellten sich die Größe der Anstalt und Vertrauen in die Anstalt als die Haupteinflussfaktoren für ein angespanntes bzw. bedrohliches Anstaltsklima heraus. Auch die Belastung durch Überstunden hatte eine signifikante Bedeutung. „Förderlich für ein positives Anstaltsklima dagegen zeigte sich eine als hoch eingeschätzte soziale Rückendeckung" (S. 196).

Hinsichtlich der Aspekte „Vertrauen" und „Zusammenarbeit" bestätigten sich die aus früheren Untersuchungen bekannten Vorbehalte der Mitarbeiter des AVD gegenüber den Fachdiensten, ein noch stärkeres Misstrauen besteht allerdings anscheinend gegenüber den Anstaltsleitungen. In allen Gruppen wird den Gefangenen das größte Misstrauen entgegengebracht. Im Hinblick auf den Resozialisierungsauftrag erscheint das problematisch. Für das Vertrauen in die Anstaltsleitung maßgeblich war, inwiefern die Mitarbeiter das Gefühl vermittelt bekamen, mit eigenen Vorschlägen ernst genommen zu werden. Daneben scheint auch die Informationspolitik und Transparenz der Entscheidungen der Anstaltsleitung von Bedeutung zu sein (S. 200 ff.). In diesem Kontext verdienstvoll ist, dass die Verf. zum Vergleich multivariate Analysen bzgl. der Daten des Mare-Balticum-Projekts gerechnet hat, um so Vergleiche mit den aktuellen Daten ziehen zu können (S. 203 f.). Dass partizipative Führungsmodelle nicht nur im Strafvollzug erfolgversprechender sind, zeigt die Verf. mit Blick auf Erfahrungen in der Wirtschaft auf (S. 204 f.). Die Werte zur Verbundenheit mit der Anstalt (*organisational commitment*) lagen durchschnittlich im oberen Bereich, bei einem guten Drittel aber auch unterhalb des Mittelpunkts der Skala (S. 204 f.). Die höchsten Commitment-Werte zeigten Mitarbeiter der Leitungsebene, der Verwaltung und des Werkdienstes, die geringsten der AVD. Hierbei spielt das Lebensalter eine Rolle. Der Zusammenhang mit Fehlzeiten bzw. gesundheitlicher Belastung ist zwar vorhanden, aber eher schwach (S. 207). Mitarbeiter mit niedrigem Commitment haben eher die Absicht den Arbeitsplatz zu wechseln (*Tabelle 54*, S. 208). In multivariaten Analysen (mit einem hohen Erklärungspotenzial) erwiesen sich die Faktoren eines angespannten bzw. bedrohlichen Klimas, der sozialen Rückendeckung und des Vertrauens zur Leitung als signifikant (*Tabelle 55*, S. 209 f.). Anstaltsbezogen sticht nur die Anstalt Waldeck mit besonders ungünstigen Werten bzgl. der Spannung in der Anstalt und dem Vertrauen zur Anstaltsleitung heraus (*Tabelle 56*, S. 210 f.). Das Führungsverhalten hat entscheidende Bedeutung nicht nur für die Arbeitsmotivation, sondern auch für das Anstaltsklima insgesamt und damit indirekt auf das gesundheitliche Wohlbefinden der Mitarbeiter.

Insgesamt ergaben sich mit Blick auf die Arbeit mit Gefangenen weniger Belastungen als im Hinblick auf die Arbeitsorganisation und das Verhältnis zu den Vorgesetzten. Die Untersuchung zeigt gerade in Bezug auf die Situation des AVD erhebliche Verbesserungsmöglichkeiten auf, die im abschließenden *9. Kapitel* nochmals angesprochen werden.

Zunächst werden jedoch im *8. Kapitel* weitere empirische Ergebnisse zu einzelnen Aspekten dargestellt. In *Abschnitt 8.1* werden Genderaspekte und die Vereinbarkeit von Beruf und Familie behandelt. Ein Viertel der Strafvollzugsbediensteten in Deutschland sind weiblich (vgl. *Tabelle 57*, S. 216). In Mecklenburg-Vorpommern liegt der Anteil mit knapp 30% sogar noch darüber (vgl. *Tabelle 10*, S. 96). In der vorliegenden Befragung waren AVD-Mitarbeiter deutlich überrepräsentiert. Bemerkenswert ist, dass die befragten Frauen sowohl innerhalb des AVD wie auch der Fachdienste in etwa gleich häufig Leitungsfunktionen inne hatten (vgl. *Tabelle 59*, S. 224). Vorurteile männlicher gegenüber weiblichen Bediensteten wurden zwar festgestellt, jedoch scheinen sie eher gering ausgeprägt. Auch in der vorliegenden Untersuchung bestätigten sich ge-

schlechtsbedingte Unterschiede mit vermehrten Belastungen und arbeitsbedingten Gesundheitsbeeinträchtigungen bei weiblichen Bediensteten. Allerdings gibt
es zusätzlich einen geschlechtsneutralen Altersfaktor: ältere Bedienstete zeigen
(erwartungsgemäß) höhere Belastungswerte. Auch ist nach Berufsgruppen zu
unterscheiden. Die Symptomgruppe „Traurigkeit" und „Bedrückung" war bei
den Fachdiensten (geschlechterunabhängig) vermehrt erkennbar. Andererseits
werden in *Tabelle 63* interessante geschlechtsspezifische Zusammenhänge des
Gesundheitsindex bzw. der Einschätzung des eigenen Gesundheitszustands mit
bestimmten Problembelastungen wie angespannte oder bedrohliche Anstaltsatmosphäre, Alter, Überstunden emotionale Erschöpfung etc. deutlich. Hervorzuheben ist, dass Frauen auf eine angespannte bzw. bedrohliche Anstaltsatmosphäre sowie auf Belastungen durch Überstunden sensibler reagieren als
Männer. Eine höhere emotionale Belastung ging bei Männern wie Frauen
gleichermaßen mit häufigeren Gesundheitsproblemen einher.

Geschlechtsspezifische Unterschiede wurden auch in der Wahrnehmung von
Problemen der Gefangenen erkennbar. Vor allem gewaltbezogene Situationen
(Aggressionen von Gefangenen, Suizide etc.) wurden von weiblichen Bediens-
teten als stärker belastend empfunden.

Unterschiedlich häufig wurden Probleme im Hinblick auf die Vereinbarkeit
von Familie und Beruf unter dem Gesichtspunkt der Dienstplangestaltung und
Urlaubsplanung genannt. Während die Urlaubsplanung für die Mitarbeiter ganz
überwiegend zufriedenstellend organisiert zu sein scheint, gilt dies für die Verlässlichkeit des Dienstplans nur eingeschränkt und im Anstaltsvergleich unterschiedlich (S. 242 ff.), wobei jedoch Frauen durchschnittlich zufriedener waren.

In *Abschnitt 8.2* wird altersspezifischen Unterschieden nachgegangen. Dass
ältere Mitarbeiter mehr Gesundheitsprobleme haben, wurde bereits erwähnt
(s. o.). Es zeigte sich aber auch, dass ältere Mitarbeiter zufriedener sind als jüngere (S. 247).

In *Abschnitt 8.3* wird die Auswirkung von Schichtarbeit analysiert. Hier
zeigte sich, dass „Schichtdienstler" eher weniger Gesundheitsprobleme zeigen,
was aber schlicht daran liegen dürfte, dass sie im Durchschnitt jünger waren und
der Frauenanteil unterrepräsentiert war.

Schließlich geht die Verf. noch auf das Phänomen „Burnout" ein. Burnout-
Symptome fanden sich unter den befragten Mitarbeitern insgesamt eher selten,
vor allem bei den Werkdienstmitarbeitern. Ob Mitarbeiter der Fachdienste insoweit höher belastet sind, ist angesichts der geringen Fallzahlen der entsprechenden Gruppe trotz bedenklich erhöhter Werte nicht zuverlässig zu sagen. Insgesamt wird deutlich, dass Faktoren wie quantitative Arbeitsbelastung, angespannte
bzw. bedrohliche Anstaltsatmosphäre, soziale Rückendeckung, Rollenkonflikt
und Vertrauen in die Anstaltsleitung signifikant mit dem Burnout-Symptom
„emotionale Erschöpfung" korrelieren. In einem abschließenden *Abschnitt 8.4.4*
widmet sich die Verf. dem sog. Boreout-Phänomen, sozusagen dem Gegenstück
zur Überforderung (i. S. v. Burnout) durch Unterforderung. In der vorliegenden

Untersuchung ergab sich in der Tat, dass eine geistige Unterforderung den Faktor „Depersonalisierung" und damit auch gesundheitliche Probleme verstärkt.

Im *9. Kapitel* werden die Ergebnisse der Untersuchung unter der Perspektive daraus abzuleitender Präventionsempfehlungen nochmals zusammengefasst. Insgesamt ist festzustellen, dass ein beachtlicher Anteil der Bediensteten angesichts des vorherrschenden Misstrauens gegenüber der Anstaltsleitung und einer negativen Anstaltsatmosphäre Symptome zeigten, die typischen Kriterien „ungesunder Organisationen" entsprechen. Der daraus abzuleitende Handlungsbedarf in organisationsstruktureller Hinsicht wird allerdings nur angedeutet (später in *Tabelle 76*, S. 273 f. aus der Sicht der Mitarbeiter aufgelistet).

Im *Abschnitt 9.2* geht es demgegenüber um individuelles Gesundheitsverhalten und Vorschläge zur Verbesserung. Die Befragten wurden nur zum Rauchverhalten und zu sportlicher Betätigung um Aussagen gebeten. Insoweit wurden ein erheblicher Anteil von sportlich gänzlich Inaktiven (43%) und ein beachtlicher Anteil von Rauchern (36%) identifiziert (vgl. *Tabelle 75*, S. 271). Der Raucheranteil lag damit über dem (im Bundesländervergleich überproportional hohen) Anteil von Rauchern in der Allgemeinbevölkerung in Mecklenburg-Vorpommern (30%). Die von den Befragten angegebenen Verbesserungvorschläge i. S. gesundheitsfördernder Maßnahmen bezogen sich vor allem auf Sportangebote. Kritisch anzumerken wäre hier, dass es fraglich ist, ob die etwa zur Hälfte sportlich Inaktiven des AVD, des Werkdienstes und der Anstaltsleitung durch Sportangebote der Anstalt wirklich zu Verhaltensänderungen motiviert werden können. Denn die Untersuchung ergab auch, dass es relativ viele Sportangebote für Bedienstete bereits gibt, jedoch daran nur 22% der befragten Mitarbeiter auch teilnahmen (S. 272). Etliche Vorschläge der Mitarbeiter betrafen den organisationsstrukturellen Bereich und Fragen der Verbesserung des Anstaltsklimas.

In *Abschnitt 9.3* zu „Maßnahmen in den Anstalten" wird deutlich, dass die Untersuchung Einiges bewirkt hat (insbesondere in der JVA Bützow, die Initiator der Untersuchung gewesen war, s. o.). Zweifellos ist der Begriff „Gesundheitsmanagement" stärker ins Bewusstsein der Anstaltsleitungen, aber auch der Mitarbeiter generell gerückt.

In den *Schlussbetrachtungen* („Ein Arbeitsplatz wie jeder andere?", *Kapitel 9.4*) betont die Verf. die Notwendigkeit einer Reform von Innen, d. h. innerhalb der Anstalten aufgrund der in jeder Anstalt vorgelegten und zur Diskussion gestellten Ergebnisse. Dieser Diskussionsprozess hat erst begonnen, seine Fortsetzung und Unterstützung seitens des Justizministeriums und der Gesellschaft sind aber elementare Grundlage für die Verbesserung der Gesundheitsbelange Bediensteter in den Anstalten. Nur eine „gesunde" bzw. hinsichtlich auch der Mitarbeiter gesundheitsorientierte Organisation Strafvollzug wird ihrem Auftrag einer erfolgreichen Resozialisierung der Gefangenen gerecht werden können. Der Verf. ist darin zuzustimmen, dass die Personalsituation bzw. -ausstattung so zu bemessen ist, dass auch ein gewisser (selbstverständlich möglichst gering zu haltender) Krankenstand ohne Einbußen an einer qualitativ hochwertigen Resozialisierungsarbeit zu verkraften ist (S. 278).

Die Arbeit wurde im SS 2012 als Dissertation an der Rechts- und Staatswissenschaftlichen Fakultät der Universität Greifswald angenommen. Prof. Dr. *Frank Neubacher,* Universität zu Köln, gilt der Dank für die zügige Anfertigung des Zweitgutachtens. Kornelia Hohn hat wie immer mit großer Sorgfalt die Druckvorlage erstellt. Dafür gebührt ihr gleichfalls besonderer Dank und Anerkennung.

Greifswald, im Mai 2013

Frieder Dünkel

Danksagung

Die vorliegende Arbeit ist das Ergebnis eines Forschungsprojektes, das auf Anregung von Herrn Lothar Strubel seine Verwirklichung fand. Die Bereitschaft vieler Vollzugsbediensteter des Landes Mecklenburg-Vorpommerns, sich an der Mitarbeiterbefragung offen und ehrlich zu beteiligen, bildete die Grundlage der Untersuchung. Die Ergebnisse wurden in der Hoffnung zusammen getragen einen Beitrag zur Verbesserung der Arbeitsbedingungen im Justizvollzug zu leisten. Der vorliegende Bericht wurde im April 2012 fertig gestellt und berücksichtigt Literatur und Statistiken bis zu diesem Zeitpunkt.

Prof. Dr. Frieder Dünkel begleitete mich durch jede Phase der Arbeit mit Interesse, zahlreichen Anregungen und Hilfestellungen sowie Geduld und herzlicher Zuversicht.

Zur Erstellung des Zweitgutachtens erklärte sich Prof. Dr. Frank Neubacher (Universität Köln) bereit.

Insbesondere Bernd Geng unterstütze mich bei der Einarbeitung in die Grundlagen der empirischen Sozialforschung und gab mir wertvolle Hinweise. Bei der Eingabe der Fragebogeninhalte zur computergestützten Verarbeitung der Daten half mir Yvonne Giesemann.

Kornelia Hohn übernahm nicht nur die Bearbeitung der endgültigen Formatierung des Manuskripts, sondern hatte stets ein offenes Ohr für Probleme und fand manches liebe Wort.

Der Unterstützung all meiner Kollegen am Lehrstuhl für Kriminologie (Universität Greifswald) – die zu Freunden geworden sind – war ich mir stets gewiss.

All ihnen gebührt mein herzlichster Dank! Ohne sie wäre die Arbeit nicht zum erfolgreichen Abschluss gekommen.

Die Arbeit widme ich meiner Familie!

Personalentwicklung, Arbeitsqualität und betriebliche Gesundheitsförderung im Justizvollzug in Mecklenburg-Vorpommern

1. Einleitung

„Gesundheitliche Prävention ist eine wesentliche Voraussetzung für jeden Einzelnen, seine Lebensentwürfe möglichst ohne Beeinträchtigung durch Krankheit und Pflegebedürftigkeit verwirklichen zu können. Sie trägt zu einem erfüllten, zufriedenen und selbstbestimmten Leben bei. Körperliches und seelisches Wohlbefinden ist ein tief verankertes Grundbedürfnis. Gesundheit kann aber nicht alleine durch klassische Ansätze der Krankenbehandlung, der Rehabilitation und der Pflege erhalten werden. Vielmehr soll gesundheitliche Prävention Erkrankungen nach Möglichkeit vermeiden und die Gesundheit erhalten. Prävention zielt darauf, umfassend gesundheitliche Risiken und Schädigungen zu verhindern, weniger wahrscheinlich zu machen oder ihren Eintritt zu verzögern. Der Aufbau gesundheitlicher Ressourcen beim Einzelnen sowie gesundheitsförderlicher Strukturen, insbesondere in der Lebens- und Arbeitswelt, ist Aufgabe der Gesundheitsförderung."[1]

In diesem Sinne beschreibt die Bundesregierung die Bedeutung der gesundheitlichen Prävention in ihrer Antwort auf die Kleine Anfrage verschiedener Bundestagsabgeordneter im Jahr 2010. Prävention sei „in mehrfacher Hinsicht eine Antwort auf die zukünftigen Herausforderungen unserer Gesellschaft."[2] Dabei ist Prävention eine gemeinschaftliche Aufgabe, die auf allen Ebenen beginnend beim Bund, den Ländern und Gemeinden bis hin zu den Unternehmen und jedem einzelnen Bürger umgesetzt werden muss.

---

1   *Bundesregierung* 2010, S. 1.

2   *Bundesregierung* 2010, S. 2.

Dies gilt auch für den Bereich des Justizvollzugs. Dieser ist Arbeitsplatz für ca. 9.200 Menschen[3] und muss sich zukünftig – wie bereits in der Vergangenheit – zahlreichen Herausforderungen stellen. Hierzu gehören u. a. eine zum Teil noch immer veraltete Bausubstanz zahlreicher Vollzugsanstalten, eine veränderte Insassenstruktur[4] sowie ein geändertes Anforderungsprofil an die Bediensteten,[5] ein oft beklagter Personalmangel in den Anstalten und damit verbundenen zahlreichen Überstunden,[6] ein zunehmend höherer Altersdurchschnitt des Vollzugspersonals sowie die bevorstehenden Umsetzungen im Bereich der Sicherungsverwahrung[7] und nicht zuletzt die Verwirklichung des eigentlichen Vollzugsziels der Resozialisierung.[8] Denn der oberste Leitgedanke im deutschen Strafvollzug besteht darin, den Gefangenen zu befähigen, künftig in sozialer Verantwortung ein Leben ohne Straftaten zu führen (§ 2 Strafvollzugsgesetz des Bundes, StVollzG, bzw. die entsprechenden Vorschriften der Länder[9]). Dieses Ziel kann nur mit den Mitarbeitern und nicht ohne sie erreicht werden.[10] Voraussetzung für einen funktionierenden Justizvollzug ist daher ein gut ausgebildetes, motiviertes, gesundes und optimal ausgestattetes Vollzugspersonal. Unab-

---

3 Vgl. *Kap. 8.1.1.* Den Bediensteten stand zum 31.3.2010 eine Gruppe von 60.693 Gefangen gegenüber.

4 Z. B. *Bögemann* 2009, S. 294; vgl. *Laubenthal* 2008, S. 151 ff. zu divergierenden Gefangenengruppen; vgl. *Meier* 2008, S. 167 f. zu den wachsenden Problemen mit psychisch auffälligen Gefangenen. In den vergangenen 15 Jahren wurden zu den Problemen auch die steigende Zahl an drogen- und alkoholabhängigen Gefangenen und der steigende Anteil an nichtdeutschen Insassen benannt, vgl. *Müller-Dietz* 1999, S. 30 f. sowie *Müller-Dietz* 2000, S. 232.

5 *Lehmann/Greve* 2006, S. 21.

6 *Schwarz/Stöver* 2010, S. 74.

7 Mit Urteil vom 4.5.2011 hat das Bundesverfassungsgericht (BVerfG) sämtliche Vorschriften zur Sicherungsverwahrung des Strafgesetzbuches (StGB) sowie des Jugendgerichtsgesetzes (JGG) für mit dem Grundgesetz (GG) nicht vereinbar erklärt, weil sie den Anforderungen des verfassungsrechtlichen Abstandgebotes nicht genügen. Gleichzeitig wurde der Gesetzgeber verpflichtet, bis zum 31.5.2013 verfassungskonforme Neuregelungen zu schaffen. Für die tatsächliche Ausgestaltung einer von der Strafhaft getrennten Sicherungsverwahrung wird ein Zuwachs an Personal insbesondere bei den Psychologen erforderlich sein. Zum Therapie- und Unterbringungsgesetz (ThUG) und zur Rechtsprechung des EGMR zur Sicherungsverwahrung vgl. *Morgenstern* 2011, S. 55 ff.

8 Auch der Resozialisierungsgedanke ist verfassungsrechtlich geschützt. Seit BVerfGE 35, 202 wird dargelegt, dass jedem Gefangenen aus Art. 2 Abs. 1 i. V. m. Art. 1 Abs. 1 GG ein grundrechtlicher Anspruch auf Resozialisierung zusteht.

9 Zum Vollzugsziel in den einzelnen Landesgesetzen zum Jugendstrafvollzug vergleiche *Kühl* 2012.

10 Nach *Lehmann/Greve* 2003, S. 7 haben Bedienstete offenkundig einen entscheidenden Einfluss auf Atmosphäre, Effektivität und Effizienz des Justizvollzugs.

hängig von der politischen Letztverantwortung wird die Resozialisierung de facto von den Mitarbeitern der Justizvollzugsanstalten umgesetzt. In ihrem täglichen Umgang mit den Gefangenen wird ihnen damit eine besondere Verantwortung zu teil.

Noch vor der Verabschiedung des Strafvollzugsgesetzes und in Mitten der Diskussionen um eine Reform des Strafvollzugswesens stellte *Krebs* die Frage, ob die Behauptung von *Krohne* in seinem klassischen „Lehrbuch der Gefängniskunde" von 1889 zur Bedeutung eines wohl geschulten und arbeitsfreudigen Vollzugspersonals auch im Jahr 1967 Geltung beanspruchen könne.[11] Genauer stellte *Krohne* fest: *„Die besten Systeme, die vollkommensten Reglements werden wenig ausrichten, bei einem mittelmäßigen Beamtenpersonal; die Mängel der Systeme und der Reglements verschwinden bei einem guten Personal. Die Aufgaben des Strafvollzuges [...] können nur bewältigt werden durch eine tüchtige, für ihren Dienst wohl geschulte Beamtenschaft. Es ist eine Torheit, sich um Strafvollzugssysteme zu streiten und ihre Durchführung Beamten aufzutragen, die sich nicht verstehen; es ist verlorene Mühe, die bündigsten Gesetze und ausführlichsten Bestimmungen auszuarbeiten und sie in die Hand von Beamten zu legen, die kaum den Wortlaut, geschweige denn den Geist derselben begreifen; es ist sinnlose Verschwendung, Millionen auf Millionen in den Neubau von Gefängnissen zu stecken und Beamte darin wirtschaften zu lassen, die den Aufgaben des Strafvollzuges nicht gewachsen sind. Eine tüchtige Beamtenschaft zu gewinnen, zu erziehen und freudig in ihrem Beruf zu erhalten, ist die Hauptaufgabe der Gefängnisverwaltung, ebenso wichtig wie die Abfassung von Gesetzen und Reglements, aber schwerer zu lösen."*[12] In seinen Ausführungen lässt *Krebs* letztlich keinen Zweifel daran, dass den Mitarbeitern im Vollzug und vor allem dem Aufsichtsdienst[13] im doppelten Wortsinn die Bedeutung einer „Schlüsselfigur" zukomme. Sie haben nicht nur den häufigsten Kontakt mit den Gefangenen, sondern unterziehen „sich ein Leben lang der Aufgabe, mit den übrigen Beamten dem Gefangenen zu helfen, den Wert seines Lebens zu erkennen und daraus die Folgerungen zu ziehen."[14] Mit anderen Worten: Ist der Vollzugsbedienstete unzufrieden und desillusioniert über den Sinn oder die Wertschätzung seiner Arbeit, wirkt sich dies auf seinen Umgang mit den Gefangenen aus.

---

11   *Krebs* 1967, S. 199.

12   *Krohne* 1889 zitiert in *Bieschke* 2001, S. 166. Andererseits gibt *Kerner* 1977, S. 75 zu bedenken, dass auch gut ausgebildete Beamten scheitern, wenn die strukturellen Bedingungen einer Anstalt nicht stimmen.

13   Die Bezeichnung des Aufsichtsdienstes wurde mit Einführung des Strafvollzugsgesetzes in „Allgemeiner Vollzugsdienst" geändert, wohl auch um klarzustellen, dass sich die Rolle der Bediensteten nicht mehr allein auf die Beaufsichtigung bezieht, sondern dass sie maßgeblich am Behandlungsprozess beteiligt sind, vgl. *Henze* 1988, S. 154.

14   *Krebs* 1967, S. 203.

Dass den Vollzugsbediensteten für einen behandlungsorientierten Strafvollzug eine bedeutende Rolle zukommt, wird nicht bezweifelt, sondern vielmehr zunehmend hervorgehoben.[15] Problematisch bleibt jedoch die Frage, welche Konsequenzen aus dieser Erkenntnis vor allem für die Praxis gezogen werden. Während in Industrie und Wirtschaft die Faktoren Personalgesundheit und Arbeitszufriedenheit auch unter betriebswirtschaftlichen Gesichtspunkten eine immer wichtigere Bedeutung bekommen, werden diese im Strafvollzug noch weitgehend vernachlässigt. Dementsprechend sind ein überdurchschnittlich hoher Krankenstand[16] und steigende Frühverrentungszahlen bei den Mitarbeitern im Justizvollzug zu beklagen.[17] Insbesondere psychosoziale Probleme wie Burnout, posttraumatische Belastungsfaktoren sowie innere Kündigung treten vermehrt auf.[18]

Dass die Arbeitsverhältnisse von Strafvollzugsbediensteten nicht zu den rein akademischen Fragen gehören, sondern ganz besondere Bedeutung für die Gesellschaft haben, zeigt die Diskussion um den Ausbruch zweier Häftlinge aus

---

15 Bereits 1969 führte die Strafvollzugskommission aus: „Ein Vollzug mit dem Ziel der Resozialisierung lässt sich nur mit quantitativ ausreichendem sowie menschlich und fachlich qualifiziertem Personal durchführen. Die Voraussetzung dafür zu schaffen ist Kernstück und Ausgangspunkt aller Reformen.", abgedruckt bei *Dünkel/Rosner* 1982, S. 260. Allerdings wurde die Personalfrage bereits vom Vollzugreformer *Wagnitz* im 18. Jahrhundert aufgeworfen und gehörte seitdem zu jeder Diskussion um eine Vollzugsreform, vgl. *Böhm* 1980, S. 3 und *Böhm* 1990, S. 67; *Rotthaus* 1993, S. 323; zum literarischen Werk von *Wagnitz* vgl. *Krebs* 1992, S. 1 ff. Die Zeitschrift „Forum Strafvollzug. Zeitschrift für Strafvollzug und Straffälligenhilfe", die seit mehr als 60 Jahren zu den Problemen und Entwicklungen im Strafvollzug Stellung bezieht, widmete im März 2008 ein gesamtes Heft dem Thema „Personal als Erfolgsfaktor" und im Juli/ August 2010 dem Thema „Personal – Schlüssel zum Erfolg?".

16 *Bögemann* 2004, S. 134; *Drescher* 2009, S. 296; *Pöhlsen-Wagner* 2010, S. 195; *Oechsner* 2010, S. 122.

17 Die Justizministerin a. D. (NRW) *Müller-Piepenkötter* bekräftigte in ihrer Rede anlässlich der Amtseinführung der Anstaltsleiterin Frau *Blikslager* der JVA Aachen am 27.3.2009: „Ich kann und ich werde mich nicht damit abfinden – mit der nun fast schon traditionell außergewöhnlich hohen Krankenquote im Vollzug! Zusätzlich scheidet eine nicht unerhebliche Zahl von Bediensteten vorzeitig aus dem Dienst aus. Im letzten Jahr waren darunter sogar zahlreiche Mitarbeiterinnen und Mitarbeiter unter 50 Jahren. […] Ich glaube, dass das, was Bedienstete kränkt und krank macht, auch in der Dienstgestaltung oder im Umgang miteinander zu suchen ist. Eine empfundene Ungerechtigkeit bei der Einteilung in den Wochendienst, ein missratener Kollegenscherz, ein Dienstposten, auf dem man sich nicht seinen Fähigkeiten gemäß gefordert fühlt – daraus kann im Laufe der Zeit eine steigende Bedrückung erwachsen." URL: http://www.nrw.de/ presse/rede-von-justizministerin-roswitha-mueller-piepenkoetter-zur-amtseinfuehrung-der-anstaltsleiterin-frau-blikslager-in-der-justizvollzugsanstalt-aachen-am-27-03-2009-6214/ (Abrufdatum: 14.10.2011).

18 *Bögemann* 2009, S. 295.

der Justizvollzugsanstalt Aachen im November 2009, die für sich in Anspruch nahmen, mit dem Ausbruch auf die eklatanten Missstände der JVA aufmerksam machen zu wollen.[19] Da ein Bediensteter der JVA den Ausbrechern geholfen haben soll, wurde von oberster Stelle die Situation als Einzelfall abgetan, der nicht dazu missbraucht werden dürfe, die Umstände im Justizvollzug zu kritisieren. In den Reihen der Bediensteten jedoch fing es an zu brodeln und so wurden vor allem Internetforen genutzt, um den Unmut über die Zustände in den Gefängnissen kund zu tun.[20] Der JVA-Bedienstete wurde schließlich wegen Gefangenenbefreiung und Bestechlichkeit angeklagt und berichtete in seiner Aussage vor Gericht über chaotische Zustände in der Vollzugseinrichtung. Dabei betont er auch, dass in der Anstalt ein dauerhaft hoher Krankenstand herrsche und die Bediensteten erhebliche Überstunden zu leisten haben.[21] Diese Situation nahm die neue Landesregierung in Nordrhein-Westfalen zum Anlass, in ihrem Koalitionsvertrag vom 12.07.2010 festzuhalten, dass ein erfolgreicher Strafvollzug motivierte und gesunde Bedienstete braucht, für die ein wirksames Gesundheitsmanagement eingeführt werden soll.[22] Zudem sei es „notwendig, die Führungskultur im Justizvollzug zu verbessern, indem die Belastung der Mitarbeiterinnen und Mitarbeiter anerkannt sowie vorhandene Defizite in der Führungskultur beseitigt werden."[23]

An dieser Stelle wird deutlich, dass Gefängnisse als *totale Institutionen,*[24] wie sie von *Goffman* beschrieben wurden, ihre Wirkungen nicht nur auf die Insassen haben, deren gesamtes Tagesgeschehen sich (von Vollzugslockerungen abgesehen) innerhalb der Gefängnismauern abspielt, sondern der Gedanke der

---

19 Dies betonten sie in ihrem Schlusswort im gerichtlichen Verfahren, in dem sie sich wegen Geiselnahme u. a. zu verantworten hatten. Ihnen habe jede Perspektive gefehlt, da in der Anstalt außer einem „Verwahren" der Häftlinge nichts geschehe, vgl. hierzu die Berichterstattung in den regionalen Medien: URL: http://www.derwesten.de/ nachrichten/Heckhoff-und-Michalski-kritisieren-Haftbedingungen-id4239904.html (Abrufdatum: 18.8.2011).

20 Im WDR.de-Forum wurden zu diesem Thema innerhalb kürzester Zeit 1.000 Kommentare abgegeben, die tiefe Einblicke in Arbeitsabläufe und Organisationsstrukturen von Haftanstalten darlegten. URL: http://www.wdr.de/themen/panorama/kriminalitaet11/aachen_haeftlinge/091202a.jhtml?rubrikenstyle=panorama (Abrufdatum: 4.5.2010).

21 Vgl. hierzu ebenfalls die Berichterstattung in den regionalen Medien. URL: http://www.derwesten.de/nachrichten/im-westen/Beamter-spricht-von-Chaos-in-JVA-Aachen-id3540591.html (Abrufdatum: 18.08.2011).

22 *Landesregierung NRW* 2010, S. 75.

23 *Landesregierung NRW* 2010, S. 75.

24 *Goffman* 1973, S. 17 verstand unter einer *totalen Institution* Einrichtungen, in denen alle Angelegenheiten des täglichen Lebens an ein und derselben Stelle unter ein und derselben Autorität stattfinden und alle Mitglieder als Schicksalsgenossen einem exakt geplanten Tagesablauf nachgehen, wobei die Tätigkeiten von oben durch ein System expliziter formaler Regeln durch einen Stab von Funktionären vorgeschrieben wird.

Schicksalsgemeinschaft ausgedehnt werden muss auf die Mitarbeiter des Vollzugs,[25] die zumeist längere Zeit – unter Umständen ein ganzes Arbeitsleben[26] – in der Institution verbringen, als die Gefangenen. Für sie stellt sich die Strafvollzugsanstalt als Arbeitsplatz dar, an dem sie tagtäglich mit den Problemen konfrontiert werden, die die *totale Institution* für die Inhaftierten bereit hält und für deren Lösung es keine anderen Ansprechpartner als die Bediensteten gibt. Allerdings soll nicht allein die Arbeit mit den Gefangenen als Maßstab herangezogen werden. Genauso wichtig erscheint die Frage der Arbeitszufriedenheit und Gesundheit der Vollzugsbediensteten an sich. *Kormeier* legt unmissverständlich dar, dass nicht nur den Gefangenen, sondern auch den Bediensteten Menschenwürde zukommt und der Vollzug so gestaltet werden muss, „dass die Bediensteten mehr als bloßes Mittel zur Gewährleistung von Ordnung und Sicherheit sind".[27] Diese Feststellung erscheint so selbstverständlich, dass deren Beachtung wohl kaum in Frage gestellt wird. Dennoch bietet dies einen interessanten Ausgangspunkt für die Frage, wie die Arbeit im Justizvollzug ausgestaltet werden muss, um letztlich sowohl für Bedienstete als auch für die Gefangenen einen angemessenen, gesunden und resozialisierend-wirksamen Lebens- und Arbeitsraum zu schaffen und damit die sich stellenden Herausforderungen zu meistern.

Gerade in den neuen Bundesländern hat der Justizvollzug in den vergangenen 20 Jahren bedeutende Veränderungen erlebt[28] und wird dies auch in den kommenden Jahren tun. Vor allem unter dem Gesichtspunkt einer zunehmend propagierten Modernisierung der öffentlichen Verwaltung muss dem Personal besondere Aufmerksamkeit zukommen. Auch Justizverwaltungen können sich Forderungen nach Bürokratieabbau, flacheren Hierarchien und einer leistungsgerechten Verwendung und Entlohnung des Personals nicht entziehen. Wer den öffentlichen Dienst als Dienstleistung an der Gesellschaft versteht, muss akzeptieren, dass diesem Aspekt gerade in Bezug auf den Justizvollzug eine ganz besondere Bedeutung zuwächst. Es geht um den Schutz der Gesellschaft vor weiteren Straftaten und um eine humane und resozialisierende Behandlung des Straftäters.

Dies gilt auch dann, wenn die Einstellungen der Bevölkerung bzw. das gesellschaftliche Interesse am Justizvollzug von einer überwiegenden Unkenntnis[29] über die Aufgaben des Vollzugs und zudem von einer gewissen Erwartungshaltung bezüglich der Bestrafung von Delinquenten ohne die Annehmlich-

---

25 Mit diesem Verständnis auch *Bögemann* 2009, S. 29, 33; ebenso *Kormeier* 2002, S. 232.

26 *Lehmann* 2009 bezeichnet die Mitarbeiter in ihrer Arbeit daher als „*Paid Prisoners*".

27 *Kormeier* 2002, S. 233; vgl. auch *Preusker* 2003, S. 231.

28 Vgl. *Kap. 2* und *4.*

29 Ähnlich auch *Lehmann* 2009, S. 18.

keiten eines „Urlaubs auf Staatskosten"[30] geprägt sind. Eine breite Diskussion über Lebensumstände von Gefangenen, Arbeitsbedingungen von Bediensteten oder die Notwendigkeit von Straftäterbehandlung existiert nicht.[31] Vielmehr stellt sich der Justizvollzug als Arbeitsplatz am Rande der Gesellschaft dar. Allzu oft bezieht sich das auch auf die räumliche Lage von Vollzugsanstalten, die sich zumeist am Rande von Städten befinden.

Auch in Mecklenburg-Vorpommern befinden sich bis auf die Jugendarrestanstalt in Wismar alle Vollzugseinrichtungen am Stadtrand (Bützow, Stralsund, Neubrandenburg) oder sogar etwas außerhalb einer Ortschaft (Waldeck, Neustrelitz). Die räumliche Ausgrenzung bringt ebenfalls Probleme mit sich, wie eine schlechte Erreichbarkeit vor allem durch eine mangelnde Anbindung an den öffentlichen Personennahverkehr für Besucher und Bedienstete. Während die schlechte Erreichbarkeit für die Mitarbeiter längere Anfahrzeiten zur Arbeit bedeuten, führt dies bei den Inhaftierten oft zum Abbruch von sozialen Kontakten und Beziehungen, wodurch die Bedeutung der Bediensteten als regelmäßige Ansprechpartner noch verstärkt wird. Erschwert wird diese Aufgabe durch einen hohen Krankenstand. Der Justizvollzug in Mecklenburg-Vorpommern erreicht einen deutlich höheren Krankenstand, als dies innerhalb der erwerbstätigen Allgemeinbevölkerung der Fall ist (vgl. hierzu *Kap. 4.2.2*). Daher ist es von besonderer Bedeutung, die spezifische Lage der Vollzugsbediensteten und ihrer konkreten Arbeitsplatzsituation zu beleuchten.

Ziel der vorliegenden Arbeit soll daher die Entwicklung des Vollzugspersonals und seiner Aufgaben sein. Dafür wird in *Kap. 2* zunächst ein Überblick über die geschichtliche Entwicklung der Vollzugsbediensteten sowie über die gesetzlichen Grundlagen und die Berufsbilder im Justizvollzug gegeben. Der Forschungsstand zur betrieblichen Gesundheitsförderung, gesundheitlichen Situation und zur Arbeitszufriedenheit im Justizvollzug wird in *Kap. 3* genauer dargestellt.

---

30 Diese Feststellungen sind nicht neu; auch vor 200 Jahren wurde bisweilen die Ansicht vertreten, dass die „Bequemlichkeit" der Gefängnisse dazu führen könne, dass entlassene Sträflinge erneut Straftaten begehen, um wieder ins Gefängnis zu kommen, vgl. *Béranger* 1836, S. 53. Auch zu Beginn des Vollzugswesens in der Bundesrepublik beschreibt *Krebs* 1956, S. 129, wie ein Besucher über die Ausgestaltung des Vollzugs erbost gewesen sei und gefordert habe, dass der Tagesablauf mit unerbittlicher Härte völlig nüchtern geregelt sein müsse. Zum Sinn der Freiheitsstrafe vgl. auch die Ausführungen zu zwei Bevölkerungsbefragungen bei *Schwind* 1988, S. 260; vgl. auch *Rotthaus* 1994, S. 248, 251. Zu den Unterschieden in der punitiven Einstellung der Bevölkerung in Ost- und Westdeutschland vgl. *Kury* 2001, S. 233 ff. Vgl. aber auch *Reuband* 2010, S. 143 ff.

31 Das Strafübel der Freiheitsstrafe als *ultmia ratio* im deutschen Sanktionenrecht liegt allein im Entzug der Freiheit an sich; vgl. hierzu Nr. 64 der European Prison Rules sowie NK-*Dünkel* 2010, § 38 Rn. 23.

Im Vordergrund der Arbeit stehen aber die Entwicklungen im Justizvollzug Mecklenburg-Vorpommerns sowie eine Analyse von gesundheitlichen und psychischen Belastungen des Vollzugspersonals des Landes. Nach der Darstellung der Entwicklung des Justizvollzugs in Mecklenburg-Vorpommern in *Kap. 4* werden in *Kap. 5* die Fragestellung und methodische Anlage einer Mitarbeiterbefragung, die von Seiten des Lehrstuhls für Kriminologie in Greifswald zwischen 2009 und 2010 in allen Vollzugseinrichtungen des Landes durchgeführt wurde, beschrieben. Die Ergebnisse werden dann in den *Kap. 6, 7* und *8* vorgestellt. Dabei wurde zunächst rein explorativ untersucht, welche gesundheitlichen Probleme bei den Vollzugsmitarbeitern auftreten und wie diese ihre direkten Arbeitsplatzbedingungen wahrnehmen. In einem zweiten Schritt wurde dann überprüft, ob es Zusammenhänge zwischen den Arbeitsplatzbedingungen und dem Auftreten von Beschwerden gibt. Schließlich widmet sich *Kap. 9* möglichen Interventionsmaßnahmen sowie ersten Reformüberlegungen in den Anstalten.

Insgesamt sollen Probleme der Arbeitsbedingungen im Justizvollzug Mecklenburg-Vorpommern identifiziert werden, um so die Anstalten in die Lage zu versetzen, Vorschläge zu Verbesserungen ableiteten zu können bzw. eine breite Diskussion über die Arbeitszufriedenheit und den Krankenstand im Justizvollzug zu fördern. Nicht zuletzt soll mit der Arbeit das Verständnis für den „Arbeitsplatz Justizvollzug" innerhalb der Gesellschaft verbessert werden.

2. Justizvollzugspersonal in Deutschland – Rechtliche und rechtstatsächliche Rahmenbedingungen

2.1 Geschichtlicher Überblick

Die Geschichte über den Strafvollzug ist immer auch eine Geschichte der im Vollzug Tätigen[32] oder vielmehr derjenigen, die die Gefangenen versorgen und beaufsichtigen.

2.1.1 Anfänge der Einbindung von Vollzugspersonal in das Vollzugswesen

Zu jeder Zeit, in der Menschen unabhängig aus welchen Gründen in ihrer Freiheit beschränkt wurden, mussten diese Beschränkungen durch andere Personen vollzogen werden, um die mit dem Freiheitsentzug beabsichtigten Zwecke zu erreichen. Diese Zwecke unterlagen und unterliegen einem steten gesellschaftlichen Wandel, der in den Diskussionen über die Straftheorien[33] seine theoretische Ausprägung erhält. Die Geschichte über den Strafvollzug und der in ihm Tätigen ist damit in der Tat „vor allem auch eine Geschichte der Freiheitsstrafe"[34] und der damit verbundenen Ziele.

An dieser Stelle soll allerdings weder auf die frühen Formen freiheitsentziehender Maßnahmen (Klosterhaft, Lochgefängnisse, Zwangsarbeitshaft)[35] noch auf die Zuchthausgründungen[36] des 17. und 18. Jahrhunderts und die Gefängnisreformen im 19. Jahrhundert sowie die Situation im dritten Reich[37] eingegangen werden, wobei die Missstände der Unterbringung (Überfüllung, Ungeziefer,

---

32 Ein kurzer Überblick zur historischen Ausbildung des derzeitigen Berufsbildes des Vollzugsbeamten findet sich bei *Lehmann* 2009, S. 46 f.

33 Zu general- und spezialpräventiven Zwecken der Freiheitsstrafe im StGB vgl. NK-*Streng* § 46 Rn. 33 ff. Zur Geschichte der Straftheorien vgl. *Roxin* 2006, § 3 Rn. 1 ff.

34 Vgl. hierzu *Krause* 1999, S. 11; *Kaiser/Schöch* 2002, S. 9 f.

35 Siehe hierzu *Krause* 1999, S. 16 ff.

36 Als erste Strafanstalt wird die Haftanstalt Bridewell 1655 angeführt, die in erster Linie als Armenhaus diente, in dem Arbeitsmaßnahmen durchgeführt wurden. Das erste deutsche Zuchthaus wurde 1608 in Bremen eröffnet. Die späteren Strafanstalten des 18. und frühen 19. Jahrhunderts waren nur noch auf die Sicherung verurteilter Straftäter gerichtet (die Quäker-Haftanstalt in Philadelphia 1790, das auburnsche Gefängnis in New York 1823), vgl. *Schwind* 1988, S. 4 ff., *Kaiser/Kerner/Schöch* 1991, S. 35 ff.; *Seelich* 2011, S. 207 ff.

37 Eine anschauliche und tiefgründige Darstellung der Verstrickung der Gefängnisbeamten in die Verbrechen des Dritten Reiches findet sich bei *Wachsmann* 2006, S. 309 ff., vgl. auch *Kaiser/Schöch* 2002, S. 31 f.

Mangelernährung) Rückschlüsse auf die jeweiligen Wärter, Betreuer und Verwalter[38] zulassen.[39] Ohnehin dürfte von einem ständigen „Anstaltspersonal" erst mit dem Aufkommen der Zuchthäuser die Rede gewesen sein.[40] Hier gehörten neben der Verwahrung und Versorgung der Insassen auch die Beaufsichtigung von Zwangsarbeit sowie die religiöse und weltliche Unterweisung[41] zu den Tätigkeiten der sogenannten „Freien".[42]

Nur kurz erwähnt werden soll, dass durch die Gefängnisreformen im 19. Jahrhundert auch das Anstaltspersonal ins Interesse von Politik und Wissenschaft rückte. *Krohne* stellte in seinem „Lehrbuch für Gefängniskunde" fest, dass es Hauptaufgabe der Gefängnisverwaltung sei, eine tüchtige Beamtenschaft zu gewinnen, zu erziehen und freudig in ihrem Beruf zu erhalten und die Aufgaben des Strafvollzugs nur durch eine wohlgeschulte Beamtenschaft zu erreichen sind.[43] *Krebs* beschreibt, dass es aber Mitte des 19. Jahrhunderts zunächst nicht gelang, Ausbildungsstätten für Vollzugsbedienstete in Preußen zu errichten, und dass die militärische Führung der Gefängnisse nur teilweise abgeändert werden konnte.[44] Eine „allgemeine planmäßige Auswahl sowie Aus- und Fortbildung der Vollzugsbeamten" hat es im Deutschen Reich nicht gegeben.[45] Dennoch fällt in diese Zeit die Gründung des Vereins der Deutschen Strafanstaltsbeamten e. V. am 18.5.1864. Dieser hatte zum Ziel, die Gefängnisverhältnisse im Deutschen Reich zu verbessern und zu vereinheitlichen.[46] Mit den herausgegebenen „Blättern für Gefängniskunde" konnten zwar noch keine Standesinteressen für die Vollzugsbediensteten vertreten werden, dennoch wurde deutlich gemacht, dass der Vollzug mit dem Aufsichtsdienst steht und fällt.[47]

Nach dem zweiten Weltkrieg war die Situation des Strafvollzugs in allen Besatzungszonen geprägt von baulich heruntergekommenen Anstalten, Ver-

---

38   *Rusche/Kirchheimer* 1974, S. 147.

39   Noch weiter meint *Deimling* 1968, S. 254, dass die innere Struktur einer Strafanstalt […] gleichsam die Autoritätsstruktur und die Herrschaftsform des betreffenden Staates wider (spiegelt), da die in ihr tätigen Beamten nach einem systemspezifischen Ausleseprinzip ausgewählt und geschult werden."

40   *Böhm* 1990, S. 67, legt diesen Zeitpunkt auf die Zuchthausgründung in Amsterdam, wonach es seither Männer und Frauen gäbe, die sich mit wechselnden Berufsbezeichnungen im ständigen Kontakt mit den Gefangenen befinden.

41   Vgl. hierzu *Krause* 1999, S. 30 ff.

42   *Krebs* 1967, S. 200.

43   *Krohne* 1889; vgl. hierzu bereits *Kap. 1*.

44   *Krebs* 1967, S. 200.

45   *Krebs* 1967, S. 201.

46   *Bund der Strafvollzugsbediensteten Deutschland (BSBD) Landesverband NRW* 1999, S. 23.

47   *BSBD Landesverband NRW* 1999, S. 23 f.

wahrvollzug und einem wenig qualifizierten Personal.[48] Nach Gründung der zwei deutschen Staaten entwickelten sich – auf der Grundlage eines stark voneinander abweichenden Verständnisses von Resozialisierung – die Vollzugssysteme und deren Ausgestaltung in verschiedene Richtungen.[49]

2.1.2 Vollzugspersonal in der Bundesrepublik Deutschland

Ein Meilenstein in der Fortentwicklung des Strafvollzugs in der Bundesrepublik Deutschland war das Inkrafttreten des Strafvollzugsgesetzes (StVollzG) 1977,[50] welches sowohl die Rechte der Gefangenen als auch Eingriffsbefugnisse der Vollzugsbehörde regelte.[51] Ebenso enthielt das StVollzG Vorschriften über die innere Organisation der Anstalt und zu einzelnen Mitarbeitergruppen (vgl. *Kap. 2.3*). Dieses stellte den Beginn einer neuen Vollzugspraxis insbesondere im Sinne eines Behandlungsvollzugs dar, stand aber selbst am Ende einer Zeit mit zahlreichen Diskussionen um die Fortentwicklungen im Bereich des Justizvollzugs.[52]

Bereits kurz nach Gründung der Bundesrepublik wurde am 7.12.1949[53] der Bund der Strafvollzugsbediensteten (BSBD) als gewerkschaftliche Interessenvertretung der Strafvollzugsbediensteten gegründet, der bereits 1958 erste Erfolge aufzeigen konnte, indem der Aufsichtsdienst vom einfachen in den mittleren Dienst überführt wurde,[54] womit auch eine vertiefte Ausbildung der Bewerber verbunden war.[55] 1951 erfolgte der Beitritt zum Deutschen Beamtenbund.[56] In den Ländern trugen die einzelnen Landesverbände zur Verbesserung der Arbeitsbedingungen der Vollzugsbediensteten bei, so z. B. durch das Bewir-

---

48 *Kaiser/Schöch* 2002, S. 37.

49 Ähnlich *Blau* 1988, S. 17; *Müller-Dietz* 1999, S. 20.

50 Zur Entwicklung der Rechtsgrundlagen und sonstigen Vorschriften im Bereich des Strafvollzugs der Länder nach Gründung der BRD vgl. *Leopold* 1951, S. 51 ff.

51 *Kaiser/Schöch* 2002, S. 55.

52 Das Strafvollzugsgesetz selbst war Resultat einer Entscheidung des Bundesverfassungsgerichtes (BVerfGE 33, 1 ff.), die das „besondere Gewaltverhältnis" verwarf und für den hoheitlichen Eingriff in die Rechte der Gefangenen eine gesetzliche Regelung verlangte.

53 *BSBD Landesverband NRW* 1999, S. 26.

54 *Bokermann* 1999, S. 6.

55 *Böhm* 1975, S. 10; *ders.* 1980, S. 3; *Rotthaus* 1994, S. 245 legt dar, dass sich an den alten Lehrinhalten nicht viel geändert habe. Eine grundlegende Umgestaltung erfolgte erst mit den Anfängen der Strafvollzugsreform (S. 247). Vgl. zur Entwicklung und unterschiedlichen Ausgestaltung und Entwicklung der Vollzugsausbildung in den einzelnen Ländern *Aebersold* 1977; *Domuradt* 1975; *Böhm* 1990 m. w. N. und *Blanck* 2013.

56 *BSBD Landesverband NRW* 1999, S. 26.

ken der Einführung einer Nachtdienstentschädigung, einer Dienstkleiderzulage, der Gewährung einer Tuberkulose-Zulage für den Sanitätsdienst u. s. w.[57] Dennoch stand der Justizvollzug vor „ernsten Problemen".[58] So war bereits 1960 von „drückenden Nachwuchssorgen" und von einem großen „körperlichen und geistigen Kräfteverschleiß im Anstaltsdienst" sowie einem „empfindlichen Personalmangel" und einer „mangelnden Ausbildungssituation" in der Presse zu lesen.[59] Ein Jahr später wurde die Dienst- und Vollzugsordnung als bundeseinheitliche Verwaltungsordnung vereinbart (zur DVollzO vgl. *Kap. 2.3)* und es wuchs die Erkenntnis, welche Rolle das Vollzugspersonal für die Resozialisierung des Täters spielt. In ihren „Leitgedanken für eine Reform des Vollzugs der Freiheitsstrafe" machten *Krebs/Einsele* u. a. klar, dass „die Bemühung der Sozialpädagogen fruchtlos sind, wenn nicht die übrigen Beamten (Aufsichtsbeamte, Werkbeamte, Verwaltungsbeamte), die täglich in besonders enger Berührung mit den Gefangenen stehen, die Erreichung der gleichen Ziele anstreben. Um das zu verwirklichen, ist bezüglich der Aufsichtsbeamten eine besonders sorgfältige Auslese und Ausbildung unerlässlich."[60] Kernstück für einen fortschrittlichen Strafvollzug sollten nach *Einsele* bauliche Veränderungen, eine bessere Ausbildung des Personals sowie eine klare Rechtsstellung der Gefangenen sein.[61]

Begleitet von voranschreitender Vollzugsforschung,[62] beschleunigt durch Skandale[63] und maßgebende Entscheidungen des Bundesverfassungsgerichts[64] kam die Reform des Justizvollzugs voran. Missstände wurden abgebaut und den Bediensteten wurde die „Gitterzulage" als Erschwerniszulage für die besonderen

---

57 *BSBD Landesverband NRW* 1999, S. 30.

58 *Remscheider Generalanzeiger* vom 11. August 1960, abgedruckt in *BSBD Landesverband* NRW 1999, S. 36.

59 Remscheider Generalanzeiger vom 11. August 1960, abgedruckt in *BSBD Landesverband NRW* 1999, S. 36. Ähnlich *Kaiser/Schöch* 2002, S. 37, die zudem auf die Überbelegung in den Zellen, Vorherrschen des Sicherungsvollzugs und die resozialisierungsresistente Einstellung in der Bevölkerung abstellen.

60 *Schmidt* 1952, S. 7 f.

61 *Einsele* 1967, S. 198; so auch *Kerner* 1977, S. 74.

62 Vgl. hierzu *Blau* 1988, S. 22 ff.

63 *Kaiser/Schöch* 2002, S. 39. So z. B. die Klingelpütz-Affäre: In der Kölner Haftanstalt „Klingelpütz" kam es Mitte der 1960er Jahre zu zahlreichen Übergriffen von Vollzugsbediensteten auf Gefangene und zwischen den Gefangenen.

64 BVerfGE 33, S. 1 ff. (Gesetzlichkeitsprinzip – Abkehr vom besonderen Gewaltverhältnis), BVerfGE 35, S. 202 ff. (Lebach – grundrechtliche Verankerung des Resozialisierungsgedankens) und BVerfGE 40, S. 284 ff. (grundrechtskonforme Ausstattung des Vollzugs zur Realisierung des Vollzugsziels), vgl. hierzu *Müller-Dietz* 1999, S. 25 f.

physischen und psychischen Belastungen während des Dienstes gewährt.[65] Ebenso wurde aufgrund der höheren Belastungen die Altersgrenze für den Eintritt in das Pensionsalter nach und nach in allen Bundesländern auf das 60. Lebensjahr herabgesetzt.[66] Dies kann aber nicht darüber hinwegtäuschen, dass die Arbeitsbedingungen weiter durch eine hohe Überbelegung in maroden Gefängnissen und einer sehr knappen Zahl an Bediensteten bestimmt wurden.[67]

1976 wurde dann vom Justizminister *Heinemann* die Strafvollzugskommission einberufen, die einen Entwurf zum Strafvollzugsgesetz einreichte, der als umgearbeiteter Regierungsentwurf 1972 und nach späteren weiteren Bearbeitungen und Anpassungen schließlich von Bundestag und Bundesrat beschlossen und am 13.3.1976 verkündet wurde.[68]

Ungeachtet dessen, dass sich der Justizvollzug im Rahmen der Reformen zur eigenständigen „dritten Säule der Justiz"[69] entwickelte,[70] stand man weiterhin vor verschiedenen Problemen wie steigenden Gefangenenraten und Überbelegung, Personalmangel und nötigen Einsparungen. Obwohl das Bundesverfassungsgericht festgestellt hatte, dass der Staat verpflichtet ist, Vollzugsanstalten in der Weise auszustatten, die zur Wahrung der Grundrechte der Gefangenen erforderlich sind,[71] stehen finanzielle Gründe seit jeher der Umsetzung erforderlicher Maßnahmen entgegen.[72] So verzichtete man bei der Schaffung des StVollzG auch darauf, verbindliche Vorgaben hinsichtlich einer personellen Mindestausstattung festzulegen, sondern begnügte sich mit der vagen Vorgabe in § 155 Abs. 2 StVollzG, wonach in den Anstalten entsprechend ihrer Aufgaben die erforderliche Anzahl an Bediensteten vorzusehen ist (vgl. *Kap. 2.2*).

---

65 *BSBD Landesverband NRW* 1999, S. 39.

66 *BSBD Landesverband NRW* 1999, S. 53. Mittlerweile wurde die Altersgrenze in Mecklenburg-Vorpommern wieder um zwei Jahre erhöht. Die Änderungen der Pensionsgrenze, die im Dezember 2009 im Schweriner Landtag beschlossen wurden, gelten für den Bereich der Polizei, Feuerwehr und dem Strafvollzug; http://www.mvregio.de/ nachrichten_region/ 269961.html (Abrufdatum: 10.01.2010).

67 Vgl. *Rotthaus* 1994, S. 244.

68 *Blau* 1988, S. 25; *BSBD Landesverband NRW* 1999, S. 49.

69 Vgl. hierzu *Kaiser/Kerner/Schöch* 1991, S. 19. *Kaiser/Schöch* 2002, S. 179.

70 Insbesondere durch die Trennung von Generalstaatsanwaltschaft und Schaffung eigener Behörden- und Aufsichtsstrukturen in den Ländern; vgl. *BSBD Landesverband NRW* 1999, S. 50 ff.

71 BVerfGE 40, 276 (284).

72 Bereits *Kerner* 1977, S. 76; *Rotthaus* 1994, S. 252; *Müller-Dietz* 1999, S. 27. Anders aber *Wohlgemuth* 1995, S. 145. Er geht davon aus, dass Geld nicht der entscheidende Faktor für die Entwicklung sei, sondern allenfalls das notwendige Schmiermittel. Wichtiger seien engagierte Teams sowie Zustimmung und Förderung durch die Aufsichtsbehörden.

2.1.3 Vollzugspersonal in der Deutschen Demokratischen Republik[73]

Auch der Vollzug in der DDR beschränkte sich theoretisch nicht auf die bloße Verwahrung der Gefangenen, sondern basierte auf einer erzieherischen Einwirkung auf den Straftäter,[74] freilich mit anderem Verständnis als in der Bundesrepublik.[75] Tatsächlich ist von einer überwiegend repressiven Verwahrung der Inhaftierten auszugehen.[76] *Dölling* legt dar, wie unter dem Primat der Sicherheit die Prinzipien der Erziehung, aber auch der Ökonomie nicht nur das Leben der Gefangenen, sondern auch die Arbeit der Bediensteten bestimmte.[77]

Das Strafvollzugsgesetz der DDR vom 7.4.1977 stand unter der Prämisse, dass Kriminalität eine „dem Sozialismus zutiefst wesensfremde Erscheinung" sei. Dementsprechend war „den Strafgefangenen ihre Verantwortung als Mitglieder der Gesellschaft bewusst zu machen, und sie zu erziehen, künftig die Gesetze des sozialistischen Staates einzuhalten und ihr Leben verantwortungsbewusst zu gestalten".[78] Im Mittelpunkt stand dabei die Erziehung durch gesellschaftlich nützliche Arbeit.[79] Damit war in erster Linie die Einbindung in die

---

73 Die folgenden Ausführungen beziehen sich auf den allgemeinen Strafvollzug der DDR. Nicht dargelegt wird die Situation in den Haft- und Untersuchungshaftanstalten des Ministeriums für Staatssicherheit.

74 Vgl. *Nagler* 1999, S. 143; *Mehner* 1992, S. 96; *Landesregierung Mecklenburg-Vorpommern* 2001, S. 25.

75 *Arnold* 1990, S. 328 schildert hierzu die Schlussfolgerungen eines unabhängigen Untersuchungsausschusses, der aufgrund einer Initiative der Berliner Bischofskonferenz gegründet wurde und sich mit der Überprüfung von Strafurteilen und den Haftbedingungen im DDR-Vollzug beschäftigte, wie folgt: „Das Strafvollzugssystem in der DDR folgte einer Erziehungskonzeption, die die Subjektrolle des Einzelnen in der Realität nicht anerkannte. Erziehung im Strafvollzug beschränkte sich u. a. darauf, die Sicherheit und Ordnung zu gewährleisten und war vorrangig auf Disziplinierung der Gefangenen ausgerichtet. [...] Erziehung im Strafvollzug der DDR bedeutete in besonderem Maße aber auch ideologische Erziehung."

76 *Herden* 1999, S. 67.

77 *Dölling* 2009 S. 71 ff.; *Nagler* 1999, S. 143.

78 Ministerium des Inneren der DDR 1980, S. 9 f. (§ 2 Abs. 1 StVG DDR); vgl. auch *Ziegler* 1998a, S. 1. Zuvor war der Vollzug bereits im Strafvollzugs- und Wiedereingliederungsgesetz vom 12.1.1968 geregelt, *Kaiser/Kerner/Schöch* 1991, S. 48. Einen Überblick über die gesetzlichen Grundlagen des DDR-Vollzugs gibt *Essig* 2000, S. 23. ff.

79 § 6 Abs. 1 StVG DDR, Art. 137 der Verfassung der DDR vom 7.10.1949. Gleichzeitig muss erwähnt werden, dass der Vollzug in der DDR zwischen normalen und politischen Häftlingen unterschied, wobei politische Häftlinge als nicht besserungsfähig eingestuft wurden und somit auch nicht durch Arbeit erzogen werden konnten, vgl. *Woyner* 1992, S. 8; *Mehner* 1992, S. 94; *Landesregierung Mecklenburg-Vorpommern* 2001, S. 25.

volkswirtschaftliche Produktion verbunden.[80] Ihre Bewachung und Betreuung wurde durch zuletzt ca. 8.560 Mitarbeiter bewerkstelligt. Im Oktober 1989 waren 36.665 Inhaftierte[81] in 76 Haft- und Untersuchungshaftanstalten untergebracht,[82] wobei ihnen 1.935 Offiziere, 5.893 Wachtmeister und 731 Zivilbeschäftigte gegenüberstanden.[83] *Dölling* geht von einem zahlenmäßigen Verhältnis von einem Bediensteten zu 3,3 Gefangenen aus und fügt hinzu, dass mehr Planstellen zur Verfügung gestanden hätten, aber nicht besetzt werden konnten.[84] In regionalen Betrieben und NVA-Kasernen hätten Werbeaktionen stattgefunden, um für die Arbeit im Strafvollzug zu werben.[85] Der Erfolg sei jedoch unbefriedigend gewesen, sodass im ersten Halbjahr 1989 191 Mitarbeiter gefehlt hätten, was zu zusätzlichen Dienstschichten beim vorhandenen Personal führte.[86] *Dölling* begründet die fehlende Motivation für die Arbeit im Strafvollzug mit einem geringen Sozialprestige der Tätigkeit, der psychischen Belastung sowie der großen Ungewissheit, was einen dort erwarten würde.[87] Die Mitarbeiter im Vollzug waren Teil der bewaffneten Organe, sie waren uniformiert und trugen militärische Dienstgrade.[88] Damit war auch der Arbeitsalltag mit Befehlen und Anweisungen militärisch organisiert[89] und streng geregelt, was auch für die Bediensteten eine Belastung darstellte, da durch die Einbindung in die strenge Hierarchie eigene Entscheidungen nicht möglich waren und bei Fehlver-

---

80   *Woyner* 1992, S. 8; *Essig* 2000, S. 27 f.

81   Der stets hohen Gefangenenrate wurde mit regelmäßigen Amnestien entgegengewirkt, *Kaiser/Kerner/Schöch* 1991, S. 50; vgl. auch *Müller-Dietz* 1994, S. 280 m. w. N. Zu den Haftbedingungen und Rechten der Gefangenen im Vollzug der DDR vgl. *Arnold* 1990, S. 327 ff.; *Kaiser/Kerner/Schöch* 1991, S. 49 f.; *Ziegler* 1998a, S. 5 ff.; *Essig* 2000, S. 88 und sehr detailliert *Kunz* 2003, S. 8 ff.

82   Vgl. *Essig* 2000, S. 85.

83   *Woyner* 1992, S. 43 und Anlage 28. Vergleichbare Angaben finden sich bei *Ziegler* 1998a, S. 1 und *Dölling* 2009, S. 110.

84   *Dölling* 2009, S. 110.

85   *Dölling* 2009, S. 110.

86   *Dölling* 2009, S. 110.

87   *Dölling* 2009, S. 110, wobei er ebenfalls die vergleichsweise gute Bezahlung und die Zuweisung einer Wohnung als Anreiz für die Arbeit im Vollzug herausstellte.

88   *Woyner* 1992, S. 41; *Ziegler* 1998a, S. 1 macht zusätzlich deutlich, dass männliche Bewerber im Justizvollzug nur dann eingesetzt werden durften, wenn sie zuvor den militärischen Grundwehrdienst von 18 Monaten in der NVA abgeleistet hatten. Nach *Müller-Dietz* 1999, S. 23 war die „militärisch-bürokratische Orientierung" bereits durch die Einbindung in den Geschäftsbereich des Ministeriums des Inneren vorgezeichnet. So auch *Herden* 1999, S. 67.

89   *Woyner* 1992, S. 46.

halten hohe Disziplinardrohungen im Raum standen.[90] Als weiterer Belastungsfaktor benennt *Dölling* die absolute Pflicht zur Geheimhaltung, die es den Bediensteten unmöglich gemacht habe, über belastende Erfahrungen mit Außenstehenden zu sprechen.[91] Im Zusammenhang mit der Geheimhaltungspflicht kann auch das Verbot von Westkontakten bzw. von Reisen ins nichtsozialistische Ausland gesehen werden.[92] Mehr noch als die Geheimhaltung dürfte hier aber die Bewahrung der sozialistischen Idee im Vordergrund gestanden haben.

Damit die Gefangenen im Sinne des Sozialismus erzogen werden konnten, musste auch die Ausbildung der Bediensteten im Sinne der sozialistischen Ideologie geprägt sein.[93] „Ein festes sozialistisches Staatsbewusstsein war Voraussetzung für die Aufnahme in den Strafvollzugsdienst."[94] *Herden* legt aber dar, dass neben der ideologischen Seite die rein fachliche Ausbildung der Vollzugsbediensteten sich kaum von derjenigen in den alten Bundesländern unterschieden habe und sich dementsprechend Rahmenstoffpläne für die Ausbildung nach der Wiedervereinigung nicht groß verändert hätten.[95] Er hält aber auch insgesamt fest, dass Theorie und Praxis, Anspruch und Wirklichkeit weit auseinanderklafften.[96]

Um Gewähr für das Einstehen für das sozialistische Regime zu haben, wurden die Bediensteten und ihre Familien regelmäßig, beispielsweise auf ein Bestehen von Westkontakten[97], überprüft. Dementsprechend beschreibt *Woyner*, dass Angst und Unsicherheit nicht nur auf Seiten der Gefangenen, sondern auch

---

90   *Dölling* 2009, S. 114 f.

91   *Dölling* 2009, S. 115.

92   *Dölling* 2009, S. 115.

93   *Essig* 2000, S. 78. Zur Ausbildung der Bediensteten im DDR-Vollzug insgesamt vgl. *Essig* 2000, S. 76 ff. sowie *Dölling* 2009, S. 112 ff.

94   *Essig* 2000, S. 78; ähnlich *Dölling* 2009, S. 111.

95   *Herden* 1999, S. 71. Anders dagegen *Nagler* 1999, S. 144, der bemerkt, dass „die Ausbildung des DDR-Personals einem modernen Resozialisierungsvollzug in keiner Weise gerecht wurde. In oftmals nur sechswöchiger Kurzausbildung wurden die Vollzugsbediensteten schwerpunktmäßig auf Belange der Wahrung von Sicherheit und Ordnung vorbereitet. Die Vermittlung von Fähigkeiten zu einem behandlungsorientiert ausgerichteten Umgang mit den Gefangenen unterblieb."

96   *Herden* 1999, S. 71.

97   *Woyner* 1992, S. 41. Ein im Detail nicht bekannter, aber offensichtlich nicht unerheblicher Anteil von Mitarbeitern war selbst als Mitarbeiter der Staatssicherheit tätig. Dementsprechend wurden nach der Wende die Führungskader fast ausnahmslos nicht übernommen, vgl. *Flügge* 1991; *Dünkel* 1993; zum Strafvollzug der DDR vgl. zusammenfassend *Essig* 2000; *C. Kunz* 2003, S. 8 ff. m. jew. w. N.; ferner unten *Kap. 4.2.1.*

bei ihren Aufsehern gegeben war, insbesondere durch die ständige Überwachung durch inoffizielle Mitarbeiter des Ministeriums für Staatssicherheit.[98]

Als sich im Oktober und November 1989 der gesellschaftliche Umbruch anbahnte, geriet auch der DDR-Justizvollzug, der bis dahin ein Tabu-Thema war, vermehrt in den Blick der Öffentlichkeit, wobei es insbesondere um die Haftbedingungen ging.[99] Die Situation in den Anstalten war gekennzeichnet durch „Ausbruchsversuche von Gefangenen, Nahrungsverweigerungen, Dachbesetzungen, Selbsttötungsandrohungen u. a.".[100]

2.1.4 Wiedervereinigung und Integration des Vollzugs in das Normensystem der BRD

Nach der Wiedervereinigung wurde das StVollzG auch für die neuen Bundesländer zur maßgeblichen Regelung für den Vollzug der Freiheitsstrafe.[101] Dies bedeutete eine intensive Umstellung für das Vollzugspersonal, welches nach den umfangreichen Überprüfungen auf das Bestehen einer Mitarbeit in der Staatssicherheit[102] in den Anstalten verblieben war.[103] Zudem erforderte die desolate Bausubstanz[104] der Vollzugseinrichtungen intensive Sanierungsmaßnahmen, die nicht sofort geleistet werden konnten (zur Entwicklung des Justizvollzugs in den neuen Bundesländern nach der Wiedervereinigung am Beispiel von Mecklenburg-Vorpommern vgl. *Kap 4.2.1*).

2.2 Entwicklung der personellen Ausstattung

Nachdem die Reform des Strafvollzugs in den 1970er Jahren die Wiedereingliederung des Täters in die Gesellschaft in den Vordergrund stellte und der Behandlungsvollzug eine individuelle Betreuung der Inhaftierten verlangte, wurde eine deutliche Erhöhung der Stellen im Vollzug erforderlich.[105]

---

98 *Woyner* 1992, S. 96.

99 *Arnold* 1990, S. 327; vgl. auch die Beschreibung der Berichterstattung bei *Müller-Dietz* 1994, S. 275 ff.

100 *Arnold* 1990, S. 327.

101 *Kaiser/Schöch* 2002, S. 54. Zum Strafvollzug im Übergang vgl. auch *Dünkel* 1993, S. 37 ff.; Flügge 1991, S. 37 ff.

102 Vgl. hierzu *Helmrich* 1992, S. 2506.

103 *Ziegler* 1998b, S. 1.

104 *Essig* 2000, S. 241 f.; *Schott* 2000, S. 91; *Landesregierung Mecklenburg-Vorpommern* 2001, S. 26.

105 Vgl. hierzu *Hohage/Walter/Neubacher* 2000, S. 136. Zur Entwicklung der Personalausstattung im internationalen Vergleich vgl. *Rotthaus* 1993, S. 323 ff.

Der Personalschlüssel in den alten Bundesländern erhöhte sich von 35,09 Bediensteten auf 100 Gefangene (1970) auf 43,83 (1979).[106] Insbesondere im Bereich des Behandlungspersonals (Lehrer, Psychologen, Sozialarbeiter, Theologen) waren Zuwächse zu vermerken,[107] wobei sich die Entwicklung in den einzelnen Bundesländern als unterschiedlich darstellte.[108] *Hohage/Walter/Neubacher* heben jedoch hervor, dass auch dieser Zuwachs zu schwach gewesen sei, um ausreichend therapeutisch tätig sein zu können, und dass sich die Arbeit der entsprechenden Mitarbeiter „oft genug nur auf Risikoprognosen und Planungsaufgaben beschränkte".[109] Diese Einschätzung dürfte heute nicht anders ausfallen. Nach einer Stagnation der Stellensituation während der 1980er Jahre kam es in den 1990er Jahren zu einer Verschlechterung der Gefangenen-Bediensteten-Relation,[110] wobei dies bei steigenden absoluten Zahlen des Vollzugspersonals vor allem auf die steigenden Belegungszahlen in diesem Zeitraum zurückzuführen war.[111] Im Jahr 2003 lag der Personalschlüssel im Bundesländervergleich zwischen 43,1 und 58,1 Bedienstete auf hundert Haftplätze (vgl. *Tab. 1*). Im Bundesländervergleich zeigt sich dabei sowohl ein Unterschied zwischen den neuen und alten Bundesländern als auch ein Nord-Süd-Gefälle.

Tabelle 1: **Stellensituation im Justizvollzug im Bundesländervergleich 1998 und 2003**

Bundesland	Stellen gesamt 1998	Auf 100 Inhaftierte 1998	Stellen gesamt 2003	Auf 100 Inhaftierte 2003	Auf 100 Haftplätze 2003
Baden-Württemberg	3.592	41,6	3.605,00	41,9	43,1
Bayern	4.488	38,8	4.981,00	41,6	43,5
Berlin	3.112	68,6	2.892,20	54,4	57,3

---

106 *Dünkel/Rosner* 1982, S. 252. Absolut wird für den oben genannten Zeitraum eine Steigerung von 16.375 auf 23.986 Mitarbeiter angegeben (S. 249).

107 Vgl. hierzu die Angaben bei *Rosner* 1983, S. 69 f.

108 Vgl. hierzu *Dünkel/Rosner* 1982, S. 255 ff. und 267 ff.

109 *Hohage/Walter/Neubacher* 2000, S. 139.

110 *Hohage/Walter/Neubacher* 2000, S. 139. Ähnlich bereits *Dünkel/Rosner* 1982, S. 285, die feststellten, dass sich bis 1980 die Personalsituation bezogen auf die Gefangenenzahlen vor allem in den meisten Flächenstaaten kaum verändert hatte.

111 Dies deutete sich bereits in den 1970er Jahren an; vgl. hierzu *Dünkel* 1983, S. 6. Zu den steigenden Gefangenenraten in den 1990er Jahren, vgl. *Dünkel/Morgenstern* 2010, S. 97. Seit 2005 sind die Gefangenenzahlen in Deutschland rückläufig. Die Gefangenenrate lag 2009 bei 90 Gefangenen auf 100.000 der Gesamtbevölkerung.

Bundesland	Stellen gesamt 1998	Auf 100 Inhaftierte 1998	Stellen gesamt 2003	Auf 100 Inhaftierte 2003	Auf 100 Haftplätze 2003
Brandenburg	1.405	70,4	1.401,00	60,7	54,9
Bremen	418	54,9	376,70	51,4	45,6
Hamburg	1.652	57,9	1.628,95	52,2	50,2
Hessen	2.762	47,7	2.819,00	47,9	50,4
Mecklenburg-Vorpommern	778	57,6	871,00	53,3	51,9
Niedersachsen	3.146	51,1	3.860,00	55,5	58,1
Nordrhein-Westfalen	8.087	46,3	8.185	46,2	44,0
Rheinland-Pfalz	1.675	50,5	1.839	47,5	47,5
Saarland	475	56,2	480,50	51,6	52,5
Sachsen	1.910	47,9	2.208,00	51,9	52,4
Sachsen-Anhalt	1.030	56,4	1.477,00	52,3	50,4
Schleswig-Holstein	822	56,2	854,00	54,2	50,6
Thüringen	894	63,2	999,00	48,7	55,2

Quelle   Angaben 1998: *Hohage/Walter/Neubacher* 2000, S. 114 ff.
Angaben 2003: *Landesregierung Baden-Württemberg* 2004, S. 32.

Obwohl in der DDR der Stellenschlüssel (1989: 25,25 Stellen auf hundert Gefangene) weit geringer ausfiel als in der Bundesrepublik,[112] bestand nach der Wiedervereinigung und zahlreichen Amnestien in den neuen Bundesländern ein erheblicher Personalüberhang[113] (vgl. hierzu auch *Kap. 4*). *Kunz* weist aber darauf hin, dass viele Stellen zum damaligen Zeitpunkt tatsächlich gar nicht besetzt waren, da sich z. B. viele Mitarbeiter in der Ausbildung befanden, und dass die maroden baulichen Strukturen sowie Mängel in der Sicherheitstechnik zu einem erhöhten Personalbedarf führten.[114] Mit Zunahme der Gefangenenpopulation in den 1990er Jahren normalisierte sich die Stellensituation bis 1995 und verschlechterte sich noch einmal in den Folgejahren bis 2003, blieb aber über dem Niveau der alten Bundesländer.[115] Im Bereich des Behandlungspersonals

---

112 *Hohage/Walter/Neubacher* 2000, S. 140.

113 *Hohage/Walter/Neubacher* 2000, S. 141.

114 *Kunz* 2003, S. 435; ähnlich *Essig* 2000, S. 164, 243.

115 *Hohage/Walter/Neubacher* 2000, S. 141.

konnte der Stellenzuwachs den steigenden Gefangenenzuwachs allerdings nicht ausgleichen, sodass die Relation von Gefangenen zum Behandlungspersonal in den neuen Ländern noch unter dem der alten Bundesländer lag[116] (vgl. zum Behandlungspersonal im Bundesländervergleich auch unten *Tab. 3a* und *b*).

Deutlich besser, im Bundesländervergleich aber äußerst unterschiedlich, stellt sich dagegen die Personalsituation im Jugendvollzug dar[117] (vgl. *Tab. 2*). Im Jahr 2006 kamen auf insgesamt 6.949 Gefangene in den 28 Jugendhaftanstalten in Deutschland 4.515,2[118] Personalstellen, was einem Personalschlüssel von ca. 1 : 1,5 entspricht.[119] In der neueren Entwicklung zeigt sich, dass die Personalstellen im Jugendvollzug bis zum Jahr 2010 noch einmal auf insgesamt 4.874,8 Personalstellen (bei 6.285 Gefangenen[120]) ausgebaut wurden, was zu einer Verbesserung der Betreuungsdichte führte.[121] In Hinblick auf die Erhöhung der Personalstellen beim Behandlungspersonal (Psychologen, Sozialarbeiter, Sozialpädagogen) ist allerdings zu berücksichtigen, dass diese in gewissem Umfang auch Leitungsfunktionen innehaben bzw. als Abteilungsleiter tätig sind und in dieser Funktion vor allem Verwaltungstätigkeiten, aber keine Behandlungsaufgaben mehr wahrnehmen.

Zudem berücksichtigen die Angaben zu den Personalstellen aus den Ländern (vgl. *Tab. 3a* und *b*) nicht, in welchem Maß freie Träger, ehrenamtliche Vollzugshelfer sowie besonders vertraglich verpflichtete Personen (z. B. Ärzte oder Psychologen) in den jeweiligen Anstalten zusätzlich tätig werden. Auch Kooperationen zwischen kleineren und größeren Bundesländern werden dabei nicht abgebildet, was zu Fehlinterpretationen bzgl. der Betreuungsdichte führen kann.[122]

---

116 *Hohage/Walter/Neubacher* 2000, S. 141.

117 *Dünkel/Geng* 2007, S. 145 ff.

118 *Dünkel/Geng* 2007, S. 145 (Stichtag 31.3.).

119 *Dünkel/Geng* 2007, S. 145.

120 *Dünkel/Geng* 2012, im Erscheinen.

121 *Dünkel/Geng* 2011, S. 137 ff., die aber auch betonen, dass die Angabe von Durchschnittswerten, der realen Situation innerhalb der Anstalten nicht immer gerecht wird. Insgesamt gesehen gab es aber einen Stellezuwachs im Jugendvollzug um +8%. Bei den Sozialarbeitern-/Sozial-/Diplom-Pädagogenstellen lag der Zuwachs sogar bei +65,4% und bei der Psychologen bei +22,6%.

122 Vgl. hierzu *Meier* 2009, S. 1 f. (für den medizinischen Bereich).

Tabelle 2: Gefangene im Jugendstrafvollzug pro Personalstelle insgesamt und pro Mitarbeiter des Behandlungspersonals 2006 und 2010 (Stichtag 31.1.)

		Gefangene pro Personalstelle Relation		Gefangene pro Psychologe Relation		Gefangene pro Sozialarbeiter/ Sozialpädagoge Relation (inkl. Dipl. Pädagogen)	
		2006	2010	2006	2010	2006	2010
Baden-Württemberg	Adelsheim	1,8	1,56	83,7	57,1	47,2	32,0
Bayern	Aichach	2,7	0,45	52,0	58,0	52,0	29,0
	Ebrach	1,7	1,53	106,0	60,0	47,8	38,7
	Laufen-Lebenau	1,6	1,35	76,8	50,9	38,4	29,7
	Neuburg-Herrenwörth	1,5	1,33	91,0	26,0	36,4	11,4
Berlin	Berlin	1,5	1,10	41,5	26,0	26,4	17,3
Brandenburg	Cottbus-Dissenchen	1,9	3,32	116,0	108,0	116,0	72,0
	Wriezen	1,2	0,88	25,5	28,5	30,6	12,7
Bremen	Bremen	2,8	1,84	42,5	59,0	21,3	14,8
Hamburg	Hahnöfersand	0,9	0,75	35,4	35,5	24,2	5,7
Hessen	Rockenberg	1,5	0,92	122,3	49,3	19,5	6,3
	Wiesbaden	1,6	1,43	137,5	95,6	19,6	8,2
Mecklenburg-Vorpommern	Neustrelitz	1,8	1,32	137,0	45,8	45,7	25,4
Niedersachsen	Göttingen/Rosdorf	1,3	1,57	31,7	67,5	31,7	17,8
	Hameln	1,7		64,1		16,5	
Nordrhein-Westfalen	Heinsberg	1,6	0,95	93,7	74,7	51,1	22,4
	Herford	1,6	1,44	72,8	61,3	36,4	25,9
	Hövelhof	1,9	1,55	209,0	104,0	46,4	23,6
	Iserlohn	1,7	1,00	83,7	39,8	32,6	15,3
	Siegburg	1,1	1,58	63,8	61,8	26,1	23,5
Rheinland-Pfalz	Schifferstadt	1,3	1,18	50,0	33,1	25,0	13,7
	Wittlich	1,6	1,18	60,7	34,8	36,4	9,2
Saarland	Ottweiler	0,7	0,84	110,0	76,7	27,5	14,4

		Gefangene pro Personalstelle Relation		Gefangene pro Psychologe Relation		Gefangene pro Sozialarbeiter/ Sozialpäda-goge Relation (inkl. Dipl. Pädagogen)	
		2006	2010	2006	2010	2006	2010
Sachsen-Anhalt	Raßnitz	1,7	1,74	123,3	109,7	92,5	25,3
Sachsen	Zeithain	1,8	-	44,9	-	32,6	-
	Zwickau	2,4	-	87,0	-	43,5	-
	Regis-Breitingen	-	1,38	-	51,7	-	28,2
Schleswig-Holstein	Schleswig/Neumünster	1,2	0,93	33,3	14,8	26,1	37,0
Thüringen	Ichtershausen + Weimar	1,5	1,35	147,0	81,7	73,5	30,6
Gesamtwert		*1,5*	*1,29*	*67,2*	*49,6*	*31,6*	*17,3*

Quelle: Angaben 2006: *Dünkel/Geng* 2007, S. 147.
Angaben 2010: *Dünkel/Geng* 2011; 2012 (ohne Pforzheim, Zweibrücken, Chemnitz).

Obwohl sich die Personalstellen in Relation zu den Gefangenenzahlen seit den 1960er-Jahren deutlich verbessert haben, wurde die Personalsituation insbesondere durch den neuerlichen Rückgang seit den 1990er-Jahren weiterhin als ungenügend[123] und als belastender Faktor bemängelt.[124] Dabei wurde vor allem eine wachsende Aufgabenvielfalt hervorgehoben. Gleichzeitig muss beachtet werden, dass die angegebenen Stellen in den Haushaltsplänen der Länder nicht die tatsächliche Größe der Belegschaft in den Anstalten exakt wiedergeben. Vielmehr beeinflussen der hohe Krankenstand, Urlaub, Fortbildungen, aber auch sonstige Ausfälle, wie z. B. Mitarbeiter in Elternzeit und damit einhergehende zwischenzeitliche Nichtbesetzung von Stellen, die Stellensituation.[125] Teilweise erfordern die Personalkonzepte in den Ländern einen drastischen Stellenabbau für die kommenden Jahre. Um dies zu erreichen, werden z. B. durch Ruhestandsversetzungen frei werdende Stellen nicht neu besetzt. Konsequenzen sind

---

123   *Eisenberg* 2005, § 36 Rn. 41.

124   *Kaiser/Kerner/Schöch* 1992, S. 279.

125   *Kaiser/Kerner/Schöch* 1992, S. 277.

Überstunden, die von den Vollzugsbediensteten zu leisten sind und eine wachsende Unzufriedenheit mit den Arbeitsplatzbedingungen.[126]
Allerdings ist auch zu beachten, dass das zahlenmäßige Verhältnis zwischen Gefangenen und Bediensteten nur wenig geeignet ist, Aussage darüber zu treffen, wie stark einzelne Bedienstete belastet sind bzw. wie viele Gefangene von einem Bediensteten tatsächlich zu betreuen sind.[127] So weicht z. B. das Betreuungsverhältnis in den einzelnen Anstalten zum Teil stark voneinander ab.[128] Dies wiederum wird dadurch bedingt, dass unterschiedliche Aufgaben (offener oder geschlossener Vollzug, Jugend- oder Erwachsenenvollzug, Sozialtherapie sowie die Deliktsstruktur der Insassen in den Anstalten), aber auch unterschiedliche bauliche und organisatorische Strukturen die Höhe des Personalbedarfs beeinflussen.[129] Auch beeinflusst die Größe der Anstalten in einem Land die Personalstellen, da es unterschiedliche Dienstbereiche gibt, die rund um die Uhr besetzt werden müssen (Zentrale, Wache, sonstige sicherheitsempfindliche Stellen, Krankenabteilung).[130] Verfügt ein Land über mehrere kleinere Anstalten statt weniger großer, so müssen mehr Stellen eingeplant werden, um diese Dienstbereiche ständig besetzen zu können. So täuscht z. B. das vermeintlich bessere Verhältnis der Personalstellen auf 100 Haftplätze in Mecklenburg-Vorpommern im Vergleich zu Bayern oder Baden-Württemberg (vgl. *Tab. 1*) darüber hinweg, dass in Mecklenburg-Vorpommern mehrere kleinere Anstalten betrieben werden, da es trotz großer Fläche des Landes aufgrund der geringen Bevölkerungsdichte geringere absolute Gefangenenzahlen gibt, aber die Gefangenen dennoch möglichst heimatnah untergebracht werden sollen.[131]

---

126 Für Bremen vgl. *Schwarz/Stöver* 2010, S. 146; vgl. auch *Knauer* 2009, S. 248 f. Weiter finden sich im Internet bzw. in der regionalen Presse der einzelnen Bundesländer verschiedenste Berichte über den personellen Engpass und den weiteren Stellenabbau im Justizvollzug. Für Bayern vgl. URL: http://www.bayerische-staatszeitung.de/staatszeitung/politik/detailsicht-politik/artikel/gefangene-des-sparzwangs/?tx_ttnews%5B backPid%5D=115. Für Brandenburg: URL: http://www.moz.de/artikel-ansicht/dg/0/1/ 288791/. Für NRW: URL: http://nachrichten. rp-online.de/regional/stellenabbau-in-skandal-jva-1.104750 (Abrufdatum: jeweils 27.12.2011).

127 *Henze* 1988, S. 157.

128 Vgl. z. B. die Angaben zum Betreuungsverhältnis in verschiedenen deutschen Anstalten bei *Entorf/Meyer/Möbert* 2006, S. 93 (u. a. JVA Plötzensee: 79,4; JVA Bochum: 54; JVA Würzburg: 41,7; JVA Attendorn: 28,9); zum Jugendvollzug siehe *Tab. 2* und *Dünkel/ Geng* 2007, S. 76; vgl. für die Anstalten in Mecklenburg-Vorpommern *Kap. 4*.

129 *Henze* 1988, S. 158; vgl. auch *Landesregierung Mecklenburg-Vorpommern* 2001, S. 43.

130 *Henze* 1988, S. 158.

131 Die *Landesregierung Mecklenburg-Vorpommern* 2001, S. 34 weist zudem darauf hin, dass in dem flächenmäßig großen Land ein erhöhter Personalbedarf erforderlich ist für durchzuführende Gefangenentransporte einschließlich notwendiger Gerichtsvorführungen und Sitzungsdienste.

Letztlich ist es nachvollziehbar, dass sich die Gesetzgebung schwer tut, feste „Schlüsselzahlen" für ein sachgerechtes Verhältnis zwischen Bediensteten und Gefangenen festzulegen.[132] § 155 Abs. 2 StVollzG verpflichtet die Länder lediglich dazu, die erforderliche Anzahl an Bediensteten bereitzustellen.[133] Zur Ausfüllung des Begriffs der „Erforderlichkeit" müssen die verfassungsrechtlichen Vorgaben als Richtschnur herangezogen werden, wonach der Vollzug auch hinsichtlich der Personalausstattung so auszugestalten ist, dass der Resozialisierungsgedanke angemessen umgesetzt werden kann.[134] Hierzu bemängelte *Henze* 1988, dass aufgrund von finanziellen Einsparungen in den Ländern die Anstaltsleiter gezwungen seien, in der Diensteinteilung zunächst Sicherungs- und Versorgungsaufgaben sicherzustellen, bevor Bedienstete für andere Betreuungsaufgaben eingeteilt werden können.[135] Dies würde noch dadurch verstärkt, dass Sicherheitsmängel offenkundiger seien und in der Presse schnell kritisiert würden, während Betreuungsmängel von der Öffentlichkeit nur schwer zu fassen seien.[136] Auch an dieser Einschätzung hat sich bis heute nichts geändert (vgl. hierzu die Ausführungen in *Kap. 1* zum Ausbruch zweier Gefangenen in der JVA Aachen).

---

132 *Henze* 1988, S. 158. Zur Entwicklung von Stellenplänen auf der Grundlage von Funktionsbesetzungsplänen vgl. *Dietz* 1991, S. 334 ff.

133 *Kaiser/Schöch* 2002, S. 448.

134 Zuletzt BVerfG, Az. 2 BvR 2111/06 - 5. Mai 2008: „Der Staat kann grundrechtliche und einfachgesetzlich begründete Ansprüche Gefangener nicht nach Belieben dadurch verkürzen, dass er die Vollzugsanstalten nicht so ausstattet, wie es zur Wahrung ihrer Rechte erforderlich wäre. Vielmehr setzen die Grundrechte auch Maßstäbe für die notwendige Beschaffenheit staatlicher Einrichtungen."

135 *Henze* 1988, S. 158. Kritisch hierzu auch *Kaiser/Schöch* 2002, S. 447 f.

136 *Henze* 1988, S. 158.

Tabelle 3a: Personalstellen im Bundesländervergleich

		Baden-Württemberg	Bayern	Berlin	Brandenburg	Bremen	Hamburg	Hessen	Mecklenburg-Vorpommern
Jahresdurchschnittsbelegung 2003		8.604	11.964	5.318	2.308	733	3.123	5.883	1.634
Zahl der Haftplätze am 1.1.2004		8.368	11.442	5.050	2.551	826	3.248	5.596	1.679
Jeweilige Stellenzahl									
Höherer Vollzugs- und Verwaltungsdienst		46,00	56,00	23,50	13,00	4,5	12,00	37,00	13,00
	Je 100 Gefangene	0,53	0,47	0,44	0,56	0,61	0,38	0,63	0,80
	Je 100 Haftplätze	0,55	0,49	0,47	0,51	0,54	0,37	0,66	0,77
Seelsorger und kirchliche Mitarbeiter		22,00	26,00	0,00	0,00	0,00	0,00	0,00	0,00
	Je 100 Gefangene	0,26	0,22	0,00	0,00	0,00	0,00	0,00	0,00
	Je 100 Haftplätze	0,26	0,23	0,00	0,00	0,00	0,00	0,00	0,00
Ärzte		26,00	45,00	33,50	11,00	1,00	15,24	21,00	7,00
	Je 100 Gefangene	0,30	0,38	0,63	0,48	0,14	0,49	0,36	0,43
	Je 100 Haftplätze	0,31	0,39	0,66	0,43	0,12	0,47	0,38	0,42

	Baden-Württemberg	Bayern	Berlin	Brandenburg	Bremen	Hamburg	Hessen	Mecklenburg-Vorpommern
Psychologen, Soziologen, Dipl.-Pädagogen	53,00	55,00	52,00	28,00	4,00	29,65	41,00	16,00
Je 100 Gefangene	0,62	0,46	0,98	1,21	0,55	0,95	0,7	0,98
Je 100 Haftplätze	0,63	0,48	1,03	1,10	0,48	0,91	0,73	0,95
Lehrer	42,00	47,00	12,00	15,00	7,00	15,51	38,00	4,00
Je 100 Gefangene	0,49	0,39	0,23	0,65	0,95	0,50	0,65	0,24
Je 100 Haftplätze	0,50	0,41	0,24	0,59	0,85	0,48	0,68	0,24
Sozialarbeiter, Sozialpädagogen	119,00	125,00	161,00	46,00	11,60	52,58	128,00	27,00
Je 100 Gefangene	1,38	1,04	3,03	1,99	1,58	1,68	2,18	1,65
Je 100 Haftplätze	1,42	1,09	3,19	1,8	1,4	1,62	2,29	1,61
Gehobener Vollzugs- und Verwaltungsdienst	125,00	174,00	100,00	49,00	35,40	85,00	71,00	49,00
Je 100 Gefangene	1,45	1,45	1,88	2,12	4,83	2,72	1,21	3,00
Je 100 Haftplätze	1,49	1,52	1,98	1,92	4,29	2,62	1,27	2,92
Mittlerer Verwaltungsdienst (einschl. Schreib- und Telefondienst)	304,50	308,00	177,25	111,00	16,20	103,33	252,00	64,00
Je 100 Gefangene	3,35	2,57	3,33	4,81	2,21	3,31	4,28	3,92
Je 100 Haftplätze	3,64	2,69	3,51	4,35	1,96	3,18	4,50	3,81

	Baden-Württemberg	Bayern	Berlin	Brandenburg	Bremen	Hamburg	Hessen	Mecklenburg-Vorpomm.
Mittlerer Werkdienst	411,00	451,00	114,00	101,00	7,70	99,0	172,00	0,00
Je 100 Gefangene	4,78	3,77	2,14	4,38	1,05	3,17	2,92	0,00
Je 100 Haftplätze	4,91	3,94	2,26	3,96	0,93	3,05	3,07	0,00
Arbeiter	43,00	46,00	74.14	0,00	4,00	0,00	0,00	0,00
Je 100 Gefangene	0,50	0,38	1,39	0,00	0,55	0,00	0,00	0,00
Je 100 Haftplätze	0,51	0,40	1,47	0,00	0,48	0,00	0,00	0,00
Sonstige Dienste	1,00	8,00	77,20	2,00	56,90	19,64	13,00	0,00
Je 100 Gefangene	0,01	0,07	1,45	0,09	7,76	0,63	0,22	0,00
Je 100 Haftplätze	0,01	0,07	1,53	0,08	6,89	0,60	0,23	0,00
Gesamt	3.605,00	4.981,00	2.892,20	1.401,00	3.76,70	1.628,95	2.819,00	871,00
Je 100 Gefangene	41,9	41,63	54,39	60,7	51,39	52,17	47,92	53,30
Je 100 Haftplätze	43,08	43,53	57,27	54,92	45,61	50,15	50,38	51,88

Quelle: *Landesregierung Baden-Württemberg 2004, S. 32.*

Tabelle 3b: Personalstellen im Bundesländervergleich

	Nieder-sachsen	NRW	Rh.-Pfalz	Saarland	Sachsen	Sachsen-Anhalt	Schleswig-Holstein	Thüringen	Länder-durchschnitt
Jahresdurchschnittsbelegung 2003	6.951	17.727	3.873	931	4.253	2.822	1.577	2.051	79.752
Zahl der Haftplätze am 1.1.2004	6.640	18.603	3.873	916	4.216	2.933	1.689	1.811	79.441
Jeweilige Stellenzahl									
Höherer Vollzugs- und Verwaltungsdienst	37,00	116,00	26,00	4,00	29,00	20,00	10,00	29,00	476,00
Je 100 Gefangene	0,53	0,65	0,67	0,43	0,68	0,71	0,63	1,41	0,60
Je 100 Haftplätze	0,56	0,62	0,67	0,44	0,69	0,68	0,59	1,60	0,60
Seelsorger und kirchliche Mitarbeiter	1,00	56,00	11,50	3,50	0,00	0,00	2,00	0,00	122,00
Je 100 Gefangene	0,01	0,32	0,30	0,38	0,00	0,00	0,13	0,00	0,15
Je 100 Haftplätze	0,02	0,30	0,30	0,38	0,00	0,00	0,12	0,00	0,15
Ärzte	32,00	63,00	9,00	1,00	25,00	13,00	3,00	0,00	305,74
Je 100 Gefangene	0,46	0,36	0,23	0,11	0,59	0,46	0,19	0,00	0,38
Je 100 Haftplätze	0,48	0,34	0,23	0,11	0,59	0,44	0,18	0,00	0,38

		Niedersachsen	NRW	Rh.-Pfalz	Saarland	Sachsen	Sachsen-Anhalt	Schleswig-Holstein	Thüringen	Länder-durchschnitt
Psychologen, Soziologen, Dipl.-Pädagogen		88,00	125,00	29,00	6,00	39,00	29,00	13,00	0,00	607,65
	Je 100 Gefangene	1,27	0,71	0,75	0,64	0,92	1,03	0,82	0,00	0,76
	Je 100 Haftplätze	1,33	0,67	0,75	0,66	0,93	0,99	0,77	0,00	0,76
Lehrer		43,00	100,00	11,00	7,00	22,00	13,00	9,00	7,00	392,51
	Je 100 Gefangene	0,62	0,56	0,28	0,75	0,52	0,46	0,57	0,34	0,49
	Je 100 Haftplätze	0,65	0,54	0,28	0,76	0,52	0,44	0,53	0,39	0,49
Sozialarbeiter, Sozialpädagogen		175,00	248,00	60,00	16,00	71,00	46,00	21,00	18,00	1.325,18
	Je 100 Gefangene	2,52	1,40	1,55	1,72	1,67	1,63	1,33	0,88	1,66
	Je 100 Haftplätze	2,64	1,33	1,55	1,75	1,68	1,57	1,24	0,99	1,67
Gehobener Vollzugs- und Verwaltungsdienst		165,00	260,00	78,00	15,00	83,00	86,00	48,00	56,00	1.479,40
	Je 100 Gefangene	2,37	1,47	2,01	1,61	1,95	3,05	3,04	2,73	1,86
	Je 100 Haftplätze	2,48	1,40	2,01	1,64	1,97	2,93	2,84	3,09	1,86
Mittlerer Verwaltungsdienst (einschl. Schreib- und Telefondienst)		126,00	472,00	0,00	28,00	158,00	117,00	70,00	0,00	2.307,28
	Je 100 Gefangene	1,81	2,66	0,00	3,01	3,72	4,15	4,44	0,00	2,89
	Je 100 Haftplätze	1,90	2,54	0,00	3,06	3,75	3,99	4,14	0,00	2,90

	Nieder-sachsen	NRW	Rh.-Pfalz.	Saarland	Sachsen	Sachsen-Anhalt	Schleswig-Holstein	Thüringen	Länder-durchschnitt
Je 100 Gefangene	42,99	34,09	39,85	39,85	41,69	38,02	40,96	43,34	35,91
Je 100 Haftplätze	45,00	32,49	39,85	40,50	42,05	36,58	38,25	49,09	36,05
Mittlerer Werkdienst	108,00	505,00	71,00	29,00	0,00	46,00	26,00	0,00	2140,70
Je 100 Gefangene	1,55	2,85	1,83	3,11	0,00	1,63	1,65	0,00	2,68
Je 100 Haftplätze	1,63	2,71	1,83	3,17	0,00	1,57	1,54	0,00	2,69
Arbeiter	60,00	52,00	0,00	0,00	8,00	25,00	6,00	0,00	318,14
Je 100 Gefangene	0,86	0,29	0,00	0,00	0,19	0,89	0,38	0,00	0,40
Je 100 Haftplätze	0,90	0,28	0,00	0,00	0,19	0,85	0,36	0,00	0,40
Sonstige Dienste	37,00	144,00	0,00	0,00	0,00	9,00	0,00	0,00	367,74
Je 100 Gefangene	0,53	0,81	0,00	0,00	0,00	0,32	0,00	0,00	0,46
Je 100 Haftplätze	0,56	0,77	0,00	0,00	0,00	0,31	0,00	0,00	0,46
Gesamt	3.860,00	8.185,00	1.839,00	480,50	2.208,00	1.477,00	854,00	999,00	38.477,35
Je 100 Gefangene	55,53	46,17	47,48	51,61	51,92	52,34	54,15	48,70	48,25
Je 100 Haftplätze	58,13	44,00	47,48	52,46	52,37	50,36	50,56	55,16	48,44

Quelle: *Landesregierung Baden-Württemberg 2004, S. 32.*

2.3 Gesetzliche Grundlagen und internationale Vorgaben für die Bediensteten im Bereich des Justizvollzugs

Der Justizvollzug wird durch verschiedene rechtliche Vorgaben bestimmt. Die Regelungen sollen an dieser Stelle kurz vorgestellt werden, soweit sie sich auf die Pflichten der Mitarbeiter sowie deren vollzugliche Tätigkeiten und Stellung im Vollzugssystem beziehen bzw. bezogen haben.

2.3.1 Kontrollratsdirektive Nr. 19 vom 12.11.1945

Nach dem zweiten Weltkrieg ging in Deutschland die Regierungsgewalt zunächst vom Alliierten Kontrollrat aus. Durch ihn wurden zahlreiche Bestimmungen erlassen, so auch auf dem Gebiet des Justizvollzugs.

Die Grundsätze für die Verwaltung der deutschen Gefängnisse und Zuchthäuser (*Kontrollratsdirektive Nr. 19* vom 12.11.1945) legte hinsichtlich der Bediensten fest, dass „ein ausreichend ausgebildeter Beamtenkörper aus körperlich gewandten, geeigneten und vorurteilslosen Personen sicherzustellen sei, die nicht des Nazismus verdächtig sind und die Fähigkeit besitzen, sich die Achtung der Sträflinge und die Befolgung ihrer Befehle zu verschaffen."[137] Vornehmlich ging es zunächst darum, funktionstüchtige Einrichtungen zu schaffen und die Unterbringung und Versorgung der Gefangenen zu sichern.[138] Als dies erreicht war, erließen die Länder zum Teil eigene Strafvollzugsordnungen,[139] bis es 1961 zu einer ersten Vereinheitlichung kam.

2.3.2 Bundeseinheitliche Dienst- und Vollzugsordnung

Am 1.12.1961 trat die bundeseinheitliche *Dienst- und Vollzugsordnung* (DVollzO) in Kraft. Diese Verwaltungsordnung regelte in ihren insgesamt 270 Einzelvorschriften zahlreiche Einzelaspekte des Haftalltags.[140] Dabei wurden einzelne Tätigkeiten des Personals mehr oder weniger detailliert beschrieben (Nr. 13 Anstaltsleiter, Nr. 15 Vollzugs- und Verwaltungsdienst, Nr. 18 Aufsichtsdienst, Nr. 19 Werkdienst, Nr. 22, 23 Anstaltsärzte, Nr. 25 Geistliche, Nr. 26. Psychologe, Nr. 27 Lehrer, Nr. 28 Fürsorger, Nr. 29 Sozialpädagogen). Zudem wurden allgemeine Berufspflichten der Bediensteten in die DVollzO aufgenommen (Nr. 34 ff.).

---

137 *Böhm* 1990, S. 68.

138 *Kaiser/Schöch* 2002, S. 34.

139 *Kaiser/Schöch* 2002, S. 46.

140 *Kaiser/Schöch* 2002, S. 47.

Die *Dienst- und Vollzugsordnung* wurde mehrfach geändert und schließlich 1976 durch die Justizverwaltungen aufgehoben.[141] Ihre Regelungen zu den Mitarbeitern im Vollzug wurden zum Teil in das Strafvollzugsgesetz (vgl. zum StVollzG *Kap. 2.3.3*) und teilweise in Verwaltungsvorschriften (vgl. *Kap. 2.3.5*) übernommen. So finden sich z. B. die Aussagen zur Anstaltsleitung in § 156 StVollzG wieder und die Regelungen zu den Aufgaben des AVD und des Werkdienstes sowie den allgemeinen Berufspflichten in den *Dienst- und Sicherheitsvorschriften* (DSVollz) für den Strafvollzug. Dagegen werden Psychologen, Lehrer, Fürsorger und Sozialpädagogen sowohl im StVollzG als auch in den DSVollz nicht mehr eigenständig mit ihren Aufgaben angesprochen.

2.3.3 Strafvollzugsgesetz des Bundes

Das *Gesetz über den Vollzug der Freiheitsstrafe und der freiheitsentziehenden Maßregeln der Besserung und Sicherung* (StVollzG)[142] trat zum 1.1.1977 in Kraft. Obwohl es aufgrund der Regelung von Eingriffsbefugnissen maßgebend das tägliche Handeln im Vollzug bestimmt, werden die Bediensteten nur in geringem Maße angesprochen.[143]

Maßgebend sind dabei die §§ 154 bis 161 zum inneren Aufbau der Justizvollzugsanstalten. Voran gestellt wird dem Abschnitt eine Kooperationsklausel in § 154 Abs. 1, wonach alle im Vollzug Tätigen zusammen arbeiten und daran mitwirken, die Aufgaben des Vollzugs zu erfüllen. Eine enge Zusammenarbeit wird darüber hinaus in Abs. 2 auch mit anderen Behörden, öffentlichen Stellen und Trägern der freien Wohlfahrtspflege gefordert.

Die Kooperationsklausel ist mehr als eine bloße Selbstverständlichkeit. Sie verdeutlicht die Notwendigkeit der gemeinsamen Anstrengung, insbesondere hinsichtlich der Vereinbarkeit von Resozialisierung und Sicherheit.[144] Die Probleme und Tätigkeiten der einzelnen Fachbereiche können nicht voneinander losgelöst betrachtet werden.[145] Allen am Vollzug Beteiligten kommt eine gleichwertige Verantwortung zu, auch wenn sie funktional andere Aufgaben zu erfüllen haben.[146] Dabei ist vor allem die Einbeziehung der Bediensteten im Allgemeinen Vollzugsdienst als größter Gruppe mit dem engsten Gefange-

---

141 *Kaiser/Schöch* 2002, S. 47.

142 BGBl. I 1976, S. 581 ff.

143 *Böhm* 1986, S. 55 bezeichnet die gesetzlichen Regelungen zur Personalstruktur als vage. Schwind/Böhm/Jehle/Laubenthal-*Wydra* 2009, § 155 Rn. 1 erklärt die Zurückhaltung des Gesetzgebers damit, dass der Vollzug der Freiheitsstrafe Ländersache ist.

144 Schwind/Böhm/Jehle/Laubenthal-*Wydra* 2009, § 154 Rn. 2.

145 AK-*Feest* 2006, § 154 Rn. 2.

146 *Callies/Müller-Dietz* 2008, § 154 Rn. 1.

nenkontakt in die gemeinsame Verantwortung von Bedeutung.[147] *Wydra* betont die Vorbildfunktion des Personals im Hinblick auf den gemeinsamen Umgang miteinander. „Misslingt die Zusammenarbeit des Personals, wird den Insassen sowohl dessen Bereitschaft wie Fähigkeit zum Helfen unglaubhaft."[148]

§ 155 Abs. 1 bestimmt, dass die Aufgaben der Justizvollzugsanstalten von Vollzugsbeamten wahrgenommen werden. Aus besonderen Gründen können sie auch anderen Bediensteten der Justizvollzugsanstalten sowie nebenamtlichen oder vertraglich verpflichteten Personen übertragen werden. Abs. 2 gibt den Anstalten auf, entsprechend ihrer Aufgabe die erforderliche Anzahl von Bediensteten der verschiedenen Berufsgruppen, namentlich des Allgemeinen Vollzugsdienstes, des Verwaltungsdienstes und des Werkdienstes, sowie den Seelsorgern, Ärzten, Pädagogen, Psychologen und Sozialarbeitern vorzusehen. Die Vorschrift verdeutlicht, dass die zu erfüllenden Aufgaben im Vollzug überwiegend hoheitliche Tätigkeiten sind, die durch verbeamtete Personen wahrgenommen werden. Zudem muss eine ausreichende Zahl an (Fach)personal vorhanden sein. Personalmangel kann daher nicht als Argument für Einschränkungen von Resozialisierungsmaßnahmen herangezogen werden.[149]

2.3.4 Strafvollzugsgesetze und Jugendstrafvollzugsgesetze der Länder

Im Rahmen der Förderalismusreform[150] im August 2006 wurde die Regelungsmaterie des Strafvollzugs in die ausschließliche Gesetzgebungskompetenz der Länder überführt.[151]

Derzeit haben *Bayern, Baden-Württemberg, Hamburg, Hessen* und *Niedersachsen* von ihrer Gesetzgebungskompetenz Gebrauch gemacht und eigene Vollzugsgesetze erlassen. In den übrigen Ländern gilt das Strafvollzugsgesetz des Bundes auf der Grundlage von Art. 125a GG fort. Im Bereich des Jugendstrafvollzugs verfügen dagegen alle Länder über eigenständige Regelungen.[152]

---

147 Schwind/Böhm/Jehle/Laubenthal-*Wydra* 2009, § 154 Rn. 2; AK-*Feest* 2006, § 154 Rn. 3.

148 Schwind/Böhm/Jehle/Laubenthal-*Wydra* 2009, § 154 Rn. 2.

149 AK-*Feest* 2006, § 155 Rn. 5.

150 BGBl. I 2006, 2034 ff.

151 Zur Kritik der Übertragung der Gesetzgebungskompetenz auf die Länder vgl. *Cornel* 2005, S. 48; *Dünkel/Schüler-Springorum* 2006, S. 145. *Kreuzer* 2006, S. 138 f.

152 Das Bundesverfassungsgericht machte mit seiner Entscheidung vom 31.5.2006 (BVerfGE 116, 69, NJW 2006, S. 2093) deutlich, dass auch der Jugendstrafvollzug einer gesetzlichen Regelung bedarf. Bis 2007 sollte der Gesetzgeber daher eine Regelung zu schaffen, die den Anforderungen genüge. Da die Entscheidung in die Zeit der Förderalismusreform viel, lag die Gesetzgebungskompetenz nun bei den Ländern, die fristgemäß Regelungen zum Jugendstrafvollzug geschaffen haben. Zuvor stützte man

Anfang September 2011 veröffentlichten zehn Bundesländer (*Berlin, Brandenburg, Bremen, Mecklenburg-Vorpommern, Rheinland-Pfalz, Saarland, Sachsen, Sachsen-Anhalt, Schleswig-Holstein und Thüringen*) ihren Entwurf für ein einheitliches Strafvollzugsgesetz. Der Entwurf[153] betont die Wiedereingliederung des Straftäters in die Gesellschaft, indem u. a. Lockerungen erweitert und die Sozialtherapie neu ausgestaltet werden. Auch die Mindestbesuchszeit wird auf zwei Stunden im Monat erhöht.[154]

In Bezug auf das Personal bietet der Musterentwurf dagegen keine Neuerungen bzw. bleibt noch hinter dem StVollzG zurück. Neben der Anstaltsleitung (§ 95) wird auf die Bediensteten lediglich in § 96 eingegangen. Hiernach wird die Anstalt für die Erreichung des Vollzugszieles und die Erfüllung ihrer Aufgaben mit dem erforderlichen Personal ausgestattet. Die Fortbildung sowie die Praxisberatung und -begleitung für die Bediensteten sind zu gewährleisten. Der Musterentwurf verzichtet damit sowohl auf eine Benennung spezifischer Berufsgruppen, die typischerweise an der Resozialisierung der Gefangenen mitwirken, als auch auf eine Kooperationsklausel, wie sie noch in § 154 Abs. 1 StVollzG enthalten ist (vgl. hierzu oben *Kap. 2.3.3*).[155] Lediglich die Zusammenarbeit mit Personen und Einrichtungen außerhalb des Vollzugs, vor allem hinsichtlich einer möglichst frühzeitigen Vorbereitung der Eingliederung, werden im Musterentwurf besonders betont (vgl. hierzu § 3 Abs. 5, § 8 Abs. 6, § 42 Abs. 2 des Musterentwurfs).

Im Bereich der Anstaltsleitung wird die Möglichkeit der Verantwortungsdelegation zurückgedrängt. Während § 156 Abs. 2 StVollzG des Bundes noch davon spricht, dass bestimmte Aufgabenbereiche der Verantwortung anderer Vollzugsbediensteter oder der gemeinsamen Verantwortung übertragen werden können, beschränkt sich § 95 Abs. 1 des Musterentwurfs auf die Übertragung einzelner Aufgabenbereiche.[156] Die Alleinverantwortung und mithin die

---

sich auf die Regelungen §§ 91, 92 JGG sowie die Verwaltungsvorschriften zum Jugendstrafvollzug (VVJug).

153 Abrufbar auf den Internetseiten der jeweiligen Justizministerien der beteiligten Länder bzw. auf den Seiten des Fachverbandes für Soziale Arbeit, Strafrecht und Kriminalpolitik: http://www.mjv.rlp.de/Startseite/binarywriterservlet?imgUid=98d50d7c-806d-3231-4bab-64d3077fe9e3&uBasVariant=11111111-1111-1111-1111-111111111111&isDownload= true (Abrufdatum: 1.11.2011).

154 Vgl. hierzu den *Fachverband Soziale Arbeit, Strafrecht und Kriminalpolitik* 2011: http://www.dbh-online.de/?id=362 (Abrufdatum: 1.11.2011).

155 Dagegen gehen die Strafvollzugsgesetze in Bayern, Baden-Württemberg, Hamburg und Hessen auf die verschiedenen Berufsgruppen sowie die Zusammenarbeit untereinander ein. In Niedersachsen wird lediglich die Zusammenarbeit mit externen Stellen zum Zwecke der Wiedereingliederung der Gefangenen angesprochen.

156 Auf einer Verantwortungsübertragung wird auch in den Strafvollzugsgesetzen in Niedersachsen und Baden-Württemberg verzichtet. Das Hessische StVollzG spricht in

Fachaufsicht obliegt der Anstaltsleitung. Die streng hierarchische Struktur der Anstalten bleibt damit festgeschrieben, obwohl es rein praktisch der Anstaltsleitung unmöglich ist, „einer alleinigen Verantwortung gerecht zu werden."[157] Hierfür sprach auch die Verpflichtung zur Zusammenarbeit in § 154 Abs. 1 StVollzG des Bundes, „die nur bei Übertragung von Verantwortung gewährleistet werden kann."[158]

In der geschichtlichen Entwicklung der Regelung des Strafvollzuges zeigt sich insgesamt die Tendenz auf eine Regelung der Aufgaben und Pflichten der am Vollzug Beteiligten zu verzichten bzw. diese so knapp wie möglich zu halten. Dies eröffnet den Ländern zwar einen weiten Spielraum für die Ausgestaltung hinsichtlich der Arbeit des Vollzugpersonals, gesetzliche Mindeststandards sowie Anhaltspunkte über die tatsächlichen und vordergründigsten Aufgaben der verschiedenen Berufsgruppen fehlen jedoch.

Allein im Bayerischen Strafvollzugsgesetz (BayStVollzG) finden sich neben den Vorschriften zu den Vollzugsbediensteten insgesamt und der Anstaltsleitung auch Einzelvorschriften und Aufgabenbeschreibungen für Ärzte (§ 179 Abs. 3), den pädagogischen Dienst (§ 180 Abs. 2), den Sozialdienst (§ 181 Abs. 2) sowie den psychologischen Dienst (§ 182 Abs. 2). Das Justizvollzugsgesetzbuch in Baden-Württemberg (Band 1) benennt neben der Anstaltsleitung (§ 13) in § 12 immerhin die einzelnen Berufsgruppen. Gleiches gilt für das Hessische StVollzG (vgl. § 76 Abs. 2 HStVollzG), während das Hamburger Gesetz darauf verzichtet (vgl. § 105 Abs. 2 HmbStVollzG). Das niedersächsische Gesetz verzichtet ebenfalls auf eine Benennung der Bedienstetengruppen, ermöglicht andererseits explizit die Aufgabenwahrnehmung durch Externe (vgl. §§ 177, 178 NJVollzG).

2.3.5 Verwaltungsvorschriften im Justizvollzug

Als „verwaltungsinterne Entscheidungshilfen" wurden durch die Landesjustizverwaltungen bundeseinheitliche Verwaltungsvorschriften geschaffen, die in den einzelnen Bundesländern fort gelten, soweit diese von ihrer Gesetzgebungskompetenz keinen Gebrauch machen.[159] Hierzu gehören u. a. die *Verwaltungsvorschriften zum Strafvollzugsgesetz* (VVStVollzG), die *Dienst- und Sicherheitsvorschriften für den Strafvollzug* (DSVollz) sowie die Vollzugs-

---

§ 75 Abs. 1 davon, dass bestimmte Entscheidungsbefugnisse auf andere Vollzugsbedienstete übertragen werden können. In Bayern und Hamburg wurde die Möglichkeit der Verantwortungsdelegation dagegen beibehalten.

157 AK-*Feest* 2006, § 156 Rn. 2.

158 AK-*Feest* 2006, § 156 Rn. 2.

159 *Laubenthal* 2011, S. 24 f.

geschäftsordnung (VGO).[160] Eine unmittelbare Bindungswirkung kommt den Verwaltungsvorschriften für die Gerichte nicht zu. Sie dienen als Auslegungshilfe von unbestimmten Rechtsbegriffen sowie als Ermessensrichtlinien für die Ermessensausübung.[161] Vor allem die Dienst- und Sicherheitsvorschriften für den Strafvollzug (DSVollz) knüpfen an die Gedanken der bundeseinheitlichen Dienst- und Vollzugsordnung (DVollzO) von 1961 an. Als allgemeine Verwaltungsvorschrift wurden sie am 1.7.1976 erlassen. Diese beinhaltet neben allgemeinen Berufspflichten der Bediensteten, besondere Vorschriften für den allgemeinen Vollzugsdienst und den Werkdienst und Regelungen zu allgemeinen Sicherungsmaßnahmen.

Nr.1 Abs. 1 beschreibt als Grundpflicht, dass sich alle Bediensteten bewusst sein müssen, dass jeder von ihnen neben seinen besonderen Aufgaben dazu mitberufen ist, die Aufgaben des Vollzugs (§ 2 StVollzG) zu verwirklichen. Nach Abs. 2 sollen sie durch gewissenhafte Pflichterfüllung und durch ihre Lebensführung vorbildlich wirken und so die Gefangenen nicht nur durch Anordnungen, sondern durch eigenes Beispiel zur Mitarbeit im Vollzug und zu geordneter Lebensführung hinführen.

Nr. 11 gibt vor, dass die Bediensteten des Allgemeinen Vollzugsdienstes und des Werkdienstes bei der Behandlung der Gefangenen sowie bei der Aufrechterhaltung von Sicherheit und Ordnung in der Justizvollzugsanstalt gemeinsam mit den anderen im Vollzug Tätigen mit wirken.

Nr. 12 und 13 beschreiben einzelne Tätigkeiten der Beamten im AVD sowie im Werkdienst (vgl. hierzu *Kap. 2.4.1* und *2.4.2*).

2.3.6 Internationale Vorgaben

Als Teil einer internationalen Staatengemeinschaft ist Deutschland in ein Geflecht internationaler Vorgaben eingebettet, die nicht nur das Zusammenleben der Völker untereinander grundlegenden Leitlinien unterwerfen, sondern auch versuchen, die Rechte jedes einzelnen Menschen grundlegend zu schützen. Zu den für den Justizvollzug maßgebenden Bestimmungen gehören die *Konvention zum Schutz der Menschenrechte und Grundfreiheiten* (EMRK) von 1950, die *Mindestgrundsätze für die Behandlung der Gefangenen* des Wirtschafts- und Sozialrates der Vereinten Nationen von 1957, der *Internationale Pakt über bürgerliche und politische Rechte* (IPbpR) der Vereinten Nationen von 1966, die *Konvention gegen Folter und andere grausame, unmenschliche oder erniedrigende Behandlung und Strafe* (UNCAT) der Vereinten Nationen von 1984 sowie das *Europäische Übereinkommen zur Verhütung von Folter und un-*

---

160 Weitere Verwaltungsvorschriften für den Bereich Mecklenburg-Vorpommern sind aufgezählt in *Landesregierung Mecklenburg-Vorpommern* 2001, S. 28.

161 *Laubenthal* 2011, S 25.

menschlicher und erniedrigender Behandlung und Strafe von 1987 sowie, die *Europäischen Strafvollzugsgrundsätze* des Ministerkomitees des Europarats (*European Prison Rules,* EPR) von 1987 und 2006 und schließlich auch die *Europäischen Empfehlungen über straffällige Jugendliche, die Sanktionen oder Maßnahmen unterworfen sind* (*European Rules for Juvenile Offenders Subject to Sanctions or Measures,* ERJOSSM) des Ministerkomitees des Europarats von 2008.[162]

Vor allem die *Mindestgrundsätze für die Behandlung der Gefangenen,* aber auch die *Europäischen Strafvollzugsgrundsätze* sowie die *Europäischen Empfehlungen über straffällige Jugendliche, die Sanktionen oder Maßnahmen unterworfen sind,* enthalten umfassende Aussagen zum Vollzugpersonal. Allerdings handelt es sich bei den genannten Regelungswerken (EPR und ERJOSSM) um so genanntes *Soft Law,*[163] also um Empfehlungen, die für die jeweiligen Akteure nicht unmittelbar rechtlich verbindlich sind[164] und somit keine subjektiven Rechte und Pflichten für die Gefangenen begründen.[165]

2006 hob das Bundesverfassungsgericht aber in einem *obiter dictum* in seiner Entscheidung zum Jugendstrafvollzug die Bedeutung internationaler Vorgaben hervor, die nicht wie z. B. wie die EMRK, der IPbpR bzw. die Anti-Folter-Konvention im Range eines Bundesgesetzes stehen.[166] Es legte dar, dass der Gesetzgeber vorhandene Erkenntnisquellen und verfügbares Erfahrungswissen zur Vollzugsgestaltung ausschöpfen und sich hierzu „am Stand der wissenschaftlichen Erkenntnisse orientieren" müsse.[167] Dabei kann es auf eine „nicht genügende Berücksichtigung vorhandener Erkenntnisse oder auf eine den grundrechtlichen Anforderungen nicht entsprechende Gewichtung der Belange der Inhaftierten" hindeuten, „wenn völkerrechtliche Vorgaben oder internationale Standards mit Menschenrechtsbezug, wie sie in den im Rahmen der Vereinten Nationen oder von Organen des Europarates beschlossenen einschlägigen

---

162 Einen anschaulichen Überblick über die genannten sowie weiteren internationalen Reglungswerke bietet *Kühl* 2012.

163 *Dünkel/Morgenstern/Zolondek* 2006, S. 88

164 Das Bundesjustizministerium 2007, VII legt in seinem Vorwort zur deutschen Fassung der EPR dar, dass „wenngleich sie als bloße Empfehlung für die Mitgliedstaaten nicht bindend ist, so kommt ihr dennoch bei der innerstaatlichen Gesetzgebung und im Strafvollzug eine große Bedeutung zu, weil sowohl ein politischer als auch ein moralischer Druck besteht, die Empfehlungen des Europarates zu beachten."

165 *Laubenthal* 2011, S. 23.

166 Vgl. hierzu Art. 25 GG. Die *EMRK* wurde 1952 ratifiziert, vgl. BGBl. II 1952, S. 685., der *IPbpR* 1973, vgl. BGBl. II 1973, S. 1534, die *Anti-Folter-Konvention* 1989, vgl. BGBl. II 1989, S. 946.

167 BVerfG NJW 2006, S. 2096.

Richtlinien und Empfehlungen enthalten sind [...], nicht beachtet bzw. unterschritten werden."[168]

2.3.6.1 Mindestgrundsätze für die Behandlung der Gefangenen

Bereits die Mindestgrundsätze für die Behandlung der Gefangenen von 1957 treffen folgende Aussagen zum Anstaltspersonal:[169]

46. 1) Die Vollzugsverwaltung hat beim Personal jedes Dienstgrades eine sorgfältige Auswahl zu treffen, da von der Rechtschaffenheit, der Menschlichkeit, den beruflichen Fähigkeiten und der persönlichen Eignung des Personals für seine Aufgaben die sachgemäße Verwaltung der Anstalten abhängt.

    2) Die Vollzugsverwaltung hat ständig bestrebt zu sein, sowohl beim Personal als auch in der Öffentlichkeit das feste Bewusstsein zu wecken und wach zu halten, dass diese Arbeit einen sozialen Dienst von großer Bedeutung darstellt; zu diesem Zweck sollen alle geeigneten Mittel zur Information der Öffentlichkeit verwendet werden.

    3) Um diese Ziele zu verwirklichen, sind die Mitglieder des Personals als hauptberufliche Strafvollzugsbeamte anzustellen; dem Personal ist die Rechtsstellung von Berufsbeamten mit Anspruch auf Sicherheit des Arbeitsplatzes zu gewähren, wobei dies allein von guter Führung, guter Leistung und körperlicher Eignung abhängig gemacht werden darf. Die Entlohnung ist so anzusetzen, dass geeignete Männer und Frauen auf Dauer gewonnen werden können. Die Anstellungs- und Beschäftigungsbedingungen müssen mit Rücksicht auf die anspruchsvolle Art der Arbeit vorteilhaft sein.

47. 1) Das Personal hat über einen ausreichenden Bildungsgrad zu verfügen.

    2) Vor Eintritt in den Dienst hat das Personal einen Ausbildungskurs über seine allgemeinen und besonderen Pflichten zu erhalten und theoretische und praktische Prüfungen abzulegen.

    3) Nach Eintritt in den Dienst und während des beruflichen Werdegangs hat das Personal seine Kenntnisse und beruflichen Fähigkeiten durch den Besuch von Fortbildungskursen zu erhalten und zu erweitern, die in geeigneten Zeitabständen veranstaltet werden.

---

168 BVerfG NJW 2006, S. 2096.

169 Deutscher Übersetzungsdienst bei den Vereinten Nationen 1977: http://www. un.org/depts/german/menschenrechte/gefangene.pdf (Abrufdatum: 22.8.2011).

48. Das Personal hat sich jederzeit so zu verhalten und seine Pflichten so wahrzunehmen, dass es die Gefangenen durch sein Beispiel günstig beeinflusst und deren Achtung genießt.

49. 1) Zum Personal muß soweit wie möglich eine ausreichende Zahl von Fachkräften wie Psychiater, Psychologen, Sozialarbeiter, Lehrer und Werkmeister gehören.

    2) Die Sozialarbeiter, Lehrer und Werkmeister sind fest anzustellen, ohne dass jedoch teilzeitbeschäftigte und ehrenamtlich tätige Mitarbeiter ausgeschlossen werden.

50. 1) Der Anstaltsleiter soll für seine Aufgabe durch Charakter, Eignung für die Verwaltung, entsprechende Ausbildung und Erfahrung befähigt sein.

    2) Er hat sich voll seinen amtlichen Pflichten zu widmen und darf nicht teilzeitbeschäftigt sein.

    3) Er hat in der Anstalt oder in ihrer unmittelbaren Nachbarschaft zu wohnen.

    4) Hat ein Anstaltsleiter zwei oder mehrere Vollzugsanstalten zu leiten, hat er jede in kurzen Abständen zu besuchen. Jede dieser Anstalten muß unter der Aufsicht eines verantwortlichen ständigen Beamten stehen.

51. 1) Der Anstaltsleiter, sein Stellvertreter und die Mehrheit des übrigen Anstaltspersonals müssen die Sprache der Mehrzahl der Gefangenen oder eine Sprache, die von der Mehrzahl verstanden wird, sprechen können.

    2) Wenn erforderlich, sind die Dienste eines Dolmetschers in Anspruch zu nehmen.

52. 1) In Anstalten, die so groß sind, dass sie einen oder mehrere hauptamtliche Ärzte benötigen, muß wenigstens einer in der Anstalt oder in ihrer unmittelbaren Nachbarschaft wohnen.

    2) Andere Anstalten sind täglich von einem Arzt zu besuchen, der nahe genug wohnen muß, um in dringenden Fällen ohne Verzögerung Hilfe leisten zu können.

53. 1) In einer Anstalt für Männer und Frauen hat die für die Frauen vorgesehene Abteilung der Anstalt unter der Leitung einer verantwortlichen Beamtin zu stehen, die alle Schlüssel dieser Abteilung der Anstalt in Verwahrung hat.

    2) Ein männliches Mitglied des Personals darf die Frauenabteilung der Anstalt nur in Begleitung einer Beamtin betreten.

    3) Weibliche Gefangene dürfen nur von weiblichem Personal betreut und überwacht werden. Dies schließt jedoch nicht aus, dass männliche Mitglieder des Personals, insbesondere Ärzte und Lehrer, in Anstalten oder Abteilungen, die Frauen vorbehalten sind, ihre beruflichen Pflichten wahrnehmen.

54. 1) Anstaltspersonal darf gegenüber Gefangenen keine Gewalt anwenden, außer im Fall der Notwehr oder bei Fluchtversuch oder aktivem oder passivem körperlichem Widerstand gegen eine auf Gesetz oder Verwaltungsvorschrift beruhende Anordnung. Beamte, die Gewalt anwenden, müssen diese auf das unbedingt notwendige Maß beschränken und dem Anstaltsleiter sofort über den Vorfall berichten.

2) Das Vollzugspersonal hat eine besondere Ausbildung zu erhalten, um es in die Lage zu versetzen, gewalttätige Gefangene in Schranken zu halten.

3) Nur in besonderen Fällen soll das Personal, das bei seinen dienstlichen Obliegenheiten in unmittelbare Berührung mit Gefangenen kommt, bewaffnet sein. Das Personal soll unter keinen Umständen mit Waffen ausgerüstet werden, ohne zuvor im Waffengebrauch ausgebildet worden zu sein.

2.3.6.2 Europäische Strafvollzugsgrundsätze

2006 verabschiedete das Ministerkomitee des Europarats eine überarbeitete Fassung der so genannten „*European Prison Rules*". Diese Europäischen Strafvollzugsgrundsätze gehen zurück auf eine erste Fassung aus dem Jahr 1973 und eine überarbeitete Fassung aus dem Jahr 1987, die wiederum auf den Mindeststandards von 1955 basierten.[170] Sie stellen eine umfassende Regelung zum Freiheitsentzug dar, denen allgemeine Grundsätze (*Basic Principles*) vorangestellt werden, die auf die Beachtung der Menschenrechte insgesamt Bezug nehmen.[171]

In *Teil V* werden dabei folgende umfangreiche Ausführungen zur Leitung und zum Vollzugspersonal gemacht:[172]

71. Justizvollzugsanstalten unterstehen der Verantwortung öffentlicher Verwaltung und sind von Militär-, Polizei- oder Ermittlungsbehörden zu trennen.

72. 1) Die Justizvollzugsanstalten sind in einem ethischen Kontext zu führen, der sie verpflichtet, alle Gefangenen menschlich und unter Achtung der Menschenwürde zu behandeln.

2) Die Vollzugsbediensteten müssen eine klare Vorstellung vom Ziel des Strafvollzugs haben. Die Anstaltsleitung muss richtunggebend sein, wie dieses Ziel am besten zu erreichen ist.

---

170 *Dünkel/Morgenstern/Zolondek* 2006, S. 88, Fn. 1; *Laubenthal* 2011, S. 22.

171 *Laubenthal* 2011, S. 22 f.

172 Deutsche Übersetzung durch das Bundesministerium der Justiz 2007, S. 29-33.

3) Die Pflichten der Vollzugsbediensteten gehen über die der reinen Bewachung hinaus und haben der Notwendigkeit Rechnung zu tragen, die Wiedereingliederung der Gefangenen in die Gesellschaft nach der Verbüßung der Strafe durch ein Programm der konstruktiven Begleitung und Unterstützung zu erleichtern.

4) Die Vollzugsbediensteten haben bei der Ausübung ihrer Tätigkeit hohe berufliche und persönliche Standards zu erfüllen.

73. Die Vollzugsbehörden haben auf die Einhaltung der das Personal betreffenden Vorschriften besonderes Augenmerk zu richten.

74. Besonderes Augenmerk ist auf das Verhältnis von Vollzugsbediensteten, die unmittelbaren Kontakt zu Gefangenen haben, zu den ihnen anvertrauten Gefangenen zu richten.

75. Vollzugsbedienstete haben sich jederzeit so zu verhalten und ihre Pflichten so zu erfüllen, dass die Gefangenen durch ihr Beispiel positiv beeinflusst und sie von ihnen respektiert werden.

76. Vollzugsbedienstete sind sorgfältig auszuwählen und sowohl zu Beginn als auch während der weiteren Tätigkeit in geeigneter Weise auszubilden. Ihre Bezahlung muss ihrer Qualifikation entsprechen und ihnen einen sozialen Status garantieren, der in der Gesellschaft geachtet wird.

77. Bei der Auswahl neuer Vollzugsbediensteter haben die Vollzugsbehörden dem Erfordernis der Rechtschaffenheit, der Menschlichkeit, der beruflichen Fähigkeiten und der persönlichen Eignung für die verlangten vielfältigen Aufgaben besonderen Stellenwert einzuräumen.

78. Die hauptamtlichen Vollzugsbediensteten sind in aller Regel fest anzustellen. Sie haben die Rechtstellung von Berufsbeamten mit Anspruch auf einen sicheren Arbeitsplatz, wobei dies allein von guter Führung, guter Leistung, guter körperlicher und geistiger Gesundheit und einem angemessenen Bildungsstand abhängig gemacht werden darf.

79. 1) Das Gehalt ist so zu bemessen, dass geeignete Vollzugsbedienstete gewonnen und gehalten werden können.
2) Sonstige Zuwendungen und die Arbeitsbedingungen müssen der anspruchsvollen Tätigkeit im Rahmen des Strafvollzuges Rechnung tragen.

80. Wenn Teilzeitkräfte beschäftigt werden müssen, finden diese Kriterien, soweit angemessen, entsprechende Anwendung.

81. 1) Vor Aufnahme der Tätigkeit müssen die Vollzugsbediensteten einen Einführungskurs in die allgemeinen und besonderen Pflichten erhalten und theoretische und praktische Prüfungen ablegen.
2) Die Anstaltsleitung hat sicherzustellen, dass alle Vollzugsbediensteten während ihres gesamten beruflichen Werdegangs ihre Kenntnisse und

beruflichen Fähigkeiten durch den Besuch von in angemessenen Zeitabständen durchzuführender, innerbetrieblicher Fort- und Weiterbildungskurse aufrechterhalten und erweitern.

3) Vollzugsbedienstete, die mit besonderen Gruppen von Gefangenen arbeiten, beispielsweise mit ausländischen Staatsangehörigen, Frauen, Jugendliche oder psychisch kranken Gefangene usw., müssen für diese spezialisierte Tätigkeit eine besondere Ausbildung erhalten.

4) Die Ausbildung des gesamten Personals muss eine Unterweisung in die internationalen und regionalen Menschenrechtsinstrumente und -standards, insbesondere die Europäische Menschenrechtskonvention und das Europäische Übereinkommen zur Verhütung von Folter und unmenschlicher oder erniedrigender Behandlung oder Strafe, sowie in die Anwendung der Europäischen Strafvollzugsgrundsätze umfassen.

82. Bei der Auswahl und Einstellung von Vollzugsbediensteten ist der Grundsatz der Gleichbehandlung zu beachten. Sie erfolgt ohne Diskriminierung insbesondere wegen des Geschlechts, der Rasse, der Hautfarbe, der Sprache, der Religion, der politischen oder sonstigen Anschauung, der nationalen oder sozialen Herkunft, der Zugehörigkeit zu einer nationalen Minderheit, des Besitzstandes, der Geburt oder eines sonstigen Kriteriums.

83. Die Vollzugsbehörden haben Organisationsformen und Führungssysteme einzuführen, die a) sicherstellen, dass die Leitung der Justizvollzugsanstalten beständig hohe Standards erfüllt, die im Einklang mit den internationalen und regionalen Menschenrechtsübereinkünften stehen und b) gute Kommunikation zwischen den Justizvollzugsanstalten und den verschiedenen Bedienstetengruppen in den einzelnen Justizvollzugsanstalten sowie eine angemessenen Koordination erleichtern zwischen allen Stellen, die sowohl innerhalb als auch außerhalb der Justizvollzugsanstalten für die Gefangenen tätig sind, insbesondere im Hinblick auf deren Behandlung und deren Wiedereingliederung in die Gesellschaft.

84. 1) Jede Justizvollzugsanstalt muss eine/n Anstaltsleiter/in haben, der/die für seine/ihre Aufgabe charakterlich geeignet und über administrative Fähigkeiten sowie eine entsprechenden Berufsausbildung und Erfahrung verfügt.

2) Anstaltsleiter/innen sind hauptberuflich einzustellen. Sie haben ihre gesamte Arbeitskraft ihren dienstlichen Pflichten zu widmen.

3) Die Vollzugsbehörden haben sicherzustellen, dass jede Justizvollzugsanstalt jederzeit unter der umfassenden Aufsicht des/der Anstaltsleiters/ Anstaltsleiterin, seines/ihres Stellvertreters/Stellvertreterin oder eines/einer anderen hierzu Befugten steht.

4) Ist ein/eine Anstaltsleiter/in für mehrere Justizvollzugsanstalten verantwortlich, muss jede dieser Anstalten stets unter der Aufsicht eines/ einer zusätzlichen verantwortlichen Vollzugsbediensteten stehen.

85. Das zahlenmäßige Verhältnis von weiblichen und männlichen Vollzugsbediensteten muss ausgewogen sein.

86. Es ist sicherzustellen, dass die Anstaltsleitung mit dem Personal als Gesamtheit Angelegenheiten von allgemeinem Interesse, insbesondere Fragen, die die Arbeitsbedingungen betreffen, erörtert.

87. 1) Es ist sicherzustellen, dass der bestmögliche Informationsaustausch zwischen der Anstaltsleitung, dem Personal, externen Stellen und den Gefangenen gefördert wird.

   2) Der/die Anstaltsleiter/in, die Führungskräfte und die Mehrheit des übrigen Personals müssen die Sprache der Mehrheit der Gefangenen oder eine Sprache, die von der Mehrheit verstanden wird, beherrschen.

88. Auch in privat geführten Justizvollzugsanstalten finden alle Europäischen Strafvollzugsgrundsätze Anwendung.

89. 1) Der Personalbestand muss so weit wie möglich eine ausreichende Anzahl an Fachleuten wie Psychiatern und Psychiaterinnen, Psychologen und Psychologinnen, Sozialarbeitern und Sozialarbeiterinnen, Lehrern und Lehrerinnen, Berufsausbildern und Berufsausbilderinnen sowie Sportlehrern und Sportlehrerinnen umfassen.

   2) Soweit möglich, sind geeignete Teilzeit- und ehrenamtliche Kräfte zu gewinnen, die an Aktivitäten mit Gefangenen mitwirken.

90. 1) Die Vollzugsbehörden haben die Öffentlichkeit regelmäßig über das Ziel des Strafvollzugs und die vom Vollzugspersonal geleistete Arbeit zu unterrichten, um in der Öffentlichkeit ein besseres Verständnis für die Rolle des Strafvollzuges in der Gesellschaft zu erreichen.

   2) Die Vollzugsbehörden sollen die Bürger/innen für eine ehrenamtliche Tätigkeit im Strafvollzug gewinnen, soweit dies angebracht ist.

2.3.6.3 Europäische Empfehlungen über straffällige Jugendliche, die Sanktionen oder Maßnahmen unterworfen sind

Die Europäischen Empfehlungen über straffällige Jugendliche, die Sanktionen oder Maßnahmen unterworfen sind, gehen in ihren Ausführungen zu den Vollzugsbediensteten in besonderem Maße auf die Belange der Jugendlichen ein:[173]

---

173 Deutsche Übersetzung durch das *Bundesministerium der Justiz* 2009, S. 44-46.

127. 1) In einem umfassenden Konzept sollen für alle Bediensteten, die für die Durchführung von ambulanten Sanktionen oder Maßnahmen und die Vollstreckung von freiheitsentziehenden Strafen, die gegen Jugendliche ausgesprochen werden, zuständig sind, Aspekte der Rekrutierung, Auswahl, Ausbildung, rechtlichen Stellung, Führungsaufgaben und Arbeitsbedingungen verbindliche niedergelegt werden.

2) Dieses Konzept soll auch die grundsätzlichen Standesregeln aufführen, die von den für diese Jugendlichen verantwortlichen Bediensteten zu beachten und die im Wesentlichen auf die Zielgruppe dieser Jugendlichen ausgerichtet sind. Darin ist ebenfalls ein wirksamer Mechanismus vorzusehen, um Verstöße gegen die Standes- und Berufsregeln zu behandeln.

128. 1) Für die Rekrutierung und Auswahl von Bediensteten, die sich um Jugendliche kümmern, sind besondere Verfahren zu schaffen, die die persönlichen Eigenschaften und beruflichen Qualifikationen, die erforderlich sind, um mit jugendlichen und ihren Familien umzugehen, berücksichtigen.

2) Rekrutierungs- und Auswahlverfahren sollen offen, klar, auf Objektivität bedacht und nicht diskriminierend sein.

3) Bei der Rekrutierung und Auswahl soll das Erfordernis berücksichtigt werden, Männer und Frauen zu beschäftigen, die über die notwendigen Fähigkeiten verfügen, um die sprachlichen und kulturellen Unterschiede der ihrer Verantwortung übergebenen Jugendlichen zu berücksichtigen.

129. 1) Die Bediensteten, die mit der Durchführung von ambulanten Sanktionen und Maßnahmen und freiheitsentziehenden Strafen von Jugendlichen betraut sind, müssen eine angemessene Ausbildung erfahren, die die theoretischen und praktischen Aspekte ihrer Arbeit umfasst; ihnen soll durch Anleitung ermöglicht werden, ein realistisches Verständnis ihres besonderen Tätigkeitsbereiches, ihrer konkreten Verpflichtungen und der mit ihrer Tätigkeit verbundenen standesrechtlichen Anforderungen zu entwickeln.

2) Die berufliche Kompetenz der Bediensteten ist regelmäßig durch Weiterbildung, Supervision, Leistungsbeurteilung und Personalgespräche zu verbessern und weiterzuentwickeln.

3) Die aus- und Weiterbildung soll umfassen: a) Standesregeln und Grundwerte des betreffenden Beruf; b) nationale Schutzbestimmungen und internationale Übereinkünfte über die Rechte des Kindes und den Schutz Jugendlicher vor unannehmbarer Behandlung; c) Jugend- und Familienrecht, Entwicklungspsychologie, Sozial- und Bildungsarbeit mit Jugendlichen; d) Schulung, wie Jugendliche anzuleiten und zu motivieren sind, wie man deren Achtung gewinnen und ihnen Perspektiven eröffnen und positive Beispiele geben kann; e) Herstellung und Pflege be-

ruflicher Beziehungen zu den Jugendlichen und ihren Familien; f) bewährte Vorgehensweisen und professionelle Standardverfahren; g) Formen der Behandlung unter Berücksichtigung der Unterschiede bei den betroffenen Jugendlichen und h) Möglichkeiten der Zusammenarbeit innerhalb multidisziplinärer Teams und mit anderen Einrichtungen, die mit der Behandlung der einzelnen Jugendlichen befasst sind.

130. Die Zahl der mit der Durchführung von ambulanten Sanktionen und Maßnahmen und von freiheitsentziehenden Strafen bei Jugendlichen betrauten Bediensteten muss ausreichend sein, um die verschiedenen ihnen obliegenden Aufgaben wirksam erfüllen zu können. Es muss eine ausreichende Zahl an Fachkräften zur Verfügung stehen, um den Bedürfnissen der Jugendlichen während ihrer Betreuung gerecht zu werden.

131. 1) Die Bediensteten sind in aller Regel fest anzustellen.

2) Es sind geeignete ehrenamtliche Kräfte zu gewinnen, die an den Aktivitäten mit Jugendlichen mitwirken.

3) Die mit der Durchführung von Sanktionen oder Maßnahmen betraute Stelle trägt die weitere Verantwortung bei der Beachtung dieser Grundsätze, selbst wenn andere Organisationen oder Personen am Durchführungsprozess mitwirken, unabhängig davon, ob diese von ihren Dienststellen vergütet werden oder nicht.

132. Die Bediensteten sind so einzusetzen, dass eine kontinuierliche Betreuung der Jugendlichen gewährleistet ist.

133. Den mit den Jugendlichen arbeitenden Bediensteten müssen angemessene Arbeitsbedingungen und Vergütungen zukommen, die der Art ihrer Tätigkeit entsprechen und mit denjenigen anderer Personen vergleichbar sind, die ähnliche berufliche Tätigkeiten ausüben.

134. 1) Um eine wirksame Zusammenarbeit zwischen dem Personal zu fördern, das mit Jugendlichen in der Gesellschaft außerhalb des Vollzugs arbeitet, und den in einer Vollzugseinrichtung tätigen Bediensteten, soll beiden Gruppen die Möglichkeit eröffnete werden, entweder versetzt zu werden oder an einer Ausbildung teilzunehmen, um in der jeweils anderen Gruppe zu arbeiten.

2) Haushaltseinsparungen dürfen niemals zur Beschäftigung von Bediensteten führen, denen die nötige Qualifikation fehlt.

2.3.6.4   Fazit

Im Gegensatz zu den gesetzlichen Grundlagen sowie den Verwaltungsvorschriften in Deutschland gehen die internationalen Empfehlungen detailliert auf die Aufgaben, Rechte und Pflichten des Personals in Vollzugsanstalten ein und heben damit die Bedeutung der Bediensteten für einen gelungenen Resozialisierungsvollzug hervor. Besonderer Wert wird darauf gelegt, dass ausreichend Personal vorgehalten werden muss und dass Mittelknappheit nicht als Rechtfertigung für die Beschränkung von Ressourcen herangezogen werden darf.

Für jede Reform im Strafvollzugswesen ist daher die Prämisse voran zu stellen, wie sie bereits in den einleitenden „Basic principles" der Europäischen Strafvollzugsgrundsätze zu finden ist: „Das Personal in den Justizvollzugsanstalten erbringt eine wichtige öffentliche Dienstleistung und ist durch Auswahl, Ausbildung und Arbeitsbedingungen in die Lage zu versetzen, bei der Betreuung der Gefangenen hohe Standards einzuhalten."[174]

2.4 Berufsbilder im Justizvollzug

Wie bereits dargelegt arbeiten im Justizvollzug verschiedene Berufsgruppen zusammen, deren Arbeitsbereiche voneinander abweichen.[175]

2.4.1 Mitarbeiter im Allgemeinen Vollzugsdienst (AVD)

Der Allgemeine Vollzugsdienst stellt die größte Gruppe an Mitarbeitern im Justizvollzug dar. Die Bezeichnung wurde mit dem Strafvollzugsgesetz eingeführt und ersetzte die frühere Bezeichnung des „Aufsichtsdienstes".[176] Die in der Öffentlichkeit häufig wahrgenommene Funktion als „Wärter" oder „Schließer" gibt dagegen nur einen Teil der vielfältigen Aufgaben des Vollzugsdienstes wieder.[177]

War Rosner Anfang der 1980iger Jahre noch der Meinung,[178] dass die Anreicherung des Berufsbildes des „allgemeinen Vollzugsbeamten" durch die Erweiterung des Aufgabenspektrums hinsichtlich einer vermehrten sozialen Betreuung der Gefangenen „zu einer Anhebung des Status und der Verbesserung des Images des Berufstätigkeit im Strafvollzug in den Augen der Öffentlichkeit führen dürfte",[179] so dürfte sich diese Hoffnung mittlerweile zerschlagen haben. Auch heute noch gehen die Bediensteten selbst davon aus, dass sie von der Bevölkerung falsch wahrgenommen werden, da vor allem in den Medien durch

---

174 Council of Europe 2006, Nr. 8 Rec (2006) 2.

175 Nicht eingegangen wird im Folgenden auf die ehrenamtlichen Vollzugshelfer, Anstaltsbeiräte sowie auf die Mitarbeiter der kriminologischen Dienste. Vgl. hierzu die Ausführungen bei *Kaiser/Schöch* 2002, S. 457 ff.; *Laubenthal* 2011, S. 152 ff.

176 *Henze* 1988, S. 154.

177 *Henze* 1988, S. 154.

178 Zum Image der Strafvollzugsbediensteten zu Zeiten der Vollzugsreform vgl. *Possehl* 1970. Zu neueren Untersuchungen *Dolde* 1990 und 1995, 2001.

179 *Rosner* 1983, S 68.

Fernsehsendungen und reißerische Nachrichten die Arbeit „hinter Gittern" falsch dargestellt werde.[180] Dementsprechend wird eine aufklärende Öffentlichkeitsarbeit für unerlässlich gehalten.[181] In den letzten Jahren wird dem vermehrt nachgekommen. Vollzugsanstalten veranstalten trotz des nicht zu unterschätzenden Aufwands Tage der offenen Tür und Führungen für Schul- oder Studentengruppen. Zudem werden die Internetauftritte der Justizverwaltungen und der einzelnen Anstalten weiter ausgebaut und bieten umfassendes Informationsmaterial. Um ein größeres Publikum zu erreichen wird auch auf Dokumentationen im Fernsehen[182] gesetzt, die das tägliche Geschehen in einer Justizanstalt realistischer darstellen, als bloße Unterhaltungsshows.

Die Einstellungsvoraussetzungen und Ausbildung[183] der Vollzugsbediensteten variieren in den einzelnen Bundesländern. In Mecklenburg-Vorpommern ergeben sich die Einstellungsvoraussetzungen aus § 2 der Verordnung über die Ausbildung und Prüfung für die Laufbahn des mittleren Allgemeinen Vollzugsdienstes und des mittleren Werkdienstes im Justizvollzug (APO AVD/WD M-V) vom 23.8.2000.[184] Danach kann zum Vorbereitungsdienst für die Laufbahn des mittleren Allgemeinen Vollzugsdienstes eingestellt werden, wer die Voraussetzungen für die Ernennung zum Beamten nach § 8 des Landesbeamtengesetzes erfüllt, nach seinen charakterlichen, geistigen und körperlichen Anlagen sowie in gesundheitlicher Hinsicht für die Laufbahn geeignet ist, den Abschluss einer Realschule nachweist oder eine Hauptschule mit Erfolg besucht und entweder eine Berufsausbildung oder eine Ausbildung in einem öffentlich-rechtlichen Ausbildungsverhältnis von mindestens zwei Jahren abgeschlossen hat oder einen

---

180 *Lehmann* 2009, S. 161 ff. Zum Zerrbild des Strafvollzugs in den Massenmedien vgl. auch *Geerds* 1994, S. 259 ff.

181 So bereits *Krebs* 1963, S. 63 ff.; *Nied/Stengel* 1988, S. 101; *Geerds* 1994, S. 263 ff.; *Rotthaus* 1994, S. 252 ff. verlangt nicht nur eine bessere Aufklärung der Öffentlichkeit, sondern eine Diskussion über Vollzugsziele und die Schwierigkeiten bei der Umsetzung, um einen Konsens zu erreichen, der die Grundlage für die weitere Vollzugsarbeit darstellen muss. Überzogene Erwartungen, aber auch unverhältnismäßige Kritik und Profilierungsversuche würden dagegen zu Verunsicherung und dadurch zu neuen Fehlleistungen führen.

182 „Achtung Kontrolle" (http://www.kabeleins.de/tv/achtung-kontrolle/videos (Abrufdatum: 14.8.2011); „JVA-Karriere hinter Gittern." Zur Ausbildung und dem Arbeitsalltag der Anwärter im Justizvollzug http://www.youtube.com/watch?v=mZSjKLKGE40 (Abrufdatum: 14.8.2011); informative Berichte und ältere Reportagen finden sich mittlerweile auch bei youtube, so z. B.: http://www.youtube.com/watch?v=Ysp-xFli7EQ (Abrufdatum: 14.8.2011), http://www.youtube.com/watch?v=OC0T8mSa9b8 (Abrufdatum: 14.8.2011), http://www.youtube.com/watch?v=fl7uG7wt9c0&feature= related (Abrufdatum: 14.8.2011).

183 Zur Ausbildung von Vollzugsbediensteten vgl. bereits Fn. 55.

184 *GVOBl. Mecklenburg-Vorpommern* 2000, S. 493.

als gleichwertig anerkannten Bildungsstand besitzt, und im Zeitpunkt der Einstellung das 21. Lebensjahr vollendet hat und noch nicht älter als 32 Jahre ist.[185] Nicht zu Letzt wegen dem höheren Einstiegsalter wird die Arbeit im Justizvollzug insbesondere im Bereich des AVD als „typischer Zweitberuf" bezeichnet,[186] wobei sich Vollzugsbedienstete vor allem in den Anfängen des Vollzugswesens, aber auch in der Bundesrepublik auch aus der Armee rekrutierten,[187] was den Haftalltag militärisch prägte. Heute wird zum Teil bemängelt, dass Bewerber unter 20 Jahren mangels ausreichender Lebenserfahrung als ungeeignet angesehen werden und man auf ältere Bewerber hoffen müsse, „die ihrerseits jedoch in vielen Fällen eine brüchige Berufsbiografie aufweisen und infolge dessen nur über eine mangelhafte Motivation für die strafvollzugliche Tätigkeit verfügen."[188] Dabei ist auch immer wieder zu lesen, dass die Anforderungen an die Bewerber sehr hoch seien[189] und die Durchfallquote entsprechend hoch.[190]

Der Vorbereitungsdienst selbst dauert 2 Jahre und gliedert sich in eine theoretische und berufspraktische Ausbildung. Die theoretische Ausbildung findet in Mecklenburg-Vorpommern in der Bildungsstätte für den Justizvollzug in Güstrow statt und vermittelt nach § 15 Abs. 2 APO AVD/WD MV Kenntnisse in den Fachgebieten Vollzugsrecht, Recht der Untersuchungshaft, in der vollzugsdienstlichen Praxis, einschließlich der Waffenkunde, Vollzugverwaltungskunde, Psychologie, Pädagogik, Sozialkunde, im Straf- und Strafverfahrensrecht, im Staats- und Verfassungsrecht und im Recht des öffentlichen Dienstes. Darüber hinaus erfolgt eine Unterweisung in waffenloser Selbstverteidigung und erster Hilfe. Auch stehen Sport und Deutsch auf dem Lehrplan. Die praktische Ausbildung soll in mindestens drei Vollzugseinrichtungen mit unterschiedlichen Vollzugsformen stattfinden und dient nach § 17 Abs. 1 APO AVD/WD MV der berufspraktischen Einweisung in alle wesentlichen Aufgabenbereiche des Allgemeinen Vollzugsdienstes. Nach Abschluss der Ausbildung und Bestehen

---

185 Zu den unterschiedlichen Grenzen im Berufseinstiegsalter im Bundesländervergleich vgl. *Klocke* 2003, S. 77.

186 *Däumling* 1970, S. 31; *Nied/Stengel* 1988, *Walter* 1991, S. 97; *Lehmann* 2009, S. 78.

187 Vgl. *Däumling* 1970, S. 12; *Böhm* 1990, S. 68; *Eisenhardt* 1978, S. 45; *Knauer* 2009, S. 248. In der DDR mussten männliche Vollzugsbedienstete ohnehin zunächst den 18-monatigen Grundwehrdienst leisten.

188 *Klocke* 2003, S. 77. Zu den Gründen für die Berufswahl vgl. *Kap. 6.6.4*.

189 Zur Personalauswahl und der umfangreichen Eignungsdiagnostik vgl. *Graudenz* 1986, S. 131 ff.; *Päckert* 1994, S. 151 f.

190 *Lehmann* 2009, S. 81 f.; zur schlechten Bewerberlage in den 1980er Jahren *Kaiser/Kerner/Schöch* 1992, S. 279; vgl. hierzu auch *Lichthard* 2010, S. 209, die für den Berliner Justizvollzug angibt, dass von 100 Bewerbungen im Monat nur knapp 7% geeignet sind. Für 100 zu besetzende Stellen, würden 1500 Bewerbungen benötigt werden.

der Laufbahnprüfung treten die Absolventen ihren Dienst in den Anstalten des Landes an.

Im Groben kann ihre Arbeit dann in Sicherungs- und Betreuungsaufgaben eingeteilt werden. Dabei werden in Nr. 12 Abs. 2 DSVollz folgende Aufgaben des Vollzugsdienstes aufgezählt: Die Mitwirkung bei der Aufnahme und Entlassung der Gefangenen, die sichere Unterbringung der Gefangenen, die Mitwirkung bei der Behandlung, Beurteilung und Freizeitgestaltung der Gefangenen, die Sorge für die Ordnung und Sauberkeit in allen Räumen mit ihren Einrichtungs- und Lagerungsgegenständen, die Sorge für die Reinlichkeit der Gefangenen, ihrer Wäsche und Kleidung, die Mitwirkung bei der Pflege erkrankter Gefangener sowie nach örtlichen Bestimmungen, die Führung von Büchern, Listen und Nachweisungen sowie die Entgegennahme von Anträgen der Gefangenen.[191] Der Sicherheitsaspekt kommt vor allem durch die Aufgaben nach Nr. 20 DSVollz besonders zum Tragen: Die Gefangenen müssen derart beaufsichtigt werden, dass die Sicherheit und Ordnung jederzeit gewährleistet sind. Dabei erstreckt sich die Arbeit insbesondere auf die Vollzähligkeit der Inhaftierten, die Einhaltung von Trennungsvorschriften und die Unterbindung unerlaubten Verhaltens. Besonders sorgfältig beaufsichtigt werden müssen gefährliche, fluchtverdächtige und selbstmordgefährdete Gefangene.[192]

Ausdifferenzierter werden die einzelnen Aufgaben in den Blättern für Berufskunde der ehemaligen Bundesanstalt für Arbeit dargestellt.[193] Dazu gehören u. a.: Das „Erkennen der alltäglichen und besonderen Probleme der Gefangenen und verstehendes Reagieren, sich als Gesprächspartner und Kontaktperson anbieten, sich als Person mit eigenen Erfahrungen, Vorstellungen, Wünschen und Gefühlen einbringen, durch persönliches Verhalten Verhaltensalternativen aufzeigen, Einwirken auf Umgangsformen, Umgang mit Besuchern, Verschlusskontrolle, Haftraumkorntrollen, körperliche Untersuchungen, Überwachung der Freistunden, Weiterleiten von Beobachtungen bzgl. auftretender Auffälligkeiten, Brief- und Paketkontrolle, Überwachung und Bedienung von Sicherheitsanlagen, Kontrollgänge im Innen- und Außenbereich, Führung von Sicherheitsbüchern über besondere Vorkommnisse, Essensausgabe, Aus- und Einrücken der Gefangenen zur bzw. von der Arbeit, Eröffnung von Mitteilungen an die Gefangenen, Versorgung mit Dingen des täglichen Gebrauchs sowie unter Umständen

---

191 *Kaiser/Schöch* 2002, S. 454; *Henze* 1988, S. 155.

192 *Laubenthal* 2011, S. 155.

193 *Hellstern* 1997, S. 5 ff. Abgedruckt bei *Paetz* 2004, S. 29 ff. Dennoch wird die Informationslage über den Beruf und seine Besonderheiten als nicht ausreichend eingeschätzt. Diese seien oberflächlich und würden nur den formellen Rahmen über das Arbeitsfeld darlegen, *Lehmann* 2009, S. 82 ff. So ist auch der neue „Steckbrief" der Bundesagentur in seinem Informationsgehalt erheblich verringert worden: http://berufenet.arbeitsagentur. de/berufe/docroot/r1/blobs/pdf/bkb/8271.pdf (Abrufdatum: 16.8.2011.).

Führungsaufgaben wie die Überwachung des gesamten Dienstablaufs, Dienst-einteilung der Bediensteten und die Mitwirkung an der Einarbeitung und Aus-bildung von Anwärtern u. v. m."[194]

Gerade in der Vielfalt der Aufgaben wird die Gefahr der Überforderung der Beamten gesehen, die durch die Personalknappheit verstärkt werde und zur Ver-nachlässigung von Behandlungsaktivitäten führe[195] (vgl. bereits oben *Kap. 2.2*). So weist *Henze* darauf hin, dass es nicht immer leicht sei, Behandlungsauftrag und Sicherheitserwägungen miteinander in Einklang zu bringen. Auf der einen Seite sei gefordert „menschliche Aufgeschlossenheit und die Bereitschaft, auch nach wiederholter Enttäuschung immer wieder einen Vertrauensvorschuss zu gewähren", auf der anderen Seite dagegen müsse mit Distanz und kritischer Wachsamkeit vorgegangen werden.[196] In diesem Sinne tauchen in der Literatur immer wieder die Begriffe der Ziel- und Rollenkonflikte auf.[197] Ist die Bedeu-tung des Behandlungsvollzugs bereits für die Wissenschaft schwer zu fassen, so gilt dies für den Bediensteten umso mehr. Klare Leitlinien gibt es hierzu nicht.[198] Zudem scheint sich das Selbstverständnis der Mitarbeiter im AVD be-sonders auf die Aufrechterhaltung von Sicherheit und Ordnung zu beziehen.[199] Das gleichzeitig geforderte Engagement hinsichtlich der Behandlung der Gefan-genen führt zu Unklarheiten hinsichtlich der eigenen Rolle im Vollzug.[200] Die-ser Umstand dürfte angesichts der neuerlichen Hervorhebung des Sicherheitsas-pekts in verschiedenen Landesvollzugsgesetzen noch an Brisanz zunehmen.[201]

---

194 *Paetz* 2004, S. 29 ff. (gekürzt).

195 Vgl. *Laubentahl* 2011, S. 155.

196 *Henze* 1988, S. 156 f.; ähnlich *Kaiser/Schöch* 2002, S. 454; *Laubenthal* 2011, S. 155.

197 vgl. *Böhm* 1990, S. 71; *Nied/Stängel* 1988, S. 98.

198 *Häussling* 1979, S. 11 beschreibt dieses Dilemma für den Bediensteten dahingehend, dass „seine Arbeitsfelder […] nur auf der restriktiven Seite beschrieben (sind), auf der betreuerischen, behandlerischen Seite […] der Grenzverlauf aber unklar" sei. Vgl. auch *Knauer* 2009, S. 249.

199 *Lösel/Mey/Molitor* 1988, S. 398. In einer Befragung von Bediensteten in den neuen Bundesländern von *Essig* 2000, S. 191 waren die Befragten überwiegend (N = 20) der Meinung, dass beiden Aspekten gleiche Bedeutung zu komme, während 6 Bedienstete den Sicherheitsaspekt hervorhoben und nur 4 den Resozialisierungsgedanken in den Vordergrund stellten. Ob diese Einschätzung heute noch gilt, ist fraglich. Persönliche Einschätzungen von Bediensteten zu Folge, ist der Resozialisierungsauftrag für die Mit-arbeiter von großer Bedeutung, nur die Umsetzung weiterhin schwierig.

200 *Molitor* 1989, S. 36 ff.; *Niedt/Stengel* 1988, S. 98.

201 Nachdem § 2 S. 1 StVollzG den Resozialisierungsgedanken der Schutzaufgabe des S. 2 vorangestellt und das Bundesverfassungsgesetz den Resozialisierungsgrundsatz als Ver-fassungsprinzip hervorgehoben hatte, scheinen die Vollzugsgesetze insb. von Bayern, Hamburg, Hessen und Niedersachsen den Schutz der Allgemeinheit als gleichwertige

Hinzu kommt ein geringer Spielraum hinsichtlich der eigenen Entscheidungsbefugnisse.[202] Das Dilemma des Strafvollzugsbediensteten ergibt sich dabei nicht nur aus den scheinbar widersprüchlichen Erwartungen zwischen Resozialisierung und der Aufrechterhaltung von Sicherheit und Ordnung,[203] sondern auch aus der ständigen Konfrontation mit den Unterschieden zwischen Theorie und Praxis. Die Ausbildung der Vollzugsbediensteten sei zu theoretisch und in der Praxis nur schwer umzusetzen. Das erworbene Wissen der Ausbildung und aus Lehrgängen werde vor allem durch „eingefahrene Wege" oft blockiert.[204] *Böhm* legt dar, dass es schwer falle, Anwärter darauf vorzubereiten, dass man unter Umständen von dem auf der Vollzugsschule gelernten abweichen müsse, um einen ordnungsgemäßen Betriebsablauf zu gewährleisten und dass widersprechende Erwartungen mit gesundem Menschenverstand ausgeglichen werden müssen.[205] Er beklagt dabei nahezu über Jahrzehnte hinweg, dass sich an den Strukturen in den Anstalten nichts geändert habe und die Vollzugsbeamten nahezu die gleichen Tätigkeiten leisten, wie es der „*Aufsichtsdienst*" zu Beginn der Bundesrepublik getan habe und das eine verbesserte, auf Betreuung und Behandlung abzielende Ausbildung nichts ändere, wenn die Bediensteten dann die Gefangenen doch nur beaufsichtigen und versorgen sollen.[206] Konsequenz ist schließlich die Resignation vor dem System und das Versehen von „Dienst nach Vorschrift ohne innere Beteiligung".[207]

Die Betonung des Resozialisierungsgedankens kann aber auch nicht darüber hinweg täuschen, dass der Arbeit im Justizvollzug eine gewisse latente Gefahr innewohnt. Die Bediensteten müssen jeder Zeit damit rechnen, dass es zu einer Eskalation von Gewalt zwischen den Gefangenen[208] bzw. gegenüber den Be-

---

Aufgabe neben die Resozialisierung zu stellen. Zu Ziel und Aufgabe des Vollzugs in den einzelnen Landesvorschriften zum Jugendstrafvollzug vgl. die Synopse bei *Kühl* 2012.

202 *Böhm* 1990, S. 71; *Lehmann* 2009, S. 211.

203 Vgl. hierzu bereits *Hohmeier* 1973, S. 10 ff.

204 *Lehmann* 2009, S. 87 ff.; ebenso *Böhm* 1980, S. 3, *Preusker* 1987, S. 13; vgl. auch den Bericht eines „*Betroffenen*", Ohne Namen 1987, S. 72 ff., der darlegt, wie frustrierend er erkennen musste, dass sein Engagement und sein Wissen in der Praxis nicht gefragt seien und man sich als junger Kollege althergebrachten Strukturen anpassen müsse, wenn man in einem angenehmen Klima arbeiten und nicht als superkorrekter Besserwisser abgestempelt werden will.

205 *Böhm* 1980, S. 4; ebenso *Rotthaus* 1994, S. 249.

206 *Böhm* 1975, S. 11 f.; *ders.* 1980, S. 3 ff.; *ders.* 1990, S. 71.

207 *Preusker* 1987, S. 13.

208 Gewalttaten zwischen Gefangenen sind keine Seltenheit. Siegburg (2007) und Ichtershausen (2001) sind zwei Beispiele, in denen ein Mithäftling schließlich zu Tode kam,

diensteten selbst kommen kann.[209] Dabei ist festzustellen, dass zu Beginn der 1990er Tätlichkeiten gegenüber Bediensteten in den neuen Bundesländern noch relativ häufig waren. Bis 1998 haben diese deutlich abgenommen und lagen sogar unter dem Niveau der alten Bundesländer (vgl. *Abb. 1*). Dies ist vor allem auf die verbesserten Lebens- und Haftbedingungen zurückzuführen, die in den 1990er Jahren im Osten stark ausgebaut wurden (vgl. zu den Haftbedingungen in Mecklenburg-Vorpommern nach der Wiedervereinigung *Kap. 4*). Obwohl tätliche Angriffe auf Bedienstete mittlerweile relativ selten sind (vgl. *Tab. 4*), müssen die Bediensteten stets wachsam sein. Zudem gilt es auch Tätlichkeiten zwischen Gefangenen zu unterbinden.

Abbildung 1: **Tätlichkeiten gegen Bedienstete pro 100 Gefangene in der Bundesrepublik Deutschland im Vergleich alte und neue Bundesländer (1993-2000)**

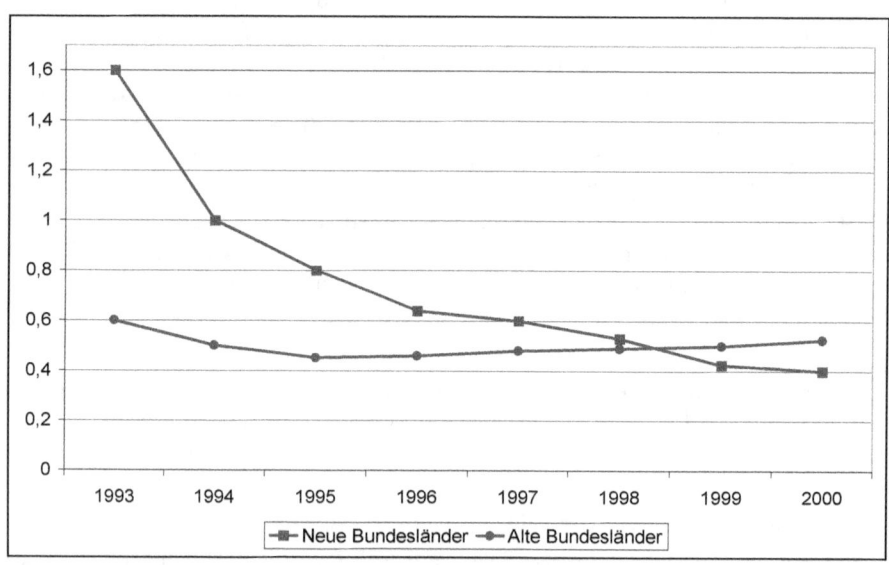

Quelle: GIS Greifswalder Inventar zum Strafvollzug (URL: http://www.rsf.uni-greifswald.de/duenkel/gis/disziplinarmassnahmen.html, Abrufdatum: 25.8.2011).

---

vgl.   http://www.spiegel.de/panorama/justiz/0,1518,449019,00.html   (Abrufdatum: 26.8.2011). Vgl. auch *Wirth* 2006, S. 13. Es „ist nicht von der Hand zu weisen, dass Gewalt im Strafvollzug gewissermaßen alltäglich ist."

209   Vgl. *Pöhlsen-Wagner* 2010, S. 195.

Besondere Aufsicht gilt auch den suizidgefährdeten Gefangenen, denn auch im Justizvollzug kommt es dazu, dass sich Gefangene das Leben nehmen (vgl. *Tab. 4*). Auch dies stellt für die Bediensteten eine besondere Belastungsprobe dar.

Tabelle 4:   **Suizide und Übergriffe auf Bedienstete bundesweit und in Mecklenburg-Vorpommern (2005-2009)**

	2005		2006		2007		2008		2009	
	Bund	**MV**	**Bund**	**MV**	**Bund**	**MV**	**Bund**	**MV**	**Bund**	**MV**
Suizide	81	2	76	1	72	0	67	0	k. A.	1
Tätlichkeiten gegen Bedienstete*	251	9	217	4	176	6	173	6	k. A.	0

Quelle: * Hierunter fallen vorsätzliche, vollendete Körperverletzung sowie Geiselnahmen und Freiheitsberaubungen. Nicht erfasst werden Bedrohungen und Beleidigungen. Die Erfassung erfolgt unabhängig von der Einleitung eines staatsanwaltlichen Ermittlungsverfahrens. Statistisch erfasst wird die Zahl der betroffenen Bediensteten. *Justizministerium Mecklenburg-Vorpommern* 2010, S. 22.

Nicht zu unterschätzen ist schließlich der Aspekt, dass die Mitarbeiter im Vollzug Personen zu betreuen haben, die zum Teil schwere Straftaten begangen haben. Trotzdem die Inhaftierten den Bediensteten als „normale Menschen"[210] gegenüberstehen, die mit Respekt behandelt werden müssen, können sich emotionale Schwierigkeiten insbesondere im Umgang mit Sexualstraftätern oder Gewaltverbrechern ergeben. Gleichzeitig gehören verbale Gewalt in Form von Beschimpfungen und Beleidigungen zum Arbeitsalltag.[211] An dieser Stelle sowie insgesamt in der Tätigkeit des Allgemeinen Vollzugsdienstes wird den Mitarbeitern ein hohes Maß an Professionalität und eine psychische Belastbarkeit abverlangt.[212]

---

210 *Lehmann* 2009, S. 96. *Lehmann* gibt in ihrer Arbeit Zitate von Bediensteten wieder, die verdeutlichen, dass die Beamten zum Teil aus Selbstschutz nicht zu viel über die Gefangenen wissen wollen, auch um zu vermeiden, diese aufgrund ihrer Taten zu missachten.

211 *Lehmann* 2009, S. 100.

212 Vgl. *Landesregierung Mecklenburg-Vorpommern* 2001, S. 29: „Das Personal im Justizvollzug ist neben den körperlichen Belastungen des Schichtdienstes erheblichen psychologischen Belastungen ausgesetzt. Ebenso, wie die Bevölkerung im Umgang mit Kriminalität Unsicherheit und Ängste erlebt und eine möglichst große Distanz zwischen sich und die Täter zu bringen bestrebt ist, sind auch die Mitarbeiterinnen und Mitarbeiter der Anstalten von derartigen Impulsen nicht frei. Andererseits verlangt [...] (*die*)

2.4.2 Werkdienst

Die spezialisierten Mitarbeiter im Werkdienst weisen eine Qualifikation in einem handwerklichen Beruf bzw. einem sonstigen Ausbildungsberuf auf.[213] Sie leiten die Arbeitsbetriebe in den Anstalten und bilden dort die Gefangenen aus.[214] Darüber hinaus kommt ihnen eine wichtige Funktion im Bereich des Arbeitsschutzes und der Unfallverhütung zu, da sie die Gefangenen belehren und zu einem sicheren Umgang mit Maschinen und Werkzeugen anzuleiten haben.[215] *Gahlen* stellt klar, dass auch der Werkbeamte über seine „fachspezifische Aufgabenstellung hinaus" Mitglied des Vollzugsteams ist und er daran mitwirkt, das Behandlungsziel des Vollzugs zu erreichen.[216] Nach *Laubenthal* genießen die Werkbeamten bei den Gefangenen aufgrund ihrer beruflichen Qualifikation, aber auch durch die Vorteile, die den Gefangenen durch die Arbeit und die Ausbildung zu teil werden, ein höheres Ansehen als z. B. die Bediensteten des Allgemeinen Vollzugsdienst.[217]

2.4.3 Verwaltung

Die Bediensteten im Verwaltungsdienst unterstützen die Anstaltsleitung in dessen Ausübung von Führungs- und Verwaltungstätigkeiten vor allem in den organisatorischen, personellen und baulichen Bereichen.[218] Zu den wesentlichen Aufgaben der Verwaltung gehören damit die Personalverwaltung, die Vollzugsgeschäftsstelle zur Abwicklung des Vollzugs und Führung der Gefangenenakten, die Arbeitsverwaltung bzgl. der Arbeit und der beruflichen Ausbildung der Gefangenen sowie die Wirtschaftsverwaltung hinsichtlich der Versorgung der Gefangenen.[219]

Umsetzung des Resozialisierungsauftrages neben der sicheren Bewachung auch *(die)* Behandlung der Täter und damit der unmittelbaren Auseinandersetzung mit häufig dissozialen Persönlichkeiten."

213 *Kaiser/Schöch* 2002, S. 455.

214 *Laubenthal* 2011, S. 155 f. mit einer Aufzählung der dem Werbeamten obliegenden Tätigkeiten nach Nr. 13 Abs. 2 DSVollz. Dabei ähnelt die Liste der Vorgängervorschrift Nr. 19 DVollzO, die bereits von *Gahlen* 1974, S. 148 f. kritisiert und als primitiv bezeichnet wurde, da sie keinem modernen Verständnis einer freien Arbeitswelt entspräche, das sich nicht nur auf das Handwerk beziehen könne.

215 *Gahlen* 1974, S. 151.

216 *Gahlen* 1974, S. 152.

217 *Laubenthal* 2011, S. 156; m. w. N. auch *Kaiser/Schöch* 2002, S. 455.

218 *Kaiser/Schöch* 2002, S. 453; *Laubenthal* 2011, S. 153.

219 *Laubenthal* 2011, S. 154.

2.4.4 Fachdienste

In den Anstalten sind zudem Bedienstete unterschiedlicher fachlicher Ausprägung zu finden. Hierzu gehören Ärzte, Psychologen, Sozialarbeiter und Sozialpädagogen, Lehrer und Seelsorger.[220] Die Angehörigen des Sozialstabes gelten
als dem Wiedereingliederungsziel besonders verbunden, womit ihre primäre
Aufgabe in der Behandlung und Betreuung der Gefangenen zu suchen ist.[221]
Soziale Hilfestellung in Form von Einzel- und Gruppenarbeit wird den Gefangenen durch die Sozialarbeiter und Sozialpädagogen geleistet. Dabei sind die
Einsatzbereiche vielfältig und reichen von der Anamneseerstellung bei der Aufnahme, von der Gestaltung der Außenkontakte bis hin zur Mitwirkung bei der
Entlassungsvorbereitung.[222] Eine besondere Darlegung der Aufgaben im StVollzG
existiert jedoch nicht.[223] Dabei soll den Gefangenen in erster Linie geholfen
werden selbstständig Probleme lösen zu können. Dazu gehört u. a. das Erlernen
von Verantwortung für sich, das eigene Verhalten und für andere und eine
Nutzung sinnvoller Freizeitmöglichkeiten.[224]
Während Sozialpädagogen bzw. Absolventen der Sozialen Arbeit mehr oder
weniger während ihres Studiums mit Aspekten des Strafvollzugswesens in
Kontakt kommen,[225] ist dies bei Psychologen schon weniger und bei den Ärzten
gar nicht der Fall. Für sie stellt die Arbeit im Vollzug eine besondere Herausforderung dar, für deren Verständnis sie in Einführungen und Fortbildungen besonders geschult werden müssen.
Auch die Aufgaben der Psychologen im Justizvollzug sind vielfältig, aber
nach dem StVollzG nicht klar definiert.[226] Zu den Tätigkeiten gehört vor allem
die Betreuung der Gefangenen im Rahmen von Einzel- und Gruppentherapien,
die Erstellung von Diagnosen und Prognosen im Rahmen von Behandlungsun-
tersuchungen oder der Aufstellung von Vollzugsplänen bzw. der Prüfung der

---

220 Während Lehrer, die für die schulische Ausbildung der Gefangenen zuständig sind, zum
Personalstab einer Anstalt gehören, wird die Seelsorge insb. durch die Kooperation mit
der evangelischen und der katholischen Kirche gewährleistet. Zur Seelsorge vgl. *Laubenthal* 2011, S. 157 f.

221 *Kaiser/Schöch* 2002, S. 455.

222 Vgl. hierzu *Blum* 1988, S. 169 f.

223 *Laubenthal* 2011, S. 156.

224 *Laubenthal* 2011, S. 162.

225 Vgl. zu den inhaltlichen Ausbildungsschwerpunkten im Bereich der Sozialarbeit
Koepsel 1998, S. 46 ff.

226 *Laubenthal* 2011, S. 160.

Eignung für Vollzugslockerungen, Krisenintervention sowie die Mitwirkung an der Aus- und Weiterbildung von Vollzugsbediensteten.[227] Den Anstaltsärzten kommt hinsichtlich der gesundheitlichen Versorgung der Gefangenen große Bedeutung zu (§§ 56 Abs. 1, 158 Abs. 1 StVollzG). Obwohl der Arzt auch hier an allgemeine medizinethische Vorgaben gebunden ist,[228] stellt ihn die medizinische Versorgung in Haftanstalten oft vor besondere Probleme. Zum einen ballen sich im Vollzug gesundheitliche Probleme (schlechter Allgemeinzustand der Gefangenen, weite Verbreitung verschiedener Infektionskrankheiten, erhöhte Suchtmittelabhängigkeit, psychische Erkrankungen sowie erhöhte Suizidgefahr).[229] Auf der anderen Seite werden häufig eine defizitäre räumliche und apparative Ausstattung kritisiert.[230] Das Selbe gilt für die personelle Ausstattung. 2010 stellte der Strafvollzugsausschuss der Länder auf seiner 111. Tagung fest, dass es bundesweit erhebliche Probleme bei der Gewinnung ärztlichen Personals gäbe, wobei es speziell im Osten am schwierigsten sei, Ärzte für die Arbeit im Justizvollzug zu rekrutieren.[231]

Zudem ist auch der Anstaltsarzt in das Spannungsfeld zwischen Resozialisierung und Sicherheit eingebunden. Dieser Aspekt erhält besondere Bedeutung, wenn es um medizinische Zwangsbehandlungen[232] (§ 101 StVollzG) sowie die ärztliche Schweigepflicht und eventuelle Offenbarungspflichten[233] zur Gefahrenabwehr und Aufgabenerfüllung (§ 182 Abs. 2 StVollzG) geht. Obwohl bei der ärztlichen Behandlung das Vertrauensverhältnis zum Patienten im Vordergrund steht, ist der Anstaltsarzt mangels freier Arztwahl für den Gefangenen Zwangsansprechpartner und Repräsentant der „feindlichen Institution"[234] Vollzugsanstalt, was zu Misstrauen führt.[235] In dieser Situation ist von den Anstalts-

---

227 *Laubenthal* 2011, S. 161.

228 Zu den ethischen Grundlagen der Anstaltsmedizin vgl. *Pont* 2009a, S. 20 ff.

229 *Hillenkamp* 2005, S. 12 ff. mit zahlreichen weiteren Nachweisen; vgl. hierzu auch *Kap. 3.2.*

230 *Hillenkamp* 2005, S. 12 f.

231 *Schmidt* 2010, S. 193. Zur Stellensituation beim medizinischen Personal im Bundesländervergleich vgl. *Meier* 2005, S. 44 ff.

232 Zur Problematik der medizinischen Zwangsbehandlungen vgl. *Laue* 2005, S. 217 ff. sowie zur Zwangsernährung bei Hungerstreik *Pont* 2009b, S. 252 ff. Zu präventiven HIV/Aids-Tests und der Kenntnis der Bediensteten über das Vorliegen von Infektionskrankheiten vgl. *Kap. 6.3.1.*

233 Zu den Grundlagen und Inhalt der anstaltsärztlichen Schweigepflicht vgl. *Tag* 2005, S. 89 ff.

234 *Hillenkamp* 2005, S. 14.

235 *Pont* 2009a, S. 20.

ärzten besonderes Fingerspitzengefühl gefordert, um den Anforderungen an die medizinische Behandlung unter Vollzugsbedingungen gerecht zu werden.

2.4.5 Anstaltsleitung

Wenn im Justizvollzug etwas schief läuft, wenn ein Gefangener entflieht oder ein Inhaftierter seine Lockerungen missbraucht, um erhebliche Straftaten zu begehen, so muss das Justizministerium der Öffentlichkeit Rede und Antwort stehen. Der Aufsichtsbehörde gegenüber hat aber so dann der Anstaltsleiter/in darzulegen, ob in seinem Verantwortungsbereich alles getan wurde, um derartige Vorkommnisse zu vermeiden.[236] Denn er trägt die Gesamtverantwortung (§ 156 Abs. 2), soweit nicht bestimmte Aufgabenbereiche der Verantwortung anderer Vollzugsbediensteter übertragen wurden.[237]

Der Anstaltsleiter wird als Zentralfigur des Vollzugsstabes bezeichnet, der vom StVollzG mit umfassenden Befugnissen ausgestattet ist.[238] Die zahlreichen Kompetenzen, die letztlich zu einer Allzuständigkeit des Anstaltsleiters führen, werden in der Praxis vielfach delegiert, wobei *Kaiser/Schöch* betonen, dass dies nicht zu Letzt von der Persönlichkeit des Anstaltsleiter abhänge und in den Ländern unterschiedlich gehandhabt werde.[239] Dabei ist festzuhalten, dass er als Einzelperson nicht in allen Bereichen des Vollzugs als sachkundig bezeichnet werden kann. Es ist ihm auch nicht möglich, jeden einzelnen Gefangenen zu kennen, um auf der Grundlage eigener Kenntnisse Entscheidungen zu treffen.[240] *Böhm* bezeichnet die weitgesteckte Verantwortlichkeit daher als „Farce".[241]

Bögemann kritisiert, dass hinsichtlich der Auswahl der Person eines Anstaltsleiters vor allem die Umsetzung von Vorschriften (Verwaltungshandeln) im Vordergrund stünde und weniger auf Führungskompetenzen abgestellt werde.[242] Einen unmittelbaren Kontakt zwischen Anstaltsleiter und Vollzugspersonal gäbe es nur selten, vielmehr würden Anstaltsleiter als häufig abwesende Chefs wahrgenommen, denen lediglich die Rolle eines Sachwalters von Vorschriften zukomme.[243]

---

236 Vgl. *Schott* 2001, S. 323.

237 Zur Einschränkung der Verantwortungsdelegation im gemeinsamen Entwurf für ein Strafvollzugsgesetzt von zehn Bundesländern vgl. *Kap. 2.3.4.*

238 *Kaiser/Schöch* 2002, S. 451.

239 *Kaiser/Schöch* 2002, S. 452.

240 *Böhm* 1976, S. 110 f.

241 *Böhm* 1976, S. 110 f.

242 *Bögemann* 2004, S. 109.

243 *Bögemann* 2004, S. 109; ähnlich auch *Böhm* 1976, S. 110 f.

Obwohl die Anstaltsleitung durch ihr Verhalten in entscheidender Weise das Klima einer Anstalt beeinflussen kann, so ist er in seinen Entscheidungen doch zahlreichen Sachzwängen unterworfen, die ihre Gestaltungsspielräume beschränken.[244]

2.5 Fazit

Zusammengefasst stellt sich der Strafvollzug somit als hierarchisches System dar, in dem zwar jeder einzelne Mitarbeiter eine große Verantwortung hinsichtlich der Realisierung des Vollzugsziels trägt, die meisten Mitarbeiter tatsächlich aber nur wenige Möglichkeiten sehen, tatsächlich in den Prozess der Resozialisierung eingreifen zu können. Vor allem die Bediensteten des Allgemeinen Vollzugsdienstes sind überwiegend damit beschäftigt, die Sicherheit und einen reibungslosen Tagesablauf in den Anstalten zu gewährleisten. Charakteristisch für den Arbeitsplatz im Justizvollzug sind ein hoher Krankenstand, zahlreiche Überstunden und ein zunehmender Unmut über die Erkenntnis, dass die Erwartungen an die Beamten als Resozialisierungshelfer unter den jetzigen Vollzugsbedingungen nicht umzusetzen sind. Eingeschliffene Routine und mangelnde Erfolgserlebnisse[245] führen bei manchem Bediensteten zu Ernüchterung und einem Ableisten von Dienst nach Vorschrift. Zudem bestimmen Misstrauen zwischen den verschiedenen Diensten und eine mangelhafte Kommunikation untereinander den Arbeitsalltag. *Bögemann* stellt fest, dass die Zusammenarbeit nur rudimentär erfolge und zwischen den einzelnen Mitarbeitergruppen Meinungsverschiedenheiten vorliegen, so z. B. über den Umgang mit Gefangenen oder über das Erlassen von Vorschriften, die im Arbeitsalltag nicht umzusetzen seien.[246] Er zählt weiter die „Überbelegung der Haftanstalten, interkulturelle Konflikte, die sich häufig gewaltsam entladen, Bandenkriminalität innerhalb der Anstalten, Sprachprobleme, Drogenmissbrauch, bauliche Überalterung der Haftanstalten und häufig unzureichende Personalausstattungen mit einem defizitären Fortbildungsstand" zu den besonderen Problemen, die den Arbeitsalltag eines Vollzugsbediensteten kennzeichnen.[247] Nicht zu Letzt aufgrund des hohen Krankenstandes kommt er daher zu dem Ergebnis, dass weiterhin ein großer Handlungsbedarf hinsichtlich des Ausbaus an betrieblicher Gesundheitsförderung bestehe, da bei den Beschäftigten zunehmend eine komplexe psychosoziale Problemlage zu beobachten sei.[248] Burnout, Arbeitsunzufriedenheit und Rollen-

---

244 Schwind/Böhm/Jehle/Laubenthal-*Wydra* 2009, § 156 Rn. 2.

245 *Rotthaus* 1994, S. 249 spricht von wenig Glanzpunkten in der Arbeit im Vollzug.

246 *Bögemann* 2004, S. 107 f.

247 *Bögemann* 2009, S. 294.

248 *Bögemann* 2009, S. 293.

konfusion treten häufiger auf und führen zu körperlichen und seelischen Beeinträchtigungen.[249]
    Diese Einschätzung wird durch die Ergebnisse verschiedenster Mitarbeiterbefragungen in den vergangenen Jahren bestätigt (zum Forschungsstand vgl. *Kap. 3*). Dabei wird die Situation vordergründig durch eine hohe Unzufriedenheit mit der Arbeit und eine schlechte Stimmung[250] unter den Vollzugsbediensteten bestimmt.
    Die Arbeit im Justizvollzug ist damit nicht nur anspruchsvoll, sondern auch beanspruchend im körperlichen, wie geistigen Sinne.[251]

---

249 *Bögemann* 2009, S. 294 f.

250 Anstatt vieler *Vahjen* 2009, S. 109, der folgende Stimmungen unter den Mitarbeitern beschreibt: „Die Gefangenen, spielen uns aus, immer wird nur ein Schuldiger gesucht, unsere Arbeit wird nicht gewürdigt, man kann niemandem vertrauen, wir werden nie richtig informiert, immer mehr Stellen werden gestrichen bei immer schwierigeren Gefangenen, ich muss für die schlechte Arbeit der Kollegen den Kopf hinhalten, ich habe schon Magenschmerzen, wenn ich morgens in die Haftanstalt gehen muss, das Arbeitsklima ist miserabel, Druck der Gefangenen wird an Arbeitskollegen weiter gegeben, ich halte lieber meinen Mund, Einzelkämpfermentalität."

251 *Hillenkamp* 2005, S. 11 spricht bei den zahlreichen Problemen, die Vollzugbedienstete täglich zu bewältigen haben und dem hohen Krankenstand von einem „an der Belastungsgrenze stehenden Vollzugspersonal".

3. Gesundheitspolitischer Rahmen und Forschungsstand zur Gesundheitsförderung im Strafvollzug

3.1 Wesen und Entwicklung der betrieblichen Gesundheitsförderung

Prävention stellt seit einigen Jahren ein in Gesellschaft und Politik diskutiertes Problem dar, dessen Lösung nicht nur aufgrund der Folgekosten unterlassener Prävention für die Sozialversicherungssysteme in ganz Europa eine wichtige Aufgabe darstellt.[252]

Um eine Handlungsgrundlage für eine zukünftige gesunde Arbeitsumwelt zu schaffen, müssen zunächst Erkenntnisse über tatsächliche und potentielle Gefährdungen gefunden und analysiert werden. Dabei wird zum einen auf die Frage eingegangen, worin Krankheitsursachen zu suchen sind. Gefahren und Risiken sollen vor allem im Bereich des Arbeitsschutzes vorgebeugt werden. Darüber hinaus wird der Blick aber zunehmend auf die Frage gerichtet, wie die Gesundheit der Bevölkerung bzw. von Mitarbeitern und Mitarbeiterinnen erhalten und gefördert werden kann. Was dabei genau unter Gesundheit zu verstehen ist, unterliegt keiner festen Definition. Überwiegend wird aber davon ausgegangen, dass Gesundheit mehr ist, als die bloße Abwesenheit von Krankheit.[253] Man bezieht sich nicht nur auf rein körperliche Merkmale, sondern auch auf seelische Zustände. Sehr prägnant wird dies in der Beschreibung der Weltgesundheitsorganisation (WHO) deutlich, wonach Gesundheit einen Zustand vollständigen körperlichen, seelischen, geistigen und sozialen Wohlbefindens darstelle.[254] Diese Beschreibung unterliegt starker Kritik und wird als unrealistisch und utopisch bezeichnet.[255] In der Tat wird es schwierig sein, Menschen zu finden, die für sich behaupten können, dieser Idealvorstellung über einen längeren Zeitraum hinweg entsprechen würden. Allerdings weist die Definition darauf hin, dass Gesundheit mehrere Komponenten in sich vereint und daher als ganzheitliches Konzept als Einheit von Körper, Seele und Geist verstanden werden sollte.[256]

---

252 *Bundesanstalt für Arbeitsschutz und Arbeitsmedizin* 2009, Nutzerpotentiale von Beschäftigungsbefragungen S. 9.

253 Für einen Überblick zu verschiedenen Gesundheitsdefinitionen vergleiche *Spicker/ Schopf* 2007, S. 23 ff. Die Vielschichtigkeit des Begriffs deutet auch *Bögemann* 2004, S. 45 an.

254 WHO 1948 „Health is a state of complete physical, mental and social well-being and not merely the absence of disease or infirmity".

255 *Hurrelmann* 2006, S. 118.

256 Ein ganzheitliches Konzept verfolgte bereits *Antonovsky* in den 1970er Jahren. Er prägte den Begriff der Salutogenese, wonach nicht danach gefragt wird, was Krankheiten ver-

Die Vielschichtigkeit des Gesundheitsbegriffs ist daher auch für das Verständnis von Gesundheitsförderung von besonderer Bedeutung, da sich hierin die Erkenntnis zeigt, dass die Gesundheit des Menschen nicht allein von genetischen Dispositionen abhängt, sondern sich aus den Wechselwirkungen zwischen Menschen und ihrer Umwelt ergibt. Dieses Verständnis zielt auf die Bewältigung verschiedener Situationen, die sich für einen Menschen in seiner Umwelt ergeben. Daher soll der Arbeit folgender modifizierter Gesundheitsbegriff nach *Badura* zu Grunde gelegt werden: „Gesundheit ist eine Fähigkeit zur Problemlösung und Gefühlsregulierung, durch die ein positives seelisches und körperliches Befinden – insbesondere ein positives Selbstwertgefühl – und ein unterstützendes Netzwerk sozialer Beziehungen erhalten oder wieder hergestellt wird."[257] Krankheit dagegen „beinhaltet mehr als nur körperliche Fehlfunktion oder Schädigung. Auch beschädigte Identität oder länger anhaltende Angst- oder Hilflosigkeitsgefühle müssen wegen ihrer negativen Auswirkungen auf Denken, Motivation und Verhalten, aber auch auf das Immun- und Herz-Kreislauf-System als Krankheitssymptome begriffen werden."[258]

Zur Schaffung oder Erhaltung gesunder Umwelten[259] zielt die Gesundheitsförderung daher „*auf einen Prozess, allen Menschen ein höheres Maß an Selbstbestimmung über ihre Gesundheit zu ermöglichen und sie damit zur Stärkung ihrer Gesundheit zu befähigen.*"[260] Gemeint ist damit die Optimierung der Gesundheitsverhältnisse, wobei auch von Verhältnisprävention gesprochen wird.[261] Um diesen Prozess auch in Deutschland zu unterstützen, gab es Bestrebungen, die gesundheitliche Prävention gesetzlich zu verankern. Der Plan, ein Präventionsgesetz[262] zu verabschieden, wurde allerdings von der jetzigen schwarz-

---

ursacht, sondern was den Menschen gesund erhält. Die modernen Gesundheitswissenschaften orientieren sich mehr oder weniger an diesem Prinzip, vgl. *Badura/Walter/ Hehlmann* 2010, S. 36.

257 *Badura/Walter/Hehlmann* 2010, S. 32.

258 *Badura/Walter/Hehlmann* 2010, S. 33.

259 *Badura/Walter/Hehlmann* 2010, S. 35.

260 Ottawa Charta zur Gesundheitsförderung (WHO) 1986, abgedruckt bei *Badura/Walter/ Hehlmann* 2010, S. 35.

261 *Hurrelmann* 2006, S. 153.

262 Ein solcher Gesetzesentwurf wurde von der rot-grünen Bundesregierung in der 15. Legislaturperiode in den Bundestag eingebracht, scheiterte letztlich aber am Widerstand im Bundesrat, durch den kurz vor Ablauf der Legislaturperiode der Vermittlungsausschuss angerufen wurde. Mit dem Gesetz sollte „die gesundheitliche Prävention neben der Akutbehandlung, der Rehabilitation und der Pflege zu einer eigenständigen Säule im Gesundheitswesen ausgebaut werden", um die sozialen Sicherungssysteme langfristig zu stabilisieren, vgl. *Bundesregierung* 2005, S. 1.

gelben Bundesregierung zunächst nicht weiter verfolgt.[263] Inzwischen hat die Bundesregierung zur Erreichung der gesundheitlichen Förderung, die bereits im Koalitionsvertrag Erwähnung fand,[264] im März 2013 einen Gesetzesentwurf für ein Präventionsgesetz in den Bundestag eingebracht.

Dennoch sind in den vergangenen zehn Jahren vor allem im Bereich der betrieblichen Gesundheitsförderung Weiterentwicklungen zu verzeichnen. Nachdem diese durch internationale und nationale Netzwerke[265] ins Blickfeld der (Arbeitnehmer)-Öffentlichkeit rückte und durch den Gesetzgeber entscheidende Änderungen vorgenommen wurden,[266] begann man sich nicht nur in Unternehmen der freien Wirtschaft, sondern nach und nach auch in der öffentlichen Verwaltung[267] mit dem Thema der Personalgesundheit und Gesundheitsförderung zu beschäftigen. Hierbei steht vor allem die Frage der Modernisierung der Verwaltung im Vordergrund. Es geht um effiziente Arbeitsabläufe und Kosteneinsparungen sowie nicht zuletzt um den Aspekt, neben privaten Anbietern bestehen zu können.[268] Im Wesentlichen geht es darum, die Strukturen innerhalb eines Systems so zu verbessern, dass es sich als gesunde Organisation darstellt. *Badura* meint, dass sich alle sozialen Systeme in einen Bereich zwischen gesund und ungesund einordnen lassen.[269] Er geht davon aus, dass je mehr sich Merkmale einer ungesunden Organisation zeigen, desto öfter werden entsprechende Symptome wie hohe Krankenstände, hohe Fluktuation, Mobbing, Burnout, innere Kündigung, mit negativen Konsequenzen für Qualität, Pro-

---

263 *Bundesregierung* 2010, S. 3.

264 Koalitionsvertrag CDU, CSU, FDP 2009, S. 85, vgl. bereits *Kap. 1*.

265 Europäisches Netzwerk für betriebliche Gesundheitsförderung ENWHP, Deutsches Netzwerk für betriebliche Gesundheitsförderung DNBGF. Nicht zu vergessen die WHO – Ottawa Charta zur Gesundheitsförderung 1986.

266 Gesetzliche Änderungen gab es vor allem im Bereich des Arbeits- und Gesundheitsschutzes (Arbeitssicherheitsgesetz 1973) aber auch direkt auf die betriebliche Gesundheitsförderung bezogen (§§ 20 ff. SGB V). 2009 wurden steuerliche Erleichterungen für Maßnahmen der betrieblichen Gesundheitsförderung in Unternehmen erweitert (§ 3 Nr. 34 EStG). Da die verbeamteten Mitarbeiter im Justizvollzug ganz überwiegend in privaten Krankenkassen versichert sind, kommen die gesetzlichen Änderungen hier allerdings nicht zum Tragen. Zum Teil können aber Präventionsangebote der Unfallkassen herangezogen werden.

267 Vgl. hierzu *Deutsches Netzwerk für Betriebliche Gesundheitsförderung* 2008 mit der Darstellung „Leuchttürme der betrieblichen Gesundheitsförderung – Beispiele guter Praxis im öffentlichen Dienst".

268 Dies gilt vor allem für den Bereich der Wirtschaftsverwaltung, wie z. B. Stadtwerke im Energiesektor, nicht dagegen für die Eingriffsverwaltung, die nur durch Hoheitsträger ausgeübt werden kann.

269 *Badura* 2004, S. 19.

duktivität und Wettbewerbsfähigkeit auftreten.[270] Merkmal für eine ungesunde Organisation seien u. a. eine geringe Ausprägung sozialer Kompetenzen, ein geringes Vertrauen in die Führung sowie ein geringer Zusammenhalt unter den Mitgliedern und eine wenig ausgeprägte sinnstiftende Tätigkeit.[271] Kennzeichnend sind damit ein paternalistischer Führungsstil, eine steile Hierarchie, wenige gemeinsame Überzeugungen, Werte und Verhaltensregeln, ein verbreitetes Misstrauen und Konkurrenzdenken, Intransparenz von Entscheidungen, geringe Partizipationsmöglichkeiten und Handlungsspielräume, geringe Weiterbildungsmöglichkeiten, ausgeprägte Feindseligkeiten und Rivalitäten zwischen verschiedenen Abteilungen sowie intensive Konflikte zwischen dem höheren Management und der Belegschaft.[272] Spiegelbildlich dazu zeichnet sich eine gesunde Organisation durch einen partnerschaftlichen Führungsstil aus sowie durch viele gemeinsame Überzeugungen, Werte und Verhaltensregeln, flache Hierarchien, Vertrauen und gegenseitige Hilfe, Transparenz von Entscheidungen, Partizipationsmöglichkeiten und Handlungsspielräume, ein hochentwickeltes System der Weiterbildung, gute abteilungsübergreifende Zusammenarbeit und wenig intensive Konflikte zwischen dem Management und der Belegschaft.[273] Hinsichtlich der Problemstellung und Zielbereichen benennt *Badura* zwei Maximen: „Arbeit macht krank"[274] und „Gesundheit fördert Arbeit".[275] Auf der einen Seite werden pathogene – krankmachende – Ursachen analysiert, die sich zumeist auf den einzelnen Beschäftigten konzentrieren (Arbeitsbedingungen, Ausrüstung und Arbeitszufriedenheit).[276] Mit einbezogen wird dabei auch das eigene Risikoverhalten einer Person (Bewegungsmangel, falsche Ernährung, Alkoholmissbrauch und Rauchverhalten).[277] Auf der anderen Seite orientiert sich die Suche nach Gesundheitspotentialen,[278] also nach salutogenen (gesundheitsfördernden) Faktoren an den Strukturen und Prozessen einer gesamten Organisation, die sich auf das Arbeitsverhalten der Beschäftigten auswirken (z. B. Führungsverhalten und Unternehmenskultur, Arbeitsauftrag sowie Arbeitsbedingungen insgesamt).[279]

---

270 *Badura* 2004, S. 19.

271 *Badura/Hehlmann* 2003, S. 54.

272 *Badura/Hehlmann* 2003, S. 20.

273 *Badura/Hehlmann* 2003, S. 20.

274 *Badura/Hehlmann* 2003, S. 21.

275 *Badura/Hehlmann* 2003, S. 22.

276 *Badura/Hehlmann* 2003, S. 21.

277 *Badura/Walter/Hehlmann* 2010, S. 36.

278 *Badura/Walter/Hehlmann* 2010, S. 36.

279 *Badura/Hehlmann* 2003, S. 21.

Mit Blick auf die Veränderungen und gesteigerten Anforderungen der Arbeitswelt an die Beschäftigten ergeben sich verschiedene Stressquellen, die Auswirkungen sowohl auf die einzelne Person als auch auf die gesamte Organisation haben können (vgl. *Abb. 2*). Hierin wird auch deutlich, dass der Blick der Gesundheitsforschung sich verändert hat. Standen früher vor allem körperliche Belastungen im Vordergrund des Arbeitsschutzes, beschäftigt man sich nun zunehmend auch mit den psychischen Anforderungen und Belastungen einer komplexen Arbeitswelt.[280]

Abbildung 2: Risiken und Folgen im Arbeitsalltag

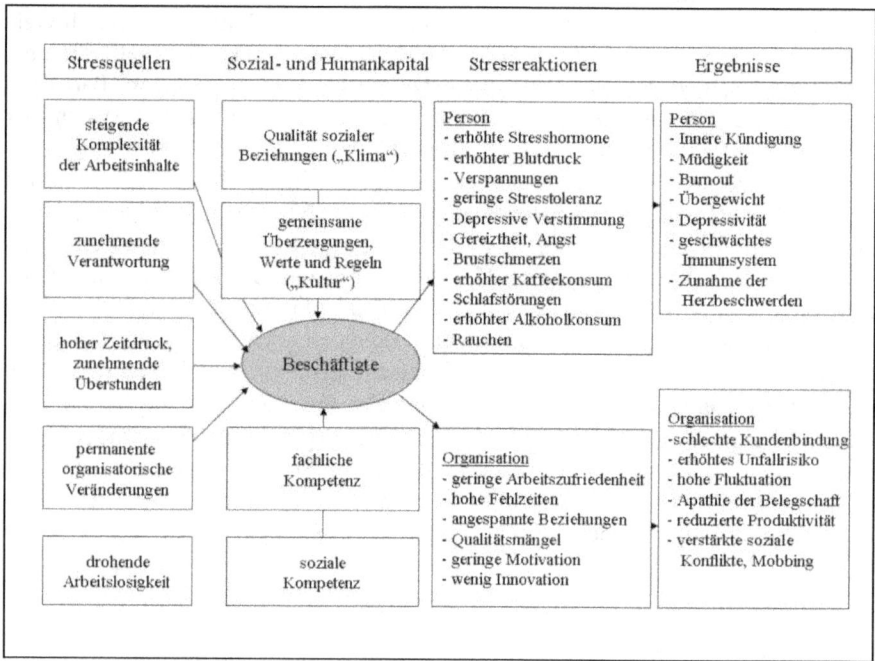

Quelle: *Bertelsmann Stiftung/Hans-Böckler-Stiftung* 2004, S. 31 nach *Rantanen* 2001.

Das Kriterium der Produktivitätssteigerung bzw. des Wettbewerbsvorteils mag für den Justizvollzug von geringer Bedeutung sein, da der Vollzug als sol-

---

[280] Vgl. auch *Bundesverband der Unfallkassen* 2005, S. 12. Zur Bedeutung einer modernen Arbeitswelt und zu den psychischen und gesundheitlichen Auswirkungen vgl. *Wüstner* 2006, S. 5 ff. und S. 141 ff.

cher keiner Konkurrenz ausgesetzt ist.[281] In Zeiten knapper Haushaltskassen spielen wirtschaftliche Belange dennoch eine wichtige Rolle. Ein hoher Krankenstand und steigende Frühverrentungen sind immerhin mit hohen wirtschaftlichen Kosten verbunden.[282] Mitarbeiter frühzeitig in den Ruhestand zu verlieren stellt darüber hinaus einen Verlust von Wissen und Erfahrung dar. Vollzugsbedienstete entwickeln „im Laufe ihrer Karriere ein Maß an Professionalität",[283] ohne die der Haftalltag nur schwer zu meistern wäre. Gleichzeitig hat das gesundheitliche Wohlbefinden und die Arbeitszufriedenheit von Vollzugsmitarbeitern neben der Behandlung und Art der Unterbringung von Gefangenen einen wesentlichen Einfluss auf die Umsetzung des Konzepts eines humanen Strafvollzugs.[284] Eine stete Beobachtung und Analyse dieser Bereiche ist daher für eine Weiterentwicklung des Vollzugswesens dringend erforderlich.

3.2 Allgemeine Gesundheitsfürsorge und Gesundheitsförderung im Strafvollzug

Es liegt im Wesen des Strafvollzugs, dass sich das wissenschaftliche Interesse in erster Linie auf die Gefangenen und deren Haftsituation bezieht. Da der allgemeine Gesundheitszustand von Gefangenen deutlich schlechter als in der All-

---

281 Diese Aussage ist allerdings nicht als absolut anzusehen. Vor allem im Bereich der Restorative-Justice-Forschung wird immer wieder kritisiert, dass das derzeitige Justizwesen vieler Länder mit all seinen Problemen insbesondere im Bereich der Freiheitsstrafe (steigende Gefangenenraten, hohe Rückfallraten ect.) seine eigentlichen Ziele nicht erreicht und daher andere Ansätze im Umgang mit Kriminalität erforderlich seien, vgl. hierzu umfassend *Cavadino/Dignan* 2007 sowie zu den Ideen und Werten im Bereich Restorative Justice *Johnstone* 2002. Bzgl. der Wirtschaftlichkeit stellt *Bögemann* 2004, S. 152 fest, dass sich die Frage nach der Effizienz und Effektivität automatisch stelle, da das Funktionieren einer Organisation vom Gesamtzustand ihres Personals abhänge. Vgl. auch *Müller-Dietz* 2000, S. 233; *Dünkel/Drenkhahn* 2001, S. 390. Zudem wird diese Frage relevant, wenn es um das Problem der Teilprivatisierungen und der Ausgliederung von Personal geht, das nichthoheitliche Aufgaben verrichtet (z. B. Wäscherei, Küche, äußerer Wachschutz).

282 *Eilers/Schwarz* 2009, S. 171, die Kosten ergeben sich aus der Entgeltfortzahlung sowie den indirekten Kosten für den Dienstleistungsausfall, wie Überstunden der gesunden Mitarbeiter oder Ersatzarbeitskräfte.

283 *Langer/Zuber* 1998, S. 287.

284 Vgl. hierzu *Preusker* 2003, S. 231. Er sieht in Gefängnissen nicht nur die Würde der Gefangenen, sondern auch der Bediensteten bedroht, wobei er auf das Wechselspiel zwischen Gefangenen und Bediensteten im Sinne von „verletzte Würde verletzt Würde" abstellt. Er habe Bedienstete erlebt, die auch unter falschen Beschuldigungen stark gelitten haben und ernsthaft erkrankt seien.

gemeinbevölkerung ist,[285] die gesundheitliche Betreuung aber einen wichtigen Aspekt in der Förderung der Befähigung zu einer eigenständigen Lebensführung nach dem Vollzug darstellt,[286] beschäftigt sich die Forschung überwiegend mit den gesundheitlichen Auffälligkeiten der Gefangenen sowie den als „tendenziell pathogen" eingeschätzten Haftbedingungen (Bewegungs- und Reizarmut, Unterforderung, Versorgungscharakter der Gefängnisse, hohe Belegungsdichte).[287] Nach *Stöver* stellt Freiheitsentzug an sich ein Gesundheitsrisiko dar, da es durch die Unselbständigkeit und Fremdbestimmung zur Abstumpfung und Ressourcenverringerung komme, was die Wahrscheinlichkeit für die Entstehung psychosomatischer Erkrankungen steigere.[288]

In der Literatur wird dabei zum einen auf die eigentliche Gesundheitsfürsorge eingegangen, die im Rahmen der gesetzlichen Vorschriften zu gewährleisten ist. Nach § 56 Abs. 1 StVollzG ist für die körperliche und geistige Gesundheit des Gefangenen zu sorgen. Die Versorgungsleistungen entsprechen zwar weitgehend den Bestimmungen der gesetzlichen Krankenversicherung, dennoch sind die Bedingungen der ärztlichen Behandlung nicht mit denen in Freiheit vergleichbar. So findet z. B. der Grundsatz der freien Arztwahl im Vollzug keine Anwendung.[289] Wichtiger Ansatzpunkt für die Ausgestaltung medizinischer Versorgung ist die Umsetzung des Äquivalenzprinzips, also die Angleichung an die Lebensbedingungen außerhalb der Vollzugsanstalten, da die Freiheitsstrafe gerade den Entzug der Freiheit als Bestrafung beinhaltet, nicht aber den „Entzug von adäquater und wirksamer Gesundheitsversorgung."[290]

Zum anderen wird über die Gesundheitsfürsorge hinaus auch die Gesundheitsförderung immer stärker thematisiert. Hierbei geht es vor allem um die Darstellung des allgemeinen Gesundheitszustandes von Gefangenen mit ihren vielfältigen Problemen und deren Zusammenhängen. Insbesondere wird auf die Verbreitung von Infektionskrankheiten (AIDS/HIV, Hepatitis, Tuberkulose), Suchterkrankungen sowie auf seelische bzw. psychische Auffälligkeiten einge-

---

285 *Stöver* 2009a, S. 283 f. Einen Überblick zu den häufigsten Gesundheitsproblemen in Haft geben *Keppler/Stöver/Schulte/Reimer* 2010, S. 237 ff.

286 *Stöver* 2009b, S. 290 ff. geht von der gesundheitlichen Versorgung als wichtigem Baustein der Resozialisierung aus. Ebenso *Callies* 1992, S. 143.

287 *Stöver* 2009a, S. 278.

288 *Stöver* 2009a, S. 282 f.

289 Schwind/Böhm/Jehle/Laubenthal-*Riekenbrauck/Keppler* 2009, § 56 Rn. 2.

290 *Stöver* 2009c, S. 301. Dennoch zählen *Keppler/Stöver/Schulte/Reimer* 2001, S. 237 verschiedene qualitative Unterschiede und Problembereiche der Anstaltsmedizin auf: u. a. keine Sanktion bei mangelnder Fortbildung der Ärzte, geringe Transparenz und Überprüfbarkeit medizinischer Leistungen, geringer Grad an Dokumentation, Mangel an Ärzten und Krankenpflegekräften, schlechte bauliche Situation älterer Gefängniskrankenhäuser; vgl. hierzu auch *Meier* 2005, S. 35 ff.

gangen.[291] Zunehmend wird dabei das Konzept des „*Healthy Prison*" propagiert, wobei sich dieses auf alle Akteure einer Haftanstalt (Gefangene und Bedienstete) bezieht und deren Zusammenspiel beachtet werden muss. *Stöver* geht davon aus, dass die Gesundheit innerhalb der Institution Gefängnis nur dann verbessert werden kann, wenn mit Blick auf alle Betroffenen ganzheitliche Konzepte entworfen und umgesetzt werden, die „nicht nur krankheits- und defizitorientiert das individuelle Verhalten, sondern auch die sozialen Verhältnisse und spezifischen Systeme in ihrer Interdependenz und inneren Dynamik auf ihr Gesundheitspotenzial" berücksichtigen und damit „nicht nur reaktiv die Krankheit des Einzelnen zu behandeln" versuchen, sondern „darüber hinaus eine die Ressourcen des Einzelnen aktivierende, auf Partizipation und Befähigung gerichtete Gesundheitsförderung" beinhalten.[292] Hiermit werden letztlich nicht nur die Lebens- bzw. Haftbedingungen der Gefangenen verbessert, sondern auch die Arbeitsbedingungen der Bediensteten. Da die Gefangenen nach ihrer Haftentlassung wieder in die Gesellschaft integriert werden sollen und auch die Mitarbeiter der Vollzugsanstalten Teil der Gesellschaft sind und alle gesundheitlichen Probleme letztlich von der Gesellschaft aufgefangen bzw. finanziert werden müssen, ist es von besonderer Bedeutung, bereits innerhalb der Gefängnismauern die Gesundheitsversorgung bzw. die Förderung gesundheitlicher Mechanismen zu verbessern. Denn: „Prison Health is Public Health."[293]

3.3 Vollzugsbedienstete in Literatur und Forschung – Ein Überblick

3.3.1 Organisations- und Personalentwicklung in der Strafvollzugsforschung infolge der Strafvollzugsreform

Obwohl es die Bediensteten sind, die den Haftalltag der Gefangenen maßgeblich bestimmen, rücken diese erst auf den zweiten Blick ins Interesse von Wissenschaft und Forschung. Dabei geht es zum einen um die Ausbildung der Mitarbeiter im Vollzug und die Frage, welche Aufgaben sie zu erfüllen haben.[294] Zum anderen aber auch um die Frage der Personalausstattung, das heißt, dem zahlenmäßigen Verhältnis von Bediensteten zu den Gefangenen (vgl. hierzu

---

291 Vgl. hierzu insbesondere *Becker* 2003 sowie die Ergebnisdarstellungen der seit 2004 regelmäßig stattfindenden Europäischen Konferenz zur Gesundheitsförderung in Haft, abrufbar unter: http://www.gesundinhaft.eu/ (Abrufdatum: 9.9.2011).

292 *Stöver* 2009a, S. 278.

293 *Keppler/Stöver/Schulte/Reimer* 2010, S. 241 f.

294 So auch heute die Darstellung in den meisten Lehrbüchern: *Laubenthal* 2011, S. 152 ff.; *Kaiser/Schöch* 2002, S. 447 ff.

Kap. 2.2). Als Ergebnis der Strafvollzugsreform und dem Wechsel vom reinen Verwahr- hin zum Behandlungsvollzug beschäftigte man sich aber zunehmend mit der Frage der Berufsrolle des Vollzugsbediensteten und den Problemen bei der Erfüllung verschiedener Aufgabenfelder. Dabei geht es vor allem um die Probleme der Rollenidentifikation als Resozialisierungshelfer mit Vorbildfunktion auf der einen und als Garant für Sicherheit und Ordnung auf der anderen Seite.[295] Dieser Zielkonflikt wird zumeist als erheblicher Belastungsfaktor identifiziert.[296]

Verschiedene Untersuchungen beschäftigen sich auch immer wieder mit Wertorientierungen der Vollzugsbediensteten sowie ihrer Einstellung gegenüber den Gefangenen.[297] Dies scheint für die Fortentwicklung des Vollzugswesens auch unerlässlich, denn „zur Realisierung eines an Menschenrechten orientierten Behandlungsvollzugs stellen die subjektiven Bewertungen und Haltungen von Bediensteten zentrale Bedingungsgrößen dar."[298]

In den späten 1970er und 1980er Jahren wurde dann vermehrt die Organisationsstruktur von Vollzugsanstalten[299] sowie die Arbeitsplatzsituation von Bediensteten betrachtet.[300] 1984 befragte *Rosner* 457 Bedienstete zu den Merkmalen ihres Arbeitsplatzes (Tätigkeitsstruktur, Rollenkonflikt und Rollenklarheit, Einstellungen zu Reformen und Reformoffenheit der Organisation),[301] wobei er insbesondere einen Vergleich zwischen dem offenen und geschlossenen Vollzug sowie der Sozialtherapie anstellte. Die Intention war zum damaligen Zeitpunkt die Frage nach Hindernissen „für die Veränderung der Organisations-, Aufga-

295 *Hohmeier* 1973; *Hoffmann* 1979; *Molitor* 1989; *Böhm* 1992.

296 Z. B. *Hohmeier* 1969; *ders.* 1970; *ders.* 1973; *ders.* 1975; *Däumling* 1970.

297 *Hohmeier* 1973 sowie die jüngeren Bedienstetenbefragungen im Mare-Balticum-Projekt sowie im Frauenstrafvollzugsprojekt (derzeit unveröffentlicht), vgl. hierzu auch unten *Kap. 3.3.3.* Allerdings spiegeln vor allem die älteren Untersuchungen nicht mehr die heutige Vollzugsrealität wieder. So beschreibt *Hohmeier* 1973, S. 8 f. in seiner Beschreibung des „Aufsichtspersonals", dass das Resozialisierungsziel lediglich Anspruch der Reformprogrammatik sei, in der Praxis aber durchweg keine Rolle spiele und daher die Tätigkeiten des Aufsichtspersonals in erster Linie im Bewachen, Schließen und Kontrollieren liegen. Vgl. auch *Blickhan/Braune/Klapprott/Linz/Lösel* 1978.

298 *Dünkel* 2007, S. 105.

299 Insbesondere hinsichtlich der Forderung nach einem Wohngruppenvollzug, flachen Hierarchien und einer Einbindung aller Berufsgruppen in die Behandlung der Gefangenen, vgl. *Müller-Dietz* 1975, S. 204 ff.

300 Zahlreiche Nachweise hierzu gibt *Rosner* 1984, S. 379, wobei er betont, dass diese Einzelfallstudien mangels Vergleichsdaten nicht generalisiert werden dürften, S. 335.

301 *Rosner* 1984, S. 336.

ben- und Interaktionsstruktur, die einer praktischen Verwirklichung der Ideen der Strafvollzugsreform entgegenstehen"[302] könnten.

Dabei ging er bereits auf die Zufriedenheit der Mitarbeiter, das Erleben von Belastungen sowie das Krankheitsverhalten ein. Die Teilnehmer wiesen eine Zahl von durchschnittlich 7,36 Krankheitstagen (Jahresprävalenz) auf. Einen Unterschied zwischen offenem und geschlossenem Vollzug gab es dabei nicht, allerdings lag die Höhe der Krankentage mit 3,04 Tagen in der Sozialtherapie deutlich niedriger.[303] Auch befanden sich innerhalb der Sozialtherapie weniger Mitarbeiter aufgrund von Herz-Kreislaufbeschwerden sowie Magen-Darmbeschwerden in ärztlicher Behandlung.[304] Die Höhe von Herz-Kreislaufbeschwerden wurde dabei aber häufiger in der Gruppe der über 45-Jährigen gefunden, sodass hier vermutlich Altersaspekte eine Rolle gespielt haben.[305] Hinsichtlich der Häufigkeit von Magendarmbeschwerden vermutete *Rosner*, dass es Zusammenhänge mit der konkreten Arbeitsplatzsituation der Bediensteten gab. So wirkten sich z. B. Belastungen der Schichtarbeit und eine wahrgenommene Arbeitsschwierigkeit verstärkend aus, während der Faktor Autonomie am Arbeitsplatz förderlich wirkte.[306] Die Wahrnehmung von Rollenkonflikten oder eine mangelnde Rollenklarheit schienen dabei von weniger Einfluss zu sein.[307]

3.3.2 Forschung im internationalen Bereich

Vor allem im angelsächsischen und im angloamerikanischen Bereich liegen zahlreiche Studien zu den Themen Arbeitseinstellung und Arbeitsbelastung vor.[308] Darunter finden sich nicht nur ältere, sondern vermehrt Studien jüngeren Datums.[309] Das Interesse an den „prison officers" scheint hier besonders hoch, wobei nicht ersichtlich wird, inwieweit aus Forschungsergebnissen Konsequen-

---

302 *Rosner* 1983, S. 67. Eine ähnliche Untersuchung fand 1985 in der Jugendstrafanstalt Berlin-Plötzensee statt. Dabei ging es um das Arbeitserleben der Mitarbeiter nach der Implementierung eines sozialtherapeutischen Modells. Dabei wurde aber nicht auf gesundheitliche Auswirkungen eingegangen, vgl. *Tauss* 1986.

303 *Rosner* 1984, S. 362 f.

304 *Rosner* 1984, S. 363.

305 *Rosner* 1984, S. 363.

306 *Rosner* 1984, S. 365 f.

307 *Rosner* 1984, S. 365 f.

308 Z. B. *Dignam/Barrera/West* 1986; *Gerstein/Topp/Correl* 1987; *Grossi/Berg* 1991. Eine kurze Zusammenstellung von Forschungsarbeiten im internationalen Bereich findet sich bei *Lehmann* 2009, S. 52 ff.

309 Zahlreiche neuere Studien aus dem angelsächsischen und angloamerikanischen Bereich werden regelmäßig im „The Prison Journal" veröffentlicht.

zen hinsichtlich der Umsetzung von Verbesserungsmaßnahmen gezogen wurden. Überwiegend kommt man zu dem Ergebnis, dass berufsbedingter Stress (occupational stress) unter Vollzugsbediensteten weit verbreitet sei,[310] wobei vor allem organisatorische Mängel (Kommunikation, Management) als Ursache heraus gestellt werden.[311]

Besonders hervorzuheben ist die Arbeit von *Liebling/Price*,[312] die sich allerdings nicht mit gesundheitlichen Problemen, sondern mit der Rolle und der Arbeit von Bediensteten im System des Justizvollzugs beschäftigt. Dabei wurden das Wesen von „prison officers", ihren Fähigkeiten und Leistungen herausgearbeitet.[313] Die Arbeit gibt vor allem einen umfassenden Überblick über Bestand, Arbeitsumstände und persönliche Ansichten von Vollzugsmitarbeitern in England.[314]

Lehman/Greve weisen darauf hin, dass insbesondere die US-amerikanische Arbeitsrealität in Gefängnissen bezüglich der organisatorischen und rechtlichen Rahmenbedingungen und auch in Bezug auf die Klientel in vielerlei Hinsicht von europäischen Vollzugsverhältnissen abweicht.[315] Auch die Anforderungen an die Auswahl der Bediensteten und die Intensität der Ausbildung vor allem der Mitarbeiter im allgemeinen Vollzugsdienst/Aufsichtsdienst unterscheiden sich deutlich.[316]

Allein der skandinavische Vollzug sei mit den Verhältnissen in Deutschland vergleichbar, da hier der Resozialisierungsgrundsatz ähnlich große Bedeutung wie in Deutschland habe.[317] *Bögemann* orientierte sich daher in seiner ersten

---

310 So bereits *Lindquist/Whitehead* 1986.

311 Zusammenfassend und mit eigenen Ergebnisse *Lambert* 2004, S. 208 ff. *Lambert* betont insbesondere den Effekt, den die Arbeit im Vollzug auf den einzelnen Mitarbeiter hat.

312 *Liebling/Price* 2001. S. 5.

313 *Liebling/Price* 2001, S. 6.

314 Noch umfassender wird auf Werte und Einstellungen im Vollzugswesen bei *Liebling/Arnold* 2004 eingegangen. Verschiedene interessante Beiträge über das Gefängnispersonal in den USA und in England finden sich *Bennett/Crew/Wahidin* 2008.

315 *Lehmann/Greve* 2003, S. 7; ebenso *Bögemann* 2004, S. 33.

316 *Bindzus/Martens* berichten z. B für die USA von einer Ausbildungsdauer von drei bis sechzehn Wochen, die im Wesentlichen „on the job" durchgeführt wird, 2008, S 84. Zur Länge des Vorbereitungsdienstes in England/Wales, Frankreich und Holland vgl. *Rotthaus* 1993, S. 325 (drei bis vier Monate).

317 *Bögemann* 2004, S. 36; 2010, S. 65. Zur Entwicklung der Kriminalpolitik und der Gefangenraten in Finnland vgl. *Lappi-Seppälä* 2010, S. 325 ff. sowie in Schweden vgl. *von Hofer* 2010, S. 761 ff.

eigenen Studie (vgl. *Kap. 3.3.3*) an der Untersuchung von *Kalimo*,[318] in der 700 Bedienstete in Finnland zu ihrer gesundheitlichen Situation befragt wurden.[319] Als besondere Stressoren, die sich negativ auf die Arbeitszufriedenheit auswirkten, wurden u. a. die Stellung der Mitarbeiter, Dienstzeiten sowie Dienstplanregelung und Schichtdienste, Unterforderung, eine fehlende Anerkennung und Wertschätzung, das Arbeitsklima und Konflikte mit der Anstaltsleitung sowie die Größe der Anstalten bzw. der Sicherheitsgrad der Anstalten identifiziert.[320]

Eine weitere europäische Studie (*Kunst/Schweizer/Bogaerts/van der Knaap* 2008) beschäftigte sich mit möglichen Zusammenhängen zwischen erlebter Aggression und Gewalt und der Entwicklung von posttraumatischen Belastungsstörungen und dem Absentismus unter Vollzugsbediensteten in Vollzugseinrichtungen in den Niederlanden.[321] Die Autoren schlossen aufgrund ihrer Ergebnisse darauf, dass es zwischen posttraumatischen Belastungsstörungen und deren Symptomen einen direkten Zusammenhang zur Höhe von Fehltagen gäbe,[322] dass gemachte Gewalterfahrungen aber nicht automatisch zur Entwicklung solcher Störungen führen würden, sondern dass zum einen die Persönlichkeit der Bediensteten eine Rolle spiele und dass es zum anderen von Bedeutung sei, in welchem Ausmaß die Probleme mit Kollegen besprochen werden können.[323] Zudem schien der Großteil der Befragten Gewalt, die von Gefangenen ausgeht, als Bestandteil ihrer Arbeit anzusehen. Problematischer seien daher Aggressionen, die von Kollegen ausgehen, insbesondere wenn Betroffene hierüber nicht mit anderen Kollegen reden können, da sie befürchten, dass man ihnen nicht glauben würde.[324] Letztlich ist auch hier festzustellen, dass sich die Verhältnisse im Justizvollzug der Niederlande nicht auf den deutschen Justiz-

---

318 *Kalimo* 1980. Hier zeigten sich vor allem Zusammenhänge hinsichtlich wahrgenommener Rollenkonflikte und der Arbeitszufriedenheit, S. 73. Zudem zeigte sich die Hälfte der Befragten als unzufrieden mit ihren Vorgesetzten, insbesondere hinsichtlich der Kommunikation, S. 63.

319 *Bögemann* 2004, S. 37 f.

320 Eine Zusammenfassung der Ergebnisse von *Kalimo* 1980 findet sich bei *Bögemann* 2004, S. 37 f.

321 Hier wurden 174 Vollzugsmitarbeiter mittels eines Fragebogens mit geschlossenen und halboffenen Fragen zu ihren Gewalterfahrungen und deren Bewältigung befragt, vgl. *Kunst/Schweizer/Bogaerts/van der Knaap* 2008, S. 17.

322 *Kunst/Schweizer/Bogaerts/van der Knaap* 2008, S. 27.

323 *Kunst/Schweizer/Bogaerts/van der Knaap* 2008, S. 46.

324 *Kunst/Schweizer/Bogaerts/van der Knaap* 2008, S. 46.

vollzug übertragen lassen[325] und die Studie sich zudem nur mit einem Ausschnitt der täglichen Probleme (Gewalterfahrungen) beschäftigt und daher kein umfassendes Bild zu der gesundheitlichen Belastung von Vollzugsbediensteten bietet.

3.3.3 Gesundheitsforschung im deutschen Strafvollzug seit der Wiedervereinigung

Die Gesundheitsförderung von Vollzugsmitarbeitern rückte erst in den letzten 20 Jahren vermehrt ins Blickfeld der Strafvollzugs- bzw. Gesundheitsforschung.

Anhand der Ergebnisse einer 1999 durch den Senator für Justiz und Verfassung der Freien Hansestadt Bremen initiierten länderübergreifenden Umfrage „branchenbezogener Vergleich"[326] zum Stand des betrieblichen Arbeits- und Gesundheitsschutzes wurde deutlich, dass weder gesetzliche Vorgaben des Arbeitsschutzes[327] noch Maßnahmen einer Gesundheitsförderung flächendeckend in den Bundesländern umgesetzt wurden.[328] Auch für Mecklenburg-Vorpommern[329] ergab sich zum damaligen Zeitpunkt, dass die gesetzlichen Vorgaben nicht in allen Bereichen umgesetzt waren. Nur in fünf von sechs der Anstalten wurde eine Fachkraft für Arbeitssicherheit bestellt und nur in einer Anstalt hatte es einen Arbeitsmediziner gegeben.[330] Weiterhin gab es zu diesem Zeitpunkt weder eine betriebliche Suchtkrankenhilfe noch eine Einrichtung für Krisenintervention bzw. sonstige Akteure im Bereich der betrieblichen Gesundheitsförderung.[331] Auch in den übrigen Bundesländern fanden sich ähnliche Ergebnisse.[332] Hieraus ergab sich die Forderung, dass „betriebliche Gesundheitsförderung als langfristiger und systematischer Prozess in den Anstalten mit Analyse-, Planungs-, Umsetzungs-, und Evaluationsphasen institutionalisiert werden"

---

325 Zur Entwicklung der Kriminalpolitik und der Gefangenraten in den Niederlanden vgl. *Boone/Moerings* 2010, S. 647 ff.

326 Die Befragung wurde 2007 wiederholt, die Ergebnisse beider Jahre werden bei *Schwarz/Stöver* 2010 S. 87 f. dargestellt.

327 Hierzu zählen u. a. die Vorgaben des Arbeitssicherheitsgesetzes und des Arbeitsschutzgesetzes.

328 *Schwarz/Stöver* 2010 S. 133 ff.

329 1999 beteiligten sich 6 Anstalten aus Mecklenburg-Vorpommern. Diese sind nicht mit den heutigen 6 Anstalten gleichzusetzen, da in der Zwischenzeit verschiedene Anstalten neu gebaut und andere geschlossen wurden, vgl. *Kap. 4*.

330 *Schwarz/Stöver* 2010, S. 133 f.

331 *Schwarz/Stöver* 2010, S. 134.

332 *Schwarz/Stöver* 2010, S. 133 ff.

73

müsse.[333] Gleichzeitig erfolgte durch die AOK (Allgemeine Ortskrankenkasse) eine Mitarbeiterbefragung unter den Bediensteten der JVA Bremen.[334] Damals zeigte sich, dass bei den Bediensteten die psychischen Belastungen ausgeprägter schienen, als die physischen.[335] Die Befragten litten überwiegend an Müdigkeit und Schlafstörungen, aber auch an Nervosität und Rückenschmerzen.[336] Zur Verbesserung der Arbeitsbedingungen wurde am Häufigsten mehr Einsatz der Vorgesetzten für die Mitarbeiter verlangt.[337]

Bögemann war der erste, der sich systematisch und über einen längeren Zeitraum hinweg mit den gesundheitlichen Problemen des Justizvollzugspersonals in Deutschland befasste.[338] Er bezog sich überwiegend auf den Raum NRW[339] und stellte dabei nicht nur fest, dass die Erforschung der gesundheitlichen Situation des Personals vernachlässigt wird, sondern auch, dass es großen Handlungsbedarf gäbe, denn paradoxerweise stelle nicht die Arbeit mit den Inhaftierten die primäre Belastung des Personals dar, „sondern vor allem die organisatorischen und klimatischen Bedingungen zwischen Vorgesetzten und Bediensteten.“[340] Als „administrative Stressoren“ benennt er u. a. einen ausgeprägten Bürokratismus, ungenügende Planung und Koordination von Zuständigkeiten, mangelnde Transparenz in Verwaltungsvorgängen, starre Hierarchien und statische Dienstwege, Konkurrenzverhalten zwischen den Mitarbeitern sowie mangelnde Kooperation und einen geringen Informationsfluss.[341]

Bezogen auf die gesundheitlichen Probleme stellte er ähnliche Ergebnisse fest, wie sie zuvor in Bremen gefunden wurden. So traten unter den Befragten am häufigsten Müdigkeit, Schlaflosigkeit und Rückenschmerzen auf. 34,2% gaben an, dass sie öfters an Müdigkeit leiden würden. Bei den Rückenschmerzen

---

333 Ergebnisauszug aus der Auswertung der Länderumfrage abgedruckt bei *Bögemann* 2004, S. 43.

334 Von insgesamt 277 Mitarbeitern haben sich 173 an der Befragung beteiligt (62,5%), vgl. *Schwarz/Stöver* 2010, S. 86.

335 *Schwarz/Stöver* 2010, S. 67.

336 *Schwarz/Stöver* 2010, S. 110.

337 *Schwarz/Stöver* 2010, S. 110.

338 *Bögemann* 1994 bis 2010.

339 1993 befragte *Bögemann* 2004, S. 39 zunächst Mitarbeiter im AVD einer offenen Vollzugsanstalt zu ihrem Gesundheitszustand und ihren persönlichen Belastungen im Arbeitsalltag. 1997 wurde dann eine weitere Befragung in einer Anstalt des geschlossenen Vollzugs (360 Mitarbeiter, Rücklauf 63,8%; N = 230) durchgeführt. In dieser „Projektanstalt“ wurde über einen längeren Zeitraum hinweg der Arbeitsalltag der Mitarbeiter beobachtet sowie Gesundheitsförderungsmaßnahmen initiiert und evaluiert.

340 *Bögemann* 2004, S. 127; *ders.* 2009, S. 294; *ders.* 2010, S. 62.

341 *Bögemann* 2010, S. 63.

waren es 32,5% und 29% litten öfter unter Schlaflosigkeit. Zu den weiterhin häufig genannten Beschwerden gehörten Erschöpfung, Reizbarkeit, Magenschmerzen sowie Kopfschmerzen. Insgesamt schienen die vegetativen Störungen am häufigsten ausgeprägt.[342] Als besondere Stressquelle wurden kollegiale (mangelndes Arbeitsinteresse der Kollegen, Anstaltsklima, fehlende Solidarität) sowie organisatorische Bedingungen (Beförderungspraxis, fehlende Anerkennung, Hierarchie in der Anstalt) identifiziert.[343]

Zu einem ähnlichen Ergebnis wie *Bögemann* kam auch *Paetz*, die die psychosoziale Belastungssituation von Bediensteten im allgemeinen Vollzugsdienst in der JVA Lübeck untersuchte.[344] Neben einem erhöhten Arbeitsaufwand aufgrund schwieriger werdender Gefangener, kritisierten die Befragten vor allem mangelnde Führung, die den Arbeitsalltag erschwerte.[345] Mit ihrem Gesundheitszustand zeigten sich die Mitarbeiter überwiegend zufrieden.[346]

Die umfassendste Studie zur „Beanspruchungssituation von Strafvollzugsbediensteten" dürfte die Untersuchung von *Schaarschmidt/Ksienzyk* aus dem Jahr 2002 sein, in der 3.381 Strafvollzugsbedienstete aus dem gesamten Bundesgebiet zu ihrem Arbeitsleben und daraus folgenden physischen und psychischen Belastungen befragt wurden.[347] Mitarbeiter aus Mecklenburg-Vorpommern waren an der Untersuchung allerdings nicht beteiligt. Ergebnis der Studie war vor allem, dass es „den" typischen Strafvollzugsbediensteten nicht gibt, sondern sich die einzelnen Mitarbeiter in ihrer Beanspruchungssituation voneinander unterscheiden.[348] Dabei ging es vor allem um die persönlichen Ressourcen, die den Bediensteten bei der Bewältigung der beruflichen Anforderungen helfen.[349] Aufgrund ihres Antwortverhaltens wurden die Teilnehmer bestimmten Mustern zugeordnet, um Unterschiede zu identifizieren, wodurch sich ge-

---

342 *Bögemann* 2004, S. 173; die Angaben erfolgten in einer 3er-Skala (nie, manchmal, öfter).

343 *Bögemann* 2004, S. 181.

344 *Paetz* 2004 führte eine qualitative Befragung von 14 Beamten zu ihren Arbeitsbedingungen und gesundheitlichen Wohlbefinden durch. Trotz der kleinen Stichprobe bei einer Gesamtbelegschaft von 297 Mitarbeitern gibt die Arbeit einen interessanten Einblick zu den Erfahrungen, die die Befragten in ihrem Berufsleben im Vollzug gemacht haben.

345 *Paetz* 2004, S. 63.

346 *Paetz* 2004, S. 69.

347 *Schaarschmidt/Ksienzyk* 2003, S. 5.

348 *Schaarschmidt/Ksienzyk* 2003, S. 22.

349 *Schaarschmidt/Ksienzyk* 2003, S. 3. Unter Ressourcen werden hier Einstellungen, Ansprüche und Erwartungen gegenüber der Arbeit sowie die Erholungsfähigkeit und Bewältigungskompetenzen verstanden.

sunde von beeinträchtigten Mitarbeitern unterscheiden.[350] Die Mitarbeiter konnten folgenden AVEM-Mustern zugeordnet werden: Muster A: 17,4% (extrem engagierter Typ); Muster S: 33,5% (Schontyp); Muster G: 28% (Gesundheitstyp); Muster B: 21,1% (Burn-out-Typ).[351] Insgesamt 39% der Befragten sind damit den Risikomustern A und B zuzuordnen, wobei es hierbei weder Geschlechtsunterschiede noch signifikante Unterschiede zwischen den einzelnen Berufsgruppen gab.[352] Diese Muster werden zum einen durch ein überhöhtes Engagement und Perfektionsstreben geprägt, welches mit einer verminderten Widerstandsfähigkeit gegenüber Belastungen verbunden ist (Risikomuster A).[353] Zum anderen traten ein allgemeines Erschöpfungserleben, Gefühle der Hoffnungslosigkeit sowie Niedergeschlagenheit auf (Risikomuster B).[354] Der größte Anteil der Befragten ließ sich aber dem Muster S zuordnen. Innerhalb dieses Musters wurde die eigene Tätigkeit häufig nicht als Herausforderung erlebt, sodass die Förderung der Arbeitsmotivation von besonderer Bedeutung erscheint.[355] Muster G zeichnete sich schließlich durch ein gesundheitsförderliches Verhältnis zur Arbeit aus, das heißt, dass beispielsweis Probleme offensiv durch innere Ruhe und Ausgeglichenheit bewältigt werden können.[356] Innerhalb der verschiedenen Muster konnten unterschiedliche Beschwerdeniveaus bezüglich gesundheitlicher Probleme festgestellt werden. Insgesamt traten Abgespanntheit, Spannungsschmerzen im Rücken, Übermüdung, Lustlosigkeit und Grübelei besonders häufig auf, wobei die stärkste Belastung vor allem bei den Risikomustern und hier insbesondere im Muster B auftrat.[357] Auch bei den Fehltagen wiesen Mitarbeiter, die dem B-Typ zuzuordnen waren, höhere Werte auf. Der G-Typ dagegen fehlte durchschnittlich am wenigsten.[358] Mitarbeiter des B-Typs waren zudem häufiger der Meinung ihre Tätigkeit nicht bis zum gesetzlichen Renteneintrittsalter durchhalten zu können.

Schaarschmidt/Ksienzyk zeigten mit ihren Ergebnissen deutlich, dass gesundheitliche Probleme von persönlichen Einstellungen zur Arbeit sowie dem

350 *Schaarschmidt/Ksienzyk* 2003, S. 4 ff. Arbeitsbezogenes Verhaltens- und Erlebensmuster (AVEM-Muster).

351 *Schaarschmidt/Ksienzyk* 2003, S. 13. Die Bezeichnungen innerhalb der Klammern stammen aus der „Lehrerstudie", in der bundesweit Lehrer mit demselben Instrument befragt wurden, vgl. *Landesregierung Mecklenburg-Vorpommern* 2010d, S. 3.

352 *Schaarschmidt/Ksienzyk* 2003, S. 13 f.

353 *Schaarschmidt/Ksienzyk* 2003, S. 11.

354 *Schaarschmidt/Ksienzyk* 2003, S. 12.

355 *Schaarschmidt/Ksienzyk* 2003, S. 11.

356 *Schaarschmidt/Ksienzyk* 2003, S. 10.

357 *Schaarschmidt/Ksienzyk* 2003, S. 17.

358 *Schaarschmidt/Ksienzyk* 2003, S. 18.

eigenen Belastungserleben beeinflusst werden. Notwendig sei letztlich ein auf die Unterschiede und Gemeinsamkeiten der verschiedenen Muster abgestimmtes Interventionsprogramm.[359]

Ebenfalls umfassend war die Untersuchung von *Lehmann/Greve* „Justizvollzug als Profession",[360] die sich auf den niedersächsischen Justizvollzug bezog und Motive, Wünsche, Bedürfnisse und Sorgen der Bediensteten erfassen sollte.[361] Als Ergebnis formulierten sie, dass die Mitarbeiter im Vollzug zwar grundsätzlich eine positive Stimmung gegenüber ihrem Beruf empfinden, der Justizvollzug dennoch „ein Arbeitsfeld mit vielen Herausforderungen" sei, an dem es verschiedenste Kritikpunkte und Verbesserungsmöglichkeiten gäbe.[362] Große Unzufriedenheit werde z. B. durch die Beförderungssituation im AVD und eine mangelnde Informationskultur verursacht.[363] Gesundheitlich schienen Probleme vor allem im Bereich der Konzentrationsbeschwerden zu liegen. Die Beschwerden zeigten sich dabei in Ermüdungszuständen, Nervosität und Schlafstörungen.[364] Da durch das beschriebene Projekt nicht alle Fragen zufriedenstellend beantwortet werden konnten, versuchte *Lehmann* mit einer weiteren Arbeit einen vertieften Einblick in den Justizvollzug aus Sicht der Bediensteten zu geben.[365] Dabei wurde allerdings nicht auf die gesundheitliche Situation der Bediensteten abgestellt. Vielmehr wurden die Erwartungen und Erwartungserfüllung von Mitarbeitern, insbesondere des Allgemeinen Vollzugsdienstes, dargelegt und deren Einfluss auf die tägliche Arbeit überprüft. Quantitativ wurde dabei auf das Datenmaterial der Studie „Justizvollzug als Profession" zurückgegriffen und zusätzlich qualitative Interviews geführt.[366] Hierdurch gelang es der

---

359 *Schaarschmidt/Ksienzyk* 2003, S. 23.

360 Das Projekt des KFN (Kriminologisches Forschungsinstitut Niedersachsen) besteht aus 5 Einzelstudien, wobei neben den Strafvollzugsbediensteten auch ehrenamtliche Mitarbeiter im Vollzug sowie Anwärter für den Justizdienst befragt wurden. Daneben erfolgten auch eine Aktenanalyse zu besonderen Vorkommnissen sowie eine Nachbefragung zum dienstlichen Fehlverhalten. Verteilt wurden 3.838 Fragebögen. Der Rücklauf betrug 44,7% (N = 1.717); ca. 63% der Teilnehmer gehörten dem AVD an, *Lehmann/Greve* 2006, S. 28 ff.

361 *Lehmann/Greve* 2006, S. 131.

362 *Lehmann/Greve* 2006, S. 135.

363 *Lehmann/Greve* 2006, S. 135.

364 *Lehmann/Greve* 2006, S. 120. Weitere Ergebnisse werden vergleichsweise in den *Kap. 6* und *7* angesprochen.

365 *Lehmann* 2009, S. 19.

366 *Lehmann* 2009, S. 62 f. Allerdings wurde nur auf die auswertbaren Fragebögen der Mitarbeiter des AVD ohne Führungs- und Verwaltungsaufgaben zurückgegriffen (N = 858), S. 66. Dabei waren in der Stichprobe vergleichsweise viele junge Bedienstete vorhanden. 50,7% waren 35 Jahre oder jünger. An den Interviews nahmen 12 Be-

Verfasserin die täglichen Schwierigkeiten der Vollzugsbediensteten von der Ausbildung hin bis zu der Arbeit mit den Gefangenen und der Zusammenarbeit zwischen den Mitarbeitern selbst zu schildern. Sie berichtete von Problemen vor allem in Beförderungs- und Beurteilungsphasen, die von Misstrauen und Machtkämpfen geprägt seien, von einem ungeschriebenen Verhaltenskodex, wonach man Fehlverhalten von Beamten nicht meldet, um einen guten Kontakt zu den Kollegen zu behalten und von einem gegenseitigen Geben und Nehmen, die für ein angenehmes Betriebsklima notwendig seien.[367] In der Untersuchung wurden Anwärter und dienstältere Beamte jeweils in Untergruppen (Cluster) aufgeteilt, wobei das Kriterium für die Aufteilung darin lag, welche Aspekte für die Bediensteten bei ihrer Arbeit von besonderer Bedeutung waren. Unterschieden wurde nach den Gruppen „Interessanter Job", „Geld und Arbeit" sowie dem Aspekt „Helfen" bei den Anwärtern und nach den Kategorien „Interessanter Job", „Gute Samariter", „Status in der Gesellschaft" sowie „Geld und Arbeit" bei den diensterfahrenen Mitarbeitern. Dabei zeigte sich u. a., dass die Angehörigen der Clustergruppe „Geld und Arbeit" im Schnitt unzufriedener mit ihrer Arbeit waren und die „guten Samariter" mehr Einsatzbereitschaft zeigten.[368] Insgesamt entsprachen diejenigen Mitarbeiter, die in ihrer Arbeit lediglich einen sicheren Job und ein festes Gehalt sehen, dem stereotypen Bild eines Beamten, der innerlich gekündigt habe.[369] Hinsichtlich der Ausprägung von psychosomatischen Beschwerden gab es aber keine signifikanten Unterschiede zwischen den einzelnen Clustergruppen. Allerdings zeigten sich insgesamt hohe Korrelationen zwischen vorliegenden Burnout-Werten und dem Auftreten von psychosomatischen Beschwerden ($r = .51**$).[370] *Lehmann* kommt schließlich zu dem Ergebnis, dass in der Aussage, Bedienstete seien bezahlte Gefangene, ein wahrer Kern stecke[371] und dass auch Bedienstete im Vollzug einen Sozialisationsprozess durchlaufen, der zur Anpassung an die vollzugliche Umgebung führe, in der Autonomie und Handlungsspielraum beschränkt seien.[372]

Eine weitere Arbeit, die sich mit gesundheitlichen Belastungen in einer deutschen Vollzugsanstalt beschäftigt ist die Analyse von *Schwarz/Stöver* aus dem Jahr 2010. Die Untersuchung in der JVA Bremen-Oslebshausen stellt eine

---

dienstete teil und an den 3,5 Jahren später durchgeführten Zweitinterviews 7, vgl. *Lehmann* 2009, S. 70 f.

367 *Lehmann* 2009, S. 120 ff.

368 *Lehmann* 2009, S. 210.

369 *Lehmann* 2009, S. 216.

370 *Lehmann* 2009, S. 218.

371 *Lehmann* 2009, S. 256.

372 *Lehmann* 2009, S. 249. Dieser Prozess würde dem Prisionisierungseffekt, dem die Gefangenen in einer Haftanstalt ausgesetzt sind, ähneln.

Nachfolgeuntersuchung zu der AOK-Befragung in Bremen von 1999 dar.[373] Gleichzeitig wurden die Ergebnisse der länderübergreifenden Befragung „branchenbezogener Vergleich" aus dem Jahre 1999 sowie deren Wiederholung aus dem Jahr 2007 dargestellt. Eindrücklich beschreiben *Schwarz/Stöver* den Tagesablauf[374] eines Vollzugsbediensteten und machen damit deutlich, mit welchen Problemen die Mitarbeiter täglich konfrontiert werden.[375] Auch hier traten Müdigkeit, Schlafstörungen sowie Rückenschmerzen besonders häufig unter den Mitarbeitern auf.[376] Die Beschwerden haben sich im Vergleich zu der vorangegangenen Untersuchung 1999 sogar noch deutlich verschlechtert.[377] Der Anstieg der psychischen und physischen Belastungen wurde in Zusammenhang mit dem erfolgten Personalabbau und der damit verbundenen Arbeitsverdichtung gebracht.[378] Vermehrt wurde nun nach verbesserter Arbeitsplatzgestaltung gefragt sowie mehr Einsatz der Vorgesetzten gefordert.[379]

Die Auswertung des länderübergreifenden Vergleichs 2007 zeigte, dass sich seit 1999 viel verändert hatte. Insbesondere die gesetzlichen Vorgaben nach einer Fachkraft für Arbeitssicherheit und Betriebsärzten sowie der Einrichtung eines Arbeitsschutzausschusses wurden häufiger erfüllt. Hinsichtlich der Schaffung von Arbeitsgruppen für eine betriebliche Gesundheitsförderung war ein positiver Trend zu verzeichnen, ebenso stieg das Angebot von Krisenintervention nen deutlich an.[380] Eine positive Entwicklung zeigte sich auch in Mecklenburg Vorpommern,[381] allerdings nicht in dem Maße, wie es in anderen Bundeslän-

---

373 *Schwarz/Stöver* 2010, S. 17, 73. Insgesamt wurden 133 Mitarbeiterfragebögen und 188 Inhaftiertenfragebögen ausgewertet, vgl. *Schwarz/Stöver* 2010, S. 81. Die Untersuchung wurde im Jahr 2007 durchgeführt.

374 Eine Beschreibung eines Arbeitstages eines Sicherheits- und Ordnungsleiters findet sich bei *Watzlawek* 1988, S. 148 ff.

375 *Schwarz/Stöver* 2010, S. 13 ff. sowie 43 ff. Die Schilderung eines Vollzugsbediensteten endet mit der Aussage: „Für uns haben diese Menschen [die Gefangenen] auch ein Gesicht. Sie stehen vor dir und suchen Hilfe. Manchmal kannst Du helfen. Meistens musst Du aber nein sagen." vgl. *Schwarz/Stöver* 2010, S. 16. Deutlich wird damit die Ambivalenz zwischen Behandlung und Sicherung, die das Wirken der Vollzugsbediensteten prägt.

376 *Schwarz/Stöver* 2010, S. 91.

377 *Schwarz/Stöver* 2010, S. 149 f. Allerdings konnte nicht überprüft werden, ob die Teilnehmer bereits an der ersten Befragung teilgenommen hatten, bzw. wie sich die Stichprobe 2007 von der 1999 unterscheidet.

378 *Schwarz/Stöver* 2010, S. 153.

379 *Schwarz/Stöver* 2010, S. 150 f.

380 *Schwarz/Stöver* 2010, S. 143 f.

381 An der Befragung 2007 beteiligten sich aus Mecklenburg-Vorpommern vier Anstalten, vgl. *Schwarz/Stöver* 2010, S. 121.

dern der Fall war. Zwar wurde angegeben, dass dem Gesundheits- und Fehlzeitenmanagement eine große Priorität zukomme,[382] tatsächlich gab es bis dahin
aber weder Qualitäts- oder Gesundheitszirkel bzw. besondere Angebote zur
Gesundheitsförderung.[383] Auch gaben nur drei der vier befragten Anstalten an,
eine Fachkraft für Arbeitssicherheit bestellt zu haben.[384] Allen Anstalten jedoch
stand ein Arbeitsmediziner zur Verfügung[385] und es wurden Arbeits(schutz)-
ausschüsse gebildet.[386]

Nicht unerwähnt bleiben sollen die Projekte am Lehrstuhl für Kriminologie
an der Universität Greifswald. Sowohl im Rahmen des *Mare-Balticum-Prison
Survey* (2003-2004) als auch in der *vergleichenden Studie zum Frauenvollzug*
(laufendes Projekt) wurden neben Gefangenen in verschiedenen Ländern auch
Bedienstete zu den Haft- und Arbeitsbedingungen in den Haftanstalten befragt.[387] Dabei wurde zum Teil auch auf die gesundheitliche Belastung abgestellt (vgl. *Tab. 5*). Die damalige Stichprobe bestand aus 364 Bediensteten aus
sieben Ländern des Ostseeraums (Deutschland, Schweden, Finnland, Polen, Litauen, Lettland sowie Estland. In Deutschland wurden dabei lediglich die Bundesländer Schleswig-Holstein und Mecklenburg-Vorpommern einbezogen,
wobei in Mecklenburg-Vorpommern wiederum Bedienstete aus den Justizvollzugsanstalten Bützow und Waldeck befragt wurden. Hier wurden insgesamt 49
Bedienstete befragt, darunter befanden sich 10 Frauen.

In der damaligen Befragung standen Rückenbeschwerden sowie Müdigkeit
und Schlafstörungen im Vordergrund der häufigen Belastung (vgl. *Tab. 5*). Auffällig war, dass die Bediensteten aus Mecklenburg-Vorpommern im Ländervergleich deutlich öfter an Rückenschmerzen (35%) litten (alle Länder: 23%
oft).[388] Auch unter den Bediensteten aus Schleswig-Holstein (N = 30) gaben le-

---

382 *Schwarz/Stöver* 2010, S. 131.

383 *Schwarz/Stöver* 2010, S. 134, 140.

384 *Schwarz/Stöver* 2010, S. 133.

385 *Schwarz/Stöver* 2010, S. 134.

386 *Schwarz/Stöver* 2010, S. 135.

387 Die Ergebnisse der damaligen Mitarbeiterbefragungen wurden nur zum Teil veröffentlicht, vgl. *Dünkel* 2007. Eine abschließende Veröffentlichung des Frauenprojekts steht
noch aus, vgl. aber *Zolondek* 2007 zu den Ergebnissen der Gefangenenbefragung. In der
vorliegenden Untersuchung wurde überwiegend auf den Mitarbeiterfragebogen der vorangegangenen Projekte zurückgegriffen, wobei die verwendeten Skalen zum Teil verändert wurden, vgl. *Kap. 5.4.1*. Die Ergebnisse der Projekte werden zu Vergleichszwe-
cken teilweise in *Kap. 7.2.3* wiedergegeben.

388 Der *Betriebskrankenkasse (BKK) Bundesverband* gab in seinem Faktenspiegel 2008,
S. 1 f. an, dass Rückenschmerzen seit Beginn der 2000er Jahre unter ihren versicherten
erheblich zugenommen haben und dass die Versicherten in Mecklenburg-Vorpommern
im Bundesländervergleich am häufigsten unter Rückenschmerzen leiden würden.

diglich 23,3% an, oft unter Rückenbeschwerden zu leiden. Hinsichtlich der depressiven Verstimmung waren es in Schleswig-Holstein nur 3,4%, die angaben, oft hierunter zu leiden, während es in der Gesamtstichprobe 11,4% waren.

Im Vergleich zwischen weiblichen und männlichen Bediensteten zeigte sich, dass es geschlechtsspezifische Unterschiede vor allem im Bereich der Kopfschmerzen gab. Diese schienen vor allem bei Frauen öfter aufzutreten. Dies galt auch für das Symptom der Schlafstörungen. Im Bereich der Müdigkeit und Abgeschlagenheit gab es allerdings keine Unterschiede. Bezogen auf die depressiven Verstimmungen gaben die weiblichen Bediensteten an, lediglich selten bis gar nicht hierunter zu leiden, während bei den männlichen Bediensteten fast 13% angaben, oft unter depressiven Verstimmungen zu leiden.

Tabelle 5: **Gesundheitsbeschwerden der Bediensteten (%) in Mecklenburg-Vorpommern im Mare-Balticum-Projekt**

	nie	selten	oft ♂/♀
Schlafstörungen	42,9	38,8	18,4 15,4/30
Appetitlosigkeit	81,3	16,7	2,1 2,6/0
Kopfschmerzen	51,0	36,7	12,2 7,7/30
Allergien	80,9	12,8	6,4 5,4/10
Rückenbeschwerden	37,5	27,1	35,4 36,8/30
Magenbeschwerden	56,3	29,2	14,6 15,8/10
Müdigkeit/Zerschlagenheit	18,4	51,0	30,6 30,8/30
Herzbeschwerden	74,5	21,3	4,3 5,4/0
Depressive Verstimmung	56,3	33,3	10,4 12,8/0

3.4 Fazit

Der Blick auf den Forschungsstand im Bereich Vollzugspersonal und Gesundheitsförderung macht zwei Dinge deutlich.

Zum einen sind die gesundheitlichen und sonstigen Belange der Mitarbeiter für den Alltag in einer Haftanstalt von großer Bedeutung und eine kontinuierliche Vervollständigung von Daten über die Problemlagen im Arbeitsalltag von Vollzugsbediensteten erforderlich, um effektive Maßnahmen an den richtigen Stellen etablieren zu können. Nur so kann hohen Fehlzeiten und zunehmenden Frühpensionierungen entgegen gewirkt werden.

Zum anderen beziehen sich die Studien zu gesundheitlichen Problemen und zur Arbeitszufriedenheit (nahezu) ausschließlich auf die alten Bundesländer. Der Justizvollzug in den neuen Ländern musste sich dagegen in den letzten 20 Jahren erheblichen Veränderungen stellen (vgl. dazu *Kap. 2* und *4*). Neben den allgemeinen gesellschaftlichen Anforderungen nach dem Systemwechsel, den jeder Bürger für sich meistern musste, musste sich insbesondere das Justizwesen auf neue Vorgaben einstellen. Dies geschah zum Teil mit dem alten Vollzugspersonal, welches noch durch den DDR-Vollzug „sozialisiert" war.[389] Verschiedene Untersuchungen machen deutlich, dass ehemalige DDR-Bedienstete Probleme hinsichtlich der Abstimmung von Sicherungs- und Behandlungsaufgaben hatten. Die strikten Ordnungs- und Sicherheitsaufgaben im DDR-Vollzug hätten es unmöglich gemacht, „einen menschlichen Umgang zu pflegen oder einen persönlichen Kontakt" zu den Gefangenen aufzubauen.[390] Im Sinne des Behandlungsvollzugs sollten sie nun aber als Ansprechpartner für die Gefangenen fungieren und Lockerungen zulassen.[391]

Für das in der vorliegenden Studie betrachtete Bundesland ergibt sich ein weiterer bedeutender Unterschied zu den alten Bundesländern. Mecklenburg-Vorpommern ist ein Flächenland mit der geringsten Einwohnerdichte in Deutschland und einer hohen Altersstruktur und einer hohen Arbeitslosen-

---

389 Vgl. hierzu den Bericht des Antifolterkomitees von 1996 in *Consil of Europe* 1997, S. 31: „More generally, the Governor of Bützow Prison admitted that staff recruited a long time ago had not yet entirely assimilated the changes which have taken place in the prison system since reunification. More efforts still had to be made in the area of vocational training and education. Now it was necessary to create a good climate in the establishment and to motivate staff to establish positive relations with prisoners."

390 *Essig* 2000, S. 106. Es wird aber auch betont, dass im Alltag durchaus ein normaler Umgang mit den Gefangenen gepflegt wurde. Es seien nur wenige gewesen, die Gefangene wie den letzten Dreck behandelt hätten, Interview mit dem Anstaltsleiter von Waldheim, *Essig* 2000, S. 209.

391 *Essig* 2000, S. 106 f. So wird z. B. davon gesprochen, dass die Bediensteten Probleme hätten, das richtige Verhältnis zwischen Distanz und Nähe zu finden, S. 128.

quote.[392] Der höhere Altersdurchschnitt schlägt sich auch bei den Mitarbeitern im Vollzug nieder. Bezogen auf die Einwohnerzahl gibt es in Mecklenburg-Vorpommern mehr Vollzugseinrichtungen als in den anderen Bundesländern, allerdings sind diese meist deutlich kleiner (zur Haftplatzkapazität vgl. *Kap. 4*). Sehr große Anstalten mit mehr als 550 Gefangenen gibt es nicht. Es stellt sich die Frage, inwieweit das Alter, die Größe der Anstalten, Berufserfahrungen aus DDR-Zeiten und möglicherweise auch eine anderweitig schlechtere Arbeitsplatzsituation Auswirkungen auf das Arbeits- und Gesundheitserleben im Justizvollzug Mecklenburg-Vorpommerns haben. Eine eigenständige und umfassende Befragung war daher auch für Mecklenburg-Vorpommern unerlässlich, um eine Analyse anhand der tatsächlichen Bedingungen vornehmen zu können (vgl. hierzu auch die Angaben zur Projekteinführung in *Kap. 5.1*).

---

392 Im Juli 2011 lag die Arbeitslosenquote in Mecklenburg-Vorpommern bei 11,7%, http:// www.pub.arbeitsagentur.de/hst/services/statistik/000000/html/start/karten/aloq_kreis.ht ml (Abrufdatum: 11.8.2011). Die Bevölkerungsdichte beträgt 71 Einwohner pro km² (1.639.000 Einwohner zum 31.11.2011: http://www.statistik-portal.de/Statistik-Portal/de_zs01_mv.asp (Abrufdatum: 11.8.2011) bei einer Fläche von 23.180,14 km²).

4. Der Justizvollzug in Mecklenburg-Vorpommern

4.1 Rechtstatsächliche Befunde zur Gefangenenpopulation im Justizvollzug Mecklenburg-Vorpommern

Die durchschnittliche Belegung ist in den vergangenen Jahren in Mecklenburg-Vorpommern deutlich zurückgegangen (vgl. *Tab. 6*). Insgesamt standen zum 1.1.2010 1.547 Haftplätze zur Verfügung.[393] Diese waren zum 31.8.2010 mit 1.426 Gefangenen[394] zu 92% belegt.[395]

Die Gefangenenrate ist seit 2005 von 100 Strafgefangenen auf 100.000 der Wohnbevölkerung auf 73 im Jahr 2009 weiter zurückgegangen.[396] Bezieht man alle Gefangenen in die Berechnung ein, liegt die Gefangenenrate bei 86,3 zum 31.3.2008.[397] Für Gesamtdeutschland lag die Gefangenrate 2008 bei 91,3.[398] Im Bundesländervergleich liegt Mecklenburg-Vorpommern damit im unteren Bereich. Weniger Gefangene pro 100.000 der Wohnbevölkerung wiesen Schleswig-Holstein mit 53,0, Baden-Württemberg mit 74,5, Brandenburg mit 75,2 und das Saarland mit 76,7 Gefangenen auf.[399] In Bayern dagegen lag die Gefangenenrate bei 98,8, in NRW bei 99,1 Gefangenen, in Hamburg bei 116,7 und in Berlin bei 148,7.[400]

Deutlich höher liegt dagegen die Gefangenenrate im Jugendvollzug. Mit 119 Gefangenen im Jugendvollzug wies Mecklenburg-Vorpommern zum 31.3.2008

---

393 *Justizministerium Mecklenburg-Vorpommern* 2010, S. 8. 2007 standen noch 1.677 Haftplätze zur Verfügung, vgl. *Landesregierung Mecklenburg-Vorpommern* 2007, S. 1.

394 *Statistisches Bundesamt*: http://www.destatis.de/jetspeed/portal/cms/Sites/destatis/Internet/DE/Content/Statistiken/Rechtspflege/Justizvollzug/Tabellen/Content75/Belegungskapazitaet,templateId=renderPrint.psml (Abrufdatum: 29.8.2011). Damit wurde die 2007 abgegebene Prognose für den Haftplatzbedarf bereits bei Weitem unterschritten, vgl. *Justizministerium Mecklenburg-Vorpommern* 2007, S. 46.

395 Zum 1.2.2001 waren die Einrichtungen bei einer Belegungsfähigkeit von 1.487 Haftplätzen mit 1.800 Gefangenen belegt, was einer Überbelegung von 21% entsprach, vgl. *Landesregierung Mecklenburg-Vorpommern* 2001, S. 9. Vollzugseinrichtungen gelten als voll belegt, wenn die Belegungsfähigkeit zwischen 90% und max. 95% erreicht ist; Spielräume werden für Sicherheitsverlegungen und z. B. Reparaturarbeiten benötigt, vgl. *Landesregierung Mecklenburg-Vorpommern* 2001, S. 17.

396 *Justizministerium Mecklenburg-Vorpommern* 2010, S. 10.

397 *Dünkel/Morgenstern* 2010, S. 174.

398 *Dünkel/Morgenstern* 2010, S. 174.

399 *Dünkel/Morgenstern* 2010, S. 174.

400 *Dünkel/Morgenstern* 2010, S. 174.

einen der höchsten Werte im Bundesländervergleich auf.[401] Zum 31.3.2010 war die Gefangenenrate im Jugendvollzug auf 125,8 gestiegen.[402]

Tabelle 6: **Durchschnittliche Jahresbelegung und Gefangenenrate im Justizvollzug Mecklenburg-Vorpommern (2005-2009)**

	Ø 2005	Ø 2006	Ø 2007	Ø 2008	Ø 2009
Durchschnittliche Belegung	*1.674*	*1.593*	*1.497*	*1.412*	*1.400*
U-Haft	255	229	207	213	190
Strafhaft	1.070	1.032	973	915	937
Jugendstrafe	236	221	217	186	167
Sonstige[a]	113	111	100	98	106
Frauen	41	45	41	43	40
Sicherungs- verwahrte	1	1	1	2	3
Bevölkerung stichtagsbezogen zum 31.12. des Vorjahres	1.719.653	1.707.266	1.693.754	1.679.862	1.651216[b]
Strafgefangene stichtagsbezogen zum 31.3.	1.414	1.412	1.335	1.218	1.201
Gefangenenrate be- zogen auf die Straf- gefangenen	82	83	79	73	73

Quelle: *Justizministerium Mecklenburg-Vorpommern* 2010, S. 7, 12.

a Ersatzfreiheitsstrafen, Abschiebungshaft und Zivilhaft.

b http://www.statistik-mv.de/cms2/STAM_prod/STAM/de/bhf/ Presseinformati- onen/index.jsp?&pid=23356.

Insgesamt gehen sowohl im Erwachsenen- als auch im Jugendvollzug die absoluten Zahlen der Gefangenen zurück, sodass das Problem der Überbelegung der 1990er Jahre zurück gedrängt wurde.[403] Zu erwähnen ist dennoch der Man-

---

401 *Dünkel/Morgenstern* 2010, S. 175. Die Gefangenenrate im Jugendvollzug ist allerdings in allen ostdeutschen Bundesländern sehr hoch, *Dünkel/Morgenstern* 2010, S. 100 f.

402 *Dünkel/Geng* 2011, S. 137 ff.

403 *Dünkel/Morgenstern* 2010, S. 101.

gel an Einzelhafträumen der 1990er Jahre in Mecklenburg-Vorpommern.[404] Insbesondere aufgrund eines starken Anstiegs der Gefangenenzahlen in den 1990er Jahren, der nicht sofort durch die Bereitstellung neuer Haftplätze aufgefangen werden konnte, musste die Möglichkeit der Mehrfachbelegung ausgeschöpft werden.[405] Dies galt vor allem für die Anstalten Bützow und Neubrandenburg. In Bützow wurden Containerhäuser aufgestellt,[406] die trotz ihres Übergangscharakters auch heute noch genutzt werden. In der Zwischenzeit wurden allerdings die Anstalten Waldeck und Stralsund sowie die Jugendanstalt Neustrelitz gebaut, wodurch neue Haftplätze geschaffen wurden. Die Mehrfachbelegung gehört zumindest teilweise weiterhin zum Haftalltag. Von den zum 31.12.2009 vorhandenen 1.567 Haftplätzen im offenen und geschlossenen Vollzug dienten 1.111 der Einzelunterbringung. Damit entfielen aber immer noch 456 Plätze auf eine gemeinsame Unterbringung.[407] Tatsächlich waren zu diesem Zeitpunkt 848 Gefangene in Einzelunterbringung und 445 Gefangene gemeinsam untergebracht. Dabei ist die gemeinsame Unterbringung vor allem in den älteren Anstalten (Bützow und Neubrandenburg) vorzufinden. In Bützow waren zum 31.12.2009 254 Gefangene gemeinsam untergebracht (bei einer Belegungsfähigkeit in gemeinsamer Unterbringung von 246).[408] Die Spannungen, die hierbei entstehen, stellen sowohl für die Gefangenen als auch für die Bediensteten eine nicht zu unterschätzende Belastung dar.[409]

Bezogen auf die Deliktstruktur hat sich die Strafvollzugspopulation in Gesamtdeutschland seit den 1970er Jahren qualitativ erheblich gewandelt. Dabei

---

404 Mehrfachhafträume waren im DDR-Vollzug die Regel, da die Erziehung der Gefangenen nach sozialistischem Verständnis durch das Kollektiv bezweckt wurde, vgl. *Landesregierung Mecklenburg-Vorpommern* 2001, S. 26. § 42 StVG der DDR sah die gemeinschaftliche Unterbringung zur Förderung des Gemeinschaftsgeistes, der Hilfsbereitschaft und der gegenseitigen Achtung. Ebenso *Schott* 2000, S. 92.

405 Zum 30.6.1996 waren 89,2% der Gefangenen in Mecklenburg-Vorpommern gemeinschaftlich untergebracht, vgl. *Dünkel/Grosser* 1999, S. 31.

406 *Schott* 2000, S. 94.

407 *Statistisches Amt Mecklenburg-Vorpommern* 2010, S. 58.

408 *Statistisches Amt Mecklenburg-Vorpommern* 2009, S. 4.

409 Zu Beginn der 1990er Jahre nach Schließung der U-Haftanstalt in Warnemünde sowie zahlreichen Sicherheitsmängeln in anderen Anstalten wie z. B. Stralsund, wurden zahlreiche Häftlinge nach Bützow verlegt, sodass es hier zu einem enormen Belegungsanstieg kam. Dies führte zu Spannungen zwischen den Gefangenen, die sich in Gewalttaten und sexuellen Übergriffen entluden. Auch gegenüber den Bediensteten kam es zu Gewalthandlungen und schließlich im Oktober 1995 zu einer durch mehrere Gefangene begangenen Geiselnahme in Tateinheit mit erpresserischem Menschenraub, vgl. hierzu *Schott* 2000, S. 94.

betreffen die Veränderungen vor allem den Bereich der Körperverletzungs- und Drogendelikte.[410]

Während der Anteil an gewaltlosen Eigentumsdelikten (Diebstahl und Unterschlagung) 1970 von 47,5% auf 20,5% in 2008 bzw. 20,8% im Jahr 2011 erheblich gesunken ist, ist der Anteil bei den Körperverletzungsdelikten von zunächst knapp 3% 1970 auf 11,9% 2008 bzw. 11,5% 2011 angestiegen.[411] Drogendelikte spielten bezogen auf die Deliktstruktur der Gefangenenpopulation in den 1970er Jahren annähernd keine Rolle (unter 1%), sind aber bis 2008 auf ca. 15% bzw. 15,9% im Jahr 2011 gestiegen.[412] Die veränderte Insassenstruktur hinsichtlich der Erhöhung von gewaltbereiten Gefangenen und einer erhöhten Drogenproblematik wird als zunehmende Belastung für die Vollzugsbediensteten bezeichnet.[413]

Im Bundesländervergleich zeigt sich hierzu, dass der Anteil an wegen Körperverletzungen Verurteilten innerhalb der Vollzugspopulation in Mecklenburg-Vorpommern mit 18,2% im Jahr 2011 deutlich über dem Bundesdurchschnitt lag (vgl. *Abb. 3*).

---

410 *Dünkel/Morgenstern* 2010, S. 101, 178. Als eher stabil kann der Anteil an Sexualdelikten, Tötungsdelikten und der Bereich der sonstigen Vermögensdelikte bezeichnet werden. Straßenverkehrsdelikte haben dagegen abgenommen, vgl. *Dünkel/Morgenstern* 2010, S. 178.

411 *Dünkel/Morgenstern* 2010, S. 101, S. 178 und *Abb. 3*.

412 *Dünkel/Morgenstern* 2010, S. 101, 178 und *Abb. 3*. Zur Entwicklung zur Kriminalpolitik im Bereich der Drogendelinquenz in Deutschland, vgl. *Dünkel/Morgenstern* 2010, S. 147 ff.

413 *Wirth* 2006, S. 22.

Abbildung 3: **Deliktstruktur im Erwachsenenvollzug im Bundesländervergleich (31.3.2011)**

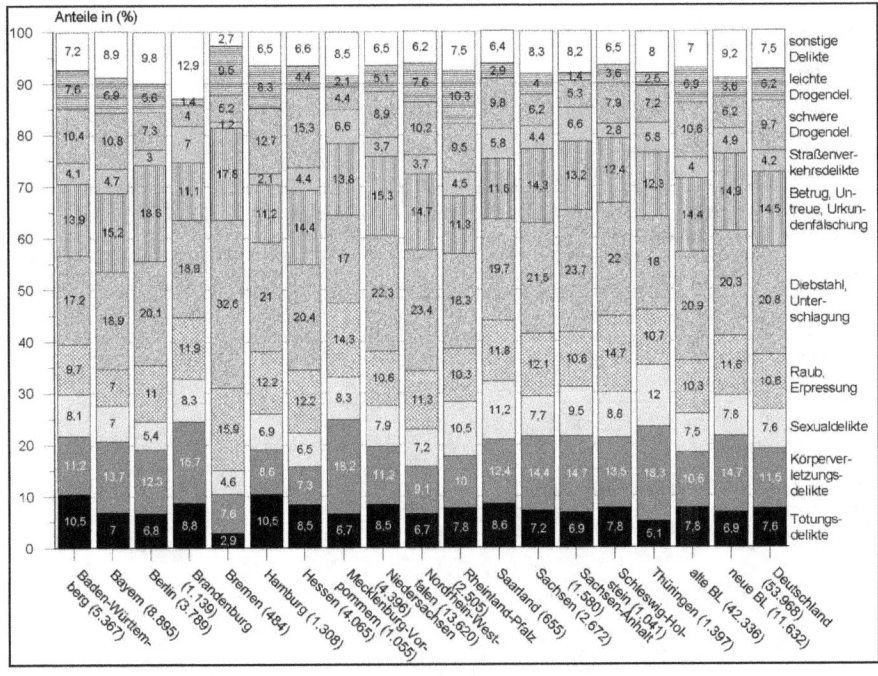

Quelle: *Greifswalder Inventar zum Strafvollzug*, http://www.rsf.uni-greifswald.de/ duenkel/gis/erwachsenenvollzug/insassenstruktur.html.

Im Bereich der gewaltassoziierten Vermögens- und Eigentumsdelikte (Raub und Erpressung) lag der Anteil mit 14,3% ebenfalls deutlich über dem Bundesdurchschnitt von 10,6%. Dieser hatte sich in Mecklenburg-Vorpommern bis 2010 sogar auf 16,8% erhöht, während der Bereich der Straftaten gegen die Person (Körperverletzung sowie Tötungsdelikte zusammengefasst) annähernd unverändert blieb (vgl. *Tab. 7*). Insgesamt findet sich damit in Mecklenburg-Vorpommern mit 47,5% der höchste Anteil an Gewalttätern (Tötungs-, Sexual, Raub- und Körperverletzungsdelikte zusammengefasst; Bundesdurchschnitt 2011: 37,3%, berechnet nach *Abb. 3*). Der Bereich der Drogendelikte dagegen lag in Mecklenburg-Vorpommern 2011 mit einem Anteil von insgesamt 6,5% deutlich unter dem Bundesdurchschnitt (15,9%, vgl. *Abb. 3*).

Tabelle 7: **Deliktsstruktur im Justizvollzug Mecklenburg-Vorpommern (stichtagsbezogen zum 31.3.2010)**

	Anzahl	%
Gesamt	*1.264*	*100*
Straftaten gegen den Staat, die öffentliche Ordnung und im Amt	28	2,2
Straftaten gegen die sexuelle Selbstbestimmung	99	7,8
Straftaten gegen die Person (Mord, Totschlag, körperliche Unversehrtheit, persönliche Freiheit)	323	25,6
Diebstahl und Unterschlagung	241	19,1
Raub, Erpressung, räuberischer Angriff auf Kraftfahrer	212	16,8
Andere Vermögens- und Eigentumsdelikte (Begünstigung, Hehlerei, Betrug, Untreue, Urkundenfälschung)	152	12,0
Gemeingefährliche Straftaten (Brandstiftung- und Umweltdelikte)	20	1,6
Straftaten im Straßenverkehr	84	6,6
Sonstige Straftaten u. a. nach BtMG	105	8,3

Quelle: *Statistisches Amt Mecklenburg-Vorpommern* 2010, S. 7.

Im Jugendvollzug[414] lag der Anteil an Körperverletzungsdelikten in Mecklenburg-Vorpommern 2011 mit 21,1% im Gegensatz zu früheren Jahren leicht unter dem Bundesdurchschnitt von 24,5% (vgl. *Abb. 4*). Deutlich höher als im Erwachsenenvollzug lag dagegen der Anteil an gewaltbezogenen Vermögensdelikten (Raub und Erpressung) mit 30,5%. Dagegen spielten Drogendelikte mit 4,8% in Mecklenburg-Vorpommern ähnlich wie im Erwachsenenvollzug nur eine geringere Rolle. Als problematisch für die Behandlung vor allem auch im Jugendvollzug stellt sich in Mecklenburg-Vorpommern dagegen der Alkoholkonsum bzw. die Alkoholabhängigkeit der Insassen dar, die allerdings durch die deliktspezifische Analyse der Insassenstruktur nicht erfasst werden kann.[415]

---

414   Zur Entwicklung des Jugendstrafvollzugs in Mecklenburg-Vorpommern in den 1990er-Jahren, vgl. *Lang* 2007.

415   *Nagler* 1999, S. 149.

Abbildung 4: Deliktstruktur im Jugendvollzug im Bundesländervergleich (31.3.2011)

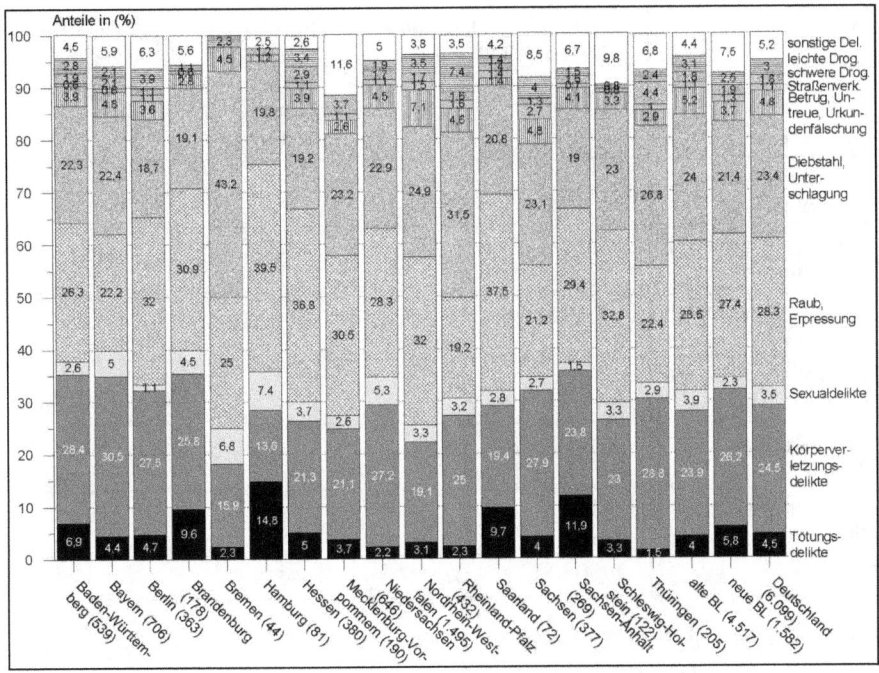

Quelle: *Dünkel/Geng* 2012, S. 120.

4.2 Personelle Entwicklungen und Krankenstand im Justizvollzug Mecklenburg-Vorpommern

Mecklenburg-Vorpommern verfügte im Jahr 2010 über sechs Anstalten des Justizvollzugs mit insgesamt 760 Mitarbeitern (vgl. *Tab. 8*). Darunter befinden sich vier Justizvollzugsanstalten in Bützow, Waldeck, Stralsund und Neubrandenburg, eine Jugendanstalt in Neustrelitz sowie eine Jugendarrestanstalt in Wismar. Zudem existiert im räumlichen Kontext der Jugendanstalt Neustrelitz auch eine weitere Abteilung für den Jugendarrest.

Tabelle 8: **Mitarbeiter im Justizvollzug Mecklenburg-Vorpommern aufgeteilt nach Anstalten (2010)**

Anstalt	Anzahl der Stellen	Anzahl der Bediensteten	Haftplatzka- pazität (offener und geschlossener Vollzug)[a]	Stellen auf 100 Haftplätze
Justizvollzugsanstalt Bützow	252	240	533	47,3
Justizvollzugsanstalt Stralsund	104	100	220	47,3
Justizvollzugsanstalt Waldeck	162	155	384	42,2
Justizvollzugsanstalt Neubrandenburg	92	91	128	71,9
Jugendanstalt Neustrelitz	170	162	297	57,2
Jugendarrestanstalt Wismar	13	12	16	81,2
Gesamt	*793*[416]	*760*[417]	*1.578*	*50,2*

Quelle: *Landesregierung Mecklenburg-Vorpommern* 2010b, S. 2 und eigene Berechnungen.
[a] Angaben aus den Basisfragebögen.

---

[416] Die Zahl der Personalstellen weicht in verschiedenen Quellen, die in der vorliegenden Arbeit wieder gegeben werden, jeweils voneinander ab. In *Justizministerium Mecklenburg-Vorpommern* 2010, S. 26 wird z. B. eine Gesamtstellenzahl von 801 ausgewiesen. Der Haushaltsplan 2010/2011, S. 98 (Einzelplan 9) wiederum sieht eine Gesamtstellenzahl von 795 vor: http://www.regierung-mv.de/cms2/Regierungsportal_prod/Regierungsportal/de/fm/Themen/Haushaltsplaene/Der_Haushaltsplan_20102011/index.jsp (Abrufdatum: 29.8.2011).

[417] Auch die Angaben hinsichtlich der tatsächlichen Belegschaft schwanken. Die durchschnittliche Beschäftigtenzahl lag nach Angaben des Justizministeriums Mecklenburg-Vorpommern gegenüber der Verfasserin im Jahr 2010 bei 736 (vgl. *Tab. 11*).

4.2.1 Entwicklung der Arbeitssituation von Justizvollzugsbediensteten nach der Wiedervereinigung[418]

Der Justizvollzug in Mecklenburg-Vorpommern hat in den vergangenen 20 Jahren einschneidende Veränderungen erfahren. Ein totaler Neuanfang im Vollzugswesen ohne eine Übernahme von sachlichen und personellen Mitteln des DDR-Vollzugswesens war genauso wenig möglich, wie dies innerhalb der Justiz in Westdeutschland nach dem Zusammenbruch des Dritten Reichs der Fall war.[419] Vielmehr galt es sich der Herausforderung zu stellen, vorhandene Strukturen zu reformieren und die Einsicht für einen modernen Behandlungsvollzug bei allen Betroffenen zu fördern.

Nachdem um die Wendezeit zahlreiche Amnestien und Kassationen gerichtlicher Entscheidungen[420] den Gefangenenbestand im gesamten Gebiet der ehemaligen DDR erheblich reduziert hatten[421] (von 31.150 Gefangen am 20.10.1989 auf 7.177 Gefangene am 20.02.1990[422] und schließlich auf 4.375 Gefangene im Juli 1990[423]), befanden sich nach der Wende noch 376 (1991) Gefangene im Justizvollzug Mecklenburg-Vorpommerns.[424]

5 der 12 übernommenen Anstalten[425] wurden geschlossen, in den übrigen Anstalten mussten erhebliche bauliche und sicherheitstechnische Maßnahmen vorgenommen werden, um dem desolaten Zustand[426] der Bausubstanz und damit einhergehenden (menschenunwürdigen) Haft- und Arbeitsbedingungen[427] sowie mangelnden Sicherheitsaspekten[428] entgegenzutreten. In der Zwischen-

---

418 Einen guten Einblick in die Ausgestaltung des Vollzugs in Mecklenburg-Vorpommern sowie die Probleme zwischen Bediensteten und Gefangenen in den ersten Jahren nach der Wiedervereinigung bietet *C. Kunz* 2003.

419 *Sonnen* 1991, S. 15.

420 Vgl. hierzu *Arnold* 1993, S. 400; *C. Kunz* 2003.

421 Für einen Überblick zu Bestand und Belegungspraxis im Vollzug der DDR vgl. *Dölling* 2009, S. 83 ff.

422 *Eickmeier* 1992, S. 288.

423 *Arnold* 1993, S. 400.

424 *Landesregierung Mecklenburg-Vorpommern* 2001, S. 25.

425 Ein Überblick über die Strafvollzugsbehörden im Bereich des heutigen Mecklenburg-Vorpommerns mit dem Stand von 1989 bietet *Dölling* 2009, S. 451 ff.

426 *Eickmeier* 1992, S. 288; *Helmrich* 1993, S. 2505; *Dünkel* 1993.

427 *Essig* 2000, S. 131; *Landesregierung Mecklenburg-Vorpommern* 2001, S. 26.

428 Zwischen 1993 und 2000 kam es in Mecklenburg-Vorpommern zu insgesamt 103 Entweichungen und darunter zu 74 Ausbrüchen. Die meisten Fälle ereigneten sich bis 1996. Danach konnte die Sicherheitslage kontinuierlich stabilisiert werden, vgl. *Landes-*

zeit wurde auch die Justizvollzugsanstalt Ueckermünde geschlossen, sodass Mecklenburg-Vorpommern nun über vier Justizvollzugsanstalten in Bützow, Waldeck, Stralsund, Neubrandenburg und über eine Jugendanstalt in Neustrelitz sowie zwei Jugendarrestanstalten in Wismar und Neustrelitz verfügt.

Für das Vollzugspersonal bedeutete die Nachwendezeit eine Zeit „tiefster Verunsicherung."[429] Der Umgang mit neuen Vorschriften und neuen Idealen und die Sorge, „als Angehöriger des Strafvollzugs der DDR zum Vollstrecker eines heute von allen als Unrecht empfundenen Systems gestempelt zu werden",[430] bestimmten den Arbeitsalltag. *Dölling* beschreibt diesen Zustand als regelrechte Identitätskrise, wonach man bis dato stolz sein konnte, als Strafvollzugsbediensteter eine schwere Arbeit mit komplizierten Menschen geleistet zu haben, die plötzlich in Frage gestellt wurde, dass sie nicht mehr richtig, ja sogar menschenrechtswidrig gewesen sein soll.[431] Unter dem Druck anstehender Personalüberprüfungen und intensiver Kritik der Bürgerinitiativen[432] über die Arbeit des Justizvollzugs als Instrument eines autoritären Regimes gerieten die Bediensteten in einen Konflikt verschiedenster Ansprüche an ihre Rolle als Mitarbeiter im Vollzug als Garant für Sicherheit unter gleichzeitiger Orientierung an Vorgaben eines liberalen Strafvollzugs. Die Unsicherheit bezüglich des neuen Rechts und die Angst vor eigenen Fehlern führten vermehrt zur Nichtbeachtung von Sicherheitsvorschriften[433] und einem Autoritätsverlust gegenüber den Häftlingen.[434]

---

regierung Mecklenburg-Vorpommern 2001, S. 32 sowie *Landesregierung Mecklenburg-Vorpommern* 2010d, S. 2.

429 *Landesregierung Mecklenburg-Vorpommern* 2001, S. 27; *Eickmeier* 1992, S. 286.

430 *Woyner* 1992, S. 1; ähnlich *Schmuck* 1999, S. 86; *Freise* 2001, S. 85. Begleitet wurde der Prozess der Aufarbeitung von SED-Unrecht vor allem im Bereich der Strafrechtspflege und des Strafvollzugs durch eine intensive massenmediale Berichterstattung, vgl. hierzu den Überblick bei *Müller-Dietz* 1994, S. 274 ff.; vgl. auch *Schott* 2000, S. 92.

431 *Dölling* 2009, S. 254.

432 *Schmuck* 1999, S 91; *Dölling* 2009, S. 254.

433 *Schmuck* 1999, S. 90 f.; ähnlich *Eickmeier* 1992, S. 287, 290.

434 Vgl. hierzu *Essig* 2000, S. 106 f., 180; *Schmuck* 1999, S. 86. *Nagler* 1999, S. 145 beschreibt die Situation wie folgt: „Die Insassen missbrauchten diese Phase, die einem Machtvakuum gleichkam, zu Nötigungen und Drangsalierungen untereinander, Ausbrüchen, Gewaltakten gegen Bedienstete bis hin zu Geiselnahmen. Die Gefangenen sahen sich ermutigt, die Grenzen des Erlaubten neu auszuloten oder zu überschreiten und offenbarten die Hilflosigkeit des Personals, dem Treiben eine eigene Ordnung entgegenzustellen. Die Unsicherheit resultierte auch aus der mangelnden Gesetzeskenntnis der Mitarbeiter, dem Bestreben, den eigenen Arbeitsplatz nicht durch Fehler zu gefährden und lieber untätig zu bleiben, als durch eine fragwürdige Entscheidung in Misskredit zu geraten."

Von den ursprünglich 720 Bediensteten[435] verließen viele erfahrene Mitarbeiter den Justizvollzug und zudem mussten 150 Mitarbeiter aufgrund von Verstrickungen zum Ministerium für Staatssicherheit entlassen werden.[436] *Freise* berichtet davon, dass diese „gegauckten" Mitarbeiter aber nicht wie in anderen Bundesländern einfach entlassen wurden, sondern „unter Mithilfe von Einsatzkräften der Polizei aus den Anstalten geholt" worden seien.[437] Auf der anderen Seite wechselten zahlreiche Mitarbeiter anderer Berufsgruppen[438] (Volkspolizei, Feuerwehr, betrieblicher Wachschutz)[439] nach der Auflösung ihrer Einheiten in den Vollzug.[440] Zusammen mit den zunächst erheblich gesunkenen Gefangenenzahlen führte dies zu einem gewissen Personalüberhang.[441]

Um das vorhandene Personal, das bis dato an eine mehr militärische Strukturierung der Strafvollzugseinrichtungen gewohnt war,[442] über die anstehenden Veränderungen im Vollzug weiterzubilden,[443] wurden zwischen 1991 bis 1993 „Anpassungsfortbildungen" durchgeführt, in denen den Mitarbeitern Grundkenntnisse in den Bereichen „Verfassungs- und Vollzugsrecht" und „Sicherheit im Vollzug" vermittelt wurden.[444] Ab 1996 wurde schließlich damit begonnen,

---

435 *Eickmeier* 1992, S. 287. In *Landesregierung Mecklenburg-Vorpommern* 2010b, S. 2 ist von etwa 750 Bediensteten die Rede, die zunächst weiter beschäftigt werden sollten. Ebenso *Helmrich* 1993, S. 2506. Hierbei werden scheinbar Mitarbeiter einbezogen, die keine unmittelbare Tätigkeit im Vollzug hatten, sondern z. B. im Heizwerk der JVA Bützow arbeiteten. 23 dieser Mitarbeiter wurden von der Kommune übernommen, vgl. *Eickmeier* 1992, S. 287.

436 *Landesregierung Mecklenburg-Vorpommern* 2001, S. 27. *Helmrich* 1993, S. 2506 spricht von 134 Mitarbeitern. *Dölling* geht von einer weitgehenden Kontinuität bezüglich des Personalbestands aus und spricht davon, dass noch Mitte der 1990er Jahre fast 90% der Bediensteten ihre Erstausbildung in der DDR erhalten hatten. Dies galt vornehmlich für die Bundesländer Sachsen, Sachsen-Anhalt und Brandenburg. *Dölling* 2009, S. 414. Im Juli 2010 arbeiteten im Justizvollzug in M.-V. noch 330 Bedienstete aus DDR-Zeiten, vgl. *Landesregierung Mecklenburg-Vorpommern* 2010b, S. 2.

437 *Freise* 2001, S. 86.

438 Vgl. *Eickmeier* 1992, S. 287.

439 *Landesregierung Mecklenburg-Vorpommern* 2001, S. 27.

440 *Eggert* 1995, S. 2685 spricht von 165 neu eingestellten Bediensteten, darunter 96 Anwärtern.

441 *Hohage/Walter/Neubacher* 2000, S. 141 und S. 148, Tab. 13: im Ost-West-Vergleich ergab sich 1993 ein erheblicher Unterschied bezüglich der Personalstellen im Justizvollzug auf 100 Gefangene (West: 54,73; Ost: 137,79).

442 *Schott* 2000, S. 91. Die Bediensteten trugen Uniform und militärische Dienstgrade.

443 Zur Zusammensetzung und der Qualifikation des Vollzugspersonals nach der Wende vgl. *Eickmeier* 1992, S. 1 f.

444 *Landesregierung Mecklenburg-Vorpommern* 2001, S. 30.

eine landeseigene Ausbildung im Allgemeinen Vollzugsdienst aufzubauen und es wurde eine eigene Aus- und Fortbildungsstätte (zunächst in Bützow) eingerichtet.[445] Seit 1998 findet die Ausbildung an der Fachhochschule für Verwaltung und Rechtspflege in Güstrow statt. Außerdem entwickelten sich Landespartnerschaften zwischen den alten und den neuen Bundesländern zur Fortbildung der Strafvollzugsbediensteten der DDR.[446] Mecklenburg-Vorpommern ging Landespartnerschaften mit den nördlichen Bundesländern Bremen, Hamburg und Schleswig-Holstein ein.[447] Neben der Ausbildungsunterstützung dienten auch gegenseitige Hospitationen dazu, nicht nur die Grundlagen, sondern auch den Alltag des Justizvollzugs der alten Länder kennen zu lernen und den „Umlernprozess" zu bewältigen.[448]

Zusätzlich zu den rechtlichen Veränderungen ergaben sich für die Bediensteten auch zwischenmenschliche Probleme. War der Beruf des Vollzugsmitarbeiters schon zu DDR-Zeiten nicht sonderlich geachtet, so wandelte sich die Abneigung nun „regelrecht in Hass"[449], geschürt durch die Massenentlassungen nach der Wiedervereinigung, da Mitarbeiter im Strafvollzug zu dieser Zeit mehr oder weniger als einzige einen sicheren Arbeitsplatz hatten. Auch berichteten Bedienstete davon, dass sich das Verhältnis zu den Kollegen und Vorgesetzten innerhalb der Anstalten verschlechtert habe.[450] Die Vorgesetzten seien „basisferner"[451] und das Arbeitsklima deutlicher geprägt durch Konkurrenz.[452]

Mit den steigenden Gefangenenzahlen in den 1990er Jahren[453] ging zunächst auch eine Steigerung des Personalbestandes (vgl. *Tab. 9*) einher.[454]

---

445 *Landesregierung Mecklenburg-Vorpommern* 2001, S. 36.

446 *Eickmeyer* 1992, S. 287; *Essig* 2000, S. 93; *Landesregierung Mecklenburg-Vorpommern* 2001, S. 37.

447 *Eickmeyer* 1992, S. 287.

448 *Eickmeyer* 1992, S. 287.

449 Nach den Erinnerungen einer Vollzugsmitarbeiterin aus Bützow waren Vollzugsmitarbeiter in Wohngebieten und Plattenbausiedlungen nahe den Vollzugseinrichtungen oft die einzigen, die nicht arbeitslos waren.

450 *Essig* 2000, S. 182; *Nagler* 1999, S. 145 beschreibt, dass sich die Bediensteten von ihren Vorgesetzten allein gelassen fühlten, „die ihre eigene Unwissenheit und Unsicherheit kaschierten.".

451 *Essig* 2000, S. 182.

452 *Essig* 2000, S. 211.

453 Die steigende Belegungsentwicklung wird insbesondere mit der Reformgesetzgebung im Gewalt- und Sexualstrafrecht erklärt, vgl. *Landesregierung Mecklenburg-Vorpommern* 2001, S. 14 ff. Hiermit waren längere Haftstrafen und spätere (bedingte) Entlassungen verbunden, vgl. dazu zusammenfassend *Dünkel/Morgenstern* 2010.

Kunz beschreibt, dass es Mitte der 1990er Jahre erhebliche Schwierigkeiten gegeben habe, Psychologen und Sozialarbeiter für die Arbeit im Justizvollzug zu gewinnen, da die meisten Absolventen die Beschäftigung in den ambulanten Bereichen vorgezogen hätten.[455] Dies führte zu einem erhöhten Arbeitsaufwand für die eingesetzten Mitarbeiter, aber auch zu einer geringeren Betreuungstätigkeit.[456] In der Folgezeit wurden aber weitere Stellen geschaffen und besetzt, insbesondere auch beim Bertreuungspersonal.[457]

Tabelle 9: **Stellenentwicklung im Justizvollzug Mecklenburg-Vorpommern ohne Anwärterstellen (1995-2001)**

	1995	1996	1997	1998	1999	2000	2001
Juristen	5	7	7	7	7	6	6
Ärzte	6	7	7	7	7	7	7
Höherer Vollzugs- und Verwaltungsdienst	6	6	6	6	6	6	6
Psychologen	5	9	9	14	14	14	14
Sozialarbeiter	12	20	12	25	26	26	26
Oberlehrer	5	6	6	6	6	6	6
Gehobener Vollzugs- und Verwaltungsdienst	46	46	46	48	48	47	47
Allgemeiner Vollzugsdienst	488	488	554	587	607	643	643
Mittlerer Verwaltungsdienst und Angestellte	80	81	84	78	76	72	72
Gesamt	*653*	*670*	*731*	*778*	*797*	*827*	*827*

Quelle: *Landesregierung Mecklenburg-Vorpommern* 2001, S. 33.

---

454   Seit 1999 erfolgt die Personalentwicklung in Mecklenburg-Vorpommern nicht mehr anhand der aktuellen Belegungsentwicklung, sondern aufgrund der Belegungsfähigkeit der Anstalten (*Landesregierung Mecklenburg-Vorpommern* 2001, S. 34).

455   Vgl. *C. Kunz* 2003, S. 442; ähnlich auch *Essig* 2000, S. 164. *Landesregierung Mecklenburg-Vorpommern* 2001, S. 30.

456   *Kunz* 2003, S. 442.

457   *Landesregierung Mecklenburg-Vorpommern* 2001, S. 35 f.

Der zunächst vorgenommene Zuwachs an Personalstellen wurde in den letzten Jahren allerdings wieder erheblich zurückgedrängt. Waren 2006 noch 854 Stellen im Haushaltsplan Mecklenburg-Vorpommern für den Justizvollzug vorgesehen, so waren es 2010 nur noch 795.[458] Das Justizministerium gibt 2010 eine Gesamtstellenzahl von 801 an (vgl. *Tab. 10*).

Tabelle 10:   Stellenverteilung im Justizvollzug Mecklenburg-Vorpommern (2010)

	Anzahl	Frauenanteil %	Ø Alter in Jahren
Höherer Verwaltungsdienst	14	43	48
Psychologischer Dienst	19	74	37
Ärztlicher Dienst	3	33	46
Gehobener Justizvollzugs- und Verwaltungsdienst	45	29	47
Pädagogischer Dienst	5	40	52
Sozialpädagogischer Dienst	25	80	45
Mittlerer Justizverwaltungsdienst (einschließlich Schreibdienst)	67	76	51
Allgemeiner Vollzugsdienst (einschließlich Werk-, Sanitäts- und Krankenpflegedienst)	623	21	45
Gesamt	*801*	*29,7*	*46*

Quelle: *Justizministerium Mecklenburg-Vorpommern* 2010, S. 26.

Insgesamt hat sich die absolute Stellenzahl seit Beginn der 2000er Jahre reduziert, wobei der Personalschlüssel trotz der Haftplatzreduzierung annähernd gleich blieb (2003: 51,9 Bedienstete auf 100 Haftplätze; 2010: 50,2 Bedienstete auf 100 Haftplätze). Die Stellenreduzierung ist Folge der Stelleneinsparungen, die durch das Personalkonzept der Landesregierung 2004 vorgesehen waren und im Bereich des Justizvollzugs vollständig umgesetzt wurden.[459] Das Justizministerium bezeichnet „die vorhandene Personalausstattung (als) knapp ausreichend, um den gesetzlich vorgegebenen Vollzugszielen und den besonderen

---

458   Vgl. die Haushaltspläne der *Landesregierung Mecklenburg-Vorpommern* 2006/2007 bis 2010/2011.

459   *Justizministerium Mecklenburg-Vorpommern* 2010, S. 26.

Sicherheitsbelangen der Bevölkerung gerecht zu werden."[460] Ob dies mit Blick auf die nicht vollständige Besetzung aller Stellen (vgl. *Tab. 8*) und den Krankenstand (vgl. *Kap. 4.2.2*) tatsächlich geleistet werden kann, ist fraglich. Deutlich wird durch diese Aussage aber, dass es weitere Stellen nicht geben wird, auch wenn die Forderung nach mehr Personal stets im Raum steht.[461] Bereits 2007 stellte das Justizministerium hierzu fest, dass aufgrund einer knappen Finanzausstattung der öffentlichen Verwaltung „auf neue und erweiterte Aufgaben grundsätzlich nicht mit neuen Stellen oder zusätzlichem Haushaltsmitteleinsatz reagiert werden kann, sie müssen vielmehr mit den vorhandenen (oder sich sogar verringernden) Ressourcen erledigt werden.[462] Umso wichtiger scheint es, die vorhandenen Ressourcen des Personals leistungsfähig und motiviert zu erhalten, da die gesteckten Ziele sonst nur schwer umsetzbar sein dürften.

4.2.2 Der Krankenstand im Justizvollzug Mecklenburg-Vorpommern

Der Krankenstand[463] der Bediensteten lag 2002 für den Justizvollzugsdienst in Mecklenburg-Vorpommern stichtagsbezogen bei knapp 7,5% und damit unter dem Bundesdurchschnitt[464] (vgl. *Tab. 11*).

Hierbei ist aber zu beachten, dass die stichtagsbezogenen Werte im Jahresverlauf erheblich schwanken können. Dies zeigt vor allem ein Vergleich mit den tagesaktuell telefonisch bei den Anstalten abgefragten Krankmeldungen zum 28.7.2011. Stichtagsbezogen lag der Wert nun bei 8%, wobei sich deutliche Unterschiede zwischen den Anstalten und den Vergleichsangaben aus dem Jahr 2002 ergaben. Zudem gibt es erfahrungsgemäß in den Sommermonaten weniger Krankmeldungen als im Winter. So lag der Krankenstand z. B. stichtagsbezogen zum 6.3.2008 bei 9,8% bei 727 Bediensteten (ohne Angestellte).[465] Auch damals war der Krankenstand in den einzelnen Anstalten sehr heterogen. In Bützow lag der Krankenstand bei 12,2%, in Neubrandenburg bei 6,6%, in Neustre-

---

460 *Justizministerium Mecklenburg-Vorpommern* 2010, S. 26.

461 Auch in der vorliegenden Befragung wurde als Verbesserungsvorschlag stets die Notwendigkeit von mehr Personal betont, vgl. *Kap. 9.2.*

462 *Justizministerium Mecklenburg-Vorpommern* 2007, S. 32.

463 Der Krankenstand gibt den Anteil an Krankmeldungen zur Gesamtbelegschaft stichtagsbezogen oder innerhalb eines bestimmten Zeitraums an. Der durchschnittliche Krankenstand eines Jahres wird anhand der produzierten Gesamtkrankentage im Verhältnis zur durchschnittlichen Belegschaft ermittelt.

464 *Landesregierung Mecklenburg-Vorpommern* 2002, S. 3, wobei keine Angaben über den tatsächlichen Krankenstand im Bundesdurchschnitt gemacht wurden.

465 Eigene Berechnungen nach den Angaben in *Landesregierung Mecklenburg-Vorpommern* 2008, S. 1 ff.

litz bei 6,1%, in Stralsund bei ca. 9,9%, in Waldeck bei 8,8% und in Wismar bei 14,3%.[466]

Tabelle 11:   Krankenstand in den Anstalten (stichtagsbezogen)

Anstalt	Personal-Iststand 2002[a]	Krankmel-dungen 31.07.2002[a]	%	Personal-Durch-schnitt 2010[b]	Krankmel dungen 28.7.2011	%
JVA Bützow	284	23	8,1	236	14	5,9
JVA Neubran-denburg	102	1	1,0	93	11	11,8
JA Neustrelitz	156	14	8,97	157	13	8,3
JVA Stralsund	95	8	8,42	98	4	4,1
JVA Waldeck	146	13	8,9	153	17	11,1
JVA Ueckermünde	58	3	5,2	-	-	-
JAA Wismar	15	2	13,33	k. A.	k. A.	k. A.
Gesamt	*856*	*64*	*7,5*	*736*	*59*	*8,0*

Quelle: [a] *Landesregierung Mecklenburg-Vorpommern* 2002, S. 3.

[b] Belegschaft ohne Wismar, Angaben des *Justizministeriums Mecklenburg-Vorpommern* (unveröffentlicht).

In ihren Ausführungen gegenüber dem Landtag zum Krankenstand im Justizvollzug war der Landeregierung durchaus zu entnehmen, dass sie einen Zusammenhang zwischen dem Krankenstand und erheblichen Belastungen im Arbeitsalltag z. B. durch vertretungsbedingte Mehrarbeit sieht und sie den durchschnittlich geringeren Krankenstand in Mecklenburg-Vorpommern unter anderem darauf zurückführe, dass Mehrarbeit im Interesse der Bediensteten grundsätzlich durch Dienstbefreiung ausgeglichen wird.[467] Zum damaligen Zeitpunkt lag die Höhe der Überstunden, die auf den Allgemeinen Vollzugsdienst angefallen waren, bei 27.204 Stunden (ca. 40,4 Überstunden pro Mitarbeiter).[468]

In der zeitlichen Entwicklung zeigt sich, dass der durchschnittliche Krankenstand seit 2003 bis 2005 merklich angestiegen war und sich in der Folgezeit

---

466   Eigene Berechnungen nach den Angaben in *Landesregierung Mecklenburg-Vorpommern* 2008, S. 1 ff.

467   *Landesregierung Mecklenburg-Vorpommern* 2002, S. 3.

468   *Landesregierung Mecklenburg-Vorpommern* 2002, S. 2.

nur leicht reduzierte, zumindest aber bis 2007 im zweistelligen Bereich verblieb (vgl. *Tab. 12*).

Tabelle 12: **Entwicklung des Krankenstands bei den Beamten in den Vollzugsanstalten 2003-2007 (%)**

	2003		2004		2005		2006		2007	
	B.	**%**	**B.**	**%**	**B.**	**%**	**B.**	**%**	**B.**	**%**
Bützow	267	8,9	275	12,6	258	17,0	250	15,5	245	14
Neubrandenburg	93	6,6	93	8,9	90	11,8	91	10,7	91	9
Neustrelitz	152	11,6	155	8,5	153	9,8	147	10,2	143	12,7
Stralsund	90	8	87	12,1	85	12,7	83	13,1	80	9,8
Waldeck	143	9,3	142	10,4	152	10,3	151	10,5	150	10,4
Wismar	14	8,6	14	3,9	14	12,14	14	6	14	9,3
Gesamt	*759*	*9,2*	*766*	*10,6*	*752*	*13,0*	*736*	*12,4*	*723*	*11,8*

Quelle: Eigene Berechnungen anhand der Angaben in *Landesregierung Mecklenburg-Vorpommern* 2008, S. 3 ff.

Anm.:   B. = Anzahl der Bediensteten ohne Angestellte.

Im Jahr der Erhebung – 2010 – haben die durchschnittlich 736 Bediensteten zusammen 26.373 Krankentage[469] „produziert" (vgl. *Tab. 9*). Der Krankenstand ist damit im Vergleich zu 2007 erneut etwas zurückgegangen und lag nun wieder knapp unter dem zweistelligen Bereich (9,8%). Zu beachten ist aber, dass im Justizvollzug in Mecklenburg-Vorpommern die Krankentage anhand von Kalendertagen erhoben werden, unabhängig davon, ob der erkrankte Mitarbeiter Dienst leisten musste oder nicht. Müsste ein Mitarbeiter z. B. an einem Freitag und einem Montag arbeiten, hätte am Wochenende aber frei und erkrankt nun von Freitag bis Montag, so werden in der Statistik vier Krankentage erfasst, obwohl der Bedienstete tatsächlich nur an 2 Tagen krankheitsbedingt am Arbeitsplatz gefehlt hat.[470] Der Krankenstand bzgl. der tatsächlichen Fehlzeiten müsste daher nach unten korrigiert werden.

---

469   Vgl. auch Ostseezeitung vom 1.11.2011, S. 1, die darlegt, dass der überdurchschnittlich hohe Krankenstand im Schweriner Justizressort vor allem auf die zahlreichen Krankentage in den Vollzugsanstalten zurückzuführen sei. 2009 hätten die 747 Beschäftigten im Strafvollzug 27.639 Krankheitstage produziert.

470   In den übrigen Landesministerien in Mecklenburg-Vorpommern erfolgt die Erfassung des Krankenstandes noch anhand der tatsächlichen Fehlzeiten.

Der durchschnittliche Krankenstand in den einzelnen Anstalten wich auch 2010 weiterhin voneinander ab (vgl. *Tab. 13a* und *b*).

Tabelle 13a: Höhe der Krankentage und Krankenstand in den einzelnen Anstalten (2010)[471]

	Gesamt o. Jugendar-rest	Bützow	Waldeck	Stral-sund	Neubran-denburg	Neustrelitz
Belegschaft	736	236	153	98	93	157
Krankentage im Jahr	26.373	7.480	4.702	3.748	4.278	6.165
Bediensteter (Jahr) Ø	35,8	31,7	30,7	38,2	46	39,3
Kranken-stand, %	9,8	8,7	8,4	10,45	12,7	10,75
Anteil Lang-zeitkranke an Beleg-schaft, % (n)	9,4 (69)	8,5 (20)	7,2 (11)	12,2 (12)	14 (13)	8,3 (13)

Die größeren Anstalten mit einer höheren Personalstärke weisen bei den durchschnittlichen Krankentagen die besten Werte auf, während die kleinste Anstalt Neubrandenburg den höchsten Krankenstand aufweist. Allerdings liegt gerade der Anteil an Langzeitkranken[472] in den kleinen Anstalten Neubrandenburg mit knapp 14% und in Stralsund mit 12,2% höher als in den übrigen Anstalten. Die insgesamt 69 Langzeitkranken haben 2010 zusammen 10.813 Krankentage und damit 41% der Gesamtkrankentage produziert. Vor allem in den

---

471 Alle folgenden Angaben zu den Krankentagen 2010 wurden durch das *Justizministerium Mecklenburg-Vorpommern* zur Verfügung gestellt. Die Krankentage werden anhand einer Balanced Score Card (BSC) erhoben. Dabei handelt es sich um ein computergestütztes Verwaltungsinstrument, in dem tagesaktuell Mitarbeiterinformationen, wie z. B. Fehlzeiten in den Anstalten erhoben werden.

472 Als Langzeitkranke werden im Justizvollzug Mecklenburg-Vorpommern diejenigen Bediensteten erfasst, die hintereinander ab dem ersten Tag der Krankschreibung insgesamt mehr als 6 Wochen krankgeschrieben sind. Bei erwerbstätigen Versicherten in den Gesetzlichen Krankenversicherungen (GKV) wird ab diesem Zeitpunkt das Arbeitsentgelt nicht mehr fortbezahlt, sondern durch ein Krankengeld ersetzt, welches nicht mehr vom Arbeitgeber zu zahlen ist, vgl. *Zimolong/Elke* 2005, S. 11. Die Zunahme der Langzeiterkrankungen zeigt sich an den Ausgaben zum Krankengeld. Die Krankengeldzahlungen in der GKV betrugen 2006 noch 5,71 Mrd. Euro und haben sich bis 2010 um 37% auf 7,8 Mrd. Euro erhöht, vgl. *BKK Bundesverband* 2011a, S. 1.

kleinen Anstalten fallen langzeitkranke Mitarbeiter besonders ins Gewicht. Über die Gründe von Langzeiterkrankungen können hier nur Vermutungen abgegeben werden. Hierbei dürften aber vor allem schwere Erkrankungen eine Rolle spielen. Zumeist handelt es sich um monokausale Ursachen, wie z. B. Krebserkrankungen oder dauerhafte seelische Erkrankungen.[473]

Rechnet man diese aus der Gesamtbelegschaft und den Gesamtkrankentagen heraus, relativiert sich der Krankenstand bezogen auf die Kalendertage und gleicht sich in den Anstalten deutlich an (vgl. *Tab. 13b*). Lediglich in der JVA Waldeck lag der Krankenstand ohne Langzeitkranke bei 5,7%, während er in den übrigen Anstalten über 6% lag. In der Jugendanstalt Neustrelitz lag der Krankenstand mit 7,1% etwas höher.

Tabelle 13b: Höhe der Krankentage und Krankenstand in den einzelnen Anstalten ohne Langzeitkranke (2010)

	Gesamt	Bützow	Waldeck	Stralsund	Neubran-denburg	Neu-strelitz
Belegschaft	667	216	142	86	80	144
Krankentage im Jahr	15.560	4.880	2.979	2.080	1.906	3.715
Kranken-stand, %	6,4	6,2	5,7	6,6	6,5	7,1

Anm.: Eigene Berechnungen anhand der Angaben des *Justizministeriums Mecklenburg-Vorpommern* (unveröffentlicht).

Ein Vergleich mit den Krankenständen im Justizvollzug anderer Länder ist nicht unproblematisch, da zum einen keine regelmäßige Veröffentlichung von Krankenständen und zum anderen die Erfassung der Krankendaten zum Teil sehr unterschiedlich erfolgt. Auf seiner 109. Sitzung stellte der Strafvollzugsausschuss der Länder fest, dass aufgrund unterschiedlicher Zählweisen die erhobenen Krankendaten in den Ländern nicht vergleichbar seien.[474] Anhand verschiedener Angaben in der Literatur und den Medien wird von einem Krankenstand im zweistelligen Bereich auszugehen sein.[475]

---

473 *Hamann* 2008, S. 14; vgl. auch *Zimolong/Elke* 2005, S. 20, die angeben, dass psychische Erkrankungen nach Neubildungen (Krebs) zu den langwierigsten Krankheiten überhaupt zählen.

474 *Drescher* 2009, S. 297.

475 Für Bremen geben z. B. *Eilers/Schwarz* 2009, S. 170 für den AVD einen durchschnittlichen Krankenstand von 15% an. Insgesamt lägen die Fehlzeiten zwischen 10% und 12%, in einzelnen Abteilungen zeitweise sogar bei 20%, vgl. *Schwarz/Stöver* 2010,

Die unterschiedliche Zählweise ist auch hinsichtlich eines Vergleichs mit Krankendaten der Allgemeinbevölkerung in der freien Wirtschaft oder der öffentlichen Verwaltung zu berücksichtigen. Bei den gesetzlich Versicherten muss zudem beachtet werden, dass Erkrankungen unter drei Tagen, die keine Krankschreibung erfordern, nicht in den Statistiken auftauchen und so zu unterschiedlichen Ergebnissen führen.[476] Dennoch liegt der Krankenstand (vgl. *Tab. 13)* in den Anstalten deutlich höher als in der übrigen erwerbstätigen Allgemeinbevölkerung.[477] In ihrem Gesundheitsreport gibt die *DAK* (Deutsche Angestellten Krankenkasse) für ihre erwerbstätigen Versicherten in Mecklenburg-Vorpommern für das Jahr 2009 einen Gesamtkrankenstand von 4,2% (15,3 Tage/Jahr) an, womit Mecklenburg-Vorpommern bereits deutlich über dem Bundesdurchschnitt (3,4%) liegt.[478] Auch andere Versicherer bestätigen, dass ihre Versicherten in Mecklenburg-Vorpommern häufiger krankheitsbedingte Fehlzeiten aufweisen als der Bundesdurchschnitt. So gaben die Betriebskrankenkassen (BKK) an, dass bis Mai 2010 die Beschäftigten in Mecklenburg-Vorpommern durch-

---

S. 145. In Nordrhein-Westfalen spricht der BSBD von 600 täglich erkrankten oder dienstunfähigen Bediensteten allein im AVD: http://www.bsbd-nrw.de/aktuelles-veroeffentlichungen/aktuelles-bsbd/news-detail/artikel/48//bsbd-gewerkschaftstag-2011-induesseldorf-gaeste-aus-ganz-deutschland-haben-sich-angemeldet-grosses/drucken.pdf (Abrufdatum: 13.10.2011). 2010 waren in NRW ca. 6120 Bedienstete im AVD tätig: http://www.justiz.nrw.de/Gerichte_Behoerden/zahlen_fakten/statistiken/justizvollzug/pe rsonal/personaluebersicht.pdf (Abrufdatum: 13.10.2010). *Oechsner* 2010, S. 122 berichtet für Sachsen-Anhalt, dass die Bediensteten im Jahr 2009 im Schnitt mehr als 22 Tage krank waren und in Sachsen die Höhe der Krankentage sich von durchschnittlich 19 Tagen pro Mitarbeiter im Jahr 2002 auf 28 Tage in 2008 und 34 Tage im Jahr 2009 erhöht habe. Die drastische Erhöhung sei auch hier zum Teil auf eine neue statistische Erfassung zurückzuführen, wonach nun auch Kuren von Bediensteten als Krankentage gezählt werden.

476 *Drescher* 2009, S. 297.

477 Im Gegensatz zur erwerbstätigen Bevölkerung lag der Anteil der Kranken und Unfallverletzten bezogen auf die Gesamtbevölkerung (inkl. Kinder, Rentner, Arbeitslose und Arbeitsunfähige) in Mecklenburg-Vorpommern 2009 im Durchschnitt bei 13%. Diese Daten beruhen auf einer Hochrechnung aufgrund der Datenerhebung zu 1% der Gesamtbevölkerung; der Bundesdurchschnitt betrug 14,6%, vgl. *Statistisches Amt Mecklenburg-Vorpommern* 2011, S. 25.

478 *DAK* 2010, S. 9 (81.600 Mitglieder, weiblich = 60,3%, männlich = 39,7%, S. 93). Im Wirtschaftsgruppenvergleich gibt die *DAK* für die öffentliche Verwaltung einen Krankenstand von 4,3% für Mecklenburg-Vorpommern (M-V) an. Deutlich besser schneiden Banken und Versicherungen mit einem Krankenstand von 3,5% und Mitarbeiter in der Datenverarbeitung bzw. Informationsdienstleistungen mit 2,9% ab. Höher liegt der Krankenstand im Maschinenbau- bzw. Anlagen- und Fahrzeugbaugewerbe mit 4,7% und im Bereich der Nahrungs- und Genussmittelindustrie mit 5% (S. 99). Anhand der Wirtschaftsstruktur wird zum Teil auch der höhere Krankenstand in M-V erklärt, da die *DAK* in M-V mehr Mitglieder aus dem Bereich der öffentlichen Verwaltung zählt, weniger Mitglieder dagegen aus Bereichen, die einen geringeren Krankenstand aufweisen (S. 86).

schnittlich an 16,8 Tagen am Arbeitsplatz gefehlt haben (Bundesdurchschnitt 14,4 Tage).[479]

Hinsichtlich der höheren Krankenstände innerhalb des Justizvollzugs im Vergleich zur erwerbstätigen Allgemeinbevölkerung muss neben der unterschiedlichen Zählweise auch beachtet werden, dass der Altersdurchschnitt innerhalb der öffentlichen Verwaltung höher liegt und auch der Anteil der schwer behinderten Beschäftigten im Gegensatz zu nichtstaatlichen Arbeitsfeldern deutlich überwiegt.[480] Dies kann einen Teil der höheren Durchschnittswerte erklären, da z. B. die Länge von Erkrankungen im Alter zunimmt[481] (vgl. hierzu *Kap. 8.2*). Der Anteil schwer behinderter Mitarbeiter ist dagegen gerade im Justizvollzug eher gering.

Darüber hinaus stellt sich aber die Frage, inwieweit sich die Arbeitsbedingungen im Justizvollzug, die Arbeit im Schichtdienst, der anstrengende Umgang mit den Gefangenen, der ständige Wachsamkeit fordert[482] sowie die sonstigen Umstände, die den Arbeitsalltag der Bediensteten bestimmen (vgl. *Kap. 2.4*), auf den Krankenstand auswirken. *Drescher* bezeichnet es dabei als eher bemerkenswert, dass ein gewisser Anteil an Bediensteten im Jahr überhaupt nicht erkranke.[483]

4.3 Anstaltsbeschreibungen

Die sechs Anstalten des Landes unterscheiden sich neben ihrer Vollzugszuständigkeit nach dem Vollstreckungsplan für das Land Mecklenburg-Vorpommern – einhergehend mit einer unterschiedlichen Insassenstruktur – erheblich in ihrem baulichen Zustand und den damit verbundenen Arbeits- und Lebensbedingungen für Gefangene und Personal.

4.3.1 Justizvollzugsanstalt Bützow

Die größte und zugleich älteste Justizvollzugsanstalt des Landes ist die JVA Bützow. Die Zuständigkeit dieser Anstalt erstreckt sich auf den Vollzug von Freiheitsstrafen bis zu sechs Jahren an erwachsenen Männern aus den Landgerichtsbezirken Rostock und Schwerin (498 Haftplätze), sowie für den gesamten

---

479 *BKK Landesverband Nordwest* 2010, S. 1. Insgesamt ist in den letzten Jahren ein steigender Trend im Krankenstand der erwerbstätigen Allgemeinbevölkerung zu verzeichnen, vgl. *BKK Bundesverband* 2011b, S. 1.

480 *Drescher* 2009, S. 297.

481 *Zimolong/Elke* 2005, S.19.

482 *Drescher* 2009, S. 297.

483 *Drescher* 2009, S. 297.

Frauenvollzug des Landes (35 Haftplätze). Neben der Untersuchungshaft für den Landgerichtsbezirk Schwerin wird in Bützow in Amtshilfe für das Innenministerium auch die Abschiebehaft des Landes vollzogen.

Die ältesten Bauten der Anstalt stammen aus der Mitte des 19. Jahrhunderts und entsprechen dem panoptischen – alles zu überblickenden – Konstruktionsprinzip. Ein Teil der Strahlenbauten ist mittlerweile für anstehende Sanierungsarbeiten geräumt worden. Das neueste Hafthaus wurde 2002 zur Verfügung gestellt.

Zum 1.10.1989 wies die Strafvollzugseinrichtung Bützow eine Belegung von 985 Gefangenen auf.[484] 1953 sollen sich hier sogar 2.500 Häftlinge befunden haben, obwohl die Anstalt ursprünglich für 700 Strafgefangene gebaut wurde.[485] Zu Beginn der 1990er Jahre wirkten sich die steigenden Gefangenenzahlen besonders drastisch auf Bützow aus (vgl. oben *Kap. 4.1*).[486] Der rasche Belegungsanstieg führte dazu, dass ein Großteil der Gefangenen in Containergebäuden untergebracht werden musste, die nach der Wende in Bützow aufgestellt wurden. Die Mehrfachunterbringung mit drei bis vier Gefangenen auf einem Haftraum gehört hier auch heute noch zum Alltag.[487]

Die Anstalt befindet sich auf einem sehr großen, weitläufigen Gelände, die Wege zwischen den einzelnen Hafthäusern und sonstigen Einrichtungen sind im Vergleich zu anderen Anstalten sehr lang, was einen nicht zu unterschätzenden Zeitfaktor bei der täglichen Arbeit bedeutet.

Die laufenden Sanierungsarbeiten stellen einen zusätzlichen organisatorischen Aufwand im Arbeitsablauf dar. Dennoch sind diese dringend notwendig, um auch in Bützow einen modernen Standard für die Unterbringung der Gefangenen, wie er in den Anstalten Waldeck, Stralsund und Neustrelitz bereits erreicht wurde, zu gewährleisten. Letztlich werden damit auch die Arbeitsbedingungen der Bediensteten verbessert.

4.3.2 Justizvollzugsanstalt Waldeck

Die JVA Waldeck ist seit 1996 als Anstalt des geschlossenen Vollzugs mit 234 Haftplätzen in Betrieb. 1998 wurden zusätzlich 100 Haftplätze für den offenen Vollzug zur Verfügung gestellt und 2004 die sozialtherapeutische Abteilung mit 50 Haftplätzen eröffnet. Im Januar 2008 wurde schließlich ein Diagnostikzentrum mit 8 Haftplätzen eingerichtet, welches sich zunächst in Bützow be-

---

484 *Woyner* 1992, S. 79.

485 *Woyner* 1992, S. 11, auf S. 26 ist sogar von 4.000 Häftlingen die Rede.

486 *Schott* 2000, S. 93.

487 Zur Bedeutung der Einzelunterbringung der Gefangenen für den Strafvollzug vgl. bereits *Busch* 1959, S. 315 ff.

fand.[488] Hier werden Gefangene untersucht, die aufgrund der Schwere der begangenen Tat einer besonders tiefgründigen Aufnahme- und Lockerungsdiagnostik bedürfen.

Die Anstalt befindet sich in der Nähe der Stadt Rostock und ist in erster Linie zuständig für die Vollstreckung von Langstrafen von mehr als fünf Jahren sowie der lebenslangen Freiheitsstrafe an männlichen Erwachsenen für alle Landgerichtsbezirke des Landes, aber auch für die Untersuchungshaft im Landgerichtsbezirk Rostock und dem Amtsgerichtsbezirk Ribnitz-Damgarten. Der offene Vollzug an geeigneten männlichen Erwachsenen der Landgerichtsbezirke Rostock und Schwerin wird hier ebenfalls vollzogen.[489]

Unter Beteiligung eines privaten Investors wurde die JVA Waldeck innerhalb von nur drei Jahren geplant, erbaut und die Gebäude durch das Land durch Vertrag mit einer mindestens dreißigjährigen Laufzeit angemietet.[490] Nach Ablauf der Mietzeit kann der Vertrag verlängert oder das Objekt vom Land erworben werden.[491] Vorrangiges Ziel bei der Wahl des Investorenmodells war die schnelle Schaffung von modernen Hafträumen, die dringend benötigt wurden.[492] Die rasche Inbetriebnahme der JVA Waldeck führte sodann auch zu einer spürbaren, wenn auch nicht umfassenden Entlastung der JVA Bützow insbesondere bezüglich der Mehrfachunterbringungen.[493]

In der JVA Waldeck arbeiten derzeit 121 Bedienstete im Allgemeinen Vollzugsdienst, 11 im mittleren Verwaltungsdienst, sieben Diplom-Verwaltungswirte der Fachrichtung Strafvollzug, sieben Sozialarbeiter, acht Psychologen sowie mehrere Justizangestellte.[494]

4.3.3 Justizvollzugsanstalt Stralsund

Der Neubau der JVA Stralsund ersetzte 2003 die alte Anstalt, die aus dem Jahr 1974 stammte. Im geschlossenen Vollzug dienen 140 Haftplätze der Vollstre-

---

488 Vgl. hierzu die Angaben des *Justizministeriums Mecklenburg-Vorpommern* unter: http://www.jva-waldeck.de/ (Abrufdatum: 24.8.2011).

489 Vgl. hierzu die Angaben des *Justizministeriums Mecklenburg-Vorpommern* unter: http://www.jva-waldeck.de/ (Abrufdatum: 24.8.2011).

490 Vgl. *Koop/Hansen* 2001, S. 175.

491 Vgl. *Koop/Hansen* 2001, S. 175.

492 Vgl. *Koop/Hansen* 2001, S. 175; *Schott* 2000, S. 94.

493 Innerhalb eines Jahres konnte damit die Anzahl der gemeinschaftlich untergebrachten Gefangenen in Bützow von 89,2% auf 64,1% verringert werden, vgl. *Dünkel/Grosser* 1999, S. 31.

494 Vgl. hierzu die Angaben des *Justizministeriums Mecklenburg-Vorpommern* http://www.jva-waldeck.de/jva-waldeck.html (Abrufdatum: 24.8.2011).

ckung von bis zu drei Jahren an männlichen Erwachsenen. Zudem wird in Stralsund auch die Untersuchungshaft mehrerer Gerichtsbezirke vollzogen. Im Februar 2007 konnten die neu errichteten Werkhallen in Betrieb genommen werden und seit Mai 2009 stehen zusätzlich 80 Haftplätze für den offenen Vollzug zur Verfügung.[495] Der offene Vollzug befindet sich baulich getrennt vom geschlossenen Vollzug in einer kleinen Wohnanlage.

4.3.4 Justizvollzugsanstalt Neubrandenburg

Die 1987 erbaute und zunächst als Untersuchungshaftanstalt für Jugendliche genutzte JVA Neubrandenburg ist seit 2002 eine Einrichtung des geschlossenen Männervollzugs mit 128 Haftplätzen, wobei sowohl kurze Haftstrafen (bis drei Jahre) und Untersuchungshaft für den Landgerichtsbezirk Neubrandenburg vollzogen werden. Zudem ist die JVA Neubrandenburg zuständig für die Organisation und Durchführung der Gefangenentransporte zwischen den Anstalten.[496]

4.3.5 Jugendanstalt Neustrelitz und Jugendarrestanstalt Wismar

Die Jugendanstalt Neustrelitz wurde 2001 mit insgesamt 282 Haftplätzen in Betrieb genommen. Auf dem weitläufigen Gelände mit 5 Hafthäusern befinden sich 20 Haftplätze für den offenen Vollzug, 24 Haftplätze in der Sozialtherapie für Jugendliche, 15 Haftplätze für weibliche Untersuchungs- und Strafgefangene und 15 weitere Haftplätze in der geschützten Abteilung der Untersuchungshaft sowie einer Mutter-Kind-Abteilung für junge Mütter. Zuvor wurde der Jugendstrafvollzug in Neustrelitz in einem seit 1947 als Strafvollzugseinrichtung genutztem Gebäude durchgeführt, welches bereits aus dem Jahr 1805 stammte und stark renovierungsbedürftig war.[497] Da die Belegungszahlen in den 1990er-Jahren vor allem im Jugendvollzug stark anstiegen, stieß die Anstalt schnell an die Grenzen der Belegungsfähigkeit, sodass zusätzlich Haftplätze durch die Errichtung eines Containergebäudes geschaffen wurden.[498] Dennoch musste ein Teil

---

495 Vgl. hierzu die Angaben des *Justizministeriums Mecklenburg-Vorpommern* unter: http://www.jva-stralsund.de/ (Abrufdatum: 24.8.2011).

496 Vgl. hierzu die Angaben des *Justizministeriums Mecklenburg-Vorpommern* unter: http://www.jva-neubrandenburg.de/ (Abrufdatum: 28.9.2011).

497 Vgl. *Lang* 2007, S. 94. Die Anfänge im Aufbau eines funktionierenden Jugendstrafvollzugs waren beschwerlich. Ebenso wie im Erwachsenvollzug herrschten Unsicherheit und Misstrauen. *Nagler* 1999, S. 145 berichtet davon, dass im Jugendvollzug eine ausgeprägte Subkultur herrschte, die eine erfolgreiche Resozialisierung in Frage stellte. Daher hätten sich Jugendrichter in Mecklenburg-Vorpommern zum Teil geweigert, Verurteilte in die zuständige Anstalt nach Neustrelitz einzuweisen.

498 *Lang* 2007, S. 94.

der Jugendstrafe sowie die Untersuchungshaft zusätzlich in der JVA Neubrandenburg vollstreckt werden, wozu die ehemalige Untersuchungshaftanstalt des Ministeriums für Staatssicherheit genutzt wurde.[499] Heute ist die neue Jugendanstalt zuständig für den Vollzug von Jugendstrafen an weiblichen und männlichen Jugendlichen und Heranwachsenden sowie der Untersuchungshaft gegenüber jungen Beschuldigten in gesamt Mecklenburg-Vorpommern.[500] Gerade im zentral durchgeführten Jugendvollzug ist es damit zum Teil nicht möglich die Gefangenen heimatnah unterzubringen. Dadurch wird die Rolle der Bediensteten als Ansprechpartner für die Jugendlichen noch einmal verstärkt. Im Mai 2009 wurden räumlich getrennt zum Jugendvollzug zusätzlich 15 Haftplätze für den Jugendarrest eröffnet.

Die Anstalt befindet sich auf einem weitläufigen parkähnlichen Gelände, das mehrere Hafthäuser aufweist. Zudem gibt es einen Verwaltungs- und Werkstattkomplex und eine große Mehrzweckhalle, die mit ihrer angeschlossenen Küche sowohl den Gefangenen als auch den Bediensteten als Speisesaal dient. Die Gebäude sind offen und freundlich gestaltet.[501]

Neben Gewächshäusern gibt es einen Tierzuchtbereich, in dem Schweine, Kaninchen und Ziegen versorgt werden. Die Tiere werden vor allem von nichtausbildungsfähigen Gefangenen versorgt.[502] In Kooperation mit dem Tierheim Neustrelitz werden in der Jugendanstalt von den Gefangenen Hunde zu Begleithunden ausgebildet.[503]

Auch die Jugendanstalt Neustrelitz wurde von einem privaten Investor gebaut und vom Land angemietet.

Das 1890 als Armenhaus erbaute und seit 1935 als Gefängnis genutzte Gebäude der Jugendarrestanstalt Wismar dient seit 1992 dem Jugendarrest mit 16 Haftplätzen. Vollstreckt werden Freizeit- Kurz- und Dauerarrest bis zu vier Wochen.[504]

---

499 *Lang* 2007, S. 96.

500 Vgl. hierzu die Angaben des *Justizministeriums Mecklenburg-Vorpommern* unter: http://www.ja-neustrelitz.de/ (Abrufdatum: 28.9.2011).

501 Zum Zusammenhang zwischen Gesundheit und Architektur in Gefängnissen vgl. *Seelich* 2010, S. 229 ff.

502 *Lang* 2007, S. 99.

503 Zur detaillierten Beschreibung der Anstalt sowie der verschiedenen Ausbildungs- und Freizeitmöglichkeiten in der JA Neustrelitz vgl. *Lang* 2007, S. 95 ff.

504 Vgl. hierzu die Angaben des *Justizministeriums Mecklenburg-Vorpommern* unter: http://www.mvnet.de/inmv/ land-mv/jm_jaa_wismar/mitte2.html. (Abrufdatum: 28.9.2011).

5. Das Forschungsprojekt: Arbeitsbedingungen und gesundheitliche Probleme im Justizvollzug Mecklenburg-Vorpommern

5.1 Einführung

Mecklenburg-Vorpommern hat sich zum Ziel gesetzt, Gesundheitsland Nr. 1 in Deutschland zu werden.[505] Hierfür kann es aber nicht ausreichen, den Blick nur auf den Ausbau der Gesundheitswirtschaft und des Gesundheitstourismus zu richten. Vielmehr gilt es die Gesundheit der gesamten Bevölkerung und damit einbezogen auch der Mitarbeiter des öffentlichen Dienstes und der Bediensteten im Justizvollzug zu fördern.

Die bereits angesprochene Länderumfrage im November 1999 (s. o. *Kap. 3.2.3*) ergab, dass insbesondere in Mecklenburg-Vorpommern bis zum damaligen Zeitpunkt nur geringe bis gar keine Maßnahmen im Bereich der Gesundheitsförderung[506] und des Arbeitsschutzes vorgenommen worden sind.[507] In der Zwischenzeit wurden verschiedene Schritte in Richtung einer gesünderen Arbeitswelt getan (vgl. *Kap. 3.2.3*). Ein ganzheitlicher Ansatzpunkt besteht allerdings bis dato nicht. Auch fehlte bisher eine detaillierte Analyse der Arbeitssituation und der gesundheitlichen Belastungen der Strafvollzugsbediensteten im Land.

Somit war es zunächst nötig, aktuelle und umfassende Daten zu objektiven und subjektiven Belastungsfaktoren zu erheben, um eine Arbeitsgrundlage für die Implementierung von Gesundheitsvorsorgemaßnahmen zu schaffen. Die Idee hierzu entstand im Sommer 2009 in der JVA Bützow (vgl. *Kap. 5.2*).

5.2 Projektinitiierung

Über eine anhaltend hohe bzw. steigende Zahl von Krankentagen im Justizvollzug wurde auch in Mecklenburg-Vorpommern bereits seit längerem diskutiert (vgl. hierzu *Kap. 4.2.2*). Verschiedentlich wurden in einzelnen Anstalten auch

---

505 Vgl. Darstellung des Ministeriums für Wirtschaft, Arbeit und Soziales Mecklenburg-Vorpommern: http://www.regierung-mv.de/cms2/Regierungsportal_prod/Regierungsportal/portal/de/wm/Themen/Tourismus/Gesundheitsland_MV/index.jsp (Abrufdatum: 23.8.2010).

506 Ergebnisse abgedruckt in *Schwarz/Stöver* 2010, S. 133 ff.

507 Im Vergleich zu anderen Bundesländern, die mittlerweile aktiv geworden sind und die Institution des Ombudsmanns (NRW) bzw. ein Gesundheitszentrum für Bedienstete des Justizvollzugs (Niedersachsen) eingerichtet haben.

interne Erhebungen zur Arbeitszufriedenheit[508] und zu gesundheitlichen Problemen durchgeführt. Landesweite Erhebungen erfolgten jedoch nicht. In der JVA Bützow wurde 2009 schließlich eine Projektstelle eingerichtet, welche die Koordinierung einer Gesundheitsförderung der Mitarbeiter zur Aufgabe hat. In der Folge wurde ein Gesundheitszirkel gegründet, dem zunächst die Personalleiterin, ein Personalratsmitglied, ein Psychologe, die Fachkraft für Arbeitssicherheit sowie der Anstaltsarzt angehörten. Die Zirkelleitung oblag dem Koordinator für die Gesundheitsförderung. Nachdem Arbeitsschwerpunkte für die Zirkelarbeit festgelegt wurden, erarbeitete man folgende Leitsätze für die zukünftige Arbeit:

„1. Die Gesundheit bildet das Fundament, um die Leistungsbereitschaft aller Mitarbeiter der Anstalt zu erhalten.

2. Wir sind uns der Verantwortung für unsere eigene Gesundheit und Mitverantwortung für die Gesundheit unserer Kollegen bewusst.

3. Wir schaffen umsetzbare Rahmenbedingungen, so dass die Bediensteten ihre Gesundheitskompetenz aktiv weiterentwickeln und entfalten können.

4. Bestandteil der Führungsverantwortung der Anstalt ist es, ihren Mitarbeitern ein Arbeitsumfeld und Arbeitsbedingungen zu schaffen, das zur Entfaltung der Leistungsbereitschaft und Leistungsfähigkeit beiträgt sowie die Erhaltung und Förderung der Gesundheit sichert.

5. Der wertschätzende Umgang mit unseren Mitarbeitern und untereinander prägt unser Führungsverhalten."

Schließlich wurde Kontakt mit dem Lehrstuhl für Kriminologie der Universität Greifwald aufgenommen. Die gemeinsam koordinierte Mitarbeiterbefragung wurde nach Genehmigung durch die Personalvertretung[509] und einer Vorstellung des Projektes auf einer Dienstversammlung schließlich im März 2010 durchgeführt. Hierzu wurde an drei Tagen innerhalb von zwei Wochen ein Raum zur Verfügung gestellt, in dem jeder Mitarbeiter zu Schichtbeginn bzw. -ende oder in einer Pause vorbeikommen konnte, um einen Fragebogen auszufüllen. Zur Beantwortung eventueller Fragen stand die Verfasserin als Ansprechpartner jederzeit zur Verfügung. Die Fragebögen wurden nach dem Ausfüllen direkt von der Verfasserin eingesammelt. Für diejenigen Teilnehmer, die zum Zeitpunkt der Befragung nicht anwesend waren oder aus persönlichen

---

508 Z. B. interne Erhebung zur Arbeitszufriedenheit durch die Anstaltspsychologin in der JVA Stralsund 2005.

509 Nach § 18 Abs. 1 Nr. 18 Personalvertretungsgesetz Mecklenburg-Vorpommern ist die Gestaltung des Inhalts von Personalfragebögen mitbestimmungspflichtig. Zudem unterstützt der Personalrat nach § 72 Abs. 1 PersVG-MV die Bekämpfung von Unfall- und Gesundheitsgefahren durch Anregung, Beratung und Auskunft und ist nach Abs. 2 hierzu von der Dienststelle über entsprechende Maßnahmen zu unterrichten.

Gründen den Fragenbogen lieber zu Hause ausfüllen wollten, lagen beim Gesundheitszirkel Fragebögen bereit, die abgeholt, ausgefüllt und direkt an den Lehrstuhl geschickt werden konnten. Damit wurde sichergestellt, dass nur Mitarbeiter des Lehrstuhls und niemand sonst, insbesondere niemand aus der Leitungsebene der Anstalt die ausgefüllten Fragebögen einsehen konnte.

In der Folgezeit wurde Kontakt zu den übrigen Anstalten des Landes aufgenommen, um das Interesse für eine Ausweitung der Mitarbeiterbefragung auf alle Einrichtungen des Justizvollzugs des Landes zu wecken. Der Fragebogen wurde jeweils mit den Anstaltsleitungen und den Personalvertretern besprochen und genehmigt.[510] Es folgten weitere Informationsveranstaltungen in Stralsund und Neustrelitz und die Ausgabe der Fragebögen. Die vollständige Erfassung aller Anstalten konnte im Dezember 2010 abgeschlossen werden.

5.3 Untersuchungsziele

Trotz der aus vergleichbaren Untersuchungen bereits vorliegenden Ergebnisse[511] war es von großer Bedeutung, auch für Mecklenburg-Vorpommern eine eigenständige Analyse der Gesundheits- und Arbeitsbedingungen der Bediensteten vorzunehmen. Dies gilt insbesondere vor dem Hintergrund, dass sich alle bisher durchgeführten Untersuchungen auf die alten Bundesländer bezogen (vgl. *Kap. 3.4*).

Obgleich es durch die Ergebnisse der angesprochenen Studien bestimmte Vermutungen über die Arbeitsplatzsituation der Bediensteten sowie ihrer Probleme gab, sollten im Vorhinein keine Hypothesen über den Zusammenhang zwischen Belastungen, Arbeitszufriedenheit und Krankentagen aufgestellt werden. Vielmehr weist die Befragung einen überwiegend explorativen Charakter auf, wobei ermittelt werden sollte, welche gesundheitlichen Probleme bei den Mitarbeitern auftreten, wie diese ihren Arbeitsalltag erleben und welche Rückschlüsse hieraus auf die Arbeitszufriedenheit der Bediensteten gezogen werden können.

Insgesamt ergaben sich damit für das Forschungsprojekt folgende Fragestellungen: Wie stellt sich die aktuelle Situation der Mitarbeiter im Justizvollzug Mecklenburg-Vorpommern dar? Welche Gemeinsamkeiten und Unterschiede lassen sich für die einzelnen Mitarbeiter- und Berufsgruppen im Justizvollzug feststellen? Worin liegen die besonderen Belastungen am „Arbeitsplatz Justizvollzug" und welche Ansatzpunkte können aus den gefundenen Ergebnissen für zukünftige Maßnahmen formuliert werden?

---

510 Für die Anstalten Stralsund, Neustrelitz und Waldeck mussten geringfügige Änderungen am Fragebogen vorgenommen werden, vgl. *Kap. 5.5.2*.

511 Vgl. *Bögemann* 2004, *Eilers/Schwarz* 2009, *Schwarz/Stöver* 2010, *Lehmann/Greve* 2006.

Im Folgenden wird daher zunächst das methodische Vorgehen und die Konstruktion des verwendeten Fragebogens dargelegt und dann die Stichprobe hinsichtlich der sozialen und arbeitsfeldrelevanten Merkmale beschrieben. In den darauf folgenden drei Ergebniskapiteln (*Kap. 6, 7* und *8*) wird dann eine Auswertung der Erhebung vorgenommen. Dabei werden die gesundheitlichen Probleme der Bediensteten sowie die Höhe der Fehlzeiten und die Einschätzung des allgemeinen Gesundheitszustandes dargelegt und der Arbeitsschutz angesprochen (vgl. *Kap. 6*). Darauf aufbauend wird dann die Arbeitszufriedenheit der Bediensteten genauer untersucht. Hierbei wird zum einen auf die Arbeit mit den Gefangenen eingegangen sowie auf die Erfahrungen, die während des Arbeitsalltags gemacht werden. Weiter wird dann genauer auf die konkrete Arbeitsplatzsituation sowie auf die Zusammenarbeit der Bediensteten untereinander eingegangen. Dabei werden das gegenseitige Vertrauen, die Anstaltsatmosphäre sowie die Verbundenheit der Bediensteten zu ihrem Arbeitsplatz eine besondere Rolle spielen (vgl. *Kap. 7*). Schließlich werden besondere Problembereiche erörtert, die einen Einfluss auf die gesundheitliche Situation haben können. Dazu gehören geschlechtsspezifische Unterschiede zwischen weiblichen und männlichen Bediensteten, die Altersstruktur sowie der Einfluss von Schichtarbeit auf das Wohlbefinden der Mitarbeiter vor allem im allgemeinen Vollzugsdienst. Auch auf die Problematik des Burnouts wird genauer eingegangen werden (vgl. *Kap. 8*).

5.4 Entwicklung der Erhebungsinstrumente

5.4.1 Allgemeine Angaben zum Fragebogen

Um eine umfangreiche Bestandsaufnahme und eine maximale Perspektivenvielfalt zu erhalten, wurde ein multi-methodales Vorgehen angestrebt. So wurden anstaltsspezifische Daten bei den Anstaltsleitungen erfragt (Basisfragebogen) und zudem in den mittlerweile nur noch sechs[512] Justizvollzugsanstalten Mitarbeiterbefragungen mit standardisierten Fragebögen durchgeführt. Außerdem flossen Beobachtungen in den Anstalten und Gespräche mit Anstaltsleitungen und Personalvertretern in die Arbeit ein.

Wichtigstes Instrument war der Mitarbeiterfragebogen. Grundlage bildete ein Fragebogen für Bedienstete, der am Lehrstuhl für Kriminologie bereits vor-

---

512 Die Justizvollzugsanstalt *Ueckermünde* wurde im Jahr 2009 geschlossen. 2001 hielt *Bieschke* als damaliger Leiter der JVA Ueckermünde fest, dass der Krankenstand in Ueckermünde seit 1998 rückläufig gewesen sei und ein Mitarbeiter durchschnittlich 10 Tage im Jahr erkrankte und deutete dies als Ausdruck des insgesamt guten Klimas in der Anstalt unter der Beamtenschaft, vgl. *Bieschke* 2001, S. 168.

handen war und zuvor in anderen Projekten eingesetzt wurde.[513] Dieser Fragebogen „diente der Erfassung zentraler handlungsleitender Einstellungen gegenüber Gefangenen, zum Strafvollzug sowie zur eigenen beruflichen Rolle und untersuchte darüber hinaus die Motivation zur Berufswahl und Berufsausübung, die Bewertung der Tätigkeit sowie die subjektiven Zielsetzungen."[514]

Für die vorliegende Studie über die Gesundheitsförderung im Justizvollzug wurde der Fragebogen modifiziert und auf die gesundheitlichen Probleme und den Arbeitsalltag zugeschnitten.[515] Dabei wurde neben der Verwendung von offenen Fragen zum Teil auf organisationspsychologische Frageninventare zurückgegriffen. Zu den wichtigsten erprobten Frageninventaren gehören das Organizational Commitment Questionnaire von *Mowady/Porter/Steers* (1982) in der Übersetzung von *Manzoni* (2003), der Kurzfragebogen zur Arbeitsanalyse von *Prümper/Hartmannsgruber/Frese* (1995) sowie das Maslach Burnout Inventar von *Maslach/Jackson* (1981). Zudem wurden Anregungen aus vergleichbaren Projekten genutzt sowie Teilaspekte aus Mitarbeiterfragebögen der freien Wirtschaft verwendet (vgl. unten *Kap. 5.4.2*).

Der Fragebogen ist nach folgenden zentralen Themenbereichen strukturiert:

I   Soziodemografische Daten und Angaben zum Arbeitsbereich;

II   Angaben zum persönlichen Gesundheitszustand sowie zum Arbeitsschutz;

III   Anstaltsklima und Erfahrungen im Umgang mit den Gefangenen;

IV   Belastungen im Arbeitsalltag;

V   Zusammenarbeit zwischen weiblichen und männlichen Kollegen sowie Einfluss der Arbeit auf das Privatleben;

VI   Angaben zu gesundheitsrelevanten Maßnahmen.

---

513   *Mare-Balticum-Prison-Survey* sowie *Frauenstrafvollzugsprojekt.* Die Ergebnisse zu den jeweiligen Bedienstetenbefragungen und der entsprechende Fragebogen wurden noch nicht veröffentlicht.

514   *Dünkel* 2007, S. 105.

515   Im Unterschied zum ursprünglichen Fragebogen wurde auf Skalen zur Sanktionseinstellung und zur professionellen Berufseinstellung sowie zur beruflichen Rolle verzichtet, da es allein um das Belastungsempfinden der Mitarbeiter und deren gesundheitlichen Auswirkungen gehen sollte.

5.4.2 Einzelheiten zu den Frageninventaren

An dieser Stelle sollen die wichtigsten Frageninhalte des Fragebogens (vgl. Anhang) kurz erläutert werden, die abweichend vom ursprünglichen Fragebogen verwendet wurden.

Zur Erfassung der gesundheitlichen Probleme (Fragenkomplex 18a bis 18s) wurde auf eine Liste mit Symptomen zurückgegriffen, wie sie durch die Arbeitsgemeinschaft der Spitzenverbände der Krankenkassen vorgegeben wurde.[516] Die Liste wurde gekürzt und neben einer Häufigkeitsskala (1 = nie, 2 = selten, 3 = manchmal, 4 = häufig) mit einer Skala zur Erfassung der Beeinträchtigung versehen (1 = nicht beeinträchtigend, 2 = wenig beeinträchtigend, 3 = stark beeinträchtigend). Zur Betrachtung einer Gesamtbelastung während der Arbeit wurde für jeden Befragungsteilnehmer anhand der Häufigkeiten des Auftretens einzelner Symptome ein Gesundheitsindex berechnet (vgl. *Kap. 6.1*).

Aus demselben Evaluationshandbuch der Spitzenverbände der Krankenkassen stammt der Fragenbereich zur groben Einschätzung der Arbeitsplatzbelastungen (Fragenkomplex 50a bis 50h).[517] Die Antwortmöglichkeiten erstreckten sich neben der Kategorie „trifft nicht zu" von 1 = nicht belastend, 2 = wenig belastend bis 3 = stark belastend.

Die Fragen zur Zusammenarbeit zwischen älteren und jüngeren Mitarbeitern (Fragen 28 bis 31 und 33) sind dem Leitfaden zur Fragebogenerstellung der Initiative „Neue Qualität in der Arbeit" entnommen.[518] Frage 32 zur Einschätzung der eigenen Tätigkeit bis zum Renteneintritt geht auf den DGB-Index „Gute Arbeit"[519] des Deutschen Gewerkschaftsbundes zurück,[520] Frage 22 zur Einschätzung des eigenen Gesundheitszustandes entstammt dem Gesundheitsfragebogen SF 36 (Short Form).[521]

Zur Identifikation der Belastungen im Umgang mit den Gefangenen (Fragenkomplex 46a bis 46m) sollten die Befragungsteilnehmer verschiedene Situationen mit Gefangenen bewerten. Die Auswahl der Belastungsfaktoren geht auf *Lehmann/Greve* sowie eine frühere Untersuchung im Strafvollzug Bremens

---

516 *Arbeitsgemeinschaft der Spitzenverbände der Krankenkasse* 2008, Anhang B 2 Nr. 3. Dieselbe Liste findet sich auch im Leitfaden zur Fragebogenerstellung der *Initiative Neue Qualität der Arbeit* 2009, S. 9.

517 *Arbeitsgemeinschaft der Spitzenverbände der Krankenkasse* 2008, Anhang B 2 Nr. 5.

518 *Initiative Neue Qualität der Arbeit* 2009, S. 16.

519 Vgl. generell zur Berichterstattung zum Index Gute Arbeit *Fuchs* 2009, S. 47 ff.

520 *Fuchs* 2009, S. 75.

521 Der SF-36 ist der weltweit am häufigsten eingesetzte Fragebogen zur Erfassung von gesundheitsbezogener Lebensqualität, vgl. *Bullinger* 2000, S. 190.

zurück.[522] Neben der Antwortmöglichkeit „kommt bei uns nicht vor" gab es eine Antwortskala von 0 = gar nicht belastend bis 6 = extrem belastend.

Um die Verbundenheit der Bediensteten mit der Anstalt, in der sie arbeiten, zu analysieren, wurde auf das Organizational Commitment Questionnaire von *Mowday/Porter/Steers*[523] zurückgegriffen (Fragenkomplex 48a bis 48k). Die gekürzte Fassung besteht aus 11 Items und wurde in dieser Form bereits im Frauenstrafvollzugsprojekt verwendet. Die Antwortmöglichkeiten liegen auf einer 5er-Skala (1 = trifft gar nicht zu; 2 = trifft eher nicht zu; 3 = teils, teils; 4 = trifft eher zu; 5 = trifft völlig zu). Zur Index-Bildung wurden die Teilfragen c, e, g, h und k in Richtung des Kriteriums positive Verbundenheit umkodiert.

Zur genaueren Problemidentifikation der Arbeitsplatzsituation sollte der Kurz-Fragebogen zur Arbeitsanalyse (KFZA) *Prümper/Hartmannsgruber/Frese* dienen, mit dem positive und negative Einflüsse der Arbeits- und Organisationsstruktur erfasst werden.[524] Mit dem Ziel einer Belastungsermittlung werden damit grob folgende Aspekte erfasst: Arbeitsinhalte, Ressourcen, Stressoren bei der Arbeit und das Organisationsklima. Die verschiedenen Items des KFZA wurden teilweise ergänzt und auf die Arbeit im Justizvollzug angepasst. Der Fragenkomplex 51a bis 51h wurde mit einer 4er-Skala (1 = gar nicht; 2 = ziemlich wenig; 3 = etwas; 4 = überwiegend) versehen. In der Auswertung wurden die Fragen 51a, b und c zu dem Faktor Handlungsspielraum, 51d und e zum Faktor geistige Forderung und 51f, g und h zum Faktor Rollenkonflikt zusammengefasst. Der Fragenkomplex 52a bis 52z erhielt eine 5er-Skala (1 = trifft gar nicht zu; 2 = trifft wenig zu; 3 = trifft mittelmäßig zu; 4 = trifft überwiegend zu; 5 = trifft völlig zu). Die verschiedenen Einzelfragen wurden in der Auswertung wie folgt zusammengefasst: Fragen 52c, d und e zum Faktor soziale Rückendeckung; Fragen 52f, g und h zum Faktor Zusammenarbeit; Fragen 52l und p zum Faktor quantitative Arbeitsbelastung; Fragen 52q und r zum Faktor Arbeitsunterbrechungen; Fragen 52s und t zum Faktor Umgebungsbelastungen; Fragen 52u und v zum Faktor Information und Mitsprache sowie die Fragen 52w und x zum Faktor betriebliche Leistungen. Die übrigen Fragen blieben als Einzelaspekte erhalten. Dem Komplex wurde eine Frage zur globalen Zufriedenheit nachgestellt (Frage 52za). Darüber hinaus wurde zu jeder Einzelfrage der Komplexe 51 und 52 zusätzlich erfasst, ob das Vorliegen oder Nichtvorliegen eines bestimmten Umstands als Belastung wahrgenommen wird (1 = belastet nicht, 2 = belastet wenig, 3 = belastet stark). Neben den oben genannten Subskalen wurden die Einzelfragen (52a bis 52z) zu einem Gesamtindex (Ar-

---

522   *Lehmann/Greve* 2003, S. 27; *Schwarz* 2009, S. 173.

523   *Mowday/Porter/Steer* 1982.

524   *Prümper/Hartmannsgruber/Frese* 1995, S. 125 ff. Die verwendeten Items wurden aus sieben bewährten Fragebogen-Instrumenten ausgewählt.

beitsanalyse) zusammengefasst, dabei wurden die Teilfragen i, j, k, l, m, p, q, r, s und t in Richtung des Kriteriums Arbeitszufriedenheit umkodiert.

Das häufigste Instrument[525] zur Erfassung von Burnout-Tendenzen ist das Maslach-Burnout-Inventar: Es handelt sich dabei um einen reinen Selbstbeurteilungsbogen, der auf die Arbeit im Justizvollzug angepasst wurde (Fragenkomplex 53a bis v). Erfasst werden die drei Dimensionen emotionale Erschöpfung (*Emotional Exhaustion*, 8 Items), Depersonalisierung (*Depersonalization*, 5 Items) und reduzierte persönliche Leistungsfähigkeit (*Personal Accomplishment*, 9 Items).[526] In der Originalversion von 1981 wurde nach der Häufigkeit und der Intensität eines bestimmten Gefühls bezogen auf den Arbeitsalltag gefragt. Aufgrund der weitgehenden Korrelationen zwischen beiden Dimensionen wurde allerdings in den folgenden Auflagen auf die Intensitäts-skala verzichtet. Die Werte innerhalb der einzelnen Dimensionen werden addiert (1 = einige Male im Jahr und seltener; 2 = einmal im Monat, 3 = einige Male im Monat, 4 = einmal pro Woche, 5 = einige Male pro Woche, 6 = täglich). Ein Gesamtwert für alle drei Bereiche wird nicht erstellt. Die erreichten Werte der Subskalen werden in drei Bereiche (gering, mittel, hoch) eingestuft.[527] Hohe Burnoutwerte befinden sich damit im oberen bzw. unteren Drittel der jeweiligen Normverteilung. Hohe Werte in den Skalen emotionale Erschöpfung und Depersonalisierung und niedrige Werte bei der persönlichen Leistungszufriedenheit indizieren ein hohes Burnout.

Die Fragen zur Zusammenarbeit zwischen weiblichen und männlichen Kollegen wurden in den Fragebogen eingearbeitet, da überprüft werden sollte, inwieweit Vorurteile und Geschlechterrollen die Arbeit im Vollzug beeinflussen. Sie sind zurückzuführen auf Äußerungen von männlichen Vollzugsbediensteten im Bericht des Ombudsmanns für den Strafvollzug in Nordrhein-Westfalen.[528]

Der Fragenkomplex zur Vereinbarkeit von Beruf und Familie entstammt in abgewandelter Form einer Befragung in der JVA Bremen.[529]

Der Fragebogen wird abgeschlossen mit dem Erfragen von Gründen für das Nichtbeantworten von einzelnen Fragen bzw. Fragebereichen, um die Motivation der Befragungsteilnehmer besser einschätzen zu können.[530]

---

525 *Schutte/Toppinen/Kalimo/Schaufeli* 2000, S. 53; *Fischer* 2008, S. 5.

526 *Maslach/Jackson/Leiter* 1997, S. 194.

527 *Maslach/Jackson/Leiter* 1997, S. 194.

528 *Ombudsmann für den Justizvollzug NRW* 2009, S. 15.

529 *Schwarz/Stöver* 2010, S. 186.

530 Die Fragen entstammen *Lehmann/Greve* 2003, S. 48.

5.5 Probleme der Projektdurchführung

5.5.1 Rücklauf und Erhebungssituation

Zur Ermittlung der justiz- und anstaltsspezifischen Problemlagen war die Unterstützung und Offenheit aller Bediensteten erforderlich. Um eine möglichst große Zahl an Mitarbeitern zu erreichen, aber auch aus Kosten- und Zeitgründen wurde die schriftliche Befragung gewählt. Die typischerweise mit dieser Art der Befragung verbundenen Nachteile, wie eine „geringe Rücklaufquote, die Unkontrollierbarkeit der Erhebungssituation und die Unkenntnis über die Art der Ausfälle",[531] sind auch in der vorliegenden Studie zu beobachten.

Die Beteiligung liegt bezogen auf die Gesamtbelegschaft des Justizvollzugs in Mecklenburg-Vorpommern bei 36% (vgl. *Kap. 5.6.1*). Zu den Einflussfaktoren auf den Rücklauf gehören nach *Friedrichs* u. a. die Bedeutung des Themas, die Schulbildung, die grafische Qualität sowie die Länge des Fragebogens und Anreize für den Befragten.[532]

Mögliche Gründe für eine Nichtbeteiligung wurden bereits in den Vorbesprechungen mit den Personalräten und Anstaltsleitungen deutlich. Zum einen war der Fragebogen mit 15 Seiten relativ lang. Zum anderen bestand eine erhebliche Angst unter den Bediensteten, anhand der Antworten individualisiert zu werden und dass die Antworten negativ auf die Mitarbeiter zurück fallen könnten.[533] Zudem wurde geäußert, dass Mitarbeiter schon öfter an verschiedenen Befragungen teilgenommen haben, ohne dass es aber eine Rückmeldung über die Ergebnisse gegeben hätte. Weiter wurde darauf abgestellt, dass derartige Befragungen sinnlos seien, da die Erfahrung zeige, dass sich ohnehin nichts ändern würde.

Trotz durchgeführter Informationsveranstaltungen, Hinweisblättern und der Zusicherung eines verantwortungsbewussten Umgangs mit den Daten, konnte nur gut ein Drittel der Bediensteten überzeugt und motiviert werden, an der Befragung teilzunehmen. Selbst unter den Teilnehmern gaben 10,9% an, dass sie Angst hätten, anhand der Antworten erkannt zu werden. Diejenigen haben zum Teil darauf verzichtet, persönliche Angaben (Alter, Geschlecht, Zugehörigkeit zu einer Mitarbeitergruppe, Länge der Dienstzugehörigkeit) anzugeben. Daher

---

531 *Friedrichs* 1990, S. 237.

532 *Friedrichs* 1990, S. 241.

533 Dass die Angst vor einer Individualisierung in der Tat groß war, zeigt, dass zahlreiche Fragebögen nicht in die vorgesehenen Briefkästen eingeworfen bzw. über die Personalräte abgegeben wurden, sondern privat per Post an den Lehrstuhl verschickt wurden. Teilweise erfolgen Hinweise: „Dieser Fragebogen kann zweifelsfrei mir zugeordnet werden, daher per Post".

gab es in diesen Bereichen einige, wenn auch für die Gesamtstichprobe nicht relevante missings (fehlende Angaben).

Weiter zeigte sich aber, dass sich der Rücklauf in den Anstalten erhöhte, in denen der Personalrat engagiert für die Befragung warb (so z. B. in der JVA Waldeck, aber auch in der Jugendanstalt Neustrelitz). Es kann darüber hinaus vermutet werden, dass die Motivation für die Teilnahme durch die tatsächliche Arbeitssituation und Zufriedenheit der Mitarbeiter beeinflusst wurde. Die Rücklaufquote war in den Anstalten höher, in denen die Atmosphäre eher schlechter eingeschätzt wurde, sodass anzunehmen ist, dass die Teilnehmer etwas zu sagen hatten und sich deshalb vermehrt an der Befragung beteiligten.

Es muss aber auch vermutet werden, dass die Rücklaufquote durch die unterschiedliche Art der Durchführung in den einzelnen Anstalten beeinflusst wurde. Die in Bützow gewählte Art der Durchführung (vgl. *Kap. 5.2*), konnte organisatorisch in den kleineren Anstalten nicht bewerkstelligt werden. Daher wurde in den übrigen Anstalten allen Mitarbeitern ein Fragebogen übergeben, der in einem Zeitrahmen von vier bis acht Wochen ausgefüllt und in einen abgeschlossenen Briefkasten eingeworfen oder beim jeweiligen Personalrat abgegeben werden konnte. In Neubrandenburg, Wismar und Waldeck konnten zudem keine Informationsveranstaltungen stattfinden. Vielmehr wurden Informationsblätter verteilt bzw. Informationen zum Ziel der Befragung in das Intranet der Anstalten eingestellt.

5.5.2 Weitere Kritik an der Projektdurchführung

Ein Pretest, der als unumgänglich für schriftliche Befragungen[534] beschrieben wird, konnte aus zeitlichen und organisatorischen Gründen nicht durchgeführt werden, sodass etwaige Verständnis- bzw. inhaltliche Probleme nicht erkannt und behoben werden konnten. Allerdings gaben nach dem Ausfüllen des Fragebogens lediglich 3,6% der Teilnehmer an, einzelne Fragen nicht verstanden zu haben.

Ein größeres Problem stellte jedoch die Verwendung eines einheitlichen Fragebogens für alle Mitarbeitergruppen dar. Es kam vor, dass einige Frageinhalte nicht auf den Tätigkeitsbereich der Teilnehmer zugeschnitten waren. Dies bejahten 49,6% der Teilnehmer.[535] Überwiegend traf dies auf die Mitarbeiter der Verwaltung zu. Sofern sie in ihrer täglichen Arbeit keinen Gefangenenkontakt aufweisen, spielten für sie einige Fragen keine Rolle.

---

534 *Friedrichs* 1990, S. 245.

535 Dieses Problem war allerdings bereits bei Konstruktion des Fragebogens bekannt, konnte aber wegen des erhöhten Aufwandes nicht abgeändert werden. Daher wurden die Teilnehmer hierauf im Informationsblatt aufmerksam gemacht und aufgefordert, Fragen, die nicht zur eigenen Tätigkeit passen würden, unbeantwortet zu lassen bzw. die Antwortkategorie „trifft nicht zu" zu wählen, sofern diese vorhanden war.

Angemerkt werden muss weiterhin, dass in den einzelnen Anstalten kein komplett einheitlicher Fragebogen verwendet werden konnte. Nach den Besprechungen mit den Anstaltsleitungen und Personalvertretern musste in den Anstalten Stralsund und Neustrelitz auf die Fragen 12 und 16 verzichtet werden und die Fragen 1 sowie 20 bis 21 zu Gruppenkategorien zusammengefasst werden. Auch in Waldeck erfolgte die Beantwortung dieser Fragen anhand vorgegebener Kategorien.

5.6 Beschreibung der Stichprobe

5.6.1 Information zur Ergebnisdarstellung

Die folgenden Ergebnisse der Studie werden anhand von gültigen Werten dargestellt. Das heißt, dass fehlende Angaben (missings) bei der Prozent- und Mittelwertberechnung nicht mit einbezogen werden. Sofern der Umfang der betrachteten Stichprobe aufgrund von missings nicht nur unerheblich von der Ausgangszahl abweicht, wird die Menge der verwerteten Antworten (N) angegeben, während die Menge einzelner Teilstichproben mit (n) gekennzeichnet wird. Die einzelnen Prozentwerte werden, wenn nötig, auf- bzw. abgerundet, sodass teilweise leichte Abweichungen vom Gesamtwert (100%) erreicht werden. Werden Mittelwerte angegeben, so wird soweit möglich auch die Standardabweichung mitgeteilt. Wird auf lineare Zusammenhänge eingegangen, wird i. d. R. der Korrelationskoeffizient nach Bravais-Pearson mit r angegeben. Bei der Durchführung multivariater Regressionsanalysen wird der standardisierte Korrelationskoeffizient β angegeben. Modellzusammenfassungen erfolgen durch die Angabe von R^2. Das erreichte Sinifikanzniveau der Irrtumswahrscheinlichkeit für Mittelwertvergleiche, Korrelationen und Regressionen wird anhand von „Sternen" angegeben. Dabei bezieht sich ein * auf ein Niveau von p <0,5, zwei ** auf ein Niveau von <0,01 und drei *** auf ein Niveau von <0,001.

Wie bereits *Tauss* in seiner Untersuchung 1986 darauf hingewiesen hat, dass die Ergebnisse einer einzelnen Befragung an sich nur Aussagen über den entsprechenden Zeitraum zulassen,[536] handelt es sich auch in der vorliegenden Erhebung um eine Momentaufnahme. Da im komplexen System des Justizvollzugs Bedingungen denkbar sind, die im Zeitraum der Befragung wirkten, aber bereits kurze Zeit später wieder überholt sein können, muss dies bei der Interpretation der Ergebnisse beachtet werden.[537]

---

536 *Tauss* 1986, S. 147.

537 *Tauss* 1986, S. 147.

5.6.2 Allgemeine Beteiligung an der Befragung

An der Befragung haben sich insgesamt 283 Bedienstete beteiligt, wobei sieben Fragebögen gar nicht oder nur zur Hälfte ausgefüllt wurden. Es konnten daher Fragebögen von 276 Mitarbeitern ausgewertet werden. Bezogen auf die tatsächliche Belegschaft liegt die Beteiligung damit bei ca. 36%. Unter den Teilnehmern waren 60,8% männliche und 39,2% weibliche Bedienstete. Die Beteiligung unterschied sich in den einzelnen Anstalten (vgl. *Tab. 14*).

Tabelle 14: Belegschaft und Beteiligung an der Mitarbeiterbefragung

	Bützow	Waldeck	Stralsund	Neubranden-burg	Neustrelitz	Wismar
Belegschaft[a]	240	155	100	91	162	12
Beteiligung (absolut)	86	71	27	24	61	7
Beteiligung (%)	35,8	45,8	27,0	26,4	37,7	58,3
Anteil ♂ (%)	60,0	59,4	59,3	50,0	65,6	85,7
Anteil ♀ (%)	40,0	40,6	40,7	50,0	34,4	14,3

Quelle: [a] *Landesregierung Mecklenburg-Vorpommern* 2010b, S. 2.

5.6.3 Einteilung der Teilnehmer nach Berufsgruppen

Unter den Teilnehmern befanden sich erwartungsgemäß vor allem Mitarbeiter des Allgemeinen Vollzugsdienstes. Aber auch die übrigen Berufsgruppen, die in § 155 Abs. 2 StVollzG benannt werden, sind in der Befragung vertreten gewesen. Dazu gehörten der Werkdienst, der psychologische, pädagogische sowie der medizinische Dienst, der Sozialdienst, die Verwaltung sowie die Mitarbeiter der Anstaltsleitung (vgl. *Tab. 15*).[538] Lediglich aus dem Bereich der Seelsorge hat sich kein Mitarbeiter beteiligt. Diese gehören überwiegend aber auch nicht dem Anstaltspersonal an, sondern kommen aufgrund vertraglicher Vereinbarungen

---

538   Nicht abgefragt wurden dabei die Kategorien mittlerer, gehobener und höherer Dienst. Vielmehr sollte einzig darauf abgestellt werden, welcher Gruppe sich die Befragten aufgrund ihrer tatsächlichen Tätigkeit selbst zuordnen würden. Ebenfalls nicht unterschieden wurde danach, ob die Tätigkeit mit oder ohne regelmäßigen Gefangenenkontakt erfolgt.

mit den Kirchen des Landes in die Anstalten, um für die Gefangenen und ihre Familien seelsorgerisch tätig zu werden.

Tabelle 15:   Verteilung der Teilnehmer nach Berufsgruppen

	Teilnehmer (N = 276)	%
AVD	177	64,13
Werkdienst	13	4,71
Verwaltung	36	13,04
Leitung	15	5,40
Sozialdienst	8	2,89
Psychologischer Dienst	7	2,54
Pädagogischer Dienst	4	1,45
Medizinischer Dienst	4	1,45
Sonstige	9	3,26
Missings	3	1,08

Da die Teilgruppen Sozialdienst, Psychologischer Dienst, Pädagogischer Dienst und Medizinischer Dienst nur über eine geringe Teilnehmerzahl verfügten, wurden diese zu einer Gruppe „Fachdienste" zusammengefasst. Der Gruppe der sonstigen Mitarbeiter haben sich 9 Personen zugeordnet.[539] Damit wurde für die gruppenspezifische Auswertung zwischen sechs Mitarbeitergruppen unterschieden (vgl. *Tab. 16*).[540] Da drei Teilnehmer keine Angaben über ihre Zugehörigkeit zu einer bestimmten Berufsgruppe machten, bezieht sich die Auswertung nach Berufsgruppen immer auf eine Grundgesamtzahl von N = 273.

---

[539]   Hinsichtlich der Befragungsteilnehmer, die sich als sonstige Mitarbeiter zugeordnet haben, wird vermutet, dass diese überwiegend dem gehobenen Vollzugs- und Verwaltungsdienst angehören. Zum Teil wurde dies in den Fragebögen vermerkt, zum Teil daraus geschlossen, dass diese angaben, z. B. im geschlossenen Männervollzug zu arbeiten und Leitungsfunktion inne zu haben. Diese Mitarbeiter wollten bzw. konnten sich nicht dem AVD, also dem mittleren allgemeinen Vollzugsdienst oder der allgemeinen Verwaltung zuordnen.

[540]   Beim Vergleich der verschiedenen Gruppen muss beachtet werden, dass es sich bei der Gruppe des AVD um eine vergleichsweise große Gruppe handelt.

Tabelle 16: Berufsgruppen (teilweise zusammengefasst)

	AVD	Werk-dienst	Verwal-tung	Fach-dienste	Leitung	Sonstige
n	177	13	36	23	15	9
%	64,8	4,8	13,2	8,4	5,5	3,3
Männer (%)	71,2	84,6	28,6	26,1	60,0	50,0
Frauen (%)	28,8	15,4	71,4	73,9	40,0	50,0
Ø Alter	42,9	45,9	47,8	39,4	50,1	47,7
Ø Dienstalter	16,5	17,2	22,9	10,2	20,8	14,9

Das Durchschnittsalter der Teilnehmer liegt bei 43,9 Jahren.[541] Dabei sind die männlichen Befragten im Schnitt mit 44,5 Jahren älter als ihre weiblichen Kollegen mit 42,9 Jahren (vgl. *Tab. 16*).

Die Befragungsteilnehmer arbeiteten im Durchschnitt seit 17 Jahren im Justizvollzug, wobei ca. 30% bereits vor 1990 in den Justizvollzug eingetreten waren (vgl. *Abb. 5*). Vor allem in den Fachdiensten zeigte sich, dass diese erst in den letzten Jahren verstärkt eingestellt wurden. Bereits vor der Wiedervereinigung haben nur zwei Bedienstete aus den Fachdiensten im Justizvollzug gearbeitet. Diese gehören dem medizinischen Dienst an. Dies erklärt sich aufgrund der geschichtlichen Entwicklung. Wie bereits dargelegt, war der DDR-Vollzug weniger auf einen Behandlungsvollzug ausgelegt, zudem gab es zu Beginn der 1990er Jahre noch Schwierigkeiten, Psychologen und Sozialarbeiter für die Einstellung in den Justizvollzug zu gewinnen (vgl. *Kap. 4.2.2*).

---

541 Zur Bildung des Durchschnittsalters wurde in den Anstalten Stralsund, Waldeck und Neustrelitz jeweils der Mittelwert der angegebenen Altersklassen verwendet.

122

Abbildung 5:   Dauer der Dienstzugehörigkeit (%)

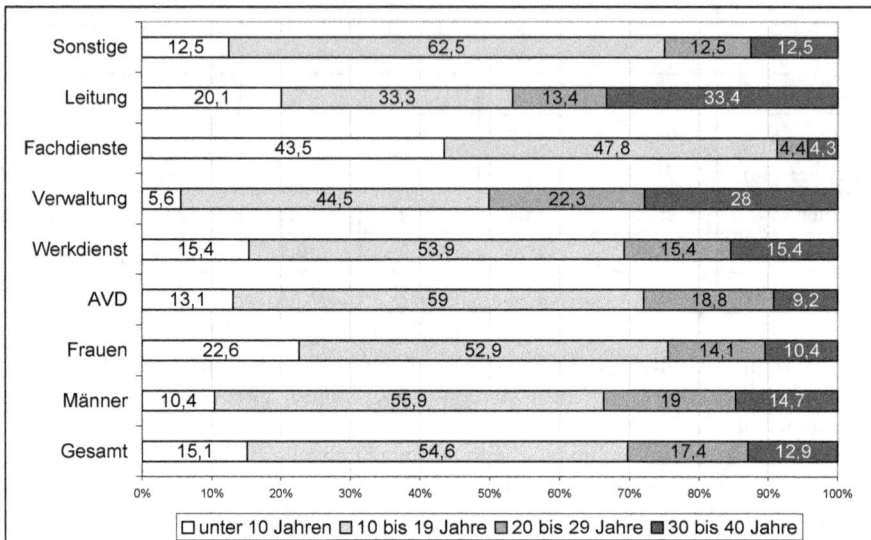

In den einzelnen Anstalten wichen sowohl das Durchschnittsalter, als auch die Dauer der Dienstzugehörigkeit bei den Befragten zum Teil erheblich voneinander ab (vgl. *Tab. 17).*

Tabelle 17:   Alter und Dienstalter in den Anstalten (Mittelwerte in Jahren)

	Bützow	Waldeck	Stralsund	Neubrandenburg	Neustrelitz	Wismar
Ø Alter	45,1	44,4	46,8	42,2	40,3	49,3
Ø Dienstalter (gesamt)	17,9	16,6	18,9	17,2	14,6	24,0
Ø Dienstalter (anstaltsbezogen)	15,7	10,6	12,6	10,2	10,8	17,8

Die Teilnehmer der Jugendarrestanstalt Wismar, die insgesamt schon sehr lange im Vollzug arbeiteten, waren im Durchschnitt allerdings erst seit 17 Jahren in der JVA. Alle haben zuvor bereits in einer anderen Anstalt gearbeitet. Auch in den übrigen Anstalten haben ca. drei Viertel der Befragten zuvor Erfahrungen in anderen Anstalten gemacht. Lediglich in Bützow galt dies nur für knapp die Hälfte der Teilnehmer.

In *Abb. 6* wird dargestellt, über welche Bildungsabschlüsse die Mitarbeiter verfügten. Über die Hälfte der Teilnehmer haben ihre Schulausbildung mit der mittleren Reife bzw. einem vergleichbaren Schulabschluss abgeschlossen. Ein abgeschlossenes (Fach)Hochschulstudium war erwartungsgemäß bei den Fachdiensten und der Leitung der häufigste Bildungsabschluss, aber auch in den anderen Mitarbeitergruppen gegeben.

Abbildung 6:Verteilung der Bildungsabschlüsse (%)

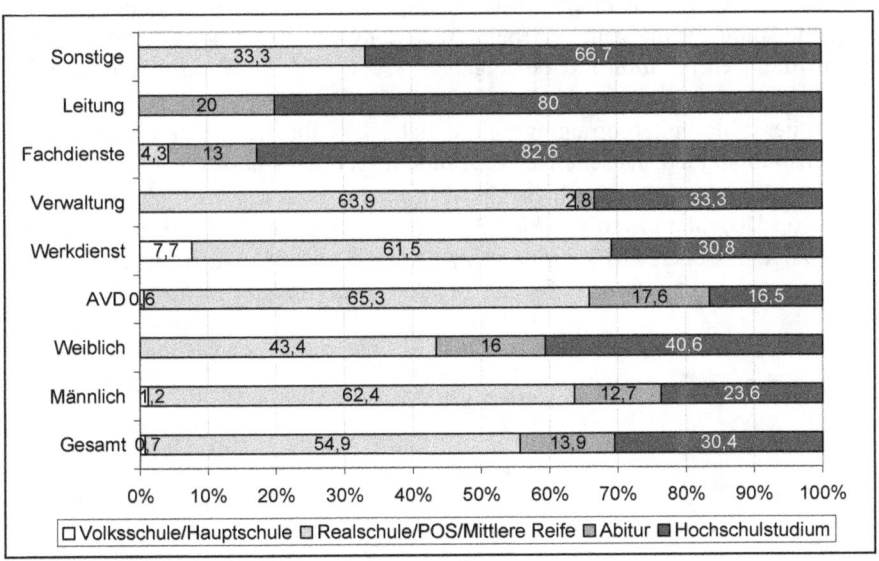

Auffällig ist, dass bei den Frauen der Anteil mit einem abgeschlossenen (Fach)Hochschulstudium fast doppelt so hoch war, wie bei den männlichen Kollegen. Dies lag zum einen an der Überrepräsentation der Frauen in den Fachdiensten, in denen überwiegend eine (Fach)Hochschulausbildung vorausgesetzt wird. Allerdings zeigte sich auch innerhalb des AVD, dass Frauen häufiger einen (Fach)Hochschulabschluss aufwiesen. Während 25,5% der weiblichen AVD-Bediensteten einen solchen höheren Schulabschluss aufwiesen, waren es bei dem männlichen AVD-Bediensteten nur 12,7%. Innerhalb der sehr kleinen Gruppe der sonstigen Mitarbeiter verfügen drei Frauen und zwei Männer über einen (Fach-)Hochschulabschluss.[542]

---

542 Es kann davon ausgegangen werden, dass es sich hierbei überwiegend um Diplomverwaltungsfachwirte des gehobenen Verwaltungsdienstes handelt.

5.6.4 Motivation für die Arbeit im Vollzug

Abb. 7 zeigt die Beweggründe,[543] die für die Befragten von Bedeutung waren, als sie sich für die Arbeit im Justizvollzug entschieden haben. Hierbei wird zwischen einer extrinsischen und intrinsischen Motivation unterschieden. Bei intrinsischen Motiven geht es darum, Tätigkeiten um deren selbst Willen auszuüben. Man empfindet Freude daran und erkennt einen Sinn in der Arbeit.[544] Demgegenüber entstehen extrinsische Motive nicht aus sich selbst heraus, sondern wirken von außen auf eine Person.[545] In erster Linie geht es dabei um eine Gegenleistung für die getane Arbeit. Bedeutung gewinnen diese Aspekte, wenn es um die Identifikation mit der eigenen Arbeit und die Mitarbeitermotivation geht.[546]

In der Mitarbeiterbefragung zeigte sich, dass für die meisten Bediensteten zunächst einmal extrinsische Beweggründe im Vordergrund standen, als sie sich für ihren Beruf entschieden haben.[547] Für knapp 71% war ein sicherer Arbeitsplatz von Bedeutung und 63,1% gaben weiter an, dass sie den Beruf aufgrund eines angemessenen Gehaltes gewählt haben.[548] 12,2% gaben auch an, keine andere Arbeitsmöglichkeit gefunden zu haben (vgl. *Abb. 7* und *Tab. 18)*.

---

543 *Lehmann* 2009, S. 33 ff. gibt einen Überblick zu verschiedenen theoretischen Modellen der Berufswahl.

544 *Rheinberg* 2000, S. 19.

545 *Rheinberg* 2000, S. 19.

546 Diskutiert wird dabei, inwieweit eine leistungsbezogene Vergütung Einfluss auf eine intrinsische Motivation hat bzw. ob externe Belohnungen ein Korrumpierungseffekt beizumessen sei. Dabei ist zu beachten, dass in der Psychologie und der Ökonomie unterschiedliche Herangehensweisen und Interpretationen zu diesem Aspekt vorliegen, die die These zum Korrumpierungseffekt jeweils stützen oder ablehnen, vgl. hierzu *Bernard* 2006 und *Cameron/Banko/Pierce* 2001.

547 Ähnlich fallen die Ergebnisse im Mare-Baltikum-Prison-Survey aus. Extrinsische Motive bestimmen die Berufswahl, vgl. *Dünkel* 2007, S. 117; das Sicherheitsbedürfnis bei der Berufsentscheidung betont auch *Däumling* 1970, S. 32.

548 Arbeitsplatzsicherheit und ein gesichertes Einkommen wurden von *Bögemann* 2004, S. 86 als entlastende Faktoren genannt. Auch *Lehmann* 2009, S. 79, 92, 169 hält fest, dass die finanzielle Sicherheit von großer Bedeutung für die Berufswahl bei vielen Bediensteten sei.

Abbildung 7:   Beweggründe für die Arbeit im Vollzug

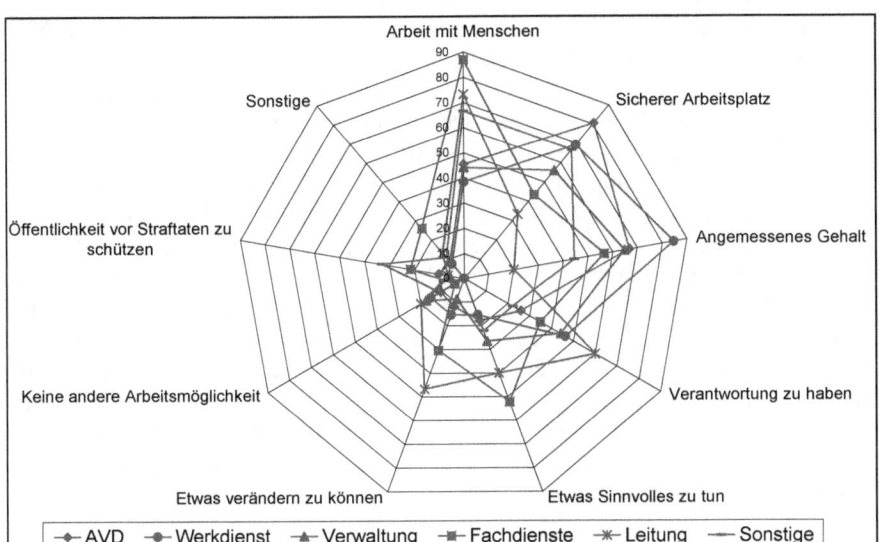

Intrinsische Motive waren weniger ein ausschlaggebender Grund. Für immerhin die Hälfte der Befragten war es aber wichtig, eine Arbeit mit Menschen auszuüben.[549] Für 31,7% war es von Bedeutung, Verantwortung zu haben und 22,9% wollten etwas Sinnvolles tun. Nur 14,8% sahen es als Beweggrund an, sich für den Justizvollzug zu entscheiden, weil sie glaubten, etwas verändern zu können und nur für 10,7% war es von Bedeutung, die Öffentlichkeit vor Straftaten zu schützen.

Zwischen den weiblichen und männlichen Mitarbeitern waren hinsichtlich der Motivation keine erheblichen Unterschiede erkennbar. Lediglich in Bezug auf die Verantwortung gaben 38,1% der Frauen an, dies als Beweggrund für ihre Arbeitswahl angesehen zu haben, während es bei den Männern nur 27,6% waren. Dies wurde vor allem durch die Frauen innerhalb der Leitungsebene beeinflusst. Bei ihnen gaben 83,3% an, dass der Faktor „Verantwortung" bei der Berufswahl eine Rolle gespielt hat, während es bei den männlichen Kollegen der Leitung nur 44,4% waren. Aber auch innerhalb des AVD zeigte sich hier ein geschlechtsspezifischer Unterschied. Während nur 21,4% der männlichen AVD-

---

549   Die Arbeit mit Menschen war neben dem Sicherheitsaspekt auch für 20 befragte weibliche Bedienstete bei *Nied/Stengel* 1988, S. 97 für die Berufswahl von Bedeutung. Auch im internationalen Bereich finden sich Ergebnisse, wonach Frauen den menschlichen bzw. fürsorglichen Aspekt an der Arbeit im Justizvollzug schätzen, vgl. *Hemmens/Stohr* 2000, S. 343.

Bediensteten angaben, eine Arbeit mit Verantwortung gesucht zu haben, waren es bei den weiblichen AVD-Bediensteten immerhin 35,3%.

Weitaus deutlichere Unterschiede gab es zwischen den verschiedenen Mitarbeitergruppen. Innerhalb der Fachdienste und der Leitung verschoben sich die Beweggründe hin zu einer deutlich intrinsischen Motivation. Während bei den Mitarbeitern des AVD ein sicherer Arbeitsplatz von 80,5% genannt wurde und bei den Mitarbeitern des Werkdienstes noch von knapp 70%, so spielte dieser Faktor bei der Verwaltung und den Mitarbeitern des Fachdienstes nur bei ca. der Hälfte der Befragten eine Rolle. Bei den Mitarbeitern der Leitung stellte nur noch gut ein Drittel auf einen sicheren Arbeitsplatz als Beweggrund ab. Ein angemessenes Gehalt spielte bei den Fachdiensten und der Leitung eine geringere Rolle, während die Arbeit mit Menschen bei der Berufswahl im Vordergrund stand (vgl. *Abb. 7* sowie *Tab. 18*). Auffällig ist auch, dass der Faktor „Verantwortung zu haben" für 60% der Mitarbeiter der Leitung eine Rolle bei der Berufsentscheidung spielte, während dies für die AVD-Beamten nur bei rund einem Viertel von Bedeutung war. Auch bei den sonstigen Mitarbeitern spielte die Arbeit mit Menschen häufiger eine Rolle, aber auch der sichere Arbeitsplatz wurde betont.

Tabelle 18: Beweggründe für die Arbeit im Vollzug; Mehrfachnennungen möglich (%)

	Gesamt	♂	♀	AVD	Werkdienst	Verwaltung	Fachdienste	Leitung	Sonstige
Arbeit mit Menschen	50,6	47,9	54,3	45,4	38,5	44,1	87	73,3	66,7
Sicherer Arbeitsplatz	70,8	71,8	68,6	80,5	69,2	55,9	43,5	33,3	66,7
Angemessenes Gehalt	63,1	66,3	58,1	66,7	84,6	64,7	56,5	20,0	44,4
Verantwortung zu haben	31,7	27,6	38,1	25,9	46,2	44,1	34,8	60,0	22,2
Etwas Sinnvolles zu tun	22,9	20,9	24,8	17,8	15,4	26,5	52,2	40,0	22,2
Etwas verändern zu können	14,8	13,5	16,2	12,1	15,4	8,8	30,4	46,7	-
Keine andere Arbeitsmöglichkeit	12,2	11,7	13,3	10,9	15,4	17,6	4,3	20,0	11,1
Öffentlichkeit vor Straftaten zu schützen	10,7	9,8	11,4	10,3	-	5,9	21,7	6,7	33,3
Sonstiges	10,3	8,6	13,3	8,6	7,7	8,8	26,1	13,3	11,1

Auf die Frage, ob sich die Erwartungen an ihre Arbeit erfüllt hätten, gaben 11,8% der Befragten an, dass ihre Arbeit die Erwartungen mehr als erfüllt habe. Für 32,8% stellte sich die Arbeit genau wie erwartet dar. Immerhin 26,2% waren der Meinung, dass sich ihre Erwartungen nicht erfüllt hätten und knapp 30% hätten keine besonderen Erwartungen an die Arbeit im Vollzug gehabt. An dieser Stelle sei bereits vorweg genommen, dass diejenigen, bei denen sich die Erwartungshaltung an die Arbeit erfüllt hatte, deutlich zufriedener mit ihrer Arbeit waren und auch seltener angaben, den Vollzug verlassen zu wollen (vgl. *Kap. 7.3.1*).

5.6.5 *Arbeitszeitregelung und Überstunden*

An der Befragung nahmen überwiegend Mitarbeiter aus dem Tagesdienst teil. Aber immerhin 39% der Teilnehmer arbeiteten primär im Schichtdienst (vgl. *Tab. 19*). Dabei waren erwartungsgemäß die Schichtdienstler fast ausschließlich im AVD zu finden. Die Mitarbeiter im Werk- und den Fachdiensten sowie in der Verwaltung und der Leitung arbeiteten primär im Tagesdienst. Lediglich zwei Mitarbeiter aus dem medizinischen Bereich gaben ebenfalls an, im Schichtdienst zu arbeiten (zu den Auswirkungen des Schichtdienstes vgl. *Kap. 7.7.1*).

Tabelle 19:   Dienstregelung (%)

	Gesamt ♂/♀	AVD	Werk- dienst	Verwal- tung	Fach- dienste	Leitung	Sonst.
Schichtdienst	38,6 50,6/20,8	58,6	-	-	8,7	-	-
Primär Tagdienst	61,4 49,4/79,2	41,4	100	100	91,3	100	100
Teilzeit	2,5 0/6,5	1,7	-	2,8	4,3	6,7	11,1
Arbeit an Wochenenden							
Nie	38,7 27,9/55,1	18,1	50	86,1	69,6	80	88,9
Gelegentlich	21,2 20,6/21,5	21,5	41,7	13,9	26,1	20	11,1
Regelmäßig	40,1 51,5/23,4	60,5	8,3	-	4,3	-	-

Auch hinsichtlich der Wochenenddienste gab es sachlogisch Unterschiede zwischen den Mitarbeitergruppen. Während im AVD 60,5% regelmäßig Dienst an Wochenenden verrichten mussten, waren es beim Werkdienst nur 8,3% und bei den Fachdiensten lediglich 3,1%. In den Fachdiensten, der Verwaltung und der Leitung musste an den Wochenenden überwiegend nicht gearbeitet werden.

Außerdem gab es deutliche Unterschiede zwischen männlichen und weiblichen Kollegen bezogen auf ihre Dienstzeiten. Dies gilt vor allem für den Schichtdienst. Knapp 80% der weiblichen Befragten arbeiteten primär im Tagesdienst. Dies war allerdings in erster Linie auf die Verteilung in den Mitarbeitergruppen zurückzuführen, da die Frauen überwiegend in der Verwaltung und den Fachdiensten arbeiteten, in denen nicht im Schichtsystem gearbeitet wird. Mit Blick auf den AVD relativieren sich die Unterschiede etwas, dennoch waren die Männer häufiger im Schichtdienst vertreten und arbeiteten häufiger regelmäßig am Wochenende (vgl. *Tab. 20*).

Tabelle 20: Dienstregelung im AVD

	Schichtdienst	Tagdienst	Regelmäßig Dienst am WE
♂	82 (52,5%)	42 (47,5%)	83 (65,9%)
♀	20 (40%)	30 (60%)	24 (47%)

Auch hinsichtlich der Überstunden wurden Unterschiede zwischen männlichen und weiblichen Kollegen und zwischen den Mitarbeitergruppen deutlich. Im Durchschnitt leisteten die Befragten 9,6 Stunden zusätzliche Arbeit im Monat. Bei den Mitarbeitern in der Leitung waren es bis zu 13,6 Stunden im Monat. Dabei gaben insgesamt 26,9% an, mehr als 10 Überstunden im Monat abgeleistet zu haben (vgl. *Tab. 21*). Hierbei muss allerdings beachtet werden, dass bis auf den AVD die Mitarbeiter im Vollzug in Mecklenburg-Vorpommern die Möglichkeit haben, mit Arbeitszeitkonten ihre anfallenden Überstunden in den folgenden Wochen bzw. Monaten abzubummeln. Daher kann es lediglich zeitweise zu Mehrarbeit kommen, die sich im Jahresdurchschnitt jedoch nicht addiert, sondern ausgeglichen wird.

Tabelle 21: Überstunden (%)

Überstun-den	Gesamt ♂/♀	AVD	Werk-dienst	Ver-wal-tung	Fach-dienste	Lei-tung	Sonst.
Ø	9,6 10,1/8,7	9,6	8,9	8,2	9,8	13,6	8,5
keine	15,3 14,8/16,3	17,4	-	11,4	13,6	20	12,5
bis 5	21,2 16,7/27,6	16,7	30,8	45,8	13,7	13,3	12,5
6 bis 10	36,6 38,3/33,7	37,9	46,2	22,9	45,4	26,7	50
mehr als 10	26,9 30,2/22,4	28	23,1	20	27,3	40	25
Belastung durch Überstunden							
überhaupt nicht	41,9 41,3/42,7	33,5	83,3	60,6	33,3	61,7	75
etwas	49 49,7/47,9	57,3	8,3	33,3	57,1	15,4	25
stark	7,5 7,7/7,3	7,3	8,3	3	9,5	23,1	-
sehr stark	1,6 1,3/2,1	1,8	-	3	-	-	-

Trotz der zum Teil hohen Überstunden gaben knapp 42% an, sich durch diese überhaupt nicht belastet zu fühlen. Nahezu die Hälfte der Befragten fühlte sich durch die Überstunden lediglich etwas belastet, während ca. 9% sich hierdurch stark bis sehr stark belastet fühlten (vgl. *Tab. 21*). Die Intensität der Belastung nahm mit der Höhe der Überstundenzahl zu, wobei dies vermehrt für die weiblichen Mitarbeiter galt (r = .38**). Hier dürfte sich die Anwendung der Arbeitszeitkonten auswirken, wonach die Mitarbeiter gemachte Überstunden wieder ausgleichen können. Vor allem für Frauen mit jüngeren Kindern können Überstunden Zeitpläne erheblich durcheinander bringen und daher vermehrt als Belastung empfunden werden.[550]

Ebenso scheint der Schichtdienst Auswirkungen auf die Belastungswahrnehmung der Überstunden zu haben. Mitarbeiter im Schichtdienst gaben an,

---

550 Diese Vermutung stellt auf die traditionelle Rollenverteilung in Familien ab, wonach Frauen vermehrt in die Kinderbetreuung eingebunden sind, vgl. hierzu *Kap. 8.1.*

durchschnittlich 9,2 Überstunden im Monat zu leisten. Im Tagdienst waren es vergleichbar 9,6 Stunden. Allerdings gaben im Tagdienst lediglich 6,6% an, durch die Überstunden stark bis sehr stark belastet zu werden, während es im Schichtdienst etwas mehr als 13% waren. Innerhalb des AVD, bei dem in erster Linie im Schichtdienst gearbeitet wird, ergeben sich dabei keine großen Abweichungen. Während Tagesdienstler im AVD (n = 65) angaben, 9,4 Überstunden im Monat zu leisten und sich 4,6% dadurch stark bis sehr stark belastet fühlten, waren es bei den Schichtdienstlern im AVD (n = 96) 9,3 Überstunden und 12,5%, die sich dadurch stark bis sehr stark belastet fühlten (zu den Problemen im Schichtdienst allgemein vgl. *Kap. 8.3*).

5.6.6 Sonstige soziale Merkmale

Der Großteil (69%) der Mitarbeiter war verheiratet. 11,3% gaben an, geschieden oder verwitwet zu sein und knapp 20% waren ledig. Insgesamt aber gaben 86,5% an, mit einem festen Partner zusammen zu leben.

Nur 14,3% gaben an, keine Kinder zu haben. Knapp 31% hatten zumindest ein Kind, während 42,5% zwei Kinder hatten und 12,5% sogar mehr als zwei Kinder.

5.6.7 Fazit

276 auswertbare Fragebögen lagen für die Analyse vor. Der Rücklauf aus den einzelnen Anstalten wird als angemessen eingeschätzt. Dies gilt vor allem in Hinblick auf die Sensibilität des Themas und die Befürchtung der Mitarbeiter Ergebnisse könnten negativ auf sie zurückfallen. Hervorzuheben ist, dass Bedienstete aus allen Anstalten, allen Mitarbeitergruppen (bis auf die Seelsorge) sowie männliche und weibliche Bedienstete und Mitarbeiter aus verschiedenen Altersgruppen mit der Befragung erreicht wurden, sodass sich die Stichprobe als heterogen darstellte. Dennoch gibt es verglichen zur Grundgesamtheit der Belegschaft im Justizvollzug Mecklenburg-Vorpommern einige Unterschiede in der Stichprobe, die kurz dargestellt werden sollen.

Bezogen auf das Alter ist festzustellen, dass das Durchschnittsalter der Befragten mit 43,9 Jahren zwar relativ hoch ist (zur genauen Altersstruktur der Befragung vgl. *Kap. 8.2*), dennoch aber unter dem Durchschnittsalter der Gesamtbelegschaft mit 46 Jahren (vgl. *Tab. 22*) liegt. Die Einteilung nach Diensten durch das Justizministerium (*Tab. 22*) ist zwar nicht mit der Gruppenzuordnung der durchgeführten Mitarbeiteruntersuchung zu vergleichen, doch können bezüglich des Altersunterschiedes grobe Einschätzungen vorgenommen werden. So haben sich vor allem im AVD vermehrt jüngere Mitarbeiter beteiligt. Wird hier der Werkdienst hinzu gerechnet, erhöht sich der Altersdurchschnitt zwar leicht, bleibt aber dennoch unter dem des gesamten AVD. Werkdienst und AVD machen ca. 70% der Befragungsteilnehmer aus. Damit haben sich anteilig etwas weniger AVD/Werkdienst-Mitarbeiter im Verhältnis zur Gesamtbelegschaft beteiligt.

Tabelle 22: Durchschnittsalter in den Berufsgruppen im Justizvollzug Mecklenburg-Vorpommern

	Stellen	%	Ø Alter in Jahren
Höherer Verwaltungsdienst	14	1,74	48
Psychologischer Dienst	19	2,37	37
Ärztlicher Dienst	3	0,37	46
Gehobener Justizvollzugs- und Verwaltungsdienst	45	5,60	47
Pädagogischer Dienst	5	0,62	52
Sozialpädagogischer Dienst	25	3,10	45
Mittlerer Justizverwaltungsdienst (einschließlich Schreibdienst)	67	8,36	51
Allgemeiner Vollzugsdienst (einschließlich Werk-, Sanitäts- und Krankenpflegedienst)	623	77,8	45
Gesamt	*801*	*100*	*46*

Quelle: *Justizministerium Mecklenburg-Vorpommern* 2010, S. 26 sowie eigene Berechnungen.

Leicht überrepräsentiert in der Befragung sind dagegen die Fachdienste. Ihr Anteil liegt in der Befragung bei 8,4%, in der Gesamtbelegschaft bei ca. 6,4% (psychologischer, ärztlicher, pädagogischer und sozialpädagogischer Dienst). Das jüngere Durchschnittsdienstalter der Fachdienste mit 39,4 Jahren ähnelt dem der Gesamtmenge der Fachdienste, wobei hier vor allem das jüngere Alter der Psychologen ausschlaggebend ist. Deutlich überrepräsentiert dagegen scheinen die Mitarbeiter der Verwaltung. Diese sind in der Befragung zu knapp 13,2% beteiligt, machen in der Gesamtbelegschaft aber nur knapp 8,4% aus. Auch sind sie mit 47,8 Jahren im Durchschnitt etwas jünger als die Verwaltungsmitarbeiter insgesamt. An dieser Stelle kann aber nicht ausgeschlossen werden, dass sich hier auch Mitarbeiter des gehobenen Verwaltungsdienstes der Verwaltung im Allgemeinen zugeordnet haben.[551] Hier kann es daher zu

---

551   Hier muss noch einmal darauf hingewiesen werden, dass in der Befragung gerade nicht nach den Kategorien mittlerer, gehobener und höherer Dienst gefragt wurde, sondern allein auf den Tätigkeitsbereich abgestellt wurde.

Vermischungen mit den sonstigen Mitarbeitern kommen, die, wie vermutet wird, überwiegend dem gehobenen Vollzugs- und Verwaltungsdienst angehören. Diese machen in der Gesamtbelegschaft ca. 5,6% aus, während die sonstigen Mitarbeiter in der Befragung zu 3,8% vertreten sind. Schließlich entfallen auf die Mitarbeiter der Leitung in der Befragung knapp 5,5%. Auch diese Gruppe kann nur zum Teil mit der des höheren Verwaltungsdienstes aus *Tab. 8* (1,74%) verglichen werden, da sich auch hier Personen zugeordnet haben können, die der Leitungsrunde in den Anstalten angehören, aber rein dienstlich zum gehobenen Dienst gehören. Dennoch ist festzustellen, dass die Befragungsteilnehmer der Leitungsgruppe mit 50,1 Jahren den höchsten Altersdurchschnitt aufweisen. Dieser liegt auch etwas höher als im höheren Verwaltungsdienst in der Gesamtbelegschaft.

Bezogen auf die Geschlechtsverteilung muss festgestellt werden, dass der Anteil der weiblichen Mitarbeiter in der Befragung 39,8% beträgt. Tatsächlich arbeiten nur ca. 30% Frauen im Justizvollzug Mecklenburg-Vorpommern (vgl. *Tab. 10* und *Kap. 8.2*). Anteilsmäßig sind die Frauen damit leicht überrepräsentiert. Dies gilt vor allem für die Anstalten Neubrandenburg, Stralsund und Waldeck, in denen sich zwischen 40-50% weibliche Mitarbeiter an der Befragung beteiligt haben. Da Frauen – wie sich in der weiteren Auswertung zeigen wird – häufiger unter gesundheitlichen Beschwerden litten und eine höhere Zahl an Fehltagen aufwiesen, muss dies in einem etwaigen Anstaltsvergleich beachtet werden.

Auch hinsichtlich der Höhe der Krankentage unterscheidet sich die Stichprobe von der Gesamtbelegschaft. In der Befragung wurden nicht nur häufiger jüngere Mitarbeiter, sondern auch häufiger gesündere Bedienstete erreicht, insbesondere auch zahlreiche Mitarbeiter, die in den letzten 12 Monaten vor der Erhebung überhaupt nicht wegen Krankheit am Arbeitsplatz gefehlt haben. Hierauf soll in *Kap. 6.2.2* genauer eingegangen werden.

Obwohl die Stichprobe in der Erhebung vor allem bezogen auf die Höhe der Krankentage nicht als repräsentativ bezeichnet werden kann, so gibt es doch zumindest der strukturellen Verteilung hinsichtlich der verschiedenen Berufsgruppen sowie der Geschlechts- und Altersverteilung erkennbare Gemeinsamkeiten mit der Gesamtbelegschaft. Somit liefert die Erhebung aussagekräftige Ergebnisse über die gesundheitlichen Problemfelder und vor allem zur Arbeitszufriedenheit der Bediensteten im Justizvollzug Mecklenburg-Vorpommern.

134

6. Ergebnisse I: Gesundheitliche Situation der Mitarbeiter

Nach dem im vorangegangen *Kap.* 5 bereits die Gesamtstichprobe vorgestellt und der Teilnehmerkreis hinsichtlich der demografischen und der dienstlichen Funktion beschrieben wurden, soll nun genauer dargelegt werden, wie die Mitarbeiter ihren allgemeinen Gesundheitszustand einschätzten und welche gesundheitlichen Probleme während ihrer Arbeit auftraten.

6.1 Gesundheitliche Probleme während der Arbeit

Ein Blick auf *Abb.* 8 verdeutlicht, dass einzelne Symptome, die im Fragebogen abgefragt wurden, häufiger auftraten, während andere Symptome eine geringere Bedeutung hatten. Probleme mit dem Herzen, Hautprobleme und Juckreiz, Appetitlosigkeit und Übelkeit, Magen- und Verdauungsprobleme, Probleme mit den Ohren sowie Gleichgewichtsstörungen und Atemwegserkrankungen traten eher selten auf. Obwohl mittlerweile zur Volkskrankheit avanciert, spielten auch Allergien bei der gesundheitlichen Belastung bei den meisten Befragten keine wesentliche Rolle. Weitaus häufiger traten Nervosität/Unruhe/Reizbarkeit/Angespanntheit, Augenprobleme sowie Kopfschmerzen auf.

Abbildung 8:   Krankheitssymptome während der Arbeit (%)

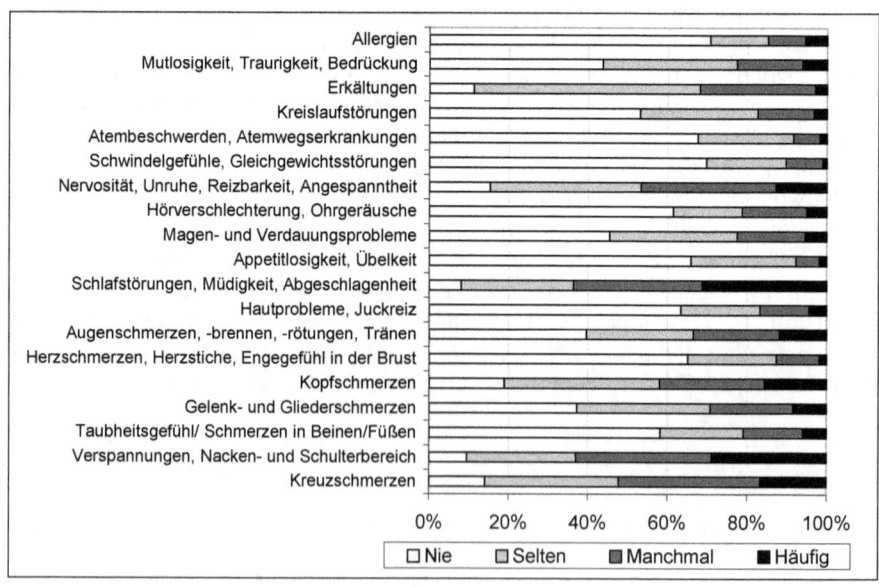

Besonderes Augenmerk sollte aber auf die Symptomgruppen im Bereich des Rückens (Kreuzschmerzen sowie Verspannungen im Nacken- und Schulterbereich) und auf den Bereich der Schlafstörungen/Müdigkeit/Abgeschlagenheit gelegt werden. Über 30% der Befragten litten häufig unter Schlafstörungen und Müdigkeit bzw. Abgeschlagenheit. Bei weiteren 32% traten diese Probleme zumindest manchmal auf. Vergleichbare Werte fanden sich auch im Bereich der Verspannungen. 28,9% gaben an, dass sie häufig unter Verspannungen litten und bei ca. 34% war dies zumindest manchmal der Fall.

In Bezug auf Erkältungen zeigte sich, dass diese zwar nur bei wenigen Befragten häufig auftraten, dass es aber nur einen geringen Teil an Mitarbeitern gab, die nie unter einer Erkältung litten.

Obwohl die Daten aus dem Mare-Baltikum-Projekt (vgl. *Kap. 3*) mit einer 3er-Skala (nie, selten, oft) erhoben wurden und die Symptome teilweise anders bezeichnet wurden, was eine Vergleichbarkeit erschwert, zeigte sich, dass sich die Hauptbeschwerden nicht verändert haben. Weiterhin stellten sich Rückenbeschwerden sowie Schlafstörungen und Müdigkeit/Abgeschlagenheit als wesentliche Beeinträchtigungen dar. Allerdings scheinen auch Kopfschmerzen mittlerweile etwas häufiger aufzutreten. Während im Mare-Baltikum-Projekt 12,2% der Bediensteten angaben, oft unter Kopfschmerzen gelitten zu haben, waren es in der vorliegenden Befragung 15,6%, die häufig und noch 26,4% die manchmal unter Kopfschmerzen litten.

Im Vergleich zu den Krankenausfalldaten der Allgemeinbevölkerung Mecklenburg-Vorpommerns wurde deutlich, dass sich die auftretenden Symptome ähneln. Die *DAK* gab 2010 für ihre Versicherten an, dass Muskel-Skelett-Krankheiten (21%), Erkrankungen des Atmungssystems (20,5%), Verletzungen (14,4%) und psychische Erkrankungen (8,5%) zu den häufigsten Ursachen zählen, die den Krankenstand beeinflussen.[552] Als besonderes Problem wird auch für die Allgemeinbevölkerung eine zunehmende Beschwerdehäufigkeit im Bereich der Schlaflosigkeit diskutiert. Dabei wird betont, dass Schlafstörungen in Wechselwirkung mit anderen, insbesondere psychischen Krankheiten stehen, bzw. diese verursachen oder verstärken können.[553] Eine Bevölkerungsbefragung 2009 (N = 3000) der *DAK* ergab, dass 28,5% der Befragten in Mecklenburg-Vorpommern häufiger von Schlafproblemen, wie Ein- und Durchschlafproblemen betroffen waren. Bei 26% ist dies zumindest manchmal der Fall. Im Bundesdurchschnitt waren 21,1% häufig und 28,1% manchmal von Schlafstö-

---

552 *DAK* 2010, S. 14 und 98. Hierbei muss allerdings beachtet werden, dass in der Studie nicht nach ärztlichen Diagnosen, sondern nach der subjektiven Wahrnehmung bestimmter Symptome gefragt war. Die Daten sind daher nicht direkt miteinander vergleichbar. Vgl. zum Einfluss der Symptome auf die Fehlzeiten auch *Kap. 6.2.*

553 *DAK* 2010, S. 17.

rungen betroffen.[554] Dabei traten die Schlafprobleme häufiger bei Frauen auf, als bei Männern.[555] Als größter Störfaktor für einen gesunden Schlaf wurde dabei besonders Stress und Belastungen identifiziert, gefolgt von Grübeleien, Ängsten und Sorgen sowie Störungen der „inneren Uhr" und die Arbeit im Schichtbetrieb.[556]

Tab. 23 zeigt, dass es in der gesundheitlichen Belastung deutliche Unterschiede zwischen den einzelnen Mitarbeitergruppen[557] gab.[558] Während die Mitarbeiter des Werkdienstes außer im Bereich der Gelenkschmerzen die geringste Belastung aufwiesen, litten vor allem die Mitarbeiter der Verwaltung sowie die sonstigen Mitarbeiter und die Fachdienste häufiger unter Verspannungen im Nacken- und Schulterbereich. Innerhalb der Verwaltung gaben 50% an, häufig unter Verspannungen zu leiden, bei den sonstigen Mitarbeitern waren es sogar mehr als die Hälfte. Bei den Fachdiensten waren es 39,1% und auch innerhalb der Leitung noch 35,7%. Auch Augenprobleme traten in diesen Mitarbeitergruppen am häufigsten auf. Diese Probleme können mit einer überwiegend einseitigen, sitzenden Tätigkeit an Schreibtischen bzw. Computerbildschirmen zu erklären sein, die bei Verwaltung, Fachdiensten und Leitungspersonal häufiger vorkommt. Aber auch im Bereich des allgemeinen Vollzugsdienstes gibt es Aufgaben, die überwiegend im Sitzen erledigt werden, so zum Beispiel der Dienst auf dem Wachturm oder an der Pforte. Noch 22,5% des AVD gaben an, häufig an Verspannungen und 15,5% häufig an Kreuzschmerzen zu leiden. Über alle Mitarbeitergruppen hinweg traten Schlafstörungen und Müdigkeit bzw. Abgeschlagenheit bei vielen Mitarbeitern häufig auf. Vor allem aber im Bereich der Fachdienste gaben 52,5% an, häufig unter dieser Symptomgruppe zu leiden. Auffällig ist auch, dass innerhalb der Fachdienste 50% angaben, manchmal bis häufig unter Mutlosigkeit/Traurigkeit oder Bedrückung zu leiden. Diese Symptomgruppe wurde innerhalb der übrigen Berufsgruppen eher seltener angegeben.

---

554 *DAK* 2010, S. 24.

555 *DAK* 2010, S. 25. Dabei wird auch darauf verwiesen, dass nicht allen Schlafstörungen ein Krankheitswert zukommt, sondern dies im Einzelfall vom Arzt diagnostisch abzuklären sei, S. 26.

556 *DAK* 2010, S. 61.

557 Anders die Untersuchung von *Bögemann* 2004, S. 178, in der in allen Symptomgruppen der AVD am häufigsten belastet war. Ursächlich war hierfür aber zum Teil die Berufsgruppenverteilung in der Befragungspopulation, denn der AVD machte hieran ca. 80% aus. Die Verteilung der Beschwerden relativierte sich mit Blick auf die Gesamtstichprobe.

558 Auch zwischen weiblichen und männlichen Mitarbeitern gab es erhebliche Unterschiede. Diese werden in *Kap. 8.2* genauer dargestellt. Zu den Unterschieden zwischen Tages- und Schichtdienst vgl. *Kap. 8.3.*

Tabelle 23: Krankheitssymptome während der Arbeit (nur Antwortkategorien manchmal und häufig, Verteilung nach Mitarbeitergruppen, in Prozent)

	AVD		Werkdienst		Verwaltung		Fachdienste		Leitung		Sonstige	
	manch mal	häufig	manch mal	häufig	manch mal	häufig	manch mal	häufig	manch mal	häufig	manch mal	häufig
Kreuzschmerzen	31,6	15,5	30,8	7,7	42,9	22,9	26,1	-	42,9	28,6	11,1	55,6
Verspannungen, Nacken- und Schulterbereich	35,3	22,5	23,1	15,4	22,9	50	39,1	39,1	35,7	35,7	44,4	55,6
Gelenk- und Gliederschmerzen	19,5	5,7	23,1	15,4	27,8	13,9	18,2	4,5	13,3	13,3	33,3	33,3
Kopfschmerzen	24,4	12,8	33,3	-	30,6	19,4	34,8	39,1	20	13,3	33,3	22,2
Augenschmerzen, -brennen, -rötungen, Tränen	20,5	6,4	15,4	15,4	28,6	22,9	34,8	21,7	6,7	13,3	22,2	33,3
Schlafstörungen, Müdigkeit, Abgeschlagenheit	32,8	29,3	23,1	15,4	38,9	27,8	26,1	52,2	26,7	33,3	33,3	44,4
Nervosität, Unruhe, Reizbarkeit, Angespanntheit	31,8	15,3	7,7	7,7	47,2	8,3	52,2	13	26,7	6,7	22,2	-
Mutlosigkeit, Traurigkeit, Bedrückung	15,0	6,4	7,7	-	16,7	11,1	40,9	9,1	6,7	-	11,1	-

Um eine Gesamtbelastung hinsichtlich gesundheitlicher Probleme bei den Befragten darstellen zu können, wurde aus allen abgebildeten Symptomen ein Gesundheitsindex berechnet (vgl. *Abb. 9*). Hierbei wurde deutlich, dass eine Multimorbidität, also das gleichzeitige Bestehen verschiedener gesundheitlicher Probleme, eine besondere Belastung für einige Mitarbeiter darstellte (vgl. *Kap. 6.2.1*). Insgesamt weisen auf einer 4er-Skala (1 = nie bis 4 = häufig) 60,5% der Befragten einen Gesundheitsindex zwischen 1 und 2 auf, 36,9% einen Wert von über 2 bis 3 und 2,6% einen Wert von über 3 bis 4. Der Mittelwert des Gesundheitsindex' lag für die Gesamtstichprobe bei 1,94. Dabei wiesen die Mitarbeiter des Werkdienstes den geringsten Wert mit 1,78 auf und die Mitarbeiter in den Fachdiensten die höchsten Werte mit über 2,2. Innerhalb der Verwaltung wurde ein Durchschnittswert von 2,1 erreicht, innerhalb der Leitung von 1,97 und auch bei den sonstigen Mitarbeitern lag der Gesundheitsindex bei 2,08.

Abbildung 9: **Häufigkeitsverteilung hinsichtlich der gesundheitlichen Gesamtbelastung (Gesundheitsindex, 19 Items)**

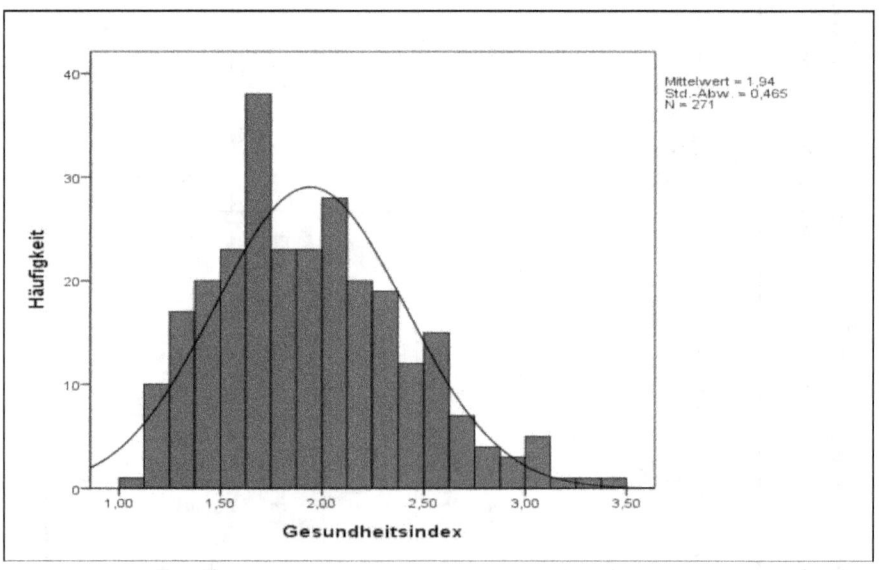

Der durchschnittliche Gesundheitsindex, also die Gesamtbelastung mit gesundheitlichen Problemen, stieg mit zunehmendem Alter. Dabei nahmen aber nicht alle Symptome zu. Während das Problem der Müdigkeit und Abgeschlagenheit in allen Altersgruppen häufig auftrat, traten bei den älteren Mitarbeitern Rückenprobleme sowie Schmerzen und ein Taubheitsgefühl in den Beinen und Füßen hinzu. Auch Probleme mit den Ohren (Hörverschlechterung/Ohrgeräusche) sowie Atembeschwerden nahmen mit dem Alter zu (vgl. hierzu *Kap. 8.2*).

Trotz der zum Teil häufig auftretenden gesundheitlichen Probleme empfindet jede Person eine unterschiedliche Belastung durch das Auftreten von Symptomen. Daher wurden die Mitarbeiter ebenfalls danach gefragt, ob sie durch die Symptome während der Arbeit beeinträchtigt werden. 31,2% der Befragten gaben an, dass sie durch das Auftreten von Müdigkeit und Abgeschlagenheit eine starke Beeinträchtigung empfunden hätten. Auch bezogen auf Kopfschmerzen fühlten sich 28% stark beeinträchtigt. Verspannungen stellten für 23,2% und Kreuzschmerzen bei 15,6% eine starke Beeinträchtigung dar. Auch im Bereich der Nervosität und Angespanntheit waren dies 19,6%. Zu erwähnen ist noch, dass die Problematik der Mutlosigkeit und Bedrückung zwar nur bei 6,3% der Befragten häufig und bei 16,3% manchmal auftrat, dennoch aber für 14,1% der Teilnehmer beim Auftreten eine starke Beeinträchtigung darstellte. Das Gleiche gilt für den Bereich der Erkältungen, worin noch 13,4% eine schwere Beeinträchtigung sahen.

6.2 Gesundheitszustand und Krankentage

6.2.1 Selbsteinschätzung des Gesundheitszustandes

Durchschnittlich bezeichneten die Befragten ihren allgemeinen Gesundheitszustand als gut. Auf einer 5er-Skala (1 = ausgezeichnet, 2 = sehr gut, 3 = gut, 4 = weniger gut, 5 = schlecht) lag der Mittelwert bei 2,9 (Standardabweichung: 0,727). Während 50,9% ihren gesundheitlichen Allgemeinzustand als gut einschätzten, bezeichneten immerhin 29,9% diesen als sehr gut und noch 3,3% sogar als ausgezeichnet. Knapp 16% gingen allerdings von einem weniger guten bis schlechten Gesundheitszustand aus. Hierbei gab es kaum Unterschiede zwischen weiblichen und männlichen Bediensteten, allerdings verschlechterte sich die Einschätzung mit zunehmendem Alter (vgl. hierzu *Kap. 8.2*).

Erhöhte Mittelwerte bezogen auf die Beurteilung des eigenen Gesundheitszustandes fanden sich auch bei den Mitarbeitern, die in den letzten 12 Monaten öfter wegen Krankheit gefehlt haben (vgl. *Tab. 24*; zur Höhe der Fehlzeiten vgl. auch unten *Kap. 6.2.2*).

Tabelle 24: Einschätzung des Gesundheitszustandes nach Höhe der Fehlzeiten im rückwärtigen 12-Monatszeitraum (%)

	Keine Kranken-tage	1 bis 5 Kranken-tage	6 bis 10 Kranken-tage	11 bis 20 Kranken-tage	mehr als 21 Kranken-tage
ausgezeichnet	9,8	7,1	-	-	1,9
sehr gut	34,1	26,8	21,8	13,2	9,3
gut	51,2	51,8	60	75,5	61,1
weniger Gut	2,4	12,5	16,4	11,3	27,8
schlecht	2,4	1,8	1,8	-	-
Mittelwert *(Skala 1-5)* und *Standardabwei-chung*	2,54 *0,809*	2,75 *0,837*	2,98 *0,680*	2,98 *0,500*	3,15 *0,656*

Mit steigenden Fehlzeiten wurde der eigene Gesundheitszustand vermehrt als weniger gut bezeichnet, wobei auch ersichtlich wird, dass die Wahrnehmung des eigenen gesundheitlichen Wohlbefindens nicht unbedingt zu krankheitsbedingter Abwesenheit führt. Gerade bei den Mitarbeitern, die angaben, in den letzten 12 Monaten überhaupt nicht gefehlt zu haben, schätzten 2,4% ihren Gesundheitszustand als schlecht ein. An dieser Stelle wirkten sich die Belastung mit gesundheitlichen Problemen (vgl. *Tab. 25*) und, wie später noch gezeigt wird, auch die Wahrnehmung der Arbeitsatmosphäre aus (vgl. *Kap. 7.2.1*).

Tabelle 25: Gesundheitliche Belastung und Selbsteinschätzung des Gesundheitszustandes

	Ausgezeichnet	Sehr gut	Gut	Weniger gut	Schlecht
Gesundheitsindex, Mittelwert und *Standardabweichung*	1,52 *0,290*	1,69 *0,329*	1,93 *0,433*	2,38 *0,428*	2,39 *0,507*

Anm.: Mittelwerte auf 4er-Skala: 1 = nie, 2 = selten, 3 = manchmal, 4 = häufig.

In einer multivariaten Regressionsanalyse zeigte sich, dass die Einschätzung eines schlechteren Gesundheitszustandes vor allem durch die Symptome Mutlosigkeit/Traurigkeit/Bedrückung (ß = .227, p = .001), Gelenk- und Gliederschmerzen (ß = .186, p = .010), Kreuzschmerzen (ß = .151, p = .033) sowie durch Herzschmerzen (ß = .146, p = .013) beeinflusst wird.

6.2.2 Krankentage, Krankenarbeitstage sowie Anzahl der Arztbesuche

Im Schnitt fehlten die Befragten krankheitsbedingt 14,6 Tage am Arbeitsplatz (Min: 0 Tage; Max: 112 Tage). Allerdings zeigt die Mittelwertverteilung eine sehr asymmetrisch linksseitige Verteilung (Median = 8) und eine breite Streuung (sd = 18,4), woran erkennbar ist, dass der höhere Gesamtmittelwert vor allem durch die so genannten Langzeitkranken[559] erzeugt wird. Dies deckt sich mit Erfahrungen in den Anstalten sowie innerhalb der Allgemeinbevölkerung (vgl. *Kap. 4*).

Abbildung 10: Krankentage (N = 264; in %)

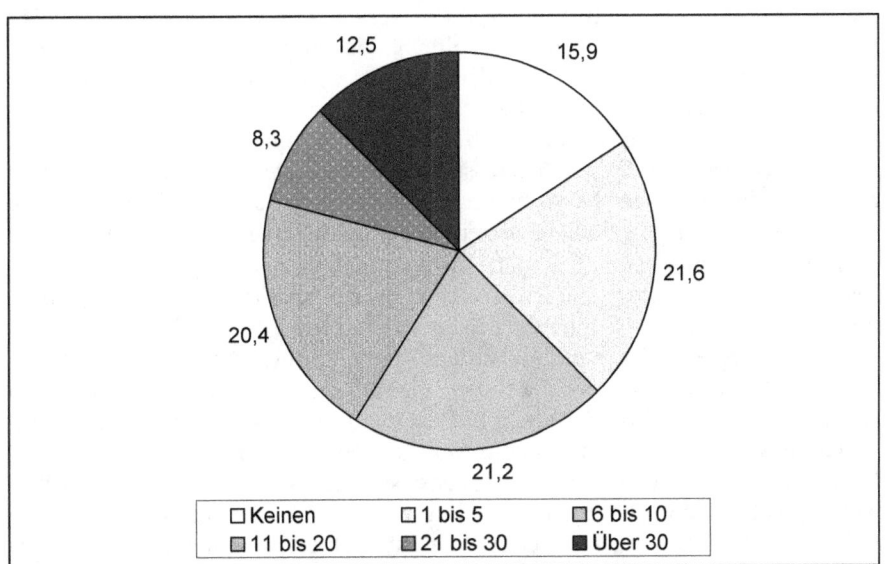

An dieser Stelle wird eine Diskrepanz zwischen der Höhe der angegebenen Krankenfehltage in der Erhebung und dem tatsächlichen Krankenstand im Justizvollzug Mecklenburg-Vorpommern deutlich. Wie in *Kap. 4* beschrieben, ist die Höhe der Krankentage in den vergangenen Jahren gestiegen. Im Durchschnitt weisen die Vollzugsbediensteten in den Vollzugsanstalten (ohne Wismar) zwischen 28 und 46 Fehltage im Jahr auf. Damit fehlten die Mitarbeiter

---

559 Zum Begriff der Langzeitkranken vgl. bereits Fn. 441. In der Erhebung wird allerdings die Bedeutung dahingehend verstanden, dass die Bediensteten länger als sechs Arbeitswochen (30 Tage) insgesamt erkrankt waren, da nicht überprüft werden kann, ob die Erkrankung 6 Wochen an einem Stück erfolgte.

durchschnittlich deutlich häufiger als die Teilnehmer in der Studie. Dies kann allerdings zum Teil durch die Fragestellung beeinflusst worden sein. Während die Statistik zum Krankenstand in Mecklenburg-Vorpommern die vollständigen Tage erfasst, an denen ein Mitarbeiter erkrankt ist (vgl. *Kap. 4.2.2*), wurde in der Befragung danach gefragt, an wie vielen Tagen die Bediensteten krankheitsbedingt tatsächlich gefehlt haben. Wochenenden bzw. dienstfreie Tage wurden dabei nicht beachtet. Die Angaben relativieren sich daher. Durch die hohen Unterschiede zwischen Erhebung und tatsächlichem Krankenstand (vgl. *Tab. 26*) ist dennoch von einer positiven Probandenauswahl bezüglich der Krankenfehltage (Selektionsprozess) auszugehen.

Dies muss bei der Interpretation der Daten beachtet werden. Zum einen wirken sich die Teilnahmemotivation bzw. die Beweggründe für eine Nichtteilnahme aus. Mitarbeiter, die besonders häufig krank sind, befürchten, dass sie individualisiert und ihre Antworten gegen sie verwendet werden könnten. Darüber hinaus konnten Mitarbeiter, die zum Zeitpunkt der Befragung krank waren, nicht erreicht werden. Dies betrifft vor allem die Langzeitkranken. Daher könnte der so genannte „Healthy-Worker-Effekt" einen Einfluss auf die Ergebnisse haben. Dieser besagt im Grundsatz, dass sich arbeitende Personen und Gesamtbevölkerung hinsichtlich ihres Gesundheitszustandes voneinander unterscheiden, da eine gewisse gesundheitliche Konstitution Voraussetzung für die Arbeitsaufnahme sei, während in der Allgemeinbevölkerung vermehrt Personen vertreten sind, die aufgrund von Krankheiten bzw. altersbedingt nicht arbeitsfähig sind.[560] Da der „Healthy-Worker-Effekt" zur Unterschätzung der arbeitsbedingten Morbidität führt, sollte dieser bei der Interpretation der Befunde berücksichtigt werden.

Beim Vergleich der tatsächlichen Fehlzeiten mit den angegebenen Fehlzeiten in der Studie zeigten sich weitere Abweichungen zwischen den einzelnen Anstalten (vgl. *Tab. 26*). Vor allem in Bezug auf die JVA Stralsund war festzustellen, dass die Werte in der Studie weit von den tatsächlichen Fehlzeiten entfernt waren. Es ist davon auszugehen, dass sich gerade hier öfter kranke Mitarbeiter nicht an der Befragung beteiligt hatten und die Ergebnisse dadurch verzerrt sind. Nach Angaben der Anstalt gab es hier allerdings zwei Langzeitkranke, die schwerwiegend erkrankt waren bzw. sind und die Gesamtzahl der Fehltage stark erhöhen. Zum anderen ist der Altersdurchschnitt in der JVA Stralsund besonders hoch, was sich auf die Fehltage auswirkt.

---

560 Vgl. *Li/Sung* 1999, S. 225, die darauf hinweisen, dass der Healthy-Worker-Effekt ein nur wenig untersuchtes und daher vages Konzept sei, welches vor allem methodische Schwierigkeiten in sich birgt, wenn erwerbstätige Personen mit der Allgemeinbevölkerung verglichen werden. In der vorliegenden Untersuchung wird ein solcher Vergleich zwar nicht angestellt, dennoch wird auch hier deutlich, dass die Positivauswahl der Stichprobe hinsichtlich der Höhe der Krankentage das Antwortverhalten beeinflusst und das keine Aussagen über die gesundheitliche Belastung derer getroffen werden kann, die häufiger krank sind und in der Befragung nicht erreicht wurden.

Aber auch in Neustrelitz weichen die Werte deutlich voneinander ab. Divergenzen sind zwar auch in den anderen Anstalten sichtbar, allerdings führte die höhere Beteiligung in den Anstalten Bützow und Waldeck insgesamt dazu, dass sich auch Mitarbeiter mit höheren Fehltagen beteiligt haben und damit in den jeweiligen Teilstichproben höhere durchschnittliche Fehlzeiten ergaben.

Tabelle 26: **Fehlzeiten in der Studie und tatsächliche Fehlzeiten im Justizvollzug (Jahresdurchschnitt 2010 in Tagen, ohne Wismar)**

	Bützow	**Waldeck**	**Stralsund**	**Neubrandenburg**	**Neustrelitz**
Bediensteter Jahres-Ø	31,7	30,7	38,2	46	39,3
Krankentage Erhebung-Ø	15,7	14,9	12,4	13,2	13,7

Es ist anzumerken, dass die geringen durchschnittlichen Fehlzeiten in der Studie vor allem darauf basieren, dass sich viele Mitarbeiter beteiligt haben, die in den letzten 12 Monaten vor der Erhebung nicht gefehlt haben. Allerdings soll sich betriebliche Gesundheitsförderung auch nicht primär an kranke Mitarbeiter richten. Vielmehr betrifft der Adressatenkreis die gesamte Belegschaft, deren Gesundheit und Arbeitszufriedenheit insgesamt erhalten werden soll. Damit ist auch von Interesse, wie die gesünderen Bediensteten ihr Arbeitsumfeld einschätzen und mit welchen Problemen sie sich konfrontiert sehen. In der Befragung wurde damit deutlich, dass auch die Mitarbeiter, die vor der Erhebung gar nicht gefehlt haben, sich durchschnittlich an 7,6 Tagen und die Mitarbeiter mit weniger Fehlzeiten (1 bis 5 Tage) durchschnittlich an 18,7 Tagen während der Arbeit krank gefühlt haben (vgl. hierzu auch unten *Abb. 12* und *13*). Um einer Zunahme des Krankenstandes gegenzusteuern, müssen hier gesundheitsfördernde sowie motivationsfördernde Maßnahmen ansetzen. Einerseits deshalb, weil eine volle Leistungsfähigkeit der Mitarbeiter voraussetzt, dass sie sich während der Arbeit nicht „krank fühlen". Andererseits soll vorgebeugt werden, dass weitere Belastungen ohne entsprechende Regeneration zu einem weiteren Anstieg der Krankentage auch bei den derzeit „durchschnittlich gesünderen" Mitarbeitern führt.

Die *Abb. 11* zeigt deutlich, dass es Unterschiede in den durchschnittlichen Fehlzeiten zwischen männlichen und weiblichen Mitarbeitern sowie zwischen den einzelnen Mitarbeitergruppen gibt. Während die männlichen Mitarbeiter im Schnitt an 13,2 Tagen in den letzten 12 Monaten vor der Erhebung gefehlt haben, waren es bei ihren weiblichen Kollegen 16,6 Tage. An dieser Stelle kann zwar nicht ausgeschlossen werden, dass höhere Fehlzeiten bei den Frauen auch durch Fehltage aufgrund der Versorgung kranker Kinder mit verursacht wurden,[561] da hiernach in der Befragung nicht differenziert wurde. Allerdings zeigte sich, dass auch hier die höheren Durchschnittswerte vor allem durch höhere Anteile im Bereich der Langzeitkranken beeinflusst werden. 10,1% der Männer gaben an, an mehr als 30 Tagen im Jahr krank gewesen zu sein. Bei den Frauen waren es 15,7% und bei den Mitarbeitern der Verwaltung stieg der Anteil der länger Kranken bereits auf 20,5%.

Abbildung 11: Krankentage nach Geschlecht und Mitarbeitergruppen (Mittelwerte in Tagen)

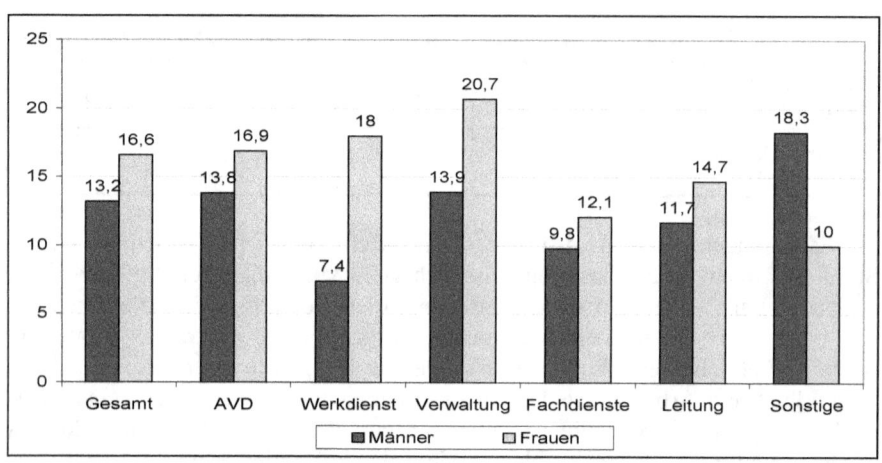

Diese höheren Werte innerhalb der Verwaltung können aber größtenteils mit dem höheren Durchschnittsalter erklärt werden, denn mit steigendem Alter nahm die Höhe der Fehlzeiten deutlich zu (vgl. *Tab. 27*). Während die Gruppe der 20- bis 34-Jährigen im Schnitt an 8,4 Tagen gefehlt hat, waren es bei den 35- bis 49-Jährigen bereits 15,5 Tage und bei den 50- bis 65-Jährigen sogar 17,3 Tage. Vergleichbare Werte erhält man, wenn nicht nach dem Alter, sondern nach dem Dienstalter differenziert wird.

---

561 Unter der Prämisse, dass insbesondere Mütter statt der Väter mit kranken Kindern zu Hause bleiben.

Tabelle 27: Krankentage nach Alter und Dauer der Dienstzugehörigkeit (%)

	1 - 10 Dienstjahre	11 - 20 Dienstjahre	21 - 40 Dienstjahre	20 - 34 Jahre	35 - 49 Jahre	50 - 65 Jahre
Keinen	18,8	14,6	14,9	17,5	17,4	12,7
1 bis 5	21,9	20,3	23	22,5	18,8	28,1
6 bis 10	26,6	19,5	20,3	37,5	18,2	16,9
11 bis 20	23,5	21,9	16,3	17,5	21,4	19,8
21 bis 30	4,7	9	9,5	-	11,4	5,6
über 30	4,7	14,7	16,4	5	12,8	16,9
Mittelwert in Tagen	*9,5*	*15,4*	*18,1*	*8,4*	*15,5*	*17,3*

Die Erfahrungen in der erwerbstätigen Allgemeinbevölkerung bestätigen, dass es hinsichtlich des Krankenstands alters- und geschlechtsbezogene Unterschiede gibt. So gibt z. B. die *DAK* für ihre weiblichen Versicherten an, dass diese mit einem durchschnittlichen Krankenstand von 4,6% über dem Wert der Männer mit 3,9% liegen. Für beide Geschlechter nimmt der Krankenstand ab dem 35. Lebensjahr deutlich zu.[562]

Mit Blick auf *Tab. 28* wird deutlich, dass die gesundheitliche Belastung mit Zunahme der Fehltage anstieg.

Tabelle 28: Gesundheitliche Belastung und Fehltage

	keine Kranken- tage	1 bis 5 Kranken- tage	6 bis 10 Kranken- tage	11 bis 20 Kranken- tage	mehr als 21 Kran- kentage
Gesundheitsindex, Mittelwert und *Standardabwei-* *chung*	1,7 *0,377*	1,95 *0,544*	1,94 *0,426*	1,99 *0,452*	2,05 *0,435*

Anm.: Mittelwerte auf 4er-Skala: 1 = nie, 2 = selten, 3 = manchmal, 4 = häufig.

Um die gesundheitliche Belastung der Mitarbeiter einschätzen zu können, interessierten aber nicht nur die Fehlzeiten, sondern auch die Anzahl der Tage, an denen die Bediensteten zur Arbeit gingen, obwohl sie sich krank fühlten. Im

---

562 *DAK* 2010, S. 13. Dies wird mit einer höheren Wahrscheinlichkeit erklärt, an schwereren und länger dauernden Krankheiten zu erkranken.

Schnitt gaben die Befragten an, sich an 16,7 Tagen in den letzten 12 Monaten während der Arbeit krank gefühlt zu haben. Auch hier erreichten die Frauen mit durchschnittlich 18,8 Tagen höhere Werte als ihre männlichen Kollegen mit 15,3 Tagen. Bei den Bedienstetengruppen waren es die Leitungs- und sonstigen Mitarbeiter, die mit 22,1 Tagen (Sonstige) und 25,7 Tagen (Leitung) deutlich über dem Durchschnitt lagen (vgl. *Abb. 13*). Nur noch 8,8% aller Befragten gaben an, sich während der Arbeit nie krank gefühlt zu haben, während 12,6% angaben, sich an mehr als 30 Tage während der Arbeit krank gefühlt zu haben (vgl. *Abb. 12*).

Abbildung 12: Arbeitstage trotz Krankfühlens in den rückwärtigen 12 Monaten (N = 261, %)

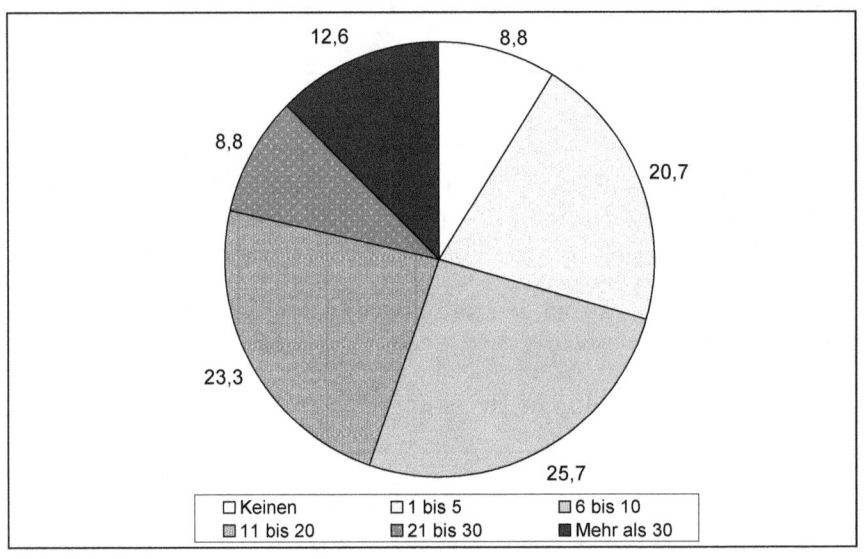

Abbildung 13: Arbeitstage trotz Krankfühlens nach Geschlecht und Mitarbeitergruppen (Mittelwerte in Tagen)

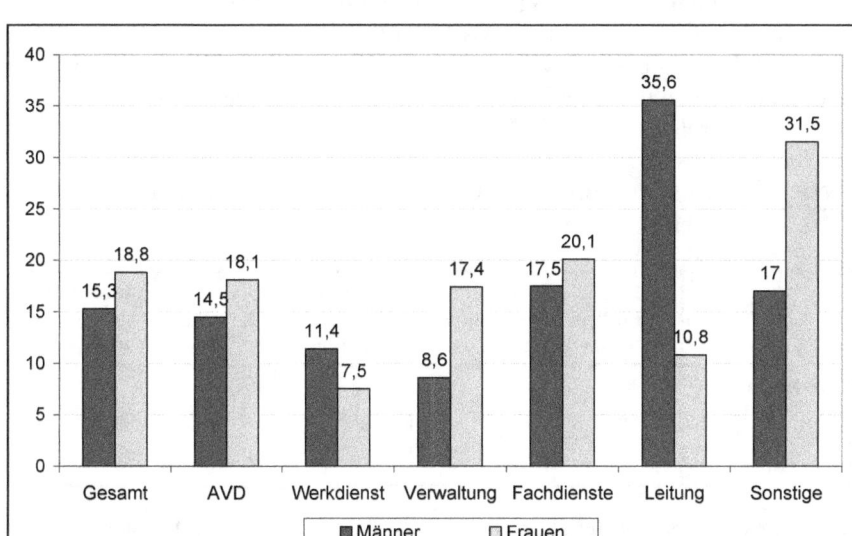

Die deutlich höheren Werte als bei den Fehlzeiten deuten darauf hin, dass die Frage dahingehend verstanden wurde, an wie vielen Tagen sich die Mitarbeiter mit gesundheitlichen Problemen konfrontiert sahen und daher krank fühlten, nicht aber, an wie vielen Tagen sie tatsächlich hätten krankgeschrieben werden müssen und dennoch zur Arbeit gingen. Diese Art der Interpretation lässt allenfalls geringe Rückschlüsse auf das Phänomen des sogenannten „Präsentismus" zu.

Unter Präsentismus versteht man ein Verhalten von Arbeitnehmern, sich trotz vorliegender Krankheit nicht krank zu melden, sondern zur Arbeit gehen,[563] wobei dieses überwiegend mit der Angst vor einem Arbeitsplatzverlust begründet wird.[564] Für die zumeist verbeamteten Mitarbeiter im Justizvollzug kann dies nicht zur Erklärung heran gezogen werden. Vielmehr besteht die Möglichkeit, dass aus starkem Pflichtbewusstsein oder aus der Angst heraus als Drückeberger abgestempelt[565] zu werden, notwendige Krankschreibungen zur Erholung unterlassen werden (vgl. hierzu die Aussagen zur Angst und zum

563 *Schmidt/Schröder* 2010, S. 93.

564 Vgl. hierzu auch *Zok* 2003, S. 245 und 252. Knapp 91% der erwerbstätigen GKV-Versicherten gaben an, dass sie auch versuchen zu Arbeit zu gehen, wenn es ihnen nicht so gut geht und dies überwiegend aus Angst geschieht, den Arbeitsplatz zu verlieren.

565 Zur Stigmatisierung von Bediensteten vgl. *Bögemann* 2004, S. 131.

Organizational Commitment, *Kap 7.1.3* und *7.2.3*). Dies kann zu erheblichen Produktivitätseinbußen und Gefahren für andere Mitarbeiter führen. Es steht allerdings zu vermuten, dass der Präsentismus im öffentlichen Dienst weitaus weniger verbreitet ist, als in der freien Wirtschaft.

In der Erhebung besteht zwischen der Wahrnehmung, sich während der Arbeit krank zu fühlen und dem Vorliegen von gesundheitlichen Problemen ein linearer Zusammenhang (r = .372**; vgl. *Tab. 29*).

Tabelle 29: Gesundheitszustand nach Anzahl der Arbeitstage trotz Krankfühlens

	keine Kranken- arbeitstage	1 bis 5 Kranken- arbeitstage	6 bis 10 Kranken- arbeitstage	11 bis 20 Kranken- arbeitstage	mehr als 21 Kranken- arbeitstage
Gesundheits- index, Mittelwert und *Standard- abweichung*	1,63 *0,369*	1,83 *0,334*	1,85 *0,389*	1,95 *0,457*	2,26 *0,484*

Anm.:   Mittelwerte auf 4er-Skala: 1 = nie, 2 = selten, 3 = manchmal, 4 = häufig.

Vergleichbar mit den Krankenfehltagen stieg auch die Höhe der Arbeitstage trotz Krankfühlens mit steigendem Alter bzw. steigendem Dienstalter an. Ältere Mitarbeiter fühlten sich häufiger während der Arbeit krank (vgl. *Tab. 30*). Dies ist auf eine höhere Gesamtbelastung mit gesundheitlichen Problemen der älteren Mitarbeiter zurück zuführen.

Tabelle 30: Arbeitstage trotz Krankfühlens nach Dauer der Dienstzugehörigkeit und Alter (%)

	1 - 10 Dienstjahre	11 - 20 Dienstjahre	21 - 40 Dienstjahre	20 - 34 Jahre	35 - 49 Jahre	50 - 65 Jahre
Keinen	4,8	4,1	20,8	5,1	6,1	17,1
1 bis 5	23,8	19,7	20,5	15,4	21,1	18,6
6 bis 10	28,6	29,5	15,3	41	25,2	22,9
11 bis 20	22,2	25,4	22,2	23,1	25,2	18,5
21 bis 30	11,1	9	5,6	12,8	8,8	5,8
Über 30	9,5	12,2	14	2,6	13,6	17,1
Mittelwert in Tagen	*16,3*	*16,6*	*17,1*	*12,8*	*16,7*	*18,3*

Obwohl oben (vgl. *Kap. 6.1*) festgestellt wurde, dass in der Befragung nur bestimmte Symptomgruppen häufig während der Arbeit auftraten[566] und sich dementsprechend für die Mitarbeiter als Belastung darstellten, so unterscheidet sich der Einfluss der einzelnen Symptome bezogen auf die Fehlzeiten und die Arbeitstage trotz Krankfühlens. Mittels multivariater Regressionsanalyse wurde der Einfluss der auftretenden gesundheitlichen Probleme hinsichtlich der Fehlzeiten überprüft. Ein signifikanter Einfluss konnte dabei nur bei den folgenden Symptomen festgestellt werden: Erkältungen (ß = .186, p = .012), Magen- und Verdauungsprobleme (ß = .179, p = .032) und Mutlosigkeit/Traurigkeit/Bedrückung (ß = .156, p = .053). Bereits nicht mehr signifikant war der Einfluss von Kopfschmerzen (ß = .132, p = .077). Mit den gesundheitlichen Problemen, die während der Arbeit auftraten, können die Fehlzeiten damit nur zum Teil erklärt werden (R^2 = .136).[567]

Das Auftreten von gesundheitlichen Beschwerden erklärt aber deutlicher, dass sich die Mitarbeiter während ihrer Arbeit krank fühlten (R^2 = .244). Den größten Einfluss hatten hierbei die Schlafstörungen/Müdigkeit/Abgeschlagenheit (ß = .266, p = .002) und eine häufig empfundene Mutlosigkeit/Traurigkeit/Bedrückung (ß = .199, p = .010).

Weiter wurden die Mitarbeiter danach gefragt, wie häufig sie in den letzten 12 Monaten vor der Befragung aufgrund von gesundheitlichen Problemen, die sie auf ihre Arbeit zurückführten, einen Arzt aufgesucht haben (vgl. *Tab. 31*). Mehr als die Hälfte der Befragten gaben an, zumindest zwischen einem und fünfmal zum Arzt gegangen zu sein. Dabei war der Anteil der männlichen Mitarbeiter, die keinen Arzt aufsuchten, höher als bei den weiblichen Kollegen.

Tabelle 31: Anzahl der Arztbesuche aufgrund von Beschwerden, die mit der Arbeit in Zusammenhang gebracht werden (%)

	Gesamt	Männer	Frauen
keinen	37,7	41,4	32,7
1 bis 5	52,8	48,1	59,4
6 bis 10	6,0	6,8	5,0
mehr als 10	3,5	3,6	3,0

---

566 Hierbei ist zu beachten, dass bezogen auf die Symptome die subjektive Wahrnehmung der Mitarbeiter dargelegt wurde und es sich nicht um ärztliche Diagnosen handelt.

567 Nach den Gründen für die Krankenfehltage wurde nicht gefragt. Aus persönlichkeits- bzw. datenschutzrechtlichen Gründen wird auch bei der Krankmeldung von Mitarbeitern eine Erfassung der Diagnosen nicht vorgenommen.

Die Anzahl der Arztbesuche stieg mit zunehmender Häufigkeit der Belastung mit gesundheitlichen Problemen (Gesundheitsindex). Hier konnte bei den männlichen Bediensteten eine einfache Korrelation von r = .385** und bei den weiblichen Bediensteten von r = .440** festgestellt werden.

6.3 Arbeits- und Gesundheitsschutz

6.3.1 Risiko und Vorsorge

Lediglich 28% der Befragten gaben an, regelmäßig vom Betriebsarzt untersucht zu werden. Nur 46,5% nahmen die Möglichkeit regelmäßiger Schutzimpfungen wahr. Am häufigsten genannt wurden dabei Hepatitisschutzimpfungen, gefolgt von Grippe- und Tetanusschutzimpfungen. Dass Schutzimpfungen sinnvoll sind und daher beworben werden sollten, zeigt sich daran, dass 39,9% der Befragten angaben, regelmäßigen Kontakt mit erkrankten Gefangenen zu haben. Bei weiteren 38,4% war dies zumindest gelegentlich der Fall. Am häufigsten wurde an dieser Stelle allerdings auf den Kontakt mit Gefangenen verwiesen, die an HIV leiden. Häufiger Kontakt bestand weiterhin mit Tuberkulose, Hepatitis sowie Grippe- bzw. Erkältungskrankheiten. Seltener wurden nicht ansteckende Krankheiten (Herz-Kreislaufbeschwerden, psychische Auffälligkeiten, Suchtkrankheiten, Diabetes u. s. w.) genannt. Damit wird ein Problem innerhalb des Vollzugs deutlich, dass Gefangene im Allgemeinen einen schlechteren Gesundheitszustand aufweisen und darüber hinaus häufiger unter schweren Infektionskrankheiten leiden, als dies in der Allgemeinbevölkerung der Fall ist.[568] Dies stellt die Bediensteten vor besondere Probleme. Einige der Befragungsteilnehmer gaben diesbezüglich an, dass sie keine Informationen darüber erhalten würden, ob die Gefangenen, die sie betreuten, an ansteckenden Krankheiten wie z. B. HIV oder Aids leiden würden. Immerhin 16 Bedienstete vermerkten dies auf ihren Fragebögen. Dieser Umstand ist zunächst einmal nicht überraschend, unterliegen derartige gesundheitsrelevante Daten doch dem Schutz der Persönlichkeit und damit auch dem Datenschutz. *Höflich* hält es für einen grundlegenden Fehler, dass in der Vollzugspraxis überwiegend angenommen werde, dass der Schutz der Gesunden nur durch die Bekanntgabe der HIV-Infizierten möglich sei.[569] Mit Blick auf das Grundrecht der informationellen Selbstbestimmung und der Gefahr einer resozialisierungsfeindlichen Stigmatisierung kann eine Offenbarung daher nur *ultima ratio* sein.[570]

---

568 Vgl. dazu allgemein *Knorr* 2009, S. 166. Zur Tuberkulose vgl. *Groß* 2009, S. 184 ff. Zur Hepatitis *Lehmann/Lehmann/Wedemeyer* 2009, S. 177 ff.

569 *Höflich* 1991, S. 79.

570 Die Offenbarung bezieht sich in erster Linie auf die Schweigepflicht des Arztes und die Frage, wann eine Durchbrechung dieses Gebots im Sinne von § 182 Abs. 2 StVollzG

Für die Mitarbeiter scheint dieser Punkt jedoch Relevanz in gegenteiliger Richtung zu haben, sind sie doch der Meinung über Gefahren nicht informiert zu werden. Hier scheint eine regelmäßige Aufklärung über die tatsächlichen Gefahren von Infektionskrankheiten von Bedeutung, ebenso die Überwachung von Vorfällen durch den Anstaltsarzt sowie Kenntnis der Mitarbeiter darüber, warum bestimmte Daten nicht allgemein kenntlich gemacht werden dürfen, um Akzeptanz zu fördern.

Eine Ansteckung der im Vollzug vorwiegend auftretenden Krankheiten geschieht in erster Linie durch den Kontakt mit Blut oder anderen Körperflüssigkeiten. Lediglich 4% der Befragten gaben an, dass sie häufig in Kontakt mit offenen Wunden, Schürf- oder Kratzwunden in Kontakt kommen würden (überwiegend medizinisches Personal). Bei 31,8% ist dies gelegentlich und bei 43,1% nur sehr selten der Fall. Deutlich mehr Mitarbeiter gaben dagegen an, häufigen Kontakt mit Messern, Spritzen bzw. anderen scharfen Gegenständen zu haben (16,4%). Bei 34,3% war dies zumindest gelegentlich der Fall. Nicht alle Mitarbeiter verwendeten nach dem Kontakt mit derartigen Gegenständen ein Desinfektionsmittel. Lediglich 67,4% gaben an, dies immer zu tun.

Angst vor einer Ansteckung hatten dennoch mehr als die Hälfte der Befragten zumindest manchmal, 15,2% sogar häufig. Allerdings kam es bei 96,6% der Befragten noch nie zu einer Ansteckung.

Wichtiger Aspekt im Arbeitsschutz ist letztlich auch der Brandschutz. 30,8% der Befragten gaben an, dass es in den letzten 5 Jahren an ihrem Arbeitsplatz zu einem Brand gekommen sei. Bei 17,8% verursachte das Feuer einen Personenschaden. Hierbei ist zu bemerken, dass es bis auf die Jugendarrestanstalt Wismar, in jeder Anstalt zu einem Feuer gekommen war. Da Notfall- und Evakuierungsübungen in Vollzugsanstalten nur schwierig bis gar nicht durchzuführen sind, muss auf den Brandschutz besonderen Wert gelegt werden. Nur 46,1% bejahten die Frage nach regelmäßigen Feuer- und sonstigen Notfallübungen.[571] Immerhin gaben 97,4% an, dass sie einen zugänglichen Feuerlöscher in ihrer Nähe haben.

---

möglich ist. Dies ist mit Blick auf Krankheiten wie z. B. Aids heftig umstritten. Gegen eine unverhältnismäßige Offenbarung *Weichert*-AK 2006, § 182 Rn. 58; a. A. wohl *Schmid*-Schwind/Böhn/Jehle/Laubenthal *2009*, § 182 Rn. 20; vgl. hierzu insgesamt auch *Tag* 2005, S. 94 f. mit weiteren Nachweisen.

571 Darunter waren nahezu alle Teilnehmer der JVA Stralsund. Andere Teilnehmer bemerkten, dass es aufgrund unterschiedlicher Schichten und Anwesenheiten in der Anstalt vorkomme, dass man über Jahre hinweg an keiner Notfallübung oder Belehrung teilnehme.

6.3.2 Arbeitsunfälle

Arbeitsunfälle können ebenso wie andere Krankheiten den Krankenstand beeinflussen.[572] Während ihrer gesamten Dienstzeit haben 36,9% der Befragten bereits einen oder mehrere Arbeitsunfälle erlitten. Bei weniger als 30% der Betroffenen war der Unfall dabei auf einen Wegeunfall zurück zu führen. Bei den Mitarbeitern des Werkdiensts hatte sogar jeder Zweite bereits einen Arbeitsunfall erlebt. Dies mag auf ihre besondere Arbeitsplatzsituation in den Arbeitsbetrieben und Werkstätten zurückzuführen sein, allerdings werden gerade von den Werkbeamten fast 43% der Unfälle als Wegeunfall außerhalb der Anstalt qualifiziert (vgl. *Tab. 32*).

Der erlittene Arbeitsunfall führte in den überwiegenden Fällen (65,2%, n = 58) dazu, dass die Bediensteten mehr als eine Woche krankgeschrieben waren. Ein Mitarbeiter war nicht mehr in der Lage, die alte Tätigkeit auszuüben und musste versetzt werden. 21,3% (n = 19) waren bis zu einer Woche krankgeschrieben. Lediglich bei 12,4% (n = 11) hatte der Arbeitsunfall nur geringe Folgen, sodass die Betroffenen lediglich daran gehindert waren, bestimmte Tätigkeiten auszuführen.

Tabelle 32:   Arbeitsunfälle (Dienstzeitprävalenz, %)

	Gesamt	AVD	Werk-dienst	Verwal-tung	Fach-dienste	Leitung	Sonstige
keinen	*63,1*	63,4	46,2	66,7	73,9	60	44,4
ja, einen	*29,2*	28	53,8	27,8	17,4	33,3	44,4
ja, mehrere	*7,7*	8,6	-	5,6	8,7	6,7	11,1
innerhalb der Anstalt[a]	*64,4*	64,1	57,1	50,0	50,0	100	80,0
außerhalb der Anstalt[a]	*27,7*	25,0	42,9	41,7	50,0	-	20,0
sowohl als auch[a]	*7,9*	10,9	-	8,3	-	-	-

Anm.:   [a] Die angegebenen Prozentwerte beziehen sich auf diejenigen Bediensteten, die bereits einen Arbeitsunfall erlitten haben.

---

572 Unfallbedingte Verletzungen in Freizeit, Haushalt, Verkehr, auf der Arbeit oder in der Schule stehen an dritter Stelle der Ursachen für Arbeitsunfähigkeit, hinter Muskel- und Skeletterkrankungen sowie Erkrankungen der Atemwege, vgl. *Zimolong/Elke* 2005, S. 20, 25. Ebenso *BKK Bundesverband* 2011a, S. 1.

Auffällig war, dass sich die Ergebnisse hinsichtlich des Erleidens eines Arbeitsunfalls innerhalb der einzelnen Anstalten erheblich unterschieden. Während in den meisten Anstalten der Anteil derjenigen Mitarbeiter, die in ihrer Dienstzeit bereits einen oder mehrere Arbeitsunfälle erlitten haben bei ca. 30% lag, waren es in Bützow über 50% (vgl. *Tab. 33*). Hiervon waren nur 16,3% auf einen Wegeunfall zurückzuführen. Da die Frage nach einem Arbeitsunfall aber nicht weiter ausdifferenziert wurde und sich die Antworten auf die gesamte Dienstzeit der Teilnehmer beziehen, ist nicht klar, ob sich die Unfälle sämtlich in der JVA Bützow ereignet hatten oder möglicherweise auch an einem anderen früheren Dienstort, da ein Teil der Mitarbeiter zuvor auch schon in anderen Anstalten gearbeitet hat.

Lediglich eine Vermutung, die nicht belegt werden kann, ist der schlechte bauliche Zustand der JVA Bützow im Vergleich zu den anderen Anstalten. An dieser Stelle müsste eine genaue Ursachenanalyse durchgeführt werden.

Tabelle 33: Arbeitsunfälle (positive Antworten, %)

Mindestens einen oder mehrere Arbeitsunfälle					
Bützow	**Waldeck**	**Stralsund**	**Neubrandenburg**	**Neustrelitz**	**Wismar**
50,6	29,5	29,6	33,4	31,2	33,3

6.4 Konsequenzen für die Arbeitsfähigkeit

Da die Einschätzung der zukünftigen Arbeitsfähigkeit eng mit der Selbstwahrnehmung des aktuellen Gesundheitszustandes zusammenhängt, steht zu vermuten, dass die Prognose für die weitere Arbeitsfähigkeit schlechter ausfällt, wenn Mitarbeiter öfter krank sind bzw. sich gesundheitlich stark belastet fühlen.[573] *Tab. 34* gibt einen Überblick darüber, ob die Bediensteten der Meinung waren, ihre jetzige Tätigkeit bis zum Renteneintritt fortsetzen zu können. Nur etwas mehr als die Hälfte der Befragten ging davon aus, dass sie dies wahrscheinlich tun kann.

---

573 *Fuchs* 2009, S. 74.

Tabelle 34: **Weitere Ausübung der jetzigen Tätigkeit bis zum Renteneintritt (%)**

	Gesamt	AVD	Werk-dienst	Verwal-tung	Fach-dienste	Lei-tung	Sonst.
wahrscheinlich ja	*54,2*	53,2	83,3	58,3	43,5	53,3	66,7
ja mit Ein-schränkungen	*21,0*	23,7	8,3	13,9	17,4	26,7	22,2
vermutlich nicht	*15,5*	17,9	-	5,6	21,7	13,3	11,1
weiß nicht	*9,2*	5,2	8,3	22,2	17,4	6,7	-

Innerhalb der einzelnen Berufsgruppen wurde dabei deutlich, dass die Mitarbeiter im Werkdienst hierin überwiegend keine Probleme sahen, während innerhalb des AVD und der Fachdienste der Anteil derjenigen anstieg, die ihre jetzige Tätigkeit vermutlich nicht bis zum Renteneintritt ausüben können. Circa 20% der Befragten gaben an, dass sie zumindest Einschränkungen in ihrer Arbeitsfähigkeit sehen. Auf die Frage nach einem Veränderungsbedarf wurde insbesondere auf eine notwendige Optimierung der Arbeitsplatzausstattung hingewiesen. Innerhalb des AVD wurde auch geäußert, auf die Arbeit im Schichtdienst zu verzichten.

Bezüglich der Alternativen des Kürzertretens (vgl. *Tab. 35*), die sich die Teilnehmer im Verlaufe ihrer Berufstätigkeit vorstellen können, ergab sich keine Präferenz hinsichtlich einer bestimmten Maßnahme (Altersteilzeit, vorzeitiger Ruhestand, Reduzierung der Wochenstunden). Lediglich bei den Fachdiensten wäre Altersteilzeit für fast 60% eine Alternative. Der vorzeitige Ruhestand wurde von über der Hälfte der Mitarbeiter in der Leitung als Alternative gesehen. Diese Variante stellt nicht nur einen zusätzlichen Kostenaufwand dar, zumindest wenn frei werdende Stellen wieder besetzt werden, sondern auch den Verlust von Erfahrungen. Den Basisangaben zu den Anstalten konnte entnommen werden, dass in den vergangenen 12 Monaten vor der Erhebung insgesamt 17 Mitarbeiter in den Ruhestand verabschiedet wurden, darunter 12 in den vorzeitigen Ruhestand[574] (vgl. *Tab. 36*).

Die unterschiedlichen Präferenzen hinsichtlich der Alternativen des Kürzertretens können als klarer Hinweis für gewerkschaftliche Forderungen zugunsten einer Vielfalt von Wahlmöglichkeiten bzw. einer Flexibilisierung der Arbeitsausgestaltung für ältere Mitarbeiter in Zeiten der steten Anhebung des Renteneintrittsalters gewertet werden.

---

574 Für NRW zitiert *Bögemann* 2004, S. 133 aus einem unveröffentlichten Bericht zum Vorruhestandsgeschehen von Beamten und Beamtinnen aus dem Jahr 1997, dass nach amtsärztlichen Schätzungen jeder dritte vorzeitige Ruhestand durch rechtzeitige präventive Maßnahmen der Personalförderung vermeidbar gewesen sei.

Tabelle 35: Alternativen des Kürzertretens (Positivantworten, %)[a]

	Gesamt	AVD	Werk-dienst	Verwal-tung	Fach-dienste	Leitung	Sonst.
Altersteilzeit	38,3	34,3	41,7	41,2	56,5	40	37,5
Vorzeitiger Ruhestand	31,3	27,7	16,7	28,6	47,8	53,3	25,0
Reduzierung der Wochen-stunden	28,2	25,9	16,7	31,4	43,5	33,3	25,0
Keine dieser Alternativen	20,6	23,5	33,3	17,1	4,3	13,3	25,0

Anm.: [a] Mehrfachnennungen möglich.

In der JVA Bützow sind zudem zwei Mitarbeiter durch Kündigung sowie ein weiterer Mitarbeiter durch Entlassung seitens der Anstalt aus dem Dienst ausgeschieden. Gemessen an der Gesamtstellenzahl (vgl. *Kap. 5.6.2*) lag der Anteil der ausgeschiedenen Mitarbeiter bei 2,5%. Dabei lag die JVA Stralsund mit ca. 5,8% deutlich über dem Durchschnitt. Im gleichen Zeitraum erfolgten Neueinstellungen, die die Abgänge zum Teil ausglichen, zum Teil aber auch übersteigen.

Tabelle 36: Ruhestandsversetzungen und Neueinstellungen (ohne Wismar)

	Bützow	Waldeck	Stralsund	Neustrelitz	Neubran-denburg
Ruhestand (insgesamt)	4	1	8	3	1
Vorzeitiger Ruhestand	3	1	6	1	1
Einstellungen AVD	15	5	6	15	-
Einstellung in Fach-funktion	-	3 Vollzeit 2 Teilzeit	-	4	-

Hinsichtlich der Einschätzung, ob die derzeitige Tätigkeit der Bediensteten bis zum Renteneintritt weiter ausgeübt werden kann, schien die gesundheitliche Belastung bzw. die Wahrnehmung des eigenen Gesundheitszustandes eine Rolle zu spielen. Im Mittelwertvergleich zwischen den Gruppen zeigten sich insbesondere zwischen der Kategorie „wahrscheinlich ja" und der Kategorie „vermutlich nicht" signifikante Unterschiede. Sowohl die Krankentage als auch die Tage, an denen sich die Mitarbeiter krank fühlten und trotzdem zur Arbeit gingen, lagen deutlich höher bei denjenigen Mitarbeitern, die davon ausgingen, ihre jetzige Tätigkeit vermutlich nicht bis zum Renteneintritt ausüben zu können. Auch verschlechterten sich innerhalb dieser Kategorie die Einschätzung des eigenen Gesundheitszustandes sowie die Gesamtbelastung mit gesundheitlichen Problemen während der Arbeit (vgl. *Tab. 37*).

Auffällig war, dass die Mittelwerte bei den Mitarbeitern, die die Frage nicht beantworten konnten („weiß nicht") noch einmal stark angestiegen waren. Trotz höherer gesundheitlicher Belastung konnten sie nicht ausschließen, ihre Arbeit bis zum Renteneintritt unverändert ausüben zu können. Mit Blick auf *Tab. 34* (siehe oben) wird deutlich, dass anteilig hier vor allem Mitarbeiter der Verwaltung unschlüssig waren. Dies lässt vermuten, dass die geringere körperliche Arbeitsbelastung in der Verwaltung für die Mitarbeiter dazu führte, keine Einschätzung darüber abgeben zu können, wie sich die gesundheitliche Belastung auf ihre Arbeitsfähigkeit auswirken könnte.

Tabelle 37: **Vergleich der krankheitsrelevanten Daten bezüglich der Einschätzung über die Ausübung der eigenen Tätigkeit bis zum Renteneintritt (Mittelwerte und** *Standardabweichung***)**

Ausübung der jetzigen Tätigkeit bis zum Renteneintritt ...	Wahrscheinlich ja n = 147	Ja mit Einschränkungen n = 57	Vermutlich nicht n = 42	Weiß nicht n = 25
Fehltage Ø	12,46 *17,7*	16,1 *20,4*	16,3 *15,1*	20,65 *20,3*
Arbeitstage trotz Krankfühlens Ø	12,85 *15,17*	17,7 *20,3*	22,8 *32,9*	27,4 *27,3*
Selbsteinschätzung Gesundheitszustand 5er-Skala	2,74 *0,707*	3 *0,720*	3,12 *0,705*	3,2 *0,645*
Gesundheitsindex 4er-Skala	1,84 *0,402*	1,92 *0,410*	2,05 *0,484*	2,33 *0,565*

6.5 Fazit

Obwohl hinsichtlich der Fehlzeiten in der Erhebung vorwiegend gesündere Mitarbeiter erreicht wurden, offenbarten sich verschiedene gesundheitliche Belastungen der befragten Bediensteten. Ähnlich wie in der Allgemeinbevölkerung treten bei den Befragten Schlafstörungen und Müdigkeit, Abgeschlagenheit, aber auch Rückenschmerzen, Verspannungen sowie Kopfschmerzen besonders häufig auf und stellen für die Mitarbeiter deutliche Beeinträchtigungen während der Arbeit dar. Hierdurch beeinflusst wird die Wahrnehmung des Krankfühlens während der Arbeit. Durchschnittlich fühlten sich die Befragten an fast 17 Tagen in den letzten 12 Monaten vor der Erhebung während der Arbeit krank. An dieser Stelle wird es von Bedeutung sein, gesundheitsfördernde Maßnahmen zu entwickeln, damit diese Tage zukünftig nicht in tatsächliche Fehlzeiten umschlagen.

Die gesundheitliche Gesamtbelastung steigt mit höheren Fehlzeiten an, ebenso verschlechtert sich die Wahrnehmung des eigenen Gesundheitszustandes. Die dabei auftretenden geschlechts- und altersspezifischen Unterschiede werden in *Kap. 8.1* und *8.2* genauer dargelegt.

Die Höhe der Fehlzeiten und die wahrgenommene gesundheitliche Belastungen wirkten sich auf die Einschätzung der Mitarbeiter über die weitere Ausübung ihrer jetzigen Tätigkeit bis zum Renteneintritt aus, was für die zukünftige dienstliche Einsatzmöglichkeit der Bediensteten von Bedeutung sein kann.

7. Ergebnisse II: Problemlagen und Belastungsfaktoren am „Arbeitsplatz Justizvollzug"

7.1 Belastungen in Bezug auf die Inhaftierten und Ängste im Arbeitsalltag

Die wesentlichen Aufgaben der Mitarbeiter einer Vollzugsanstalt liegen in der Arbeit mit den Gefangenen. Hierbei kann es zu verschiedenen Situationen kommen, die für die Bediensteten eine Belastung darstellen können.

7.1.1 Belastungserleben in der Gesamtstichprobe

Abb. 14 zeigt das unterschiedliche Belastungserleben der Mitarbeiter im Umgang mit den Inhaftierten. Ein Teil der Befragten war von den angegebenen Situationen nicht betroffen und konnte dementsprechend in Bezug hierauf keine Belastungen angeben. Hierfür stand die Antwortkategorie „kommt nicht vor" zur Verfügung. Dies gilt naturgemäß vermehrt für die Mitarbeiter der Verwaltung.

Abbildung 14: Belastungen im Umgang mit den Gefangenen (%)

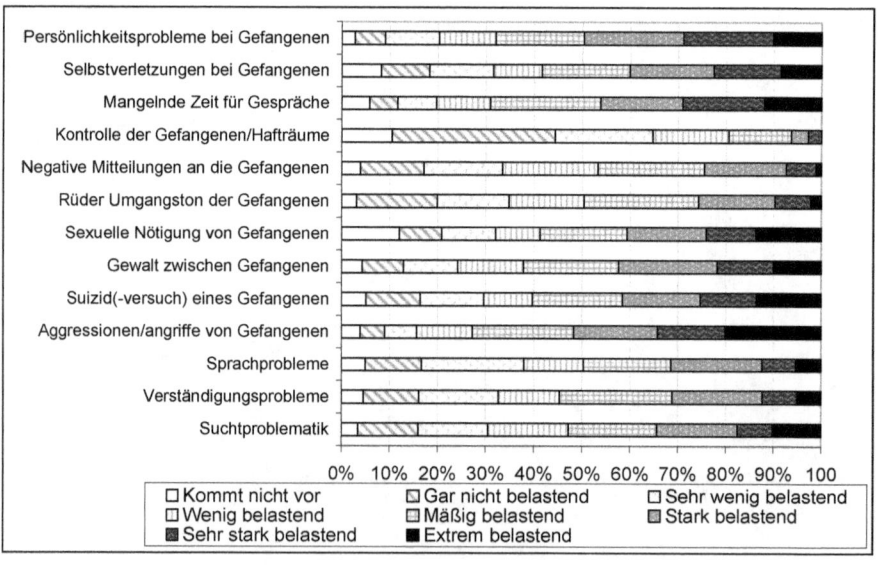

Es zeigte sich deutlich, wie unterschiedlich die Bediensteten die verschiedenen Situationen jeweils für sich wahrnahmen und damit auch, dass im Vollzug Menschen mit verschiedenen Persönlichkeiten und Belastungsgrenzen aufeinander treffen.[575] Selbst gewaltassoziierte Situationen, die von Gefangenen ausgehen, stellten für manche Bedienstete keine oder nur eine geringe Belastung dar. Weiter gab es Situationen, die nur für wenige Teilnehmer eine (starke) Belastung darstellten. Hierzu gehören z. B. die Kontrolle der Gefangenen oder der Haftträume und das Überbringen von schlechten Mitteilungen. Auch der allgemein rüde Umgangston unter den Gefangenen sowie Sprach- und Verständigungsprobleme mit den Gefangenen stellten weniger ein Problem dar. Dies betrifft vor allem Alltagssituationen, welche die Arbeit mit den Gefangenen zwar erschweren können, die aber als vollzugstypisch angesehen werden. Es gab aber durchaus auch Situationen, die von der Mehrzahl der befragten Teilnehmer als stark bis extrem stark belastend eingeschätzt wurden. Höhere Belastungen schienen vor allem dann empfunden zu werden, wenn eine Konfrontation mit nicht alltäglichen Situationen wie z. B. Selbstverletzungen und Suiziden bzw. Suizidversuchen oder -androhungen noch nicht lange zurück lag. Die befragten Mitarbeiter der JVA Stralsund wiesen z. B. in Bezug auf Selbsttötungen im Vergleich zu den übrigen Anstalten mit 3,6 die höchsten Mittelwerte auf (zu den Gesamtwerten vgl. *Tab. 38*). Gut ein Jahr vor der Befragung hatte sich ein Insasse in Stralsund das Leben genommen.[576] Auch scheint die Insassenstruktur Auswirkungen auf das Belastungsempfinden zu haben. Obwohl gewaltassoziierte Handlungen von einer Vielzahl von Mitarbeitern in allen Anstalten als besonders belastend empfunden wird, so haben in Waldeck (n = 67) mehr als 52% der Bediensteten angegeben, sich durch Aggressionen von Gefangenen sehr stark bis extrem belastet zu fühlen. Vor dem Hintergrund, dass in Waldeck nicht nur Freiheitsstrafen von mehr als 5 Jahren bzw. lebenslange Freiheitsstrafen vollstreckt werden, sondern sich hier auch die Sozialtherapie sowie das Diagnostikzentrum des Landes befinden (vgl. bereits *Kap. 4.3.2*), muss festgestellt werden, dass die Klientel der Gefangenen gerade in Waldeck für die Bediensteten eine größere Belastung darstellt.[577] Anders herum werden die benannten Situationen als wenig belastend eingeschätzt, wenn man mit ihnen nicht häufig bzw. gar nicht in Kontakt gerät. So wiesen insbesondere die Mitarbeiter der Jugendarrestanstalt Wismar (n = 7) deutlich geringere Belastungswerte hinsichtlich der abgefragten Situationen auf.

---

575 Vgl. hierzu *Schaarschmidt/Ksienzyk* 2003 und *Kap. 3.2.3*.

576 Vgl. *Lehmann* 2009b, S. 245, der darlegt, dass Suizide von Inhaftierten extrem belastende Ereignisse für die betreuenden Mitarbeiter darstellen und mit Schuld- und Versagensgefühlen einhergehen können. Ohne genügende Aufarbeitung können sich traumatische Belastungsreaktionen chronifizieren.

577 Die Ergebnisse bzgl. einer starken Belastungswahrnehmung im Umgang mit Gefangenen geht einher mit der Einschätzung der Atmosphäre durch die Bediensteten in der JVA Waldeck als bedrohlich. Hier erreichten die Befragten in Waldeck signifikant höhere Werte als die Bediensteten anderer Anstalten, vgl. zur Anstaltsatmosphäre unten *Kap. 7.3.1* und *Tab. 49*.

Auffällig war auch, dass der Faktor „Mangelnde Zeit für Gespräche" für mehr als 46% der Teilnehmer eine starke bis extrem starke Belastung darstellte. Die Bediensteten scheinen sich ihres Behandlungsauftrages bewusst zu sein, der auch Zuwendung und Aufmerksamkeit in Form von Gesprächen beinhaltet. Dieser Umstand bekommt vor allem an Wochenenden eine erhöhte Bedeutung, wenn für die Inhaftierten keine Arbeit oder sonstige Beschäftigungen auf dem Plan stehen. Da zu dieser Zeit der Anstaltsbetrieb mit einer verringerten Besetzung läuft, können die diensthabenden Mitarbeiter sich nur auf die notwendigsten Arbeiten (Essensausgabe, Sicherungsaufgaben) beschränken. Zeit für Gespräche bleibt nur wenig bis gar nicht.[578] Vor allem aber bei den Mitarbeitern im eigentlichen Behandlungsbereich (Fachdienste) wurde die mangelnde Zeit besonders häufig als starke Belastung empfunden (vgl. *Tab. 41*).

Besonders starke Belastungen wurden auch in Bezug auf Aggressionen und Angriffe von Gefangenen empfunden sowie beim Auftreten von Verhaltens- und Persönlichkeitsproblemen bei Gefangenen. Mehr als die Hälfte der Befragten stuften diese Faktoren als starke bis extrem starke Belastung ein. An dieser Stelle ist es wichtig, dass den Betroffenen regelmäßig Ansprechpartner (extern und intern) zur Verfügung stehen, um über ihre Erfahrungen und möglicherweise Ängste in Bezug auf den Umgang mit gefährlichen und belastenden Situationen zu reden (vgl. unten *Abb. 15*).

7.1.2 Belastungserleben der einzelnen Berufsgruppen

Nachdem deutlich wurde, dass die Teilnehmer sehr unterschiedlich auf verschiedene Vorkommnisse mit den Inhaftierten regierten, soll untersucht werden, ob dies über alle Mitarbeitergruppen hinweg galt oder ob es Unterschiede zwischen den einzelnen Gruppen gab. Bereits *Lehmann/Greve* stellten in ihrer Untersuchung im niedersächsischen Justizvollzug fest, dass es zwischen den Mitarbeitergruppen Unterschiede in der Rangfolge der Belastungsfaktoren gab und führten dies auf die unterschiedliche Intensität im Kontakt mit den Gefangenen zurück.[579] Auch in der vorliegenden Untersuchung zeigten sich teilweise erhebliche Unterschiede in der Wahrnehmung der Belastung. Gemein ist allen, dass die Kontrolle der Haftträume überwiegend nicht als Belastung angesehen wurde. Auffällig ist, dass die Mitarbeiter im Werkdienst durchschnittlich eine geringere Belastung angaben, als die übrigen Mitarbeiter. In der Verwaltung und den Fachdiensten wurden die verschiedenen Faktoren im Durchschnitt stärker in ihrer Belastungsintensität eingeschätzt (vgl. *Tab. 38*).

---

578   Vgl. auch *Lehmann* 2009, S. 99.

579   *Lehmann/Greve* 2006, S. 72.

Tabelle 38: Belastungen im Umgang mit den Gefangenen
(Mittelwerte und *Standardabweichung*)[a]

	Gesamt	AVD	Werk-dienst	Verwal-tung	Fach-dienste	Lei-tung	Sonst.
Suchtproblematik	2,78 / *1,83*	2,87 / *1,80*	3,08 / *1,80*	2,82 / *1,59*	2,70 / *2,03*	2,00 / *1,73*	1,88 / *1,96*
Schwierige Verständigung	2,67 / *1,67*	2,68 / *1,67*	2,54 / *1,89*	3,44 / *1,29*	2,62 / *1,53*	2,07 / *1,62*	2,13 / *2,1*
Sprachprobleme	2,57 / *1,72*	2,5 / *1,71*	2,54 / *1,98*	3,50 / *1,38*	2,62 / *1,59*	2,4 / *1,84*	2,25 / *2,19*
Aggressionen/Angriffe von Gefangenen	3,69 / *1,75*	3,75 / *1,73*	3,25 / *1,71*	3,88 / *1,87*	3,68 / *1,88*	3,27 / *1,91*	2,88 / *1,81*
Suizid(-versuch,-androhung) eines Gefangenen	3,11 / *1,92*	3,07 / *1,89*	2,0 / *2,26*	3,31 / *1,62*	3,27 / *1,88*	3,47 / *2,17*	3,75 / *2,31*
Schlägerei/Misshandlungen zwischen Gefangenen	3,13 / *1,75*	3,12 / *1,78*	2,67 / *1,88*	3,31 / *1,66*	3,5 / *1,63*	3,13 / *1,59*	2,88 / *2,1*
Sexuelle Nötigung von Gefangenen	3,23 / *1,88*	3,05 / *1,83*	2,67 / *2,12*	4,00 / *1,52*	3,39 / *2,06*	3,92 / *2,02*	4,5 / *2,67*
Rüder Umgangston der Gefangenen	2,40 / *1,64*	2,31 / *1,61*	2,46 / *1,61*	2,88 / *1,73*	2,70 / *1,82*	2,00 / *1,36*	2,60 / *2,13*
Negative Mitteilungen an die Gefangenen	2,38 / *1,52*	2,26 / *1,55*	2,23 / *1,59*	2,63 / *1,09*	3,00 / *1,27*	2,40 / *1,45*	3,00 / *2,07*
Kontrolle der Gefangenen/Hafträume	1,77 / *1,68*	1,81 / *1,65*	1,83 / *1,69*	2,17 / *1,75*	1,56 / *1,79*	1,20 / *1,87*	1,14 / *2,19*
Mangelnde Zeit für Gespräche	3,45 / *1,69*	3,35 / *1,71*	2,82 / *1,60*	4,19 / *1,33*	4,10 / *1,61*	3,86 / *1,56*	2,50 / *2,14*
Selbstbeschädigungen/Selbstverstümmelungen bei Gefangenen	3,05 / *1,83*	3,03 / *1,87*	1,75 / *1,98*	3,57 / *1,39*	3,24 / *1,45*	2,93 / *1,58*	3,50 / *2,51*
Verhaltens- und Persönlichkeitsprobleme bei Gefangenen	3,37 / *1,72*	3,35 / *1,75*	2,77 / *1,69*	3,41 / *1,81*	3,96 / *1,29*	3,40 / *1,55*	2,75 / *2,55*

Anm.: [a] Mittelwerte: 7er-Skala: 0 = gar nicht belastend bis 6 = extrem belastend, ohne die Kategorie „Kommt nicht vor".

Im Vergleich der Ergebnisse zu der Untersuchung von *Lehmann/Greve* (vgl. *Tab. 39, 40, 41*) wurden deutliche Unterschiede zwischen dem Belastungserleben der Bediensteten in beiden Bundesländern erkennbar.[580] Auffällig war zunächst, dass die Durchschnittswerte in Mecklenburg-Vorpommern insgesamt niedriger lagen als in Niedersachsen, die einzelnen Faktoren also in ihrer Intensität als weniger belastend wahrgenommen wurden. Weiterhin wurden jeweils andere Faktoren als intensivere Belastung eingeschätzt.

Während Verhaltensauffälligkeiten und mangelnde Zeit für Gespräche in Mecklenburg-Vorpommern über alle Mitarbeitergruppen hinweg in der Reihenfolge der Belastungen weit oben lagen, befanden sich diese Faktoren in Niedersachsen im mittleren bis unteren Bereich.

Andere Faktoren spielten hier eine größere Rolle. So z. B. die schwierige Verständigung und Sprachprobleme bei den Mitarbeitern des AVD (vgl. *Tab. 39*).[581] Dies kann darauf zurück zu führen sein, dass der Anteil an ausländischen Inhaftierten bzw. Insassen mit einem Migrationshintergrund (insb. Russlanddeutsche) in Niedersachsen weitaus höher liegt als in Mecklenburg-Vorpommern.[582]

---

580 Ein ähnlicher Fragenkatalog wurde auch in den Befragungen in Bremen 1999 und 2007 verwendet. Dabei wurde aber eine andere Antwortskala (nie, manchmal, häufig, sehr häufig) verwendet. Die Ergebnisse sind daher nicht exakt vergleichbar. Nach *Schwarz/ Stöver* 2010, S. 180 stellten für die Bediensteten aber die Anspruchshaltung der Gefangenen sowie deren Suchtproblematik die am häufigsten als Belastung empfundenen Situationen dar.

581 *Lehmann/Greve* 2006, S. 71.

582 Für den Bereich der Untersuchungshaft vgl. *Morgenstern* 2009, S. 5. Für 2008 gibt sie einen Anteil an Ausländern in der U-Haft in Mecklenburg-Vorpommern mit 10% an und in Niedersachsen mit 35%. In der Strafhaft ist der Anteil an Ausländern üblicherweise etwas geringer als in der U-Haft. Zum 31.3.2010 lag der Anteil an Nichtdeutschen in der Strafhaft im Bundesdurchschnitt bei 22%, vgl. *Statistisches Bundesamt* 2010, S. 15. In Mecklenburg-Vorpommern dagegen lag der Anteil an ausländischen Gefangenen bei 9,3%, vgl. *Landesregierung Mecklenburg-Vorpommern* 2011, S. 1. Unterschiede finden sich ebenfalls in der Abschiebehaft vgl. *Dünkel/Gensing/Morgenstern* 2007, S. 379.

Tabelle 39: Rangfolgenvergleich der Belastungsfaktoren im AVD (Mecklenburg-Vorpommern und Niedersachsen)

Mecklenburg-Vorpommern		AVD	Niedersachsen	
MW[a]	Rang		Rang	MW[a]
3,75	1.	Aggressionen/Angriffe von Gefangenen	2.	3,48
3,35	2./3.	Mangelnde Zeit für Gespräche	7.	3,09
3,35	2./3.	Verhaltens- und Persönlichkeitsprobleme bei Gefangenen	9.	2,98
3,12	4.	Schlägerei/Misshandlungen zwischen Gefangenen	8.	3,00
3,07	5.	Suizid(-versuch, -androhung) eines Gefangenen	6.	3,1
3,05	6.	Sexuelle Nötigung von Gefangenen	5.	3,27
3,03	7.	Selbstbeschädigungen/Selbstverstümmelungen bei Gefangenen	10.	2,89
2,87	8.	Suchtproblematik	4.	3,43
2,68	9.	Schwierige Verständigung	1.	3,53
2,5	10.	Sprachprobleme	3.	3,46
2,31	11.	Rüder Umgangston der Gefangenen	12.	2,24
2,26	12.	Negative Mitteilungen an die Gefangenen	11.	2,41
1,81	13.	Kontrolle der Gefangenen/Haftträume	13.	1,9

Anm.:   [a] Mittelwerte: 7er-Skala: 0 = Gar nicht belastend bis 6 = Extrem belastend, ohne die Kategorie „Kommt nicht vor".

Lehmann/Greve gingen davon aus, dass die unterschiedlichen Rangfolgen bei den Belastungsfaktoren in der Art des Kontakts zu den Gefangenen zu suchen sei. Die tatsächliche Konfrontation bzw. deren Häufigkeit wirkt sich auf die Belastungsintensität aus. Dies würde auch die geringere Belastung bei den Mitarbeitern des Werkdienstes erklären. In Gesprächen mit Werkbeamten gaben diese an, dass sie die geringsten Probleme mit den Gefangenen hätten. Die Gefangenen strengen sich an und vermeiden Konflikte, weil sie das „Privileg" der Arbeit bzw. einer Ausbildung nicht verlieren wollen. Gleichzeitig wirken sich Suchtprobleme stärker auf die Arbeit in den Werkbetrieben aus, weil die Arbeit merklich beeinträchtigt wird. Werkbeamte schätzen daher den Faktor Suchtproblematik als belastender ein, als andere Faktoren (vgl. *Tab. 40*).

Tabelle 40: **Rangfolgenvergleich der Belastungsfaktoren im Werkdienst (Mecklenburg-Vorpommern und Niedersachsen)**

Mecklenburg-Vorpommern		Werkdienst	Niedersachsen	
MW[a]	Rang		Rang	MW[a]
3,25	1.	Aggressionen/Angriffe von Gefangenen	4.	3,2
3,08	2.	Suchtproblematik	2.	3,63
2,82	3.	Mangelnde Zeit für Gespräche	10.	2,81
2,77	4.	Verhaltens- und Persönlichkeitsprobleme bei Gefangenen	8.	2,96
2,67	5./6.	Schlägerei/Misshandlungen zw. Gefangenen	6.	3,07
2,67	5./6.	Sexuelle Nötigung von Gefangenen	1.	3,93
2,54	7./8.	Sprachprobleme	5.	3,2
2,54	7./8.	Schwierige Verständigung	3.	3,35
2,46	9.	Rüder Umgangston der Gefangenen	12.	2,4
2,23	10.	Negative Mitteilungen an die Gefangenen	11.	2,46
2,00	11.	Suizid(-versuch, -androhung) eines Gefangenen	9.	2,91
1,83	12.	Kontrolle der Gefangenen/Hafträume	13.	2,11
1,75	13.	Selbstbeschädigungen/ Selbstverstümmelungen bei Gefangenen	7.	3,03

Anm.:   [a] Mittelwerte: 7er-Skala: 0 = Gar nicht belastend bis 6 = Extrem belastend, ohne die Kategorie „Kommt nicht vor".

Tabelle 41: **Rangfolgenvergleich der Belastungsfaktoren bei den Fachdiensten (Mecklenburg-Vorpommern und Niedersachsen)**

Mecklenburg-Vorpommern		Fachdienste	Niedersachsen	
MW[a]	Rang		Rang	MW[a]
4,1	1.	Mangelnde Zeit für Gespräche	5.	3,52
3,96	2.	Verhaltens- und Persönlichkeitsprobleme bei Gefangenen	7.	3,23
3,68	3.	Aggressionen/Angriffe von Gefangenen	8.	3,17

Mecklenburg-Vor-pommern		Fachdienste	Niedersachsen	
MW[a]	Rang		Rang	MW[a]
3,5	4.	Schlägerei/Misshandlungen zw. Gefangenen	4.	3,52
3,39	5.	Sexuelle Nötigung von Gefangenen	1.	4,49
3,27	6.	Suizid(-versuch, -androhung) eines Gefangenen	2.	4,08
3,24	7.	Selbstbeschädigungen/Selbstverstümmelungen bei Gefangenen	3.	3,62
3	8.	Negative Mitteilungen an die Gefangenen	11.	2,78
2,7	9./10.	Rüder Umgangston der Gefangenen	12.	2,76
2,7	9./10.	Suchtproblematik	6.	3,33
2,62	11./12.	Sprachprobleme	10.	3,02
2,62	11./12.	Schwierige Verständigung	9.	3,15
1,56	13.	Kontrolle der Gefangenen/Hafträume	13.	2,13

Anm.:   [a] Mittelwerte: 7er-Skala: 0 = Gar nicht belastend bis 6 = Extrem belastend, ohne die Kategorie „Kommt nicht vor".

Mit dem Wissen um die Belastungswahrnehmung im Umgang mit den Gefangenen sollte auch die Insassenstruktur und deren zeitliche Veränderung im Auge behalten werden (vgl. bereits *Kap. 4.1*). Mit der Zunahme einer gewaltbereiteren Klientel in den Anstalten sowie einer erhöhten Problematik mit suchtmittelabhängigen Gefangenen muss den Bediensteten die Möglichkeit gegeben werden, sich über ihre Erfahrungen und Ängste (vgl. *Kap. 7.1.3*) auszutauschen, ohne hierfür nur auf die Kollegen angewiesen zu sein.

Bereits *Lehmann/Greve* stellten fest, dass unter den Bediensteten vermehrt der Wunsch nach einer „organisierten Beratung und Unterstützung in Form von Supervision" bestehe.[583] Es zeigte sich, dass vor allem die Mitarbeiter aus den Fachdiensten diesen Wunsch bestätigten.[584]

Für Mecklenburg-Vorpommern gaben 86,9% der Teilnehmer an, für ihre Tätigkeit keine regelmäßige Supervision zu erhalten. Bei diesen (n = 211) bestand bei 63,5% der Wunsch nach einer solchen Unterstützung.

---

583   *Lehmann/Greve* 2006, S. 97.

584   *Lehmann/Greve* 2006, S. 97.

Abbildung 15: Wunsch nach Supervision (%)

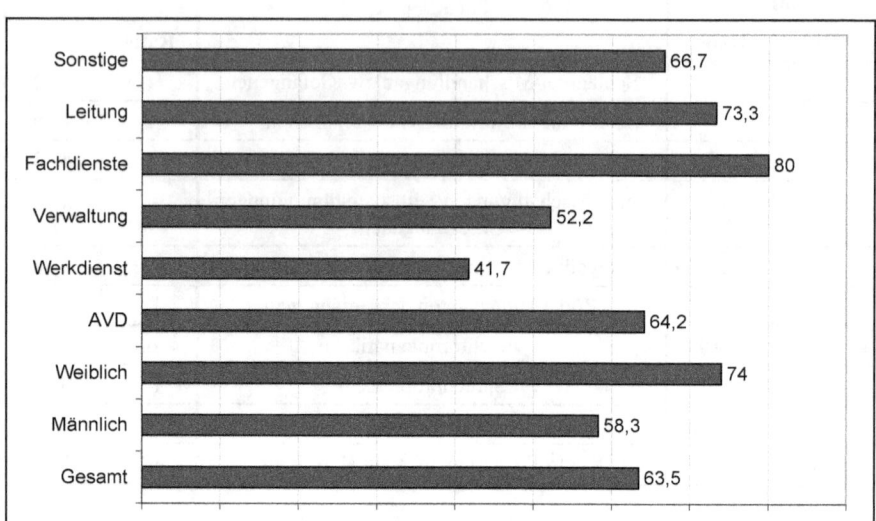

Auch hier zeigten sich deutliche Unterschiede zwischen den Mitarbeitergruppen. 80% der Mitarbeiter aus den Fachdiensten, aber auch knapp drei Viertel der Leitung wünschten sich eine regelmäßige Supervision.[585] Aber auch bei
den AVD-Mitarbeitern trat der Wunsch relativ häufig auf. Es muss allerdings
erwähnt werden, dass es keine signifikanten Unterschiede hinsichtlich der Belastungswahrnehmung im Umgang mit den Gefangenen zu denjenigen Mitarbeitern gab, die keine Supervision wünschten.

7.1.3 Angst im Justizvollzug

„Das Leben im Gefängnis ist ein stetiges Hoffen und Bangen – es ist eine unsi-
chere Zeit, in der Angst und Furcht ständige Begleiter sind."[586]
    Bereits der Begriff „Angst" hat zahlreiche Facetten. *Balzereit* beschreibt,
wie schwierig es ist, Angst angemessen zu definieren, zumal Angst im Alltags-
gebrauch, in der Philosophie und der Psychologie anders verwendet wird.[587]

---

585 Hier muss angemerkt werden, dass in Mecklenburg-Vorpommern für (und nur für) die
      Psychologen die Möglichkeit einer regelmäßigen Supervision besteht.

586 *Funken* 2011, S. 12.

587 *Balzereit* 2010, S. 59 ff. Er geht davon aus, dass Kategorisierungen, Definitionen,
      Klassifikationen und Erklärungen der Versuch seien, ein letztlich nicht zu begreifendes
      Gefühl zu rationalisieren, vgl. S. 12.

Die Fülle an Erklärungen ist letztlich der Vielfältigkeit menschlicher Persönlichkeiten und ihrer Reaktionen auf Umwelteinflüsse geschuldet. Das Sprichwort „Angst essen Seelen auf" verdeutlicht aber bereits, dass Ängste Einfluss auf das Wohlbefinden von Personen haben können. Diese wird vor allem durch die körperlichen Reaktionen, die durch den Zustand Angst hervorgerufen werden, beeinflusst.[588]

Preusker z. B. bekundet, dass er in seiner „fast zwanzigjährigen Tätigkeit als Anstaltsleiter in verschiedenen Gefängnissen männliche und weibliche Bedienstete getroffen (habe), denen (er) ihre Angst ansehen konnte" und gibt weiter an, dass er „immer wieder die Erfahrung gemacht (habe), dass ängstliche und schwächere Bedienstete dazu neigen, ihre Probleme mit Gefangenen zu erörtern", was zu einem gefährlichen Distanzverlust führen könne.[589] Gleichzeitig macht er deutlich, dass Angst in deutschen Gefängnissen bislang in der wissenschaftlichen Forschung ein eher vernachlässigtes Problem darstellt.[590]

Auch in der vorliegenden Untersuchung wurde das Thema *Angst* nicht spezifisch untersucht. Dennoch liegt die Problematik verschiedenen Bereichen zu Grunde. Explizit taucht das Wort an zwei Stellen der Befragung auf. Zum einen wird danach gefragt, ob die Mitarbeiter Angst haben, sich anzustecken, wenn sie während ihrer Arbeit mit erkrankten Gefangenen bzw. mit offenen Wunden, Messern, Spritzen oder sonstigen scharfen Gegenständen in Kontakt kommen. Lediglich 29% der Befragten gaben hier an, keine Angst vor einer Ansteckung zu haben. Ca. 56% dagegen haben zumindest manchmal und ca. 15% häufig Angst sich anzustecken (vgl. hierzu bereits *Kap. 6.3.1*).

Zum anderen wurde ausdrücklich danach gefragt, wovor die Bediensteten im Arbeitsalltag besonders Angst hätten.[591] Einen Überblick über die Ergebnisse bietet *Tab. 42*.

---

588 Körperliche Veränderungen durch Angst zeigen sich im Bereich des Zentralen Nervensystems, des vegetativen Nervensystems, des muskulären und endokrinen Systems sowie auf das Immunsystem, vgl. *Krohne* 2010, S. 49.

589 *Preusker* 2011, S. 7; ebenso *Lösch* 2011, S. 28.

590 *Preusker* 2011, S. 7. Einen kurzen Überblick über Untersuchungen von Angststörungen bei Gefangenen gibt *Opitz-Welke* 2011, S. 21.

591 Wobei Angst hier im Sinne von Besorgnis, weniger im Sinne von Furcht zu verstehen ist. Furcht liege dann vor, wenn eine Gefahr eindeutig zu bestimmen sei und als darauf gerichtete Reaktion Flucht oder Vermeidung möglich sei, vgl. *Krohne* 2010, S. 18.

Tabelle 42: Ängste bezogen auf den Arbeitsplatz (Positivantworten in %, Mehrfachnennungen möglich, N = 256)

Angst vor ...	Gesamt	AVD	Werk-dienst	Verwal-tung	Fach-dienst	Leitung	Sonst.
Neuen Anfor-derungen	3,5	1,8	8,3	6,9	4,3	6,7	11,1
Eigenen Fehlern	37,1	35,8	33,3	41,4	43,5	26,7	55,6
Mobbing	35,5	38,2	16,7	41,4	39,1	13,3	22,2
Konflikten mit Kollegen und Leitung	41,4	42,4	33,3	44,8	39,1	20	56,6
Verlust des Ar-beitsplatzes	10,2	9,7	25,0	13,8	4,3	6,7	11,1
Gesundheitli-chen Beein-trächtigungen	54,7	56,4	75,0	58,6	43,5	40,0	33,3
Sonstigem[592]	9,0	8,5	8,3	10,3	13	13,3	-

Es zeigte sich, dass die Mitarbeiter durchaus von Ängsten während ihrer Arbeit begleitet werden. Dabei traten bestimmte Faktoren, wie Angst vor neuen Anforderungen und die Angst vor dem Verlust des Arbeitsplatzes[593] nur vereinzelt auf, was auch als Aufgeschlossenheit gegenüber Reformen gewertet werden kann. Andere Faktoren wie die Angst vor eigenen Fehlern oder vor Konflikten mit Kollegen und der Leitung traten deutlich häufiger auf. Mehr als die Hälfte

---

592 Die folgenden Ausführungen, die unter dem Begriff „Sonstiges" gemacht wurden, zeigen, wie vielfältig die Sorgen der Bediensteten sind: Ständige Versetzung in andere Arbeitsbereiche, weitere Kürzung der Schichtstärke, Umgang des Justizministeriums mit den Mitarbeitern, Überlastung/Überforderung, körperliche Auseinandersetzung und Übergriffe von Gefangenen, Egoismus und mangelnde Teamarbeit, Schließung der Anstalt (Neubrandenburg), Fehleinschätzung für geleistete Arbeit, Verlust freier Tage, nicht nachvollziehbarer Dienstplan, Willkür, zunehmende Kündigung von Kollegen aufgrund von Missständen, Diktatur der Vorgesetzten, zu viel Technik anstelle des Kontakts zu den Gefangenen.

593 Dass ca. 10% der Befragten Angst vor dem Verlust des Arbeitsplatzes haben, scheint erstaunlich vor dem Hintergrund, dass die Mitarbeiter im Justizvollzug überwiegend verbeamtet sind. Durch Anmerkungen wird aber klar, dass von den Teilnehmern hierunter auch die Angst vor Versetzung in eine andere Abteilung oder Anstalt bzw. einen anderen Aufgabenbereich verstanden wird.

der Befragten gab weiter an, während der Arbeit Angst vor gesundheitlichen Beeinträchtigungen zu haben.[594] Neben 20 Befragungsteilnehmern (7,2%), die keine der gegebenen Varianten ankreuzten und zum Teil hinzufügten, während der Arbeit keine Angst zu haben, führten 36,6% einen, 33% zwei und 23,3% sogar drei und mehr Faktoren auf, die sie mit Angst bezogen auf ihre Arbeit verbanden. Für einen Großteil der Mitarbeiter stellten also verschiedenste Ängste und Sorgen einen Begleiter während der Arbeit dar.

Diese Ängste können krank machen, zumindest aber die Arbeitszufriedenheit beeinträchtigen. *Bailly* geht davon aus, dass es zu einer Reduzierung von Fehlzeiten beitragen könne, wenn im Justizvollzug zielgerichtete Angstbearbeitung durchgeführt wird.[595] Er bezieht dies allerdings in erster Linie auf die Nachbereitung von belastenden, traumatisierenden Erlebnissen,[596] um diese zu verarbeiten. In der vorliegenden Untersuchung wurde hierzu gefragt, inwieweit die Bediensteten in ihrem Arbeitsalltag selbst schon einmal eine unangenehme oder bedrohliche Erfahrung gemacht haben (vgl. *Tab. 43*).

Nahezu jeder Bedienstete hat in seiner Dienstzeit bereits die Erfahrung gemacht, beleidigt worden zu sein. Überwiegend galt das auch für die Erfahrung bedroht worden zu sein. Diese Situationen dürften zum Alltag in Vollzugsanstalten gehören. Deutlich einschneidender ist die Erfahrung geschlagen, getreten oder anders verletzt zu werden. 14,6% der Befragten haben bereits einmal diese Erfahrung gemacht. Dabei sind die Aggressoren in erster Linie die Gefangenen.

---

594 An dieser Stelle erscheint es allerdings möglich, dass der Grundtenor der Befragung (Gesundheitsförderung) das Antwortverhalten der Befragten beeinflusst hat. Die Frage wurde in ähnlicher Weise bei *Zok* im April/Mai 2003 einer Stichprobe von 1.886 Arbeitnehmern im Alter von 16 bis 65 Jahren gestellt. Hierbei bezogen sich die Fragen auf den Verlust des Arbeitsplatzes, eigene Fehler, Mobbing, Konflikte mit Kollegen und dem Chef sowie die Angst vor neuen Anforderungen durch neue Technologien. Mit knapp 53% gaben mehr als die Hälfte der Befragten an, Angst vor einem Arbeitsplatzverlust zu haben. Am zweithäufigsten wurde mit ca. 33% die Angst vor eigenen Fehlern und an dritter Stelle mit ca. 25% die Angst vor Mobbing genannt. Angst vor Konflikten mit dem Chef oder Kollegen hatten nur 17,4% und vor neuen Anforderungen 13,5%, vgl. *Zok* 2004, S. 247. Es zeigte sich auch, dass die Angst vor Mobbing im Dienstleistungsgewerbe und in der öffentlichen Verwaltung mit ca. 30% häufiger auftrat als in anderen Branchen und dazu auch häufiger in der Gruppe der einfachen und mittleren Angestellten, weniger bei den Führungskräften (S. 249).

595 *Bailly* 2011, S. 15.

596 *Pieper* 2011, S. 16 f. gibt einen Überblick zu kritischen Ereignissen, die Mitarbeiter traumatisieren können: Übergriffe auf Bedienstete, verbale Erniedrigungen und Bedrohungen, Erpressungen, Körperverletzungen, Vergewaltigungen, angedrohte Gewalt gegen Angehörige von Bediensteten, Freiheitsberaubung, Geiselnahmen, Gewalt unter Gefangenen, Konfrontation mit Misshandlungen, sexuellem Missbrauch und sexueller Gewalt, Konfrontation mit Suizidversuchen und Suiziden.

Fast ausschließlich weibliche Mitarbeiterinnen gaben an, dass sie auch bereits die Erfahrung gemacht haben, sexuell belästigt worden zu sein, dies zum Teil auch von Kollegen. Die hohe Jahresprävalenz bei der sexuellen Belästigung in *Tab. 43* ist darauf zurück zu führen, dass eine Mitarbeiterin angegeben hat, mehrmals wöchentlich von einem Gefangenen sexuell belästigt worden zu sein.

Tabelle 43: Erfahrungen während der Dienstzeit aller Bedienstetengruppen

Sind Sie jemals...	Ja (%)	n	Von einem Kollegen (%)	Von einem Gefangenen (%)	Sowohl als auch (%)	Häufigkeit letzte 12 Monate Ø
bedroht worden?	74,2	192	3,6	90,1	6,3	1,7
bestohlen worden?	9,7	20	45,0	50,0	5,0	0,1
geschlagen/getreten oder anders verletzt worden?	14,6	37	-	94,6	5,4	0,8
beleidigt worden?	89,7	217	8,8	74,1	17,1	4,2
sexuell belästigt worden?	7,8	20	20,0	70,0	10,0	7,1
auf irgendeine Weise gedemütigt worden?	35,7	91	70,3	11,0	18,7	2,4

Mit Rücksicht auf die Zusammenarbeit und das Arbeitsklima scheint es bedenklich, dass knapp 36% der Befragten angaben, bereits einmal in irgendeiner Weise gedemütigt worden zu sein und dass dies in erster Linie von einem Kollegen ausging. Inwieweit in solchen Fällen bereits von Mobbing im Sinne einer wiederholten schikanösen Behandlung gesprochen werden kann, bleibt an dieser Stelle ungeklärt. Mit Blick auf *Tab. 44* sollte hier aber eine Sensibilität für die Problematik geschaffen werden. Der *BGH* stellte jüngst fest, dass Mobbing zwar als solches keine Krankheit darstelle, dass aber besondere Stress- oder Anspannungssituationen aufgrund vielfältiger Ursachen bei Menschen zu psychischen Erkrankungen führen können, die auch zu körperlichen Auswirkungen führen. „Diesen könne ohne eine klare Einschränkung der Leistungspflicht nicht der Krankheitswert abgesprochen werden, wenn sie auf das Arbeitsumfeld zurückzuführen" seien.[597]

---

597 BGH ZR 137/10 Urteil vom 9.3.2011, NJW 2011, S. 1675 (1676), der Kläger verlangte Krankentagegeld für seine Arbeitsunfähigkeit aufgrund von Mobbing; vgl. aber auch VG Göttingen NJOZ 2008, S. 2961, das eine Qualifizierung von Mobbing als Dienstunfall im Rahmen eines Beamtenverhältnisses ablehnte.

Diejenigen Mitarbeiter, die angaben, Angst vor Mobbing zu haben, litten häufiger unter Schlafstörungen und Müdigkeit. Außerdem traten Symptome wie Mutlosigkeit und Traurigkeit signifikant häufiger auf. Die Höhe der Fehltage war bei diesen Mitarbeitern fast doppelt so hoch wie in der Vergleichsgruppe. Es liegt nahe, eine Kausalität zwischen der Angst vor Mobbing (unter Umständen auch tatsächliche Erfahrungen mit Mobbing) und einer höheren Krankheitsbelastung anzunehmen.[598] Allerdings kann im Einzelfall nicht ausgeschlossen werden, dass Mitarbeiter befürchteten, aufgrund von hohen Fehlzeiten für ihre Abwesenheit gemobbt zu werden. Deutlich wird in jedem Fall, dass eine kollegiale Kommunikation und gegenseitige Rücksichtnahme gefördert werden sollten.

Tabelle 44: **Angst vor Mobbing und ausgewählte gesundheitliche Probleme**

	Angst vor Mobbing	n	Mittelwert	T-Test (p)
Schlafstörungen/Müdigkeit/ Abgeschlagenheit, 4er-Skala	Nein	162	2,7	,000
	Ja	90	3,2	
Mutlosigkeit/Traurigkeit/ Bedrückung, 4er-Skala	Nein	159	1,7	,000
	Ja	91	2,2	
Fehltage Jahres-Ø	Nein	160	11,9	,001
	Ja	84	21,1	

7.2 Organisatorisch bedingte Belastungen

7.2.1 Globale Zufriedenheit

Mertel führt in ihrer Arbeit aus, wie schwierig es aufgrund unzähliger einschlägiger Veröffentlichungen sowie theoretischer Konstrukte sei, Arbeitszufriedenheit als Begriff zu definieren, zumal für diese synonym auch die Begriffe Berufszufriedenheit, Arbeitsmoral oder Betriebsklima verwendet werden.[599] Die älteste Umschreibung bietet *Hoppock*, indem er in der Arbeitszufriedenheit „eine Kombination psychologischer, physiologischer und situativer Bedingun-

---

598 Vgl. auch *Bailly* 2010, S. 199. Ähnlich auch *Zok* 2003, S. 250, wonach ca. 30% derjenigen, die ihren Gesundheitszustand als „nicht gut" einstuften, Mobbing als Belastungsfaktor angaben.

599 *Mertel* 2006, S. 8.

gen" sieht, „die die Person zu der ehrlichen Äußerung veranlassen: Ich bin mit meiner Arbeit zufrieden."[600]

Zur ersten groben Orientierung zur Arbeitszufriedenheit soll daher die allgemeine (globale) Zufriedenheitsskala herangezogen werden. Die Mitarbeiter wurden gefragt, ob sie insgesamt mit ihrer Arbeit zufrieden sind. Dabei ist zu beachten, dass direkte Frage nach der Zufriedenheit im Allgemeinen zu hohen Zufriedenheitswerten führt.[601] Differenziert man die Frage nach verschiedenen Aspekten der täglichen Arbeit, so gliedert sich die Gruppe der Zufriedenen stärker auf[602] (vgl. hierzu *Kap. 7.2.2 ff.*). Dies bestätigt sich vorliegend durch den Vergleich der globalen Zufriedenheitseinschätzung und dem Index der Arbeitsanalyse (vgl. *Tab. 45*), der sich aus verschiedenen Einzelaspekten zusammensetzt.

Tab. 45 zeigt, dass sich innerhalb der einzelnen Berufsgruppen die Zufriedenheit teilweise stark voneinander unterschied. Im Durchschnitt waren zwar alle Berufsgruppen überwiegend zufrieden mit ihrer Arbeit, zufriedener schienen aber der Werkdienst und die Mitarbeiter der Leitungsebene zu sein, während im AVD und in den Fachdiensten eine geringere Zufriedenheit herrschte. Die höheren Standardabweichungen zeigten aber, dass es auch innerhalb dieser beiden Berufsgruppen deutliche Unterschiede in der Arbeitszufriedenheit gab.

Tabelle 45: **Globale Zufriedenheit und Arbeitsanalyse[603] (Mittelwerte und *Standardabweichung*)[a]**

	Gesamt	AVD	Werk-dienst	Verwal-tung	Fach-dienste	Leitung	Sonst.
Ich bin insgesamt zufrieden mit meiner Arbeit...	3,69 *0,909*	3,6 *0,949*	4,23 *0,439*	3,91 *0,818*	3,48 *0,947*	4,00 *0,756*	3,89 *0,782*
Arbeits-analyse[b]	3,29 *0,438*	3,21 *0,429*	3,54 *0,476*	3,55 *0,396*	3,27 *0,341*	3,61 *0,304*	3,43 *0,446*

Anm.: [a] Mittelwerte auf 5er-Skala: 1 = trifft gar nicht zu bis 5 = trifft völlig zu.

[b] Indexberechnung: Summe der Einzelwerte/Itemzahl (NValid).

---

600 *Hoppock* 1935, S. 47, zitiert und übersetzt bei *Mertel* 2006, S. 8.

601 Vgl. *Conrads/Kistler/Mußmann* 2009, S. 16 ff.

602 Vgl. *Conrads/Kistler/Mußmann* 2009, S. 19.

603 Zur Erklärung des Arbeitsanalsye-Index vgl. bereits oben *Kap. 5.4.2.*

AVD und Fachdienste schätzten auch insgesamt ihre konkrete Arbeitsplatz-situation schlechter ein, als die übrigen Berufsgruppen. Dies wird durch die Gesamtdarstellung einzelner Arbeitsplatzbedingungen (Index für die Arbeitsanalyse) deutlich, der ebenfalls in *Tab. 45* dargestellt wird (zur genaueren Erklärung vgl. *Kap. 5.4*). Zwischen der Einschätzung der eigenen Arbeitsplatzsituation und der globalen Zufriedenheit besteht eine deutliche Korrelation von r = .519**.

Hinsichtlich der Gesamteinschätzung der Arbeitsplatzbedingungen (Arbeits-analyse-Index; Verhältnis Stressoren und Ressourcen) zeigt sich, dass vor allem die Mitarbeiter der Leitung ihre Arbeitsplatzsituation ganz überwiegend als positiv einschätzen (vgl. *Abb. 16*). Ähnliches gilt für die Mitarbeiter des Werk-dienstes und den sonstigen Mitarbeitern, wobei der Anteil derjenigen ansteigt, der die Arbeitsplatzbedingungen weniger gut einschätzt. Innerhalb der befragten Verwaltungsmitarbeiter sind es bereits ca. 14%, die die Arbeitsbedingungen weniger gut einschätzen würden und bei den Fachdiensten sogar fast 22%. Diese Gesamtbetrachtung wird vor allem durch eine hohe quantitative Arbeitsbelas-tung bei den Fachdiensten beeinflusst (zu den Einzelfaktoren der Arbeitsanalyse vgl. *Kap. 7.2.3*).Vor allem aber im AVD schätzten fast 32% der Befragten die Arbeitsbedingungen als weniger gut bis schlecht ein. Hier wirkte sich vor allem eine niedrige Bewertung im Bereich der betrieblichen Leistungen und der wahr-genommenen Informations- und Mitsprachepolitik aus (vgl. *Kap. 7.2.3*).

Abbildung 16: Verteilung des Arbeitsanalyse-Index innerhalb der Mitarbeitergruppen und nach Geschlecht (%)[a]

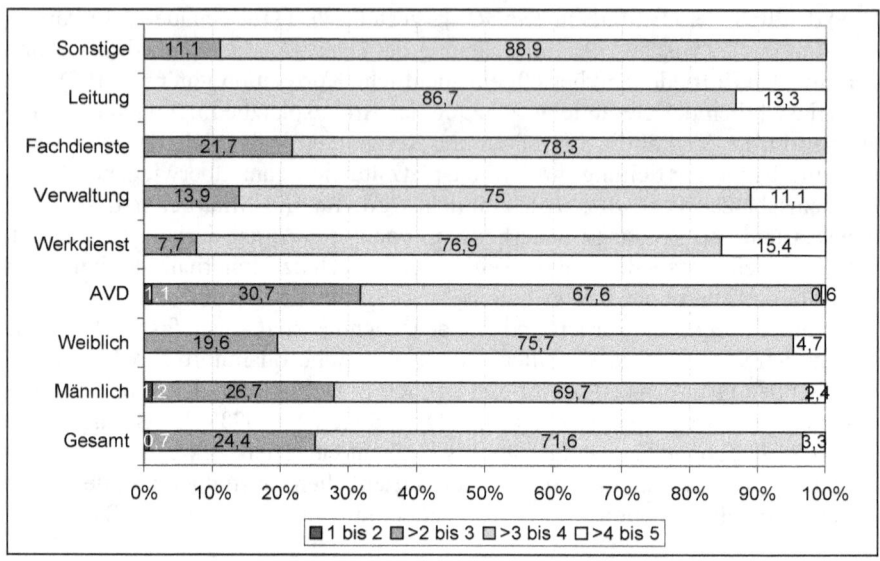

Anm.: [a] Indexberechnung: Summe der Einzelwerte/Itemzahl(NValid); 5er-Skala: 1 bis 2 = schlecht, >2 bis 3 = weniger gut, >3 bis 4 = gut, >4 bis 5 = sehr gut.

Es zeigte sich, dass die Werte für die Gesamtzufriedenheit sowie die Einschätzung der gesamten Arbeitsplatzsituation bei denjenigen Mitarbeitern am höchsten war, deren Erwartungen an den Beruf sich auch erfüllt bzw. sich mehr als erfüllt haben (vgl. *Tab. 46* und *Kap. 5.6.4*). Diese hegten auch seltener den Wunsch, die Anstalt bzw. den Justizvollzug zu verlassen.

Die globale Arbeitszufriedenheit steigt mit zunehmendem Alter leicht an (r = .160**). Mit steigender Höhe der Fehltage dagegen nimmt die Arbeitszufriedenheit ab (r = -.164**). Während die Mitarbeiter, die an keinem Tag in den letzten 12 Monaten vor der Erhebung gefehlt hatten, bezüglich der globalen Zufriedenheit einen Wert von 4,2 aufwiesen, lag dieser bei den Mitarbeitern mit durchschnittlich mehr als 21 Fehltagen bei 3,44. In den Gruppen mit wenigen bzw. mittleren Krankentagen bewegten sich die Werte zwischen 3,5 und 3,7.

Tabelle 46: **Erfüllung der Erwartungen und globale Arbeitszufriedenheit, Wechselabsicht und Arbeitsanalyse**

Erfüllung der Erwartung...	Globale Zufriedenheit[a]	Arbeitsanalyse[a]	Wechselabsicht Ja: absolute Zahl
mehr als erwartet n = 89	4,05	3,50	10 n = 88 (11,4%)
genau wie erwartet n = 32	4,19	3,44	9 n = 32 (28,1%)
weniger als erwartet n = 71	3,01	3,00	26 n = 70 (37,1%)
hatte keine besonderen Erwartungen n = 79	3,27	3,65	10 n = 77 (13,0%)

Anm.: [a] Mittelwerte jeweils auf 5er-Skala: 1 bis 2 = schlecht, >2 bis 3 = weniger gut, >3 bis 4 = gut, >4 bis 5 = sehr gut.

7.2.2 Grobeinschätzung der Arbeitsplatzsituation

Zunächst einmal soll ein grober Überblick über die Einschätzung der direkten Arbeitsplatzsituation der Bediensteten gegeben werden, ohne dass dabei auf Einzelaspekte eingegangen wird (vgl. hierzu *Kap. 7.2.3*).

Abb. 17 lässt erkennen, dass es sowohl körperliche als auch psychische Faktoren gab, die sich für die Mitarbeiter als Belastung darstellten, wobei die Faktoren innerhalb der Arbeitsorganisation und dem Vorgesetztenverhalten hinsichtlich der wahrgenommenen Belastung deutlich überwogen.

Abbildung 17: Belastung durch Arbeitsplatzsituation (%)[a]

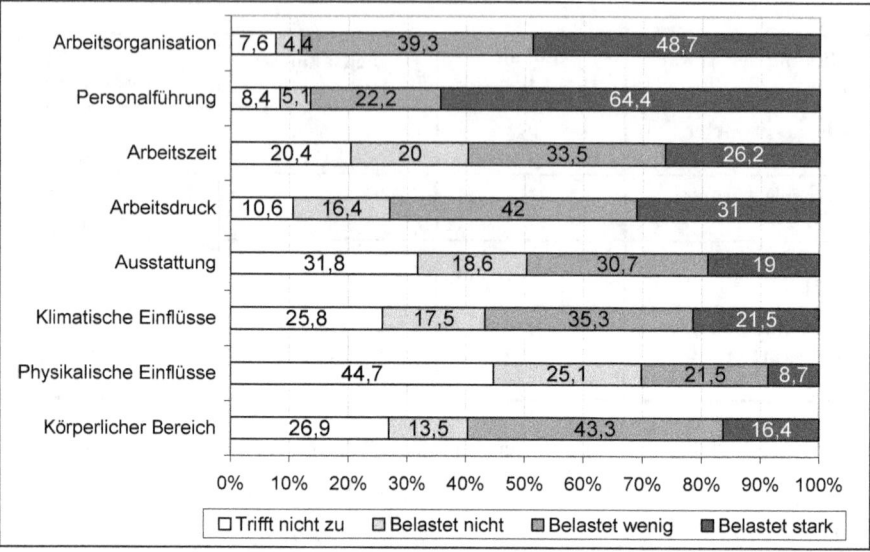

Anm.: [a] **Arbeitsorganisation:** Zeitdruck, Hektik, schlechte Zuarbeit, oder Zusammenarbeit, häufige Störungen
Personalführung: fehlende Anerkennung, unklare oder widersprüchliche Anweisungen, fehlende Informationen
Arbeitszeit: lange Anfahrtswege, lange Arbeitszeiten, häufige Überstunden, ungünstige Arbeitszeiten/Schichtarbeit
Arbeitsdruck: zu viel Arbeit, Leistungsdruck, monotone Arbeit, starke Konzentration/Anspannung, hohe Verantwortung
Ausstattung: ungünstige Beleuchtung, fehlendes/schlechtes Werkzeug oder Material, mangelnde Schutzausrüstung, Unfallgefahr
Klimatische Einflüsse: Hitze, Kälte, zu feuchte/trockene Luft, Durchzug, Arbeit bei schlechtem Wetter/schlechter Lüftung
Physikalische Einflüsse: Staub, Lärm, Schmutz, Rauch, Ruß, Gase, Umgang mit Gefahrstoffen oder Strahlen
Körperlicher Bereich: einseitige/verkrampfte Haltung, vorwiegend stehend/sitzend/kniend arbeitend, schweres Heben, Vibrationen

Fast zwei Drittel aller Befragten empfanden die Personalführung innerhalb ihrer Anstalt als starke Belastung. Annähernd die Hälfte sah dies ebenso für den Bereich der Arbeitsorganisation. Dies ist ein bedenkliches Ergebnis. Die Ergebnisse sind aber kongruent zu den gefundenen Werten bezüglich des Vertrauens zu den direkten Vorgesetzten und der Anstaltsleitung sowie zu der Wahrnehmung einer angespannten Anstaltsatmosphäre (vgl. unten *Kap. 7.3*).

Obwohl die Personalführung und die Arbeitsorganisation über alle Berufsgruppen hinweg die größte Belastung darstellten, galt dies für den AVD in besonderem Maße. *Tab. 47* zeigt, dass sich 74,4% der befragten Mitarbeiter im AVD stark durch die Personalführung belastet sahen. Innerhalb der Fachdienste waren es knapp 60% und in der Verwaltung etwas mehr als die Hälfte. Innerhalb des Werkdienstes waren es mit 46% bereits etwas weniger, die in der Personalführung eine starke Belastung sahen und innerhalb der Leitung selbst stellte dies für 53% allenfalls eine geringe Belastung dar. Die Organisation der Arbeit scheint dagegen auch innerhalb der Leitung ein stark belastendes Problem zu sein.

Auffällig ist, dass der körperliche Bereich (z. B. einseitige/verkrampfte Haltung, vorwiegend stehend/sitzend/kniend arbeitend) vorwiegend innerhalb der Verwaltung, den Fachdiensten und der Leitung auftauchte, was sicherlich mit einer überwiegenden Arbeit am Schreibtisch erklärt werden kann, was sich bereits durch das häufige Auftreten von entsprechenden gesundheitlichen Problemen (Verspannungen bzw. Rückenschmerzen, Kopfschmerzen) bei diesen Mitarbeitergruppen zeigte.

Die Arbeitsumgebung in den Werkstätten kann auch bezogen auf den Werkdienst eine Erklärung dafür sein, dass es im Bereich der physikalischen Einflüsse (Staub, Lärm, Schmutz, Umgang mit Gefahrstoffen ect.) signifikant häufiger zu einer wahrgenommenen starken Belastung kam, als in den anderen Berufsgruppen.

Ebenfalls im AVD und Werkdienst traten häufiger starke Belastungen aufgrund von klimatischen Einflüssen auf, als bei den anderen Mitarbeitergruppen. Hier können die Hofaufsicht bzw. häufige Wege zwischen den einzelnen Hafthäusern und anderen Örtlichkeiten innerhalb der Anstalt eine Rolle spielen.

Im Bereich der Ausstattung (fehlendes/schlechtes Werkzeug oder Material, mangelnde Schutzausrüstung, Unfallgefahr) bemängelten über 30% der Mitarbeiter im Werkdienst eine starke Belastung. Mit Blick auf das höhere Auftreten von Arbeitsunfällen im Werkdienst (vgl. *Kap. 6.3.2*) sollten hier im Sinne des Arbeitsschutzes vermehrte Kontrollen durchgeführt und sichergestellt werden, dass die Mitarbeiter mit den notwendigen Materialien ausgestattet sind.

Im Bereich der Arbeitszeit wiederum fühlten sich weniger Mitarbeiter im Werkdienst, der Verwaltung und der Fachdienste stark belastet. Häufiger dagegen gaben Mitarbeiter im AVD sowie der Leitung eine starke Belastung an. Dies ist wohl im AVD auf den Schichtdienst und innerhalb der Leitung auf die durchschnittlich höheren Überstunden (vgl. *Kap. 5.6.5*) zurückzuführen.

Tabelle 47: Belastung durch Arbeitsplatzsituation (%, ohne Kategorie trifft nicht zu und belastet nicht)[a]

	AVD n = 176		Werkdienst n = 13		Verwaltung n = 36		Fachdienste n = 23		Leitung n = 15		Sonstige n = 9	
	belastet wenig	belastet stark	belastet wenig	belastet stark	belastet wenig	belastet stark	belastet wenig	belastet stark	belastet wenig	belastet stark	belastet wenig	belastet stark
Körperl. Bereich	42,0	11,4	53,8	-	47,2	22,2	34,8	39,1	46,7	33,3	66,7	22,2
Physikal. Einflüsse	19,3	8,50	46,2	23,1	19,4	5,6	26,1	8,7	20,0	6,7	22,2	11,1
Klimat. Einflüsse	35,2	25,0	61,5	23,1	25,0	16,7	30,4	17,4	33,3	-	44,4	22,2
Ausstattung	30,9	23,4	38,5	30,8	19,4	5,6	39,1	4,3	33,3	13,3	33,3	22,2
Arbeitsdruck	45,7	25,7	46,2	7,7	25,0	41,7	52,2	34,8	40,0	46,7	22,2	66,7
Arbeitszeit	38,1	32,4	46,2	7,7	16,7	2,8	34,8	13,0	20,0	46,7	22,2	11,1
Personalführung	15,9	74,4	30,8	46,2	30,6	52,8	30,4	56,5	53,0	-	22,2	66,7
Arbeitsorganisation	42,6	48,9	46,2	30,8	27,8	47,2	21,7	60,9	40,0	53,3	55,6	33,3

Anm.: [a] Zu den Erläuterungen vgl. *Abb. 17.*

7.2.3 Einzelfaktoren der Arbeitsanalyse

Die Zufriedenheit mit dem eigenen Arbeitsplatz wird durch verschiedene Einzelfaktoren[604] bestimmt. Diese lassen sich in Stressoren und Ressourcen unterteilen. Während Stressoren als Belastungen[605] verstanden werden, können sich Ressourcen, sofern sie vorhanden sind, einen Ausgleich zu empfundenen Belastungen darstellen oder die Arbeitszufriedenheit allgemein steigern.[606]

Mit dem Wandel der Arbeitswelt von der Produktionsarbeit zur Dienstleistung veränderte sich auch die Art bzw. Intensität der Belastungen. Psychische Fehlbelastungen, wie ein starker Termin- und Leistungsdruck, monotone Arbeiten sowie geringe Handlungs- und Entscheidungsspielräume stehen mittlerweile im Vordergrund.[607] Als positive Faktoren werden dagegen eine soziale Rückendeckung, eine reibungslose Zusammenarbeit, eine ausgeglichene Informations- und Beteiligungspolitik sowie die betrieblichen Leistungen verstanden, die sich auf Aufstiegs- und Weiterbildungsmöglichkeiten beziehen und damit neben dem eigentlichen Entlohnungssystem stehen.[608] Die soziale Rückendeckung bezieht sich dabei auf die Unterstützung innerhalb eines Teams und die Wahrnehmung, ob sich Mitarbeiter auf ihre Kollegen oder Vorgesetzten verlassen können.[609] Die Zusammenarbeit dagegen geht auf vorhandene Kommunikationsmöglichkeiten ein und das Ausmaß, in dem Kollegen oder Vorgesetzte um Rat gefragt werden können sowie die Frage nach einer Rückmeldung über die Qualität der eigenen geleisteten Arbeit.[610]

---

604 Zur Bildung der Einzelfaktoren vgl. *Kap. 6.4.2* sowie *Prümper/Hartmannsgruber/Frese* 1995. In der Arbeit wurde vor allem auf situative Faktoren eingegangen, die die Arbeitsumgebung der Bediensteten betreffen, nicht aber auf personelle Faktoren, die sich auf die Persönlichkeit des einzelnen beziehen und z. B. darauf auswirken, wie auf bestimmte Situationen reagiert wird.

605 Die Bedeutung des Begriffs Belastung ist allerdings nicht klar definiert, da dieser eher neutral verwendet werden sollte. Negative Auswirkungen werden erst durch den Begriff Fehlbelastung deutlich. Die Schwere und Dauer von Belastungen hängt wiederum von den objektiven Bedingungen der Arbeit sowie von den biografischen Merkmalen, Qualifikationen, Kompetenzen und Bewältigungsstrategien eines Menschen ab, *vgl. Zimolong/Elke* 2005, S. 13.

606 Vgl. *Zimolong/Elke* 2005, S. 34. In der Motivationsforschung werden verschiedene theoretische Modelle vorgeschlagen, die den Einfluss verschiedener Faktoren auf die Arbeitszufriedenheit in inhaltlicher oder formaler Hinsicht erklären sollen. Eine Übersicht hierzu gibt *Mertel* 2006, S. 13 ff.

607 Vgl. *Zimolong/Elke* 2005, S. 15.

608 *Prümper/Hartmannsgruber/Frese* 1995, S. 127.

609 *Prümper/Hartmannsgruber/Frese* 1995, S. 127.

610 *Prümper/Hartmannsgruber/Frese* 1995, S. 127.

Es zeigt sich, dass von einem Großteil der Befragten die soziale Rückendeckung sowie die Zusammenarbeit innerhalb des eigenen Arbeitsbereiches eher positiv eingeschätzt wurden (vgl. *Abb. 18*). Dennoch nahmen ca. 34% die Zusammenarbeit und 28% die soziale Rückendeckung nur mittelmäßig bis gar nicht wahr. Die Faktoren der Information und Mitsprache bzw. der sonstigen betrieblichen Leistungen, die positive Wirkung entfalten sollen, wurden insgesamt als nur gering ausgeprägt eingeschätzt. Die betrieblichen Leistungen wurden von fast der Hälfte der Befragten als nicht vorhanden eingestuft. (vgl. auch *Tab. 48*).

Abbildung 18: Einschätzung der Ressourcen (%)

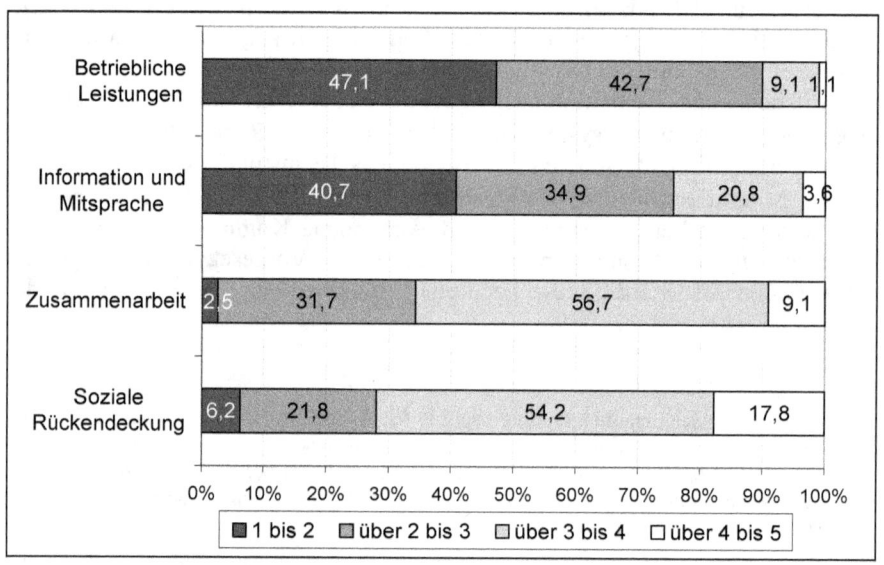

Anm.:   5er-Skala: 1 = trifft gar nicht zu bis 5 = trifft völlig zu.

Unterschiede zeigen sich vor allem zwischen den einzelnen Berufsgruppen (vgl. *Abb. 19*). Der Bereich der betrieblichen Leistungen wurde insbesondere vom AVD eher negativ eingeschätzt, während innerhalb der Leitung und der Verwaltung diese etwas positiver gesehen wurden. Innerhalb der Leitung wurde weiterhin der Bereich der Information und Mitsprache mit einem Wert von 3,7 als recht positiv eingeschätzt, während dieser Wert im AVD weit darunter bei 2,43 lag. Dies kann mit den vermehrten Entscheidungsbefugnissen der Leitungsebene erklärt werden und damit, dass sich diese Mitarbeiter sozusagen an der Quelle der Information befinden. Eine soziale Rückendeckung wird vor allem bei den Mitarbeitern des Werkdienstes als überwiegend gegeben wahrgenommen.

Abbildung 19: Ressourcen innerhalb der Berufsgruppen (Mittelwerte)[a]

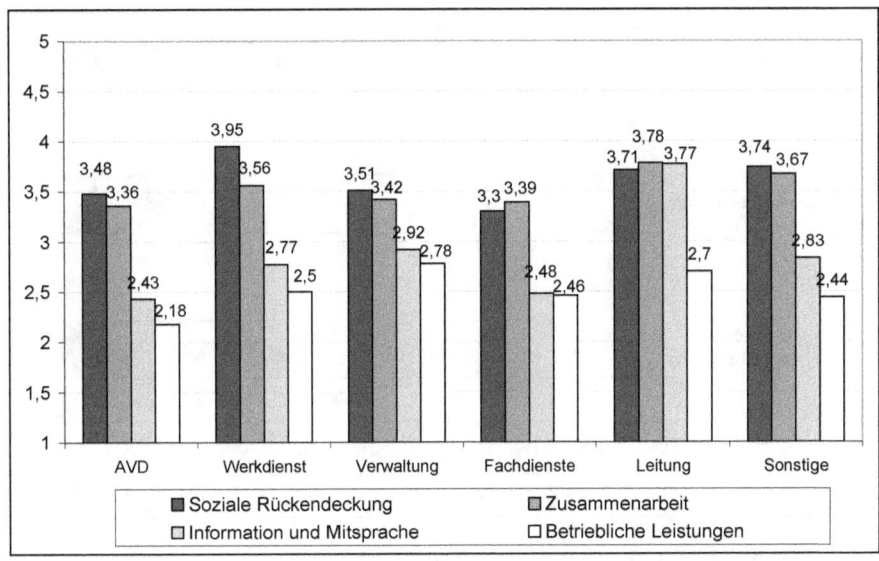

Anm.: [a] Mittelwerte auf 5er-Skala: 1 = trifft gar nicht zu bis 5 = trifft völlig zu.

Den mehr oder weniger stark ausgeprägten Ressourcen im Arbeitsalltag stehen verschiedene Stressoren gegenüber. Hierzu gehören z. B. eine hohe quantitative Arbeitsbelastung, häufige Unterbrechungen der eigentlichen Arbeit sowie das Vorliegen von Umgebungsbelastungen. Dabei bezieht sich der Faktor der Arbeitsunterbrechungen auf Störfaktoren, die den Mitarbeiter an der Umsetzung seiner Arbeitsaufgaben hindern, wie z. B. häufige Unterbrechungen oder dass notwenige Materialien oder Informationen nicht zur Verfügung stehen.[611] Die Umgebungsbelastungen beziehen sich dagegen auf eine ungenügende Raumausstattung sowie auch physikalische, chemische oder klimatische Einflüsse, wie z. B. Staub, Lärm, Hitze, Zugluft.[612]

Auch hierbei traten in der Befragung Unterschiede zwischen den einzelnen Mitarbeitergruppen auf (vgl. *Abb. 20* und *21*).

---

611 *Prümper/Hartmannsgruber/Frese* 1995, S. 127 f.

612 *Prümper/Hartmannsgruber/Frese* 1995, S. 127.

Abbildung 20: Einschätzung der Stressoren (%)

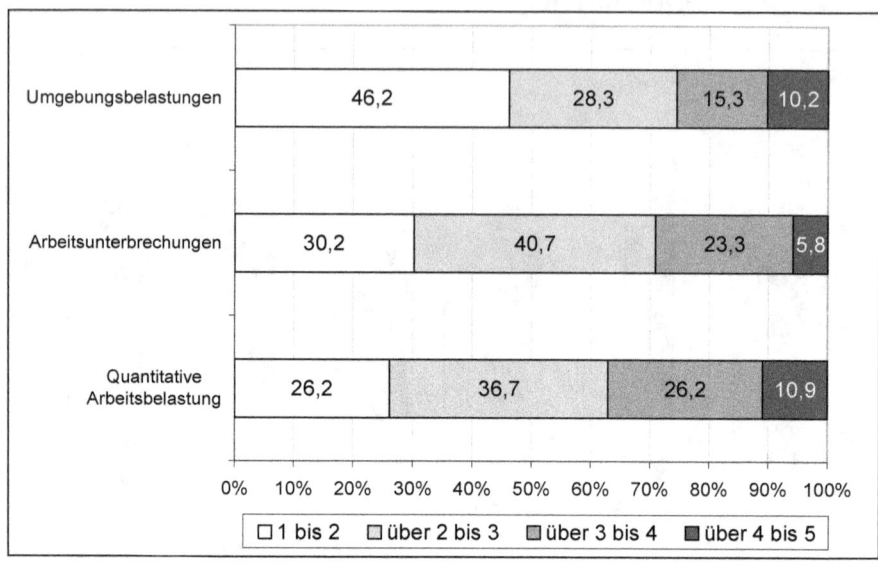

Anm.:   5er-Skala: 1 = trifft gar nicht zu bis 5 = trifft völlig zu.

Abbildung 21: Stressoren innerhalb der Berufsgruppen (Mittelwerte)[a]

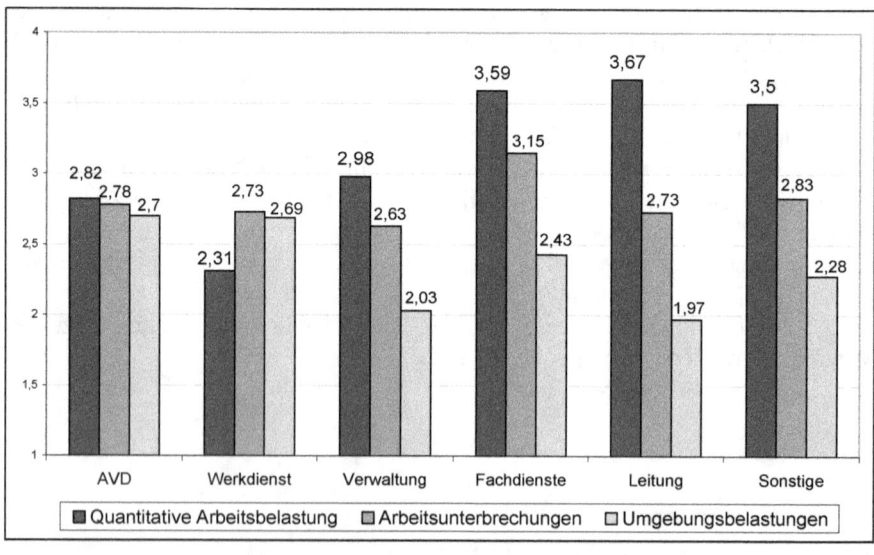

Anm.:   [a] Mittelwerte auf 5er-Skala: 1 = trifft gar nicht zu bis 5 = trifft völlig zu.

Vor allem Fachdienst- und Leitungspersonal gaben an, dass sie sehr viel bis zu viel Arbeit hätten, während die quantitative Arbeitsbelastung vor allem vom Werkdienst als weniger ausgeprägt eingeschätzt wird. Dafür scheinen Umgebungsbelastungen häufiger in den Berufsgruppen vorzuliegen, die über keine eigenständigen Büroräume verfügen bzw. in Werkstätten arbeiten und z. B. auch bei der Wahrnehmung von Hofaufsichten ungünstigen Wetterbedingungen ausgesetzt sind. Im Anstaltsvergleich wird dabei deutlich, dass die Mitarbeiter in Bützow, also der ältesten Anstalt, die Umgebungsbelastungen mit einem Wert von 2,75 höher einschätzten, als die Bediensteten der anderen Anstalten (Landesdurchschnitt: 2,5). Aber auch in Neubrandenburg und Waldeck wurden die Umgebungsbelastungen mit einem Mittelwert von jeweils 2,6 relativ hoch eingeschätzt. Signifikant niedriger lagen die Mittelwerte nur in Neustrelitz (2,4) sowie in Stralsund und Wismar mit jeweils einem Mittelwert von 1,9.

Tab. 48 ermöglicht einen Gesamtüberblick über die Ergebnisse der Einzelfragen (Mittelwertvergleich). Dabei wird deutlich, dass die Einschätzung über eine ausreichende Information zu wichtigen Vorgängen in der Anstalt stark abweichend von den einzelnen Berufsgruppen beurteilt wurde. AVD und Fachdienste hielten sich gleichermaßen für schlecht informiert. Das Gleiche gilt für die Frage, ob die Anstaltsleitung bereit ist, Ideen und Vorschläge der Bediensteten zu berücksichtigen. Während der Wert innerhalb der Leitung selbst bei 3,43 lag, wurde bei den Mitarbeitern des AVD nur ein Wert von 2,21 erreicht.

Weitere deutliche Unterschiede finden sich bei der Frage, ob sich die Mitarbeiter auf ihren Vorgesetzten verlassen können, wenn es Schwierigkeiten bei der Arbeit gibt sowie der Frage nach der Rückmeldung über die Qualität der eigenen Arbeit. Vor allem die Mitarbeiter der Fachdienste, aber auch des AVD gaben an, nur bedingt Rückmeldung über die Qualität ihrer Arbeit zu erhalten. Zudem wird innerhalb der Fachdienste ein deutlich geringerer Wert erreicht, wenn es um die Frage geht, ob sich die Mitarbeiter auf ihren Vorgesetzten verlassen können, wenn es bei der Arbeit schwierig wird (vgl. *Tab. 48*).

Tabelle 48: Einzelaspekte der Arbeitsanalyse (Mittelwerte und *Standardabweichungen*)[a]

	AVD	Werk-dienst	Ver-waltung	Fach-dienste	Leitung	Sonstige	starke Belastung[b]
Bei meiner Arbeit habe ich insgesamt gesehen häufig wechselnde, unterschiedliche Arbeitsaufgaben.	2,99 *1,18*	3,31 *1,32*	3,08 *1,38*	2,96 *1,11*	3,87 *0,915*	3,22 *1,20*	5,8% n = 16
Bei meiner Arbeit sehe ich selber am Ergebnis, ob meine Arbeit gut war oder nicht.	3,18 *1,21*	4,08 *1,04*	4 *0,956*	3,43 *1,24*	3,67 *1,05*	3,67 *1,12*	4% n = 11
Ich kann mich auf meine Kollegen verlassen, wenn es bei der Arbeit schwierig wird.	3,84 *0,893*	3,92 *1,04*	3,89 *0,887*	3,78 *0,671*	3,53 *0,834*	3,56 *0,882*	12,7% n = 35
Ich kann mich auf meinen Vorgesetzten verlassen, wenn es bei der Arbeit schwierig wird.	3,22 *1,11*	4 *1,23*	3,17 *1,34*	2,87 *1,10*	3,73 *0,961*	4 *1,00*	21,7% n = 60
Man hält in der Abteilung gut zusammen.	3,41 *0,942*	3,92 *1,32*	3,47 *1,03*	3,26 *1,01*	3,87 *0,834*	3,67 *1,00*	13,4% n = 37
Diese Arbeit erfordert enge Zusammenarbeit mit anderen Leuten in der Anstalt.	3,78 *0,984*	3,69 *1,11*	3,91 *1,04*	4,17 *0,650*	4,33 *0,816*	3,89 *0,782*	8% n = 22
Ich kann mich während der Arbeit mit verschiedenen Kollegen über dienstliche und private Dinge unterhalten.	3,58 *0,955*	3,54 *0,877*	3,44 *0,877*	3,45 *1,14*	3,87 *0,816*	3,78 *1,09*	2,5% n = 7
Ich bekomme von Vorgesetzten und Kollegen Rückmeldung über die Qualität meiner Arbeit.	2,71 *1,03*	3,46 *1,13*	2,88 *0,913*	2,5 *1,19*	3,13 *1,13*	3,33 *1,00*	19,6% n = 54

	AVD	Werk-dienst	Ver-waltung	Fach-dienste	Leitung	Sonstige	starke Belastung[b]
Mein Arbeitsplatz ist isoliert und ich habe nur mangelnden Kontakt zu Kollegen.	1,97 *1,16*	2,69 *1,25*	1,67 *1,15*	2,05 *0,95*	2,00 *0,926*	1,78 *1,20*	6,9% n = 19
Es werden zu hohe Anforderungen an meine Konzentrationsfähigkeit gestellt.	2,01 *1,01*	2,08 *1,19*	1,92 *0,967*	2,26 *1,01*	2,07 *0,704*	2,78 *1,48*	5,8% n = 16
Ich habe einen unregelmäßigen Arbeitsrhythmus.	3,26 *1,5*	1,46 *0,877*	1,78 *1,2*	1,70 *1,02*	2,13 *1,19*	1,56 *0,726*	15,9% n = 44
Ich stehe häufig unter Zeitdruck.	3,02 *1,09*	2,23 *1,01*	2,92 *1,18*	3,57 *1,08*	3,53 *0,99*	3,78 *0,667*	21,7% n = 60
Pausen finden nicht oder nur zu unregelmäßigen Zeiten statt.	3,14 *1,36*	2,00 *1,23*	2,06 *1,25*	2,13 *0,968*	3,00 *1,31*	2,44 *1,13*	11,6% n = 32
Die aufgestellten Dienstpläne sind verlässlich.	2,86 *1,33*	3,77 *1,17*	3,91 *1,34*	3,81 *1,17*	3,71 *1,07*	3,29 *1,38*	19,2% n = 53
Urlaubstermine werden wunschgemäß genehmigt.	3,81 *1,1*	3,92 *1,12*	4,19 *0,980*	4,32 *0,646*	4,47 *0,743*	4,44 *0,527*	7,6% n = 21
Ich habe zuviel Arbeit.	2,60 *1,09*	2,38 *1,12*	3,03 *1,18*	3,61 *1,12*	3,20 *1,37*	3,22 *0,441*	14,5% n = 40
Oft stehen mir die benötigten Informationen, Materialien oder Arbeitsmittel (z. B. Computer) nicht zur Verfügung.	2,25 *1,00*	2,38 *1,19*	1,83 *0,910*	2,61 *1,37*	2,00 *1,07*	2,33 *1,23*	11,2% n = 31
Ich werde bei meiner eigentlichen Arbeit immer wieder unterbrochen (z. B. durch das Telefon).	3,30 *1,12*	3,08 *0,954*	3,46 *1,04*	3,70 *0,926*	3,47 *0,834*	3,33 *1,23*	25% n = 69

	AVD	Werk-dienst	Ver-waltung	Fach-dienste	Leitung	Sonstige	starke Belastung[b]
An meinem Arbeitsplatz gibt es ungünstige Umgebungsbedingungen, wie Lärm, Klima etc.	2,68 *1,31*	2,69 *1,11*	2,19 *1,33*	2,41 *1,37*	1,87 *0,834*	2,22 *1,48*	15,9% n=44
An meinem Arbeitsplatz sind Räume und Raumausstattung ungenügend.	2,74 *1,39*	2,69 *1,32*	1,83 *1,1*	2,48 *1,34*	2,07 *1,22*	2,33 *1,66*	14,1% n=39
Über wichtige Dinge und Vorgänge in unserer Anstalt sind wir ausreichend informiert.	2,62 *1,06*	3,00 *1,08*	2,97 *1,08*	2,57 *0,870*	4,00 *0,655*	2,78 *0,667*	25,4% n=70
Die Leitung der Anstalt ist bereit, die Ideen und Vorschläge der Bediensteten zu berücksichtigen.	2,21 *0,980*	2,54 *1,13*	2,82 *1,06*	2,45 *1,01*	3,43 *0,938*	2,89 *0,782*	30,8% n=85
Unsere Anstalt / unser Arbeitgeber bietet gute Weiterbildungsmöglichkeiten.	2,82 *3,00*	2,92 *1,19*	3,50 *1,03*	2,91 *1,13*	3,33 *0,724*	3,0 *0,866*	11,2% n=31
Bei uns gibt es gute Aufstiegschancen.	1,52 *0,703*	2,08 *1,12*	1,91 *1,04*	1,95 *0,722*	2,07 *0,704*	1,63 *0,744*	42% n=116
Ich halte meine Bezahlung für angemessen.	3,24 *1,17*	3,23 *1,30*	3,31 *1,35*	3,14 *1,15*	3,33 *1,23*	2,67 *1,32*	16,7% n=46
Mein Arbeitsplatz ist sicher.	4,38 *0,913*	4,38 *0,768*	4,57 *0,558*	4,50 *0,607*	4,80 *0,414*	4,89 *0,333*	4,3% n=12

Anm.: [a] Mittelwerte auf 5er-Skala: 1 = trifft gar nicht zu bis 5 = trifft völlig zu; [b] Anteil an der Gesamtstichprobe.

Neben den Mittelwertangaben ist in *Tab. 48* auch der Anteil derjenigen angegeben, die sich durch das Vorliegen bzw. Nichtvorliegen eines bestimmten Faktors stark belastet fühlten. Dies ist von Interesse, weil sich das Vorliegen einer bestimmten Gegebenheit je nach Persönlichkeit eines Menschen nicht unbedingt als Belastung darstellen muss.

Dabei zeigte sich, dass Faktoren, die üblicherweise als Ressource betrachtet werden, aufgrund ihres geringen Vorhandenseins häufig als starke Belastung empfunden wurden. Dies galt vor allem im Bereich der betrieblichen Leistungen für die Frage nach den Aufstiegschancen. Dass es innerhalb des Justizvollzugs gute Aufstiegschancen gäbe, wurde überwiegend als nicht bzw. wenig zutreffend eingeschätzt. 42% aller Teilnehmer (n = 116) sahen hierin eine starke Belastung. Es scheint nicht verwunderlich, dass 30,6% aller Befragten angaben, sich öfters bezüglich Beförderungen und Weiterbildungsmaßnahmen übergangen zu fühlen. Bei 42,8% ist dies zumindest gelegentlich der Fall. Dabei wird ganz überwiegend nicht zwischen männlichen und weiblichen Kollegen differenziert, vielmehr waren 97,6% der Befragten im Allgemeinen mit der Beförderungspraxis unzufrieden.

Hinzu treten die wahrgenommene mangelnde Informations- und Beteiligungsmöglichkeit. Hierdurch sahen sich 25% bzw. 30% stark belastet. Ebenfalls von vielen Mitarbeitern als starke Belastung empfunden wurde das Vorgesetztenverhalten. Wer sich durch seine Vorgesetzten in schwierigen Situationen nicht unterstützt sah, empfand dies als starke Belastung (r = -.707**). Dasselbe galt, wenn auch in etwas geringerer Form, für die Rückmeldung über die eigene Arbeit. Je weniger die Bediensteten Rückmeldung über die Qualität ihrer Arbeit erhielten, desto mehr empfanden sie dies als Belastung (r = -.532**).

Weitere Faktoren, durch die sich vergleichsweise viele Befragungsteilnehmer stark belastet fühlten, waren die Wahrnehmung von Zeitdruck während der Arbeit (r = .633**) und die Verlässlichkeit der Dienstpläne (r = -.703**). Dienstpläne stellten sich vor allem für Mitarbeiter im AVD als weniger verlässlich dar (vgl. zur Problematik der Dienstplangestaltung auch *Kap. 8.1.4*). Plötzliche Ausfälle z. B. durch Krankheitsfälle führen häufig dazu, dass Dienstpläne kurzfristig umgeworfen werden müssen und Mitarbeiter aus ihren freien Tagen zurück gerufen werden. Das Leitungspersonal steht hierbei vor der schwierigen Frage, entweder Stationen bzw. einzelne Bereiche mit weniger Personal laufen zu lassen, was zum einen ein Sicherheitsrisiko sein kann, zugleich aber auch eine Mehrbelastung der verbleibenden Mitarbeiter bedeutet. Oder es werden Mitarbeiter aus ihren Freitagen zurück gerufen, was bei diesen zu Verärgerung führt und zudem nötige Erholungsphasen verringert.[613]

---

613 Auch *Bögemann* 2004, S. 129 sieht in den sog. Springerdiensten und den Rückruf aus einem dienstfreien Wochenende einen ungünstigen Einfluss auf die Atmosphäre einer Anstalt. Die Dienstplangestaltung werde als willkürlich erachtet und die Bereitschaft Mehrarbeit zu leisten und für kranke Mitarbeiter einzuspringen nehme ab.

Immerhin zeigten sich die Mitarbeiter mit der Urlaubsplanung überwiegend zufrieden. Hier waren es nur 7,6% der Befragten, die sich dadurch stark belastet fühlten.

Innerhalb der analysierten Problembereiche gab es keine signifikanten Unterschiede hinsichtlich der Altersgruppen. Vielmehr schienen die Unterschiede mit den unterschiedlichen Tätigkeiten und Befugnissen innerhalb der einzelnen Berufsgruppen verbunden zu sein. Lediglich im Bereich der betrieblichen Leistungen sowie der Information und Mitsprache erreichten die älteren Mitarbeiter höhere Werte, was möglicherweise auf ihre im Vollzug gewonnen Erfahrungen, aber auch im Laufe der Zeit in der Hierarchie erreichten höheren Positionen zurück zu führen ist (bzgl. des höheren Durchschnittsalters innerhalb der Leitungsgruppe vgl. *Kap. 5.6.3*).

Auch bezogen auf die Höhe der Fehltage lassen sich nur wenige Unterschiede feststellen. So wurden mit steigender Zahl der Fehltage z. B. die soziale Rückendeckung und die Zusammenarbeit am Arbeitsplatz schlechter eingeschätzt. Die Quantitative Arbeitsbelastung wurde dagegen als leicht höher wahrgenommen.

7.2.4 Weitere Aspekte der Arbeitsanalyse

In der Literatur und Forschung wird öfter angenommen, dass eine geistige Unterforderung bzw. eingeschränkte Handlungsmöglichkeiten in einem hierarchischen System zu Belastungen und Unzufriedenheit mit der eigenen Arbeit innerhalb von Vollzugsmitarbeitern führen.[614] Das Gleiche gilt für Vermutungen hinsichtlich eines erlebten Rollenkonflikts.[615]

Abb. 22 verdeutlicht, dass sich die befragte Gruppe hinsichtlich der untersuchten Aspekte erneut als sehr heterogen darstellt. Annähernd die Hälfte aller Teilnehmer schätzte die Frage nach ihrem Handlungsspielraum eher positiv ein. Die Mitarbeiter können zwar nicht vollkommen, aber doch in gutem Maße die Arbeit selbständig planen und einteilen, bzw. haben sie einen eigenen Einfluss auf die Reihenfolge der Arbeitserledigung. Auch hinsichtlich der geistigen Forderung, also dem Umfang, in dem jeder Mitarbeiter sein Wissen und Können einsetzen oder auch Neues dazu lernen kann, wurde von ungefähr der Hälfte der Befragten als überwiegend gegeben angesehen. Ca. 37% der Befragten sahen diese Aspekte als weniger gegeben an. Noch 17% der Befragten waren der Meinung, keinen bzw. nur einen geringen Handlungsspielraum zu haben und 14,5% sahen sich in ihrer Arbeit nicht geistig gefordert.

---

614 Vgl allgemein dazu auch *Zimonlong/Elke* 2005, S. 15.

615 *Lehmann/Greve* 2006, S. 15 m. w. N.

Abbildung 22: Weitere Arbeitsplatzfaktoren (%)[a]

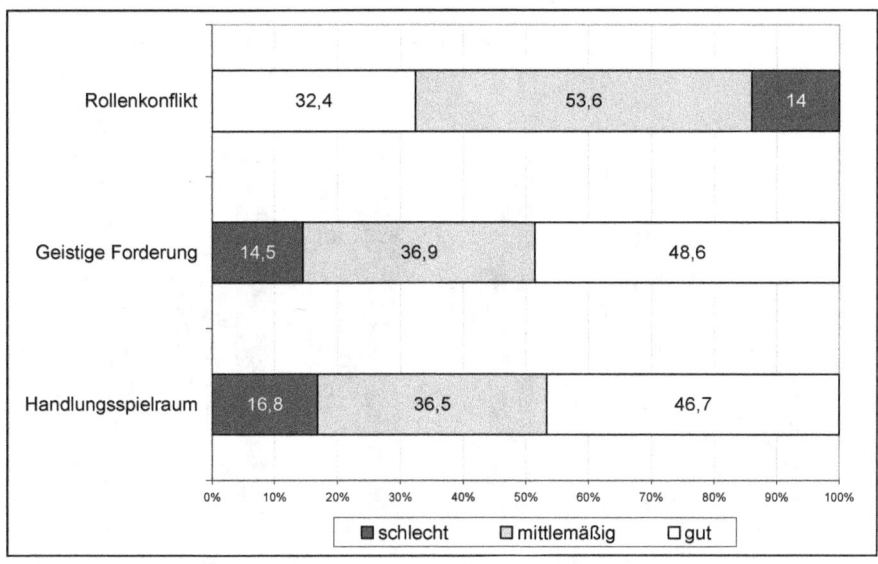

Anm.:   Die Bereiche schlecht, mittelmäßig und gut wurden anhand der Werte innerhalb einer 4er-Skala (1 = gar nicht bis 4 = überwiegend) gebildet.

Die Faktoren Handlungsspielraum sowie geistige Forderung korrelieren deutlich miteinander (r = .485**), sodass davon auszugehen ist, dass es Arbeitsbereiche gibt, in denen sich Mitarbeiter unterfordert fühlen, ihr Wissen nicht adäquat einsetzen können und festen Vorgaben bzw. Handlungsabläufen folgen müssen. Mit Blick auf die Mittelwerte (4er-Skala) wird deutlich, dass dies vor allem die Bediensteten im AVD betraf. Diese wiesen sowohl beim Handlungsspielraum, als auch innerhalb der geistigen Forderung niedrigere Werte auf als die übrigen Berufsgruppen (vgl. *Abb. 23*). Der vorgegebene Handlungsablauf sowie geringe eigenständige Entscheidungsbefugnisse spielen hierbei eine Rolle. Dieser Umstand stellt aber überwiegend keine starke Belastung für die Mitarbeiter dar. Zu den Einzelfragen der Faktoren wurde auch die Belastung erfragt. Dabei haben jeweils unter 10% eine starke Belastung bezüglich einer geringen eigenen Handlungskompetenz angegeben.

Abbildung 23: Arbeitsplatzfaktoren innerhalb der Berufsgruppen (Mittelwerte)[a]

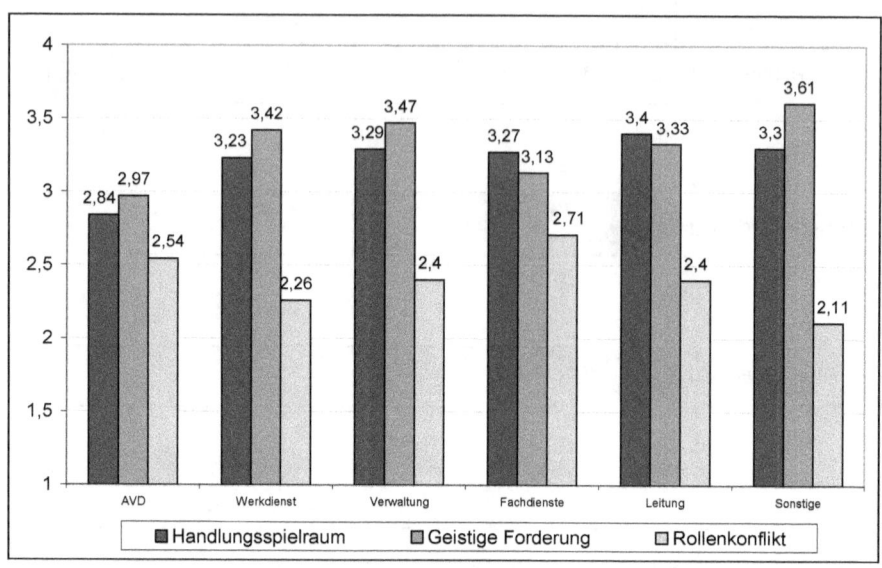

Anm.:   [a] Mittelwerte 4er-Skala: 1 = gar nicht bis 4 = überwiegend.

In Bezug auf den Rollenkonflikt, also dem Gefühl gegenläufigen Erwartungen ausgesetzt zu sein (vgl. *Kap. 3*), gaben immerhin 32,4% aller Befragten an, diesen Widerspruch für sich gar nicht bis ziemlich wenig (Bereich 1 bis 2) zu verspüren. Bei etwas mehr als der Hälfte war das Gefühl etwas stärker vorhanden (Bereich über 2 bis 3). Bei noch 14% kam der Rollenkonflikt stärker zum tragen (Bereich über 3 bis 4). Hierbei gab es überwiegend nur geringe Unterschiede zwischen den Berufsgruppen. Lediglich im Werkdienst lag der Wert erkennbar unterhalb der Werte der anderen Gruppen. Erstaunlich ist aber, dass der Wert bei den Fachdiensten höher lag als bei den übrigen Berufsgruppen. Hierbei wirkte sich vor allem die Einschätzung aus, widersprüchlichen Erwartungen ausgesetzt zu sein. Mehr als die Hälfte der Fachdienste (52,4%) gaben an, zumindest etwas widersprüchlichen Erwartungen verpflichtet zu sein. Bei 28,6% war dies sogar überwiegend der Fall. Bei den übrigen Gruppen war dies seltener der Fall. Möglicherweise befürchteten die Fachdienste aufgrund ihrer Arbeitsüberlastung (vgl. *Abb. 23*) und der mangelnden Zeit für die Gefangenen (vgl. oben *Tab. 41*) ihrem Behandlungsauftrag nicht gerecht werden zu können, insbesondere wenn Sicherheitsinteressen der Gesellschaft vor allem in den Massenmedien stärker betont werden.

Auffällig ist auch, dass die Einzelfragen im Bereich des Rollenkonflikts häufiger zu einer starken Belastungswahrnehmung führten, als dies z. B. im Bereich des Handlungsspielraums der Fall war. 27,9% fühlten sich durch die Tatsache, dass es Vorschriften gibt, die für sie keinen Sinn machen, aber dennoch befolgt werden müssten, stark belastet. Noch 16,3% bejahten eine starke Belastung, wenn sie sich in widersprüchlichen Erwartungen ausgesetzt sehen.

Der empfundene Rollenkonflikt verringert sich leicht mit zunehmendem Alter von 2,6 bei den 20 - bis 34-Jährigen, über 2,5 bei den 35 - bis 49-Jährigen auf 2,4 bei den 50 - bis 65-Jährigen. Die geistige Forderung und der eigene Handlungsspielraum werden dagegen mit zunehmendem Alter höher eingeschätzt.

Bezogen auf die Höhe der Fehlzeiten lassen sich jedoch keine Unterschiede ausmachen.

7.3 Arbeitsklimatisch bedingte Belastungen

7.3.1 Bedeutung des Anstaltsklimas

Nachdem bereits im vorangegangenen *Kap. 7.1.3* ersichtlich wurde, dass psychische Belastungen zu deutlichen Unterschieden im gesundheitlichen Wohlbefinden beitragen können, soll nun die Wahrnehmung über die Zusammenarbeit in den Anstalten genauer dargelegt werden.

Anstaltsklima, Atmosphäre oder Grundstimmung sind sowohl rechtlich als auch tatsächlich schwer fassbare Begriffe zur Umschreibung des täglichen Miteinanders bzw. den Umgang von Personen untereinander.[616] Untersuchungen hierzu beziehen sich zumeist auf das Verhältnis zwischen Bediensteten und Gefangenen.[617] Dabei wird jedoch weniger die Frage aufgeworfen, inwieweit das Verhältnis zwischen den einzelnen Mitarbeitern auch das Verhältnis zwischen Bediensteten und Gefangenen beeinflusst,[618] sei es durch eine negative oder

---

616 Vgl. auch *Alter* 2011, S. 1 f., der hinsichtlich des Anstaltsklimas auf die „subjektiv wahrgenommene, längerfristige Qualität der Zusammenarbeit aller am Vollzug Beteiligten" abstellt und damit auf den Unterschied zum Betriebsklima, welches sich nur auf die Beschäftigten beziehe, hinweist und damit deutlich macht, dass das Anstaltsklima durch die Bediensteten, die Gefangenen und indirekt auch durch die Sanktionseinstellungen in der Gesellschaft beeinflusst werde.

617 Eine Zusammenstellung hierzu findet sich bei *Drenkhahn* 2011, S. 25 ff. die zu dem Ergebnis kommt, dass das Klima einer Anstalt als harter Erfolgsfaktor angesehen werden könne, wenn es um die Erreichung eines humanen Strafvollzugs geht.

618 Vielmehr wird der Umgang der Bediensteten mit den Gefangenen diskutiert; vgl. auch *Morgenroth* 2011, S. 178, die über die innere Sicherheit von Vollzugsanstalten und das Sicherheitsempfinden von Gefangenen diskutiert, welches durch das Verhalten der

positive Vorbildfunktion oder durch einen selbst erlebten schlechten Umgang unter den Mitarbeitern, dessen Eindrücke und Auswirkungen sich im Verhalten zu den Gefangenen widerspiegeln.

Die Mitarbeiter in der vorliegenden Untersuchung wurden gefragt, wie sie die Atmosphäre in der Anstalt einschätzen, wobei nicht direkt auf das Verhältnis zwischen den Mitarbeitern untereinander bzw. auf das Verhältnis zwischen Mitarbeitern und Gefangenen abgestellt wurde, sondern nach einer Gesamtwahrnehmung gefragt war.

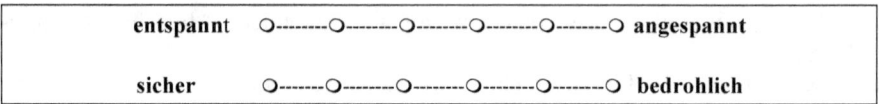

In der Tendenz schätzten die Teilnehmer die Atmosphäre als angespannt ein, wobei es Unterschiede zwischen weiblichen und männlichen Kollegen sowie zwischen den einzelnen Mitarbeitergruppen und den Anstalten gab. Auf einer 6er-Skala (1 = entspannt; 6 = angespannt) liegt der Mittelwert für die Gesamtstichprobe bei 4,36 und ebenfalls auf einer 6er-Skala (1 = sicher; 6 = bedrohlich) bei einem Mittelwert von 3,35.

Abbildung 24: Atmosphäre – entspannt bis angespannt (%)

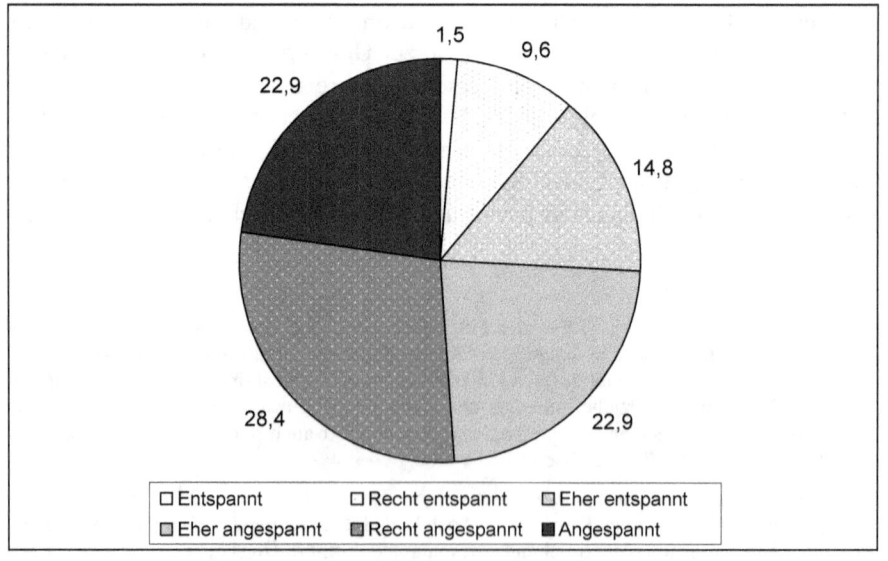

Vollzugsbeamten beeinflusst wird. Vgl. auch *Dünkel* 2007, S. 113 ff. zu den Ergebnissen des *Mare Balitkum Prison Surveys*.

Nur knapp 26% sehen die Atmosphäre in einem entspannten Bereich, 70% dagegen im angespannten Bereich. Davon stuften knapp 23% die Anstaltsatmosphäre sogar als eindeutig angespannt ein. Im Bereich der Sicherheit tendieren die Antworten dagegen leicht in Richtung „sicher" (vgl. *Abb. 24* und *25*).

Abbildung 25: Atmosphäre – sicher bis bedrohlich (%)

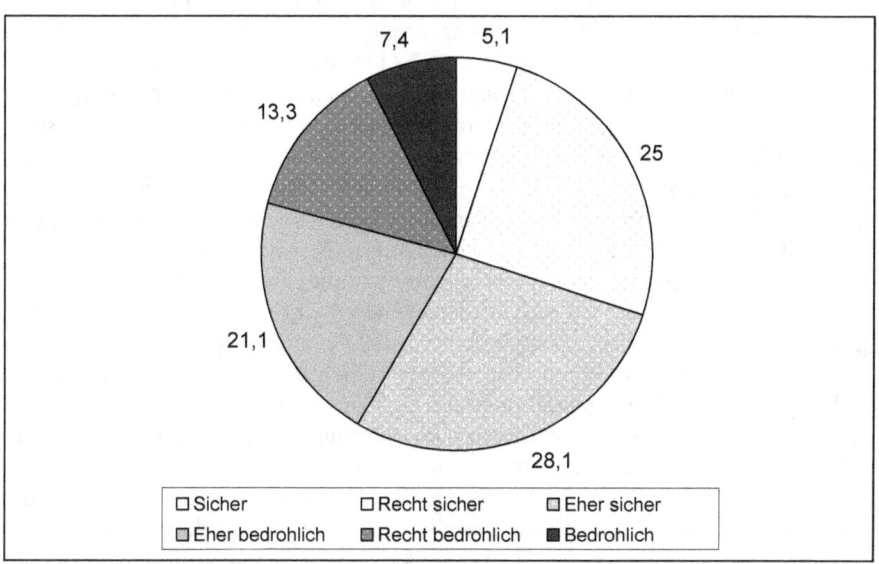

Diese Ergebnisse widersprechen in erheblicher Weise den von *Dünkel/ Kestermann/Zolondek* gefundenen Ergebnissen. In ihrer vergleichenden Studie zum Frauenstrafvollzug in Europa wurde den befragten Bediensteten die gleiche Frage gestellt. Damals schätzten in Deutschland lediglich 5,6% der Befragten die Atmosphäre als eindeutig „angespannt" ein. Der überwiegende Teil (mehr als 70%) stuften die Atmosphäre im Bereich „entspannt" ein. Im Bereich der Sicherheit fallen die Ergebnisse ebenfalls auseinander. Mehr als 80% antworteten in der Frauenstrafvollzugsstudie im Bereich „sicher".[619] Hierbei muss allerdings beachtet werden, dass sich die Größe der deutschen Stichprobe (N = 38)[620] im Frauenprojekt deutlich von der hier untersuchten Stichprobe unterscheidet. Insbesondere arbeiteten die befragten Bediensteten überwiegend im Frauenvollzug, dem allgemein eine angenehmere Atmosphäre zugesprochen

---

619 *Kestermann* (derzeit unveröffentlicht).

620 *Dünkel/Kestermann/Zolondek* 2005, S. 7.

wird.[621] In der vorliegenden Studie gaben lediglich 9 Bedienstete an ausschließlich oder zumindest auch im Frauenvollzug zu arbeiten. Diese schätzten die Atmosphäre als entspannter und sicherer ein (Mittelwert: 3,5 und 2,5) als ihre Kollegen, die ausschließlich im Männervollzug (Mittelwert: 4,37 und 3,49) tätig sind. Aufgrund der unterschiedlichen Stichprobengröße bleiben die Ergebnisse in ihrer Aussagekraft aber vage.

Die Ergebnisse zur Anstaltsatmosphäre ähneln allerdings denen des Mare-Balticum-Projekts zum Männererwachsenenstrafvollzug in den Ostseeanrainerstaaten. Damals lagen die Werte mit 4,57 (1 = entspannt; 6 = angespannt) und 3,55 (1 = sicher; 6 = bedrohlich) sogar noch etwas höher als in der vorliegenden Befragung.[622] Dies ist zum einen darauf zurück zu führen, dass im Mare-Balticum-Projekt nur AVD-Bedienstete befragt wurden und sich die Befragung bzgl. Mecklenburg-Vorpommerns auf die Anstalten Bützow und Waldeck beschränkte. In diesen Anstalten wurden auch in der vorliegenden Untersuchung höhere Werte erreicht als in den zusätzlich befragten Anstalten.

Die Unterschiede lassen auf erhebliche Spannungen innerhalb einzelner Anstalten schließen und setzen sich in den weiteren Ergebnissen fort und zeigen, dass eine vertrauensvolle Zusammenarbeit auf der einen Seite und die Zufriedenheit mit der eigenen Arbeitsplatzsituation einen erheblichen Einfluss auf die Wahrnehmung der Atmosphäre innerhalb der Anstalt haben (vgl. *Kap. 7.3.2* und *7.3.3*). Auf der anderen Seite finden sich Zusammenhänge zur Häufigkeit bestimmter gesundheitlicher Probleme. Auch *Dünkel/Kestermann/Zolondek* stützten mit ihren Ergebnissen die Annahme, dass die Intensität der Wahrnehmung eines angespannten Anstaltsklimas einhergeht mit dem Vorliegen bestimmter gesundheitlicher Beschwerden.[623] Diese Annahme wird auch in der vorliegenden Studie bestätigt. Grob lässt sich zunächst sagen, dass zwischen der Höhe der gesundheitlichen Gesamtbelastung (Gesundheitsindex) und der Intensität der wahrgenommenen angespannten bzw. bedrohlichen Atmosphäre ein erkennbarer Zusammenhang vorliegt (r = .366** und r = .375**).

---

621 *Einsele* 1988, S. 61, schreibt dies auch dem Einsatz von weiblichen Bediensteten im Frauenvollzug zu.

622 Dagegen lagen die Werte der Gesamtstichprobe für alle Länder bei 3,76 (Spannung) und 3,16 (Sicherheit).

623 Hinsichtlich der Wahrnehmung eines angespannten Anstaltsklimas und bestimmten Gesundheitsbeschwerden fanden sich folgende Korrelationen: Müdigkeit/Zerschlagenheit (r = .206**), Magenschmerzen (r = .171*), Rückenbeschwerden (r = .165*). Im Mare-Balticum-Projekt lagen die Ergebnisse etwas anders: Müdigkeit/Zerschlagenheit (r = .171**), Kopfschmerzen (r = .145*), Depressive Verstimmung (r = .168**). Die Angaben beziehen sich auf die jeweilige Gesamtstichprobe der beiden Projekte. Die Stichprobe Mecklenburg-Vorpommern war zu klein, um statistisch signifikante Aussagen treffen zu können.

Hinsichtlich der einzelnen Symptome und einer angespannten Atmosphäre ergaben sich folgende Korrelationen: Verspannungen (r = .270**), Rückenschmerzen (r = .196**), Kopfschmerzen (r = .258**), Herzprobleme (r = .207**), Schlafstörungen/Müdigkeit (r = .220**), Nervosität/Angespanntheit (r = .368**), Atemwegserkrankungen (r = .294**), Mutlosigkeit/Bedrückung (r = .277**), Magen- Verdauungsprobleme (r = .158**). Eine angespannte Atmosphäre kann auch dazu führen, dass Burnout-Tendenzen gefördert werden (vgl. *Kap. 8.4.3*).

Eine bedrohliche Atmosphäre korreliert positiv mit folgenden Symptomen: Rückenschmerzen (r = .211**), Verspannungen (r = .236**), Kopfschmerzen (r = .192**), Herzproblemen (r = .216**), Augenschmerzen (r = .144**), Hautproblemen (r = .219**), Schlafstörungen/Müdigkeit (r = .146*), Magen/Verdauungsproblemen (r = .229**), Nervosität/Angespanntheit (r = .274**), Atemwegsbeschwerden (r = .246**), Mutlosigkeit/Bedrückung (r = .250**).

Noch nicht geklärt ist damit allerdings die Frage, welche Faktoren im Arbeitsalltag die Wahrnehmung einer angespannten bzw. bedrohlichen Atmosphäre in den Anstalten beeinflussen. Zunächst einmal könnte die Größe der Anstalten eine Rolle spielen. Nimmt man bezogen auf die Anstaltsatmosphäre eine Unterscheidung nach den jeweiligen Anstalten vor, so werden signifikante Unterschiede zwischen ihnen deutlich (vgl. *Tab. 49*). In den kleineren Anstalten (Wismar, Stralsund, Neubrandenburg) wird die Atmosphäre als entspannter und sicherer empfunden als in den größeren Anstalten (Bützow, Waldeck, Neustrelitz).[624]

Tabelle 49: Atmosphäre in den Anstalten (Mittelwerte)[a]

Atmosphäre	Bützow	Waldeck	Stralsund	Neustrelitz	Neubrandenburg	Wismar
Spannung	4,24	5,29	3,63	4,26	3,42	3,3
Sicherheit	3,24	4,52	2,56	2,85	2,83	2,5

Anm.:   [a] 6er-Skala: 1 = entspannt/sicher bis 6 = angespannt/bedrohlich.

Kerner wies bereits 1977 zur Konzeption des neuen Strafvollzugsgesetzes auf das Problem der Anstaltsgröße hin, wobei er vor allem Anstalten mit 500 bis 1000 Gefangenen im Blick hatte. Nach seinen Ausführungen sei „die Größe allein schon dazu geeignet, unter den gegebenen Bedingungen eine unheilvolle Eigendynamik zu entwickeln. Es kommt ja jeweils noch die hohe Zahl von

---

624   Diese Einschätzung wird auch durch Gespräche mit Bediensteten bestätigt, die zuvor in einer der großen Anstalten gearbeitet hatten und dann in eine kleinere Anstalt gewechselt haben.

Vollzugsbediensteten hinzu, die gleichfalls hinter Mauern leben und trotz ihrer ganz anderen Ausgangslage sich dem Einfluss dieser Dynamik nicht entziehen können."[625]

Aber auch andere Faktoren können einen Einfluss auf die Wahrnehmung der Anstaltsatmosphäre haben. Zur Überprüfung wurde eine Regressionsanalyse durchgeführt (vgl. *Tab. 50*). Dazu wurden zunächst verschiedene Faktoren auf das Vorliegen einer signifikanten Korrelation, die einen Wert größer als $r = (\pm).2$ aufwies, überprüft. Dadurch konnten Faktoren wie das Geschlecht, Alter, Dienstalter, Höhe der Überstunden sowie verschiedene Stressoren und Ressourcen ausgeschlossen werden. Die übrigen Faktoren wurden in einer multivariaten Regression als mögliche Einflussfaktoren (Prädiktoren) überprüft. Dabei zeigte sich, dass ein erlebter Rollenkonflikt sowie die Wahrnehmung einer ausreichenden Information und Mitsprache keinen signifikanten Einfluss mehr hatten. Auch das Vertrauen in den direkten Vorgesetzten schied als relevanter Einflussfaktor aus. In einer schrittweisen Regression konnte schließlich ein Modell entwickelt werden, das zu ca. 35% den Umstand einer angespannten Anstaltsatmosphäre zu erklären vermag. Als wesentliche Einflussfaktoren stellten sich dabei die Anstaltsgröße nach Haftplätzen sowie das Vertrauen in die Anstaltsleitung heraus. Das Misstrauen gegenüber der Anstaltsleitung wiegt dabei viel. Je mehr der Anstaltsleitung misstraut wird, desto angespannter wird die Atmosphäre eingeschätzt.[626] Ein geringer, aber signifikanter Einfluss zeigte sich auch hinsichtlich der Belastungswahrnehmung bezüglich abgeleisteter Überstunden. Förderlich für ein positives Anstaltsklima dagegen zeigte sich eine als hoch eingeschätzte soziale Rückendeckung. Wer sich auf seine Kollegen in schwierigen Situationen verlassen und sich auch des Beistandes von Vorgesetzten sicher sein kann, schätzt die Atmosphäre als entspannter ein.

Eine hohe soziale Rückendeckung bewies sich auch hinsichtlich der Wahrnehmung der Atmosphäre als sicher oder bedrohlich als förderlicher Faktor. Das

---

625 *Kerner* 1977, S. 75 ff. Er gibt auch zu bedenken, dass größere Einheiten auf Formalisierung angewiesen seien, während in kleineren Einheiten flexibel reagiert werden könne, weil man sich untereinander kenne. Er verweist auf die Richtgrößen von 200 Haftplätzen pro Anstalt im Alternativentwurf für ein Strafvollzugsgesetz. Leider werden kleine Anstalten oft als unwirtschaftlich betrachtet und mehrere kleinere Anstalten durch eine große ersetzt, vgl. z. B. das Konzept zur Neuorganisation des Justizvollzug in Niedersachsen: http://www.osnabruecker-strafverteidiger.de/2008/11/2008_11_11_qualitaet_sicherheit. htm (Abrufdatum:24.8.2011).

626 Hinsichtlich der Anstaltsleitung spielen die Persönlichkeit und die getroffenen Entscheidungen der Leistungsmitarbeiter eine Rolle, gleichzeitig ist sie Teil der gesamten Führungsebene (Aufsichtsbehörde, Justizministerium). Diese „schaffen z. B. durch die Bereitstellung (oder Verweigerung) materieller und immaterieller Ressourcen (Ausstattung, Personalschlüssel, Fachdienste/Dienst- und Sicherheitsvorschriften, Verwaltungsvorschriften, Anregungen, Entscheidungen) die strukturellen Voraussetzungen, unter denen sich ein Anstaltsklima entfaltet.", vgl. *Alter* 2011, S. 2.

Vertrauen in die Leitung spielte hierbei eine geringere Rolle. Vielmehr wirkten sich Anstaltsgröße und die Belastung durch Überstunden deutlicher auf eine als bedrohlich wahrgenommene Anstaltsatmosphäre aus. Im Gegensatz zur Wahrnehmung einer angespannten Atmosphäre wirkte sich bezogen auf das Sicherheitsgefühl auch die Belastungsintensität bezogen auf die Arbeit mit den Gefangenen (vgl. hierzu *Kap. 7.1*) zumindest in geringem Maße aus.

Tabelle 50: Höhe der bivariaten Korrelation (r) der Anstaltsatmosphäre und Höhe des Prädiktors (Lineare Regression) bezogen auf arbeitsplatzrelevante Einflussfaktoren

	Angespannte Atmosphäre			Bedrohliche Atmosphäre		
	r	ß	ß (schrittweise modifiziert)	r	ß	ß (schrittweise modifiziert)
Belastung durch Überstunden	.206**	.138*	.140**	.312**	.208**	.220***
Belastung Gefangene[a]	-	-	-	.249**	.148*	.146*
Soziale Rückendeckung	-.394**	-.209**	-.226***	-.402**	-.221**	-.244***
Information und Mitsprache	-.354**	-.033 n. s.	-	-.415**	-.091 n. s.	-
Rollenkonflikt	.256**	-.010 n. s.	-	.283**	-.016 n. s.	-
Vertrauen in direkten Vorgesetzten	.375**	.036 n. s.	-	.346**	.046 n. s.	-
Vertrauen in Leitung	.482**	.318***	.346***	.434**	.137**	.197**
Anstaltsgröße nach Haftplätzen	.260**	.243***	.243***	.262**	.259***	.263***
Modellzusammenfassung			$R^2 = .345$			$R^2 = .337$
			$R^2 = .344$			$R^2 = .331$

Signifikanzen: *p<.05; **p<.01; ***p<.001; n. s. nicht signifikant

Anm.: [a] Hinsichtlich der Gefangenen wurde eine Gesamtbelastung berechnet. Die Einzelfaktoren aus *Tab. 38* wurden hierzu zu einem Gesamtindex zusammengestellt; Summe der Einzelwerte/Itemzahl (Nvalid).

7.3.2 Vertrauen und Zusammenarbeit

Abb. 26 zeigt, inwieweit den einzelnen Mitarbeitergruppen Vertrauen entgegen gebracht wurde. Nicht überraschend ist, dass zu dem eigenen Partner sowie gegenüber Freunden und Bekannten sehr viel bis ziemlich viel Vertrauen besteht. Auf der anderen Seite wurde Gefangenen überwiegend überhaupt nicht bis wenig vertraut.

Weiter gab es aber deutliche Unterschiede bezogen auf einzelne Berufsgruppen innerhalb des Vollzugs. Mit Blick darauf, dass der Großteil der Befragungsteilnehmer dem AVD zuzuordnen ist, muss festgestellt werden, dass der Berufsgruppe des AVD am meisten vertraut wird. 75,3% der Befragten vertrauen ihnen ziemlich viel bis sehr viel. Hinsichtlich des direkten Vorgesetzten nahm das Misstrauen aber zu.

Abbildung 26: Vertrauen der Mitarbeiter gegenüber anderen Mitarbeitergruppen (%)

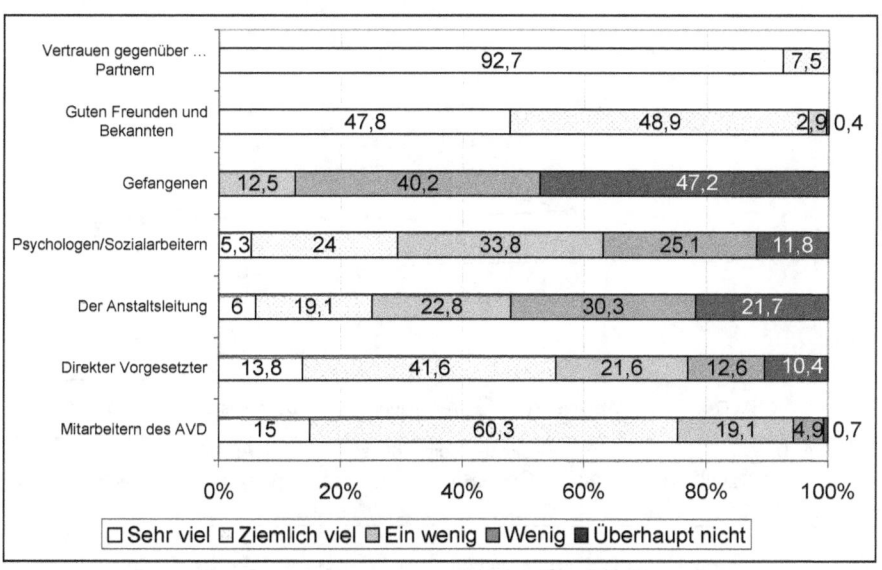

Weitaus weniger vertraut wurde den Psychologen und Sozialarbeitern. Den Mitarbeitern der Anstaltsleitung wurde innerhalb der Berufsgruppen am wenigsten Vertrauen entgegen gebracht, wobei es hier zwischen den einzelnen Anstalten erhebliche Unterschiede gab (vgl. unten *Tab. 56*).[627]

---

627 Die Unterschiede zwischen den Anstalten zeigten sich bereits im Mare-Balticum-Projekt 2004/2005. Damals gaben in Waldeck 38,1% der Befragten an, dass sie überhaupt

Differenziert man die Antworten noch einmal innerhalb der Mitarbeiter-gruppen, so zeigt sich, dass bezogen auf den eigenen Partner und Freunde und Bekannte keine Unterschiede auftraten. Innerhalb der Fachdienste wurde den Gefangenen etwas mehr Vertrauen entgegen gebracht, darüber hinaus gab es auch bezogen auf die Gefangenen keine weiteren Unterschiede. Dies galt auch für die Mitarbeiter des AVD, denen von allen Mitarbeitergruppen annähernd gleich viel vertraut wurde. Deutlich werden Unterschiede bei den Psychologen und Sozialarbeitern sowie der Anstaltsleitung. Innerhalb des AVD und des Werkdienstes wurde diesen Berufsgruppen weitaus weniger vertraut als der ei-genen (vgl. *Abb. 27*). Die Leitungsebene vertraut dagegen ihren Mitarbeitern durchweg mehr, als dies in den anderen Gruppen der Fall war. Ihr wurde dage-gen weniger vertraut.

Abbildung 27: Vertrauen zwischen den Berufsgruppen gegenüber an-deren Mitarbeitergruppen (Mittelwerte)[a]

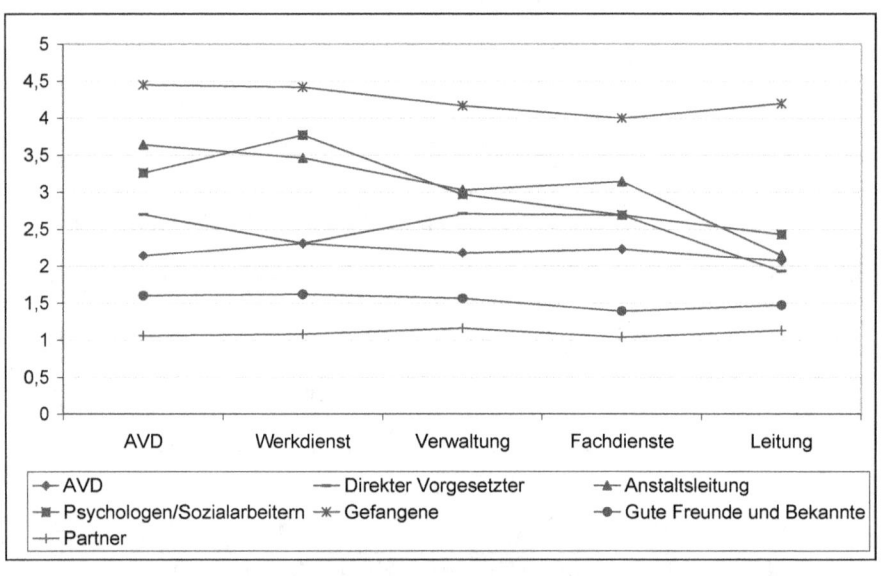

Anm.: [a] Mittelwerte auf einer 5er-Skala: 1 = sehr viel bis 5 = überhaupt nicht.

kein Vertrauen in die Anstaltsleitung haben. In Bützow waren dies 19,2%. Deutliche Unterschiede gab es auch hinsichtlich des Vertrauens zum Behandlungspersonal. In Waldeck gaben 28,6% der Befragten an, überhaupt kein Vertrauen zu den Psychologen und Sozialarbeitern zu haben, während es in Bützow 11,1% waren. Zum damaligen Zeitpunkt wurden nur Mitarbeiter aus dem AVD befragt.

Bemerkenswert ist, dass den Gefangenen in allen Mitarbeitergruppen gründlich misstraut wird, was nicht für ein Resozialisierung förderndes Klima spricht. Erkennbar wird dabei allerdings der Unterschied zwischen dem AVD und den Fachdiensten, die den Gefangenen scheinbar etwas mehr Vertrauen entgegen bringen, was den Konflikt zwischen Resozialisierung und Sicherheit verdeutlicht.

Auffällig ist auch, dass das Vertrauen insbesondere gegenüber der Anstaltsleitung bei Mitarbeitern mit höheren Fehlzeiten abnahm. Möglicherweise spielen hier der Umgang mit hohen Fehlzeiten und die Angst vor negativen Konsequenzen aufgrund der Ausfälle an dieser Stelle eine Rolle.

Führt man mit den Einzelfaktoren der Arbeitsanalyse (vgl. Einzelfragen *Tab. 48*), die mindestens mit einem Wert von r = (±).2 signifikant korrelieren, eine schrittweise multivariate Regressionsanalyse hinsichtlich des Vertrauens zur Anstaltsleitung durch (vgl. *Tab. 51*), so erhält man ein Modell, dass zu knapp 53% das Maß an Vertrauen zu erklären vermag (R^2 = .527).

Wurden Arbeitsunterbrechungen und ungünstige Umgebungsfaktoren wahrgenommen, so verschlechterte sich das Vertrauen in die Anstaltsleitung. Dieses erhöhte sich dagegen, wenn sich die Bediensteten auf ihren Vorgesetzten verlassen konnten, wenn es während der Arbeit schwierig wurde. Auch ausreichende Informationen über wesentliche Dinge in der Anstalt wirkten sich förderlich aus. Der größte Einfluss mit einem ß-Gewicht von -.368** zeigte sich aber durch die Wahrnehmung der Bediensteten, in welchem Maße die Anstaltsleitung bereit war, auf Vorschläge und Hinweise von Bediensteten einzugehen. Die Einschätzung in der eigenen Kompetenz mit eigenen Vorschlägen und Ideen nicht ernst genommen zu werden bzw. die Wahrnehmung, dass wichtige Entscheidungen ohne den eigenen Einfluss entschieden werden, verringert in hohem Maße das Vertrauen in die Anstaltsleitung.

Keinen signifikanten Einfluss dagegen hatten die Faktoren der Weiterbildungsmöglichkeiten und der Aufstiegschancen (betriebliche Leistungen). Dies mag daran liegen, dass den Mitarbeitern durchaus bewusst ist, dass die tatsächlichen Einflussmöglichkeiten der Anstaltsleitung in diesen Bereichen systembedingt eher gering ausgestaltet sind, vor allem im Bereich der nur gering vorhandenen Beförderungsmöglichkeiten. Als problematisch erachtet wurde in diesem Bereich vielmehr die Intransparenz oder Nichtnachvollziehbarkeit von Entscheidungen. Dies wiederum betrifft den Bereich der Informationspolitik innerhalb einer Anstalt.

Tabelle 51: **Höhe der bivariaten Korrelation (r) des Vertrauens in die Anstaltsleitung und Höhe des Prädiktors (Lineare Regression) bezogen auf einzelne arbeitsplatzrelevante Einflussfaktoren**

Faktor (5er-Skala; 1 = trifft gar nicht zu; 5 = trifft völlig zu)	Vertrauen in die Anstaltsleitung		
	r	ß	ß mod.
Bei meiner Arbeit sehe ich selber am Ergebnis, ob meine Arbeit gut war oder nicht.	-.338**	-.155**	-.156**
Ich kann mich auf meine Kollegen verlassen, wenn es bei der Arbeit schwierig wird.	-.238**	.054 n. s.	-
Ich kann mich auf meinen Vorgesetzten verlassen, wenn es bei der Arbeit schwierig wird.	-.471**	-.236***	-.221***
Man hält in der Abteilung gut zusammen.	-.276**	-.005 n. s.	-
Ich bekomme von Vorgesetzten und Kollegen Rückmeldung über die Qualität meiner Arbeit	-.334**	.011 n. s.	-
Oft stehen mir die benötigten Informationen, Materialien oder Arbeitsmittel (z.B. Computer) nicht zur Verfügung.	.249**	-.013 n. s.	-
Ich werde bei meiner eigentlichen Arbeit immer wieder unterbrochen (z.B. durch das Telefon).	.259**	.138**	.138**
An meinem Arbeitsplatz gibt es ungünstige Umgebungsbedingungen, wie Lärm, Klima etc.	.327**	.158**	.170**
An meinem Arbeitsplatz sind Räume und Raumausstattung ungenügend.	.240**	.009 n. s.	-
Über wichtige Dinge und Vorgänge in unserer Anstalt sind wir ausreichend informiert.	-.465**	-.126*	-.132*
Die Leitung der Anstalt ist bereit, die Ideen und Vorschläge der Bediensteten zu berücksichtigen.	-.596**	-.344***	-.368***
Unsere Anstalt / unser Arbeitgeber bietet gute Weiterbildungsmöglichkeiten.	-.319**	-.086 n. s.	-
Bei uns gibt es gute Aufstiegschancen.	-.419**	-.031 n. s.	-
		$R^2 = 537$	$R^2 = .527$

Signifikanzen: *p<.05; **p<.01; ***p<.001; n. s. nicht signifikant

Die gefundenen Ergebnisse ähneln wiederum denen des Mare-Balticum-Projekts. Die multivariate Regressionsanalyse mit den gleichen Daten wurde hier für die Gesamtstichprobe durchgeführt, wobei R^2 einen Wert von .455 annahm. Ausschlaggebender Faktor mit einem ß-Gewicht von -.327*** war die Einschätzung der Befragten, inwieweit die Leitung bereit sei, auf Ideen und Vorschläge der Bediensteten einzugehen. Das sich Verlassenkönnen auf Vorgesetzte erhielt ein ß-Gewicht von -.286***. Ungünstige Umgebungseinflüsse nahmen einen Wert von ß = .142** ein und anders als im vorliegenden Projekt wirkten sich auch gute Aufstiegschancen förderlich auf das Vertrauen in die Anstaltsleitung aus, ß = -.159**.[628]

Führt man eine Regressionsanalyse mit denselben Kriterien bezogen auf das Vertrauen in den direkten Vorgesetzten durch, erhält man einen Wert von R^2 = .563. Dabei spielen andere Kriterien eine Rolle als beim Vertrauen in die Anstaltsleitung. Ausschlaggebender Faktor mit einem Wert von ß = -.625*** war dabei der Umstand, sich auch auf den Vorgesetzten verlassen zu können, wenn es bei der Arbeit schwierig wird. Auch eine mangelnde Rückmeldung über die Qualität der eigenen Arbeit hat einen, allerdings nur leichten Einfluss (ß = -.107*). Als förderlich für das Vertrauen in die direkten Vorgesetzten stellte sich dagegen der Umstand heraus, wechselnde unterschiedliche Aufgaben zu haben (ß = .197***).

Die erfassten Kriterien sind dagegen nicht geeignet, um das Misstrauen gegenüber den Psychologen und Sozialarbeitern zu erklären (R^2 = .19). Zu vermuten ist, dass die Zusammenarbeit hier geprägt wird durch ein unterschiedliches Verständnis über die eigene Arbeit und die anderer Berufsgruppen im Vollzug. Während vor allem bei den Fachdiensten der Schwerpunkt der Arbeit in der Betreuung und Behandlung liegt, treten für die Mitarbeiter des AVD Sicherheitsaufgaben deutlicher in den Vordergrund, was sich durch das geringere Vertrauen den Gefangenen gegenüber ausdrückt. In dem angesprochenen Mare-Balticum-Projekt wurde neben der Frage des Vertrauens in anderen Berufsgruppen auch die Frage nach Sanktionseinstellungen der Bediensteten gestellt. Hierbei zeigten sich zumindest in der ostdeutschen Stichprobe (JVA Bützow und JVA Waldeck) deutliche Korrelationen hinsichtlich der Intensität des Misstrauens gegenüber Psychologen/Sozialarbeitern und der Ansicht, dass Resozialisierung Zeit- und Geldverschwendung sei (r = .421**) sowie der Ansicht, dass Resozialisierungsprogramme ausgebaut werden sollten (r = -.494**).

Die gefundenen Ergebnisse sind allerdings nicht vollzugsspezifisch, sondern in ähnlicher Form auch in Unternehmen der freien Wirtschaft zu finden. Das Vertrauen in die Führung wird in entscheidender Weise durch die Arbeitsinhalte, Partizipation, Feedback sowie die Autonomie der Mitarbeiter be-

---

628 Die Ergebnisse des Mare-Balticum-Projekts sind insoweit noch nicht veröffentlicht und wurden von der Verfasserin selbst berechnet; allgemein zur Analyse des Projekts vgl. *Dünkel* 2007.

stimmt.[629] Abwechslungsreiche Arbeitsinhalte fördern die Arbeitsqualität und erhöhen damit die Identifikation mit den Arbeitsprozessen.[630] Partizipative Führungsmodelle zeigten sich dadurch erfolgreich, dass sie „Ideen und Wissen der Mitarbeiter/innen für die Lösung von Organisationsproblemen" nutzten und Mitarbeiter aufgrund ihrer Beteiligung Entscheidungen eher akzeptierten.[631] Eine wesentliche Bezugsgröße stellte auch das Feedback über die eigene Leistung dar, da hierdurch Motivation und Selbstwahrnehmung beeinflusst werden.[632] Letztlich spielte die Frage der Autonomie eine wichtige Rolle. Gestaltungsspielräume in der Aufgabenerfüllung fördern das Selbstwertgefühl der Mitarbeiter, wohingegen zahlreiche Kontrollmaßnahmen Misstrauen erzeugen und Kooperation aus „freien Stücken" heraus verhindern.[633]

7.3.3 Verbundenheit mit der Anstalt

Unter dem Begriff *Organisational Commitment* wird in der Organisationspsychologie die Verbundenheit zu einer Organisation verstanden. Dem Ausmaß der Identifikation mit der Institution werden positive Einflüsse auf die Arbeitszufriedenheit, die Motivation und auf Fehlzeiten zugeschrieben.[634] Dabei wird vor allem auf die Identifikation mit den Werten und Zielen der Organisation und die Bereitschaft, sich zu engagieren sowie auf den Wunsch in der Organisation zu verbleiben abgestellt.[635] Ähnlich drücken dies *Schaarschmidt/Ksienzyk* aus: Für sie „steht außer Frage, dass das Engagement den Arbeitsanforderungen gegenüber zu den wesentlichen psychischen Aspekten von Gesundheit zu zählen ist"

---

629 Vgl. Fuchs 2009, S. 26 ff. „In einer empirischen Untersuchung von 300 Beschäftigten in verschiedenen Betrieben wurden jene Faktoren ermittelt, die aus Sicht der Mitarbeiter Einfluss auf Vertrauen und Sozialkapital in Unternehmen haben." In einer Regressionsanalyse bezogen auf die abhängige Variable Vertrauen erreichte $R^2 = 0,44$. Alter, Beschäftigungsdauer sowie Einkommen hatten dagegen keinen signifikanten Einfluss auf das Ausmaß des Vertrauens. Wahrgenommener Arbeitsdruck und fehlende Autonomie hatten dagegen einen negativen Einfluss (S. 29).

630 Fuchs 2009, S. 26.

631 Fuchs 2009, S. 27.

632 Fuchs 2009, S. 27.

633 Fuchs 2009, S. 27.

634 *Bucheli/Rykart/Fivaz* 2002, S. 9, 72.

635 *Mowday/Porter/Steers* 1982, S. 27 definieren organizational commitment als "strong belief in and acceptance of the organisational goals and values; a willingness to exert considerable effort on behalf of organization; and a strong desire to maintain membership in the organisation." Dabei wird Commitment von Arbeitszufriedenheit abgegrenzt, die kurzfristig als Reaktion auf bestimmte Arbeitsbedingungen angesehen wird, während sich Commitment auf eine langfristige Bindung bezieht, *Felfe* 2008, S. 75.

und darin in hohem Maße Sinnerleben und eine aktive Lebenseinstellung zum Ausdruck kommen.[636]

Abbildung 28: Organisational Commitment (%)

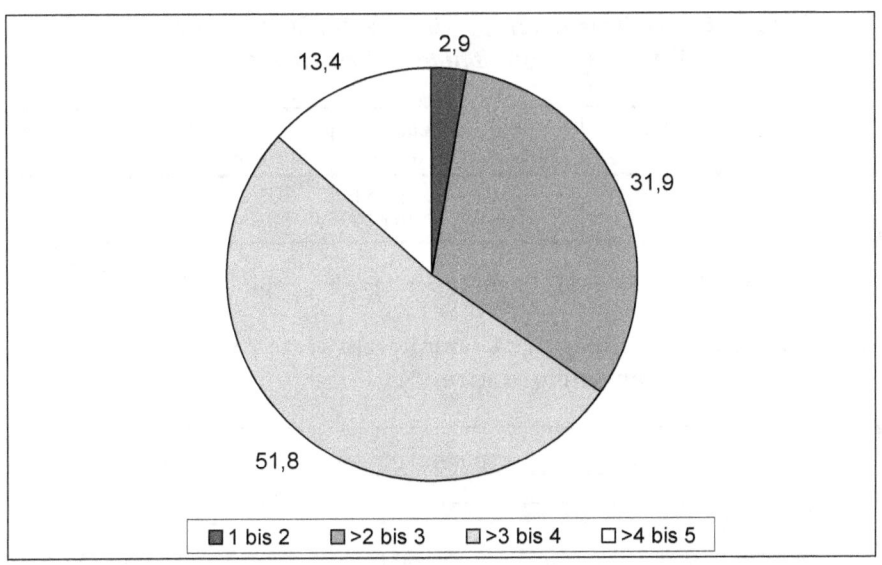

Anm.:   5er-Skala: 1 = trifft gar nicht zu bis 5 = trifft völlig zu.

Abb. 28 zeigt die Verteilung der errechneten Commitmentwerte.[637] Überwiegend lagen die Commitmentwerte im oberen Bereich, während knapp 35% der Teilnehmer Werte unterhalb des natürlichen Mittelpunktes von 3 bei einer Skala von 1 bis 5 aufwiesen. Der Commitmentwert der Gesamtstichprobe beträgt 3,29. Dabei lagen die weiblichen Bediensteten mit einem Wert von 3,34 leicht über dem der männlichen Kollegen mit 3,26. Der Unterschied zwischen beiden Geschlechtern war allerdings nicht signifikant.

Robinson u. a. konnten in einer Studie im kanadischen Strafvollzug zeigen, dass Correctional Officers (vergleichbar dem AVD) weniger ausgeprägte Werte aufwiesen als Personen in höheren Positionen.[638] Ähnlich verhält es sich mit den vorliegenden Ergebnissen (vgl. *Tab. 52)*. Dabei zeigt sich, dass vor allem die Mitarbeiter der Anstaltsleitung sich stärker mit ihrer Anstalt verbunden fühlten (vgl. *Tab. 52)*. Erstaunlicherweise gab es aber zwischen den Mitarbeitern

---

636 *Schaarschmidt/Ksienzyk* 2003, S. 8.

637 Zur Berechnung des Organisational Commitment vgl. *Kap. 6.4.2.*

638 *Robinson/Porportino/Simourd* 1992.

im AVD und in den Fachdiensten vergleichbar geringere Werte hinsichtlich der Verbundenheit zu ihren Anstalten. Innerhalb dieser beiden Gruppen war der Anteil derjenigen Bediensteten sehr hoch (zwischen 35% und 40%, vgl. *Abb. 29*), die sich mit ihrem Arbeitsplatz nur wenig bis gar nicht verbunden fühlten.

Tabelle 52: Commitmentwerte zwischen den Mitarbeitergruppen (Mittelwerte und *Standardabweichung*)

	Gesamt	AVD	Werk-dienst	Verwal-tung	Fach-dienste	Leitung	Sonstige
OCI	3,29 *0,657*	3,19 *0,624*	3,42 *0,585*	3,54 *0,639*	3,26 *0,682*	3,79 *0,689*	3,4 *0,838*

Anm.:   Mittelwerte 5er-Skala: 1 = trifft gar nicht zu bis 5 = trifft völlig zu.

Abbildung 29: Verteilung der Commitmentwerte zwischen den Mitarbeitergruppen (%)

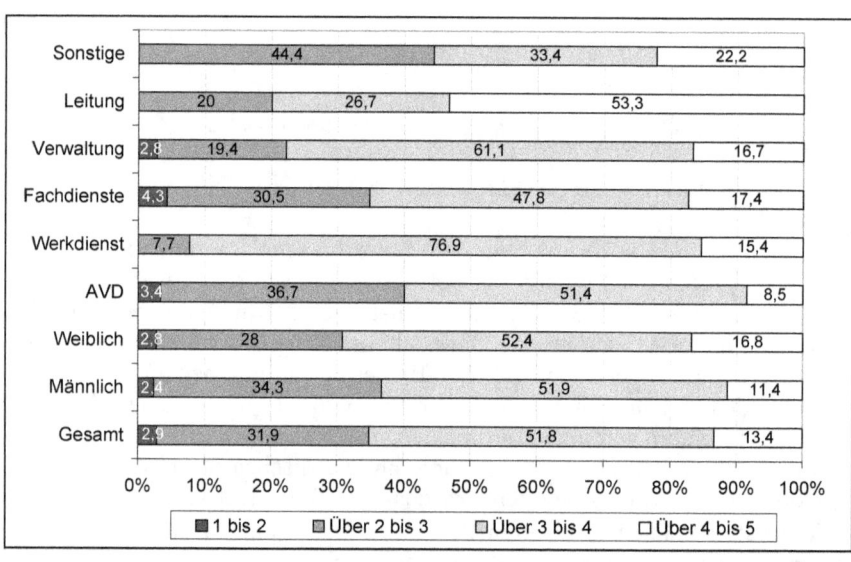

Anm.:   5er-Skala: 1 = trifft gar nicht zu bis 5 = trifft völlig zu.

Ähnlich wie in anderen Untersuchungen,[639] die sich u. a. mit dem Commitment beschäftigt haben, besteht auch in der vorliegenden Untersuchung

---

639   *Bucheli/Rykart/Fivaz* 2002. *Kestermann* (derzeit unveröffentlicht).

ein Zusammenhang zwischen der Verbundenheit und dem Lebensalter.[640] Während die jüngeren Mitarbeiter (20- bis 34-Jährige) einen OCI von 3,19 aufwiesen, steigt der Wert mit zunehmendem Alter auf 3,26 bei den 35- bis 49-Jährigen und 3,41 bei den 50- bis 65-Jährigen (r = .121*). Der gefundene eher moderate (oder geringe) Zusammenhang lässt Selektionsprozesse vermuten. Besonders unzufriedene Mitarbeiter scheiden aus der Organisation aus, während zufriedenere Mitarbeiter in der Organisation verbleiben. Innerhalb des Justizvollzugs dürfte dies aber nur einen geringen Teil an Mitarbeitern betreffen, denen sich tendenziell auch Arbeitsmöglichkeiten in anderen Zweigen bieten (z. B. Mitarbeiter in den Fachdiensten), während sich die Chance zum Berufswechsel im mittleren Dienst seltener bietet. Mit höherem Alter steigt aber das Maß an (empfundener) Eigenverantwortung und der geistigen Forderung, welche einen hohen Einfluss auf das Commitment haben (vgl. hierzu *Tab. 55*). Dem Alter kommt damit ein eher indirekter Einfluss hinsichtlich der Commitmentwerte zu.

Negative Folgen aufgrund eines geringen Commitments werden in der Regel mit dem Vorliegen einer hohen Fluktuation, Absentismus sowie stressbedingten gesundheitlichen Belastungen beschrieben.[641] *Felfe* betont dabei, dass sich „Absentismus und Fluktuation nur teilweise auf unterschiedliche Einstellungen der Mitarbeiter zurückführen" lassen und die Beziehung zwischen Commitment und Fehlzeiten eher indirekt sei und durch zahlreiche andere Faktoren beeinflusst werde, wie z. B. belastende Arbeitsbedingungen und personale Faktoren.[642] Ein Zusammenhang zwischen Commitment und Absentismus falle daher auch eher gering aus.[643] Dies kann in der vorliegenden Untersuchung bestätigt werden. Mit zunehmenden Fehltagen nimmt der Commitmentwert leicht ab (vgl. *Tab. 53*).

---

640 Nachweise bei *Felfe* 2008, S. 145 f.
641 *Felfe* 2008, S. 120 ff.
642 *Felfe* 2008, S. 122.
643 *Felfe* 2008, S. 122.

Tabelle 53: Commitmentwerte nach Höhe der Krankentage (Mittelwerte und Standardabweichung)

	Keine Krankentage	1 bis 5 Krankentage	6 bis 10 Krankentage	11 bis 20 Krankentage	mehr als 21 Krankentage
OCI	3,48 0,601	3,39 0,585	3,29 0,673	3,19 0,731	3,09 0,635

Anm.:   Mittelwerte 5er-Skala: 1 = trifft gar nicht zu bis 5 = trifft völlig zu.

Bezogen auf die 5 Kategorien der Krankentage und dem OCI lag eine gegenläufige Korrelation von r = -.205** vor.

Nach *Mowday u. a.* ist die Verbundenheit mit dem Wunsch nach dem Verbleiben in der Organisation verbunden.[644] Dieses Ergebnis konnte auch in der vorliegenden Untersuchung bestätigt werden.[645] Während der Großteil der Befragten (59,7%) keine Wechselabsicht hatte, gaben 20,5% an, dass sie die Anstalt oder den Vollzug verlassen würden. Weitere 19,8% konnten diese Antwort nicht beantworten. Diejenigen, die angaben, keine Wechselabsicht zu haben, wiesen einen signifikant höheren Commitmentwert auf als diejenigen, die bei passender Gelegenheit den Vollzug oder die Anstalt verlassen würden. Auch diejenigen, die sich bzgl. der Wechselabsicht nicht sicher waren, wiesen einen um ca. 0,5 Punkte höheren Wert auf als diejenigen mit positiver Wechselabsicht (vgl. *Tab. 54*).

Tabelle 54: Wechselabsicht und Commitment (Mittelwerte und *Standardabweichung*)

Wechselabsicht	Ja	Nein	Weiß nicht
N	55	160	53
OCI	2,69 0,571	3,58 0,548	3,02 0,496

Anm.:   Mittelwerte 5er-Skala: 1 = trifft gar nicht zu bis 5 = trifft völlig zu.

Nachdem zwischen dem Alter sowie der Höhe der Fehltage und der Verbundenheit zur Anstalt ein (gegenläufiger) Zusammenhang besteht und auch zwischen den einzelnen Berufsgruppen im Vollzug signifikante Unterschiede vorliegen, stellt sich die Frage nach den Einflussfaktoren auf das Ausmaß des

---

644   *Mowday/Porter/Steers* 1982, S. 27.

645   Zahlreiche weitere Nachweise bei *Felfe* 2008, S. 121 f.

Commitmentwertes. Welche Faktoren oder Arbeitsplatzbedingungen führen dazu, dass sich Mitarbeiter mit der Anstalt, in der sie arbeiten, verbunden fühlen bzw. umgekehrt? Dabei ist festzuhalten, dass sich die Commitmentwerte in den untersuchten Anstalten stark unterscheiden (vgl. *Tab. 56*).

Um einen Versuch zu unternehmen die Unterschiede in den Anstalten zu erklären, soll zunächst dargelegt werden, durch welche Faktoren das Commitment beeinflusst wird. Hierzu wurde zunächst eine Korrelationsanalyse durchgeführt (vgl. *Tab. 55*). Dabei zeigte sich, dass verschiedene Arbeitsplatzfaktoren sowie Burnout-Tendenzen (vgl. *Kap. 8.4*) mit den Commitmentwerten zum Teil sogar deutlich korrelieren. Da aber vermutet wurde, dass sich die einzelnen Faktoren auch untereinander beeinflussen und sich damit nur indirekt auf das Commitment auswirken, wurde eine multivariate Regressionsanalyse durchgeführt. Hierbei wurden wiederum diejenigen Faktoren eingeschlossen, die mit mindestens einem Wert von (±).2 signifikant korrelierten. Dadurch schieden Faktoren wie das Alter, Geschlecht, die Belastung durch Gefangene, das Vertrauen zu den Kollegen des AVD, aber auch die wahrgenommene quantitative Arbeitsbelastung, Arbeitsunterbrechungen, Umgebungsbelastungen sowie die Anstaltsgröße aus. Bezogen auf die übrigen Faktoren wurde deutlich, dass es sich zum Teil lediglich um Scheinkorrelationen handelte. So hatten z. B. die Faktoren Information und Mitsprache, betriebliche Leistungen und Zusammenarbeit keinen signifikanten Einfluss mehr auf die Höhe des Commitments.

In einer weiteren Regressionsanalyse wurde das Modell schrittweise modifiziert, indem die einzelnen Faktoren, die keinen Einfluss hatten unter Beachtung ihrer Wechselwirkungen untereinander nacheinander herausgerechnet wurden. Übrig blieb ein Modell mit 5 Faktoren (vgl. *Tab. 55* rechte Spalte).

Tabelle 55: **Höhe der bivariaten Korrelation (r) der Commitmentwerte und Höhe des Prädiktors (Lineare Regression) bezogen auf arbeitsplatzrelevante Einflussfaktoren**

Faktor	Organisational Commitment		
	r	ß	ß (schrittweise modifiziert)
angespannte Atmosphäre	-.468**	-.205***	-.205***
bedrohliche Atmosphäre	-.489**	-.122*	-.133*
soziale Rückendeckung	.444**	.195**	.174**
Zusammenarbeit	.333**	.014 n. s.	-
Information und Mitsprache	.492**	.074 n. s.	-

Faktor	Organisational Commitment		
	r	ß	ß (schrittweise modifiziert)
betriebliche Leistungen	.381**	-.016 n. s.	-
Handlungsspielraum	.263**	-.056 n. s.	-
geistige Forderung	.454**	.253**	.254***
Rollenkonflikt	-.300**	-.013 n. s.	-
Vertrauen zur Leitung	-.531**	-.245***	-.259***
Vertrauen zu Vorgesetzten	-.363**	.051 n. s.	-
Modellzusammen-fassung		R²=.520	R²=.512
Signifikanzen: *p<.05; **p<.01; ***p<.001; n. s. nicht signifikant			

Besonders deutlich fiel auch an dieser Stelle der Einfluss des Vertrauens zur Anstaltsleitung ins Gewicht. Aber auch die Wahrnehmung der Anstaltsatmosphäre als angespannt bzw. bedrohlich wirkte sich auf das Maß des Commitments aus. Je angespannter oder bedrohlicher die Atmosphäre eingeschätzt wurde, desto geringer stellte sich die Verbundenheit zur Anstalt dar. Förderliche Aspekte waren dagegen eine hohe soziale Rückendeckung. Das größte Gewicht im positiven Sinne schien dabei der geistigen Forderung zuzukommen.

Nachdem die wahrgenommene Anstaltsatmosphäre, das Vertrauen in die Anstaltsleitung, die soziale Rückendeckung sowie das empfundene Maß an geistiger Forderung als wesentliche Einflussgrößen für die Höhe des Commitments identifiziert wurden, können auch die unterschiedlichen Werte in den verschiedenen Anstalten erklärt werden.

Tabelle 56: Prädiktoren im Bereich des Commitments in den Anstalten (Mittelwerte und *Standardabweichung*)[a]

	Bützow	Waldeck	Stralsund	Neustrelitz	Neubranden-burg
OCI 5er-Skala	3,43 *0,625*	2,92 *0,657*	3,65 *0,602*	3,26 *0,578*	3,51 *0,589*
angespannte Atmosphäre 6er-Skala	4,24 *1,280*	5,29 *0,909*	3,63 *1,180*	4,26 *1,120*	3,42 *1,41*

	Bützow	Waldeck	Stralsund	Neustrelitz	Neubranden-burg
bedrohliche Atmosphäre 6er-Skala	3,24 *1,090*	4,52 *1,160*	2,56 *0,974*	2,85 *1,150*	2,83 *1,230*
soziale Rückendeckung 5er-Skala	3,7 *0,722*	3,12 *0,895*	3,85 *0,526*	3,6 *0,759*	3,4 *0,756*
geistige Forderung 4er-Skala	3,27 *0,621*	3 *0,739*	3,3 *0,557*	2,97 *0,735*	2,92 *0,776*
Vertrauen in die Leitung 5er-Skala	3,2 *1,090*	4,14 *0,944*	2,12 *0,952*	3,43 *1,130*	3,61 *1,230*

Anm.: a OCI: 5er-Skala; 1 = trifft gar nicht zu bis 5 = trifft völlig zu;
Angespannte Atmosphäre: 6er-Skala; 1 = entspannt bis 6 = angespannt;
Bedrohliche Atmosphäre: 6er-Skala; 1 = sicher bis 6 = bedrohlich;
Soziale Rückendeckung: 5er-Skala; 1 = trifft gar nicht zu bis 5 = trifft völlig zu;
Geistige Forderung: 4er-Skala; 1 = trifft gar nicht zu bis 4 = trifft überwieg. zu;
Vertrauen in die Leitung: 5er-Skala; 1 = sehr viel bis 5 = überhaupt nicht.

Die Verbundenheit zur Anstalt ist in Waldeck am geringsten ausgeprägt. Demgegenüber wird die Atmosphäre in der Anstalt als eindeutig angespannt empfunden. Auch wird der Anstaltsleitung überwiegend kein oder nur wenig Vertrauen entgegen gebracht. Die protektiven Faktoren der geistigen Forderung sowie der sozialen Rückendeckung lagen dagegen im mittleren Bereich. Als deutlich angespannt wird die Atmosphäre auch in Bützow und Neustrelitz eingeschätzt. Dies wirkt sich negativ auf die Verbundenheit zur Anstalt aus. Für Bützow zeigt sich aber, dass eine als hoch wahrgenommene soziale Rückendeckung zwischen den Mitarbeitern und bezogen auf die direkten Vorgesetzten protektive Wirkungen entfaltet und sich positiv auf das Maß an Commitment auswirkt. In Neustrelitz kann die angespannte Atmosphäre nur zum Teil durch die soziale Rückendeckung ausgeglichen werden. Ein geringeres Maß an geistiger Forderung wirkt sich dagegen schwächend aus. In Stralsund führen eine als weniger angespannt wahrgenommene Atmosphäre und demgegenüber ein hohes Maß an sozialer Rückendeckung sowie an geistiger Forderung sowie ein hohes Maß an Vertrauen in die Leitung zu einer größeren Verbundenheit mit der Anstalt. In Neubrandenburg wird die Atmosphäre weniger als angespannt und eher als sicher wahrgenommen.

7.3.4 Führungskräfte und Leitungspersonal

Zahlreiche Untersuchungen weisen immer wieder darauf hin, dass die Mitarbeiter im Vollzug mit dem Führungsverhalten ihrer Vorgesetzten unzufrieden sind.[646] Und auch in der vorliegenden Untersuchung zeigte sich, dass das Vertrauen in die jeweilige Leitung der verschiedenen Anstalten nur gering ausgeprägt ist (vgl. *Kap. 7.3.2*) und dass die Teilnehmer der Befragung zum Teil große Unzufriedenheit mit dem Führungsverhalten ihrer (direkten) Vorgesetzten äußern.[647] Dabei haben genau diese Faktoren, insbesondre das Vertrauen in die Leitung, einen wesentlichen Einfluss auf die Wahrnehmung der Anstaltsatmosphäre sowie auf die Verbundenheit zu der eigenen Anstalt. Dem Vorgesetztenverhalten kommt im Rahmen der sozialen Rückendeckung eine große Bedeutung zu, die wiederum als protektiver Faktor anzusehen ist. Daher muss besonderes Augenmerk darauf gelegt werden, welche Besonderheiten in den Anstalten die Vertrauenskomponente beeinflussen und wie das Führungsverhalten verbessert werden kann.

Damit kommt dem Führungspersonal im Prozess eines gesundheitsfördernden Personalmanagements sowie hinsichtlich der Motivationsförderung eine besondere Bedeutung zu. Davon geht auch die Landesregierung aus, wenn sie in ihrem Leitfaden für ein betriebliches Gesundheitsmanagement in der Landesverwaltung darauf abstellt, dass Führungskräfte „sich vorbildlich verhalten und damit den Mitarbeiterinnen und Mitarbeitern die Leitziele der Verwaltung glaubwürdig vermitteln" sollen[648] und ihnen im Rahmen eines Fehlzeitenmanagements eine große Verantwortung zu komme.[649] Dabei wird häufig übersehen, dass auch Führungs- und Leitungskräfte Mitarbeiter im System des Justizvollzugs sind, die mit den Problemen des Vollzugs ebenso belastet sind wie andere Mitarbeiter auch.[650] Sie tragen nicht nur hinsichtlich eines Fehlzeitenmanagements, sondern insgesamt eine große Verantwortung und sehen sich dem Miss-

---

646 *Lehmann* 2009, S. 139 ff. Bereits 1984, S. 375 zeigte *Rosner*, dass das Vorgesetztenverhalten eine hohen Einfluss auf die globale Zufriedenheit der Vollzugsmitarbeiter hat (ß-Gewicht .20; einfache Korrelation r = .43).

647 So fügte z. B. ein Bediensteter seinem Fragebogen folgende Aussage hinzu: „AVD-Beamte arbeiten viel – Vorgesetzte nicht."

648 *Landesregierung Mecklenburg-Vorpommern* 2010a, S. 19.

649 *Landesregierung Mecklenburg-Vorpommern* 2010a, S. 20.

650 *Bögemann* 2004, S. 111 zeigt, dass sich Führungskräfte „häufig als Einzelkämpfer im System" sehen und Leitungsfunktionen zu einer gewissen beruflichen Vereinsamung führen, womit ebenfalls Belastungen verbunden sind (Reduktion auf formale Kommunikation mit Bediensteten, Erhalt nur gefilterter Informationen aus der Anstalt). Letztlich bleibe auch das Leitungspersonal in das hierarchische Gesamtsystem des Justizvollzugs eingebunden. Ähnlich *Pöhlsen-Wagner* 2010, S. 195.

trauen der Belegschaft und Vorwürfen über mangelnde Führungskompetenz ausgesetzt. Auch für die Führungskräfte ergibt sich hieraus eine nicht zu unterschätzende psychische Belastung. Daher ist die Forderung nach der Durchführung von Weiterbildungen zur Entwicklung und Verbesserung von Führungskompetenzen[651] zwar richtig, ebenso wichtig ist es aber, dass das gesamte Personal am selben Strang zieht und Engagement für Verbesserungen im täglichen Miteinander zeigt. Eine respektvolle offene Kommunikation sollte selbstverständlich sein. Dazu gehört auch, dass Probleme angesprochen und konkret bezeichnet werden, um den Verantwortlichen die Gelegenheit zu geben, ihre Entscheidungen zu erklären oder wenn möglich Veränderungen vornehmen zu können. Hierzu ist es wiederum nötig, jeden Mitarbeiter zu ermutigen, seine Probleme vorzutragen, ohne negative Konsequenzen für die Zukunft fürchten zu müssen. *Eilers/Schwarz* beschreiben dies, indem sie die Frage „Was können wir daraus lernen" in den Vordergrund stellen, während nicht danach gefragt werden soll „Wer war schuld".[652] Eine vertrauensvolle Basis hierfür kann nur durch alle Mitarbeiter gemeinsam geschaffen werden.

7.4 Fazit

Im Hinblick auf die Ausgestaltung der Arbeit und der Arbeitszufriedenheit wurde in der Erhebung deutlich, dass es zwischen den Bediensteten zwar unterschiedliche Wahrnehmungen im Umgang mit den Gefangenen gibt, dass aber die Arbeit mit den Gefangenen im Schnitt keine hohe Belastung darstellt. Belastungen scheinen vor allem dann in Erscheinung zu treten, wenn z. B. es zu einer Konfrontation mit schwierigen u. a. gewalttätigen Situationen kommt. Darüber hinaus, wird die mangelnde Zeit für die Betreuungsarbeit als Belastung empfunden.

Erhöhte Unzufriedenheit ergab sich dagegen bezogen auf die Arbeitsorganisation und das Verhältnis zwischen den Bediensteten und den Vorgesetzten. Viele Mitarbeiter des AVD vertrauen ihrem direkten Vorgesetzten nur wenig bis gar nicht. Noch weniger Vertrauen wird der Anstaltsleitung entgegengebracht. Aber auch gegenüber den Psychologen und Sozialarbeitern scheint das Verhältnis der AVD-Bediensteten von Misstrauen geprägt zu sein, was auf einen Konflikt zwischen den Aspekten Sicherheit und Resozialisierung hindeutet. Das Misstrauen zwischen den Bediensteten verschlechtert die Atmosphäre innerhalb der Anstalten. Ein Großteil der Befragten empfand die Atmosphäre in den Anstalten überwiegend angespannt. Gleichzeitig gaben die Bediensteten an, Angst vor Konflikten mit Kollegen und Vorgesetzten sowie vor Mobbing zu haben. Diese Aspekte wirken sich wiederum auf die wahrgenommene Atmosphäre in

---

651 *Landesregierung Mecklenburg-Vorpommern* 2010a, S. 20.

652 *Eilers/Schwarz* 2009, S. 187; ähnlich *Schroven* 2011, S. 4.

den Anstalten aus. Eine als angespannt empfundene Atmosphäre steht nicht nur im Zusammenhang zur erhöhten Intensität gesundheitlicher Probleme wie Verspannungen, Kopfschmerzen, Müdigkeit und Abgeschlagenheit, Nervosität und Unruhe, sondern verschlechtert auch die Haltung bzw. Verbundenheit der Bediensteten zu ihrem Arbeitsplatz. Dies wiederum führt bei einer nicht unerheblichen Zahl der Befragten (n = 55) zu dem Wunsch, die Anstalt, in der sie arbeiten oder den Justizvollzug zu verlassen.

8. Ergebnisse III: Besondere Problembereiche

Nachdem sich durch die bisherigen Ergebnisse herauskristallisierte, dass es besondere Problembereiche bzw. Einflussfaktoren hinsichtlich des Gesundheitszustandes und der Arbeitszufriedenheit gibt, soll nun genauer auf diese eingegangen werden. Hierzu gehören geschlechtsspezifische Besonderheiten, der Einfluss der Schichtarbeit sowie des Alters. Zudem soll auch auf die zunehmende Problematik des Burnouts eingegangen werden.

8.1 Genderaspekte und Vereinbarkeit von Beruf und Familie

Dass Männer und Frauen ihren Körper und ihre Gesundheit anders wahrnehmen und darüber hinaus auch über unterschiedliche Probleme klagen, ist kein Geheimnis. Dass diese Aspekte aber auch in der Gestaltung gesunder Arbeitsverhältnisse eine Rolle spielen sollten, findet derzeit noch zu wenig Beachtung. Dabei haben sich Frauen in den vergangenen 50 bis 60 Jahren einen festen Platz in der Arbeitswelt erkämpft, in der sie potentiell jede Aufgabe wahrnehmen, die zunächst männlichen Kollegen vorbehalten war. Neben der zunehmenden Bedeutung von Frauen[653] in der Politik und Führungsebenen der freien Wirtschaft[654] und in den letzten zehn Jahren ebenso beim Militär,[655] hat auch der Justizvollzug deutliche Veränderungen bezüglich des Einsatzes von Frauen vor allem im Männervollzug erfahren.

Braun/Gümbel/Reuhl betonen, dass es einen wesentlichen Faktor für die Erhöhung der Chancengleichheit darstellt, wenn die unterschiedlichen Belange von Männern und Frauen im Rahmen der arbeitsweltbezogenen Prävention be-

---

653 Einen informativen Überblick über die Rolle der Frau in der Gesellschaft sowie über die Entwicklung der Rechtslage, der Erwerbstätigkeit und Kinderbetreuung in der DDR und BRD geben *Klotz/Weidmann* 2000, S. 27 ff.

654 Der Anteil an Frauen in Führungspositionen nimmt kontinuierlich zu, soll aber weiterhin gefördert werden. Die Bundesregierung und die Spitzenverbände der Deutschen Wirtschaft haben daher bereits 2001 eine Vereinbarung zur Förderung von Chancengleichheit von Männern und Frauen in der Privatwirtschaft geschlossen. Dabei wird vor allem auf Weiterbildungsangebote, Mentoringprogramme sowie verbesserte Angebote zur Vereinbarkeit von Familie und Beruf gesetzt, vgl. *Bundesregierung* 2006.

655 Bis zum Januar 2001 durften Frauen in der Bundeswehr keinen Dienst an der Waffe versehen (Art. 12a Abs. 4 GG a. F.). Sie wurden überwiegend in der Verwaltung, aber auch im Sanitätsdienst und im Musikchor der Bundeswehr eingesetzt. Nach der Kreil-Entscheidung des Europäischen Gerichtshofs (EuGH) vom 11.1.2000 (Az. C 285/98) stehen auch Frauen alle Laufbahnen offen. Art. 12a Abs. 4 GG wurde dahingehend geändert, dass Frauen nunmehr nicht zum Dienst mit der Waffe verpflichtet werden dürfen.

rücksichtigt werden.[656] Dies gilt vor allem, wenn Frauen versuchen ihren Platz in männlich geprägten Arbeitsstrukturen zu finden,[657] wie sie auch im Bereich des Justizvollzugs zu finden sind.

Daher soll auch in der vorliegenden Studie genauer darauf eingegangen werden, welche Unterschiede es zwischen männlichen und weiblichen Bediensteten hinsichtlich der Häufigkeit bestimmter gesundheitlicher Symptome, aber auch bezogen auf das Belastungserleben im Arbeitsalltag gibt.

8.1.1 Weibliche Bedienstete im Justizvollzug

Nach Angaben des Bundesjustizministeriums waren zum 1. September 2010 knapp 25% aller Beschäftigten im deutschen Justizvollzug weiblich (vgl. *Tab. 57*). Anteilig sind die Frauen besonders häufig innerhalb der Verwaltung und den Fachdiensten vertreten. Auch im höheren Vollzugs- und Verwaltungsdienst sind diese noch zu mehr als 35% vertreten. Im Allgemeinen Vollzugsdienst dagegen sind weniger als 20% und im mittleren Werkdienst sogar nur noch 5,3% Frauen.

Tabelle 57: Bundesweiter Personalbestand im Justizvollzug (stichtagsbezogen 1.9.2010)

	Gesamt	Davon weiblich	%
Personalbestand (insgesamt)	36.813	9.117	24,8
Höherer Vollzugs- und Verwaltungsdienst	412	146	35,4
Gehobener Vollzugs- und Verwaltungsdienst (einschließlich gehobener Werkdienst)	1.438	458	31,8
(Mittlerer) Allgemeiner Vollzugsdienst (einschließlich Sanitäts- und Krankenpflegedienst)	27.496	5.397	19,6
(Mittlerer) Allgemeiner Verwaltungsdienst	2.376	1.472	61,3
(Mittlerer) Werkdienst	2.102	113	5,3
Fachdienste	2.647	1.381	52,2
Sonstige Dienste	342	150	43,8

Quelle: *Bundesministerium für Justiz* 2011: http://www.bmj.de/SharedDocs/Downloads/ DE/pdfs/Personalbestand_Justizvollzug.pdf?__blob=publicationFile.

---

656 *Braun/Gümbel/Reuhl* 2009, S. 11.

657 *Braun/Gümbel/Reuhl* 2009, S. 11.

Historisch gesehen stellte der Strafvollzug über Jahrzehnte hinweg eine reine Männerdomäne dar.[658] Weibliche Mitarbeiter waren zumeist nur im Schreibdienst zu finden.[659] Auch nach der Reform des Strafvollzugs vom Verwahrvollzug in Richtung eines Behandlungsvollzugs waren Frauen in Vollzugsanstalten eher selten anzutreffen und wurden überwiegend in den Fachdiensten und der Verwaltung eingesetzt.[660] Auch in der vorliegenden Untersuchung dominieren die Frauen in diesen Bereichen (vgl. *Kap. 5.6.3*).

1988 befragten *Hermes/Schauer/Wischka* 148 Vollzugsbedienstete und 95 Inhaftierte der JVA Lingen I zur Bedeutung weiblicher Vollzugsbediensteter.[661] Zu diesem Zeitpunkt arbeiteten 16 Frauen in der Anstalt mit dem Ergebnis, dass vor allem Mitarbeiter des AVD „einem Einsatz von Frauen auf den Stationen sehr kritisch gegenüber" standen. 23% aller Befragten waren der Meinung, dass Frauen überhaupt nicht im Männervollzug arbeiten sollten.[662] Bei den Mitarbeitern gab die Mehrzahl an, dass Frauen zwar im Männervollzug, aber nicht im Stationsdienst, sondern vielmehr in der Verwaltung, den Fachdiensten und im medizinischen Bereich eingesetzt werden sollten. Bei den Inhaftierten konnten sich immerhin 63% vorstellen, dass Frauen Dienst auch auf einer Station leisten könnten.[663] Befürchtungen des Personals gingen vor allem in die Richtung, dass Frauen leichter Opfer von Geiselnahmen oder Gewalttätigkeiten werden könnten, gegenüber Gefangenen weniger strikt durchgreifen und sich männliche Bedienstete verantwortlich dafür fühlen würden, dass den weiblichen Kollegen in der Anstalt nichts passiert. Es zeigte sich, dass viele Vorurteile (steigendes Sicherheitsrisiko, Gefangene sehen Frauen als Sexualobjekte, intime Beziehungen zwischen Inhaftierten und weiblichen Mitarbeitern u. v. m.)[664] insbesondere von den Gefangenen nicht getragen werden. Weibliche Bedienstete wurden vor allem als Gesprächspartner angesehen und das Risiko, Opfer einer Geiselnahme zu werden, sei nicht höher als für einen männlichen Kollegen.[665] Ebenso wenig teilten die Gefangenen die Einschätzung der männlichen Bediensteten, dass sich Frauen „viel zu stark von Gefühlen leiten lassen, zu empfindlich und zu ängst-

---

658 *Hermes/Schauer/Wischka* 1988, S. 2; *Gewerkschaft Öffentliche Dienste, Transport und Verkehr* 1998, S. 3; *Ahlrichs* 2010, S. 193.

659 *Hermes/Schauer/Wischka* 1988, S. 2.

660 *Hermes/Schauer/Wischka* 1988, S. 2; *Schöner* 1990, S. 226; *Dreyer* 1993, S. 335; *Ahlrichs* 2010, S. 193.

661 Eine Zusammenfassung der Ergebnisse findet sich bei *Hermes/Schauer/Wischka* 1990, S. 24 ff.

662 *Hermes/Schauer/Wischka* 1988, S. 20.

663 *Hermes/Schauer/Wischka* 1988, S. 23.

664 Vgl. hierzu auch *Schobert* 1987, S. 381 ff.

665 *Hermes/Schauer/Wischka* 1988, S. 41, 67.

lich sind und auf der Beziehungsebene durch Schmeicheleien zu beeinflussen sind."[666] Es zeigte sich, dass eine ablehnende Haltung insbesondere bei älteren Mitarbeitern gegeben war, die bereits vor der Vollzugsreform beruflich „sozialisiert" wurden und bis dahin nur wenige oder keine Erfahrungen mit weiblichen Kollegen hatten.[667]

Hermes/Schauer/Wischka bekräftigten mit ihren Ergebnissen, dass der Einsatz von Frauen auch im Männervollzug keine zusätzliche Belastung für die Inhaftieren darstellt, sondern vielmehr positive Veränderungen erwartet werden (verbessertes, humaneres Klima, Förderung der Bereitschaft zur Problemlösung, Abbau von Aggressionen, Abbau von Hemmungen gegenüber dem anderen Geschlecht, Verbesserungen von Umgangsformen).[668]

Zur gleichen Zeit befragten *Nied/Stengel* 20 weibliche Bedienstete im bayerischen Strafvollzug. Die befragten Frauen fühlten sich in erster Linie als Ansprechpartner und Vertrauensperson.[669] Neben typischen Rollenkonflikten zwischen Resozialisierung und Bewachung (vgl. *Kap. 2.4.1*) ergab sich für die Frauen ein weiterer Konflikt zwischen der Berufsrolle und der Rolle als Hausfrau und Mutter, wobei sich vor allem auch der Wochenenddienst für Frauen mit Kindern als große Belastung herausstellte.[670] Auf den erlebten Stress reagierten mehr als die Hälfte der Mitarbeiterinnen mit Kopfschmerzen, Schlafstörungen und Konzentrationsschwäche.[671] Insgesamt beschrieben die Frauen ihre Arbeit zwar als aufreibend und belastend, aber auch als interessant und sinnvoll.[672]

Schöner berichtet über die Erfahrungen aus einem Fortbildungsseminar 1989, dass die weiblichen Bediensteten neben den allgemeinen Belastungen, wie sie alle Bediensteten betreffen würden, auch über besondere Problemlagen in der Zusammenarbeit mit den männlichen Kollegen klagten. Sie gingen davon aus, dass die männlichen Kollegen sie als Sicherheitsrisiko betrachten und sie keinen Rückhalt bei den männlichen Bediensteten haben würden.[673] Zudem bestünde die Konkurrenzangst, die männlichen Bediensteten würden auf Sicherheits- und Versorgungsaufgaben zurückgedrängt, weil sich die Frauen aufgrund ihrer traditionellen Rolle besser als Ansprechpartner und Betreuungsperson eig-

---

666 *Hermes/Schauer/Wischka* 1988, S. 68.

667 *Hermes/Schauer/Wischka* 1988, S. 63 f.

668 *Hermes/Schauer/Wischka* 1988, S. 61; *Gewerkschaft Öffentliche Dienste, Transport und Verkehr* 1998, S. 4.

669 *Nied/Stengel* 1988, S. 97.

670 *Nied/Stengel* 1988, S. 98.

671 *Nied/Stengel* 1988, S. 99.

672 *Nied/Stengel* 1988, S. 99.

673 *Schöner* 1990, S. 227.

nen würden.[674] Weiter bestünde die Angst, sich jeden Tag aufs Neue beweisen zu müssen: Erreichte Erfolge seien Zufall, Misserfolge dagegen vorhersehbar.[675]

Manche Vorurteile bezüglich weiblicher Bediensteter sind bis heute nicht verstummt. So spricht der Bericht des *Ombudsmannes für den Justizvollzug in Nordrhein-Westfalen* davon, dass die ständig zunehmende Zahl weiblicher Bediensteter von den männlichen Kollegen teils mit gemischten Gefühlen angesehen werde.[676] Trotz der Qualifikation und des Engagements sowie einer positiven und beruhigenden Ausstrahlung auf die Gefangenen[677] werden Bedenken gegen die teilweise begrenzte Einsatzfähigkeit der weiblichen Kollegen vorgebracht.[678]

Die Vorbehalte werden dabei sogar in einigen Forschungsprojekten deutlich, wenn z. B. danach gefragt wird, welche unbewussten Motive Frauen dazu veranlassen würden, sich für die Arbeit im Männervollzug zu entscheiden und ob ihnen die Tätigkeit die Möglichkeit gäbe, unbewusste Machtbedürfnisse über Männer auszuleben.[679] In ihrer Befragung von 14 weiblichen Vollzugsbediensteten aus dem Männervollzug kamen *Bechmann/Bousvraos* zu dem Ergebnis, dass die Herkunftsfamilien der Frauen Ähnlichkeiten mit dem System Gefängnis aufweisen und sich durch Strenge und Dominanz auszeichnen würden.[680] Sie mutmaßten, dass durch die Berufswahl unbewusst alte Beziehungsmuster zum strengen Vater eine Rolle spielen könnten und sogar der „Kampf mit männlichen Kollegen" und das „Gefangenhalten von männlichen Gefangenen als Projektionsfläche für Rachegefühle" genutzt werden könnten.[681] Dem Ansatz, nach Erklärungen zu suchen, wenn sich Frauen für Berufe in „Männerdomänen" entscheiden, unterliegt die Annahme, dass die Berufsentscheidung der Frauen nicht „normal", zumindest aber erklärungsbedürftig sei. Worin allerdings der Unterschied zwischen Männern und Frauen, die sich für den Justizvollzug ent-

---

674 *Schöner* 1990, S. 227.

675 *Schöner* 1990, S. 227; ähnlich auch *Ahlrichs* 2010, S. 194.

676 *Ombudsmann für den Justizvollzug NRW* 2009, S. 15.

677 So auch die Aussagen in den qualitativen Interviews bei *Lehmann* 2009, S. 135 ff. Ebenso bereits *Dreyer* 1993, S. 335. Mit weiteren Nachweisen auch *Kaiser/Schöch* 2002, S. 455, die aber darauf hinweisen, dass der empirische Nachweis für die berichteten Normalisierungsprozesse fehle.

678 *Ombudsmann für den Justizvollzug NRW* 2009, S. 15; *Lehmann* 2009, S. 136; *Bechmann/Bousvaros* 1996, S. 169, die die Einstellung von Frauen in den Männervollzug als „ungelösten Konfliktherd" bezeichnen.

679 So die Fragestellung bei *Bechmann/Bousvaros* 1996, S. 151.

680 *Bechmann/Bousvaros* 1996, S. 167 f.

681 *Bechmann/Bousvaros* 1996, S. 167.

scheiden, liegt, wird nicht deutlich. Dass es durchaus andere Motivationsgründe gibt, insbesondere auch für Frauen, sich für die Arbeit im Vollzug zu entscheiden, zeigt auch die vorliegende Untersuchung (vgl. *Kap. 5.6.4*).

Auch *Dreyer* betont, dass es falsch sei zu fragen, warum Frauen eigentlich im Männervollzug arbeiten, sondern, dass es heißen müsse, „warum eigentlich nicht?"[682] Sie betont den Angleichungsgrundsatz nach § 3 Abs. 1 StVollzG und gibt zu bedenken, dass Frauen überall in der Gesellschaft dazugehören und dass Gefangene lernen müssen, Frauen im Alltag zu begegnen und einen angemessenen Umgang zu zeigen, wenn sie in die Gesellschaft integriert werden sollen.[683] Diesem Fakt folgend wurden in den Bundesländern verschiedene Frauenförderprogramme erstellt bzw. frauenspezifische Fortbildungsangebote entwickelt.[684] Vor allem in Berlin lagen umfangreiche Angebote vor, wie z. B. eine berufsbegleitende Seminarreihe für Frauen im mittleren Dienst, ein Coaching für weibliche Führungskräfte sowie Seminare u. a. zu den Schwerpunkten Selbstbehauptungstraining, Zeitmanagement, gewaltfreie Kommunikation und Einführung in die Mediation, Gesprächsführung und Konfliktberatung für Frauen sowie zur Vorbereitung des beruflichen Wiedereinstiegs nach der Elternzeit.[685] Aber auch in Hamburg, Niedersachsen[686] sowie Nordrhein-Westfalen gab es Angebote z. B. im Bereich sexuelle Belästigung und Mobbing am Arbeitsplatz, zum Bild der Frau in der Justiz, zur Balance zwischen Beruf und Familie oder Führungsstile von Frauen.[687]

---

682 *Dreyer* 1993, S. 335.

683 *Dreyer* 1993, S. 335.

684 *Lichthard* 2004, S. 2 stellt die Ergebnisse einer Länderumfrage 2003 dar, wonach 11 der 16 Länder derartige Programme mehr oder minder intensiv durchführten. Für Mecklenburg-Vorpommern ergab die Abfrage zum damaligen Zeitpunkt lediglich, dass Selbstverteidigungskurse für weibliche Bedienstete angeboten wurden, vgl. hierzu auch *Gewerkschaft Öffentliche Dienste, Transport und Verkehr* 1998.

685 *Lichthard* 2004, S. 2.

686 Zu den speziellen Angeboten des Gesundheitszentrums in Niedersachsen für weibliche Bedienstete vgl. *Ahlrichs* 2010, S. 194 f. *Ahlrichs* deutet hier an, dass Frauen im Gegensatz zu ihren männlichen Kollegen, die sich bei hohen Belastungen in den Alkohol flüchten, eher zu Tabletten greifen würden, um weiterhin die „Erfüllung ihrer Aufgaben in Beruf, Haushalt und Familie" gewährleisten zu können.

687 *Lichthard* 2004, S. 2.

8.1.2 Weibliche Bedienstete im Justizvollzug Mecklenburg-Vorpommern

Seit 1990 ist es für Frauen auch in Mecklenburg-Vorpommern möglich, im Stationsdienst im geschlossenen Männervollzug tätig zu werden. 15 von insgesamt 38 Frauen, die zu diesem Zeitpunkt in der JVA Bützow tätig waren (insgesamt 230 Mitarbeiter im allgemeinen Vollzugsdienst) nutzten diese Möglichkeit und wechselten in den Stationsdienst.[688] Die dadurch erforderliche Einbindung in den Schichtdienst stellte jedoch eine zusätzliche Herausforderung dar. Die anstaltsinterne Kinderbetreuung entfiel nach der Wende und die Frauen mussten auf sonstige Betreuungseinrichtungen zurückgreifen und sich deren Öffnungszeiten anpassen.[689]

Auch in Mecklenburg-Vorpommern gehören Frauen mittlerweile fest zum Vollzugsalltag auf allen Ebenen dazu. Mit einem Frauenanteil von ca. 30% (vgl. *Kap. 4.2.1*) liegt Mecklenburg-Vorpommern damit deutlich über dem Bundesdurchschnitt. Bis auf die JVA Stralsund, in der der Frauenanteil bei nur 17% liegt, arbeiten in den übrigen Anstalten (ohne Wismar) mehr als 30% Frauen.[690] Seit Beginn der 2000er Jahre hat sich damit der Frauenanteil im Justizvollzug Mecklenburg-Vorpommern deutlich erhöht. Nach einer Länderumfrage von *Lichthard* lag der Gesamtfrauenanteil in Mecklenburg-Vorpommern 2003 bei 26,7%, während der Bundesdurchschnitt relativ stabil geblieben ist und 2003 bei 24,3% lag.[691]

Trotz der deutlichen Erhöhung des Frauenanteils in Mecklenburg-Vorpommern stellen die weiblichen Bediensteten weiterhin eine Minderheit in der Belegschaft dar. Dies gilt vor allem für den Bereich des Allgemeinen Vollzugsdienstes, in dem die weiblichen Bediensteten einen Anteil von nur 21% einnehmen (vgl. *Kap. 4.2.1*). Dabei ist es fraglich, ob bereits die Zugehörigkeit zu einer Minderheit zu Isolierungstendenzen führen, durch die wiederum spezielle Verhaltensmuster entstehen.[692] Zumindest aber wird der voranschreitende Integrationsprozess sowie die gemeinsame Arbeit von weiblichen und männlichen Bediensteten aus unterschiedlichen Blickwinkeln bewertet[693] (vgl. hierzu auch *Kap. 8.1.3*).

---

688 *Mauruschat* 2008, S. 68 f.

689 *Mauruschat* 2008, S. 68 f.

690 Angaben der Anstalten zur jeweiligen Belegschaft (Basisfragebogen).

691 *Lichthard* 2004, S. 1.

692 So *Gewerkschaft öffentliche Dienste, Transport und Verkehr* 1998, S. 4.

693 *Gewerkschaft öffentliche Dienste, Transport und Verkehr* 1998, S. 3.

8.1.3 Verteilung von weiblichen und männlichen Bediensteten im vorliegenden Projekt

Wie bereits unter *Kap. 5.6.3* angesprochen, gab es zwischen den einzelnen Mitarbeitergruppen geschlechtsspezifische Unterschiede. Während drei Viertel der männlichen Teilnehmer dem AVD angehörten, waren es bei den weiblichen Teilnehmern knapp 50% (vgl. *Tab. 58*). Die Frauen dagegen waren in der Verwaltung und den Fachdiensten mehr als dreimal häufiger vertreten, als ihre männlichen Kollegen. Dennoch bleibt festzustellen, dass weibliche AVD-Mitglieder in der Erhebung deutlich überrepräsentiert sind (vgl. zum Anteil der weiblichen Mitarbeiter im Vollzugsdienst bereits *Tab. 10*).

Tabelle 58: Verteilung weiblicher und männlicher Teilnehmer in den Mitarbeitergruppen (%)

	AVD	Werkdienst	Verwaltung	Fachdienste	Leitung
Weiblich n = 105 = 100%	48,6	1,9	23,8	20	5,7
Männlich n = 166 = 100%	75,9	6,6	6,0	6,0	5,4

Bei beiden Geschlechtern ordneten sich etwas mehr als 5% der Teilnehmer der Leitungsebene zu.[694] Der Zugang zu Leitungsfunktionen scheint bei den Befragungsteilnehmern ausgeglichen zu sein. Dies bestätigt auch die Frage nach der Zufriedenheit mit den Beförderungen in der Anstalt. 97,6% (N = 200) gaben an, dass sie allgemein mit der Beförderungspraxis unzufrieden seien, während lediglich 1,5% angaben, sich gegenüber männlichen und 1% gegenüber weiblichen Kollegen benachteiligt zu fühlen.

Gleichzeitig muss aber beachtet werden, dass Leitungsaufgaben auch in den anderen Mitarbeitergruppen und Hierarchiestufen eine Rolle spielen, so z. B. in der Funktion eines Gruppen- oder Teamleiters. In den Anstalten Bützow, Waldeck, Neubrandenburg und Wismar wurden die Mitarbeiter gefragt, ob sie eine Leitungsfunktion innehaben.[695] Dies bejahten 42% (von n = 181). Von den männlichen Kollegen (n = 107) gaben dabei 46,7% an, eine Leitungsfunktion innezuhaben, bei den weiblichen Befragten (n = 73) waren dies nur 35,6%.

---

694 Dabei soll nicht unerwähnt bleiben, dass zum Zeitpunkt der Befragung zwei der fünf großen Vollzugseinrichtungen von Anstaltsleiterinnen geführt wurden (Bützow und Stralsund). Auch in der JAA Wismar trug neben dem eigentlichen Leiter, einem Jugendrichter, eine Frau die Verantwortung.

695 In Stralsund und Neustrelitz wurde nach Rücksprache mit der Anstaltsleitung und dem Personalrat auf diese Frage verzichtet.

Frauen waren damit zwar seltener in leitenden Funktionen vertreten, allerdings fiel der Unterschied nicht übermäßig groß aus. Lediglich bezogen auf den Ausbildungsgrad gab es Diskrepanzen. Die höheren Bildungsabschlüsse bei den Frauen gingen nicht mit der Wahrnehmung bzw. Verteilung von Leitungsaufgaben einher. Während knapp 70% der männlichen Mitarbeiter mit einem Hochschulstudium (n = 26) angaben, mit Leitungsaufgaben betraut zu sein, waren dies bei den Frauen (n = 34) nur 44%. Die Vermutung, dass sich hier die Dauer der Dienstzugehörigkeit auswirken könnte, da Leitungsaufgaben an erfahrene langjährige Mitarbeiter vergeben werden und sich die gut ausgebildeten Frauen vermehrt in den jüngeren (Dienst-)Altersstufen befanden, bestätigte sich nicht. Vielmehr nahmen gerade in der Gruppe mit den geringsten Dienstjahren (ein bis zehn Dienstjahre) 50% der Frauen (n = 16) Leitungsaufgaben wahr, während es bei den Männern nur knapp 32% waren. In der mittleren Dienstaltersgruppe (11 bis 20 Jahre) drehte sich das Verhältnis bereits um. Während 55,8% der männlichen Bediensteten (n = 34) angaben, Leitungsaufgaben innezuhaben, waren es bei den Frauen nur noch 37,5% (n = 40). Bei den Mitarbeitern, die bereits seit mehr als 20 Jahren im Justizvollzug arbeiteten, haben lediglich 17,6% der Frauen (n = 17), aber 55,8% der Männer Leitungsaufgaben inne.

Innerhalb der Mitarbeitergruppen gab es bezogen auf die Verteilung der Leitungsaufgaben deutliche Unterschiede zwischen männlichen und weiblichen Bediensteten nur innerhalb der Verwaltung. Überraschender Weise gab es innerhalb des AVD keine Unterschiede. Etwas Weniger als 40% sowohl der männlichen als auch der weiblichen Mitarbeiter im AVD hatten Leitungsaufgaben auszuüben (vgl. *Tab. 59*). Auch innerhalb der Leitung und den sonstigen Mitarbeitern gab es hinsichtlich der Verteilung von Leitungsaufgaben keine Unterschiede. Innerhalb des Werkdienstes, der kleinsten Gruppe, in der nur wenige Frauen vertreten waren, lagen die wenigen Leitungsaufgaben erwartungsgemäß bei den männlichen Mitarbeitern. In der Verwaltung, in der an sich überwiegend weibliche Bedienstete arbeiteten (vgl. *Kap. 5.6.3*), kam den männlichen Kollegen anteilig deutlich häufiger eine Leitungsfunktion zu. Bei den Fachdiensten dagegen lagen Leitungsfunktionen etwas häufiger bei den weiblichen Bediensteten.

Tabelle 59: Verteilung von Leitungsaufgaben bei männlichen und weiblichen Bediensteten innerhalb der Mitarbeitergruppen (%, ohne Neustrelitz und Stralsund)

	AVD n = 42	Werkdienst n = 3	Verwaltung n = 9	Fachdienste n = 5	Leitung n = 12	Sonstige n = 4
Leitungsfunktion ♂	39,2	42,8	75,0	16,7	100	50,0
Leitungsfunktion ♀	37,9	-	34,6	23,5	100	50,0

Es steht damit zu vermuteten, dass in der Vergangenheit Leitungsaufgaben vermehrt an männliche Kollegen vergeben wurden, dass aber in jüngerer Zeit gerade auch jüngere Frauen vermehrt Verantwortung übernehmen bzw. übertragen bekommen. Es bleibt abzuwarten, wie sich die Verteilung an Leitungsaufgaben mit Blick auf die zumeist höhere Schulbildung der Frauen entwickeln wird.

Trotz der gefundenen Unterschiede hinsichtlich der Übernahme von Leitungsaufgaben, gingen weder Frauen noch Männer davon aus, bei Beförderungen bzw. bei Weiterbildungsmaßnahmen gegenüber dem anderen Geschlecht benachteiligt zu werden. Zwar fühlten sich 42,8% gelegentlich und 30,6% (n = 222) sogar öfter in Bezug auf Beförderungen und Weiterbildungsmaßnahmen übergangen. Wie aber bereits angesprochen, waren die Befragten mit der Beförderungspraxis im Allgemeinen unzufrieden (vgl. *Kap. 7.2.3*).

Vereinzelt schien es dennoch Probleme in der Zusammenarbeit zu geben. Mehr als die Hälfte (53,8%) der Befragten (N = 273) gab an, dass es zumindest geringe Vorurteile gegenüber weiblichen Bediensteten gegeben habe und 12,5% gingen sogar davon aus, dass es vermehrt Vorurteile gab. Dies betraf mit 15,2% vor allem die Frauen, während bei den Männern nur 10,3% von vermehrten Vorurteilen ausgingen. Dabei gab es auch hier deutliche Unterschiede zwischen den Anstalten. Während in Wismar (n = 7) kein Bediensteter angab, dass es vermehrt Vorurteile gegenüber weiblichen Bediensteten geben würde und in Bützow (n = 86) 4,7% sowie in Stralsund (n = 27) 7,4%, lag der Anteil in den übrigen Anstalten bereits im zweistelligen Bereich. In Neustrelitz (n= 60) gingen 10% der Befragten von vermehrten Vorurteilen aus, in Neubrandenburg (n = 24) 16,7% und in Waldeck (n = 69) sogar 26,1%.

Wodurch die Vorurteile entstehen und ob hier die Einsatzmöglichkeit der Frauen, ihr Verhalten gegenüber Gefangenen oder auch die unterschiedliche Heranziehung zu Wochenend- und Schichtdiensten (vgl. *Kap. 5.6.5*) eine Rolle spielten, kann nur vermutet werden. Zumindest gingen 58,9% der Befragten davon aus, dass es im Arbeitsalltag gelegentlich Situationen gäbe, die für die weiblichen Bediensteten ungeeignet seien. 30% waren sogar der Meinung, dass dies öfters der Fall sei. Die Situation wurde von weiblichen und männlichen Bediensteten deutlich unterschiedlich bewertet. Bei den weiblichen Bediensteten waren immerhin 15,7% der Meinung, dass es derartige Situationen gar nicht gäbe, während 64,7% davon ausgingen, dass es zumindest gelegentlich Situationen gäbe, die für weibliche Bedienstete ungeeignet seien. Nur 19,6% hielten dies öfters für gegeben. Bei den männlichen Kollegen waren dagegen 35,2% der Meinung, dass es öfters Situationen gäbe, die für die weiblichen Bediensteten ungeeignet seien. Immerhin 17,9% der männlichen Befragten sahen hierin eine Beeinträchtigung des Arbeitsverhältnisses, während bei den weiblichen Befragten nur 6,7% hierin eine Beeinträchtigung des Arbeitsverhältnisses sahen.

Zwar fühlten sich insgesamt 48,7% uneingeschränkt und 49,1% zumindest überwiegend vom anderen Geschlecht ernst genommen, dennoch gaben von 269 Bediensteten 9,3% an, dass ihr Verhältnis zu Kollegen des anderen Geschlechts schlechter sei, als zu den Kollegen des eigenen Geschlechts. Knapp 60% gaben dagegen an, dass das Verhältnis genauso sei, wie zu den Kollegen des eigenen Geschlechts und 31,2% gaben sogar an, dass das Verhältnis zu Kollegen des anderen Geschlechts besser gewesen sei, als zu den Kollegen des eigenen Geschlechts. Dies betraf vor allem die weiblichen Bediensteten. Während nur 22% der männlichen Bediensteten der Meinung waren, ein besseres Verhältnis zu weiblichen Kollegen zu haben, gaben 47,1% der Frauen an, ein besseres Verhältnis zu den männlichen als zu den weiblichen Kollegen zu haben.

In Bezug auf die Gefangenen gingen weniger als die Hälfte der Befragten (N = 263), nämlich 44,9% davon aus, dass Gefangene vor Frauen genauso viel Respekt wie vor männlichen Bediensteten haben würden. Immerhin 38,8% gingen davon aus, dass dies gelegentlich der Fall ist und 16,3% gaben an, dass Gefangene überwiegend mehr Respekt vor männlichen Bediensteten haben würden. Auch hier zeigte sich wiederum die unterschiedliche Interpretation zwischen männlichen und weiblichen Bediensteten. Während nur 7,2% der Frauen angaben, dass Gefangene überwiegend mehr Respekt vor männlichen Bediensteten haben würden, bejahten dies 21,5% der Männer.

Oft werden Frauen und Männern bestimmte Verhaltensmuster zugeschrieben. In der Befragung sollten die Mitarbeiter angeben, ob sie der Meinung waren, dass sich männliche Bedienstete gegenüber Gefangenen durch Stärke und Durchsetzungskraft und weibliche Bedienstete durch Nachsicht und Einfühlungsvermögen auszeichnen würden. Zudem sollte angegeben werden, ob die jeweilige Wahrnehmung als positiv oder negativ eingeschätzt wird (vgl. *Tab. 60*). Auch hier zeigte sich wiederum, dass es Unterschiede in der Wahrnehmung zwischen den Geschlechtern gab. Allerdings wurde auch deutlich, dass die stereotypen Zuschreibungen eher beim eigenen Geschlecht wahrgenommen wurden. Während knapp 18% der männlichen Befragten davon ausgingen, dass sich männliche Bedienstete überwiegend durch Stärke und Durchsetzungskraft auszeichnen würden, bestätigten dies von den weiblichen Befragten lediglich knapp 7%. Demgegenüber gaben 24,5% der weiblichen Bediensteten an, dass sich weibliche Bedienstete überwiegend durch Nachsicht und Einfühlungsvermögen auszeichnen würden, während dies bei den männlichen Befragten nur 20,6% bestätigten.

Vor allem bezüglich der weiblichen Bediensteten ging ein Großteil der männlichen und weiblichen Befragten (>60%) aber davon aus, dass die Zuschreibung zumindest gelegentlich zutrifft. Bezogen auf die männlichen Kollegen würde zumindest ca. die Hälfte der weiblichen Befragten der stereotypen Zuschreibung nicht zustimmen und auch 37% der männlichen Befragten würden dies verneinen.

Die wahrgenommenen typischen Verhaltensweisen von männlichen und weiblichen Bediensteten schätzte der Großteil der Befragten jeweils als positiv ein. Dabei zeigte sich aber, dass bei den Männern der Anteil derjenigen zunahm, der es als negativ empfand, wenn männliche Bedienstete nicht typisch männlichen Stereotypen entsprechen. Bei den Frauen dagegen wurde es anteilig häufiger als negativ empfunden, wenn männliche Bedienstete auch tatsächlich männlichen Stereotypen entsprechen.

Tabelle 60: Einschätzung von stereotypen Zuschreibungen über männliche und weibliche Bedienstete

Stereotyp			n	Anteil %	Einschätzung (%)	
					positiv	negativ
Männliche Bedienstete zeichnen sich durch Stärke und Durchsetzungskraft aus.	♂	nein	65	37,0	76,9	23,1
	♀		33	49,5	97,0	3,0
	♂	gelegentlich	28	45,1	78,6	21,4
	♀		28	43,6	71,8	28,2
	♂	überwiegend	41	17,9	90,2	9,8
	♀		7	6,9	71,4	28,6
Weibliche Bedienstete zeichnen sich durch Nachsicht und Einfühlungsvermögen aus.	♂	nein	20	18,8	65,0	35,0
	♀		6	12,7	83,3	16,7
	♂	gelegentlich	94	60,6	87,2	12,8
	♀		62	62,7	96,8	3,3
	♂	überwiegend	33	20,6	84,8	15,2
	♀		25	24,5	100	0

8.1.4 Geschlechtsspezifische gesundheitliche Probleme

Bereits *Bögemann* hat in seiner Untersuchung 1997 Diskrepanzen zwischen Männern und Frauen festgestellt und vermutete, dass es „geschlechtsspezifische Unterschiede von Belastungen und arbeitsbedingten Gesundheitsbeeinträchtigungen" gibt.[696] Auch in der vorliegenden Studie zeigten sich hierbei deutliche Unterschiede zwischen männlichen und weiblichen Mitarbeitern.

Die *Abb.* 30 und 31 zeigen, dass beide Geschlechter zwar tendenziell mit den gleichen Symptomen (Schlafstörungen/Müdigkeit/Abgeschlagenheit, Verspannungen im Nacken- und Schulterbereich, Kreuzschmerzen, Nervosität/Unruhe/Reizbarkeit/Angespanntheit) belastet waren, dass aber mehr weibliche Mitarbeiter angaben, häufig unter diesen Problemen zu leiden.

Abbildung 30: Auftreten von gesundheitlichen Problemen bei männlichen Mitarbeitern (%)

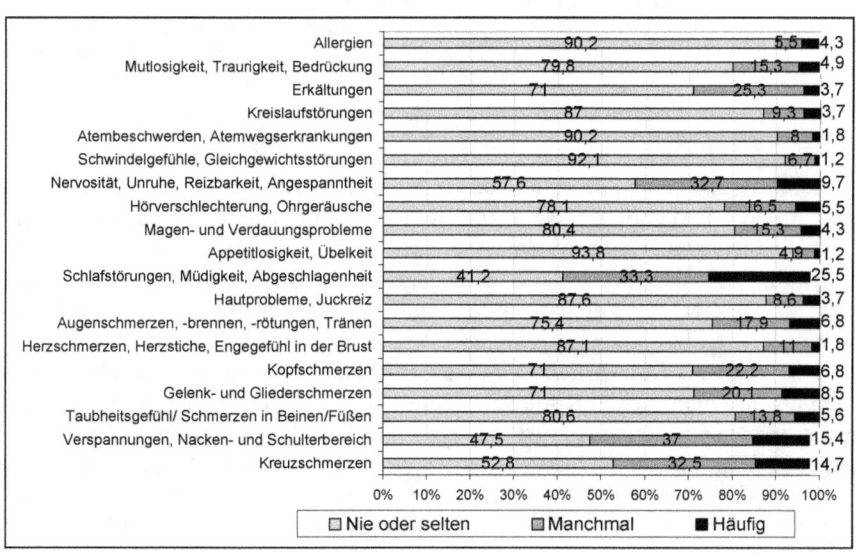

---

696 Vgl. *Bögemann* 2004, S. 176 f. Bezüglich gesundheitlicher Beschwerden stellte er fest, dass Frauen häufiger als Männer unter Herz-Kreislauf-Beschwerden und Problemen des Verdauungssystems litten.

Abbildung 31: Auftreten von gesundheitlichen Problemen bei weiblichen Mitarbeitern (%)

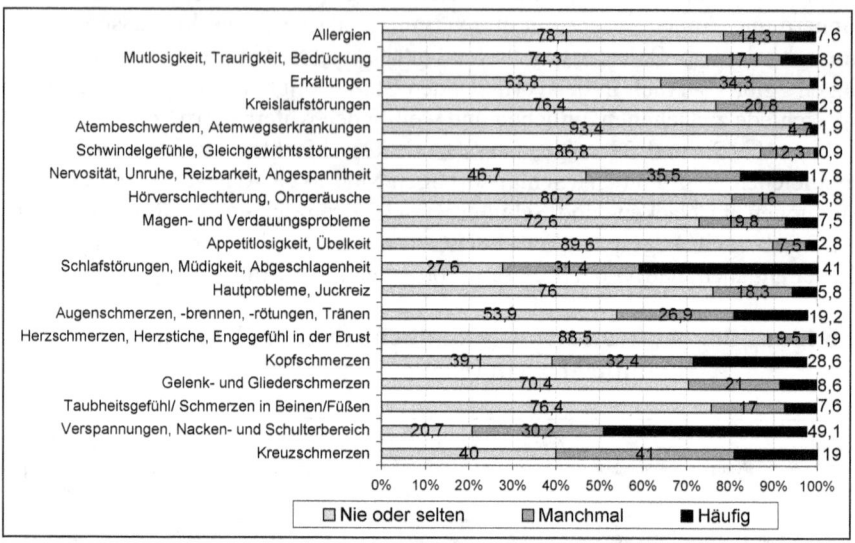

Keine signifikanten Unterschiede fanden sich in den Bereichen Taubheitsge-fühle in den Gliedmaßen, Gelenk- und Gliederschmerzen, Herzprobleme, Hör-verschlechterungen, Hautprobleme, Atemwegserkrankungen sowie hinsichtlich der Erkältungen. Besonders stark fielen dagegen die Belastungen der Mitarbeite-rinnen im Bereich der Verspannungen und Schlafstörungen/Müdigkeit und Ab-geschlagenheit aus. Aber auch unter Kopfschmerzen, Augenproblemen sowie Nervosität/Unruhe/Reizbarkeit und Angespanntheit schienen Frauen häufiger zu leiden als ihre männlichen Kollegen. Lediglich 20,7% der Frauen gaben an, dass sie nie oder nur selten, fast 50% dagegen häufig unter Verspannungen im Na-cken- und Schulterbereich leiden. Bei den eigentlichen Kreuzschmerzen ergaben sich geringere, aber dennoch signifikante Unterschiede (vgl. *Tab. 61*). Während bei den Männern 14,7% angaben, häufig unter Kreuzschmerzen zu leiden, waren es bei den Frauen 19%.

Tabelle 61: Häufigkeit von gesundheitlichen Symptomen bei weiblichen und männlichen Bediensteten (Mittelwerte und *Standardabweichung*)[a]

Symptom	♂	♀	T-Test (p)
Kreuzschmerzen	2,44 *0,956*	2,71 *0,863*	.016
Verspannungen, Nacken- und Schulterbereich	2,54 *0,920*	3,25 *0,851*	.000
Kopfschmerzen	2,09 *0,873*	2,83 *0,925*	.000
Augenschmerzen, -brennen, -rötungen, Tränen	1,8 *0,966*	2,44 *1,032*	.000
Schlafstörungen, Müdigkeit, Abgeschlagenheit	2,73 *0,964*	3,1 *0,894*	.002
Appetitlosigkeit, Übelkeit	1,36 *0,637*	1,57 *0,756*	.016
Magen- und Verdauungsprobleme	1,73 *0,875*	1,97 *0,941*	.033
Nervosität, Unruhe, Reizbarkeit, Angespanntheit	2,35 *0,875*	2,58 *0,932*	.042
Schwindelgefühle, Gleichgewichtsstörungen	1,34 *0,659*	1,52 *0,746*	.043
Kreislaufstörungen	1,59 *0,809*	1,8 *0,867*	.039
Mutlosigkeit, Traurigkeit, Bedrückung	1,77 *0,886*	1,97 *0,945*	.073
Allergien	1,37 *0,778*	1,68 *0,985*	.006
Gesundheitsindex	1,84 *0,452*	2,08 *0,449*	.000

Anm.: [a] Mittelwerte 4er-Skala: 1 = nie, 2 = selten, 3 = manchmal, 4 = häufig.

In der Gesamtbetrachtung zeigte sich, dass die weiblichen Bediensteten eine signifikant höhere Belastung an gesundheitlichen Problemen während der Arbeit aufwiesen. Während der Mittelwert des Gesundheitsindexes auf einer 4er-Skala bei den Männern bei 1,84 lag, betrug dieser bei den Frauen 2,08 (vgl. *Tab. 5*).

Die *Abb. 32* und *33* verdeutlichen zunächst, dass unabhängig vom Geschlecht die gesundheitliche Belastung und die Höhe der Krankentage mit zunehmendem Alter zunahmen.

**Abbildung 32: Gesundheitliche Belastung von weiblichen und männli-
chen Bediensteten nach Altersgruppen (Mittelwerte)**

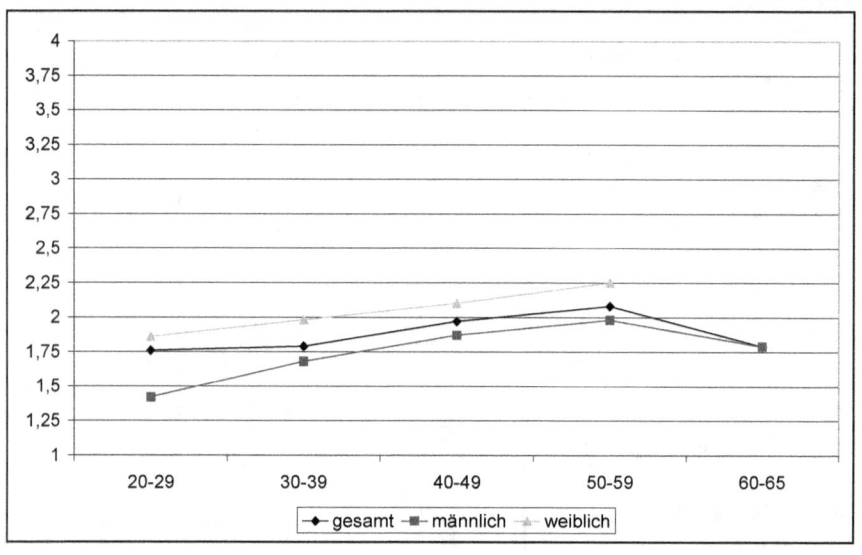

Anm.:   [a] Mittelwerte 4er-Skala: 1 = nie, 2 = selten, 3 = manchmal, 4 = häufig.

Vor allem in den jüngeren Altersgruppen ergaben sich aber deutliche Unterschiede zwischen weiblichen und männlichen Bediensteten. Mit zunehmendem
Alter glichen sich diese an, wobei die Belastung der Frauen stets höhere Werte
erreichte. Der Abfall bei der gesundheitlichen Belastung und der Höhe der
Krankentage in der Gruppe der 60- bis 65-Jährigen erklärt sich dadurch, dass
sich in dieser Gruppe nur noch drei männliche Bedienstete befanden, die sich offensichtlich einer guten Gesundheit erfreuten. Es ist zu vermuten, dass in dieser
Altersgruppe bereits kranke Mitarbeiter aufgrund gesundheitlicher Probleme aus
dem Beruf ausgeschieden waren.[697]

---

697 Diese Auswirkungen des *Healthy-Worker-Effekts* sind auch in der Allgemeinbevölke-
     rung in Mecklenburg-Vorpommern zu beobachten, vgl. *DAK* 2010, S. 13.

Abbildung 33: Höhe der Krankentage bei weiblichen und männlichen Bediensteten nach Altersgruppen (MW)

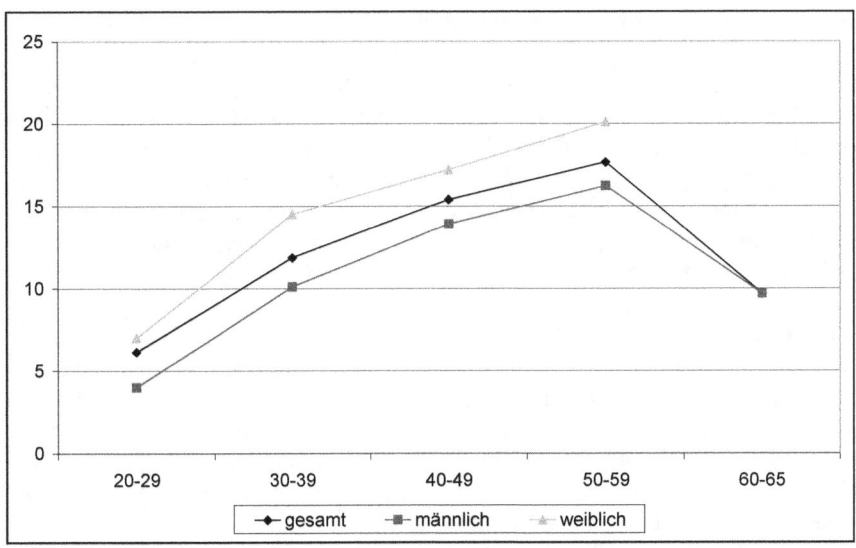

Die gefundenen Unterschiede hinsichtlich der gesundheitlichen Belastung sowie der Höhe der Krankentage decken sich zunächst einmal mit den Erfahrungen in der Allgemeinbevölkerung in Mecklenburg-Vorpommern.[698] Hier betrug innerhalb der *DAK*-Versicherten der durchschnittliche Krankenstand 2009 bei den erwerbstätigen Frauen 4,6% und bei den Männern 3,9%.[699] Nach Angabe der *DAK* verringert sich der Krankenstandunterschied zwischen weiblichen und männlichen Versicherten um fast die Hälfte, wenn Schwangerschaftsdiagnosen und damit zusammenhängende Komplikationen aus der Berechnung ausgeblendet werden.[700] Außerdem würden Frauen häufiger in Berufsgruppen mit hohen Krankenständen arbeiten.[701] Diese Vermutung erklärt freilich nicht die geschlechtsspezifischen Unterschiede innerhalb einer Berufsgruppe wie im vorliegenden Projekt. Auch können der Aspekt von Schwangerschaften und damit zusammenhängende Probleme Unterschiede bezüglich der Krankentage zwar in den jüngeren Altersgruppen (bis ca. 40 Jahre vgl. *Abb. 4*) beeinflussen, nicht

---

698   Vgl. *DAK* 2010, S. 13.

699   Vgl. *DAK* 2010, S. 13.

700   Vgl. *DAK* 2001: Pressemeldung: http://www.presse.dak.de/ps.nsf/sbl/ 345E77408AE4D A85C1256A640024FCB9?open (Abrufdatum: 12.8.2011).

701   Vgl. *DAK* 2010, S. 13.

aber die weiteren Unterschiede in den höheren Altersgruppen sowie die höhere Belastung bezüglich der Beschwerdehäufigkeiten (vgl. *Abb. 3*) erklären.

Mit Blick auf die geringere Lebenserwartung von männlichen Bundesbürgern müsste man an sich davon ausgehen, dass die gesundheitliche Belastung bei Männern schwerwiegender sei, als bei Frauen.[702] Demgegenüber deuten die geringere Inanspruchnahme des medizinischen Versorgungssystems, ein geringerer Krankenstand sowie eine bessere Selbsteinschätzung des subjektiven Gesundheitszustandes darauf hin, dass Männer seltener krank und gesundheitlich weniger stark belastet sind.[703] Allerdings wird hierbei auch auf männertypische Verhaltensweisen hingewiesen, wonach Männer eine unterschiedliche Körperwahrnehmung haben und dazu neigen, Symptome zu negieren oder zu bagatellisieren, seltener bzw. später zum Arzt gehen und weniger Vorsorgemaßnahmen in Anspruch zu nehmen.[704]

In der vorliegenden Erhebung stellte sich damit die Frage, ob die gefundenen Unterschiede tatsächlich geschlechtsspezifisch sind oder ob sie mit der Zugehörigkeit zu einer bestimmten Mitarbeitergruppe und dem damit verbundenen Tätigkeitsbereich zusammenhängen. Wie bereits unter *Kap. 6.5* gezeigt, traten die genannten Symptome besonders in der Verwaltung, bei den Fachdiensten und der Leitung auf. In diesen Gruppen waren aber gerade die weiblichen Mitarbeiter häufiger vertreten als z. B. im AVD.

Mit Blick auf *Tab. 62* zeigt sich, dass bezogen auf die meisten Symptome weder das Geschlecht, noch die Zugehörigkeit zu einer bestimmten Berufsgruppe allein der bestimmende Faktor waren, sondern vielmehr beide Faktoren Einfluss auf die Beschwerdehäufigkeit hatten. Bei der Interpretation der Daten in *Tab. 62* muss allerdings berücksichtigt werden, dass die absoluten Zahlen bei den einzelnen Mitarbeitergruppen (außer AVD) durch die Aufteilung nach Geschlechtern zum Teil sehr gering werden, sodass sich keine statistisch signifikanten aussagen treffen lassen.

Lediglich Kopfschmerzen schienen fast überwiegend bei Frauen besonders häufig aufzutreten. Während männliche Bedienstete bezüglich der Kopfschmerzen in allen Berufsgruppen bis auf die Fachdienste einen Mittelwert um 2 aufwiesen, sind es bei den weiblichen Beamten im Werkdienst 2,50, im AVD 2,71, in der Verwaltung 2,80, in den Fachdiensten 3,18, in der Leitung 3 und bei den sonstigen Mitarbeitern 3,25. Auch bei den Verspannungen und Augenproblemen waren es überwiegend die Frauen, die höhere Werte aufwiesen. Innerhalb der Fachdienste gab es hier allerdings keine wesentlichen Unterschiede und im Werkdienst schienen die männlichen Kollegen häufiger Beschwerden bei Verspannungen aufzuweisen als die Frauen. Vergleichbares gilt für die Symptoma-

---

702   Vgl. *DAK* 2008, S. 36.

703   Vgl. *DAK* 2008, S. 36.

704   Vgl. *DAK* 2008, S. 66; ferner *Bailly* 2010, S. 197.

tik der Rücken-(Kreuz)schmerzen. Hier war festzustellen, dass Kreuzschmerzen und Verspannungen geschlechtsunabhängig in den Mitarbeitergruppen häufiger auftraten, die überwiegend sitzende Bürotätigkeit ausübten.

Die Symptomgruppe Müdigkeit und Abgeschlagenheit trat in allen Mitarbeitergruppen relativ häufig auf. Signifikante Unterschiede bei den Geschlechtern gab es dabei nur innerhalb der Fachdienste und der Leitung sowie den sonstigen Mitarbeitern. Bei dem Symptom der Traurigkeit/Bedrückung gab es dagegen geschlechtsbezogen keine signifikanten Unterschiede, in den Fachdiensten schienen jedoch diese Beschwerden häufiger (zumindest manchmal, vgl. *Kap. 6.1*) aufzutreten als in den anderen Berufsgruppen. Möglicherweise wirkte sich an dieser Stelle die Arbeit mit den Gefangenen aus. Die Arbeit der Fachdienste ist in besonderem Maße auf Betreuung und Hilfe ausgelegt. Mangelnde Erfolgserlebnisse und Enttäuschungen können die Selbstwahrnehmung beeinflussen und zur Desillusionierung führen. Dies deckt sich mit den Ergebnissen, die im Bereich des Burnouts gefunden wurden. Die Mitarbeiter in den Fachdiensten wiesen vor allem im Bereich der emotionalen Erschöpfung höhere Werte auf, als die übrigen Mitarbeitergruppen (vgl. *Kap. 8.4.3*). Es zeigte sich auch, dass innerhalb dieser Gruppe die Symptomgruppen Schlafstörungen/Müdigkeit ($r = .474*$) und Mutlosigkeit/Traurigkeit ($r = .691**$), aber auch Nervosität/Unruhe/Gereiztheit ($r = .435*$) besonders deutlich mit einem hohen Maß an emotionaler Erschöpfung korrelierten. Dabei gab es keine Unterschiede zwischen männlichen und weiblichen Mitarbeitern ($\male$ Mittelwert $= 25,56$; $\female$ Mittelwert $= 25,94$).

Tabelle 62: Häufigkeit von gesundheitlichen Symptomen bei weiblichen und männlichen Bediensteten innerhalb der verschiedenen Berufsgruppen (Mittelwerte und *Standardabweichung*)[a]

	AVD		Werkdienst		Verwaltung		Fachdienste		Leitung		Sonstige	
	♂	♀	♂	♀	♂	♀	♂	♀	♂	♀	♂	♀
Kreuzschmerzen	2,39 *0,943*	2,68 *0,891*	2,27 *1,010*	1,50 *0,707*	2,40 *1,080*	3,04 *0,690*	2,50 *0,548*	2,35 *0,862*	2,88 *0,991*	3,00 *0,894*	3,50 *1,00*	2,75 *0,957*
Verspannungen, Nacken- und Schulterbereich	2,48 *0,899*	3,20 *0,889*	2,45 *1,040*	2,00 *0,000*	2,40 *1,080*	3,52 *0,714*	3,00 *0,632*	3,18 *0,951*	2,88 *0,991*	3,17 *0,983*	3,50 *0,577*	3,50 *0,577*
Kopfschmerzen	2,08 *0,893*	2,71 *1,000*	2,00 *0,816*	2,50 *0,707*	2,00 *0,667*	2,80 *0,866*	2,67 *1,370*	3,18 *0,809*	2,00 *0,500*	3,00 *0,894*	2,00 *0,816*	3,25 *0,957*
Augenschmerzen, -brennen, -rötungen, Tränen	1,75 *0,932*	2,22 *0,919*	1,73 *1,100*	3,00 *1,41*	1,70 *0,823*	2,83 *1,05*	2,83 *0,753*	2,59 *1,060*	2,00 *1,320*	1,50 *0,548*	1,75 *0,957*	3,00 *1,410*
Schlafstörungen, Müdigkeit, Abgeschlagenheit	2,75 *0,968*	2,98 *0,968*	2,36 *1,030*	2,50 *0,707*	2,90 *0,876*	2,96 *0,841*	2,67 *1,210*	3,47 *0,717*	2,67 *1,000*	3,17 *0,983*	3,00 *0,816*	3,75 *0,500*
Nervosität, Unruhe, Reizbarkeit, Angespanntheit	2,34 *0,917*	2,69 *1,029*	2,09 *0,831*	1,50 *0,707*	2,60 *0,699*	2,44 *0,917*	2,33 *0,816*	2,82 *0,809*	2,56 *0,726*	2,17 *0,408*	2,25 *0,500*	2,25 *0,500*
Mutlosigkeit, Traurigkeit, Bedrückung	1,74 *0,922*	1,84 *0,955*	1,64 *0,674*	1,00 *0,000*	1,80 *0,789*	2,08 *1,080*	2,33 *1,030*	2,50 *0,816*	1,78 *0,667*	1,67 *0,516*	2,00 *0,816*	2,00 *0,000*

Anm.: [a] Mittelwerte: 4er-Skala: 1 = nie, 2 = selten, 3 = manchmal, 4 = häufig.

Bögemann vermutete, dass der Alltag der weiblichen Mitarbeiter geprägt sei durch eine Doppelbelastung (Beruf und Familie), wenig Pausen aufweise und weniger Sport getrieben würde und Frauen damit komplexen Anforderungen ausgesetzt seien.[705] Diese Vermutung wird nicht nur hier, sondern auch von der Bevölkerung geteilt. In einer FORSA[706]-Umfrage 2001 (N = 1.002) glaubten 74% der Befragten, dass der höhere Krankenstand von Frauen auf die Doppelbelastung zwischen Beruf und Familie zurückzuführen sei.[707] Ein hektischer Alltag zwischen Kinderbetreuung und Arbeitsplatz vermindert die Zeiten für eine Entspannung; Kopfschmerzen und Verspannungen können die Folge sein. Tatsächlich trieben die befragten Frauen in der Studie weniger Sport als ihre männlichen Kollegen. Bei den Frauen waren es lediglich 23,8%, die regelmäßig mehrmals in der Woche Sport treiben. 29,5% trieben zumindest mehrmals im Monat Sport und 46,7% trieben gar keinen regelmäßigen Sport. Bei den männlichen Kollegen waren es 31,7%, die mehrmals in der Woche und 27,4%, die mehrmals im Monat Sport trieben, während 40,9% keinen Sport betrieben.

Weiter zeigte sich, dass Frauen stärker auf die psychosozialen Einflüsse reagierten, als ihre männlichen Kollegen und sich diese deutlich auf die eigene gesundheitliche Wahrnehmung sowie die Beschwerdehäufigkeiten auswirkten. *Tab. 63* zeigt, dass der Zusammenhang zwischen einer als angespannt bzw. bedrohlich wahrgenommenen Anstaltsatmosphäre und der gesundheitlichen Gesamtbelastung bei den weiblichen Bediensteten deutlicher ausfiel, als bei den männlichen. Ein Zusammenhang bestand bei den Frauen auch hinsichtlich der Einschätzung des eigenen Gesundheitszustandes im Allgemeinen. Das Alter lässt einen signifikanten Einfluss dagegen nur bei den männlichen Mitarbeitern erkennen. Dasselbe gilt für die Höhe an geleisteten Überstunden. Bei den Frauen, die im Schnitt weniger Überstunden leisteten, als die Männer (vgl. *Kap. 5.6.5*), schien dagegen weniger die Höhe der Überstunden, als vielmehr die dadurch empfundene Belastung einen signifikanten Einfluss auf die Gesundheitswahrnehmung zu haben.

---

705 Vgl. *Bögemann* 2004, S. 177. Die Doppelbelastung durch Haushalt und Beruf wird auch von weiblichen Bediensteten selbst berichtet, vgl. *Schöner* 1990, S. 225.

706 Gesellschaft für Sozialforschung und statistische Analysen.

707 *Gesellschaft für Sozialforschung und statistische Analyse* 2001: http://www.presse.dak. de/psnsf/sbl/72ABB51C2D0E454CC1256A640039FB4E?open (Abrufdatum: 12.8.2011).

Tabelle 63: Bivariate Korrelationen zwischen Gesundheitsindex sowie der Einschätzung des eigenen Gesundheitszustandes bei männlichen und weiblichen Bediensteten mit ausgewählten Einzelaspekten

Korrelation r	Gesundheitsindex		Einschätzung Gesundheitszustand	
	♂	♀	♂	♀
Angespannte Atmosphäre	.283**	.500**	.066 n. s.	.364**
Bedrohliche Atmosphäre	.300**	.466**	.025 n. s.	.307**
Alter	.206**	.231 n. s.	.288 n. s.	.179 n. s.
Überstunden	.248**	.050 n. s.	.142 n. s.	-.097 n. s.
Belastung durch Überstunden	.196*	.337**	.033 n. s.	.261*
Emotionale Erschöpfung	.459**	.496**	.323**	.249*
Depersonalisierung	.061 n. s.	.246*	.075 n. s.	.023 n. s.
Eigene Leistungseinschätzung	-.069 n. s.	.050 n. s.	-.232**	-.169 n. s.

Hinsichtlich der Burnout-Tendenzen zeigte sich, dass eine höhere emotionale Erschöpfung sowohl bei Männern als auch bei Frauen mit einer höheren Beschwerdehäufigkeit an gesundheitlichen Problemen einherging. Gefühle der Depersonalisierung, hinsichtlich derer ohnehin nur geringe Durchschnittswerte gefunden wurden (vgl. *Kap. 8.4.2*), schienen in keinem deutlichen Zusammenhang zur gesundheitlichen Wahrnehmung zu stehen. Lediglich bei den weiblichen Bediensteten gab es einen Zusammenhang von r = 246*. Gleiches galt für die eigene Leistungseinschätzung der Bediensteten. Zumindest bei den Frauen ging eine höhere Wahrnehmung der eigenen Leistungsfähigkeit mit einer besseren Einschätzung des eigenen Gesundheitszustandes einher.

8.1.5 Belastungserleben im Arbeitsalltag

Der Arbeitsalltag in einer Vollzugsanstalt beinhaltet verschiedene Aspekte und Situationen, die für die Bediensteten als Belastung wahrgenommen werden können. An dieser Stelle soll untersucht werden, ob der Arbeitsalltag in seiner Belastung von Frauen und Männern unterschiedlich wahrgenommen wird.

8.1.5.1 Belastungserleben im Umgang mit Gefangenen

In der Befragung wurde deutlich, dass verschiedene Situationen im Umgang mit den Inhaftierten von Männern und Frauen in ihrer Belastung unterschiedlich erlebt wurden (vgl. *Tab. 64*). Die hohen Standartabweichungen bei den Mittelwertangaben zeigen zunächst, dass es auch innerhalb der Geschlechter große Unterschiede gab und sowohl bei den männlichen als auch bei den weiblichen Mitarbeitern zum Teil hohe Belastungen wahrgenommen werden.

Insbesondere gewaltassoziierte Situationen (Aggressionen von Gefangenen, Suizide bzw. Suizidversuche, Schlägereien und sexuelle Nötigung, Selbstverletzungen) wurden von weiblichen Bediensteten signifikant als stärkere Belastung wahrgenommen. Bei den Alltagssituationen (Verständigungs- und Sprachprobleme, Suchtproblematik, rüder Umgangston und negative Mitteilungen an Gefangene) gab es dagegen keine signifikanten Unterschiede. Lediglich die Kontrolle der Haftäume schien für die weiblichen Mitarbeiter eine geringere Belastung darzustellen. Allerdings sind die gefundenen Mittelwerte an dieser Stelle für beide Geschlechter sehr gering.

Auffällig war aber auch, dass Frauen die mangelnde Zeit für Gespräche als belastender empfinden als ihre männlichen Kollegen. Insgesamt schienen sich damit Zuschreibungen zu den Geschlechterrollen zu bestätigen. Kommunikation und Fürsorge stellten für Frauen einen wichtigen Aspekt dar, gleichzeitig reagieren sie auf gewalttätige Situationen mit stärkerem Belastungsempfinden.

Tabelle 64: Belastungserleben im Umgang mit Gefangenen (Mittelwerte und *Standardabweichung*)[a]

	Männlich	Weiblich	T-Test (p)
Suchtproblematik	2,92 *1,870*	2,47 *1,706*	.060
Verständigungsprobleme	2,63 *1,699*	2,72 *1,654*	.665
Sprachprobleme	2,51 *1,726*	2,66 *1,744*	.531
Aggressionen/angriffe von Gefangenen	3,81 *1,544*	4,04 *1,610*	.622
Suizid(-versuch, -androhung) eines Gefangenen	3,26 *1,649*	3,94 *1,565*	.002
Schlägerei/ Misshandlungen zwischen Gefangenen	3,29 *1,485*	3,69 *1,582*	.025

	Männlich	Weiblich	T-Test (p)
Sexuelle Nötigung von Gefangenen	3,37 *1,581*	3,97 *1,636*	.001
Rüder Umgangston der Gefangenen	2,77 *1,324*	3,16 *1,326*	.256
Negative Mitteilungen an die Gefangenen	2,7 *1,315*	2,87 *1,181*	.231
Kontrolle der Gefangenen/Hafträume	2,73 *1,464*	2,3 *1,193*	.024
Mangelnde Zeit für Gespräche	3,54 *1,467*	3,90 *1,551*	.006
Selbstbeschädigungen/ Selbstverstümmelungen bei Gefangenen	3,22 *1,541*	3,78 *1,571*	.006
Verhaltens- und Persönlichkeitsprobleme bei Gefangenen	3,44 *1,574*	3,86 *1,403*	.060

Anm.:   a Mittelwerte: 7er-Skala: 0 = gar nicht belastend bis 6 = extrem belastend, ohne die Kategorie „Kommt nicht vor".

Die zum Teil höhere Belastungswahrnehmung spiegelte sich auch in dem Wunsch nach einer kollegialen Beratung im Sinne einer Supervision wieder. Während von den männlichen Teilnehmern (n = 132) 58,3% eine regelmäßige Supervision wünschten, waren es bei den befragten Frauen (n = 77) 74%. Ebenso zeigte sich aber hieran die größere Bereitschaft über Erlebtes zu reden, die Frauen tendenziell zugeschrieben wird.[708]

8.1.5.2   Sonstige arbeitsbedingte Wahrnehmungen

Auch hinsichtlich der untersuchten Stressoren und Ressourcen in der Arbeitsgestaltung (vgl. hierzu bereits *Kap. 7.3.3*) wurden verschiedene Faktoren von männlichen und weiblichen Mitarbeitern in unterschiedlichem Maße wahrgenommen.

Zunächst zeigte sich in *Abb. 34*, dass die weiblichen Bediensteten ihren Handlungsspielraum (p = .042) und ihre geistige Forderung (p = .004) signifikant höher einschätzten als die männlichen Bediensteten. Dabei war es vor allem von Bedeutung, inwieweit Mitarbeiter ihr Wissen und Können während der Ar-

---

708   Vgl. auch *Bailly* 2010, S. 198, der beschreibt, dass Frauen schneller um Rat suchen und ein höheres Engagement im Bereich der Gesundheitsförderung und der Kriesenintervention zeigen.

beit einsetzen können. Bei 62,3% der weiblichen Mitarbeiter war dies überwiegend der Fall, während dies nur 46,4% der männlichen Mitarbeiter bejahten. Nur gering dagegen fiel der Unterschied hinsichtlich eines wahrgenommenen Rollenkonflikts aus.

Abbildung 34: Einzelaspekte der Arbeitsanalyse bei männlichen und weiblichen Bediensteten (Mittelwerte)[a]

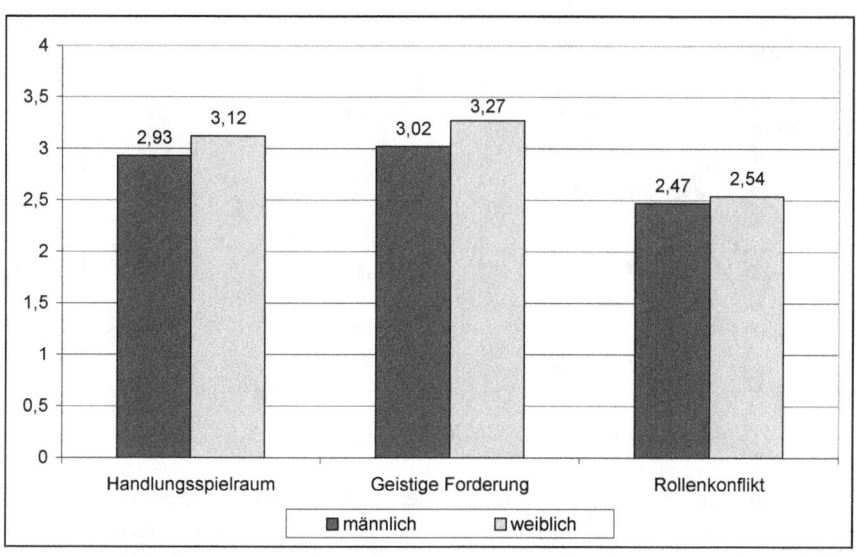

Anm.:   [a] Mittelwerte 4er-Skala: 1 = gar nicht bis 4 = überwiegend.

Abb. 35 verdeutlicht, dass auch hinsichtlich der protektiven Faktoren der Arbeitsplatzgestaltung unterschiedliche Wahrnehmungen bei Männern und Frauen vorlagen. So wurden die betrieblichen Leistungen zwar von allen Mitarbeitern als eher schlecht bis mittelmäßig eingeschätzt, bei den weiblichen Bediensteten fiel die Einschätzung aber leicht besser aus ($p = .001$). Dies wurde vor allem durch die Einschätzung der Mitarbeiterinnen zu den Weiterbildungsmöglichkeiten bedingt. Ca. 38% der weiblichen Bediensteten gaben an, dass die Aussage, es gäbe gute Weiterbildungsmöglichkeiten überwiegend bis völlig zutrifft, während dies bei den männlichen Bediensteten nur ca. 25% so sahen.

Nur leicht besser wurde von den Frauen auch die soziale Rückendeckung und der Faktor Information und Mitsprache sowie die Zusammenarbeit eingeschätzt.

Abbildung 35: Ressourcen bei männlichen und weiblichen Bediensteten (Mittelwerte)a

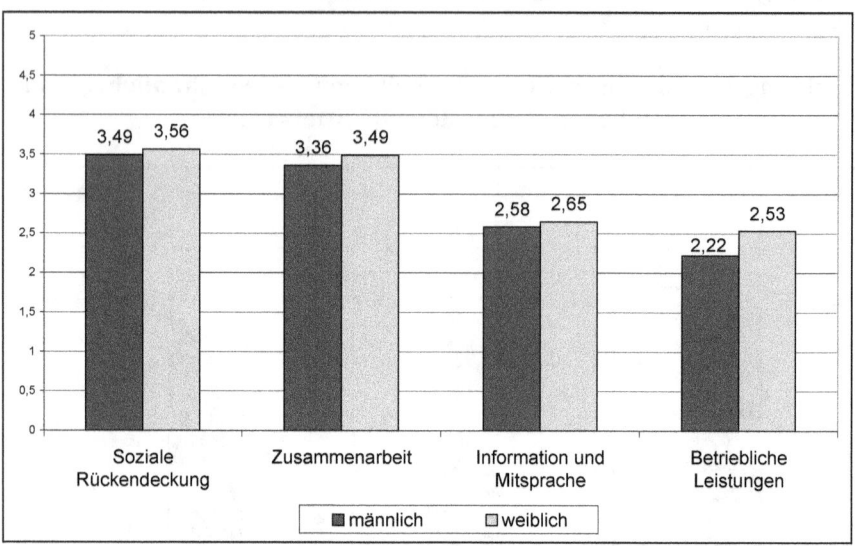

Anm.: a Mittelwerte 5er-Skala: 1 = trifft gar nicht zu bis 5 = trifft völlig zu.

Hinsichtlich der Stressoren (*Abb. 36*) ergab sich ebenfalls ein unterschiedliches Bild. Während es hinsichtlich der Intensität von Arbeitsunterbrechungen keine Unterschiede zwischen Männern und Frauen gab, so schätzten die weiblichen Bediensteten ihre quantitative Arbeitsbelastung deutlich höher ein (p = .010), als ihre männlichen Kollegen. Hier könnte vor allem die Arbeitsbelastung in den Fachdiensten eine Rolle spielen (vgl. *Kap. 8.3.3*). Demgegenüber fielen die Umgebungsbelastungen bei den männlichen Kollegen deutlich höher aus (p = .032). Hier waren vor allem der AVD und der Werkdienst, also die Gruppen, in denen überwiegend Männer arbeiten, betroffen, weniger dagegen die Berufsgruppen, die überwiegend in Büroräumen arbeiten (vgl. ebenfalls *Kap. 7.3.3*).

Abbildung 36: Stressoren bei männlichen und weiblichen Bediensteten (Mittelwerte)[a]

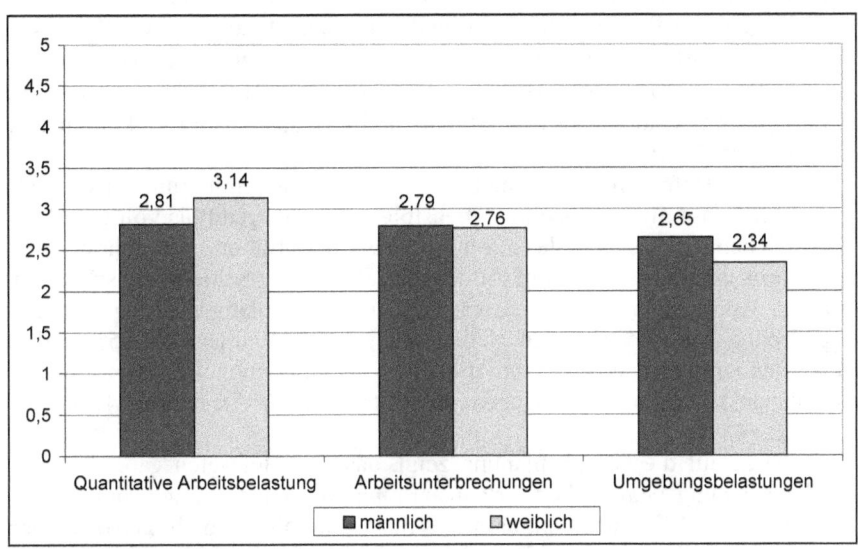

Anm.:   [a] Mittelwerte 5er-Skala: 1 = trifft gar nicht zu bis 5 = trifft völlig zu.

8.1.6 Vereinbarkeit von Familie und Beruf

Bögemann verdeutlichte, dass aus systemtheoretischer Sicht der Justizvollzug nicht allein für sich betrachtet werden könne, sondern dass sich das Berufsleben auch auf das Privatleben auswirke und das Privatleben auf den Beruf.[709] Die Arbeit im Schichtdienst, aber auch die Ereignisse in einer Anstalt selbst haben Einfluss auf die Zeit nach der Arbeit. Zum einen muss die Familie für den Bediensteten Rückhalt bieten, gleichzeitig verlangen auch die anderen Familienmitglieder bzw. Partner, dass man für sie da ist.[710] Auf Dauer belaste die Arbeit in starren Organisationen auch den Privatmenschen in seiner Gesundheit.[711] Dies gilt für die gesamte Arbeitswelt. Daher wird der Blick auf das Privatleben

---

709   Vgl. *Bögemann* 2004, S. 66.

710   Vgl. *Lehmann* 2009, S. 156 ff. mit verschiedenen Einzelfallbeispielen.

711   Vgl. *Bögemann* 2004, S. 66.

immer wichtiger insbesondere hinsichtlich der Vereinbarkeit von Familie und Beruf.[712]

Maßnahmen, die in verschiedenen Leitfäden üblicherweise für Unternehmen vorgeschlagen werden, um die Familienfreundlichkeit zu erhöhen (Gleitzeit, Heimarbeit/Telearbeit, Jobsharing)[713] sind im Justizvollzug und vor allem im Schichtsystem nicht möglich. Allenfalls dem Grundsatz der Rücksichtnahme auf Beschäftigte mit Kindern bei der Schicht- und Urlaubsplanung[714] kommt hier eine besondere Bedeutung zu.

Unter den Befragungsteilnehmern (N = 243) waren immerhin knapp 43% der Meinung, dass die aufgestellten Dienstpläne überwiegend bis völlig verlässlich sind. Knapp 26% sahen dies nur mittelmäßig bestätigt und für mehr als 30% traf dies nur wenig bis gar nicht zu. Dabei gab es Unterschiede zwischen den Anstalten. Während in Bützow nur ca. 21% die Dienstplangestaltung für überwiegend bis gar nicht verlässlich hielten, taten dies in Waldeck ca. 25% und in Neubrandenburg und Wismar um die 30%. Deutlich unzufriedener mit der Dienstplangestaltung waren dagegen die Mitarbeiter in Stralsund (41%) und Neustrelitz (48%).

Ein Blick auf die Urlaubsplanung zeigt, dass die Befragten ganz überwiegend der Meinung waren, dass Urlaubstermine wunschgemäß genehmigt werden. Weniger als 10% gaben an, dass dies nur wenig bis gar nicht zutrifft. Auch hier fanden sich die Unterschiede in den Anstalten wieder. Während in Wismar niemand und in Waldeck nur ca. 6% der Befragten der Meinung waren, dass Urlaubstermine nur wenig bis gar nicht wunschgemäß genehmigt würden, waren dies in Bützow 10%, in Stralsund und Neustrelitz jeweils ca. 15%.

Auffällig ist, dass die Unzufriedenheit bezüglich der Dienstplan- und Urlaubsgestaltung in den Anstalten am größten war, in denen die Mitarbeiter durchschnittlich am häufigsten fehlten (vgl. *Kap.4.2.2*). Dies lässt vermuten, dass höhere Ausfälle die Planung schwieriger werden lassen, da kurzfristige Neuplanungen vorgenommen werden müssen. Zudem können Ausfälle in kleineren Anstalten (Stralsund, Neubrandenburg) weniger gut ausgeglichen werden, sodass Rückrufe aus Urlaubs- und Freitagen oft unumgänglich sind.[715] Die Erfahrung in den Anstalten zeigt, dass Dienstpläne dann durchgehalten werden können, wenn nur weniger bzw. keine Mitarbeiter fehlen.

Es zeigte sich auch, dass Frauen überwiegend mit der Dienstplan- und Urlaubsgestaltung zufriedener waren als ihre männlichen Kollegen. Während

---

712 Nachweise für Verbesserung der Arbeitsmotivation bzw. des Commitments durch flexible Arbeitszeitmodelle bei *Felfe* 2008, S. 142.

713 So z. B. *Dittmann/Koch* 2010, S. 5.

714 Vgl. *Dittmann/Koch* 2010, S. 5.

715 Anders geht *Lehmann* 2009, S. 155 davon aus, dass es in kleineren Anstalten „müheloser sei, bei der Dienstplangestaltung Rücksicht auf das Privatleben zu nehmen."

57,3% der Frauen überwiegend bis völlig die Dienstpläne für verlässlich hielten und mehr als 80% angaben, dass Urlaubstermine überwiegend bis völlig wunschgemäß genehmigt würden, so waren dies bei den Männer bezüglich der Dienstplanung nur 35,5% und bezüglich der Urlaubsgenehmigung 72%.

Es steht zu vermuten, dass an dieser Stelle vor allem Rücksicht auf Frauen mit Kindern genommen und damit der Doppelbelastung Rechnung getragen wird, die insbesondere bei Frauen durch die Kinderbetreuung vorliegt.

Dies lässt sich auch anhand der Aussagen in *Tab. 65* erkennen. Frauen gaben an, häufiger Zeit für ihre Partnerschaft und vor allem für ihre Kinder zu haben, als ihre männlichen Kollegen. Hierbei spielte aber vor allem die Dienstregelung eine bedeutende Rolle. Frauen arbeiteten zum Teil in Teilzeit und deutlich weniger im Schichtdienstbetrieb und konnten ihre Zeit damit besser planen bzw. mit ihrer Familie verbringen. Sie gaben daher weitaus weniger häufig an, dass die Arbeitszeiten ihr Privatleben schädigten.

Frauen nahmen allerdings häufiger Probleme der Arbeit mit nach Hause und private Probleme mit zur Arbeit, konnten sich von Problemen also weniger gut distanzieren.

Überwiegend sahen sich die Befragten in ihrer Arbeit durch Familie und Bekanntschaft akzeptiert.

Tabelle 65: Belastungen im Privatleben durch die Arbeit in der Anstalt (%)

	N(n)	nie	manchmal	häufig	sehr häufig
	Gesamt ♂/♀	Gesamt ♂/♀	Gesamt ♂/♀	Gesamt ♂/♀	Gesamt ♂/♀
Haben Sie Zeit für Ihre Partnerschaft?	243 152/88	1,6 2/0	31,7 33,6/29,5	48,1 48,7/46,6	18,5 15,8/23,9
Haben Sie Zeit für Ihre Kinder?	225 136/86	-	32 37,5/24,4	49,8 47,1/53,5	18,2 15,4/22,1
Nehmen Sie Probleme, die Sie bei der Arbeit haben mit nach Hause?	267 162/102	15 19,8/7,8	58,8 56,2/61,8	15,4 14,8/16,7	10,9 9,3/13,7
Nehmen Sie private Probleme mit zur Arbeit?	265 162/100	33,2 38,3/25	62,3 56,2/72	3,8 4,3/3	0,8 1,2/0
Schädigen Ihre Arbeitszeiten Ihr Privatleben?	264 162/99	28,4 19,8/43,4	46,6 49,4/40,4	13,6 19,8/4	11,4 11,1/12,1
Wird Ihre Arbeit in der Familie oder der Bekanntschaft akzeptiert?	267 163/101	0,4 0,6/0	6,7 8/5	44,6 44,8/43,6	48,3 46,6/51,5

8.1.7 Fazit

Die zum Teil deutlichen Unterschiede zwischen männlichen und weiblichen Bediensteten machen deutlich, dass in einer mitarbeiterorientierten gesundheitlichen Präventionsarbeit geschlechtsbezogene Besonderheiten berücksichtigt werden müssen.

Worin genau die Ursache für die auftretenden Unterschiede hinsichtlich der gesundheitlichen Beeinträchtigung liegen, kann aber nicht geklärt werden. An dieser Stelle wird deutlich, dass innerhalb der Gesundheitsforschung die tatsächlichen Lebensumstände einer Person nicht unberücksichtigt bleiben dürfen, was aber allein durch eine standardisierte Befragung nicht bewerkstelligt werden kann.[716] Vielmehr muss eine biografische qualitative Forschung hinzukommen.[717] Damit wird auch deutlich, dass in Hinblick auf zum Teil widersprüchliche Ergebnisse bei geschlechtsbezogenen Gesundheitsforschungen es eine Rolle spielte, inwieweit Frauen und Männer in typischen Rollenmustern leben und arbeiten bzw. ob sie sich in andere Rollen hineinbegeben,[718] welche Anforderungen an sie gestellt werden und welche Bewältigungsstrategien als persönliche Ressourcen bereit stehen. Diese Frage kann vorliegend nicht geklärt werden, umfasst sie doch einen weiten gesellschaftlichen Rahmen. Zwar werden weibliche und männliche Rollenmuster heutzutage aufgebrochen und gelten nicht mehr unumstößlich, dennoch sind sie auch im 21. Jahrhundert verbreitete Realität und müssen daher bei der Gestaltung von Arbeitsverhältnissen Berücksichtigung finden.

8.2 Altersstruktur

Immer wieder ist davon die Rede, dass nicht nur in der öffentlichen Verwaltung allgemein,[719] sondern speziell auch im Justizvollzug die Belegschaft ein hohes Durchschnittsalter aufweise. Dies spiegelte sich auch in der Befragung wider (vgl. zum Durchschnittsalter in den Anstalten bereits *Kap. 5.6.3*). Das Durchschnittsalter der Teilnehmer lag bei 43,9 Jahren.[720] Dabei waren die männlichen

---

716 Vgl. *Hien* 2009, S. 29.

717 Vgl. *Hien* 2009, S. 29.

718 Vgl. *Hien* 2009, S. 38.

719 Für die öffentliche Verwaltung wird in Deutschland angegeben, dass das Durchschnittsalter seit 2000 von 41,8 auf über 44 Jahre angestiegen sei. Grund hierfür seien vor allem Stellenkürzungen und Einstellungsstopps, vgl. Robert-Bosch-Stiftung: http://www.bosch-stiftung.de/content/language1/html/25873.asp (Abrufdatum: 25.8.2011).

720 Zur Bildung des Durchschnittsalters wurde in den Anstalten Stralsund, Waldeck und Neustrelitz jeweils der Mittelwert der angegebenen Altersgruppen verwendet.

Befragten im Schnitt mit 44,5 Jahren etwas älter als ihre weiblichen Kollegen mit 42,9 Jahren.

Abb. 37 verdeutlicht, dass gerade in den jungen Altersgruppen nur sehr wenige Mitarbeiter vertreten waren. Die meisten Befragungsteilnehmer wiesen ein Alter zwischen 40 und 49 Jahren auf. Dies galt vor allem für die männlichen Teilnehmer. In der Gruppe der 50- bis 59-Jährigen nahm die Teilnehmerstärke deutlich ab, lag aber immer noch bei insgesamt 72 Personen. Der Gruppe der 60 bis 65-Jährigen gehörten nur noch drei männliche Bedienstete an.

Abbildung 37: Verteilung der männlichen und weiblichen Bediensteten nach Altersgruppen (absolut)

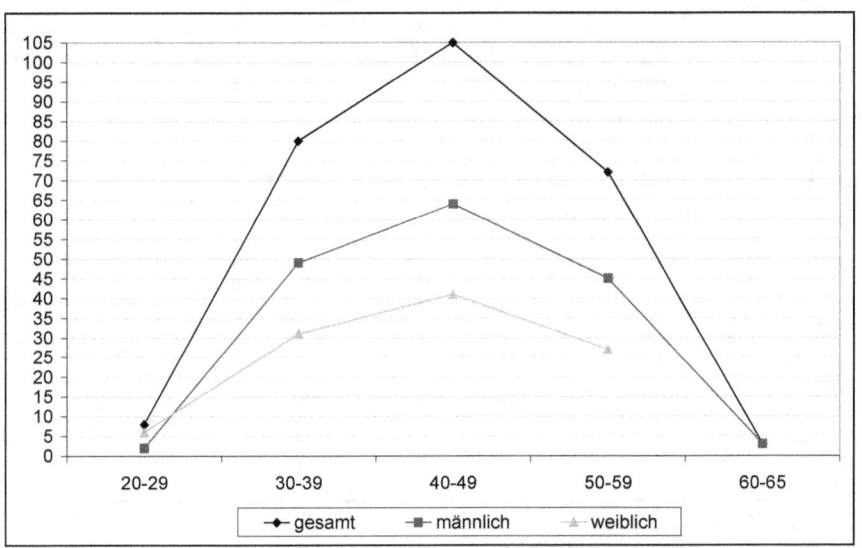

Die Ergebnisse in *Kap. 6.1* haben bereits gezeigt, dass die gesundheitliche Belastung sowie die Höhe der Fehltage mit zunehmendem Alter anstieg. Dies galt sowohl für männliche als auch für weibliche Bedienstete (vgl. oben *Kap. 8.1.4*).

Es ist daher nicht von der Hand zu weisen, dass sich der höhere Altersdurchschnitt in Mecklenburg-Vorpommern auf den Krankenstand auswirkt. Dies gilt auch für die Allgemeinbevölkerung. Dabei sind ältere Menschen nicht unbedingt häufiger krank, vielmehr steigt die durchschnittliche Dauer von Krankheiten im

Alter an.[721] Dabei gingen in der vorliegenden Befragung die älteren Kollegen (n = 183) selbst davon aus, dass ihre Beschwerden mit dem Älterwerden zugenommen haben. Bei 7,1% war dies sogar erheblich und bei 32,2% überwiegend der Fall. 50,3% dagegen gaben an, dass ihre Beschwerden nur wenig und bei 10,4% überhaupt nicht zugenommen haben. Dabei korrelierten mit einem höheren Alter vor allem Symptome, die in der Gesamtstichprobe eher seltener auftreten, die aber typischerweise mit dem Alter verbunden werden: Taubheitsgefühl/Schmerzen in den Beinen $r = .222**$; Gelenk- und Gliederschmerzen: $r = .373**$; Herzschmerzen/Herzstiche/Engegefühl in der Brust: $r = .246**$ sowie Hörverschlechterung: $r = .211**$ und Gleichgewichtsstörungen: $r = .208**$.

Mit der Zunahme dieser Symptome in den höheren Altersgruppen wurde auch der eigene Gesundheitszustand als schlechter eingeschätzt (vgl. *Tab. 66*). Zwar gab es auch ein paar wenige ältere Mitarbeiter, die sich gesundheitlich ausgezeichnet fühlten. Im Durchschnitt verschlechterte sich der Wert aber von 2,66 bei den jüngeren Mitarbeitern (20-34 Jahre) auf 3,11 bei den älteren Bediensteten (50-65 Jahre).

Tabelle 66: Einschätzung des Gesundheitszustandes nach Altersgruppen (%)

	20 – 34 Jahre	35 – 49 Jahre	50 – 65 Jahre
ausgezeichnet	7,3	2,0	4,1
sehr gut	29,3	24,7	6,8
gut	53,7	59,3	67,6
weniger Gut	9,8	13,3	17,6
schlecht	-	0,7	4,1
Mittelwert 5er-Skala und *Standardabweichung*	2,66 *0,762*	2,86 *0,686*	3,11 *0,751*

Die Zusammenarbeit wurde zwischen den jungen und älteren Kollegen als gut bis sehr gut eingeschätzt. Nur jeweils 3 Befragungsteilnehmer unter und über 50 Jahren bezeichneten die Zusammenarbeit als eher schlecht. Dennoch wird Altersdiskriminierung in den Anstalten wahrgenommen (vgl. *Tab. 67*) und zwar vermehrt von den älteren Teilnehmern.

---

721 Nach den Angaben des Mikrozensus 2009 steigen die Anteile derjenigen, die länger als zwei Wochen nacheinander krank sind ab einem Alter von 40 Jahren signifikant an, vgl. *Statistisches Amt Mecklenburg-Vorpommern* 2011, S. 7.

Tabelle 67: Wahrnehmung von Altersdiskriminierung (%)

	20 – 34 Jahre	35 – 49 Jahre	50 – 65 Jahre
Nein	82,9	74,3	63,8
Ja, ein wenig	14,6	18,4	29,0
Ja, sehr	2,4	7,2	7,2

Insgesamt schienen die älteren Mitarbeiter mit ihrer Arbeit zufriedener zu sein als die jüngeren. Während bei den jüngeren Bediensteten (20- bis 34 Jahre) auf die Frage nach der allgemeinen Zufriedenheit nur 10% angaben, völlig zufrieden zu sein (Mittelwert auf 5er-Skala: 3,45), waren es bei den 35- bis 49-Jährigen 14,4% (Mittelwert: 3,6) und bei den 50- bis 65-Jährigen sogar 27,4% (Mittelwert: 3,95).

Im Vergleich der Einzelfaktoren zeigte sich, dass die älteren Mitarbeiter sowohl die betrieblichen Leistungen als auch den Faktor Information und Mitsprache deutlich besser einschätzten als die jüngeren Mitarbeiter. Auch der eigene Handlungsspielraum und die geistige Forderung wurden mit zunehmendem Alter höher eingeschätzt. Gleichzeitig wurden Stressoren wie das Vorliegen von Umgebungsbelastungen und Arbeitsunterbrechungen etwas geringer eingeschätzt.

Worin die tatsächlichen Unterschiede in den Arbeitsverhältnissen zwischen den jüngeren und älteren Mitarbeitern liegen, kann hier nicht geklärt werden. Es steht zu vermuten, dass auf die Leistungsfähigkeit der älteren Mitarbeiter Rücksicht genommen wird und ältere Mitarbeiter z. B. weniger im Schichtdienst arbeiten und somit geringeren Belastungen ausgesetzt sind. Außerdem kommt älteren Mitarbeitern aufgrund ihrer Erfahrung oft ein größerer Verantwortungsrahmen auch in Form von Führungsverantwortung zu, wodurch die höheren Werte beim Handlungsspielraum und der geistigen Forderung erklärt werden können.

Da die älteren Bediensteten ihr Pensionsalter näher vor Augen haben, konnten sie besser abschätzen, wie sie den Rest ihres Arbeitslebens bewerkstelligen können. Somit gaben 68,1% der 50- bis 65-Jährigen an, dass sie ihre jetzige Tätigkeit wahrscheinlich unverändert bis zum Renteneintritt ausüben können. Nur 8,3% verneinten diese Frage. In der mittleren Altersgruppe gingen bereits weniger als die Hälfte (49%) davon aus, die jetzige Tätigkeit unverändert bis zum Renteneintritt ausüben zu können, während 16,3% davon ausgingen, dies vermutlich nicht zu können. Bei den jüngeren Mitarbeitern (20- bis 34 Jahre) gingen zwar 53,7% davon aus, ohne große Veränderungen bis zum Renteneintritt weiter arbeiten zu können, aber 22% verneinten dies.

Auch zukünftig wird es nicht zu vermeiden sein, dass Mitarbeiter aufgrund von arbeitsbedingten Belastungen und gesundheitlichen Problemen vorzeitig in den Ruhestand eintreten oder andere Maßnahmen zur Arbeitszeitreduzierung in Anspruch nehmen werden. Dennoch sollte ein großes Augenmerk auf die Erhaltung der Arbeitsfähigkeit gelegt werden, damit die Zahlen der Frühverrentungen bei den derzeit noch jüngeren Vollzugsbediensteten bzw. in den zukünftigen Berufseinstiegskohorten nicht weiter ansteigen.

8.3 Schichtarbeit

In der Befragung wurden überwiegend Mitarbeiter aus dem Tagesdienst erreicht. Nur 38,6% der Befragungsteilnehmer arbeiteten im Schichtsystem. Diese gehörten ganz überwiegend dem AVD an (vgl. bereits *Kap. 5.6.5*). Einfluss auf die Verteilung hat zum Einen, dass der AVD innerhalb der Befragung im Verhältnis zur Gesamtbelegschaft leicht unterrepräsentiert war und zum Anderen, dass die weiblichen Mitarbeiter, die weniger im Schichtdienst arbeiten, dagegen im Verhältnis zur Gesamtbelegschaft überrepräsentiert waren (vgl. hierzu *Kap. 5.6.7*). Die Ergebnisse der Studie deuten dennoch darauf hin, dass die Arbeit im Schichtdienst einen deutlichen Einfluss auf die Arbeitszufriedenheit hat.

Dies äußerte sich aber nicht in einer erhöhten gesundheitlichen Beeinträchtigung. Vielmehr wiesen die Mitarbeiter im Tagesdienst durchschnittlich häufiger gesundheitliche Probleme auf als die Schichtdienstler (vgl. *Tab 68*).

Dabei gab es keine signifikanten Unterschiede hinsichtlich der Symptomgruppen Kreuzschmerzen, Taubheitsgefühl und Schmerzen in Beinen und Füßen, bei Gelenk- und Gliederschmerzen, Hautproblemen, Atemwegserkrankungen bzw. -beschwerden sowie bei Kreislaufstörungen, Erkältungen, Mutlosigkeit und Traurigkeit und Allergien. Auch die Schlafstörungen/Müdigkeit sowie Nervosität und Unruhe traten bei Tages- und Schichtdienstlern gleich häufig auf. Die Mitarbeiter im Tagesdienst litten allerdings deutlich häufiger an Verspannungen, Kopfschmerzen sowie Augenproblemen.

An dieser Stelle muss aber beachtet werden, dass die Gruppe der Tagesdienstler mit 45,8 Jahren einen deutlich höheren Altersdurchschnitt aufwies als die Gruppe der Schichtdienstler mit 40,7 Jahren. Zudem waren die weiblichen Mitarbeiter im Schichtdienst nur zu 21% vertreten, während sie bei den Tagesdienstlern mit fast 51% häufiger vertreten waren. Nachdem oben (*Kap. 8.1.4* und *8.2)* bereits dargelegt wurde, dass die gesundheitliche Belastung bei Frauen sowie bei älteren Mitarbeitern zunimmt, erklärt dies auch die höhere Belastung innerhalb der Tagesdienstler.

Tabelle 68: Häufigkeit von ausgesuchten gesundheitlichen Beschwerden bei Tages- und Schichtdienstlern (Mittelwerte und *Standardabweichung*)[a]

Symptom	Schichtdienst	Tagesdienst	T-Test (p)
Verspannungen, Nacken- und Schulterbereich	2,66 *0,955*	2,92 *0,953*	,031
Kopfschmerzen	2,16 *0,982*	2,53 *0,927*	,002
Herzschmerzen, Herzstiche, Engegefühl in der Brust	1,39 *0,703*	1,56 *0,791*	,067
Augenschmerzen, -brennen, -rötungen, Tränen	1,81 *0,982*	2,21 *1,050*	,002
Appetitlosigkeit, Übelkeit	1,33 *0,635*	1,51 *0,720*	,047
Magen- und Verdauungsprobleme	1,65 *0,848*	1,95 *0,923*	,009
Hörverschlechterung, Ohrgeräusche	1,44 *0,800*	1,78 *0,979*	,003
Schwindelgefühle, Gleichgewichtsstörungen	1,29 *0,620*	1,5 *0,745*	,018
Gesundheitsindex	1,85 *0,453*	2,0 *0,465*	,006

Anm.: [a] Mittelwerte 4er-Skala: 1 = nie, 2 = selten, 3 = manchmal, 4 = häufig.

Dennoch schienen sich die Schichtdienstler der zusätzlichen Belastung durch ihre Dienstregelung bewusst. Weitaus weniger Schichtdienstler als Mitarbeiter im Tagesdienst gingen davon aus, dass sie ihre jetzige Tätigkeit unverändert bis zum Renteneintritt ausüben können (vgl. *Tab. 69*).

Tabelle 69: Weitere Ausübung der eigenen Tätigkeit bis zum Renteneintritt (%)

	Schichtdienst	Tagesdienst
Wahrscheinlich ja	41,6	62,0
Ja mit Einschränkungen	32,7	14,5
Vermutlich nicht	18,8	12,7
Weiß nicht	6,9	10,8

Während unter den Tagesdienstlern fast zwei Drittel der Mitarbeiter davon ausgingen, ihre jetzige Tätigkeit bis zum Renteneintrittsalter ausüben zu können, waren es bei den Schichtdienstlern nur 41,6%. Dies führte allerdings nicht dazu, dass die Zahl derer, die dies vermutlich nicht können, deutlich erhöht wurde. Vielmehr gingen doppelt so viele Schichtdienstler davon aus, dass sie ihre Tätigkeit nur mit Einschränkungen bis zum Renteneintritt ausüben werden können. Hierbei wurde häufig angegeben, dass man mit zunehmendem Alter auf die Arbeit im Schichtdienst verzichten würde. Tatsächlich arbeiteten bei den AVD-Mitarbeitern ältere Mitarbeiter (ab 50 Jahre) häufiger im Tagesdienst während im Schichtdienst vor allem die jüngeren Mitarbeiter (bis 49 Jahre) zu finden waren.

Signifikante Unterschiede hinsichtlich der Dienstregelung gab es auch bezogen auf das Privatleben.[722] Die Mitarbeiter im Tagesdienst gaben an, häufiger Zeit für ihre Partnerschaft und Kinder zu haben als die Schichtdienstler (vgl. *Tab. 70*). Damit stellt die Schichtarbeit für die Mitarbeiter eine besondere Belastung dar, da mit dem Dienst auch Beeinträchtigungen des Privatlebens einhergehen.[723]

---

722 Die Familienkomponente spielt eine wesentliche Rolle im erlebten Alltagsstress. *Eilers/ Schwarz* formulieren an dieser Stelle sogar „Betriebliche Gesundheitsförderung durch Vereinbarkeit von Familie und Beruf" 2009, S. 176.

723 Vgl. *Schweflinghaus* 1990, S. 98 ff.

Tabelle 70: Belastungen im Privatleben nach Dienstregelung (Mittelwerte und *Standardabweichung*)[a]

	Gesamt	Schichtdienst	Tagesdienst	T-Test (p)
Haben Sie Zeit für Ihre Partnerschaft?	2,84 *0,737*	2,56 *0,653*	3,01 *0,747*	,000
Haben Sie Zeit für Ihre Kinder?	2,86 *0,697*	2,54 *0,592*	3,05 *0,692*	,000
Nehmen Sie Probleme, die Sie bei der Arbeit haben mit nach Hause?	2,22 *0,832*	2,02 *0,867*	2,33 *0,791*	,002
Nehmen Sie private Probleme mit zur Arbeit?	1,72 *0,569*	1,61 *0,616*	1,8 *0,524*	,010
Schädigen Ihre Arbeitszeiten Ihr Privatleben?	2,08 *0,934*	2,64 *0,912*	1,71 *0,749*	,000
Wird Ihre Arbeit in der Familie oder der Bekanntschaft akzeptiert?	3,41 *0,633*	3,53 *0,592*	3,34 *0,643*	,018

Anm.: [a] Mittelwerte 4er-Skala: 1 = nie bis 4 = sehr häufig.

Die Mitarbeiter im Schichtdienst gaben häufiger an, dass ihre Arbeitszeiten ihr Privatleben schädigten. Dennoch fanden alle Mitarbeiter großen Rückhalt in ihren Familien und in der Bekanntschaft und gaben überwiegend an, dass ihre Arbeit häufig bis sehr häufig akzeptiert wird. Bei den Schichtdienstlern waren es sogar 57,8%, die angaben, dass ihre Arbeit sehr häufig akzeptiert wird. Gleichzeitig schienen die Schichtdienstler besser abschalten zu können und nahmen Probleme, die sie bei der Arbeit haben weniger häufig mit nach Hause als die Tagesdienstler. Dieses Ergebnis überrascht zunächst, wird aber dadurch relativiert, dass sich die Werte in beiden Gruppen auf einem relativ hohen Niveau befinden. Zudem lässt sich vermuten, dass eine hohe Akzeptanz der Familie für den Beruf auch Grundlage dafür ist, im Schichtdienst zu arbeiten, da die Dienstregelung Einfluss auf die gesamte Familie hat.

8.4 Burnout

8.4.1 Das Phänomen Burnout

Das Stichwort „Burnout" taucht seit den letzten 30 Jahren immer häufiger auf, wenn es um arbeitsbedingte Belastungen und Fehlzeiten geht. Dabei wurde besonders zu Beginn der Burnoutforschung kontrovers diskutiert, ob es sich um eine Krankheit oder eine „Modeerscheinung" handelte.

Der Psychoanalytiker *Freudenberger* führte den Begriff des „Burnouts" bereits in den 1970er Jahren ein und verstand darunter einen „Zustand der Erschöpfung, die als Folge exzessiver Anforderungen an die persönliche Energie, Kraft und Einsatz entsteht."[724] Hierbei werden vor allem arbeitsstressbedingte Auswirkungen auf den Menschen ins Blickfeld genommen.

Mittlerweile ist in der Arbeitsmedizin sowie Arbeitspsychologie anerkannt, dass der Arbeitsalltag Einfluss auf die Psyche der Mitarbeiter hat und dabei das gesamte körperliche Wohlbefinden beeinträchtigt werden kann. Allerdings stellt das Burnout-Syndrom keine anerkannte Krankheit dar (ICD-10, DSM-IV).[725] Vielmehr werden die vielfältigen Symptome[726] einer bestimmten Störungsgruppe zugeordnet (Z 73.0 = Probleme mit der Lebensbewältigung).[727] Zu den psychosomatischen Auswirkungen auf den Körper werden häufig Verspannungen, Kopfschmerzen, Verdauungsprobleme, Schlafstörungen und Kreislaufbeschwerden genannt.[728]

Überwiegend wird davon ausgegangen, dass sich ein Burnout-Syndrom in drei Phasen äußert. Zuerst wird eine körperliche und psychische Erschöpfung zusammen mit einer negativen Selbsteinschätzung der eigenen Belastbarkeit und der beruflichen Kompetenz wahrgenommen. Danach kommt es zum Rückzug; der Erschöpfung folgen negative Gefühle gegenüber Kollegen, Klienten (Gefangenen), aber auch gegenüber sich selbst. Es kommt zum Zynismus. Die Arbeit

---

724 Vgl. *Modestin/Lerch/Böker* 1994 S. 1 mit weiteren Definitionen.

725 Vgl. *Schneglberger* 2010, S. 30.

726 Vgl. *Burisch* 2006, S. 25 ff. nennt u. a. folgende Symptome: Gefühl der Unentbehrlichkeit; Gefühl, nie Zeit zu haben; Verdrängung von Misserfolgen; nicht abschalten können, Energiemangel, erhöhte Unfallgefahr, Unausgeschlafenheit, Desillusionierung, Verlust positiver Gefühle gegenüber der Arbeit, Stereotypisierungen, Aufmerksamkeitsstörungen, Verlust von Empathie, Zynismus, Widerstand gegen die Arbeit, Fehlzeiten, Hilflosigkeit, Pessimismus, Intoleranz, Reizbarkeit u. v. m.

727 Mit zunehmender Beachtung der Problematik steigen auch die durch Burnout verursachten Krankentage. Von 2004 bis 2009 haben sich diese bei den Pflichtmitgliedern der Gesetzlichen Krankenversicherung (GKV) verzehnfacht. Die Arbeitsunfähigkeitstage stiegen von 4,6 auf 47,1 je 1.000 Männer und Frauen, vgl. *BKK Bundesverband* 2011, S. 3.

728 Vgl. *Schneglberger* 2010, S. 34

wird auf das Notwendigste reduziert, Veränderungen und Probleme werden gemieden. Schließlich wird der Widerwillen gegen andere und sich selbst verstärkt und ein Gefühl einer reduzierten Leistungsfähigkeit entsteht.[729]
Viele Autoren gehen davon aus, dass Burnoutsymptome vor allem in helfenden Berufen auftreten und auf eine hohe emotionale Belastung zurückzuführen sind und im Zusammenhang mit einem langfristigen intensiven Einsatz für andere Menschen stehen.[730] Nach *Modestin/Lerch/Böker* sind diese Berufe dadurch gekennzeichnet, dass sie einen persönlichen Einsatz erfordern und sich Misserfolge leicht auf das seelische Gleichgewicht auswirken, vor allem wenn wenig positives Feedback in die Arbeit einfließe.[731] In ihrer Studie im Bereich von Pflegekräften schlussfolgerten sie, dass nicht nur „schwierige, manipulative und aggressive Patienten" eine Belastung für das Pflegepersonal darstellen, sondern auch „konflikthafte Auseinandersetzungen" zwischen den Mitarbeitern und hierbei vor allem von den Vorgesetzten ein hohes Maß an Anstrengung gefordert sei (klare Definition von Zuständigkeiten, Zielsetzungen und Arbeitsteilungen, adäquater Informationsfluss).[732]
Die von *Modestin/Lerch/Böker* beschriebene Situation ist vergleichbar mit dem Arbeitsumfeld im Justizvollzug, wobei die Klientel der Gefangenen noch als schwieriger eingeschätzt werden dürfte, als die der Patienten. Der Behandlungsvollzug erfordert von jedem Mitarbeiter persönliches Engagement. Auf der anderen Seite sind Erfolgsmomente eher selten.
Ähnlich verhält es sich bei der Berufsgruppe der Lehrer. Zahlreiche Studien beschäftigen sich mit dem Entstehen von Burnout unter Lehrern. Bei der Frage nach den begünstigenden Faktoren werden stets die gleichen Umstände benannt. Dazu gehören eine qualitative Unterforderung, ein belastendes Sozialklima sowie ein belastendes Vorgesetztenverhalten.[733]

8.4.2 Burnout im Justizvollzug

Dass man sich mittlerweile auch im Justizvollzug mit dem Thema Burnout befasst, zeigt sich unter anderem daran, dass die Fortbildungsprogramme der Jus-

---

729 Vgl. *Maslach/Jackson/Leiter* 1997, S. 192.

730 Vgl. *Pines* 1983 übersetzt und zitiert bei *Modestin/Lerch/Böker* 1994, S. 1.

731 Vgl. *Modestin/Lerch/Böker* 1994, S. 12.

732 Vgl. *Modestin/Lerch/Böker* 1994, S. 82.

733 Vgl. die Zusammenstellung zahlreicher Burnout-Studien bei *Schneglberger* 2010, S. 50 ff. Für den Justizvollzug *Bögemann* 2004, S. 132.

tizvollzugsschulen der Länder Veranstaltungen zur Burnout-Prophylaxe anbieten.[734] Auch *Lehmann/Greve* beschäftigten sich mit dem Vorliegen von Burnout-Tendenzen im Justizvollzug und deren Auswirkungen.[735] Sie führten die gefundenen höheren Durchschnittswerte beim AVD und Werkdienst hinsichtlich eines reduzierten persönlichen Wirksamkeitsempfindens auf eine gefühlte qualitative Unterforderung in diesen Berufsgruppen zurück.[736] *Bögemann* dagegen stellt auf die extremen Spannungen zwischen „Hilfe und Kontrolle" ab, die das Risiko von Burnout betroffen zu werden erhöhen.[737]

8.4.3 Burnoutergebnisse der Befragung

In der vorliegenden Befragung war es vor allem für die Mitarbeiter der Verwaltung schwierig, vollständig auf die Fragen zu antworten, die auf den Kontakt mit Gefangenen abzielten. Daher war die Gesamtzahl der auswertbaren Fragebögen im Vergleich zur Gesamtstichprobe hier erheblich reduziert (N = 218).

Im Ergebnis zeigten sich erhebliche Unterschiede zwischen den Mitarbeitern. Es wurden Werte in allen drei Bereichen des jeweils möglichen Skalengesamtwertes (unterer, mittlerer, oberer Bereich) erreicht. Dass heißt, es gab Mitarbeiter ohne jegliche Belastung, aber auch Mitarbeiter mit deutlichen Burnout-Tendenzen. Überwiegend lagen die Werte im „grünen" bzw. „weißen" Bereich. Lediglich im Bereich der eigenen Leistungseinschätzung bewegte sich ein Großteil der Summenwerte im mittleren Bereich (vgl. *Abb. 38*; für die Subskalen emotionale Erschöpfung und Depersonalisierung gelten Werte im oberen Drittel des möglichen Gesamtwertes als bedenklich, während im Bereich der eigenen Leistungseinschätzung Werte im unteren Drittel als ausgeprägte Burnout-Tendenz gewertet werden; diese sind jeweils schwarz dargestellt).

---

734 Bildungsstätte Justizvollzug Berlin http://www.berlin.de/imperia/md/content/ senatsverwaltungen/justiz/ausbildung/fortbildungsprogramm_2._halbjahr_2011.pdf?start&ts= 1300960474&file=fortbildungsprogramm_2._halbjahr_2011.pdf.
Aus- und Fortbildungsprogramm für Justizvollzugsbedienstete in Sachsen-Anhalt http://www.sachsen-anhalt.de/fileadmin/Elementbibliothek/ Bibliothek_Politik_und_ Verwaltung/Bibliothek_MJ/jv/fortbildungsprogramm.pdf (Abrufdatum: 06.10.2010).

735 Vgl. *Lehmann/Greve* 2006, S. 120 ff. Die Ergebnisse sind nicht direkt miteinander vergleichbar, da *Lehmann/Greve* eine andere Definition der Werte verwendeten.

736 Vgl. *Lehmann/Greve* 2006, S. 121.

737 Vgl. *Bögemann* 2004, S. 35.

Abbildung 38: Verteilung der Mitarbeiter in den jeweiligen Dritteln der Burnout-Subskalen (%)

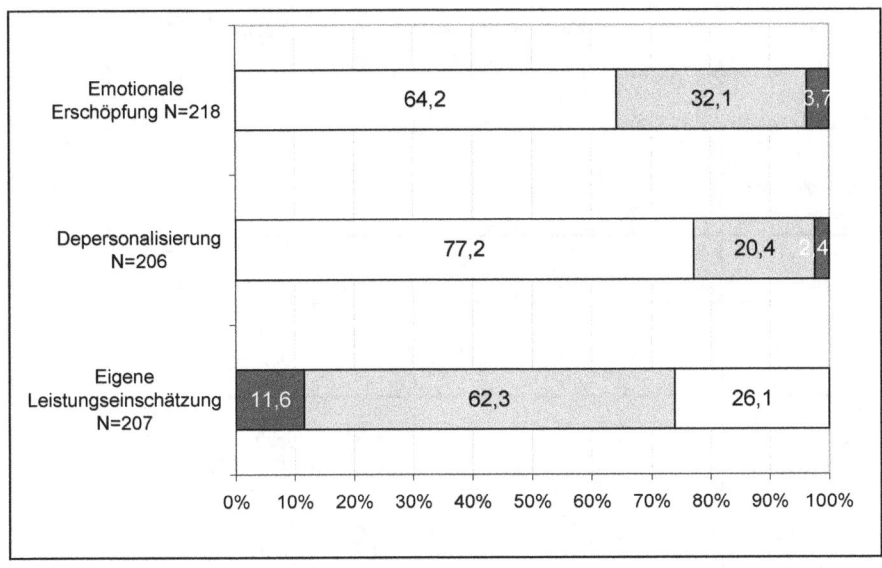

Anm.:   Weiß = unbedenklich, grau = erhöht, schwarz = bedenklich.

Vergleicht man die Werte in den einzelnen Mitarbeitergruppen, wird deutlich, dass vor allem im Bereich der emotionalen Erschöpfung als erster Ebene des Burnout-Symdroms die Mitarbeiter des Werkdienstes Werte deutlich unter denen der übrigen Mitarbeitergruppen aufwiesen (vgl. *Tab. 71*). Dies gilt auch für den Bereich der Depersonalisierung, wobei hier auch die Mitarbeiter der Leitung einen Wert deutlich unter 10 als Grenze des unbedenklichen Bereichs aufwiesen. Bei den Mitarbeitergruppen mit dem meisten Gefangenenkontakt (AVD und Fachdienste[738]) lagen die Werte im Bereich von 10 Punkten. Die Durchschnittswerte lagen damit noch jeweils im unteren Drittel, allerdings gab es in beiden Gruppen Personen mit hohen Werten im mittleren Bereich bzw. sogar Werten im oberen Drittel. Signifikante Aussagen lassen sich aber insbesondere für die kleineren Mitarbeitergruppen aufgrund der geringen absoluten Zahlen nicht treffen.

---

738 Vgl. *Bögemann* 2004, S. 75, 117 vermutet, dass die persönliche Berufsrolle der Fachdienste Burnoutsymptome besonders begünstigen kann, da ihre Position zwischen pädagogischem Auftrag und Beachtung von Sicherheitsaufgaben eine innere Zerrissenheit fördere.

Tabelle 71: **Burnoutwerte nach Mitarbeitergruppen (Mittelwerte der Summenscores)**

	Gesamt	AVD	Werk-dienst	Verwal-tung	Fach-dienste	Leitung	Sonst.
Emotionale Erschöpfung	21,78 n = 218	20,9 n = 146	15,1 n = 11	25,9 n = 19	26,3 n = 20	21,6 n = 13	24,6 n = 7
Anteil der Antworten im oberen Drittel	*8* *3,7%*	*4* *2,7%*	*0*	*3* *15,8%*	*1* *5%*	*0*	*0*
Depersonali-sierung	10,3 n = 206	10,9 n = 144	7,6 n = 12	9,8 n = 13	9,7 n = 17	7,6 n = 13	9,6 n = 5
Anteil der Antworten im oberen Drittel	*5* *2,4%*	*4* *2,8%*	*0*	*0*	*1* *5,8%*	*0*	*0*
Eigene Leistungsein-schätzung	30,7 n = 207	29 n = 141	31,5 n = 13	30,4 n = 14	33,4 n = 19	33,4 n = 12	33 n = 6
Anteil der Antworten im unteren Drittel	*24* *11,6%*	*18* *12,7%*	*2* *15,4%*	*2* *14,3%*	*1* *5,3%*	*0*	*0*

Die Arbeit im Justizvollzug hinterlässt bei einigen Mitarbeitern erkennbar ihre Spuren. Insgesamt gaben 8% der Befragten an, dass sie mehrmals in der Woche bis täglich das Gefühl haben, dass sie gleichgültiger gegenüber anderen Menschen geworden sind, seit sie diese Arbeit machen. Sogar 17,9% befürchteten mehrmals in der Woche bis täglich, dass sie durch die Arbeit im Vollzug emotional verhärten würden.

In allen Mitarbeitergruppen außer der Leitung gab es Personen, die ihre eigene Leistungsfähigkeit als relativ gering einschätzten und sich hier im unteren („bedenklichen") Bereich befanden. Hier spielten vor allem mangelnde Erfolgserlebnisse eine Rolle. 20,2% der Befragten gaben an, dass sie nur einige Male im Jahr oder seltener das Gefühl haben, wertvolle Dinge in ihrer Arbeit zu erreichen und 14,6% glaubten ebenfalls nur selten daran, dass sie durch ihre Arbeit das Leben anderer positiv beeinflussen würden.

Mit Blick auf die Höhe der Dienstjahre bzw. die verschiedenen Altersgruppen ergaben sich keine besonderen Auffälligkeiten, vielmehr fanden sich hohe und geringe Werte über alle Altersgruppen hinweg. Lediglich im Bereich der emotionalen Erschöpfung wiesen die jungen Mitarbeiter durchschnittlich höhere Werte auf (20- bis 35-Jährige: 23,7) als die älteren Mitarbeiter (50- bis 65-Jährige: 20,2).

Tabelle 72: **Burnoutwerte nach Höhe der Fehlzeiten (Mittelwerte der Summenscores)**

	keine Kranken- tage	1 bis 5 Kranken- tage	6 bis 10 Kranken- tage	11 bis 20 Kran- kentage	mehr als 21 Kranken- tage
Emotionale Erschöp- fung	18,6 n = 30	21,1 n = 46	22,0 n = 47	22,7 n = 43	24,1 n = 43
Anteil der Antworten im oberen Drittel	*0*	*0*	*2 4,3%*	*2 4,6%*	*4 9,3%*
Depersonalisierung	11,2 n = 30	9,7 n = 43	9,9 n = 46	11,2 n = 40	10,5 n = 38
Anteil der Antworten im oberen Drittel	*2 6,7%*	*0*	*1 2,2%*	*3 7,5%*	*0*
Eigene Leistungsein- schätzung	28,6 n = 26	31,3 n = 44	31,2 n = 47	30,1 n = 43	29,1 n = 39
Anteil der Antworten im unteren Drittel	*3 11,4%*	*5 11,4%*	*5 10,6%*	*4 9,3%*	*6 15,4%*

Vergleicht man die Burnoutwerte mit den Fehlzeiten wird auffällig, dass insbesondere im Bereich der emotionalen Erschöpfung die Werte mit höheren Fehlzeiten anstiegen (vgl. *Tab. 72*). Darüber hinaus nahm auch der Anteil an Werten im oberen Drittel zu. Im Bereich der eigenen Leistungseinschätzung fanden sich unabhängig von der Höhe der Fehlzeiten Werte im unteren „roten" bzw. „bedenklichen" Bereich, allerdings war auch hier der Anteil bei den Mitarbeitern mit mehr als 21 Fehltagen am höchsten. Aufgrund der geringen Zahlen hinsichtlich erhöhter Burnoutwerte lassen sich aber auch an dieser Stelle keine signifikanten Aussagen treffen.

Maslach vermutete, dass Burnout-Tendenzen mit dem Wunsch zusammenhängen, seinen Job zu verlassen, was in verschiedenen Studien bestätigt wurde.[739] Ebenso fanden sich Zusammenhänge zu Problemen wie Schlaflosigkeit und dem vermehrten Genuss von Alkohol und Drogen.[740] Diese Befunde konnten zum Teil auch in der vorliegenden Studie bestätigt werden. Vor allem hohe Werte im Bereich der emotionalen Erschöpfung korrelierten mit dem Auftreten gesundheitlicher Probleme: Kopfschmerzen: $r = .289**$; Schlafstörungen/Müdigkeit: $r = .456**$; Nervosität/Unruhe/Gereiztheit: $r = .460**$; Mutlosigkeit/Traurigkeit: $r = .460**$.

---

739 Nachweise bei *Maslach/Jackson/Leiter* 1997, S. 200.

740 Vgl. *Maslach/Jackson/Leiter* 1997, S. 201.

Auch bezogen auf die Frage, ob die Befragten ihre Arbeit in der Anstalt bzw. im Vollzug verlassen würden, ergaben sich Unterschiede. Diejenigen, die ihren Arbeitsplatz nicht verlassen würden, empfanden ein deutlich geringeres Maß sowohl an emotionaler Erschöpfung als auch im Bereich der Depersonalisierung. Ihre eigene Leistungsfähigkeit schätzten sie dagegen etwas höher ein, als diejenigen, die ihre Anstalt oder den Vollzug verlassen würden. Ebenso gab es Unterschiede – wenn auch geringere – zu den Bediensteten, die diese Frage nicht beantworten konnten (vgl. *Tab. 73*).

Tabelle 73: Wunsch nach Verlassen der Anstalt bzw. des Vollzugs und Subskalen im Maslach Burnout Inventar (MW)

Wechselabsicht	Emotionale Erschöpfung	Depersonalisierung	Eigene Leistungseinschätzung
nein	19,0	9,3	31,0
ja	27,4	12,6	28,7
weiß nicht	23,6	11,0	28,5

Auch hier stellte sich die Frage, wodurch Burnout beeinflusst wird. Wie bereits oben erwähnt schienen die Wahrnehmung einer qualitativen Unterforderung, das Sozialklima sowie das Vorgesetztenverhalten eine wichtige Rolle zu spielen. Daher soll hier der Einfluss der entsprechenden Faktoren überprüft werden. Dazu gehören die Einzelfaktoren Handlungsspielraum, geistige Forderung, Anstaltsatmosphäre, soziale Rückendeckung sowie das Vertrauen in die Anstaltsleitung und die Faktoren Information und Mitsprache und betriebliche Leistungen. Auch an dieser Stelle wurden lediglich die Werte in die Regressionsanalyse einbezogen, die mit einem Wert von mindestens R = (±) .2 signifikant mit den Burnouteinzelwerten korrelierten. Dabei zeigte sich, dass die ausgewählten Werte vor allem geeignet waren, die emotionale Erschöpfung als Anfangsstadium des Burnouts zu erklären (vgl. *Tab. 74*). Obwohl eine hohe geistige Forderung und eine hohe Wahrnehmung der sozialen Rückendeckung gegenläufig mit der emotionalen Erschöpfung korrelierten, fallen sie bei der Regressionsbetrachtung nicht erheblich ins Gewicht. Vielmehr stellte eine hohe quantitative Arbeitsbelastung einen maßgeblichen Einflussfaktor auf die emotionale Erschöpfung dar. Das Gefühl sehr viel Arbeit zu haben und unter Zeitdruck zu stehen und ständig funktionieren zu müssen deckt sich mit den Symptomen, wie sie von *Burisch* für die Anfangsphase eines Burnouts beschrieben werden.[741] Auch ein erlebter Rollenkonflikt wirkt sich in dieser Phase aus.

---

[741] Vgl. *Burisch* 2006, S. 25 ff.; vgl. *Fn. 695*.

Gegensätzliche Erwartungen können nicht miteinander in Einklang gebracht werden und stellen damit eine Belastung für das Individuum dar, was wiederum die emotionale Erschöpfung erhöht. Im Bereich der Depersonalisierung gewannen die geistige Forderung und ein hoher eigener Handlungsspielraum an Gewicht. Monotone, abwechslungsarme Vorgänge ohne eine qualitative Herausforderung führen zum geistigen Abschalten. Es wird eine größere Distanz zu anderen Menschen (Gefangenen, Kollegen) aufgebaut, Desillusionierung tritt ein. Dieser Ablauf wird gemindert durch die Möglichkeit eigene Entscheidungen zu treffen und sein Wissen während der Arbeit einsetzen zu können bzw. sich neues Wissen anzueignen. So geht auch *Pöhlsen-Wagner* davon aus, dass das vermehrte Auftreten von Burnout im AVD nicht nur stressbedingt sei, sondern auch durch den „Mangel an Abwechslung" beeinflusst werde.[742] Es sei zwar wichtig, nahezu überlebenswichtig, sichere Routinen zu schaffen, gleichzeitig darf die Aufmerksamkeit nicht nachlassen.[743]

Die genannten Faktoren eignen sich weniger, um die eigene Leistungseinschätzung zu erklären. Obwohl auch hier deutliche Zusammenhänge z. B. hinsichtlich der geistigen Forderung und weiterer Faktoren vorlagen (vgl. *Tab. 74*), wirkten sich diese in der Regressionsanalyse nicht signifikant aus. Allein dem Faktor Zusammenarbeit kam hier eine gewisse Bedeutung zu. Stimmt die Zusammenarbeit in der Abteilung und kann man sich auf Kollegen und Vorgesetzte verlassen, so wird auch die eigene Leistungsfähigkeit positiver erlebt.

---

742 Vgl. *Pöhlsen-Wagner* 2010, S. 194.

743 Vgl. *Pöhlsen-Wagner* 2010, S. 194 f.; ähnlich auch *Lehmann* 2010, S. 205.

Tabelle 74: Höhe der bivariaten Korrelation (r) der Burnoutsubskalenwerte und Höhe des Prädiktors (Lineare Regression) bezogen auf arbeitsplatzrelevante Einflussfaktoren

	Emotionale Erschöpfung			Depersonalisierung			Eigene Leistungseinschätzung		
	r	ß	ß mod.	r	ß	ß mod.	r	ß	ß mod.
Angespannte Atmosphäre	.352**	.135 n. s.	.158*	-	-	-	-	-	-
Bedrohliche Atmosphäre	.364**	.070 n. s.	-	-	-	-	-	-	-
Soziale Rückendeckung	-.343**	-.161*	-.171*	-	-	-	-	-	-
Zusammenarbeit	-	-	-	-	-	-	.371**	.273***	.293***
Quant. Arbeitsbelastung	.492**	.407***	.418***	-	-	-	-	-	-
Information und Mitsprache	-.233**	-.085 n. s.	-	-.284**	-.095 n. s.	-	-	-	-
Betriebliche Leistungen	-	-	-	-.308**	-.100 n. s.	-	.222**	.056 n. s.	-
Handlungsspielraum	-	-	-	-	-	-	-	-	-
Geistige Forderung	-	-	-	-.372**	-.289***	-.335***	.324**	.161*	.188*
Rollenkonflikt	.369**	.193***	.192**	.269**	.151*	.201**	-	-	-
Vertrauen in die Anstaltsleitung	.224**	-.078 n. s.	-	.215**	-.030 n. s.	-	-.208**	-.045 n. s.	-
Modellzusammenfassung		R² = .412	R² = .402		R² = .203	R² = .182		R² = .181	R² = .175

Standardisierter Regressionskoeffizient: *p<.05; **p<.01; ***p<.001; n. s. nicht signifikant

Letztlich kann auch hier festgestellt werden, dass das soziale Klima und eine geistige Forderung bzw. Unterforderung Einfluss innerhalb der verschiedenen Ebenen des Burnouts haben. Allerdings trat in der vorliegenden Studie eine quantitative Belastung als bedeutender Risikofaktor hinzu. Dies wird vor allem dann problematisch, wenn aufgrund von krankheitsbedingten Ausfällen die übrige Arbeit auf den Schultern der anwesenden Mitarbeiter lastet.

Obwohl über alle Stufen des Burnouts hinweg das Vertrauen in die Anstaltsleitung mit den Werten signifikant korrelierte, so schien der tatsächliche Einfluss auf das Entstehen von Burnout gering. Vielmehr hatten die Arbeitsanforderungen und der Rückhalt innerhalb der eigenen Abteilung größere Bedeutung.

8.4.4 Boreout

In der jüngeren Literatur wird darüber nachgedacht, ob neben dem bekannten Burnout die Gefahr für die Gesundheit auch durch ein Boreout ausgehen kann. Dabei werden insbesondere Langeweile, Desinteresse und Unterforderung als Risikofaktoren betont.[744]

2007 veröffentlichten *Rothlin/Werder* ihre Gedanken zum Boreout als Gegenstück zum Burnout. Neben quantitativer Unterforderung führte vor allem eine qualitative Unterforderung dazu, dass sich Mitarbeiter aufgrund wenig herausfordernder Aufgaben und Routinearbeiten mit ihrer Arbeit unzufrieden sind. Sie haben keine wirkliche Verantwortung und keine Möglichkeit, Prozesse selbst zu gestalten oder zu verändern.[745] Das folgende Desinteresse wird als Gefühl der Gleichgültigkeit beschrieben, die eigenen Aufgaben werden als unwichtig wahrgenommen.[746] Die nicht vorhandene Identifikation mit der Arbeit führte dazu, dass es den Mitarbeiter viel Überwindung kostet, Aufgaben zu erfüllen, die als sinnlos erachtet werden.[747] Schließlich bestimmt Langeweile und ein Gefühl der Lustlosigkeit den Arbeitsalltag.[748]

Rothlin/Werder gehen davon aus, dass Boreout und Burnout in einer engen Beziehung zueinander stehen.[749] Beide äußern sich in den gleichen Symptomen, die Ursachen seien aber verschieden. Während sich die einen verausgaben und zu viel arbeiten, würden sich die anderen langweilen.[750]

---

744 Vgl. *Rothlin/Werder* 2007, S. 13.

745 Vgl. *Rothlin/Werder* 2007, S. 17.

746 Vgl. *Rothlin/Werder* 2007, S. 20.

747 Vgl. *Rothlin/Werder* 2007, S. 21.

748 *Rothlin/Werder* 2007, S. 22.

749 *Rothlin/Werder* 2007, S. 15.

750 *Rothlin/Werder* 2007, S. 15 f.

Müller geht davon aus, dass auch der Justizvollzug anfällig sei für das Nebeneinander von Burnout und Boreout.[751] „Starre Tagesabläufe, viele Leerlaufphasen und die im vertikalhierarchischen System eingegrenzte Entscheidungsfreiheit" können zur Entstehung von Boreout beitragen.[752] Er gibt aber zu bedenken, dass die Ausprägung des Boreout-Phänomens im Justizvollzug derzeit nicht seriös beurteilt werden könne, dass aber z. B. auf Seminaren von typischen Verhaltensweisen berichtet werden würde. Die Verantwortung läge hier bei den Vorgesetzten, die eine ungerechte Lastenverteilung im Dienstalltag verhindern sollten.[753]

In wieweit sich Boreout tatsächlich als Gegenstück zum Burnout darstellt, bleibt fraglich. Zumindest liegen derzeit keine empirischen Untersuchungen vor, die die Theorien von *Rothlin/Werder* stützen würden. Denkbar wäre auch, die das „Gelangweilt-Sein" als Unterform des „Ausgebrannt-Seins" zu sehen. Desinteresse und Unterforderung ähneln in großem Maße den Kriterien des Zynismus bzw. der Depersonalisierung sowie der Verringerung der eigenen Leistungseinschätzung, die als zweite und dritte Stufe des Burnouts beschrieben werden (vgl. hierzu *Kap. 8.4.1*). In der vorliegenden Erhebung zeigte sich ein hoher Einfluss einer wahrgenommenen geistigen Forderung auf die beiden genannten Faktoren. Eine geringe geistige Forderung verstärkt den Faktor der Depersonalisierung. Hohe Werte im Bereich der geistigen Forderung dagegen haben einen positiven Einfluss auf die Intensität der eigenen Leistungseinschätzung (vgl. *Tab. 74*). Die von *Rothlin/Werder* beschriebenen Kriterien des Boreouts können daher nicht ohne weiteres als Gegenstück zum Burnout formuliert werden, sondern beschreiben dasselbe Phänomen unter Hervorhebung von Risikofaktoren, die mit anderem Vorzeichen beim Burnout als förderliche Faktoren beschrieben werden.

8.5 Fazit

Die Darstellung des *8. Kapitels* macht deutlich, dass in der Beurteilung der gesundheitlichen Probleme und der Arbeitssituation der Mitarbeiter im Justizvollzug die Alters- und Geschlechtsstruktur berücksichtigt werden müssen. Die Erhöhung des Altersdurchschnitts sowie des Anteils an weiblichen Mitarbeitern in den vergangenen 20 Jahren geht mit spezifischen Problemen einher.

Frauen weisen durchschnittlich höhere Fehlzeiten sowie eine höhere gesundheitliche Belastung auf als Männer. Zudem reagieren sie stärker auf negative Arbeitsplatzbedingungen wie z. B. eine als angespannt wahrgenommene Arbeitsatmosphäre. Nicht geklärt werden kann mit den vorliegenden Ergebnis-

---

751 Vgl. *Müller* 2010, S. 2.

752 Vgl. *Müller* 2010, S. 2.

753 Vgl. *Müller* 2010, S. 2.

sen, in wieweit sich hier mögliche Doppelbelastungen zwischen Beruf und Familie auswirken.

Weiter nahmen gesundheitliche Belastungen und die Höhe der Fehlzeiten mir zunehmendem Alter zu. Die älteren Befragten, die überwiegend schon sehr lange im Justizvollzug arbeiten, zeigten sich mit ihrer Arbeit im Grundsatz zufriedener als ihre jüngeren Kollegen. Die konkreten Arbeitsplatzbedingungen bzw. die Ausgestaltung der eigenen Arbeit scheinen sich hier weniger auf das Wohlbefinden auszuwirken, als vielmehr die altersbedingte Verschlechterung des eigenen Gesundheitszustandes bzw. die Zunahme spezifischer gesundheitlicher Probleme, wie z. B. Herz-Kreislauf-Probleme (vgl. *Kap. 8.2*).

Die Schichtarbeit der AVD-Mitarbeiter konnte in der vorliegenden Erhebung nicht mit einer erhöhten Belastung mit gesundheitlichen Problemen in Zusammenhang gebracht werden (andere Ergebnisse wurden zum Teil in einzelnen Anstalten gefunden). Zum einen wurden in der Befragung überwiegend Mitarbeiter aus dem Tagesdienst erreicht, zum anderen war der Anteil an älteren sowie weiblichen Mitarbeitern innerhalb der Gruppe des Tagesdienstes sehr erhöht, sodass Geschlechts- und Alterseinflüsse auf die gesundheitlichen Probleme in dieser Gruppe nicht ausgeschlossen werden können. Insbesondere im Hinblick auf die Vereinbarkeit von Familie und Beruf zeigte sich aber, dass die Schichtarbeit die Zeit für Partnerschaft und Kinder verringert. Daher spielt für die Mitarbeiter im Schichtdienst die Verlässlichkeit der Dienstpläne sowie die Urlaubsgewährung zu gewünschten Zeiten eine besondere Rolle, was vor allem in Anstalten mit einem hohen Krankenstand schwierig zu bewerkstelligen ist.

Auch die Thematik des Burnouts erwies sich in der Erhebung als zu beachtender Faktor hinsichtlich des Wohlbefindens der Mitarbeiter. Vor allem in Bezug auf die emotionale Erschöpfung als Anfangsstadium des Burnouts gab es eine Zunahme von gesundheitlichen Problemen, wie Kopfschmerzen, Müdigkeit und Abgeschlagenheit sowie Reizbarkeit, Nervosität und Unruhe. Die Höhe der wahrgenommenen emotionalen Erschöpfung zeigte sich beeinflussbar durch die konkreten Arbeitsplatzbedingungen. Maßgeblichen Einfluss hatte vor allem eine hohe quantitative Arbeitsbelastung, aber auch ein wahrgenommener Rollenkonflikt, der sich vor allem für Fachdienste und AVD als problematisch zeigte. Diese stehen in Zusammenhang mit der emotionalen Erschöpfung. Erstaunlich war, dass 11,6% der Befragten (N = 207) ihre eigene Leistungsfähigkeit bzw. die Wirksamkeit ihrer Leistung eher gering einschätzten. Eine überzeugende Erklärung hierfür konnte nicht gefunden werden. Allerdings steht zu vermuten, dass hier die Auswirkungen der eigenen Arbeit auf die Resozialisierung der Gefangenen von Bedeutung waren. Für die Beurteilung der eigenen Leistungswirksamkeit waren die Aussagen über das Erreichen wertvoller Dinge und die positive Beeinflussung des Lebens anderer besonders ausschlaggebend. Dies wird von den Befragten eher weniger empfunden.[754] 20,2% der Befragten gaben an, nur einige Male im Jahr oder seltener das Gefühl zu haben, wertvolle Dinge in der jetzigen Arbeit zu erreichen und 16,5% gaben an, dieses Gefühl nur einmal im Monat zu haben. Weiter gaben 27,2% an, nur einmal im Monat oder seltener das Gefühl zu haben, dass durch die eigene Arbeit das Leben anderer positiv beeinflusst werde. Mangelnde Erfolgserlebnisse im Vollzug scheinen sich damit in erheblicher Weise auf die Einschätzung des Werts der eigenen Arbeit auszuwirken. An dieser Stelle ist nicht nur die Anerkennung der geleisteten Arbeit durch direkte Vorgesetzte und Leitungspersonal von besonderer Bedeutung, sondern auch die Öffentlichkeitsarbeit und eine gesteigerte Aufklärung der Gesellschaft über den Dienst, der in Justizvollzugsgesellschaften geleistet wird.

---

[754] Vgl. auch *Nafzger* 2002, S. 207, der als problematisch beschreibt, dass die Bediensteten die kleinen Erfolge in ihrem Berufsalltag nicht mehr sehen, entweder weil sie von zu hohen Erwartungen ausgehen oder weil der Gefängnisalltag kleine Erfolge „niederwalzt" und sie so nicht mehr wahrnehmbar sind (Betriebsblindheit). Dies wiederum sei auch den zu großen Anforderungen der Gesellschaft an den Strafvollzug geschuldet, der alles bewirken soll, was sonst niemand bewirken konnte.

9. Gesundheitsverhalten und Interventionsmaßnahmen

9.1 Zusammenfassung und Veränderungsbedarf aufgrund der Befragungsergebnisse

Anknüpfend an den ganzheitlichen Charakter betrieblicher Gesundheitsförderung (vgl. *Kap. 3.1*) ist es im Rahmen von Präventionsmaßnahmen sowohl erforderlich, Veränderungen im Verhalten der einzelnen Bediensteten (individuelle Verhaltensprävention) zu bewirken, als auch strukturelle Änderungen in der Organisation selbst zu initiieren (Verhältnisprävention).[755] Maßnahmen sollten daher interdisziplinär und auf Teilhabe aller ausgerichtet sein[756] und zudem nicht nur auf die Erzielung kurzfristiger Erfolge, sondern auf die langfristige Schaffung gesundheitsfördernder Strukturen gerichtet sein.[757] Dabei muss der Blick auf bedarfsgerechte Angebote gerichtet sein, die an die unterschiedlichen Arbeitsplatzsituationen und Belastungen der Bediensteten anknüpfen.

Die vorliegende Arbeit beschäftigte sich daher neben der theoretischen und tatsächlichen Ausgestaltung des Arbeitsalltags im Justizvollzug mit den besonderen Anforderungen und Problemen, die sich für die Vollzugsbediensteten ergeben. Dabei wurde auf der Basis vorangegangener Untersuchungen in anderen Bundesländern konkret der Justizvollzug in Mecklenburg-Vorpommern betrachtet. Anhand einer Mitarbeiterbefragung in allen Vollzugseinrichtungen des Landes wurden die Arbeitsbedingungen, die auftretenden gesundheitlichen Probleme sowie die Arbeitszufriedenheit und letztlich auch die Wechselwirkungen zwischen den einzelnen Faktoren untersucht.

Zusammenfassend bleibt festzuhalten, dass hinsichtlich der Fehlzeiten in der Erhebung zwar vorwiegend gesündere Mitarbeiter erreicht wurden, sich dennoch verschiedene gesundheitliche Belastungen der befragten Bediensteten zeigten. Ähnlich wie in der Allgemeinbevölkerung treten bei den Befragten Schlafstörungen und Müdigkeit, Abgeschlagenheit, aber auch Rückenschmerzen, Verspannungen sowie Kopfschmerzen besonders häufig auf und stellen für die Mitarbeiter deutliche Beeinträchtigungen während der Arbeit dar. Hierdurch beeinflusst wird die Wahrnehmung des Krankfühlens während der Arbeit. Durchschnittlich fühlten sich die Befragten an fast 17 Tagen in den letzten 12 Monaten vor der Erhebung während der Arbeit krank. An dieser Stelle wird es von Bedeutung sein, gesundheitsfördernde Maßnahmen zu entwickeln, damit diese Tage zukünftig nicht in tatsächliche Fehlzeiten umschlagen.

---

755 Vgl. *Bögemann* 2010, S. 69.

756 *Bögemann* 2010, S. 69; vgl. auch *Baars* 2010, S. 239.

757 *Bögemann* 2004, S. 41, 57; 2010, S. 70.

Die auftretenden gesundheitlichen Beschwerden stellen den ersten Anknüpfungspunkt für die Implementation bedarfsgerechter Angebote dar. Hierbei zeigte sich, dass die beschriebenen Symptome der befragten Bediensteten nicht etwa vollzugsspezifisch, sondern mit denen der übrigen Bevölkerung vergleichbar sind. Auch zeigte sich, dass die benannten gesundheitlichen Belastungen bei Frauen häufiger auftraten und Frauen im Durchschnitt höhere Fehlzeiten aufwiesen, als ihre männlichen Kollegen. Dasselbe gilt für ältere Mitarbeiter, bei denen sich insbesondere die Länge von Erkrankungen erhöht. Auch litten ältere Mitarbeiter an alterspezifischen Problemen, wie z. B. Taubheitsgefühlen in den Gliedmaßen, Hörverschlechterungen sowie Herzproblemen. Die Erhöhung des Krankenstandes im Justizvollzug in den letzten Jahren kann damit zum Teil mit personellen Änderungen hinsichtlich der Alters-, aber auch Geschlechtsstruktur erklärt werden. Bei jüngeren Frauen spielen zudem Schwangerschaft und Mutterschaft eine Rolle hinsichtlich der Fehlzeiten – eine Realität, die nicht zu Benachteiligungen führen darf, sondern als Selbstverständlichkeit akzeptiert werden muss.[758] Die Erhöhung des Altersdurchschnitts und des Frauenanteils bedingen daher in gewissem Maße die Höhe des Krankenstandes.

In der Erhebung zeigten sich neben geschlechts- und altersspezifischen Unterschieden hinsichtlich der Gesundheit und der Belastungswahrnehmung sowohl „klassische" als auch „moderne"[759] arbeitsbedingte Probleme für die Mitarbeiter im Justizvollzug. Zu den klassischen Problemen zählen Beschwerden, die durch die räumliche Ausstattung oder z. B. eine Exposition von physikalischen, chemischen oder biologischen Faktoren bedingt werden.[760] Es zeigte sich, dass Mitarbeiter, die besonders häufig Bürotätigkeiten am Schreibtisch bzw. PC-Arbeitsplätzen leisteten, häufiger unter Verspannungen, Rückenproblemen, aber auch Augen- bzw. Kopfschmerzen litten. Bildschirmarbeit bedeutet eine besondere Belastung für Augen und das Muskelskelett-System durch einseitige Sitzpositionen.[761] Nicht nur bei der Verwaltung, sondern auch beim Leitungspersonal, den Fachdiensten und auch innerhalb des AVD (Arbeit auf Wachturm oder an der Pforte) treten diese Probleme auf. Neben einer besonde-

---

758 Dies gilt vor allem für die JA Neustrelitz. In einem Fragebogen wurden junge Frauen kritisiert, die neu in die Anstalten kommen und dann schwanger werden und damit wieder ausfallen. Derartige Kritik ist kontraproduktiv, auch wenn sie das Problem benennt. Vor allem für Neustrelitz muss hinsichtlich des Krankenstandes beachtet werden, dass es sich um eine junge Anstalt mit durchschnittlich jüngerem Personal handelt und somit vermehrt Frauen aufgrund von Schwangerschaft oder der Betreuung kranker Kinder ausfallen. Kritisiert wurde aus anderer Position, dass Krankschreibungen zur Betreuung erkrankter Kinder nur an 7,5 Tagen pro Jahr/Kind möglich seien, vor allem aber kleine Kinder häufiger krank sind.

759 *Baars* 2010, S. 241.

760 *Baars* 2010, S. 241.

761 *Baars* 2010, S. 243.

ren ergonomisch geformten Büroausstattung sind regelmäßige Pausen und eine gute Durchlüftung zur Erhöhung der Raumluftqualität von besonderer Bedeutung zur Verbesserung der auftretenden Probleme.

Im Hinblick auf die Ausgestaltung der Arbeit wurde in der Erhebung deutlich, dass es zwischen den Bediensteten zwar unterschiedliche Wahrnehmungen im Umgang mit den Gefangenen gibt, dass aber die Arbeit mit den Gefangenen im Schnitt keine hohe Belastung darstellt. Belastungen scheinen vor allem dann in Erscheinung zu treten, wenn es z. B. zu einer Konfrontation mit schwierigen u. a. gewalttätigen Situationen kommt. Darüber hinaus wird die mangelnde Zeit für die Betreuungsarbeit als Belastung empfunden.

Besonders aber kristallisierten sich komplexe Situationen einer modernen Arbeitswelt als besondere Belastungen heraus, wie dies auch in vorangegangenen Untersuchungen in anderen Bundesländern der Fall war.[762] Unzufriedenheit ergab sich dabei vor allem bezogen auf die Arbeitsorganisation und das Verhältnis zwischen den Bediensteten und den Vorgesetzten. Viele Mitarbeiter des AVD vertrauen ihrem direkten Vorgesetzten nur wenig bis gar nicht. Noch weniger Vertrauen wird der Anstaltsleitung entgegengebracht. Aber auch gegenüber den Psychologen und Sozialarbeitern scheint das Verhältnis der AVD-Bediensteten von Misstrauen geprägt zu sein, was auf einen Konflikt zwischen den Aspekten Sicherheit und Resozialisierung hindeutet. Das Misstrauen zwischen den Bediensteten verschlechtert die Atmosphäre innerhalb der Anstalten. Ein Großteil der Befragten empfand die Atmosphäre in den Anstalten überwiegend angespannt. Gleichzeitig gaben die Bediensteten an, Angst vor Konflikten mit Kollegen und Vorgesetzten sowie vor Mobbing zu haben. Diese Aspekte wirken sich wiederum auf die wahrgenommene Atmosphäre in den Anstalten aus. Eine als angespannt empfundene Atmosphäre steht nicht nur im Zusammenhang mit einer erhöhten Intensität gesundheitlicher Probleme wie Verspannungen, Kopfschmerzen, Müdigkeit und Abgeschlagenheit, Nervosität und Unruhe, sondern verschlechtert auch die Haltung bzw. Verbundenheit der Bediensteten zu ihrem Arbeitsplatz.

Als besondere psychomentale bzw. psychosoziale Gefährdungen im Justizvollzug benennt *Baars* folgende Problembereiche:

- ständige Arbeit in einem Konfliktfeld mit der Möglichkeit der verbalen oder körperlichen Konfrontation;
- ständige Präsenz mit eingeschränkten Möglichkeiten des Rückzugs oder der Wahrnehmung von Pausen;
- hoher Dokumentationsaufwand;
- wenige Erfolgserlebnisse;

---

762 Vgl. *Paetz* 2004; *Bögemann* 2004-2009; *Schwarz/Stöver* 2010; *Lehmann/Greve* 2006; *Lehmann* 2009.

- geringes Ansehen in der Öffentlichkeit;
- hierarchische Strukturen, Konflikte zwischen Kollegen und Vorgesetzten;
- Arbeits- und Aufgabenverdichtungen.[763]

Die aufgeführten Probleme zeigten sich auch in der Erhebung als erhebliche Belastungsursachen für die Bediensteten. Das bemängelte Führungsverhalten, aber auch organisatorische Schwächen in der Arbeitsorganisation trüben den Blick auf die Arbeit in der eigenen Institution und die Verbundenheit zu ihr und führten sogar bei einigen Mitarbeitern zu dem Wunsch, den Arbeitsplatz zu wechseln. 55 von 268 Bediensteten (20,5%) gaben an, dass sie bei passender Gelegenheit die Anstalt oder den Justizvollzug generell verlassen würden. Damit konnte jeder Fünfte der Befragten nicht „freudig in seinem Beruf" erhalten werden.[764] So merkten zwei Mitarbeiter in ihrem Fragebogen an, dass sie jahrelang bereit waren, mehr zu arbeiten, als man von ihnen erwarten konnte, damit die Anstalt funktioniert (vgl. Frage 49a des Fragebogens), aber dass sie hierzu nun nicht mehr bereit wären, weil es nicht gedankt, sondern ausgenutzt werde.

Insgesamt muss damit festgestellt werden, dass die Ergebnisse bezogen auf die Anstalten typische Kriterien „ungesunder Organisationen" widerspiegeln, wie sie von *Badura* beschrieben wurden (vgl. *Kap. 3.1*)[765] und damit die entsprechenden Symptome wie einen hohen Krankenstand, Mobbing, Burnout und innere Kündigung in sich tragen.

Auch die Thematik des Burnouts erwies sich in der Erhebung als zu beachtender Faktor hinsichtlich des Wohlbefindens der Mitarbeiter, wenn auch hinsichtlich der einzelnen Mitarbeitergruppen keine statistisch signifikanten Aussagen getroffen werden konnten. Vor allem in Bezug auf die emotionale Erschöpfung als Anfangsstadium des Burnouts gab es eine Zunahme von gesundheitlichen Problemen, wie Kopfschmerzen, Müdigkeit und Abgeschlagenheit sowie Reizbarkeit, Nervosität und Unruhe. Die Höhe der wahrgenommenen emotionalen Erschöpfung zeigte sich beeinflussbar durch die konkreten Arbeitsplatzbedingungen. Maßgeblichen Einfluss hatte vor allem eine hohe quantitative Arbeitsbelastung, aber auch ein wahrgenommener Rollenkonflikt, die sich vor allem in Zusammenhang mit der emotionalen Erschöpfung für Fachdienste und

---

763 *Baars* 2010, S. 243.

764 Zum Zitat von *Krohne* vgl. *Kap. 1.*

765 Paternalistischer Führungsstil, eine steile Hierarchie, wenige gemeinsame Überzeugungen, Werte und Verhaltensregeln, ein verbreitetes Misstrauen und Konkurrenzdenken, durch Intransparenz von Entscheidungen, geringe Partizipationsmöglichkeiten und Handlungsspielräume, geringe Weiterbildungsmöglichkeiten, ausgeprägte Feindseligkeiten und Rivalitäten zwischen verschiedenen Abteilungen sowie intensive Konflikte zwischen dem höheren Management und der Belegschaft, vgl. *Badura/Hehlmann* 2003, S. 20.

den AVD als problematisch zeigten. Erstaunlich war, dass 11,6% der Befragten (N = 207) ihre eigene Leistungsfähigkeit bzw. die Wirksamkeit ihrer Leistung eher gering einschätzten. Eine überzeugende Erklärung hierfür konnte nicht gefunden werden. Allerdings steht zu vermuten, dass hier die Auswirkungen der eigenen Arbeit auf die Resozialisierung der Gefangenen von Bedeutung waren. Für die Beurteilung der eigenen Leistungswirksamkeit waren die Aussagen über das Erreichen wertvoller Dinge und die positive Beeinflussung des Lebens anderer besonders ausschlaggebend. Dies wird von den Befragten eher weniger empfunden. 20,2% der Befragten gaben an, nur einige Male im Jahr oder seltener das Gefühl zu haben, wertvolle Dinge in der jetzigen Arbeit zu erreichen und 16,5% gaben an, dieses Gefühl nur einmal im Monat zu haben. Weiter gaben 27,2% an, nur einmal im Monat oder seltener das Gefühl zu haben, dass durch die eigene Arbeit das Leben anderer positiv beeinflusst werde. Mangelnde Erfolgserlebnisse im Vollzug scheinen sich damit in erheblicher Weise auf die Einschätzung des Werts der eigenen Arbeit auszuwirken. An dieser Stelle ist nicht nur die Anerkennung der geleisteten Arbeit durch direkte Vorgesetzte und Leitungspersonal von besonderer Bedeutung, sondern auch die Öffentlichkeitsarbeit und eine gesteigerte Aufklärung der Gesellschaft über den Dienst, der in Justizvollzugsanstalten geleistet wird.

Verhaltens- und verhältnispräventive Maßnahmen der Gesundheitsförderung müssen daher folgende Bereiche abdecken:

- bedarfsgerechte Gesundheitsangebote für konkret auftretende Probleme (ggf. gruppenspezifisch, symptomspezifisch)
- Bedarfsdeckung durch Vernetzung nach innen und außen (Förderung der Beteiligung aller Mitarbeiter, Kontaktaufnahme mit externen Anbietern)
- regelmäßige Bestandsaufnahme über Veränderungen im Bedarf im Rahmen einer Gesundheitsberichterstattung
- Ausbau und Förderung von Kommunikationsstrukturen, Verbesserung gegenseitiger Aufmerksamkeit, Erkennen sozialer Konflikte, Workshops insbesondere für Führungskräfte
- Ausbau einer Fehlerkultur als Grundlage für eine akzeptierte und nachhaltige Konfliktbewältigung
- Schaffung gemeinsamer Definitionen und Überzeugungen (Bedeutung von Transparenz, Personalentwicklung → gemeinsame Zielsetzungen)
- Verwirklichung flacher Hierarchien durch Verantwortungsübergabe, Förderung kooperativer Strukturen
- Ausbau der Öffentlichkeitsarbeit, Anerkennung der Arbeitsleistung

9.2 Gesundheitsverhalten und Vorschläge zur Verbesserung der gesundheitlichen Situation der Belegschaft

Da Verhaltensprävention darauf abzielen soll, jeden einzelnen in die Lage zu versetzen, seine Gesundheit selbst positiv beeinflussen zu können, muss zunächst das Risikoverhalten (u. a. falsche Ernährung, mangelnde Bewegung, Suchtmittelgebrauch) dargestellt werden. In der Erhebung wurden allerdings lediglich das Rauchverhalten und das Maß regelmäßiger körperlicher Bewegung abgefragt.

Zunächst wurden die Bediensteten allerdings danach gefragt, welche Bedeutung sie einer Reihe von Faktoren (ausreichend Schlaf, ausgewogene Ernährung, Nichtrauchen, Entspannung, körperliche Bewegung, eigene Zufriedenheit, Möglichkeit Konflikte austragen zu können, interessante Arbeit, gesunde Arbeitsbedingungen, ein gutes Verhältnis zu Kollegen sowie Gelassenheit) für ihre Gesundheit beimessen würden. Überwiegend wurden alle genannten Faktoren als wichtig bis sehr wichtig eingeschätzt. Lediglich den Faktor „Nichtrauchen" stuften 25,2% als weniger wichtig bis unwichtig ein.[766] Auch die Möglichkeit Konflikte austragen zu können hatte für immerhin knapp 20% nur eine geringere Bedeutung.

Als besonders wichtig wurde dagegen die eigene Zufriedenheit eingeschätzt. Hierauf legten vor allem weibliche Mitarbeiter viel Wert. 73,6% der weiblichen und 63,9% der männlichen Teilnehmer sahen in der eigenen Zufriedenheit einen sehr wichtigen Faktor für ihre Gesundheit. Weiter war ein gutes Verhältnis zu den Kollegen für 65,1% der weiblichen Teilnehmer und für 48,8% der männlichen Teilnehmer sehr wichtig. Auch ausreichend Schlaf wurde von mehr als der Hälfte der Männer und Frauen als sehr und von weiteren 44% zumindest als wichtig eingeschätzt.

Hinsichtlich des Rauch- und Bewegungsverhaltens zeigte sich ein hoher Anteil an Rauchern und an sportlich nicht aktiven Mitarbeitern (vgl. *Tab. 75*).

---

766 Hierbei soll nicht unerwähnt bleiben, dass es sich dabei erwartungsgemäß fast ausschließlich um Raucher handelte.

Tabelle 75:   Rauchverhalten und Sport (%)

	Gesamt	AVD	Werk-dienst	Verwaltung	Fachdienste	Leitung	Sonst.
Rauchen Sie?							
ja	36,4	42,3	46,2	17,1	29,0	26,7	12,5
nein	63,6	57,7	53,8	82,9	71,0	73,3	87,5
Treiben Sie regelmäßig Sport							
nein	42,6	45,4	53,8	33,3	32,3	53,3	22,2
mehrmals im Monat	28,3	25,3	15,4	33,3	41,9	26,7	66,7
mehrmals pro Woche	29,0	29,3	30,8	33,3	25,8	20,0	11,1

Der Raucheranteil innerhalb der Stichprobe lag noch über dem der Allgemeinbevölkerung in Mecklenburg-Vorpommern, der mit 30,4% (2009) bereits sehr hoch ist und im Bundesländervergleich am zweithöchsten liegt.[767] Die Raucherquote liegt bei den männlichen Bürgern mit 37,4% höher als bei den weiblichen mit 23,8%.[768] Vor allem bei den Mitarbeitern im allgemeinen Vollzugsdienst und dem Werkdienst lag die Raucherquote deutlich über 40%. Auffällig war, dass insbesondere die Bediensteten der jüngeren Altersgruppen (20-34 Jahre) angaben, zu rauchen (43,9%) und mit zunehmendem Alter weniger Mitarbeiter rauchten (ca. 30% bei den 50- bis 65-Jährigen).[769]

Danach gefragt, ob es Änderungen im Rauchverhalten gäbe seit Inkrafttreten des Nichtraucherschutzgesetzes, gaben immerhin 25 Teilnehmer an, dass sie nun weniger rauchen würden. Weitere Angaben bezogen sich darauf, dass man nun nach draußen gehe zum Rauchen bzw. vermehrt in der Freizeit oder sogar auch heimlich rauchen würde. Ein Nichtraucher gab an, dass er nun entgegen der Gesetzesintention vermehrt dem Passivrauchen ausgesetzt sei, da nun an Aus- und Eingängen geraucht werde und nicht mehr in den abgegrenzten Büroräumen. Dementsprechend wurde die Einhaltung der Nichtraucherschutzbestimmungen eingefordert, gleichzeitig aber auch nach Angeboten für eine Rauchentwöhnung gefragt.

---

767 *Statistisches Amt Mecklenburg-Vorpommern* 2011, S. 10.

768 Bezogen auf die Bevölkerungsgruppen über 15 Jahre, vgl. *Statistisches Amt Mecklenburg-Vorpommern* 2011, S. 8.

769 Nicht gefragt wurde danach, wie viele Zigaretten am Tag geraucht werden.

Besonders häufig gingen die Vorschläge der Befragten hinsichtlich der Einführung von gesundheitsfördernden Maßnahmen aber auf das Angebot von Sport ein. Bereits zum Zeitpunkt der Befragung bestand in den Anstalten die Möglichkeit an Sportaktivitäten teilzunehmen. Angebote fanden sich vor allem im Bereich Fußball und Volleyball. Diese Mannschaftssportarten werden vor allem in den größeren Anstalten angeboten. In Neubrandenburg und Stralsund bestand die Möglichkeit, den Sportraum der Anstalt zu nutzen. Gymnastik und Rückenschulprogramme wurden bereits in Bützow und in Waldeck angeboten. Insgesamt beschäftigten sich 71 Vorschläge (vgl. *Tab. 76*) mit dem Thema Sport. Dabei ging es insbesondere um ein regelmäßiges und vielfältiges Sportangebot, das mit Dienstzeiten und dem Familienleben vereinbar ist. Vor allem Frauen wollen nicht auf Fußballgruppen beschränkt sein.

Wenn es um die Ein- bzw. Durchführung von Maßnahmen geht, so stellt sich für den Arbeitgebern bzw. den Dienstherren oft die Frage nach der Beteiligung durch die Mitarbeiter. Gelegentlich werden Veranstaltungen angeboten, aber nicht genutzt und in Folge dessen wieder eingestellt. Auch in der vorliegenden Studie wurden die Mitarbeiter befragt, ob es in ihren Anstalten bereits gesundheitsrelevante Maßnahmen gäbe. Von 264 Personen bejahten dies 61,7%. Genannt wurden dabei in erster Linie sportliche Aktivitäten (alle Anstalten), Physiotherapie und Massagen (Bützow), Angebote einer Rückenschule (Waldeck, Bützow) sowie Sauna und Blutspendetermine (Bützow). An den angebotenen Maßnahmen nahmen aber nur 22% der Befragten auch tatsächlich teil. Überwiegend wurde eine regelmäßige Teilnahme verneint, was vor allem für 82,6% der Frauen galt.

Die Beteiligung kann damit als dürftig eingeschätzt werden. Bevor aber die Akzeptanz von Maßnahmen hierdurch generell bezweifelt wird, sollte genauer danach gefragt werden, warum die bereits existierenden Angebote nur von einem Teil der Mitarbeiter genutzt werden. Hier können zeitlich-organisatorische Gründe eine Rolle spielen, aber auch der Umstand, dass Kurse angeboten werden, die nicht auf die Bedürfnisse der Mitarbeiter zugeschnitten sind.[770] So wurde z. B. vorgeschlagen, spezielle Kurse für Frauen und auch für ältere Mitarbeiter anzubieten.

Weitere Vorschläge betrafen den Bereich „Erholung". So wurde verstärkt nach Angeboten aus dem physiotherapeutischen Bereich wie z. B. Massagen gefragt, aber auch nach Kursangeboten zum Erlernen von Entspannungs- und Stressbewältigungstechniken und einer gesunden Ernährung.

Weitaus häufiger wurden bei den Verbesserungsvorschlägen solche im organisatorischen und strukturellen Bereich genannt. Neben der wiederkehrenden

---

770 Auch *Bögemann* 2004, S. 188 ff. fand, dass zwar mehr als 90% der Befragten grundsätzlich bereit wären, an der Verbesserung ihrer Gesundheit mitzuwirken, andererseits aber vor allem Zeit- und Energiemangel sie daran hindere Aktivitäten wahrzunehmen.

Forderung nach mehr Personal sowie einer modernen Büroausstattung wurde ein verändertes Führungsverhalten angemahnt sowie mehr Anerkennung für die geleistete Arbeit gewünscht (vgl. *Tab. 76*). Dabei fielen Begriffe wie Lob, Motivationsförderung, gegenseitiger Respekt und Rücksichtnahme, verbesserte Fehlerkultur, Verlässlichkeit und Transparenz.

Tabelle 76: **Häufigkeit genannter Verbesserungsvorschläge und Wünsche nach Kategorien (absolute Zahlen)**

Kategorie	Häufigkeit der Antworten	Variationen
Sport	71	Regelmäßiger Sport, Angebote für Frauen und ältere Mitarbeiter, Dienstsport, Gruppenverträge mit Fitnessstudio
Erholung, Gesundheit	38	Massagen, Physiotherapie, Rückenschule, Yoga, Entspannungskurse, Stressbewältigungskurse, gesunde Ernährung, Informationsbroschüren auslegen
Betriebsärztliche Maßnahmen	10	Regelmäßige betriebsärztliche Untersuchungen, Arztsprechstunden, verbesserter Zugang zu Impfungen und breite Informationen
Personalaufstockung	31	Mehr Personal insgesamt, Schichtstärken erhöhen, realistische Personalberechnung
Ausstattung	43	Erneuerung sanitärer Einrichtungen sowie Heizung/Isolierung von Büros (Bützow), freundliche Dienstzimmer, ergonomisch geformte Stühle, höhenverstellbare Tische, Stehpulte, Unterstellmöglichkeiten bei Hofaufsicht, verbesserte Dienstkleidung
Dienstplangestaltung	24	Verlässlichkeit der Dienstpläne für eine planbare Freizeit, feste Ausgleichstage, Transparenz, keine kurzen Wechsel zwischen Spät- und Frühdienst, regelmäßiger Überstundenabbau
Zusammenarbeit/ Arbeitsklima	27	Teamgeist fördern, Offenheit und Ehrlichkeit, Zusammenarbeit zwischen einzelnen Gruppen fördern, geregelte Abläufe, Klärung von Zuständigkeiten, Kommunikation erhöhen
Führungsverhalten	38	Motivation, Anerkennung, Verständnis, stabiler und verlässlicher Führungsstil, Verantwortungsübernahme der Vorgesetzten, klare Strukturen schaffen, mehr Mitsprache und Eigenständigkeit, Vorschläge der Mitarbeiter beachten

Kategorie	Häufigkeit der Antworten	Variationen
Institutionalisierte Unterstützung	13	Regelmäßige Supervision, transparente Auswertung und Aufarbeitung besonderer Vorkommnisse, Entwicklung einer Fehlerkultur
Sonstige	22	Transparenz in Entscheidungen, mehr Informationen, Verwaltungsabbau, Nichtraucherprogramme, Pauseneinhaltung, Gesundheitsmaßnahmen und Sport als Dienstzeit anerkennen (Dienstsport), Änderungen im hierarchischen Denken, gerechte Aufgabenverteilung, zu viele Zusatzaufgaben im AVD, genaue Vorgaben zu Beförderungen

9.3 Maßnahmen in den Anstalten

Die Ergebnisse wurden in jeder Anstalt der jeweiligen Leitung, den Personalräten sowie Mitarbeitern der Leitungsrunde und in den größeren Anstalten (Bützow, Waldeck und Neustrelitz) auch im Rahmen von Dienstversammlungen den Mitarbeitern vorgestellt. Jede Anstalt bekam die jeweiligen Einzelauswertungen als Datei zu Verfügung, um die Ergebnisse intern zu besprechen und als Grundlage für weitere Entwicklungen zu verwenden.

Insbesondere in der JVA Bützow wurden in Folge der Ergebnisauswertung verschiedene Angebote für die Mitarbeiter bereitgestellt. Wichtigster Ansatzpunkt ist zunächst einmal, dass die Bediensteten regelmäßig über die Arbeit des Gesundheitszirkels informiert werden und somit Interesse für die Gesundheitsförderung geweckt wird, Mitarbeiter inspiriert werden, sich selbst in den Prozess der Gesundheitsförderung einzubringen. Hierdurch kann eine kontinuierliche Befassung mit gesundheitlichen Belangen der Beschäftigten erreicht werden.

Halbjährlich gibt es Vorankündigungen über die im Halbjahr geplanten Veranstaltungen, damit sich die Bediensteten langfristig auf ein oder mehrere Themen einstellen können. Die konkreten Planungsdaten werden dann einige Wochen vor der Durchführung bekannt gegeben und im Personalreferat eine Liste ausgelegt, damit sich Interessenten für eine Maßnahme eintragen können und dies bei der Dienstplanung berücksichtigt werden kann. Darüber hinaus werden den Bediensteten gezielt Maßnahmen der Unfallkasse Mecklenburg-Vorpommern angeboten. Die Maßnahmen werden vor allem auf die Symptomgruppen abgestimmt, die in der Befragung besonders häufig von den Mitarbeitern auftraten. Darüber hinaus wird aber ein ganzheitliches Konzept verfolgt und versucht, auf Anregungen der Belegschaft einzugehen. Von besonderer Bedeutung sind Veranstaltungen, die es den Teilnehmern ermöglichen, heraus zu finden, welche Methoden oder Kurse für sie überhaupt sinnvoll sind. Dazu gehört z. B. ein „physiotherapeutisches Testverfahren" wobei mittels Bewegungsübungen festgestellt werden soll, worin der tatsächliche physiotherapeutische Bedarf eines jeden einzelnen liegt, um gesundheitliche Beeinträchtigungen langfristig beheben zu können. Auch Vorträge zur „Einführung in die Traditionelle Chinesische Medizin (TCM)" sollen bewusst machen, welche verschiedenen Entspannungsmethoden es gibt und für wen welche Methoden empfehlenswert sind. Weitere Bedeutung kommt der dauerhaften Einbindung des betriebsärztlichen Dienstes zu. Dieser ist neben Tauglichkeitsuntersuchungen auch für Vorsorgemaßnahmen und die Impfprophylaxe zuständig und soll Interessierten in einem Vortrag „Impfungen helfen nur der Pharma-Industrie?" über Schutzimpfungen informieren und Bedenken gegen Impfungen entgegenwirken. Da der alte zuständige Betriebsarzt nicht von den Mitarbeitern angenommen wurde, wurde ein neuer Vertreter gesucht. Dieser musste sich beim Gesundheitsbeauftragten und dem Personalrat der Anstalt vorstellen, um sicher zu gehen, dass die Auswahl des neuen Betriebsarztes zur Akzeptanz bei der Belegschaft führt.[771]

Bereits 2009 wurde in der JVA Bützow ein Beschwerdemanagement zu gesundheitsbeeinträchtigen Faktoren eingeführt. Die Mitarbeiter können sich mit gesundheitsrelevanten Fragen oder Problemen an den Gesundheitsbeauftragten richten. Über die Eingaben erfolgen umfassende Dokumentationen. Die Mitarbeiter werden über den Fortgang der Bearbeitung und unternommene Maßnahmen informiert. Bis August 2012 gingen 31 Anträge ein, von denen bereits 26 abgearbeitet wurden. Dabei konnte in 20 Fällen für Abhilfe gesorgt werden.

Zu den weiteren Maßnahmen gehören Vorträge zur Ernährungsberatung, Anleitung zum Nordic Walking, Radfahren zur Arbeit. Veranstaltungen der Unfallkasse Mecklenburg-Vorpommern, die den Mitarbeitern angeboten werden, sind: „Burnout am Arbeitsplatz", „Psychische Belastungen in sozialen Berufen" sowie „50+ – Gesund arbeiten bis ins höhere Lebensalter." Die Teilnahme an diesen Veranstaltungen gilt als Dienstzeit.[772]

Im Frühjahr 2012 ist darüber hinaus die Veranstaltung eines Gesundheitstages geplant.

Auch in anderen Anstalten rückt das Thema Gesundheitsmanagement vermehrt ins Interesse. Man ist bestrebt den Krankenstand zu reduzieren und Vorsorge zu betreiben. Die Ergebnisse der Untersuchung werden hier genutzt, um Knackpunkte zu erkennen und zu benennen. Dennoch hätte man sich eine höhere Beteiligung gewünscht, um den Ergebnissen eine höhere Aussagekraft zu

---

771 Hierzu muss angemerkt werden, dass die Betriebsärzte im Justizvollzug Mecklenburg-Vorpommern nicht bei den Anstalten angestellt sind, sondern durch private Vertragsunternehmen gestellt werden.

772 Die Informationen wurden durch den Leiter des Gesundheitszirkels der JVA Bützow *L. Strubel* zur Verfügung gestellt. Herrn *Strubel* wird für seine Zusammenarbeit im Verlauf des Projekts herzlich gedankt.

verleihen.[773] In allen Anstalten wurden mittlerweile Gesundheitsbeauftragte ernannt und auch in der Bildungsstätte für den Justizvollzug Mecklenburg-Vorpommern in Güstrow will man dem Thema Gesundheitsförderung zukünftig mehr Beachtung schenken und insbesondere eine weitere Evaluation u. a. zur Wirksamkeit von Maßnahmen und zur weiteren Entwicklung der Belastungssituation der Bediensteten vornehmen.

Als positiv ist auch die vermehrte Öffentlichkeitsarbeit im Sinne der Selbstdarstellung der Anstalten zu bewerten. Zu Beginn dieser Arbeit im Juli 2009 verfügten die Anstalten zwar über einen eigenen Internetauftritt. Die hier zu findenden Informationen bezogen sich aber fast ausschließlich auf die Vollstreckungszuständigkeit und einige Ansichten der Anstalten sowie die knappe Darstellung durchgeführter Maßnahmen. Mittlerweile werden Berufsbilder dargestellt, die Chronik der Anstalten erzählt sowie Einblicke in den Tagesablauf in einer Haftanstalt gegeben.[774]

In wieweit die Maßnahmen zu Verbesserungen im Wohlbefinden der Mitarbeiter führen und sich auch reduzierend auf den Krankenstand auswirken ist schwer vorhersagbar. Es zeigt sich aber, dass die Ergebnisse der Befragung sowie die Interessen der Mitarbeiter ernst genommen werden. Eine regelmäßige Evaluation und Kontrolle der Maßnahmen hinsichtlich ihrer Akzeptanz und Wirksamkeit muss daher angestrebt werden und in den Prozess der betrieblichen Gesundheitsförderung aufgenommen werden.

9.4 Schlussbetrachtung – Ein Arbeitsplatz wie jeder andere?

Die Frage, ob Arbeit krank macht, ist nicht neu, wohl aber die intensive Beschäftigung mit dem Thema, wie Gesundheitsförderung im Beruf umgesetzt werden kann, um Gesundheit und Arbeitsfreude der Mitarbeiter zu erhalten. Dies gilt nicht nur für die moderne Arbeitswelt im Bereich der Wirtschaft, sondern auch für den öffentlichen Dienst und somit ebenfalls für den Justizvollzug. Auch für Vollzugsbedienstete ist die Arbeit ein integraler Bestandteil ihrer Persönlichkeit. In der Haftanstalt verbringen sie einen wesentlichen Teil ihres Tages und sind vielfältigen physischen und psychischen Einflüssen ausgesetzt.

Die intensive Beschäftigung mit dem Personal im Justizvollzug zeigt, dass Vollzugsanstalten Arbeitsplätze bieten, die wie jeder andere auch ausgestaltet sind: Dass es Büros gibt, moderne Betriebsabläufe und Kommunikationstechnik, dass man sich mit seiner Klientel beschäftigt sowie wiederkehrende Verwaltungsabläufe vorfindet und auf ein vorgebendes Ziel hinarbeitet. Auf den zwei-

---

773 So die Information der Fachbereichsleiterin Personal der JVA Neubrandenburg.

774 Besonders hervorzuheben sind hier die Internetauftritte der Justizvollzugsanstalten Bützow, Neubrandenburg und Waldeck. Diese Entwicklung erfolgte unabhängig von dem hier beschriebenen Projekt.

ten Blick aber unterscheidet sich die Arbeit im Justizvollzug in entscheidender Weise von anderen Arbeitsplätzen. Bei der Klientel handelt es sich um Straftäter, Menschen, die für begangenes Unrecht durch den Entzug ihrer Freiheit bestraft, aber gleichzeitig auf ein selbständiges Leben ohne Straftaten vorbereitet und unterstützt werden sollen. Der gesamte Tagesablauf der Gefangenen spielt sich innerhalb der Anstalt ab und wird von den Vollzugsbediensteten bestimmt. Auftretende Probleme bleiben häufig innerhalb der Mauern und verstärken sich dadurch.

Im Anschluss an diese Arbeit und die Analyse der Mitarbeiterbefragung im Justizvollzug Mecklenburg-Vorpommern steht daher die Erkenntnis, dass Vollzugsanstalten trotz all ihrer zunehmenden Öffnung nach außen ein geschlossenes System mit hohen Sicherheitsmaßnahmen und einer eigenen speziellen Dynamik darstellen. Dem Sozialgefüge dieses Mikrokosmos können sich die Mitarbeiter ebenso wenig entziehen, wie die Gefangenen. Dabei stellt die tägliche Beschäftigung und die Versorgung der Gefangenen keine hohe Belastung dar, wohl aber spezielle Vorkommnisse wie Gewalttaten, Aggressionen oder Selbstverletzungen, Situationen, die im Justizvollzug häufiger auftreten als an anderen Arbeitsplätzen und daher einer besonderen Aufarbeitung bedürfen. Trotz schwieriger Situationen, häufiger Frustrationen und wenigen Erfolgserlebnissen sowie einem hohen Misstrauen gegenüber den Gefangenen, wird von den Bediensteten erwartet, dass sie den Glauben an ihre Arbeit nicht verlieren, dass sie Sicherheitsaspekte und Resozialisierungsmaßnahmen miteinander in Einklang bringen und damit schließlich die Gesellschaft vor erneuten Straftaten schützen. Dies sind hohe Anforderungen an einen Berufsstand, der in der Gesellschaft nur wenig Anerkennung oder Beachtung findet. Nach außen sind die Beibehaltung und der Ausbau der Öffentlichkeitsarbeit bzw. der Aufklärung der Gesellschaft über die Zwecke der Freiheitsstrafe und deren Umsetzung daher wichtiger Bestandteil der Vollzugsarbeit.

In einem gewissen Umfang muss damit akzeptiert werden, dass die Arbeit im Justizvollzug besondere psychische Belastungen beinhaltet, die unter Umständen auch pathologische Auswirkungen zeitigen, die nicht als Unlust, Faulheit oder Überempfindlichkeit heruntergespielt werden dürfen, vor allem wenn es um posttraumatische Belastungsstörungen nach besonderen Vorkommnissen geht.

Überwiegend bestimmen diese besonderen Vorkommnisse aber nicht die alltägliche Haftrealität und so sind es auch nicht die Gefangenen bzw. die Arbeit mit ihnen, die zur Unzufriedenheit der Vollzugsbediensteten führen. Vielmehr spielen strukturelle, organisatorische und rein zwischenmenschliche Probleme eine Rolle, wie sie auch außerhalb des Justizvollzugs zu finden sind. Die Probleme sind zwar vollzugstypisch, wie sich bereits in vorangegangenen Untersuchungen zeigte (vgl. hierzu die Darlegung des Forschungsstandes in *Kap. 3.3.3*), aber nicht vollzugsspezifisch.

Straffe Hierarchien mit vorgebenden Arbeitsabläufen und einer hohen Kontrolldichte verbunden mit geringen eigenen Entscheidungsspielräumen und Mitwirkungsmöglichkeiten, wie sie z. B. auch im Gesundheitswesen (Krankenhäusern) oder beim Militär zu finden sind, bedingen für den einzelnen Mitarbeiter nur geringe Entfaltungsmöglichkeiten. Dies bedeutet vor allem für gut ausgebildetes Personal erhebliche Einschränkungen. Dem Vollzugspersonal, insbesondere im AVD wird heute eine umfassende Ausbildung als intensive Vorbereitung auf einen Resozialisierungsvollzug geboten, in der sie auch auf ihre Bedeutung hinsichtlich der Erreichung des Vollzugsziels eingestellt werden. In den Haftanstalten führen aber finanzielle und personelle Engpässe zu einem Bruch zwischen Theorie und Praxis und der Enttäuschung über die eigene Rolle im Vollzugsalltag. Die Unzufriedenheit wird oft kanalisiert und auf die Anstaltsleitung übertragen. Die Einstellung der Mitarbeiter zu den Vorgesetzten und der Anstaltsleitung haben einen wesentlichen Einfluss auf das Arbeitsklima in den Anstalten und dieses wiederum einen Einfluss auf das Wohlbefinden der Mitarbeiter. Je größer die Institution, desto weniger können gruppendynamische Prozesse durch persönliche Gespräche und ein gegenseitiges aufeinander eingehen kompensiert werden. Verständnis für getroffene Entscheidungen und Akzeptanz können nur durch eine intensive und regelmäßige Kommunikation erreicht werden. Den Abteilungsleitern – als mittleres Management – kommt damit eine große Bedeutung zu. Ihr Umgang mit den Mitarbeitern, ihr Wissen über die Stärken und Schwächen der einzelnen Mitarbeiter und die Fähigkeit, Probleme konstruktiv anzusprechen und zu lösen sowie selbst Kritik anzunehmen, sind die Grundlage für einen reibungslosen Ablauf im Vollzugsalltag und bedürfen daher regelmäßiger Schulung und Verbesserung. Letztlich sollte sich jeder einzelne Mitarbeiter von der Spitze bis zum Anwärter stets seiner Vorbildfunktion für seine nachgeordneten Mitarbeiter und schließlich auch für die Gefangenen bewusst sein.

Mit dem Wissen schließlich, dass bestimmte Abläufe im Vollzug eines Aufschubs nicht zugänglich sind, da Gefangene versorgt werden müssen und eine unterlassene bzw. nur gering durchgeführte Betreuung mit Ablauf der Haft nicht nachgeholt werden kann, liegt es auf der Hand, dass die Aufgaben erkrankter Mitarbeiter für die anwesenden Bediensteten zu nicht unerheblichen Zusatzbelastungen führen, die auf Dauer nicht getragen werden können. Um den entstehenden Teufelskreis zu unterbrechen, kann neben Angeboten der Gesundheitsförderung (vgl. *Kap. 9.1*) an dieser Stelle die Forderung nach einer angemessenen Zahl an Personal nicht unterbleiben. Personalstellen müssen nicht nur so berechnet werden, dass eine dem Resozialisierungsgedanken angemessene Betreuung im Allgemeinen möglich ist, sondern dass diese auch im Falle von zahlreichen Krankmeldungen möglich bleibt. Der Krankenstand ist daher in Personalberechnungen einzubeziehen, damit auch im Notfall Maßnahmen über längere Zeit im Normalbetrieb aufrechterhalten bleiben können.

Obwohl es sich bei der vorliegenden Erhebung um eine Momentaufnahme über die Arbeitszufriedenheit und die gesundheitlichen Probleme der Vollzugsbediensteten in Mecklenburg-Vorpommern handelt (vgl. *Kap. 5.6.1*), werden in der Untersuchung grundsätzliche Probleme erkennbar, die Interventionsmaßnahmen erforderlich machen, um einer Verfestigung bzw. Verschlechterung entgegen zu wirken. Die Relevanz der Ergebnisse für die einzelnen Anstalten müssen durch die Vollzugspraktiker vor Ort überprüft werden, um zu eigenen Schlussfolgerungen zu kommen.[775] Die Ergebnisberichte, die für jede Anstalt einzeln entworfen wurden sowie die Gesamtdarstellung der Ergebnisse in dieser Arbeit sollen als Anstoß und Grundlage für eine weitere erforderliche Diskussion über die Arbeitsbedingungen im Justizvollzug genommen werden. Die weitere Auseinandersetzung muss daher in den Anstalten selbst erfolgen, was eine kontinuierliche Beschäftigung mit dem Thema impliziert und nur dann erfolgreich sein kann, wenn sie von allen Mitarbeitern getragen wird und die Anstrengungen und das Engagement bei den Anstaltsleitungen, dem Justizministerium und schließlich der Gesellschaft Rückhalt finden.

---

775 So bereits *Tauss* 1986, S. 147.

Literaturverzeichnis

Aebersold, P. (1977): Personalentwicklung im Strafvollzug darf kein Alibi sein. Zeitschrift für Strafvollzug und Straffälligenhilfe 26, S. 139-146.

Ahlrichs, M. (2010): Frauen im Berufsfeld Justizvollzug – allein unter Männern? In: Bögemann, H., Keppler, K., Stöver, H. (Hrsg.) Gesundheit im Gefängnis. Forum Strafvollzug 60.

Alternativkommentar (2006): Kommentar zum Strafvollzugsgesetz. Hrsg. von Feest, J. Neuwied. (zitiert: AK-Bearbeiter).

Arbeitsgemeinschaft der Spitzenverbände der Krankenkasse (2008): Anwenderhandbuch Evaluation Teil 2: Evaluation von betrieblicher Gesundheitsförderung. IKK-Bundesverband. Bergisch Gladbach.

Arnold, J. (1990): Vergangenes und Zukünftiges im Strafvollzug der ehemaligen DDR – Ein Untersuchungsbericht. Zeitschrift für Strafvollzug und Straffälligenhilfe 39, S. 327-329.

Arnold, J. (1993): Strafvollzug in der DDR – Ein Gegenstand gegenwärtiger und zukünftiger Forschung. MschrKrim 76, S. 390-404.

Baars, S. (2010): Umsetzung des Arbeitsschutzgesetzes als Weg zur Gesundheitsförderung. In: Bögemann, H., Keppler, K., Stöver, H. (Hrsg.) Gesundheit im Gefängnis. Ansätze und Erfahrungen mit Gesundheitsförderung in totalen Institutionen. S. 239-246.

Badura, B. (2004): Das neue Menschenbild betrieblicher Gesundheitspolitik und die Führung gesunder Organisationen. In: Bertelsmannstiftung, Hans-Böckler-Stiftung (Hrsg.) Zukunftsfähige betriebliche Gesundheitspolitik. Gütersloh, S. 13-19.

Badura, B., Hehlmann, T. (2003): Betriebliche Gesundheitspolitik. Heidelberg.

Badura, B., Walter, U., Hehlmann, T. (2010): Betriebliche Gesundheitspolitik. Heidelberg.

Bailly, T. (2010): Personal im Justizvollzug. Gesundheit und Arbeit – Biografie der Freude oder des Leidens? In: Bögemann, H., Keppler, K., Stöver, H. (Hrsg.) Gesundheit im Gefängnis. Ansätze und Erfahrungen mit Gesundheitsförderung in totalen Institutionen. Weinheim, München, S. 197-204.

Bailly, T. (2011): Wenn die Angst Sicherheit sucht – Balanceversuche der Mitarbeiter im Justizvollzug. Forum Strafvollzug 60, S. 13-15.

Balzereit, M. (2010): Kritik der Angst. Zur Bedeutung von Konzepten der Angst für eine reflexive soziale Arbeit. Wiesbaden.

Bechmann, M., Bousvaros, E. (1996): Frauen des allgemeinen Vollzugsdienstes. Im Gefängnis als Integrationsort menschlicher Gegensätze. In: Möller, H. (Hrsg.) Frauen legen Hand an. Tübingen, S. 151-170.

Becker, S. (2003): Gesundheitsförderung im Justizvollzug.

281

Bennet, J., Crewe, B., Wahidin, A. (2007): Understanding Prison Staff. Devon.

Béranger, M. (1836): Des moyens propose à généraliser en France le système pénitentiaire. Paris.

Bernard, U. (2006): Leistungsvergütung – Direkte und indirekte Effekte der Gestaltungsparameter auf die Motivation. Wiesbaden.

Bertelsmannstiftung, Hans-Böckler-Stiftung (2004): Zukunftsfähige betriebliche Gesundheitspolitik. Gütersloh.

Betriebskrankenkasse (BKK) Landesverband Nordwest (2010): Presseinformation 21.7.2010. Internetveröffentlichung: http://www.bkk-nordwest.de/pressecenter/pressemitteilungen/artikel.php?id=344 (Stand: 14.10.2011).

Betriebskrankenkasse (BKK) Bundesverband (2008): Faktenspiegel – November. Internetveröffentlichung: http://www.bkk.de/presse-politik/presse/bkk-faktenspiegel/ (Stand: 11.9.2011).

Betriebskrankenkasse (BKK) Bundesverband (2010a): Faktenspiegel – Juni. Internetveröffentlichung: http://www.bkk.de/presse-politik/presse/bkk-faktenspiegel/ (Stand: 11.9.2011).

Betriebskrankenkasse (BKK) Bundesverband (2010b): Faktenspiegel – Oktober. Internetveröffentlichung: http://www.bkk.de/presse-politik/presse/bkk-faktenspiegel/ (Stand: 11.9.2011).

Betriebskrankenkasse (BKK) Bundesverband (2011a): Faktenspiegel 6. Internetveröffentlichung: http://www.bkk.de/presse-politik/presse/bkk-fakten-spiegel/ausgaben-2011/ (Stand: 14.10.2011).

Betriebskrankenkasse (BKK) Bundesverband (2011b): Faktenspiegel 9. Internetveröffentlichung: http://www.bkk.de/presse-politik/presse/bkk-faktenspiegel/ausgaben-2011/ (Stand: 14.10.2011).

Bieschke, V. (2001): JVA Ueckermünde auf dem Weg zu einer Anstalt des offenen Vollzugs. In: Bieschke, V., Egg, R. (Hrsg.) Strafvollzug im Wandel – Neue Wege in Ost- und Westdeutschland. Wiesbaden. S. 157-174.

Bindzus, D., Martens, H. (2008): Reise in die US-amerikanische Strafvollzugswirklichkeit. Forum Strafvollzug 57, S. 79-84.

Blau, G. (1988): Die Entwicklung des Strafvollzugs seit 1945 – Tendenzen und Gegentendenzen. In: Schwind, H.-D., Blau, G. (Hrsg.) Strafvollzug in der Praxis. Eine Einführung in die Probleme und Realitäten des Strafvollzuges und der Entlassenenhilfe. Berlin, New York, S. 17-29.

Blickhan, C., Braune, P., Klapprott, J., Linz, P., Lösel, F. (1978): Berufliche Einstellungen von Justizbeamten. Psychologie und Praxis 22, S. 18-33.

Bokermann, W. (1999): Geleitwort. In: Bund der Strafvollzugsbediensteten BSBD Landesverband NRW e.V. (Hrsg.) 50 Jahre Bund der Strafvollzugsbediensteten. Festschrift zur Feier des 50jährigen Bestehens des Landesverbandes Nordrhein-Westfalen im Bund des Strafvollzugsbediensteten Deutschlands am 11.11.1999 in Dortmund.

Bögemann, H. (1994): Gesundheitsförderung mit Bediensteten des Allgemeinen Vollzugsdienstes – Vorbereitende Empirische Erhebung in einer offenen Justizvollzugsanstalt. Diplomarbeit. Bielefeld.

Bögemann, H. (2004): Gesundheitsförderungen in totalen Institutionen, am Beispiel einer geschlossenen Justizvollzugsanstalt. In: Stöver, H., Jacob, J. (Hrsg.) Schriftenreihe Gesundheitsförderung im Justizvollzug. Oldenburg.

Bögemann, H. (2009): Betriebliche Gesundheitsförderung in Gefängnissen. In: Keppler, K., Stöver, H. (Hrsg.) Gefängnismedizin. Stuttgart, S. 293-299.

Bögemann, H. (2010): Grundlegendes zur Gesundheit der Bediensteten in der totalen Institution Gefängnis. In: Bögemann, H., Keppler, K., Stöver, H. (Hrsg.) Gesundheit im Gefängnis. Ansätze und Erfahrungen mit Gesundheitsförderung in totalen Institutionen. Weinheim, München, S. 59-72.

Böhm, A. (1976): Die Anstaltsleitung. In: Schwind, H-D., Blau, G. (Hrsg.) Strafvollzug in der Praxis. Berlin, S. 109-115.

Böhm, A. (1980): Gedanken zum Arbeitsplatz, zur Auswahl, Aus- und Weiterbildung der Bediensteten des Jugendstrafvollzugs. Zeitschrift für Strafvollzug und Straffälligenhilfe 29, S. 3-10.

Böhm, A. (1986): Strafvollzug. Frankfurt am Main.

Böhm, A. (1990): Entwicklung der Ausbildung der Justizvollzugsbediensteten in Hessen seit 1945. Zeitschrift für Strafvollzug und Straffälligenhilfe 39, S. 67-72.

Böhm, A. (1992): Das Berufsbild der Strafvollzugsbediensteten im Wandel der Zeit. Zeitschrift für Strafvollzug und Straffälligenhilfe 41, S. 275-280.

Bommarius, C. (2010): Strafvollzug? Nein Danke! Forum Strafvollzug 59, S. 21.

Boone, M., Moerings, M. (2010): Niederlande. In: Dünkel, F., Lappi-Seppälä, T., Morgenstern, C., van Zyl Smit, D. (Hrsg.) Kriminalität, Kriminalpolitik, strafrechtliche Sanktionspraxis und Gefangenenraten im europäischen Vergleich. Band II. Mönchengladbach, S. 647-674.

Braun, A., Gümbel, M., Reuhl, B. (2009): Das Netzwerk Gender in Arbeit und Gesundheit. In: Brandenburg, S., Endl, H.-L., Glänzer, E., Meyer, P., Mönig-Raane, M. (Hrsg.) Arbeit und Gesundheit: Geschlechtergerecht?! Präventive betriebliche Gesundheitspolitik aus der Perspektive von Männern und Frauen. Hamburg, S. 9-13.

Bucheli, D., Rykart, K., Fivaz, I. (2002): Die Arbeit des Personals in geschlossenen Strafanstalten. Zürich. Unveröffentlichter Forschungsbericht.

Bullinger, M. (2000): Erfassung der gesundheitsbezogenen Lebensqualität mit dem SF-36 Health Survey. Bundesgesundheitsblatt, 43, S. 190-197.

Bundesanstalt für Arbeitsschutz und Arbeitsmedizin (1999): Kostenwirksamkeitsanalyse im Arbeits- und Gesundheitsschutz. Dortmund.

Bundesanstalt für Arbeitsschutz und Arbeitsmedizin (2009): Nutzerpotentiale von Beschäftigungsbefragungen.

Bundesministerium für Justiz Berlin/Bundesministerium für Justiz Wien/Eidgenössisches Justiz- und Polizeidepartement Bern (2007): Deutsche Übersetzung der Empfehlungen des Europarates Rec (2006)2, Europäische Strafvollzugsgrundsätze. Forum Verlag Godesberg. Internetveröffentlichung: http://www.ejpd.admin.ch/content/dam/data/sicherheit/straf_und_massnahmen/documentation/empfehlung-europarat-d.pdf (Stand: 22.8.2011).

Bundesministerium für Justiz Berlin/Bundesministerium für Justiz Wien/Eidgenössisches Justiz- und Polizeidepartement Bern (2009): Deutsche Übersetzung der Empfehlungen des Europarates Rec (2006)13 und Rec (2008)11. Forum Verlag Godesberg. Internetveröffentlichung: http://www.ejpd.admin.ch/content/dam/data/sicherheit/straf_und_massnahmen/documentation/empfehlung-europarat-jugendstraftaeter-d.pdf (Stand: 22.8.2011).

Bundesregierung (2006): 2. Bilanz Chancengleichheit. Frauen in Führungspositionen.

Bundesregierung (2005): Entwurf eines Gesetzes zur Stärkung gesundheitlicher Prävention. Bundestagsdrucksache 15/4833 vom 15.02.2005. Internetveröffentlichung: http://www. dr-mueck.de/pdfs/Praeventionsgesetz-Entwurf. pdf (Stand: 5.10.2011).

Bundesregierung (2010): Stärkung der gesundheitlichen Prävention. Bundestagsdrucksache 17/845 vom 26.02.2010. Internetveröffentlichung: http:// dip21.bundestag.de/dip21/btd/17/008/1700845.pdf (Stand: 5.10.2011).

Bundesverband der Unfallkassen e.V. (1997): Beurteilung von Gefährdungen und Belastungen am Arbeitsplatz. München.

Bundesverband der Unfallkassen e.V. (2005): Psychische Belastungen am Arbeits- und Ausbildungsplatz – ein Handbuch. Phänomen, Ursache, Prävention. München.

Burisch, M. (2006): Das Burnout-Syndrom. Theorie der inneren Erschöpfung. Heidelberg.

Busch, M (1959): Die Bedeutung der Einzelunterbringung des Gefangenen für den Strafvollzug. Zeitschrift für Strafvollzug 8, S. 315-324.

Calliess, R.-P. (1992): Strafvollzugsrecht. 3. Aufl., München.

Calliess, R.-P., Müller-Dietz, H. (2008): Kommentar zum Strafvollzugsgesetz. München.

Cameron, J., Banko, K. M., Pierce, W. D. (2001): Pervasive Negative Effects of Rewards on Intrinsic Motivation: The Myth Continues. The Behavior Analyst, 24, S. 1-44.

Cavadino, M., Dignan, J. (2007): The Penal System. An Introduction. London.

CDU/CSU/FDP (2009): Wachstum, Bildung, Zusammenhalt. Koalitionsvertrag zwischen CDU, CSU und FDP.

Conrads, R., Kistler, E., Mußmann, F. (2009): Zum Stand der quantitativen Forschung über die Qualität der Arbeitsbedingungen in Deutschland. In: Bundesanstalt für Arbeitsschutz und Arbeitsmedizin (Hrsg.) Nutzerpotentiale von Beschäftigungsbefragungen. Tagungsdokumentation. S. 11-28.

Cornel, H. (2005): Gesetzgebungskompetenz für den Strafvollzug muss beim Bund bleiben. Zeitschrift für Strafvollzug und Straffälligenhilfe 54, S. 48.

Council of Europe (1997): Report to the German Government on the visit to Germany carried out by the European Committee fort he Prevention of Torture an Inhuman or Degrading Treatment or Punishment (CPT) from 14 to 26 April 1996. Internetveröffentlichung: http://www.cpt.coe.int/ documents/deu/1997-09-inf-eng-1.pdf (Stand: 26.10.2011).

Däumling, A. M. (1970): Die psychologische Situation der Aufsichtsbeamten im Justizvollzug des Landes Nordrhein-Westfalen 1969. In: Würtenberger, T., Müller-Dietz, H. (Hrsg.) Beiträge zur Strafvollzugswissenschaft. Selbstbild und Fremdbild der Aufsichtsbeamten im Strafvollzug. Stuttgart, S. 3-40.

Deutsche Angestellten Krankenkasse DAK (2008): Gesundheitsreport 2010. Analyse der Arbeitsunfähigkeitsdaten. Schwerpunktthema Mann und Gesundheit. Internetveröffentlichung: http://www.dak.de/content/filesopen/Gesundheitsreport_2008.pdf (Stand: 12.8.2011).

Deutsche Angestellten Krankenkasse DAK (2010): Gesundheitsreport 2010 für Mecklenburg-Vorpommern. IGES Institut GmbH.

Deutsches Netzwerk für Betriebliche Gesundheitsförderung (2008): Leuchttürme der betrieblichen Gesundheitsförderung. Beispiele guter Praxis im Öffentlichen Dienst. Internetveröffentlichung: http://www.dnbgf.de/fileadmin/texte/Downloads/uploads/dokumente/2008/Leuchttuerme_BGF.pdf (Stand: 9.11.2011).

Dietz, H.-L. (1991): Der Funktionsstellenbedarf von Justizvollzugsanstalten. Ein Kennzahlenvergleich. Zeitschrift für Strafvollzug und Straffälligenhilfe 40, S. 334-338.

Dignam, J. T., Barrera, M., West, S. G. (1986): Occupational Stress, social support and burnout among correctional officers. American Journal of Community Psychology 14, S. 177-193.

Dittmann, J., Koch, L. (2010): Praxisleitfaden für kleine und mittelständische Unternehmen zur Verbesserung ihrer Familienfreundlichkeit. Ministerium für Arbeit, Soziales, Gesundheit, Familie und Frauen (Hrsg.). Mainz.

Dolde, G. (1990): Die Arbeitszufriedenheit des allgemeinen Vollzugsdienstes und Werkdienstes im Langstrafenvollzug - ein Problem für die Vollzugsorganisation. Zeitschrift für Strafvollzug und Straffälligenhilfe 39, S. 350-355.

Dolde, G. (1995):Motivationsprobleme der Strafvollzugsbediensteten – „Sisyphus"-Arbeit oder Erfolgserlebnisse? In: Müller-Diez, H., Walther, M. (Hrsg.) Strafvollzug in den 90er Jahren. Pfaffenweiler, S. 45-54.

Dolde, G. (2001): Organisations- und Personalentwicklung im Justizvollzug – Ergebnisse einer Mitarbeiterbefragung in drei Justizvollzugsanstalten in Baden-Württemberg. Zeitschrift für Strafvollzug und Straffälligenhilfe 50, S. 15-21.

Domuradt, F. (1975): Beamtenausbildung im Strafvollzug – nur eine Phrase? Zeitschrift für Strafvollzug und Straffälligenhilfe 24, S. 221-222.

Dölling, B. (2009): Strafvollzug zwischen Wende und Wiedervereinigung. Kriminalpolitik und Gefangenenprotest im letzten Jahr der DDR. Berlin.

Dünkel, F. (1983): Strafvollzug aus Sicht der Forschung. Zeitschrift für Strafvollzug und Straffälligenhilfe 32, S. 3-18.

Dünkel, F. (1993): Strafvollzug im Übergang. Neue Kriminalpolitik 5, S. 37-43.

Dünkel, F. (2007): Strafvollzug und die Beachtung der Menschenrechte – Eine empirische Analyse anhand des Greifswalder Mare-Balitikum-Prison-Survey. In: Müller-Dietz, H., Müller, E., Kunz, K.-L., Radtke, H., Britz, G., Momson, C., Koriath, H. (Hrsg.) Festschrift für Heike Jung. Baden-Baden, S. 99-126.

Dünkel, F., Grosser R. (1999): Vermeidung von Ersatzfreiheitsstrafen durch gemeinnützige Arbeit. Neue Kriminalpolitik 11, S. 28-33.

Dünkel, F., Lappi-Seppälä, T., Morgenstern, C., van Zyl Smit, D. (2010): Kriminalität, Kriminalpolitik, strafrechtliche Sanktionenpraxis und Gefangenenraten im Europäischen Vergleich. Band 1 und 2. Mönchengladbach.

Dünkel, F., Drenkhahn, K. (2001): Behandlung im Strafvollzug: Von „Nothing works" zu „Something works". In: Bereswill, M., Greve, W. (Hrsg.) Forschungsthema Strafvollzug. Baden-Baden, S. 387-417.

Dünkel, F., Gensing, A., Morgenstern, C. (2007): Germany. In: Van Kalmthout, A.-M., Hofstee-van der Meulen, F.B.A.M., Dünkel, F. (Hrsg.) Foreigners in European Prisons. Nijmegen, S. 341-390.

Dünkel, F., Geng, B. (2007): Aktuelle rechtstatsächliche Befunde zum Jugendstrafvollzug in Deutschland. Ergebnisse einer Erhebung bei den Jugendstrafanstalten zum 31.1.2006. Zeitschrift für Jugendkriminalrecht und Jugendhilfe 18, S. 143-152.

Dünkel, F., Geng, B. (2011): Neues aus der (Jugend)Anstalt. Folgen des Urteils des BVerfG zur Verfassungsmäßigkeit des Jugendvollzugs – 5 Jahre danach. Neue Kriminalpolitik 22, S. 137-143.

Dünkel, F., Geng, B. (2012): Die Entwicklung des Jugendstrafvollzugs in Deutschland nach dem Urteil des BVerfG von 2006 – Befunde einer empirischen Erhebung bei den Jugendstrafanstalten. BewHi 59, S. 115-133.

Dünkel, F., Geng, B., Morgenstern, C. (2010): Strafvollzug in Deutschland. Aktuelle rechtstatsächliche Befunde. Forum Strafvollzug 59, S. 22-34.

Dünkel, F., Kestermann, C., Zolondek, J. (2005): Internationale Studie zum Frauenstrafvollzug. Bestandsaufnahme, Bedarfsanalyse und „best practice". Reader. Universität Greifswald.

Dünkel, F., Morgenstern, C. (2010): Deutschland. In: Dünkel, F., Lappi-Seppälä, T., Morgenstern, C., van Zyl Smit, D. (Hrsg.) Kriminalität, Kriminalpolitik, strafrechtliche Sanktionspraxis und Gefangenenraten im europäischen Vergleich. Band I. Mönchengladbach. S. 97-230.

Dünkel, F., Morgenstern, C., Zolondek, J. (2006): Europäische Strafvollzugsgrundsätze verabschiedet. Neue Kriminalpolitik 18, S. 86-89.

Dünkel, F., Schüler-Springorum, H. (2006): Strafvollzug als Ländersache? „Wettbewerb der Schäbigkeit" ist schon im Gange! Zeitschrift für Strafvollzug und Straffälligenhilfe 55, S. 145-149.

Drenkhahn, K. (2011): Anstaltsklima im Strafvollzug – Weiches Kuschelthema oder harter Erfolgsfaktor? GreifRecht. Greifswalder Halbjahresschrift für Rechtswissenschaft 6, S. 25-31.

Drescher, H. (2009): Anwesenheits- und Fehlzeitenmanagement als Führungsaufgabe – Erste Erfahrungen im niedersächsischen Justizvollzug. Forum Strafvollzug 58, S. 296-299.

Dreyer, C. (1993): Weibliche Bedienstete im Männervollzug – Probleme und Chancen. Die Erfahrungen im hamburgischen Strafvollzug. Zeitschrift für Strafvollzug und Straffälligenhilfe 42, S. 335-336.

Eggert, R. (1995): Die Situation der Justiz in Mecklenburg-Vorpommern. Neue Juristische Wochenschrift 48, S. 2680-2685.

Eickmeier, W. (1992): Entwicklung des Strafvollzugs in den neuen Ländern am Beispiel von Mecklenburg-Vorpommern. Zeitschrift für Strafvollzug und Straffälligenhilfe 41, S. 286-291.

Eilers, D., Schwarz, K. (2009): Betriebliche Gesundheitsförderung – Bedienstete im Mittelpunkt. In: Akzept e. V. Bundesverband für akzeptierte Drogenarbeit und humane Drogenpolitik u. a. (Hrsg.) 4. Europäische Konferenz zur Gesundheitsförderung in Haft. Dokumentation. S. 169-182.

Einsele, H. (1967): Methoden im Strafvollzug. Zeitschrift für Strafvollzug und Straffälligenhilfe 16, S. 198-202.

Einsele, H. (1988): Frauenanstalten. In: Schwind, H.-D., Blau, G. (Hrsg.) Strafvollzug in der Praxis. Eine Einführung in die Probleme und Realitäten des Strafvollzuges und der Entlassenenhilfe. Berlin, New York, S. 58-70.

Eisenberg, U. (2005): Kriminologie. 6. Aufl., Beck Verlag. München.

Eisenhardt, T. (1978): Strafvollzug. Stuttgart.

Essig, K. (2000): Die Entwicklung des Strafvollzugs in den neuen Bundesländern: Bestandsaufnahme und Analyse unter besonderer Berücksichtigung der Situation der Strafvollzugsbediensteten aus der ehemaligen DDR. Bonn.

Europäische Kommission (2002): Stress am Arbeitsplatz – ein Leitfaden, Amt für amtliche Veröffentlichungen der Europäischen Gemeinschaften, Luxemburg.

Farkas, M. A. (2000): A typology of Correctional Officers. Institutional Journal of Offender Therapy and Comparative Criminology, 44, S. 431-449.

Felfe, J. (2008): Mitarbeiterbindung. Göttingen, Bern, Wien u. a.

Flügge, C. (1991): Alter Geist – Neue Probleme. Neue Kriminalpolitik 3, S. 37-39.

Fischer, M. (2008): Ausprägung von Burnout bei den PhysiotherapeutInnen im Südtiroler Sanitätsbetrieb. URL: http://www.inter-uni.net/static/download/publication/masterthesen/VT_Fischer_%20Burnout_PhysiotherapeutInnen_S-Tirol.pdf. (Stand: 24.9.2011).

Freise, U. (2001): Erfahrungen beim Aufbau eines rechtsstaatlichen Justizvollzuges in den Neuen Bundesländern. In: Bieschke, V., Egg, R. (Hrsg.) Strafvollzug im Wandel – Neue Wege in Ost- und Westdeutschland. Eigenverlag Kriminologische Zentralstelle e.V. Wiesbaden 2001, S. 83-97.

Freudenberger, H. J. (1974): Staff Burnout. J Soc Issues 30: S. 159-165.

Friedrichs, J. (1990): Methoden empirischer Sozialforschung. Opladen.

Fuchs, M. (2009): Bestimmungsfaktoren für Sozialkapital und Vertrauen in Unternehmen. In: Badura, B., Schröder, H., Vetter, C. (Hrsg.) Fehlzeiten-Report 2008. Betriebliches Gesundheitsmanagement: Kosten und Nutzen. Heidelberg. S. 23-31.

Fuchs, S. (1993): Streßbewältigung am Arbeitsplatz und Motivation der Mitarbeiter. In: Arbeitsgemeinschaft der leitenden Strafvollzugsbeamten Österreichs, Management in Justizanstalten. Bundesministerium der Justiz. Wien, S. 75-81.

Fuchs, T. (2009): Der DGB-Index. In: Bundesanstalt für Arbeitsschutz und Arbeitsmedizin (Hrsg.) Nutzerpotentiale von Beschäftigungsbefragungen. Tagungsdokumentation. S. 47-85.

Funken, T. (2011): Von einem der eingezogen wurde, das Fürchten zu lernen. Forum Strafvollzug 60, S. 12-13.

288

Gahlen, J. (1974): Das neue Berufsbild des Werkbeamten im Strafvollzug. Zeitschrift für Strafvollzug 19, S. 145-154.

Geerds, F. (1994): Zum Zerrbild des Strafvollzugs in den Massenmedien. In: Busch, M., Edel, G., Müller-Dietz, H. (Hrsg.) Gefängnis und Gesellschaft. Gedächtnisschrift für Albert Krebs. Schriftenreihe für Delinquenzpädagogik und Rechtserziehung. Band 7. Pfaffenweiler, S. 259-271.

Gerstein, L., Topp, H., Correl, G. (1987): The role of the Environment and Person when Predicting Burnout among Correctional Personnel. Criminal Justice and Behavior, 14, S. 352-369.

Gewerkschaft Öffentliche Dienste, Transport und Verkehr ötv (1998): Info. Männer und Frauen im Justizvollzug – ein gewerkschaftlicher Beitrag zur Diskussion um Frauenförderung und Frauenförderpläne. Bezirksverwaltung Nordrhein-Westfalen II. Bochum.

Goffmann, E. (1973): Asyle. Über die soziale Situation psychiatrischer Patienten und anderer Insassen. Frankfurt am Main.

Graudenz, H (1986): Personalauswahl für die Laufbahn des allgemeinen Vollzugsdienstes bei den Justizvollzugsanstalten in Hessen. Zeitschrift für Strafvollzug und Straffälligenhilfe 35, S. 131-138.

Grigun, P. (1967): Zum Berufsbild des Aufsichtsbeamten. Zeitschrift für Strafvollzug 16, S. 311-315.

Grossi, E. L., Berg, B. L. (1991): Stress and Job dissatisfaction among correctional officers: An unexpected finding. International Journal of Offender Therapy and Comparative Criminology 35, S. 73-81.

Groß, F. (2009): Tuberkulose. In: Keppler, K., Stöver, H. (Hrsg.) „Gefängnismedizin" Stuttgart, S. 184-187.

Hagen, D. (2010): Gesunde Ernährung in Haft. In: Bögemann, H., Keppler, K., Stöver, H. (Hrsg.) Gesundheit im Gefängnis. Ansätze und Erfahrungen mit Gesundheitsförderung in totalen Institutionen. Weinheim, München, S. 211-228.

Hamann, P. (2008): Die Kündigung wegen häufiger Kurzerkrankungen. Frankfurt am Main.

Häussling, J. M. (1979): Das Dilemma eines Behandlungsvollzugs. Zeitschrift für Strafvollzug und Straffälligenhilfe 25, S. 9-13.

Hellstern, F. (1997): Blätter zur Berufskunde, Bundesanstalt für Arbeit (Hrsg.), Nürnberg.

Helmrich, H. (1993): Der Aufbau des Rechtswesens in Mecklenburg-Vorpommern. Neue Juristische Wochenschrift 46, S. 2505-2507.

Henze, H. (1988): Der allgemeine mittlere Vollzugsdienst. In: Schwind, H.-D., Blau, G. (Hrsg.) Strafvollzug in der Praxis. Eine Einführung in die Probleme und Realitäten des Strafvollzuges und der Entlassenenhilfe. Berlin, New York, S. 154-162.

Hermes, S., Schauer, R., Wischka, B. (1988): Weibliche Bedienstete im Männervollzug: Ergebnisse einer Befragung in der JVA Lingen 1 (unveröffentlichtes Manuskript).

Hermes, S., Schauer, R., Wischka, B. (1990): Frauen im Männervollzug? Einstellungen von Bediensteten und Gefangenen einer Justizvollzugsanstalt. Zeitschrift für Strafvollzug und Straffälligenhilfe 39, S. 24-28.

Herden, K.-H. (1999): Das System des Strafvollzugs in der DDR – rechtliche und tatsächliche Aspekte. In: Egg, R. (Hrsg.) Strafvollzug in den neuen Bundesländern. Wiesbaden. S. 65-80.

Hien, W. (2009): Überverausgabung und Gesundheit in der Arbeit – erleben wir eine Renaissance alter Rollenmuster? In: Brandenburg, S., Endl, H.-L., Glänzer, E., Meyer, P., Mönig-Raane, M. (Hrsg.) Arbeit und Gesundheit: geschlechtergerecht?! Präventive betriebliche Gesundheitspolitik aus der Perspektive von Männern und Frauen. Hamburg, S. 24-41.

Hillenkamp, T. (2005): Der Arzt im Strafvollzug – Rechtliche Stellung und medizinischer Auftrag. In: Hillenkamp T., Tag, B. (Hrsg.) Intramurale Medizin – Gesundheitsfürsorge zwischen Heilauftrag und Strafvollzug. Heidelberg, S. 11-30.

Hohage, B., Michael, W., Neubacher, F. (2000): Die Entwicklung der personellen Ausstattung der Justizvollzugsanstalten in Abhängigkeit von kriminalpolitischen Strömungen. Zeitschrift für Strafvollzug und Straffälligenhilfe 49, S. 136-151.

Hohmeier, J. (1969): Die Strafanstalt und das Aufsichtspersonal. Dilemma einer Berufsrolle. MschrKrim 52, S. 218-224.

Hohmeier, J. (1970): Thesen und Tätigkeit des Aufsichtsbediensteten im gegenwärtigen Strafvollzug. Zeitschrift für Strafvollzug 19, S. 194-202.

Hohmeier, J. (1973): Aufsicht und Resozialisierung. Empirische Untersuchung der Einstellungen von Aufsichtsbeamten und Insassen im Strafvollzug. Stuttgart.

Hohmeier, J. (1975): Berufsrolle des Beamten mit neuer Zielrichtung. Zeitschrift für Strafvollzug und Straffälligenhilfe 24, S. 8-10.

Hoffmann, M. (1979): Die Rollenproblematik des Strafvollzugsbediensteten. Zeitschrift für Strafvollzug und Straffälligenhilfe 28, S. 9-14.

Höflich, P. (1991): Aids und Vollzug: Verfassungsrechtliche Überlegungen. Zeitschrift für Strafvollzug und Straffälligenhilfe 40, S. 77-82.

Hoppock, R. (1935): Job Satisfaction. Harper/Row. New York.

Hurrelmann, K., (2006): Gesundheitssoziologie. Eine Einführung in sozialwissenschaftliche Theorien von Krankheitsprävention und Gesundheitsförderung. Weinheim, München.

Johnstone, G. (2002): Restorative Justice. Ideas, Values, Debates.

Justizministerium Mecklenburg-Vorpommern (2010): Justizvollzug und Soziale Dienste der Justiz in Zahlen: Internetveröffentlichung: http://www.regierung-mv.de/cms2/ Regierungsportal_prod/Regierungsportal/de/jm/_Service/Publikationen/index.jsp?&publikid=2901 (Stand: 25.8.2011).

Justizministerium Mecklenburg-Vorpommern (2007): Die Zukunft des Justizvollzugs und der Sozialen Dienste in der Justiz in Mecklenburg-Vorpommern. Internetveröffentlichung: http://www.regierung-mv.de/cms2/Regierungsportal_prod/Regierungsportal/de/jm/Themen/Strafvollzug_und_Soziale_Dienste/index.jsp (Stand: 30.8.2011).

Kaiser, G., Kerner, H. J., Schöch, H. (1977): Strafvollzug: Eine Einführung in die Grundlagen. Heidelberg.

Kaiser, G., Kerner, H. J., Schöch, H. (1991): Strafvollzug: Eine Einführung in die Grundlagen. Heidelberg.

Kaiser, G., Schöch, H. (2002): Strafvollzug. Heidelberg.

Kalimo, R. (1980): Stress in Work – Conceptual analysis and a study on prison personel. Institute of Occupational Health and University of Helsinki. Scandinavian Journal of Work, Environment and Health (6) Helsinki.

Keppler, K. (1996): Weitere Infektionskrankheiten im Justizvollzug. In: Deutsche AIDS-Hilfe e.V. (Hrsg.) Betreuung im Strafvollzug. Ein Handbuch. Berlin, S. 18-37.

Keppler, K., Stöver, H., Schulte, B., Reimer, J. (2010): Prison Health is Public Health! Angleichungs- und Umsetzungsprobleme in der gesundheitlichen Versorgung Gefangener im deutschen Justizvollzug. Bundesgesundheitsblatt 53, S. 233-244.

Kerner, H.-J. (1977): Behandlungs- und Vollzugsorganisation im neuen Strafvollzugsgesetz. Zeitschrift für Strafvollzug und Straffälligenhilfe 26, S. 74-85.

KKH Kaufmännische Krankenkasse (2006): Weißbuch Prävention 2006/2006. Stress? Ursachen, Erklärungsmodelle und präventive Ansätze. Heidelberg.

Kleinig, J. (2006): Correctional Ethics. Wiltshire.

Klocke, G. (2000): Geschlossener Sprachvollzug? – Forschungserfahrungen einer Linguistin im geschlossenen Justizvollzug. Zeitschrift für Strafvollzug und Straffälligenhilfe 49, S. 21-27.

Klocke, G. (2003): Das Berufseinstiegsalter von Strafvollzugsbediensteten. Ergebnisse und Diskussion einer explorativen Beamtenbefragung. Zeitschrift für Strafvollzug und Straffälligenhilfe 52, S. 77-81.

Klotz, S., Weidmann, T. (2000): Frauen in der Berliner Schutzpolizei – Gleichberechtigte Kolleginnen oder geduldetet Mitarbeiterinnen. Beiträge aus dem Fachbereich 3, Fachhochschule für Verwaltung und Rechtspflege. Berlin.

Knauer, F. (2009): Der allgemeine Vollzugsdienst im Strafvollzug. Historische Entwicklung, gegenwärtige Situation und Reformdiskussion. Forum Strafvollzug 58, S. 247-251.

Knorr, B. (2009): Prävention. In: Keppler, K., Stöver, H. (Hrsg.): Gefängnismedizin. Medizinische Versorgung unter Haftbedingungen. Stuttgart, New York, S. 166-169.

Koepsel, K. (1998): Prüfstein Praxis. Entspricht die Ausbildung in Sozialarbeit den Anforderungen der Vollzugspraxis? Bewährungshilfe 45, S. 45-53.

Koop, U., Hansen, P. (2001): Der offene Vollzug der JVA Waldeck in: Bieschke, V., Egg, R. (Hrsg.) Strafvollzug im Wandel – Neue Wege in Ost- und Westdeutschland. Wiesbaden, S. 175-184.

Kormeier, T. (2002): Zur Prägung von Bediensteten im Kontext der Menschenwürde. Zeitschrift für Strafvollzug und Straffälligenhilfe 51, S. 231-236.

Krause, T. (1999): Geschichte des Strafvollzugs. Von den Kerkern des Altertums bis zur Gegenwart. Darmstadt.

Krebs, A. (1950): Die Durchführung der Kontrollratsdirektive XIX in den vier Besatzungszonen, insbesondere in der amerikanischen Zone. Zeitschrift für Strafvollzug 1, S. 17-22.

Krebs, A. (1956): Straffälligenhilfe. Zeitschrift für Strafvollzug 6, S. 129-138.

Krebs, A. (1963): Strafvollzug und Öffentlichkeitsarbeit. Zeitschrift für Strafvollzug 12, S. 63-71.

Krebs, A. (1967): Der Strafvollzugsbedienstete. In: Rollmann, D. (Hrsg.) Strafvollzug in Deutschland. Situation und Reform. Frankfurt am Main. Hamburg, S. 199-207.

Krebs, A. (1992): Einige Anmerkungen zu dem literarischen Werk von Heinrich Balthasar Wagnitz über Freiheitsentzug und Gefängniswesen. Zeitschrift für Strafvollzug und Straffälligenhilfe 41, S. 9-12.

Kreuzer, A. (2006): 30 Jahre Strafvollzug – Wie steht es um den Strafvollzug. Zeitschrift für Strafvollzug und Straffälligenhilfe 55, S. 136-144.

Krohne, H. W. (2010): Psychologie der Angst. Ein Lehrbuch. Stuttgart.

Krohne, K. (1889): Lehrbuch der Gefängniskunde. Stuttgart.

Kunst, M. J., Schweizer, S., Bogaerts, S., van der Knapp, L. M. (2008): Aggression and Violence, Posttraumatic Stress, and Absenteeism among Employees in Penitentiaries. Boom Juridische uitgevers.

Kunz, C. (2003): Auswirkungen von Freiheitsentzug in einer Zeit des Umbruchs: zugleich eine Bestandsaufnahme des Männererwachsenenvollzugs in

Mecklenburg-Vorpommern und der JVA Brandenburg/Havel in den ersten Jahren nach der Wiedervereinigung. Mönchengladbach.

Kury, H. (2001): Punitive Einstellungen der Bevölkerung: Unterschiede zwischen Ost- und Westdeutschland im Lichte internationaler Ergebnisse. In: Bieschke, V., Egg, R. (Hrsg.) Strafvollzug im Wandel – Neue Wege in Ost- und Westdeutschland. Wiesbaden. S. 233-270.

Kühl, J. (2012): Die gesetzliche Reform des Jugendstrafvollzuges in Deutschland im Lichte der European Rules for juvenile offenders subject to sanctions or measures (ERJOSSM). Mönchengladbach.

Küsgens, I., Macco, K., Vetter, C. (2008): Krankheitsbedingte Fehlzeiten bei Frauen und Männern – Geschlechtsspezifische Unterschiede im Arbeitsunfähigkeitsgeschehen. In: Badura, B., Schröder, H., Vetter, C. (Hrsg.) Fehlzeitenreport 2007. Arbeit, Geschlecht und Gesundheit. Heidelberg, S. 97-120.

Lambert, E. G. (2004): The Impact of Job Characteristics on Correctional Staff Members. The Prison Journal 84, S. 208-227.

Landesregierung Baden-Württemberg (2004): Strafvollzug in Baden-Württemberg. Landtagsdrucksache 13/3624 vom 6.10.2004.

Landesregierung Mecklenburg-Vorpommern (2001): Bericht über die Gestaltung des Strafvollzugs. Landtags-Drucksache 3/2046 vom 27.04.2001.

Landesregierung Mecklenburg-Vorpommern (2002): Arbeit im allgemeinen Justizvollzugsdienst des Landes. Landtagsdrucksache 3/3080 vom 12.08.2002.

Landesregierung Mecklenburg-Vorpommern (2007): Justizvollzugsanstalten in Mecklenburg-Vorpommern. Landtagsdrucksache 5/555 vom 12.06.2007.

Landesregierung Mecklenburg-Vorpommern (2008): Belange der Bediensteten im Strafvollzug des Landes Mecklenburg-Vorpommern. Landtagsdrucksache 5/1315 vom 25.03.2008.

Landesregierung Mecklenburg-Vorpommern (2010a): Leitfaden für ein betriebliches Gesundheitsmanagement in der Landesverwaltung. Landtagsdrucksache 5/3326 vom 15.03.2010.

Landesregierung Mecklenburg-Vorpommern (2010b): Personal in den Justizvollzugsanstalten des Landes. Landtagsdrucksache 5/3664 vom 26.07.2010.

Landesregierung Mecklenburg-Vorpommern (2010c): Sicherheit der Justizvollzugsanstalten. Landtagsdrucksache 5/3851 vom 02.11.2010.

Landesregierung Mecklenburg-Vorpommern (2010d): Langfristige Erkrankungen von Lehrern, „Potsdamer Lehrerstudie" und entsprechende Maßnahmen. Landtagsdrucksache 5/3933.

Landesregierung Mecklenburg-Vorpommern (2011): Ausländer in Gefängnissen. Landtagsdrucksache 5/4289 vom 5.5.2011.

293

Landesregierung Mecklenburg-Vorpommern (2006/2007 bis 2010/2011): Haushaltspläne. Internetveröffentlichung: http://www.regierung-mv.de/cms2/ Regierungsportal _prod/Regierungsportal/de/fm/Themen/Haushaltsplaene/ index.jsp/ (Stand: 16.10.2011).

Landesregierung Nordrhein-Westfalen (2010): Zusammen für NRW. Koalitionsvertrag zwischen SPD und Bündnis 90/Die Grünen. Internetveröffentlichung: http://www.gruene-nrw.de/fileadmin/user_upload/landesverband/ gruene-nrw/aktuelles/2010/koalitionsvertrag/Koalitionsvertrag_Rot-Gruen _NRW_2010-2015.pdf (Stand: 23.8.2011).

Lang, S. (2007): Die Entwicklung des Jugendstrafvollzugs in Mecklenburg-Vorpommern in den 90er Jahren. Forum Verlag Godesberg. Mönchengladbach.

Langer, R., Zuber, W. (1998): Supervision für Beamte des allgemeinen Vollzugsdienstes. Zeitschrift für Strafvollzug und Straffälligenhilfe 47, S. 287-293.

Lappi-Seppälä, T. (2010): Finnland. In: Dünkel, F., Lappi-Seppälä, T., Morgenstern, C., van Zyl Smit, D. (Hrsg.) Kriminalität, Kriminalpolitik, strafrechtliche Sanktionspraxis und Gefangenenraten im europäischen Vergleich. Band I. Mönchengladbach, S. 325-392.

Laubenthal, K. (2011): Strafvollzug. Online-Ausgabe. Berlin, Heidelberg.

Laubenthal, K. (2008): Divergierende Gefangenengruppen im Vollzug der Freiheitsstrafe. Forum Strafvollzug 57, S. 151-156.

Laue, C. (2005): Zwangsbehandlung im Strafvollzug. In: Hillenkamp T., Tag, B. (Hrsg.) Intramurale Medizin - Gesundheitsfürsorge zwischen Heilauftrag und Strafvollzug. Heidelberg, S. 217-238.

Li, C.-Y., Sung, F.-C. (1999): A review of the healthy worker effect in occupational epidemiology. Occupational Medicine 49, S. 225-229.

Lehmann, A. (2009a): "Paid Prisoners" – Bezahlte Gefangene?! Entwicklungschancen und Belastungen von Justizvollzugsbeamten: Erwartungen und Erwartungserfüllungen. Lingen.

Lehmann, A. (2010): Irgendwie hier ne Perspektive schaffen. Zielsetzungen, Hoffnungen und Arbeitsalltag im Justizvollzugsdienst. Forum Strafvollzug 59, S. 201-206.

Lehmann, M. (2009b): Suizide und Suizidprävention in Haft. In: Keppler, K., Stöver, H. (Hrsg.) „Gefängnismedizin". Stuttgart, S. 240-245.

Lehmann, A., Ansorge, N. (2005): Justizvollzug und die Öffentlichkeit. Ansichten und Meinungen über Bedienstete im Justizvollzug. Zeitschrift für Strafvollzug und Straffälligenhilfe 54, S. 69-75.

Lehmann, A., Greve, W. (1996): Justizvollzug als Profession. Herausforderungen eines besonderen Tätigkeitsbereiches – Befragung der Mitarbeiterinnen und Mitarbeiter im niedersächsischen Strafvollzug. Hannover.

Lehmann, A., Barth, W., Greve, W. (2002): Ehrenamtliches Engagement im Berliner Strafvollzug. Motive, Anforderungen, Belastungen und Erfolge. Freie Hilfe Berlin e.V. Berlin.

Lehmann, A., Greve, W. (2003): Justizvollzug als Profession. Herausforderungen eines besonderen Tätigkeitsbereiches – Befragung der Mitarbeiterinnen und Mitarbeiter im niedersächsischen Strafvollzug. Forschungsbericht Nr. 90: URL: http://www.kfn.de/Publikationen/KFN-Forschungsberichte.htm (5.10.2009).

Lehmann, A., Greve, W. (2006): Justizvollzug als Profession: Herausforderungen eines besonderen Tätigkeitsbereiches. Interdisziplinäre Beiträge zur kriminologischen Forschung. Kriminologisches Forschungsinstitut Niedersachsen e.V. Band 31. Baden-Baden.

Lehmann, M., Lehmann, F., Wedemeyer, H. (2009): Spezifische Aspekte von Virushepatitiden (HBV, HCV) und Drogenkonsum. In: Keppler, K., Stöver, H. (Hrsg.) „Gefängnismedizin" Stuttgart. S. 177-183.

Leopold, H. (1951): Welche Form der Verwaltung ist für einen modernen Strafvollzug erforderlich? Zeitschrift für Strafvollzug 1, S. 51-67.

Lichthard, A. (2004): Weibliche Beschäftigte im Justizvollzug – Auswertung der Länderumfrage 2003. Unveröffentlicht. Zur Verfügung gestellt nach Anfrage bei der Autorin.

Lichthard, A. (2010): Gutes Personal händeringend gesucht. Forum Strafvollzug 59, S. 209-212.

Liebling, A.; Price, D. (2001): The Prison Officer. Waterside Press.

Liebling, A. (2004): Prisons and their Moral Performance. A Study of Values, Quality and Prison Life. Oxford.

Lindquist, C. A., Whitehead, J. T. (1986): Burnout, job stress and job satisfaction and organisational commitment among correctional officers: Perceptions and causal factors. Journal of Offender Counseling Services and Rehabilitation 10, S. 5-26.

Lösch, M. (2011): Fürchtet Euch nicht! Forum Strafvollzug 60, S. 28-30.

Lösel, F., Mey, H.-G., Molitor, A. (1988): Selbst- und Fremdwahrnehmung der Berufsrolle beim Strafvollzugspersonal. In: Kaiser, G., Kury, H., Albrecht, H.-J. (Hrsg.) Kriminologische Forschung in den 80er Jahren. Projektberichte aus der Bundesrepublik Deutschland. Freiburg i. Br., S. 389-418.

Maslach, C, Jackson, S. E., Leiter, M. P. (1997): Maslach Burnout Inventory. In: Zalaquett, C. P., Wood, R. J. (Hrsg.) Evaluating Stress. A Book of Resources. London, S. 191-218.

Meier, B.-D. (2005): Ärztliche Versorgung im Strafvollzug: Äquivalenzprinzip und Ressourcenknappheit. In: Hillenkamp T., Tag, B. (Hrsg.) Intramurale Medizin – Gesundheitsfürsorge zwischen Heilauftrag und Strafvollzug, Heidelberg, S. 35-55.

Meier, B.-D. (2009): Äquivalenzprinzip. In: Keppler, K., Stöver, H. (Hrsg.) Gefängnismedizin. Medizinische Versorgung unter Haftbedingungen. Stuttgart, New York, S. 76-84.

Mehner, H. (1992): Aspekte zur Entwicklung des Straf- und Untersuchungshaftvollzugs in der ehemaligen sowjetischen Besatzungszone Deutschlands (SBZ) sowie in den Anfangsjahren der DDR. Zeitschrift für Strafvollzug und Straffälligenhilfe 41, S. 91-98.

Meier, U. H. (2008): Ausbildung des Personals im Umgang mit psychisch auffälligen Insassen. Forum Strafvollzug 57, S. 166-170.

Mertel, B. (2006): Arbeitszufriedenheit – Eine empirische Studie zu Diagnose, Erfassung und Modifikation in einem führenden Unternehmen des Automotivs. Universität Bamberg. Internetveröffentlichung: http://d-nb.info/ 98 1263240/34 (Stand: 06.10.2011).

Mey, H.-G., Molitor, A. (1989): Arbeitsplatzbezogene Rollenanforderungen an die Beamten des Allgemeinen Vollzugsdienstes und die Sozialarbeiter im Strafvollzug. Zeitschrift für Strafvollzug und Straffälligenhilfe 38, S. 215-222.

Ministerium des Inneren der DDR (1980): Schlag nach – Für SV-Angehörige. Berlin.

Modestin, J., Lerch, M., Böker, W. (1994): Burnout in der psychiatrischen Krankenpflege. Resultate einer empirischen Untersuchung. Berlin u. a.

Molitor, A. (1989): Rollenkonflikte des Personals im Strafvollzug: Eine organisationspsychologische Untersuchung. Heidelberg.

Morgenroth, I. (2011): Sicherheit hinter Mauern. Eine qualitative Forschungsarbeit zum Sicherheitsempfinden von Strafgefangenen. Forum Strafvollzug 60, S. 178-181.

Morgenstern, C. (2009): Fremde in deutschen Gefängnissen – Deutsche in fremden Gefängnissen. Informationsdienst Straffälligenhilfe 17, S. 3-8.

Morgenstern, C. (2011): Bestrafen, Verwahren und danach Therapieren? – Das neue Therapie-Unterbringungsgesetz in der Kritik. Neue Kriminalpolitik 22, S. 55-59.

Mowday, R. T., Porter, L. W., Steers, R. M. (1982): Employee-organizational linkages: The psychology of commitment, absenteeism, and turnover. In: Warr, P. (Hrsg.) Organizational and occupational psychology. San Diego.

Mowday, R. T., Porter, L. W., Steers, R. M. (1979): The measurement of organizational commitment. Journal of Vocational Behaviour 14, S. 224-227.

Müller, T. (2010): Bore-out im Justizvollzug. In: Strafvollzug von A-Z. Beilage. ZfStrVo 59.

Müller-Dietz, H. (1975): Vollzugsziel und innerer Aufbau der Vollzugsanstalten. Zeitschrift für Strafvollzug und Straffälligenhilfe 24, S. 204-212.

Müller-Dietz, H. (1994): Strafvollzug in der Presse am Beispiel der „Wende" in der DDR. In: Busch, M., Edel, G., Müller-Dietz, H. (Hrsg.) Gefängnis und Gesellschaft. Gedächtnisschrift für Albert Krebs. Schriftenreihe für Delinquenzpädagogik und Rechtserziehung. Band 7. Pfaffenweiler, S. 272-292.

Müller-Dietz, H. (1999): Entwicklung des Strafvollzuges in Deutschland seit 1945. In: Egg, R. (Hrsg.) Strafvollzug in den neuen Bundesländern. Bestandsaufnahme und Entwicklung. Wiesbaden, S. 19-42.

Müller-Dietz, H. (2000): Strafvollzug heute. Zeitschrift für Strafvollzug und Straffälligenhilfe 49, S. 230-236.

Müller-Piepenkötter, R. (2009): Rede der Justizministerin a. D. Nordrhein-Westfalen. Internetveröffentlichung: http://www.justiz.nrw.de/Presse/reden/archiv/ 2009_01_ Archiv/27_03_09/index.php. Letzter Zugriff: 2.5.2009.

Nafzger, W. (2002): Burnout und Gesundheit des Vollzugspersonals. In: Queloz, N., Riklin, F., Senn, A., de Sinner, P. (Hrsg.) Medizin und Freiheitsentzug. Beiträge und Dokumentation der 2. Freiburger Strafvollzugstage. S. 203-208.

Nagler, R.-G. (1999): Praxis des Jugendstrafvollzugs in den neuen Länder. In: Egg, R. (Hrsg.) Strafvollzug in den neuen Bundesländern. Bestandsaufnahme und Entwicklung. Wiesbaden, S. 143-168.

Neubacher, F., Walter, M. (2002): Sozialpsychologische Experimente in der Kriminologie. Kölner Schriften zur Kriminologie und Kriminalpolitik, Band 1.

Neue Initiative Qualität der Arbeit (2009): Mitarbeiterbefragung Alter und Gesundheit. Internetveröffentlichung: http://www.inqa.de/Inqa/Redaktion/ Projekt-Datenbank/ PDF/gesunde-arbeitswelten-mitarbeiterbefragung,property=pdf,bereich= inqa,sprache=de,rwb=true.pdf (Stand: 6.10.2011).

Niedt, C., Stengel, M. (1988): Belastung, Beanspruchung, Bewältigung am Arbeitsplatz Justizvollzugsanstalt. Zeitschrift für Strafvollzug und Straffälligenhilfe 37, S. 95-101.

Normann, G. (2000): Stress und Mobbing in zwei Organisationen: Gesundheitliche und kostenrelevante Auswirkungen. Universität Osnabrück.

Oechsner, J. (2010): Dienst im Gefängnis macht krank. Zeitungsartikel der Freien Presse vom 24.5.2010. Forum Strafvollzug 59, S. 122.

Ohne Namen (1987): Ausbildung für den Allgemeinen Vollzugsdienst und Praxis des Anstaltslebens. Bericht eines Betroffenen. Zeitschrift für Strafvollzug und Straffälligenhilfe 36, S. 73-75.

Ombudsmann für den Justizvollzug NRW (2009): Jahresbericht 2008/2009. Internetveröffentlichung: http://www.justizvollzugsbeauftragter.nrw.de/service/Infomaterial/ Taetigkeitsbericht_2009.pdf (Stand: 9.11.2011).

Opitz-Welke, A. (2011): Angst als Krankheit. Forum Strafvollzug 60, S. 20-22.

Paetz, A. (2004): Psychosoziale Belastungssituation von Bediensteten des allgemeinen Vollzugsdienstes am Beispiel einer Vollzugsanstalt in Deutschland. Internetveröffentlichung: http://opus.haw-hamburg.de/volltexte/2008/ 418/pdf/psy_y_11.pdf (Stand: 16.8.2011).

Päckert, W. (1994): Die Aus- und Fortbildungsstätte für Justizvollzugsbedienstete des Landes Hessen. In: Busch, M., Edel, G., Müller-Dietz, H. (Hrsg.) Gefängnis und Gesellschaft. Gedächtnisschrift für Albert Krebs. Schriftenreihe für Delinquenzpädagogik und Rechtserziehung. Band 7. Pfaffenweiler, S. 143-162.

Pieper, G. (2011): Bewältigung von Übergriffen und traumatischem Stress in Justizvollzugsanstalten. Forum Strafvollzug 60, S. 15-19.

Pont, J. (2009a): Ethische Grundlagen. In: Keppler, K., Stöver, H. (Hrsg.) Gefängnismedizin. Medizinische Versorgung unter Haftbedingungen. Stuttgart, S. 20-28.

Pont, J. (2009b): Ethische Überlegungen zu Hungerstreik und Zwangsernährung. In: Keppler, K., Stöver, H. (Hrsg.) Gefängnismedizin. Medizinische Versorgung unter Haftbedingungen. Stuttgart, S. 252-258.

Possehl, K. (1970): Zum Image des Aufsichtsbeamten im Strafvollzug. In: Würtenberger, T., Müller-Dietz, H. (Hrsg.) Beiträge zur Strafvollzugswissenschaft. Selbstbild und Fremdbild des Aufsichtsbeamten im Strafvollzug. Stuttgart, S. 45-109.

Pöhlsen-Wagner, I. (2010): Strategische Personalentwicklung im Strafvollzug. Forum Strafvollzug 59, S. 194-201.

Preusker, H. (1987): Erfahrungen der Praxis mit dem Strafvollzugsgesetz. Zeitschrift für Strafvollzug und Straffälligenhilfe 36, S. 11-16.

Preusker, H. (2003): Humanität im Strafvollzug. Zeitschrift für Strafvollzug und Straffälligenhilfe 52, S. 229-231.

Preusker, H. (2011): Angst essen Seele auf. Forum Strafvollzug 60 S. 7-8.

Prümper, J., Hartmannsgruber, K., Frese, M. (1995): KFZA. Kurzfragebogen zur Arbeitsanalyse. Zeitschrift für Arbeits- und Organisationspsychologie 39, S. 125-132.

Rantanen, J. (2001): Impact of Globaliation on Ocupational Health. Arbeitsmedizin, Sozialmedizin, Umweltmedizin 36, S. 153-160.

Reuband, K.-H. (2010): Dimensionen der Punitivität und sozialer Wandel. Eine Bestandsaufnahme bundesweiter Umfragen zur Frage steigender Punitivität in der Bevölkerung. Neue Kriminalpolitik 22, S. 143-148.

Rheinberg, F. (2000): Motivation. Stuttgart, Berlin, Köln.

Robinson, D., Porporino, F. J., Simourd, L. (1992): Staff Commitment in the correctional Service of Canada. Ottawa.

Rosner, A. (1983): Die Arbeitssituation der Bediensteten im Strafvollzug – eine empirische Untersuchung zur Situation der Mitarbeiter nach der Strafvollzugsreform. Zeitschrift für Strafvollzug und Straffälligenhilfe 32, S. 67-73.

Rosner, A. (1984): Organisationsstruktur und Arbeitssituation im offenen, geschlossenen und sozialtherapeutischen Strafvollzug. In: Albrecht, H.-J., Sieber, U. (Hrsg.) 20 Jahre südwestdeutsche kriminologische Kolloquien. Freiburg i. Br., S. 335-381.

Rothlin, P., Werder, P. R. (2007): Diagnose Boreout. Heidelberg.

Rotthaus, K. P. (1993): Zur Frage der Personalausstattung von Vollzugsanstalten. Zeitschrift für Strafvollzug und Straffälligenhilfe 42, S. 323-326.

Rotthaus, K. P. (1994): Die öffentliche Meinung über den Strafvollzug und ihr Einfluß auf die Stimmung in den Vollzugsanstalten. In: Busch, M., Edel, G., Müller-Dietz, H. (Hrsg.) Gefängnis und Gesellschaft. Gedächtnisschrift für Albert Krebs. Schriftenreihe für Delinquenzpädagogik und Rechtserziehung. Band 7. Pfaffenweiler, S. 242-258.

Roxin, C. (2006): Strafrecht Allgemeiner Teil. Band I. Grundlagen Aufbau der Verbrechenslehre. München.

Rusche, G, Kirchheimer, O. (1974): Sozialstruktur und Strafvollzug. Frankfurt am Main, Köln.

Schaarschmidt, U., Ksienzyk, B. (2003): Die Beanspruchungssituation von Strafvollzugsbediensteten. Ergebnisse einer Untersuchung der Abteilung Persönlichkeits- und Differentielle Psychologie des Institutes für Psychologie der Universität Potsdam. Potsdam.

Schmidt, E. (1952): Leitgedanken für eine Reform des Vollzugs der Freiheitsstrafe. Enger Arbeitskreis der „Arbeitsgemeinschaft für Reform des Strafvollzugs". Zeitschrift für Strafvollzug 2, S. 5-9.

Schmid, W. (2010): 111. Tagung des Strafvollzugsausschusses der Länder. Forum Strafvollzug 59, S. 192-193.

Schmidt, J., Schröder, H. (2010): Präsentismus – Krank zur Arbeit aus Angst vor Arbeitsplatzverlust. In: Badura, B., Schröder, H., Klose, J., Macco, K. (Hrsg.) Fehlzeiten-Report 2009. Arbeit und Psyche: Belastungen reduzieren – Wohlbefinden fördern. Berlin, Heidelberg, S. 93-100.

Schmuck, R. (1999): Der Aufbau eines rechtsstaatlichen Strafvollzugs in den neuen Ländern. In: Egg, R. (Hrsg.) Strafvollzug in den neuen Bundesländern. Bestandsaufnahme und Entwicklung. Wiesbaden, S. 81-94.

Schneglberger, J. (2010): Burnout-Prävention unter psychodynamischem Aspekt. Wiesbaden.

Schobert, U. (1987): Frauen ohne Macht. Zur Rolle der Sozialarbeiterinnen im Strafvollzug. Bewährungshilfe 34, S. 381-385.

Schott, T. (2000): Justizvollzug in Mecklenburg-Vorpommern. Zeitschrift für Strafvollzug und Straffälligenhilfe 49, S. 90-104.

Schott, T. (2001): Die Anstaltsleitung im Spannungsfeld zwischen Erwartungsdruck und Vollzugsrealität. Zeitschrift für Strafvollzug und Straffälligenhilfe 50, S. 323-326.

Schöner, E. (1990): Weibliche Bedienstete im Justizvollzug – Ein Tagungsbericht. Zeitschrift für Strafvollzug und Straffälligenhilfe 39, S. 224-228.

Schroven, G. (2011): Commitment-Kultur im Justizvollzug, Teil 1 und 2. In: Strafvollzug von A-Z. Beilage. Forum Strafvollzug 60.

Schutte, N., Toppinen, S., Kalimo, R., Schaufeli, W. (2000): The factorial validity of the Maslach Burnout Inventory – General Survey (MBI_GS) across occupational groups and nations.

Schwarz, K., Stöver, H. (2010): Stress und Belastungen im geschlossenen Justizvollzug. Das Beispiel der Arbeitssituation der Justizvollzugsbediensteten in der JVA Bremen-Oslebshausen. Oldenburg.

Schwelfinghaus, W. (1990): Gesundheitliche Beeinträchtigung durch Schichtarbeit. Arbeitsmedizin, Sozialmedizin, Präventivmedizin 25, S. 98-103.

Schwind, H.-D. (1988a): Strafvollzug in der Konsolidierungsphase. Zeitschrift für Strafvollzug und Straffälligenhilfe 37, S. 259-265.

Schwind, H.-D. (1988b). Kurzer Überblick über die Geschichte des Strafvollzugs. In: Schwind, H.-D., Blau, G. (Hrsg.) Strafvollzug in der Praxis. Eine Einführung in die Probleme und Realitäten des Strafvollzuges und der Entlassenenhilfe. Berlin, New York, S. 1-16.

Schwind, H.-D., Böhm, A. (1999): (Hrsg.) Strafvollzugsgesetz – Kommentar. 4. Aufl., Berlin, New York.

Schwind, H.-D., Böhm, A., Jehle, J.-M., Laubenthal, K. (2009). Strafvollzugsgesetz Bund und Länder – Kommentar. 5. Aufl., Berlin.

Seelich, A. (2010): Gesundheit und Architektur am Beispiel von Gefängnissen. In: Bögemann, H., Keppler, K., Stöver, H. (Hrsg.) Gesundheit im Gefängnis. Ansätze und Erfahrungen mit Gesundheitsförderung in totalen Institutionen. Weinheim, München, S. 229-238.

300

Seelich, A. (2011): Bauliches Erbe – Was nun? Die Auswirkungen der fehlenden Kontinuität in der Strafvollzugsarchitektur. Forum Strafvollzug 60, S. 207-214.

Sonnen, B.-R. (1991): Neue Juristen braucht das Land. Neue Kriminalpolitik 3, S. 15.

Soziologisches Forschungsinstitut Göttingen SOFI (2008): Zweiter Bericht zur sozioökonomischen Entwicklung Deutschlands. Göttingen.

Spicker I., Schopf, A. (2007): Betriebliche Gesundheitsförderung erfolgreich umsetzen. Wien, New York.

Statistisches Amt Mecklenburg-Vorpommern (2011): Krankheiten, Rauchgewohnheiten und BMI der Bevölkerung (Mikrozensus) in Mecklenburg-Vorpommern 2009. Internetveröffentlichung: http://service.mvnet.de/ statmv/daten_stam_berichte/e-bibointerth02/gesundheit-bildung/a-iv__/a473__/daten/ a473-2009-01.pdf (Stand: 12.9.2011).

Statistisches Amt Mecklenburg-Vorpommern (2010): Ausgewählte Daten für die Rechtspflege in Mecklenburg-Vorpommern 2009. Internetveröffentlichung: http://service.mv net.de/statmv/daten_stam_berichte/e-bibointerth03/soziales--rechtspflege/b-vi__/b673__/daten/b673-2009-00.pdf (Stand: 12.9.2011).

Statistisches Amt Mecklenburg-Vorpommern (2010): Strafvollzug in Mecklenburg-Vorpommern. Bestand und Bewegungen in den Justizvollzugsanstalten. Schwerin. Internetveröffentlichung: http://www.statistik-mv.de/ cms2/STAM_prod/STAM/de/sr/Veroeffentlichungen/index.jsp?para=e-Bibo InterTh03&linkid=040102&head=0401 (Stand: 29.8.2011).

Statistisches Amt Mecklenburg-Vorpommern (2009): Strafvollzug in Mecklenburg-Vorpommern. Bestand und Bewegungen in den Justizvollzugsanstalten. Schwerin. Internetveröffentlichung: http://www.statistik-mv.de /cms2/STAM_prod/STAM/de/sr/Veroeffentlichungen/index.jsp?para=e-Bibo InterTh03&linkid=040102&head=0401 (Stand: 29.8.2011).

Statistisches Amt Mecklenburg-Vorpommern (2008): Strafvollzug in Mecklenburg-Vorpommern. Bestand und Bewegungen in den Justizvollzugsanstalten. Schwerin. Internetveröffentlichung: http://www.statistik-mv.de/ cms2/STAM_prod/STAM/de/sr/Veroeffentlichungen/index.jsp?para=e-Bibo InterTh03&linkid =040102& head=0401 (Stand: 29.8.2011).

Statistisches Amt Mecklenburg-Vorpommern (2007): Strafvollzug in Mecklenburg-Vorpommern. Bestand und Bewegungen in den Justizvollzugsanstalten. Schwerin. Internetveröffentlichung: http://www.statistik-mv.de/ cms2/STAM_prod/STAM/de/sr/Veroeffentlichungen/index.jsp?para=e-Bibo InterTh03&linkid =040102& head=0401 (Stand: 29.8.2011).

Statistisches Amt Mecklenburg-Vorpommern (2006): Strafvollzug in Mecklenburg-Vorpommern. Bestand und Bewegungen in den Justizvollzugsanstalten. Schwerin. Internetveröffentlichung: http://www.statistik-mv.de/

cms2/STAM_prod/STAM/de/sr/Veroeffentlichungen/index.jsp?para=e-Bibo InterTh03&linkid =040102& head=0401 (Stand: 29.8.2011).

Statistisches Amt Mecklenburg-Vorpommern (2005): Strafvollzug in Mecklenburg-Vorpommern. Bestand und Bewegungen in den Justizvollzugsanstalten. Schwerin. Internetveröffentlichung: http://www.statistik-mv.de/cms2/STAM_prod/STAM/de/sr/Veroeffentlichungen/index.jsp?para=e-Bibo InterTh03&linkid =040102& head=0401 (Stand: 29.8.2011).

Statistisches Amt Mecklenburg-Vorpommern (2004): Strafvollzug in Mecklenburg-Vorpommern. Bestand und Bewegungen in den Justizvollzugsanstalten. Schwerin. Internetveröffentlichung: http://www.statistik-mv.de/cms2/STAM_prod/STAM/de/sr/Veroeffentlichungen/index.jsp?para=e-Bibo InterTh03&linkid =040102& head=0401 (Stand: 29.8.2011).

Statistisches Amt Mecklenburg-Vorpommern (2003): Strafvollzug in Mecklenburg-Vorpommern. Bestand und Bewegungen in den Justizvollzugsanstalten. Schwerin. Internetveröffentlichung: http://www.statistik-mv.de/cms2/STAM_prod/STAM/de/sr/Veroeffentlichungen/index.jsp?para=e-Bibo InterTh03&linkid =040102& head=0401 (Stand: 29.8.2011).

Statistisches Amt Mecklenburg-Vorpommern (2002): Strafvollzug in Mecklenburg-Vorpommern. Bestand und Bewegungen in den Justizvollzugsanstalten. Schwerin. Internetveröffentlichung: http://www.statistik-mv.de/cms2/STAM_prod/STAM/de/sr/Veroeffentlichungen/index.jsp?para=e-Bibo InterTh03&linkid =040102& head=0401 (Stand: 29.8.2011).

Statistisches Bundesamt (2010): Rechtspflegestatistik Fachserie 10 Reihe 4.1. Internetveröffentlichung: http://www.destatis.de/jetspeed/portal/cms/Sites/destatis/Internet/DE/Content/Publikationen/Fachveroeffentlichungen/Rechtspflege/StrafverfolgungVollzug/Strafvollzug2100410107004,property=file.pdf (Stand: 13.11.2011).

Stöver, H. (2009a): Healthy Prisons. Gesundheitsförderung als innovative Strategie. Umdenken und Umorganisation der gesundheitlichen Versorgung in Haft. In: Keppler, K., Stöver, H. (Hrsg.) Gefängnismedizin. Medizinische Versorgung unter Haftbedingungen. Stuttgart, S. 278-289.

Stöver, H. (2009b): Gesundheitliche Versorgung als wichtiger Baustein der Resozialisierung. In: Keppler, K., Stöver, H. (Hrsg.) Gefängnismedizin. Medizinische Versorgung unter Haftbedingungen. Stuttgart, S. 290-292.

Stöver, H. (2009c): Internationale Aspekte der Gesundheitsversorgung in Haft. In: Keppler, K., Stöver, H. (Hrsg.) Gefängnismedizin. Medizinische Versorgung unter Haftbedingungen. Stuttgart, S. 301-304.

Tag, B. (2005): Das Arztgeheimnis im Strafvollzug. In: Hillenkamp T., Tag, B. (Hrsg.) Intramurale Medizin - Gesundheitsfürsorge zwischen Heilauftrag und Strafvollzug. Heidelberg, S. 89-105.

Tauss, R. (1986): Die Situation der Bediensteten in der Jugendstrafanstalt Berlin Plötzensee. Max-Planck-Institut für ausländisches und internationales Strafrecht. Freiburg i. Br.

Vahjen, M. (2009): Qualitätsmanagement. In: Keppler, K., Stöver, H. (Hrsg.) Gefängnismedizin. Medizinische Versorgung unter Haftbedingungen. Stuttgart, S. 106-117.

Voglrieder, S. (2008): Krankenstand und Gesundheitsförderung in der Bundesverwaltung. In: Badura, B., Schröder, H., Vetter, C. (Hrsg.) Fehlzeitenreport 2007. Arbeit, Geschlecht und Gesundheit. Heidelberg, S. 467-483.

von Hofer, H. (2010): Schweden. In: Dünkel, F., Lappi-Seppälä, T., Morgenstern, C., van Zyl Smit, D. (Hrsg.) Kriminalität, Kriminalpolitik, strafrechtliche Sanktionspraxis und Gefangenenraten im europäischen Vergleich. Band II. Mönchengladbach, S. 761-782.

Wachsmann, N. (2006): Gefangen unter Hitler. Justizterror und Strafvollzug im NS-Staat. München.

Walter, M. (1991): Strafvollzug. Stuttgart.

Watzlawek, K.-P. (1988): Der sicherheits- und Ordnungsdienstleiter. In: Schwind, H.-D., Blau, G. (Hrsg.) Strafvollzug in der Praxis. Eine Einführung in die Probleme und Realitäten des Strafvollzuges und der Entlassenenhilfe. Berlin, New York, S. 146-150.

Woynar, I. (1992): Strafvollzug in der DDR. Universität Hamburg.

Wirth, W. (2006): Gewalt unter Gefangenen. Kernbefunde einer empirischen Studie im Strafvollzug des Landes Nordrhein-Westfalen. Düsseldorf. URL: http://www.justiz.nrw.de/JM/justizpolitik/schwerpunkte/vollzug/studie_gewalt_gefangene.pdf (Stand: 26.8.2011).

Wohlgemuth, R. (1995): Wie kann sich der Vollzug in Niedersachsen trotz „leerer Kassen" weiterentwickeln? Zeitschrift für Strafvollzug und Straffälligenhilfe 44, S. 145-149.

Wüstner, K. (2006): Arbeitswelt und Organisation. Ein interdisziplinärer Ansatz. Wiesbaden.

Ziegler, T. (1998a): Der Strafvollzug in der DDR. In: Hinter Gittern. Broschüre des Staatsministeriums der Justiz. Internetveröffentlichung: http://www. justiz.sachsen.de/ download/Der_Strafvollzug_in_der_DDR.pdf. (Stand: 13.8.2011).

Ziegler, T. (1998b): Der Strafvollzug im Freistaat Sachsen seit 1990. In: Hinter Gittern. Broschüre des Staatsministeriums der Justiz. Internetveröffentlichung: http: //www.justiz.sachsen.de/download/Der_Strafvollzug_im_ Freistaat_Sachsen_seit_1990.pdf. (Stand: 13.8.2011).

Zimolong, B., *Elke, G.* (2005): Betriebliche Gesundheitsförderung. Ruhr Universität Bochum. Internetveröffentlichung: http://www.ruhr-uni-bochum.de/ imperia/md/content/psy_auo/studbrief2.pdf (Stand: 14.10.2011).

Zolondek, J. (2007): Lebens- und Haftbedingungen im deutschen und europäischen Frauenstrafvollzug. Mönchengladbach.

Zok, K. (2004): Einstellungen und Verhalten bei Krankheit im − Ergebnisse einer repräsentativen Umfrage bei Arbeitnehmern. In: Badura, B., Schellschmidt, H., Vetter, C. (Hrsg.) Fehlzeitenreport 2003. Wettbewerbsfaktor Work-Life-Balance. Berlin, Heidelberg, New York, S. 243-261.

ERNST MORITZ ARNDT
UNIVERSITÄT GREIFSWALD

LEHRSTUHL FÜR KRIMINOLOGIE – PROF. DR. FRIEDER DÜNKEL
PROJEKTARBEIT – ASS. JUR. STEFANIE SCHOLLBACH

Anstaltskennziffer:_____   **Laufnr:**_____

Forschungs-Projekt

"Betriebliche Gesundheitsförderung im Justizvollzug"

- Fragebogen für Bedienstete -

<u>Sehr geehrte Damen und Herren</u>

Die Universität Greifswald untersucht die Arbeits- und Alltagsbedingungen von Bediensteten im Strafvollzug.

Das Ziel unserer Untersuchung besteht darin, Arbeits- und Gesundheitsbedingungen im Vollzug besser kennen zu lernen und langfristig zu einer Verbesserung dieser Verhältnisse für Bedienstete beizutragen. Dazu brauchen wir Ihre Hilfe!

Im Folgenden geht es uns um Ihre Einstellungen zu verschiedenen Themen: zu Ihrem Arbeitsalltag, Ihren gesundheitlichen Belastungen und Ihren Wünschen bezüglich verschiedener gesundheitsrelevanter Maßnahmen, etc.

Bitte versuchen Sie, möglichst alle Fragen dieses Fragebogens zu beantworten, auch wenn das Ausfüllen einige Zeit in Anspruch nimmt. Kreuzen Sie bei allen Fragen die Antwort an, die Ihre Meinung am besten ausdrückt oder schreiben Sie das, was Sie denken, in die dafür vorgesehenen Felder. Bitte antworten Sie nicht, wie Sie glauben, dass es von Ihnen als Mitarbeiter im Justizvollzug erwartet wird. Uns interessieren Ihre **ehrliche, persönliche Meinung** und Ihre **Erfahrungen**!

**Daher bleibt alles, was Sie uns mitteilen, anonym und vertraulich.
Niemand in dieser Anstalt bekommt Ihre Antworten zu sehen.**

Herzlichen Dank für Ihre Unterstützung!

Ihr Forschungsteam

305

Universität Greifswald   *Fragebogen für Bedienstete*   1

I. Bitte beantworten Sie zunächst die folgenden Fragen zu Ihrer Person:

1. **Wie alt sind Sie?**   _____ Jahre

2. **Ihr Geschlecht?**   O männl.   O weibl.

3. **Wie ist Ihr Familienstand?**   O ledig
                                       O geschieden oder verwitwet
                                       O verheiratet

3a **Leben Sie mit einem/r festen Partner/in zusammen?** O ja   O nein

3b **Haben Sie Kinder?**   O nein   O ein Kind   O zwei Kinder O mehr als zwei Kinder

4. **Welchen Schulabschluss haben Sie?**
   O keinen Schulabschluss   O Volk-/Hauptschule
   O Realschule/mittl. Reife/POS   O (Fach-)Hochschulreife, Abitur
   O abgeschlossenes (Fach-)Hochschulstudium

5. **In welcher Mitarbeitergruppe arbeiten Sie?**

   O Allgemeiner Vollzugsdienst   O Medizinischer Dienst
   O Werkdienst   O Verwaltung
   O Psychologischer Dienst   O Pädagogischer Dienst
   O Sozialdienst   O Seelsorge
   O Leitung   O Sonstige

5a **In welcher Vollzugsform arbeiten Sie überwiegend?** (Mehrfachnennungen möglich: offener Vollzug, geschlossener Vollzug, Männervollzug, Frauenvollzug, Jugendliche, Langstrafer, Sicherheitsstation, U-Haft, Sozialtherapie)

_____

6. **Wie lange arbeiten Sie bereits im Strafvollzug?**   _____ Jahre

6a **Wie lange arbeiten Sie bereits in dieser Anstalt?**   _____ Jahre

7. **Haben Sie bereits in anderen Anstalten gearbeitet?**   O nein   O ja

8. **Sind Sie vollzeit- oder teilzeitbeschäftigt?**   O Vollzeit   O Teilzeit

9. **Wie sieht Ihre Dienstregelung aus?**   O Schichtdienst
                                                             O (primär) Tagdienst
                                                             O (primär) Nachtdienst

9a **Arbeiten Sie auch am Wochenende?**

   O nein   O ja, gelegentlich   O ja, regelmäßig

10. **Wie viele Überstunden machen Sie durchschnittlich im Monat?** _____ Std.

11. **Empfinden Sie geleistete Überstunden als belastend?**   O überhaupt nicht
                                                              O etwas
                                                              O stark
                                                              O sehr stark

12. **Sind Sie mit Leitungsaufgaben betraut?**   O nein   O ja

13. **Mit wie vielen Kollegen/innen arbeiten Sie regelmäßig zusammen?** _____ Personen

14. **Wenn Sie zurückdenken – was hat Sie damals veranlasst im Strafvollzug zu arbeiten? Was waren für Sie die entscheidenden Beweggründe für Ihre Berufswahl?** (Mehrfachnennung möglich)

- Arbeit mit Menschen
- Sicherer Arbeitsplatz
- Angemessenes Gehalt
- Verantwortung zu haben
- Sonstige _____

- Das Gefühl etwas Sinnvolles zu tun
- Das Gefühl etwas verändern zu können
- Keine andere Arbeitsmöglichkeit
- Öffentlichkeit vor Straftaten zu schützen

15. **Erfüllt Ihr Arbeitsplatz die Erwartungen?**

- genau wie erwartet
- mehr als erwartet
- weniger als erwartet
- ich hatte keine besonderen Erwartungen

II. Im Folgenden möchten wir mehr über Ihre Einschätzung zum Thema Gesundheit und zu Ihrem persönlichen Gesundheitszustand erfahren:

16. **Was halten Sie von folgenden Aussagen?**

	völlig falsch	eher falsch	eher richtig	völlig richtig
16a Gesunde Mitarbeiter arbeiten bewährter.	O	O	O	O
16b Ich könnte mehr für meine Gesundheit tun.	O	O	O	O
16c Der Arbeitsalltag hat Einfluss auf die Gesundheit.	O	O	O	O
16d Der Arbeitgeber trägt eine Mitverantwortung für die Gesundheit seiner Mitarbeiter.	O	O	O	O
16e Ich würde mich an gesundheitsfördernden Maßnahmen meines Arbeitgebers beteiligen.	O	O	O	O
16f Gesundheit ist reine Privatsache.	O	O	O	O

17. **Für wie wichtig halten Sie folgende Faktoren für Ihre Gesundheit:**

	sehr wichtig	wichtig	weniger wichtig	unwichtig
17a Ausreichend Schlaf	O	O	O	O
17b Ausgewogene Ernährung	O	O	O	O
17c Nicht Rauchen	O	O	O	O
17d Entspannung	O	O	O	O
17e Körperliche Bewegung	O	O	O	O
17f Eigene Zufriedenheit	O	O	O	O
17g Möglichkeit Konflikte austragen zu können	O	O	O	O
17h Interessante Arbeit	O	O	O	O
17i Gesunde Arbeitsbedingungen	O	O	O	O
17j Gutes Verhältnis zu Kollegen	O	O	O	O
17k Gelassenheit	O	O	O	O

18. **Welche der folgend aufgeführten gesundheitlichen Beschwerden und Symptome treten bei Ihnen während oder unmittelbar nach der Arbeit auf und beeinträchtigen die gesundheitlichen Beschwerden Sie bei Ihrer Arbeitsausübung?**

		häufig	manch mal	selten	nie	beein- trächtigt nicht	beein- trächtigt wenig	beein- trächtigt stark
18a	Schmerzen im unteren Rücken (Kreuzschmerzen)	O	O	O	O	O	O	O
18b	Schmerzen im Nacken- und Schulterbereich, Verspannungen	O	O	O	O	O	O	O
18c	Taubheitsgefühl oder Schmerzen in Beinen/Füßen	O	O	O	O	O	O	O
18d	Gelenk- oder Gliederschmerzen	O	O	O	O	O	O	O
18e	Kopfschmerzen	O	O	O	O	O	O	O
18f	Herzschmerzen, Herzstiche, Engegefühl in der Brust	O	O	O	O	O	O	O
18g	Augenschmerzen, -brennen, - Rötung, Tränen	O	O	O	O	O	O	O
18h	Hautprobleme, Juckreiz	O	O	O	O	O	O	O
18i	Schlafstörungen, Müdigkeit, Abgeschlagenheit	O	O	O	O	O	O	O
18j	Appetitlosigkeit/ Übelkeit	O	O	O	O	O	O	O
18k	Magen- oder Verdauungsprobleme	O	O	O	O	O	O	O
18l	Hörverschlechterung, Ohrgeräusche	O	O	O	O	O	O	O
18m	Nervosität, Unruhe, Reizbarkeit, Angespanntheit	O	O	O	O	O	O	O
18n	Schwindelgefühle, Gleichgewichtsstörungen	O	O	O	O	O	O	O
18o	Atembeschwerden, Atemwegserkrankungen	O	O	O	O	O	O	O
18p	Kreislaufstörungen	O	O	O	O	O	O	O
18q	Erkältungen	O	O	O	O	O	O	O
18r	Mutlosigkeit, Traurigkeit, Bedrückung	O	O	O	O	O	O	O
18s	Allergien	O	O	O	O	O	O	O

19. **Bessern sich die Symptome nach längerer Freizeit bzw. Urlaub?**
O nein O ja, etwas O ja, deutlich

20. **Wie oft haben Sie in den letzten 12 Monaten aufgrund von Beschwerden, die Sie auf Ihre Arbeit zurückführen, einen Arzt konsultiert?** Anzahl der Besuche:_____

21. **Wie viele Arbeitstage haben Sie in den letzten 12 Monaten wegen Krankheit an Ihrem Arbeitsplatz gefehlt?** Anzahl der Arbeitstage:_____

22. **An wie vielen Arbeitstagen sind Sie in den letzten 12 Monaten zur Arbeit gegangen, obwohl Sie sich krank gefühlt haben?** Anzahl der Arbeitstage:_____

23. **Wie würden Sie Ihren Gesundheitszustand im Allgemeinen beschreiben?**

○ ausgezeichnet   ○ weniger gut
○ sehr gut   ○ schlecht
○ gut

24. **Rauchen Sie?**   ○ ja   ○ nein

Sollten sich seit Inkrafttreten des Nichtraucherschutzgesetzes 2007 Veränderungen bezüglich Ihres Rauchverhaltens ergeben haben, legen Sie diese bitte dar:

_____
_____

25. **Treiben Sie regelmäßig Sport?**

○ nein   ○ mehrmals in der Woche   ○ mehrmals im Monat

26. **Wie oft nehmen Sie alkoholische Getränke zu sich?**

○ täglich   ○ mehrmals im Monat
○ mehrmals in der Woche   ○ selten

27. **Nehmen Sie regelmäßig Medikamente zu sich?**   ○ ja   ○ nein   ○ gelegentlich

27a **Welche Art von Medikamenten nehmen Sie wie häufig?** (Schreiben Sie die entsprechenden Ziffern in die Kästchen: 1=regelmäßig; 2=gelegentlich; 3=selten; nicht Zutreffendes auslassen)

☐ Antibiotika   ☐ Schlaftabletten

☐ Herz-Kreislaufmedikamente   ☐ Beruhigungsmittel

☐ Schmerztabletten   ☐ stimmungsaufhellende Medikamente

☐ sonstige Medikamente und zwar _____

28. **Wenn Sie über 40 Jahre alt sind: Haben Ihre gesundheitlichen Beschwerden mit dem Älterwerden zugenommen?**

○ überhaupt nicht   ○ wenig   ○ überwiegend   ○ erheblich

29. **Wenn Sie älter als 50 Jahre sind: Wie beurteilen Sie das Verhältnis zu Ihren jüngeren Kollegen?**

○ sehr gut   ○ gut   ○ eher schlecht   ○ sehr schlecht

30. **Wenn Sie jünger als 50 Jahre sind: Wie beurteilen Sie das Verhältnis zu Ihren älteren Kollegen?**

○ sehr gut   ○ gut   ○ eher schlecht   ○ sehr schlecht

31. **Sind ältere Mitarbeiter nach Ihrer Wahrnehmung Benachteiligungen/Diskriminierungen ausgesetzt?**

○ ja, sehr   ○ ja, ein wenig   ○ nein

32. **Können Sie Ihrer Einschätzung nach Ihre gegenwärtige Tätigkeit bis zum Renteneintritt ausüben?**

○ wahrscheinlich ja   ○ ja, mit Einschränkungen   ○ vermutlich nicht   ○ weiß nicht

32a | Wo sehen Sie selbst Veränderungsbedarf bei Ihrer Arbeit bzw. in den Arbeitsbedingungen?

_____

_____

33. | Welche der folgenden Alternativen des „kürzer Tretens" wären für Sie im höheren Alter vorstellbar?

○ Altersteilzeit   ○ Vorzeitiger Ruhestand
○ Reduzierung der Wochenstunden   ○ keine diese Alternativen
○ sonstige: _____

34. | Nehmen Sie an der Anstaltsverpflegung teil?   ○ ja   ○ nein

34a | Halten Sie die Kost für ausgewogen und gesund?   ○ ja   ○ nein

Verbesserungsvorschläge: _____

_____

35. | Haben Sie in der Zeit Ihrer Dienstzugehörigkeit jemals einen Arbeitsunfall erlitten?

○ nein   ○ ja, zumindest einen   ○ ja, mehrere

35a | Wenn ja, wo hat sich der Arbeitsunfall ereignet?

○ innerhalb der Anstalt   und/oder   ○ außerhalb der Anstalt (Wegeunfall)

35b | Wenn ja, waren Sie in Folge des Arbeitsunfalls:

○ daran gehindert bestimmte Tätigkeiten auszuführen

○ bis zu einer Woche krank geschrieben

○ mehr als eine Woche krank geschrieben

○ nicht mehr in der Lage Ihre alte Tätigkeit auszuüben und wurden versetzt

36. | Werden Sie aufgrund Ihrer Tätigkeit regelmäßig vom Betriebsarzt untersucht?

○ nein   ○ ja   Wenn ja, wie oft: _____

37. | Werden Sie aufgrund Ihrer Tätigkeit regelmäßig geimpft?

○ nein   ○ ja   Wenn ja, wogegen: _____

38. | Gibt es für Ihren Arbeitsbereich besondere Arbeitsschutzbestimmungen?

○ nein   ○ ja

39. | Haben Sie während Ihrer Arbeitszeit Kontakt mit erkrankten Gefangenen?

○ nie   ○ sehr selten   ○ gelegentlich   ○ regelmäßig

39a | Wenn ja, mit welchen Krankheiten kommen Sie während Ihrer Arbeit in Kontakt?

_____

_____

_____

39b Wie oft kommen Sie während Ihrer Arbeitszeit in Kontakt mit offenen Wunden oder Schürf- und Kratzwunden?

    ○ nie   ○ sehr selten   ○ gelegentlich   ○ häufig

39c Wie oft kommen Sie während Ihrer Arbeitszeit in Kontakt mit Messern, Spritzen, selbst gebasteltem Tätowierbesteck oder sonstigen scharfen oder spitzen Gegenständen in Kontakt?

    ○ nie   ○ sehr selten   ○ gelegentlich   ○ häufig

39d Wenden Sie nach einem Kontakt mit Wunden oder Gegenständen, wie unter 39c aufgeführt, zu Ihrem Schutz Desinfektionsmittel an?

    ○ nie   ○ sehr selten   ○ gelegentlich   ○ immer

39e Hatten Sie jemals Angst davor sich anstecken zu können?

    ○ nein   ○ manchmal   ○ häufig

39f Ist es bei Ihnen jemals zu einer Ansteckung nach dem Kontakt mit einem erkrankten Gefangenen oder Gegenständen, wie unter 39c aufgeführt, gekommen?

    ○ nein   ○ einmal   ○ öfters

40. Hat es an Ihrem Arbeitsplatz innerhalb der letzten fünf Jahre einmal ein Feuer gegeben?

    ○ nein   ○ ja   <u>wenn ja</u>:   ○ mit   ○ ohne Personenschaden

41. Gibt es in der Nähe Ihres Arbeitsplatzes einen für Sie zugänglichen Feuerlöscher?

    ○ nein   ○ ja

42. Werden in der Anstalt regelmäßige Feuer- oder sonstige Notfallübungen durchgeführt?

    ○ nein   ○ ja

III. Im Folgenden geht es um Ihre Sicherheit und Ihre Belastungen in der Anstalt:

43. Wie finden Sie insgesamt die *Atmosphäre* hier in der Anstalt?

43a   entspannt ○--------○--------○--------○--------○--------○ angespannt

43b   sicher ○--------○--------○--------○--------○--------○ bedrohlich

44. Fühlen Sie sich persönlich im Allgemeinen sicher, wenn Sie Ihren Dienst verrichten?

    ○ ja   ○ nein

45. Haben *Sie selbst* im *Arbeitsalltag* jemals eine der folgenden Erfahrungen gemacht?

Sind Sie jemals...	nein, noch nie	ja	von einem Kollegen	von einem Gefangenen	wenn ja, wie oft in den letzten 12 Monaten?
45a ... bedroht worden?	O	O	O	O	
45b ... bestohlen worden?	O	O	O	O	
45c ... geschlagen/getreten oder anders verletzt worden?	O	O	O	O	
45d ... beleidigt worden?	O	O	O	O	
45e ... sexuell belästigt worden?	O	O	O	O	
45f ... auf irgendeine Weise gedemütigt worden?	O	O	O	O	

46. Wie belastend empfinden Sie folgende Faktoren in der Arbeit mit Gefangenen?

	gar nicht belastend					extrem belastend	kommt bei uns nicht vor
46a Suchtproblematik der Gefangenen	O O O O O O O						O
46b Schwierige Verständigung	O O O O O O O						O
46c Sprachprobleme	O O O O O O O						O
46d (Drohende) Aggression / Angriff von Gefangenen	O O O O O O O						O
46e Suizid(-versuch, -androhung) eines Gefangenen	O O O O O O O						O
46f Schlägerei zwischen Gefangenen / Misshandlungen	O O O O O O O						O
46g Sexuelle Nötigung von Gefangenen	O O O O O O O						O
46h Rüder Umgangston der Gefangenen	O O O O O O O						O
46i Negative Mitteilungen an die Gefangenen	O O O O O O O						O
46j Kontrolle der Gefangenen / der Hafträume	O O O O O O O						O
46k Mangelnde Zeit für Gespräche	O O O O O O O						O
46l Selbstbeschädigungen / Selbstverstümmelungen bei Gefangenen	O O O O O O O						O
46m Verhaltens- und Persönlichkeitsprobleme der Gefangenen	O O O O O O O						O

47. Wie sehr vertrauen Sie folgenden Personen(-gruppen)?

	sehr viel	ziemlich viel	ein wenig	wenig	überhaupt nicht
47a Den Arbeitskollegen des AVD	O	O	O	O	O
47b Ihrem direkten Vorgesetzten	O	O	O	O	O

47c	Der Anstaltsleitung	O	O	O	O	O
47d	Den Psychologen / Sozialarbeitern	O	O	O	O	O
47e	Gefangenen	O	O	O	O	O
47f	Freunden und guten Bekannten	O	O	O	O	O
47g	Dem Partner	O	O	O	O	O

48. Wovor haben Sie im Arbeitsalltag besonders Angst? (Mehrfachnennung möglich)

O Neuen Anforderungen   O Konflikte mit der Leitung oder Kollegen

O Eigenen Fehlern   O Verlust des Arbeitsplatzes

O Mobbing   O Gesundheitliche Beeinträchtigungen

O Sonstiges _____

49. Unten aufgeführt ist eine Reihe von Aussagen, die mögliche Gefühle gegenüber Ihrer Anstalt darstellen. Bitte antworten Sie nach Ihren eigenen Gefühlen gegenüber der Anstalt.

		trifft gar nicht zu	trifft eher nicht zu	teil, teils	trifft eher zu	trifft völlig zu
49a	Ich bin bereit, mehr als erwartet zu leisten, damit die Anstalt gut funktioniert.	O	O	O	O	O
49b	Meinen Freunden gegenüber lobe ich meine Anstalt als eine gute Organisation.	O	O	O	O	O
49c	Ich fühle mich meiner Anstalt gegenüber sehr wenig verpflichtet.	O	O	O	O	O
49d	Ich bin stolz, anderen sagen zu können, dass ich in dieser Anstalt arbeite.	O	O	O	O	O
49e	Ich würde auch woanders arbeiten, sofern die Arbeit dort ähnlich wäre.	O	O	O	O	O
49f	Die Arbeit in dieser Anstalt holt wirklich das Beste aus mir heraus.	O	O	O	O	O
49g	Es lohnt sich nicht, ewig in dieser Anstalt zu bleiben.	O	O	O	O	O
49h	Ich finde es oft schwierig, den Entscheidungen der Anstaltsleitung über wichtige Dinge für Bedienstete zuzustimmen.	O	O	O	O	O
49i	Das Schicksal der Anstalt und die Entwicklung der Anstalt bedeuten mir wirklich viel.	O	O	O	O	O
49j	Für mich ist die Anstalt der Beste aller möglichen Arbeitsplätze.	O	O	O	O	O
49k	Meine Entscheidung für diese Anstalt zu arbeiten war ein großer Fehler.	O	O	O	O	O

IV. Im Folgenden geht es um Ihren Arbeitsalltag und das Arbeitsklima in Ihrer Anstalt:

50. Wie würden Sie Ihre direkten Arbeitsplatzbedingungen einschätzen?

Lassen Sie Zeilen frei, wenn etwas nicht oft vorkommt.	belastet nicht	belastet wenig	belastet stark
50a **Körperlicher Bereich:** einseitige/verkrampfte Haltung, vorwiegend stehend/sitzend/kniend arbeitend, schweres Heben, Vibrationen	O	O	O
50b **Physikalische Einflüsse:** Staub, Lärm, Schmutz, Rauch, Ruß, Gase, Umgang mit Gefahrstoffen oder Strahlen	O	O	O
50c **Klimatische Einflüsse:** Hitze, Kälte, zu feuchte/trockene Luft, Durchzug, Arbeit bei schlechtem Wetter/ schlechter Lüftung	O	O	O
50d **Ausstattung:** ungünstige Beleuchtung, fehlendes/schlechtes Werkzeug oder Material, mangelnde Schutzausrüstung, Unfallgefahr	O	O	O
50e **Arbeitsdruck:** zu viel Arbeit, Leistungsdruck monotone, Arbeit, starke Konzentration/Anspannung, hohe Verantwortung	O	O	O
50f **Arbeitszeit:** lange Anfahrtswege, lange Arbeitszeiten, häufige Überstunden, ungünstige Arbeitszeiten/Schichtarbeit	O	O	O
50g **Personalführung:** fehlende Anerkennung, unklare oder widersprüchliche Anweisungen, fehlende Informationen	O	O	O
50h **Arbeitsorganisation:** Zeitdruck, Hektik, schlechte Zuarbeit, oder Zusammenarbeit, häufige Störungen	O	O	O

51. Wie schätzen Sie folgende Fragen ein und halten Sie diese Umstände für belastend?

	gar nicht	ziemlich wenig	etwas	überwiegend	belastet nicht	belastet wenig	belastet stark
51a Wenn Sie Ihre Tätigkeit insgesamt betrachten, inwieweit können Sie die Reihenfolge der Arbeitsschritte selber bestimmen?	O	O	O	O	O	O	O
51b Wie viel Einfluss haben Sie darauf, welche Arbeit Ihnen zugeteilt wird?	O	O	O	O	O	O	O
51c Können Sie Ihre Arbeit selbständig planen und einteilen?	O	O	O	O	O	O	O
51d Können Sie bei Ihrer Arbeit Neues dazulernen?	O	O	O	O	O	O	O
51e Können Sie bei Ihrer Arbeit Ihr Wissen und Ihr Können voll einsetzen?	O	O	O	O	O	O	O
51f Gibt es Vorschriften, die für Sie keinen Sinn ergeben, die Sie dennoch befolgen müssen?	O	O	O	O	O	O	O
51g Fühlen Sie sich in Ihrer Arbeit widersprüchlichen Erwartungen verpflichtet?	O	O	O	O	O	O	O
51h Kommt es vor, dass Sie nicht wissen, ob das, was Sie tun, wirklich angemessen ist?	O	O	O	O	O	O	O

314

52.	Wie sehr treffen folgende Aussagen auf Ihre Arbeit zu und stellt dieser Umstand eventuell eine Belastung für Sie dar?								
		trifft gar nicht zu	trifft wenig zu	trifft mittel-mäßig zu	trifft über-wiegend zu	trifft völlig zu	belastet nicht	belastet wenig	belastet stark
52a	Bei meiner Arbeit habe ich insgesamt gesehen häufig wechselnde, unterschiedliche Arbeitsaufgaben.	○	○	○	○	○	○	○	○
52b	Bei meiner Arbeit sehe ich selber am Ergebnis, ob meine Arbeit gut war oder nicht.	○	○	○	○	○	○	○	○
52c	Ich kann mich auf meine Kollegen verlassen, wenn es bei der Arbeit schwierig wird.	○	○	○	○	○	○	○	○
52d	Ich kann mich auf meinen Vorgesetzten verlassen, wenn es bei der Arbeit schwierig wird.	○	○	○	○	○	○	○	○
52e	Man hält in der Abteilung gut zusammen.	○	○	○	○	○	○	○	○
52f	Diese Arbeit erfordert enge Zusammenarbeit mit anderen Leuten in der Anstalt.	○	○	○	○	○	○	○	○
52g	Ich kann mich während der Arbeit mit verschiedenen Kollegen über dienstliche und private Dinge unterhalten.	○	○	○	○	○	○	○	○
52h	Ich bekomme von Vorgesetzten und Kollegen Rückmeldung über die Qualität meiner Arbeit.	○	○	○	○	○	○	○	○
52i	Mein Arbeitsplatz ist isoliert und ich habe nur mangelnden Kontakt zu Kollegen.	○	○	○	○	○	○	○	○
52j	Es werden zu hohe Anforderungen an meine Konzentrationsfähigkeit gestellt.	○	○	○	○	○	○	○	○
52k	Ich habe einen unregelmäßigen Arbeitsrhythmus.	○	○	○	○	○	○	○	○
52l	Ich stehe häufig unter Zeitdruck.	○	○	○	○	○	○	○	○
52m	Pausen finden nicht oder nur zu unregelmäßigen Zeiten statt.	○	○	○	○	○	○	○	○
52n	Die aufgestellten Dienstpläne sind verlässlich.	○	○	○	○	○	○	○	○
52o	Urlaubstermine werden wunschgemäß genehmigt.	○	○	○	○	○	○	○	○
52p	Ich habe zuviel Arbeit.	○	○	○	○	○	○	○	○
52q	Oft stehen mir die benötigten Informationen, Materialien oder Arbeitsmittel (z.B. Computer) nicht zur Verfügung.	○	○	○	○	○	○	○	○

	trifft gar nicht zu	trifft wenig zu	trifft mittel- mäßig zu	trifft über- wiegend zu	trifft völlig zu	belastet nicht	belastet wenig	belastet stark
52r	Ich werde bei meiner eigentlichen Arbeit immer wieder unterbrochen (z. B. durch das Telefon).	O	O	O	O	O	O	O	O
52s	An meinem Arbeitsplatz gibt es ungünstige Umgebungsbedingungen, wie Lärm, Klima etc.	O	O	O	O	O	O	O	O
52t	An meinem Arbeitsplatz sind Räume und Raumausstattung ungenügend.	O	O	O	O	O	O	O	O
52u	Über wichtige Dinge und Vorgänge in unserer Anstalt sind wir ausreichend informiert.	O	O	O	O	O	O	O	O
52v	Die Leitung der Anstalt ist bereit, die Ideen und Vorschläge der Bediensteten zu berücksichtigen.	O	O	O	O	O	O	O	O
52w	Unsere Anstalt / unser Arbeitgeber bietet gute Weiterbildungsmöglichkeiten.	O	O	O	O	O	O	O	O
52x	Bei uns gibt es gute Aufstiegschancen.	O	O	O	O	O	O	O	O
52y	Ich halte meine Bezahlung für angemessen.	O	O	O	O	O	O	O	O
52z	Mein Arbeitsplatz ist sicher.	O	O	O	O	O	O	O	O
52za	Ich bin insgesamt zufrieden mit meiner Arbeit.	O	O	O	O	O	O	O	O

53.   **Geben Sie für die folgend aufgeführten Aussagen an, wie häufig diese auf Sie zutreffen. (1 = einige Male im Jahr und seltener, 2 = einmal im Monat, 3 = einige Male im Monat, 4 = einmal pro Woche, 5 = einige Male pro Woche, 6 = täglich)**

		1	2	3	4	5	6
53a	Ich fühle mich von meiner Arbeit ausgelaugt.	O	O	O	O	O	O
53b	Am Ende eines Arbeitstages fühle ich mich erledigt.	O	O	O	O	O	O
53c	Ich fühle mich müde, wenn ich morgens aufstehe und wieder einen Arbeitstag vor mir habe.	O	O	O	O	O	O
53d	Es gelingt mir gut, mich in die Gefangenen hineinzuversetzen.	O	O	O	O	O	O
53e	Ich glaube, ich behandle einige Gefangene, als ob sie unpersönliche „Objekte" wären.	O	O	O	O	O	O
53f	Den ganzen Tag mit Leuten zu arbeiten ist wirklich eine Strapaze für mich.	O	O	O	O	O	O
53g	Den Umgang mit Problemen der Gefangenen habe ich im Griff.	O	O	O	O	O	O

		1	2	3	4	5	6
53h	Ich glaube, dass ich das Leben anderer Leute durch meine Arbeit positiver beeinflusse.	O	O	O	O	O	O
53i	Seit ich diese Arbeit mache, bin ich gleichgültiger gegenüber Leuten geworden.	O	O	O	O	O	O
53j	Ich befürchte, dass diese Arbeit mich emotional verhärtet.	O	O	O	O	O	O
53k	Ich fühle mich voller Tatkraft.	O	O	O	O	O	O
53l	Meine Arbeit frustriert mich.	O	O	O	O	O	O
53m	Ich glaube, ich strenge mich bei meiner Arbeit zu sehr an.	O	O	O	O	O	O
53n	Bei manchen Gefangenen interessiert es mich eigentliche nicht wirklich, was aus/ mit ihnen wird.	O	O	O	O	O	O
53o	Mit Menschen in der direkten Auseinandersetzung arbeiten zu müssen, belastet mich sehr.	O	O	O	O	O	O
53p	Es fällt mir leicht, eine entspannte Atmosphäre mit den Gefangenen herzustellen.	O	O	O	O	O	O
53q	Ich habe viele wertvolle Dinge in meiner jetzigen Arbeit erreicht.	O	O	O	O	O	O
53r	Ich glaube, ich bin mit meinem Latein am Ende.	O	O	O	O	O	O
53s	In der Arbeit gehe ich mit emotionalen Problemen sehr ruhig und ausgeglichen um.	O	O	O	O	O	O
53t	Von den Problemen der Gefangenen bin ich persönlich berührt.	O	O	O	O	O	O
53u	Ich fühle mich unbehaglich bei dem Gedanken daran, wie ich einige der Gefangenen behandelt habe.	O	O	O	O	O	O
53v	Ich fühle mich ausgebrannt.	O	O	O	O	O	O

V. Im Folgenden möchten wir gern etwas über das Verhältnis zu Ihren Kollegen erfahren:

54. **Wie beurteilen Sie das Verhältnis zwischen weiblichen und männlichen Kollegen?**

O wie zwischen Kollegen des gleichen Geschlechts
O besser als zwischen Kollegen des gleichen Geschlechts
O schlechter als zwischen Kollegen des gleichen Geschlechts

54a **Gibt es in der Zusammenarbeit Vorurteile gegenüber weiblichen Kollegen?**

O es gibt geringe Vorurteile   O es gibt vermehrt Vorurteile   O es gibt keine Vorurteile

55. **Gibt es Situationen, in denen weibliche Kollegen nicht eingesetzt werden können?**

O ja, gelegentlich   O ja, öfters   O eher nicht

55a **Wenn ja, halten Sie dies für gerechtfertigt oder wird dadurch das Arbeitsverhältnis beeinträchtigt?**

O gerechtfertigt   O akzeptabel   O beeinträchtigt das Arbeitsverhältnis

56. **Fühlen Sie sich insgesamt von den Kollegen des jeweils anderen Geschlechts ernst genommen?**

◯ uneingeschränkt ja   ◯ überwiegend   ◯ eher nicht

57. **Fühlen Sie sich in Bezug auf Beförderungen gegenüber Kollegen übergangen?**

◯ nein, nie   ◯ ja, gelegentlich   ◯ ja, öfters

◯ ich fühle mich gegenüber weiblichen Kollegen übergangen
◯ ich fühle mich gegenüber männlichen Kollegen übergangen
◯ ich bin allgemein mit der Beförderungspraxis in der Anstalt unzufrieden

58. **Haben Gefangene nach ihrer Einschätzung mehr Respekt vor männlichen Mitarbeitern im Strafvollzug?**

◯ nein   ◯ gelegentlich   ◯ überwiegend

59. **Haben Sie den Eindruck, dass sich männliche Kollegen im Vergleich zu weiblichen Kollegen mehr durch Stärke und Durchsetzungskraft auszeichnen?**

◯ nein   ◯ gelegentlich   ◯ überwiegend

59a **Halten Sie diesen Umstand für:**   ◯ eher positiv   ◯ eher negativ

60. **Haben Sie den Eindruck, dass sich weibliche Kollegen im Vergleich zu männlichen Kollegen mehr durch Einfühlungsvermögen und Nachsicht auszeichnen?**

◯ nein   ◯ gelegentlich   ◯ überwiegend

60a **Halten Sie diesen Umstand für:**   ◯ eher positiv   ◯ eher negativ

61. **Hat Ihre Tätigkeit Einfluss auf Ihre Partnerschaft bzw. das Verhältnis zu ihren Kindern?**

Lassen Sie die entsprechenden Zeilen aus, wenn Sie keine Partnerschaft oder Kinder haben.	nie	manchmal	häufig	Sehr häufig
61a Haben Sie Zeit für Ihre Partnerschaft?	&#9711;	&#9711;	&#9711;	&#9711;
61b Haben Sie Zeit für Ihre Kinder?	&#9711;	&#9711;	&#9711;	&#9711;
61c Nehmen Sie Probleme, die Sie bei der Arbeit haben mit nach Hause?	&#9711;	&#9711;	&#9711;	&#9711;
61d Nehmen Sie private Probleme mit zur Arbeit?	&#9711;	&#9711;	&#9711;	&#9711;
61e Schädigen Ihre Arbeitszeiten Ihr Privatleben?	&#9711;	&#9711;	&#9711;	&#9711;
61f Wird Ihre Arbeit in der Familie oder der Bekanntschaft akzeptiert?	&#9711;	&#9711;	&#9711;	&#9711;

62. **Insgesamt betrachtet, würden Sie bei passender Gelegenheit die Arbeitsstelle wechseln?**

◯ nein   ◯ ich würde den Strafvollzug verlassen
◯ weiß nicht   ◯ ich würde die Anstalt wechseln und zwar nach _____

VI.   Im letzten Teil beantworten Sie bitte noch ein paar kurze Fragen zu möglichen Maßnahmen in Ihrer Anstalt:

63. Gibt es in Ihrer Anstalt bereits gesundheitsrelevante Maßnahmen oder Kurse (z.B. Sport), an denen Mitarbeiter teilnehmen können?

O nein   O ja   welche: _____

63a. Nehmen Sie an diesen Veranstaltungen regelmäßig teil?   O ja   O nein

64. Gibt es in Ihrer Anstalt einen Ansprechpartner für betriebliche Suchtkrankenhilfe?

O nein   O ja

64a Falls nein, wünschen Sie einen solchen Ansprechpartner?

O nein   O ja

65. Gibt es für Ihre Tätigkeit im Vollzug eine Supervision (organisierter Erfahrungsaustausch und Unterstützung)?

O nein   O ja

65a Falls nein, wünschen Sie eine solche Beratung?

O nein   O ja

66. Nennen Sie Maßnahmen, die die Anstalt im Rahmen einer Gesundheitsförderung anbieten sollte:

1. _____

2. _____

3. _____

Und zum Schluss:

67. Wie lange hat das Ausfüllen des Fragebogens ungefähr gedauert? Ca. ___ min

Falls Sie diesen Fragebogen nicht vollständig ausgefüllte haben sollten, woran lag das? (Mehrfachnennungen möglich)

O die Frageninhalte trafen nicht auf meine Tätigkeit zu
O ich hatte Probleme die Fragen(n) zu verstehen
O ich fand die Frage(n) zu persönlich
O ich fand die Frage(n) zu heikel
O Ich hatte befürchtet, anhand meiner Antwort könnte meine Identität erkannt werden
O ich fand den Fragebogen zu lang und hatte deshalb keine Lust mehr
O ich fand die ganze Befragung sinnlos und hatte deshalb keine Lust mehr
O sonstiges

*Vielen Dank für
Ihre Mitarbeit!*

Reihenübersicht

Schriften zum Strafvollzug, Jugendstrafrecht und zur Kriminologie

Hrsg. von Prof. Dr. Frieder Dünkel, Lehrstuhl für Kriminologie an der Ernst-Moritz-Arndt-Universität Greifswald

Bisher erschienen:

Band 1
Dünkel, Frieder: Empirische Forschung im Strafvollzug. Bestandsaufnahme und Perspektiven.
Bonn 1996. ISBN 978-3-927066-96-0.

Band 2
Dünkel, Frieder; van Kalmthout, Anton; Schüler-Springorum, Horst (Hrsg.): Entwicklungstendenzen und Reformstrategien im Jugendstrafrecht im europäischen Vergleich.
Mönchengladbach 1997. ISBN 978-3-930982-20-2.

Band 3
Gescher, Norbert: Boot Camp-Programme in den USA. Ein Fallbeispiel zum Formenwandel in der amerikanischen Kriminalpolitik.
Mönchengladbach 1998. ISBN 978-3-930982-30-1.

Band 4
Steffens, Rainer: Wiedergutmachung und Täter-Opfer-Ausgleich im Jugend- und Erwachsenenstrafrecht in den neuen Bundesländern.
Mönchengladbach 1999. ISBN 978-3-930982-34-9.

Band 5
Koeppel, Thordis: Kontrolle des Strafvollzuges. Individueller Rechtsschutz und generelle Aufsicht. Ein Rechtsvergleich.
Mönchengladbach 1999. ISBN 978-3-930982-35-6.

Band 6
Dünkel, Frieder; Geng, Bernd (Hrsg.): Rechtsextremismus und Fremdenfeindlichkeit. Bestandsaufnahme und Interventionsstrategien.
Mönchengladbach 1999. ISBN 978-3-930982-49-3.

Band 7
Tiffer-Sotomayor, Carlos: Jugendstrafrecht in Lateinamerika unter besonderer Berücksichtigung von Costa Rica.
Mönchengladbach 2000. ISBN 978-3-930982-36-3.

Band 8
Skepenat, Marcus: Jugendliche und Heranwachsende als Tatverdächtige und Opfer von Gewalt. Eine vergleichende Analyse jugendlicher Gewaltkriminalität in Mecklenburg-Vorpommern anhand der Polizeilichen Kriminalstatistik unter besonderer Berücksichtigung tatsituativer Aspekte.
Mönchengladbach 2000. ISBN 978-3-930982-56-1.

Band 9
Pergataia, Anna: Jugendstrafrecht in Russland und den baltischen Staaten.
Mönchengladbach 2001. ISBN 978-3-930982-50-1.

Band 10
Kröplin, Mathias: Die Sanktionspraxis im Jugendstrafrecht in Deutschland im Jahr 1997. Ein Bundesländervergleich.
Mönchengladbach 2002. ISBN 978-3-930982-74-5.

Band 11
Morgenstern, Christine: Internationale Mindeststandards für ambulante Strafen und Maßnahmen.
Mönchengladbach 2002. ISBN 978-3-930982-76-9.

Band 12
Kunkat, Angela: Junge Mehrfachauffällige und Mehrfachtäter in Mecklenburg-Vorpommern. Eine empirische Analyse.
Mönchengladbach 2002. ISBN 978-3-930982-79-0.

Band 13
Schwerin-Witkowski, Kathleen: Entwicklung der ambulanten Maßnahmen nach dem JGG in Mecklenburg-Vorpommern.
Mönchengladbach 2003. ISBN 978-3-930982-75-2.

Band 14
Dünkel, Frieder; Geng, Bernd (Hrsg.): Jugendgewalt und Kriminalprävention. Empirische Befunde zu Gewalterfahrungen von Jugendlichen in Greifswald und Usedom/Vorpommern und ihre Auswirkungen für die Kriminalprävention.
Mönchengladbach 2003. ISBN 978-3-930982-95-0.

Band 15
Dünkel, Frieder; Drenkhahn, Kirstin (Hrsg.): Youth violence: new patterns and local responses – Experiences in East and West. Conference of the International Association for Research into Juvenile Criminology. Violence juvénile: nouvelles formes et stratégies locales – Expériences à l'Est et à l'Ouest. Conférence de l'Association Internationale pour la Recherche en Criminologie Juvénile.
Mönchengladbach 2003. ISBN 978-3-930982-81-3.

Band 16
Kunz, Christoph: Auswirkungen von Freiheitsentzug in einer Zeit des Umbruchs. Zugleich eine Bestandsaufnahme des Männererwachsenenvollzugs in Mecklenburg-Vorpommern und in der JVA Brandenburg/Havel in den ersten Jahren nach der Wiedervereinigung.
Mönchengladbach 2003. ISBN 978-3-930982-89-9.

Band 17
Glitsch, Edzard: Alkoholkonsum und Straßenverkehrsdelinquenz. Eine Anwendung der Theorie des geplanten Verhaltens auf das Problem des Fahrens unter Alkohol unter besonderer Berücksichtigung des Einflusses von verminderter Selbstkontrolle.
Mönchengladbach 2003. ISBN 978-3-930982-97-4.

Band 18
Stump, Brigitte: „Adult time for adult crime" – Jugendliche zwischen Jugend- und Erwachsenenstrafrecht. Eine rechtshistorische und rechtsvergleichende Untersuchung zur Sanktionierung junger Straftäter.
Mönchengladbach 2003. ISBN 978-3-930982-98-1.

Band 19
Wenzel, Frank: Die Anrechnung vorläufiger Freiheitsentziehungen auf strafrechtliche Rechtsfolgen.
Mönchengladbach 2004. ISBN 978-3-930982-99-8.

Band 20
Fleck, Volker: Neue Verwaltungssteuerung und gesetzliche Regelung des Jugendstrafvollzuges.
Mönchengladbach 2004. ISBN 978-3-936999-00-6.

Band 21
Ludwig, Heike; Kräupl, Günther: Viktimisierung, Sanktionen und Strafverfolgung. Jenaer Kriminalitätsbefragung über ein Jahrzehnt gesellschaftlicher Transformation.
Mönchengladbach 2005. ISBN 978-3-936999-08-2.

Band 22
Fritsche, Mareike: Vollzugslockerungen und bedingte Entlassung im deutschen und französischen Strafvollzug.
Mönchengladbach 2005. ISBN 978-3-936999-11-2.

Band 23
Dünkel, Frieder; Scheel, Jens: Vermeidung von Ersatzfreiheitsstrafen durch gemeinnützige Arbeit: das Projekt „Ausweg" in Mecklenburg-Vorpommern.
Mönchengladbach 2006. ISBN 978-3-936999-10-5.

Band 24
Sakalauskas, Gintautas: Strafvollzug in Litauen. Kriminalpolitische Hintergründe, rechtliche Regelungen, Reformen, Praxis und Perspektiven.
Mönchengladbach 2006. ISBN 978-3-936999-19-8.

Band 25
Drenkhahn, Kirstin: Sozialtherapeutischer Strafvollzug in Deutschland.
Mönchengladbach 2007. ISBN 978-3-936999-18-1.

Band 26
Pruin, Ineke Regina: Die Heranwachsendenregelung im deutschen Jugendstrafrecht. Jugendkriminologische, entwicklungspsychologische, jugendsoziologische und rechtsvergleichende Aspekte.
Mönchengladbach 2007. ISBN 978-3-936999-31-0.

Band 27
Lang, Sabine: Die Entwicklung des Jugendstrafvollzugs in Mecklenburg-Vorpommern in den 90er Jahren. Eine Dokumentation der Aufbausituation des Jugendstrafvollzugs sowie eine Rückfallanalyse nach Entlassung aus dem Jugendstrafvollzug.
Mönchengladbach 2007. ISBN 978-3-936999-34-1.

Band 28
Zolondek, Juliane: Lebens- und Haftbedingungen im deutschen und europäischen Frauenstrafvollzug.
Mönchengladbach 2007. ISBN 978-3-936999-36-5.

Band 29
Dünkel, Frieder; Gebauer, Dirk; Geng, Bernd; Kestermann, Claudia: Mare-Balticum-Youth-Survey – Gewalterfahrungen von Jugendlichen im Ostseeraum.
Mönchengladbach 2007. ISBN 978-3-936999-38-9.

Band 30
Kowalzyck, Markus: Untersuchungshaft, Untersuchungshaftvermeidung und geschlossene Unterbringung bei Jugendlichen und Heranwachsenden in Mecklenburg-Vorpommern.
Mönchengladbach 2008. ISBN 978-3-936999-41-9.

Band 31
Dünkel, Frieder; Gebauer, Dirk; Geng, Bernd: Jugendgewalt und Möglichkeiten der Prävention. Gewalterfahrungen, Risikofaktoren und gesellschaftliche Orientierungen von Jugendlichen in der Hansestadt Greifswald und auf der Insel Usedom. Ergebnisse einer Langzeitstudie 1998 bis 2006.
Mönchengladbach 2008. ISBN 978-3-936999-48-8.

Band 32
Rieckhof, Susanne: Strafvollzug in Russland. Vom GULag zum rechtsstaatlichen Resozialisierungsvollzug?
Mönchengladbach 2008. ISBN 978-3-936999-55-6.

Band 33
Dünkel, Frieder; Drenkhahn, Kirstin; Morgenstern, Christine (Hrsg.): Humanisierung des Strafvollzugs – Konzepte und Praxismodelle.
Mönchengladbach 2008. ISBN 978-3-936999-59-4.

Band 34
Hillebrand, Johannes: Organisation und Ausgestaltung der Gefangenenarbeit in Deutschland.
Mönchengladbach 2009. ISBN 978-3-936999-58-7.

Band 35
Hannuschka, Elke: Kommunale Kriminalprävention in Mecklenburg-Vorpommern. Eine empirische Untersuchung der Präventionsgremien.
Mönchengladbach 2009. ISBN 978-3-936999-68-6.

Band 36/1 bis 4 (nur als Gesamtwerk erhältlich)
Dünkel, Frieder; Grzywa, Joanna; Horsfield, Philip; Pruin, Ineke (Eds.): Juvenile Justice Systems in Europe – Current Situation and Reform Developments. Vol. 1-4.
2nd revised edition.
Mönchengladbach 2011. ISBN 978-3-936999-96-9.

Band 37/1 bis 2 (Gesamtwerk)
Dünkel, Frieder; Lappi-Seppälä, Tapio; Morgenstern, Christine; van Zyl Smit, Dirk (Hrsg.):
Kriminalität, Kriminalpolitik, strafrechtliche Sanktionspraxis und Gefangenenraten im
europäischen Vergleich. Bd.1 bis 2.
Mönchengladbach 2010. ISBN 978-3-936999-73-0.

Band 37/1 (Einzelband)
Dünkel, Frieder; Lappi-Seppälä, Tapio; Morgenstern, Christine; van Zyl Smit, Dirk (Hrsg.):
Kriminalität, Kriminalpolitik, strafrechtliche Sanktionspraxis und Gefangenenraten im
europäischen Vergleich. Bd.1.
Mönchengladbach 2010. ISBN 978-3-936999-76-1.

Band 37/2 (Einzelband)
Dünkel, Frieder; Lappi-Seppälä, Tapio; Morgenstern, Christine; van Zyl Smit, Dirk (Hrsg.):
Kriminalität, Kriminalpolitik, strafrechtliche Sanktionspraxis und Gefangenenraten im
europäischen Vergleich. Bd.2.
Mönchengladbach 2010. ISBN 978-3-936999-77-8.

Band 38
Krüger, Maik: Frühprävention dissozialen Verhaltens. Entwicklungen in der Kinder- und
Jugendhilfe.
Mönchengladbach 2010. ISBN 978-3-936999-82-2.

Band 39
Hess, Ariane: Erscheinungsformen und Strafverfolgung von Tötungsdelikten in Meck-
lenburg-Vorpommern.
Mönchengladbach 2010. ISBN 978-3-936999-83-9.

Band 40
Gutbrodt, Tobias: Jugendstrafrecht in Kolumbien. Eine rechtshistorische und rechtsvergleichende Untersuchung zum Jugendstrafrecht in Kolumbien, Bolivien, Costa Rica und
der Bundesrepublik Deutschland unter Berücksichtigung internationaler Menschen-
rechtsstandards.
Mönchengladbach 2010. ISBN 978-3-936999-86-0.

Band 41
Stelly, Wolfgang; Thomas, Jürgen (Hrsg.): Erziehung und Strafe. Symposium zum 35-jährigen
Bestehen der JVA Adelsheim.
Mönchengladbach 2011. ISBN 978-3-936999-95-2.

Band 42
Annalena Yngborn: Strafvollzug und Strafvollzugspolitik in Schweden: vom Resozialisierungs- zum Sicherungsvollzug? Eine Bestandsaufnahme der Entwicklung in den letzten 35 Jahren. Mönchengladbach 2011. ISBN 978-3-936999-84-6.

Band 43
Johannes Kühl: Die gesetzliche Reform des Jugendstrafvollzugs in Deutschland im Licht der European Rules for Juvenile Offenders Subject to Sanctions or Measures (ERJOSSM). Mönchengladbach 2012. ISBN 978-3-942865-06-7.

Band 44
Maryna Zaikina: Jugendkriminalrechtspflege in der Ukraine. Mönchengladbach 2012. ISBN 978-3-942865-08-1.

Band 45
Stefanie Schollbach: Personalentwicklung, Arbeitsqualität und betriebliche Gesundheitsför- derung im Justizvollzug in Mecklenburg-Vorpommern Mönchengladbach 2013. ISBN 978-3-942865-14-2.

www.ingramcontent.com/pod-product-compliance
Lightning Source LLC
Chambersburg PA
CBHW071750110726
47908CB00006B/1760